Wie auf Erden, so bloß nicht im Himmel

Volker Schoßwald,
der Popenspötter

Kabarettkompilation
Schwabach 2022

10.05.1996 Wenn ich Gott wäre, wäre zwar nicht alles gut, aber einiges besser
25.4.2022 „Wenn ich Gott wäre, würde ich mich neu erfinden."
(FVS)[1]
25.5.2022 „Wenn ich Vorsitzender des IWF wäre, würde ich sagen: Wie im Himmel, so bloß nicht auf Erden."

Herstellung und Verlag: BoD – Books on Demand, Norderstedt"
© Volker Schoßwald 2022
BoD ISBN 9783754379936

---

[1] Konfirmand: „Sie sind aber nicht Gott!"
Ich: „Schade! Ich hätte ein paar echt gute Ideen…"

Inhalt

Ausführliches Inhaltsverzeichnis

1   Vorwort: Kabarett als Zeitgeschichte

In diesem Büchlein sind Kabarettbeiträge aus 45 Jahren zusammengestellt. Dafür konnte ich nicht einfach ein paar Programme abdrucken,
denn die Texte veränderten sich laufend mit den kirchlichen und gesell-
schaftlichen Entwicklungen, wie etwa der unerwarteten Grenzöffnung
1989. Schon auf der CD „Wenn der Glöckner läutet" baute ich 1997 eine
präventive Veränderung ein, als ich im Booklet notierte „damals war Helmut Kohl noch Kanzler", obwohl er zum Zeitpunkt der Veröffentlichung
tatsächlich noch im Amt war. Aber selbst für Kohl galt: politische Gestalten treten irgendwann ab – mehr oder minder freiwillig. Das gilt auch für
Randgestalten, für die Kultur mit ihren Stars, für den Sport mit den Gigan-
ten, für... die abgedruckten Varianten können zu Aha-Erlebnissen führen.

Die ersten Texte stammen aus den 80ern, vor der Wiedervereinigung.
*Es begann in Würzburg mit den **Mission**stagen, wo wir als Vorprogramm
von Werner Schneyder auftragen. Er gehörte damals zur ersten Klasse
des Kabaretts, gab uns beim Eintreffen auf der Bühne nicht die Hand mit
der Entschuldigung, er sei erkältet und wolle niemand anstecken. Immerhin sah er sich genötigt, angesichts unserer Texte auf unseren Noten-
ständern zu kommentieren: „Aha, die Herren können ihre Texte nicht".
Das stimmte, weil wir es nur für diesen Anlass vorbereitet hatten, aber die
schnoddrig österreichische Arroganz ließ ihn in meiner Achtung abstürzen.* Das mindert nicht seine aphoristischen Qualitäten. Sein Auftreten
hatte etwas „missionarisches" an sich, selbst im Duett mit Dieter Hilde-
brandt. Moralische Kabarettisten tun oft, als wären sie die Besseren, die
andere missionieren müssen.

Unser Ansatz hingegen war selbstkritisch, also evangelisch. Wir paro-
dierten Mission unter dem Gesichtspunkt Eurozentrismus bzw. Kolonia-
lismus. Ich hatte ebenso auf Missionsstationen in Zentralafrika verweilt
wie auch mit Militärseelsorgern getagt. Außerdem besuchte ich regelmäßig Kollegen in der „DDR".

Heftige Kritik melde ich an der **Volkskirche** an: Da lassen wir uns leicht
vereinnahmen, werden billiger Kritik ausgesetzt und versuchen trotzdem,
ihr gerecht zu werden. Karteileichen äußern sich über unsere Inhalte. Das
passt immer wieder gar nicht. Denn bei jeder Kritik müsste die Selbstkritik
auf dem selben Niveau erfolgen. – Der Unterschied von 1986 zu 2022:
Wir sind keine Volkskirchen mehr, werden nur noch als „die Großkirchen"
etikettiert und können auch dies nicht mehr abdecken.

Die **Esoterik** spielte eine große Rolle. Die Kirchen schienen ein Aus-
laufmodel zu sein, aber ganz ohne Aberglauben geht es eben doch nicht.
In diesem Feld tummelten sich dann die diversesten Esoteriker. Divers
hatte seinerzeit noch keine sexuelle Konnotation.

Nachrüstung war ein Stichwort, als Nachwirkung des Kalten Krieges.
Aber weshalb sollten Waffen Probleme lösen? Das taten sie noch nie.
Genauso wenig wie Gott Friedensgebete erhörte.

„Die Bösen sind immer die anderen" in allen Konflikten: Das verleibten wir uns quasi mit dem Hamburger aus den USA ein.

Nach der **Grenzöffnung** spielten wir auch in „Karl-Marx-Stadt" und Leipzig. Den „kommunistischen" Osten übernahm der Kapitalismus, ein wirtschaftlicher Blitzkrieg. Helmut Kohls „blühende Landschaften" im neuen Osten gab es wirklich: als Beute der grenzenlosen und zügellosen Marktwirtschaft. Als Helmut Kohl abgewählt wurde, ließ er die Akten schreddern, die ihn als Kriegsgewinnler entlarven konnten.

Im Nachkriegsprogramm zur Deutschen Teilung imaginierten wir eine Begegnung mit Luzifer als subtilem Vertreter des **Neoliberalismus** mit einem aufrechten evangelischen Pfarrer. Aber die Ex-DDR-ler hatten noch Erinnerungen an ihre Errungenschaften, selbst wenn sie kapitalistisch schlechtgeredet wurden. Kanzlerin Merkel (Ex-DDR-CDUlerin) versorgte uns mit den sozialistischen Krippen.

In der alten BRD hatte die Kohl-CDU staatliche Organisationen „**privatisiert**", sprich verkauft. Bundespost und Bundebahn wurden – natürlich nicht wirklich privatisiert, sondern lediglich entstaatlicht. D.h. weiterhin muss niemand persönlich für Fehlleistungen haften. Die neoliberale Union huldigte mit der Mehrheit der Wähler der Autosuggestion, dass Kapitalisten aus Eigeninteresse sozial wären. Qualitätssicherung blieb ein Fremdwort für diese Partei, deren Kennzeichen Bereicherung ist (das wurde in der Corona-Pandemie offensichtlich).

Auf dem ersten **ökumenischen** Kirchentag in Berlin stellte ich mich am „Abend der Begegnung" unter den Linden dem „Laufpublikum", das man bei Laune halten musste – was nur mit vielen musikalischen Beiträgen gelang. Bei Auftritten im Osten wie im Westen spürte ich, wie unterschiedlich das Publikum reagierte. Die Wiedervereinigung hatte auch nach 20 Jahren noch nicht stattgefunden.

In die Wirren der Wiedervereinigung kam das große **Lutherjubiläum** 1996 (450. Todestag). Es folgte später zehn Jahre lang[2] „500 Jahre Reformation". Diese gefeierte Aktion ging mit einem Doppelkirchentag Wittenberg / Berlin baden und präsentierte die evangelische Kirche als Splittergruppe, groß nur in der Kirchenleitungsblase.

Jenseits der politischen Verwerfungen zog sich das Thema **Digitalisierung** durch. Die Fragwürdigkeiten wurden immer gigantischer.

Analoge Entwicklungen gab es in der **Gen**-Forschung. „Dolly", das geklonte Schaf ist hier ein „Symbol". Unser Thema war die Selbstüberschätzung von Menschen, die glaubten, die Sache dann doch besser als irgendein Gott zu machen.

Mein Versuch, die Bibel kabarettistisch zu verarbeiten, blieb in den Anfängen stecken. Bereits die Schöpfungsgeschichte erwies sich als sehr

---

[2] Wirklich!: die sog. „Lutherdekade"

ergiebig.[3] Schlange und Konsum trafen sich. Die Sintflut mit der babylonischen Sprachwirrung passte zum Internet, das von der einheitlichen Sprache „Basic" sich wieder multilingual verzweigte.

Später warfen sich mir Vater und Sohn George **Bush**[4] an die Brust und lieferten ergiebige Feindbilder, koloriert von den Taliban, Saddam Hussein, Osama bin Laden und heute Erdogan und Putin. Der zweite Irakkrieg, pervers offensichtlich angesteuert offenbarte viel von dem, was die 68er den US-Imperialisten vorgeworfen hatten und belegten: Die Amis sind wirklich so schlimm, wie die 68er behaupteten. Alle anderen Imperialisten und Diktatoren allerdings ebenfalls.

Als Protest gegen den Irakkrieg ließ ich mir – an der Berufsschule für Frisöre arbeitend – ein Peace-Zeichen in die Haare machen. Durch die NN wurde es wahrgenommen.

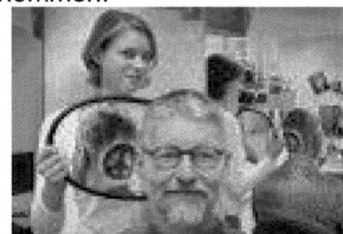

Trump spielt bei mir kabarettistisch keine Rolle. Er toppte alles, was Kabarettisten einfällt. Hochachtung vor der „Heute-Show", die ihn doch noch lächerlich machen konnte. Trump versuchte ich über ernsthafte Sachbücher bloßzustellen[5].

Die **Päpste** spielten ihre eigene Rolle, doch Benedikt XVI war für mich ein erklärtes Feindbild, weil ich ihn noch als Großinquisitor kannte, der meinen Professor Hans Küng (katholische Theologie in Tübingen) aus der Professur warf. Ratzingers Rede anlässlich der Beerdigung von Franz Joseph Strauß signalisierte mir endgültig, dass sich die Kirche des Papstes aus der ehrlichen Christenheit verabschiedet hatte. Papst Franziskus bekommt dies anscheinend auch zu spüren.

Die **evangelische** Kirche präsentierte sich weniger angreifbar. Das hängt mit ihrer Selbstreflexion, mit ihrer Selbstkritik nach dem „Dritten Reich" zusammen. An der evangelischen Kirche gibt es viel zu kritisieren, aber die seit den Sechzigerjahren erarbeitete Substanz bleibt doch ziemlich stabil.[6] Die Kritik geht in Richtung der sozialen Strukturen, in der Beschäftigungspolitik (MAV: **Mitarbeitervertretung**; Stellenteilung), aber auch zu dem demokratischen Problem, dass das Geltenlassen diverser

---

[3] Über die „Kreationisten" schrieb ich sogar ein Buch „Wir waren doch auf dem Mond!".

[4] Der Sohn verfügte nicht mal über einen eigenen Namen... Dubble-U ist ein bisschen wenig.

[5] „Dada" und „Wir waren doch auf dem Mond"

[6] Vieles wird nun 2022 einer Bewährungsprobe ausgesetzt angesichts des Thema „Kein Frieden ohne Waffen".

Blickwinkel zur Uneindeutigkeit führt. **EKD**-Denkschriften bieten Diskussionsmaterial, sind vom Ergebnis her aber schwer zu fassen.

„**Bayern**" ist immer wieder Thema, denn wir sind Franken und leben in einer bayerischen Kolonie. Die Bayern zeichnen sich durch eine regionalistische Überheblichkeit aus (Mir sam mir), mit einem Faible für Intoleranz. Das macht sie zur Projektionsfläche für das Kabarett. „Bayern" wird auch durch „Bayern München" vertreten. Die Bigotterie entspricht sich.

Eine zentrale Rolle in der evangelischen Kirche spielt ihre Musik. Damit lässt sich viel gestalten, wir nahmen sie auch aufs Korn: Keyoverboard. Mit Rainer Kramer (Organist und Musiklehrer) und Heiner Meyer (Trompeter und Informatiker) aus meiner Band „Moorenbrummer" bildete ich das Trio „Die Popenspötter". Auf unserer CD wirkte als Frau Helga Kittler mit. Die Texte drucke ich trotz vieler Wiederholungen komplett ab. Das gilt auch für das Lutherkabarett.

„Windenstraße" und „Glöckner von Nebelhausen" sind satirische Beiträge für den Gemeindebrief. Beim Poetry-Slam beteiligte ich mich in der Kulturfabrik Roth, Kofferfabrik Fürth und im Schwabacher Jungeggers bzw. Kabbuff.

2 Jesus-Pacific-Walk (2022)

Also stieg ich in meine Lieblingssandalen und… oh, ich vergaß: Ihr wisst ja gar nicht, wie alles begann. Papa sagte: „Junge, pass auf!" Ich knallte den Fußball ins Nichts und das Nichts zersprang. Peng!!! bzw viel lauter. Ein großer Knall. Ein Knall aus dem Nichts. Ein Urknall.

Alles flog auseinander. Ja, ich habe schon ein **Wumms** drauf. Ewig, so darf ich mit Fug und Recht behaupten, habe ich trainiert. Und mit diesem Wumms knallte die Welt in ihre Existenz: Raum, Zeit und Diversität. Überspringen wir die nächsten 15 Milliarden Jahre, in denen sich das zersprungene Nichts ausbreitete.

Ich entwarf noch eine Menge kosmischer Fußbälle und wollte mich dann auf einem beheimaten. Das ist jetzt gut zweitausend Jahre her. Meine Eltern auf dem dritten Fußball im System waren so arm, sie konnten sich keine **Weihnachtsgeschenke** leisten. Mama war produktiv, sie schenkte mich Papa. Das war überhaupt das erste Weihnachtsgeschenk in der Weltgeschichte. Ich war das Geschenk und folglich bekam ich kein Handy, keinen Laptop, keine Playstation, und Mama keinen Wellnessurlaub auf den Malediven.

„Was für ‚ne Story" brummte der Ochs zum Esel.

Wir überspringen die nächsten 30 Jahre. Ich war den **Windeln** entwachsen, die Mama aufhob, um sie dem Aachener Dom zu stiften, wo sie alle sieben Jahre präsentiert werden können. Pampas blickt neidisch auf Mamas Jesus-Windeln… Doch wo war ich stehengeblieben?

Ach ja, ich stieg also in meine Lieblingssandalen, und sagte zu Papa Sepp: „Tschüs, Papa, ich muss noch was lernen. Ich muss hinaus in die weite Welt. Auf die Walz." „**Holz und Walz**, Gott erhalt's!" brummte Papa seinen alten Zimmermannsspruch und klopfte mir auf die Schulter: „Naja, wenn du Galiläa für die weite Welt hältst… Andere nennen sie die Provinz." So wurde ich zum Provinzprediger.

Meine erste Station war die große Hafenstadt **Kapernaum**. Groß ist leicht übertrieben. Mit seinen 852 Haushalten toppte es die 353 von Nazareth, doch der <u>öffentliche Personennahverkehr</u> beschränkte sich auf ein paar Fischerboote am See Genezareth. Ich erinnere mich, dass ich mal den **Kahn von Petrus** verpasste und ihm nachlaufen musste. Zum Glück trug ich meine Lieblingssandalen, sonst hätte ich nasse Füße bekommen. Petrus fand die Aktion geil. Aber bei seinem Nachmachversuch ging er baden – und er konnte doch gar nicht richtig schwimmen.

Nur das Seepferdchen hatte er geschafft. So war es damals bei Fischern. Ist es nicht idiotisch, Seepferdchen im Süßwasser zu machen?

Überspringen wir 1992 Jahre. Während zweier Jahrtausende hatte ich weltweit Karriere gemacht. WNTM? The Worlds Next Top Model? Nee, WNGM: The World's next **God-Model**… Aber darüber will ich mich jetzt nicht auslassen. Ich sag nur: Fake-News sind nichts Neues, so was findet man von mir sogar in der Bibel. Was die mit ihrer blühenden Phantasie alles erfunden haben! Also beschwert euch nicht über Amis oder Russen.

Ich war der, von dem man alles behaupten konnte, weil ich ja nicht widersprechen konnte. Ich musste immer für alles herhalten. Die Nazis machten mich sogar zum Arier.

Das Wassertreten meiner Anfangsphase auf dem popeligen See Genezareth war auf die Dauer eintönig. Ich ging also ans Meer. Besonders spannend fand ich das Tote Meer. Da lief ich sogar auf Händen drüber. Man muss nur aufpassen, dass man mit den Fingern nicht in die Augen kommt. Brennt höllisch, selbst bei einem Gott.

Mit der Zeit wurde ich so ein richtiger Tramp, ein **Weltenbummler**, immer auf der Suche nach einem geilen neuen See. Lake Viktoria! Was für eine Show! Der Aral-See – ihr erinnert euch: das war vor 50 Jahren noch der viertgrößte See der Erde, in Russland. Als ich vor ein paar Jahren drüber hüpfen wollte, landete ich auf dem Hintern: Aua! Alles vertrocknet.

Ich rücke mal vor ins Jahr **2033**. Das ist noch gar nicht so lange her. Go west! Ich bummelte also nach Westen: weiter zum Schwäbischen Meer, dem Bodensee. Was für ein Rheinfall! Aber immerhin noch nicht ausgetrocknet. Dort perfektionierte ich mein Drei-Länder-Wandeln. Im Dreieck übers Wassers.

Doch für Profis wie mich ist so ein Tümpel popelig – popelig? Was für ein Wort für einen, der den Popen ihren Lebensinhalt verschaffte. Also dann doch dorthin, wo mein Dreieck die Geldscheine ziert.

Mir fehlte die große Herausforderung. Das konnte nur ein Ozean sein. Die Neue Welt wusste mir Meer zu bieten: Meer – nur echt mit dem „doppelten E". Das Land der unbegrenzten Superlative ist die USA. Also auf nach Amerika, nördlicher Teil, dort das südliche Drittel… USA

In Jesus-Latschen über den Atlantik? Da war doch schon mal ne Stadt untergegangen und ich wollte mir nicht die Füße an den Kirchtürmen von Atlantis anstoßen.

Als Gekreuzigter tuckerte ich per **Kreuzfahrt** direkt nach Trinidad. Trinität! Unglaublich, wie oft man sich auf dem Seeweg wiederfindet! Der Weg ist das Ziel.

Und dann im Osten des Wilden Westens: Der Erie-See, die Niagara-Fälle. Für Seeläufer wird da was geboten!

Westen? Also Pazifik? Das klang gut. Als **Pazifist** zu Fuß über den **Pazifik**, eine Art **Ostermarsch** zu den **Osterinseln**. Der Stille Ozean. Das klingt meditativ. Von Los Angeles könnte ich gleich mit meinen Engeln starten. Was für eine Show! Was für eine Publicity! Der Messias läuft mit den Engeln über den Pazific, Benefiz-Walk für den Frieden. Vielleicht sogar in 3-D. Was für ein Kino-Ereignis!

Nein, ich wollte keine Show. Ein Mann muss sich selbst beweisen. Es geht nicht um Anerkennung, Show, Publicity! Es geht darum, dass du zu dir sagst: Das habe ich geschafft. Aus eigener Kraft. Über den **Pazifik**. Zu Fuß. In **Sandalen**.

Zugegeben, es lief anders als ich dachte. Ich lief anders, als ich dachte. Erst war es so wie immer: Während die Beach-Boys in den Wellen von Santa Barbara surften und die Beach-Girls von braunen Rettungs-Bodys schwärmten, setzte ich meinen Fuß aufs Wasser, glitt zwischen den Surf-brettern elegant über die Wogen und erreichte bald **das offene Meer**, wo ich nicht mal mit Tankern und Frachtern kollidierte, höchstens über **Plastik** stolperte. Plasti-zifik? PlastiziFuck?

Der Rest war einfach: immer der heiligen Nase nach, der Sonne und den Sternen.

Aber ich sage euch: Der Mantel der Geschichte wehte unmerklich um mich! Obwohl ich einfach meditativ, ja, meer-dita-tief dahin schritt, wanderte ich immer höher: Das Meer stieg. Unmerklich, unaufhörlich. Und ich stieg mit. Wie im **Paternoster**, nur nicht so spürbar. Das Meer als Vater-unser, als Paternoster, als ein ritueller Schrei um göttliches Eingreifen! Als die chinesische Küche, äh Küste in Sicht kommen sollte, war da nichts zu sehen, keine Stäbchen und keine Pagoden. Peking? Nichts. Chinesische Mauer? Nichts. Dann eine Insel. Okay, dachte ich, da mach ich jetzt Station und orientiere mich neu.

2.1.1   Ich steh auf meiner Insel (AED)

Ich steh auf meiner Insel – im weiten blauen Meer
Von rechts kommt nicht, von links kommt nichts: denn ich bin der Ver-
  kehr…
Wo geht's hier rauf und runter? Wo ist der Parkscheinautomat?
Wo park ich die Sandalen? Wo ist der Plan der Stadt…

2.2 Mount Everest

Was soll ich sagen? Als ich die Insel erreichte und endlich meinen Fuß aufs Trockene setzten konnte, spürte ich: es ist nass hier, ziemlich nass. In den chinesischen Pfützen schien Schnee zu schwimmen. Schnee am Meer? Arktis, Antarktis? Wo sind die Eisbären und Pinguine? Dann entdeckte ich eine Tafel. Nein, nicht chinesisch, sondern englisch entzifferte ich: Hier stand als erster Mensch Sir Edmund Percival Hillary auf dem höchsten Gipfel der Erde, auf dem Mount **Everest**, auf einer Höhe von 8848m. Mount Everest? Der Berg, der immer-ist? Ich schaute mich um: Kein Berg weit und breit. Nur Meer, Meer und noch mehr Meer. Die weite See. 8m8cm

Ich setzte mich unter die Palme – nein, das ging nicht. Ich entdeckte keinen Baum weit und breit. So setzte ich mich neben die Schneepfütze und dachte nach. Traf meine apokalyptische Ahnung zu? Waren während meines Rekordmarsches **die Pole geschmolzen**? War Holland über-schwemmt worden, und die Malediven im Ozean versunken. Hätten die Spitze des Eifelturms und des Berliner Funkturms sich über Wasser grü-ßen können? Hätten München, Moskau und Neu Delhi am Meer gelegen? Hätte nur noch das Gipfelkreuz der Zugspitze über den Meeresspiegel geragt? Wären die Alpen eine Gefahr für die christliche Seefahrt geworden, weil sie sich im Ozean versteckten und die Schiffe auf dem Mont Blanc Schiffbruch erlitten?

Ich konnte es nicht glauben. Ich musste mich irren. Also schnürte ich mein Bündel und wanderte weiter, in den Sonnenuntergang. Ich war durch drei Sonnenuntergänge gewandert, als sich vor mir aus dem Meer ein großer Berg erhob. Endlich Land? Endlich ein Kontinent?

Ich kam am Abend an. Es war mein Glück, dass es dunkelte. Niemand auf der Insel rechnete mit mir. Am Ufer patrouillierten Polizisten in SEK-Uniform. Die Helme wie ein Globus, mit zwei Olivenzweigen gehörnt. Die Hüter des Eilands. Sollten sie das **Eiland** vor dem **Heiland** schützen? Man weiß es nicht.

Ich war extrem neugierig.

Nein, um es noch mal klar zu sagen: **Ich bin nicht allwissend**. Ich bin Gott. Aber nicht allwissend. Dass ich allwissend bin, weil ich Gott bin, sagen nur die, die mich nicht kennen. Ich bin höchstens allneugierig. Also schlich ich mich an den dösenden Wachen mit den wackelnden Olivenzweigen vorbei wie an Petrus, Johannes und Jakobus in Gethsemane, durch die dunklen Büsche und Bäume hinauf zu einer schlossartigen Festung. Trutzig wie ein Gefängnis, in dem Schwerstverbrecher sitzen: Da konnte niemand hinein und hinaus. Außer mir.

Wenn ich euch sage, was ich da sah… ihr werdet es mir nicht glauben.

Ihr glaubt es, wenn jemand behauptet, ich hätte **Wasser in Wein** verwandelt – wobei es jedem Mann gelingt, das Gegenteil zu tun. Ihr glaubt es, wenn jemand behauptet, ich hätte Tote, deren Zellen schon zerfallen waren, zum Leben erweckt. Solche Märchen glaubt ihr, aber wenn ich erzähle, was ich dort sah, glaubt ihr es mir nicht. Wie gesagt, es geschah im Jahre 2033. Ihr braucht nur die Zeitung von morgen zu lesen. Da bestätigen unabhängige… Engel vom göttlichen Nachrichtendienst, was ich sage. Ihr könnt es natürlich auch googlen, bei Wikipedia nachlesen oder das Dark-Net durchstöbern.

2.2.1   SEK steht rechts und links

Ich steh auf dieser Insel – im dunklen blauen Meer.
Das SEK steht rechts und links: Es regelt den Verkehr…
Ein schwarzes Schloss am schwarzen Berg, als wär's von Dracula…
Geschlossne Türen stör'n mich nicht, mich störte, wen ich sah…

Tatsächlich – ich schlich mich an den Wänden entlang und machte mich möglichst unsichtbar – entdeckte ich im dunklen Schloss die großen Häupter eurer Zeit. **Präsidenten, Staatsmänner**, Wirtschaftsmanager – Queen 70 - Dunkelmänner, das ganze Gesocks, das die Strippen zieht. Sie hatten sich getroffen und konferierten seit geraumer Zeit, genauer, seit sie merkten, dass sie die Insel nicht mehr verlassen konnten, weil es kein anderes Land außer der Spitze des Mount Everest neben ihnen mehr gab.

Eigentlich hatten sie vor Monaten, äh Jahren ihre Beschlüsse gefasst: Ab 2044 sollte der Klimawandel gestoppt werden. Ganz radikal. Mit strengen Maßnahmen. Mit nur wenigen Ausnahmen, die in speziellen Gremien festgelegt werden müssten. Über die Zusammensetzung der Gremien konnten sie sich seit 13 Jahren einfach nicht einigen – aber das war eine Marginalie. Sie hatten ein klares Ziel: **Stopp des Klimawandels 2044**.

Sie waren sich selten einig. Leider verfügten sie auf ihrem Gipfel, der zur Insel mutiert war, nicht über den Zugang zu den Kühltruhen mit dem Essen. Die digitale Verriegelung ließ sich nicht mehr öffnen, seit der Strom ausgefallen war, da auch das letzte Windrad im Meer versunken war und der Plastikmüll die Gipfel-Pipe-Line verstopfte.

- Es gab Dunkelmänner, die fehlten: Musk hat sich seine fliegende Arche Noah gebaut und war mal Richtung Mars (der Kriegsplanet) abgedüst. Freilich: Ein One-Way-Ticket. Er wird nicht zurückkommen, sondern in der Kälte des Weltalls sein Lebenslicht erlöschen lassen.
- Putin hatte sich von seinen Beratern die Flut weg-faken lassen und hielt die Fische, die an seinem langen Tisch vorbeischwammen für ein Mobile.
- Trump bestand erfolglos darauf, dass Amerika – damit meinte er natürlich die USA – zuerst untergehen müsse.
- Die chinesische Regierung rekrutierte ein Heer der Wasser-wegschauflern auf Freiwilligenbasis.
- Katar stellte sich auf die Wasserball-WM ein und behauptete durch Pressesprecher Beckenbauer, in der Wüste wäre noch kein einziger Sklave ertrunken.
- Heinz Erhard zitierte im Öffentlich rechtlichen Fernsehen den Taucher von Schiller: „Gluck, gluck, weg war er…" und nahm noch ‚n Schluck Korn.

Ich konstatiere: Die Welt war nicht untergangen, aber alles Land auf Erden. Die Menschen hatten soeben ihre eigene Sintflut vollendet. Und übrig blieb nur eines: der Klimagipfel.

Wisst ihr was? Die Hölle gefällt auch mir nicht. Und das liegt nicht am Teufel. Das liegt an den Bewohnern. Die sind mir zutiefst zuwider. Und wenn ich von den Leuten auf den Ort schließen soll, war mir eines klar: Die **Hölle**, die ist dort, wo nur noch der Klimagipfel übrigbleibt. Und die dort sind, sind zur Hölle gegangen. Das haben sie sich redlich verdient. Aber ich will dort nicht bleiben. Also schlüpfte ich wieder in meine Lieblingssandalen und wanderte weiter… über den Pazifik? Nein, über den blauen Planeten, der nichts mehr als Wasser hat und

noch ein paar Menschen, denen wir das Ertrinken gönnen…

weil wir es selbst nur noch aus unseren Logenplätzen im Jenseits verfolgen können.

2.2.2   Ich mag die Hölle nicht

Ich mag die Hölle nicht, bei den Bewohnern könnt ich kübeln…

Russen, Amis und Chinesen – wem würde da nicht übel…

Es ist schon fünf nach zwölf – ihr Berg schmilzt ein als Hügel…

Der Gipfel wird zur Insel, endlich sind sie hinter Schloss und Riegel

2.3 Himmelfahrt im Paternoster und Menschheit 2.1

Während ich weiter wanderte, zog Nebel um mich auf. Bald sah ich nichts mehr und das Nichts war unscharf. Kopfüber verschwand ich in den Wolken, tauchte in die Wölklein, hinauf in den Himmel.

Himmelfahrt hatte ich mir auch anders vorgestellt.

Und die Entwicklung der Menschheit als Himmelfahrtskommando kommt mir makaber vor. Im Himmel untergehen…

Ich freute mich auf heute Abend, am Stammtisch auf Wolke Sieben.

Der Heilige Georg verwöhnte uns mit seinem leckeren Georgs-Bräu-Bier und wir entwarfen gemeinsam Vorstellungen, die wir Papa präsentieren wollen: Unser Entwurf für Menschheit-Version-2.1 oder so ähnlich. Obwohl für die erste Menschheitsversion würde ein Doppel-O auch gut sein: NullNull. Wurde nicht aus der Erde ein Wasserklosett? Nachdem der Mensch zu 70 % aus Wasser besteht… wie passend.

Also Human-Upgrade 2.1. Bei einer Himmelsmaß von Nektar&Ambrosia, serviert von singenden Engelein kommen einem die besten Gedanken. Gutgelaunt tauschte ich mich mit meinen Freunden und Freundinnen aus.

Judas **Ischariot** gehört natürlich wieder dazu. Seine Mission für meine Mission entstellten die Schriftsteller der Evangelien völlig in ihren Schriftentstellten Heilige Schriften. Er war unverzichtbarer Bestandteil meines Planes. Wer kennt schon die Namen aller meiner Jünger? Den Iskariot, Judas kennt jeder.

Jakob: „Leute, ich bin ja für diese Upgrades. Aber mit Sinn. Testen wir Homo 1.0 doch mal aus… Das war keine völlige Fehlkonstruktion. Das sieht man schon an mir…"

„Du hast Recht!" rief **Maria Magdalena**. „Allein schon die Zweierkiste. Verbesserungswürdig, aber mir ging es gut dabei…" Sie zwinkerte mir zu. Ich zwinkerte zurück…

Matthäus: „Wirklich nicht! Schon der Sündenfall. Das wäre ohne Frauen nie passiert! Und sagte es nicht der HERR selber: Im Himmel werden nicht seien Männer noch Frauen?" Herr? Damit war ich gemeint.

Ich brummte genervt: „Ich hasse miese Zitate: Im Himmel wird nicht gefreit und geheiratet. Die Engel zoffen sich nicht. Das war's schon…"

Petrus: „Fragen wir einen Fachmann, den alten _Darwin, den Charles_ aus meiner Skatgruppe."

„Stimmt! Charly und Papa zoffen sich heute noch über die natürliche Auslese. Die Erde als Eliteanstalt. Das war nicht in Vaters Sinn. Stellt euch nur eine Gottwerdung vor mit Selektion und Mutation!"

Deogenese! Aus welchen Vorformen hat sich wohl Papa entwickelt?

Ich: Bleiben wir beim Menschen!

Alle blickten mich verantwortungsvoll an. Erwartungsvoll…

2.4 Gier, Kapitalismus, Kommunismus

Aus welcher Vorgabe könnten wir Homo 2.1 entwickeln? Mir schoss ein Werbespruch durch den Kopf: „Gier ist geil!"

Ich: „Mir nervt eure Gier. Alle wollen alles und das sofort haben."

Sie entgeistert: „Willst du über Klassenkampf diskutieren? Mi Karl Marx als Referenten? Oder Helmut Kohl mit „Leistung muss sich wieder lohnen"?

Ich: „Gier!"

Sie beleidigt: „Wir haben nur unsere einfachsten Bedürfnisse."

Ich wiederholte: „Gier! Was erwartet ihr von mir?"

Petrus war sich soooo sicher: „Herr, du bist der Messias. Du bringst das Reich Gottes. Ohne Neid und Gier!"

Ich: Also ohne FDP…

Andreas. „Genau! Du bringst das Paradies auf Erden. Allen geht es gut. Gierlos. Ich kriege, was ich will und noch ein bisschen Luxus mehr. Das ist das Ende der Gier. Du solltest die Blicke meiner Nachbarn sehen, wenn der popelige Fischer nobel wird."

Ich: „Der Fischer? Und seine Frau…? Gier!"

Andreas: „Ich will doch nur das kleine Glück. Ganz bescheiden. Einfach ein bisschen Luxus."

Ich: „Was bist du für ein elender Zocker. Du setzt auf das falsche Pferd. Das christliche Zeitalter: Du lebst in einem Wohlstandsland, wo arm ist, wer keinen SUV steuert."

Andreas: „Ohne Eigenheim, Kreditkarte und Zweitwagen bin ich gar nichts…"

Petrus: „Jesus: Wir wollen das Leben genießen. Du hast doch ein Herz für den kleinen Mann."

Ich: „Petrus, du kannst nicht genießen, wenn du mehr willst. So kommst du nie zur Ruhe. – Schau dich an: Luxusleben, aus der Sicht eines armen Inders betrachtet. Trotzdem grassiert die Unzufriedenheit, weil der Satan dir etwas Neues suggeriert, ohne das du nicht glücklich bist.

Petrus: Ach, du und dein Satan. Wenn du nur alles schlecht machen kannst.

Ich: Komm, lasst mal. Wir wollen doch den Homo 2.1. Da geht es nicht nur um Konsum, da geht es auch um Macht. Macht kaputt, was euch kaputt macht!

Andreas: (entsetzt) Du bist ja ein ganz linker Systemfeind.

2.4.1   Human Upgrade 2.1

Human Upgrade 2.1 – Diesmal wird's der Knüller…
Der garantierte Schmutzfrei-Homo – ist der Entwicklungsbrüller.
SUV, Eigenheim, der Zweitwagen im Klo
Der Satan freut sich: Fehlerfrei? Den nehme ich gleich so…

2.5 Krieg und Frieden, Faust auf Faust

Johannes: mischte sich ein: „Schaut mal: vor gut zehn Jahren waren die saturierten West-Europäer mordsmäßig entsetzt, als dieser russische Satansbraten die Ukraine überfiel, nach dem Vorbild eines gewissen Österreichers aus Braunau einen Blitzkrieg gewinnen wollte und dann die Kriegsgefahr für ganz Europa an den dunkelroten Horizont malte."

Jakobus mahnte: „Johannes, lass das. Das ist längst Geschichte!"
Johannes „Aber aus Geschichte muss man lernen. Russland und Ukraine…"
Jakobus „Brüderchen, Russland und Ukraine sind abgesoffen wie ein alter VW-Käfer. Russland und die Ukraine haben für die Menschheit eine Bedeutung wie der Mariannengraben."
Ich: „Lass meine Mama aus dem Spiel. Immerhin wurde die tiefster Vertiefung des Erdballs nach meiner Mutter benannt."
Jakobus: „Okay, okay, was ich sagen will: Frieden ist, wenn der Krieg untergeht."
Johannes „Wenn der Krieg absäuft wie ein altes Auto, dann ist die Welt gerettet…"
Jakobus „So könnte man das Klima retten: Alle **Autos saufen ab!**"
Andreas: „**Brennstoff-Saufen** gegen den Klimawandel. Alle Autos hören auf mein Kommando: Benzin ex und hopp. EinsZweiGsuffa!"
Petrus: „Saufen für das Klima. Was für eine Superaktion! Käfer, Ente und R4 wären die Lösung."
Johannes: „Nein, mir geht es nicht um das Klima, sondern um den Frieden. Gewaltfreier Widerstand als globales Friedensmodell: Friedensdemos mit Autokorsos, LKW-Korsos, Flugzeugkorsos. Abgase - Klimaerwärmung. Pole verschwinden in den Weltmeeren, die Weltmeere nehmen explosionsartig zu. Das Wasser flutet Kriegsgebiete.

Erdogans geliebter Bosporus versinkt ins Unterwasserparadies, das Schwarze Meer mutiert zum Blinddarm des Mittelmeeres, Krim und Ukraine verwandeln sich dank Stör-Laich in Kaviar-Paradiese, gesättigt mit dem berühmten Krimsekt. Vom Norden, Süden und Westen strömen Wassermassen auf den roten Platz in Moskau. Die rote Armee versinkt mit ihren bewährten Panzerwesten, Rettungs-Blei-Westen. Rettungs-Osten… Untergang pur."
Jakob: „Junge, du redest wie Noah. Flut gegen Sünde! Die Opfer seufzen, die Täter saufen ab…"
Johannes: „Es wäre auch ohne Sintflut gegangen mit meinem Friedensplan für den Ukraine-Krieg. Non-Violence! Gewaltfrei, waffenfrei.
Andreas: „Wohin man ohne Waffen kommt, habe ich erlebt: auf schrägen Balken gekreuzigt. Waffenfrei die Abgesandten des Teufels besiegen!!!"
Judas: „Mach mir den Teufel nicht schlecht. Bei ‚die Hölle sucht den nächsten Oberteufel' bliebe er chancenlos. Und das seit Jahrtausenden… immer fand sich ein Schlechterer."
Johannes: „Schluss mit dem Gemotze. Andreas, dein Kreuz gehört in meinen Plan wie die Andreaskreuze vor den Bahnübergängen."
Andreas bekreuzigt sich schräg…
Johannes: „Und erst die Gleise! Die schrägen Kreuzweichen?"
Judas: „Ich kenn vor allem die Friedensapostel mit dem weichen Kreuz, die vor der Faszination der Waffen auf die Knie gehen…"
Andreas: „Ja, ein weiches Kreuz kann man dir nicht vorwerfen. Ich sage nur ‚Silberlinge'.!"

Judas: „Alter Hetzer. Was wäre denn aus dem Heilsplan unseres Messias geworden, wenn ich nicht meinen Job gemacht hätte? Jakobus und Johannes, die wollten schon das Fell unter sich teilen. Als Minister!"

Andreas: „Aber du…."

Judas: „Hat Jesus mich als Satan bezeichnet? Nee, den Petrus, weil der ihn von der Kreuzigung abhalten wollte."

Petrus: „Ich hab's doch nur gut gemeint!"

Judas: „Du heulst wie meine Schwiegermutter! Nur gut gemeint…. Du hattest Schiss!"

Petrus: „Immerhin bin ich ihm gefolgt…"

Judas: „Stimmt. Aber dann dreimal: Ich kenne den Jesus nicht!"

Petrus: „Dem verdammten Hahn müsste man den Hals umdrehen und ihn ins Suppenwasser werfen!"

Judas: „Mach dir nichts draus. Wieviele aufrechte Deutsche haben 1945 ohne mit der Wimper zu zucken gesagt: Hitler? Kenne ich nicht! Ich **schwör**! Das war der sogenannte **Führereid** nach dem 8. Mai 45."

Petrus: „Aber Hitler war doch kein Messias!"

Judas: „Für die jubelnden Massen auf dem Reichsparteitagsgelände in Nürnberg war er der Heiland und für die jubelnden Parteigenossen in der Berliner Sporthalle ebenfalls."

Johannes: „Hört auf mit dem ewigen Hick-Hack! Es geht um Größeres!"

Jakobs: „Du willst einen Krieg verhindern, der längst abgesoffen ist."

2.5.1   Nirgends ist ein Krieg in Sicht

Ich steh auf meiner Insel – nirgends ist ein Krieg in Sicht…
Weil alles schon längst absoff – bevor der Globus bricht.
Warum hat man nicht früher, das Diktatorenpack
Im Windjammer aufs Meer geschickt und die Planken aufgehackt…

2.6 BahnAG für Russland

Johannes: „Hör doch mal zu! Wenn es in Russland keinen Winter gäbe, hätten die Deutschen gesiegt. Man muss gegen Russland auf die Deutschen setzen."

Jakob: „Mit Kruppstahl und Rost!"

Johannes: „Nein, mit der DeBe."

Andreas: „Häh?"

Johannes: „Deutsche Bahn-AG, Hapag-Lloyd Reederei-Bahn. Ging unter. Doch als Hamburg noch an der Elbe lag und nicht in der Nordsee, wäre die DB die Kampftruppe gegen die Russen gewesen.

Unser Friedensbotschafter Schröder hätte seinem Freund Wladimir als Gastgeschenk eine Modelleisenbahn mitgebracht. Damit spielten sie an diesem herrlich langen Tisch! Putin spielt Modell-Eisenbahn, wenn er allein ist.

Andreas: „Und was will Schröder?!"

Johannes: „Der will Weichen stellen. Nachdem Gasprom suboptimal läuft, präsentiert er einen Exportschlager. Exklusiv für die CCCP

(UdSSR). Nach der Übernahme der **Reichsbahn** 1990 durch die Bundesrepublik, bietet er Putin als Reparation die Deutsche Bahn AG an. Natürlich nicht die Hardware, sondern die Logistik. Zum Freundschaftspreis, zu Dumpingpreisen mit Vermittlungshonorar liefert er die Vorstandschaft, das Management und die Leitung der DB-AG. Das komplette Know-How." ---

Andreas: „Was sagt uns deine Offenbarung?"

Johannes: „Schröder wäre – in den Worten Lenins - einfach unser nützlicher Idiot. Dieser „Basta"-Idiot stürzte mit dem Bahnvorstand Russland ins Chaos. Landesweit! Russland ist ein weites Land!

Gleißänderung, Verspätung, Zugausfall, Richtungsänderung, Zielverwirrung, Toilettendesaster… Dr. Lutz, als Bahn-Generalfeldmarschall – Gleismarschall - ging in blauroter Uniform voran. Passend zum Motto der Bahn auf ihrer Homepage: „Unsere Mission". Ein klassischer militärischer Begriff, von der DB vor Jahrzehnten eingeführt.

Schröder liefert die Vorstandschaft aus den 20er-Jahren: Dr. Lutz steuert Russland ins Verkehrschaos, unterstützt von Cheflogistiker Dr. Holle mit seiner Schneeflocken-Chaostheorie, Herr Huber verkauft die zu befördernden Personen als Stör-Fall, quasi Kaviar. Logistik-Tigerin Dr. Nikutta ordert Güter an die entgegengesetzten Zielorte, Frau Dr. Gerd organisiert den Verkehr in Ruszlandt digital über Lochkarten, die sie heimlich im DB-Museum mitsamt der Kartenlocher entwendete. Dr.jur. Seiler sorgt für das Recht auf Durcheinander. Die Verteidigungsministerin Lamprecht ließe diese Seilschaft statt ihres Sohnes mitfliegen. Zum DB-Sparpreis: mit One-Way-Ticket. Vorteilhafter Nebeneffekt: Man braucht keine militärische Truppe mehr. Dieser Vorstand schafft alles. Man könnte Andreas Scheuer reanimieren, der über nachgewiesene Inkompetenzen verfügt, Logistik an die Wand zu fahren. Also: die deutsche Geheimwaffe gegen Putin: der Vorstand der DB-AG.

In meiner neuen gemeinen - äh geheimen Offenbarung, als Endzeit-Hacking - habe ich den Top-Secret-Plan der Öffentlichkeit gefaxt.

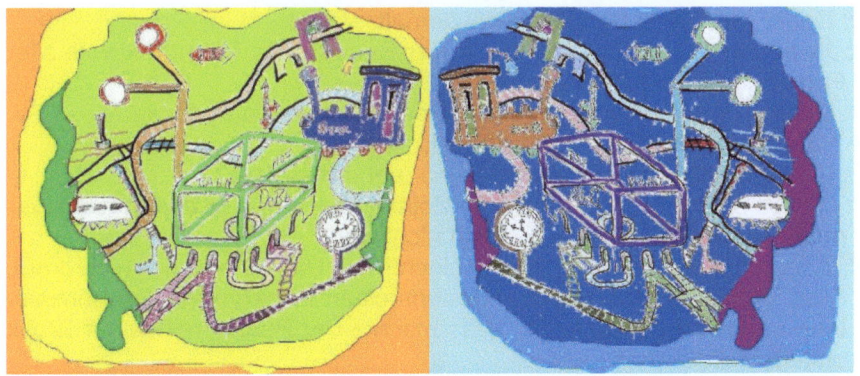

2.6.1 Die Rußland AG Bahn

Die Züge rollen durch das Land, die Rußland AG Bahn.
Besetzt mit DB- Management – Da kommt nichts richtig an.
Mit Putin im Salonwagen – die deutsche Bahnmission…
Wo fährt er denn, wo rollt er denn, da tuckert er davon…

Die Rußlandbahn im Chaos, der Zielbahnhof verdreht,
Der Speisewagen ist vereist, der Sonderfahrplan steht.
Was morgen fährt, kam gestern an, die Lok fährt ohne Koks
Am Nebengleis, beim Nebenmann, Objekt des Nekro-logs.

2.7 Selbstfindungsprozess eines Messias

Ich: „Ich könnte mich aufregen!"

Petrus: „Hat dir jemand die Sandalen geklaut?

Ich: „Lass die Späße! Du musst was sagen! Grade du!"

P: Was hast du nur, Jesus? Ich muss immer für alles herhalten, immer der dumme Petrus. Demnächst nennen sie den August in Petrus um…"

J: Dummer Witz, Petrus. Nein. Wieder mal dein Stellvertreter in Rom."

P: Was heißt hier mein Stellvertreter? Ich dachte es wäre deiner?

J: Ist auch egal. Der Papst hat nur einen Hintern, aber er sitzt auf drei Stühlen: Deinem Stuhl, meinem Stuhl und dem meines Vaters, den er schlicht ‚Gott' nennt!

P: Naja, wenn einer Gott heißt. Mit dem kann man alles machen (lacht)

J: Mit dir auch. Wenn ich höre, was dieser Oberpriester auf deinem Stuhl von sich gibt, dann denke ich oft: Ich habe das mit dem Stuhl falsch verstanden, das ist keine Sitzgelegenheit, sondern….

P: Hör auf, so von mir zu reden!

J: Was denkst du, wie dein Stellvertreter von MIR redet, oder von meiner Mutter!

P: Deine Mutter?

J: Meine Mutter! Meine leibhaftige Mutter. Diese weiberlosen Männer sprechen ihr alle Weiblichkeit ab.

P: Dabei wird sie äußerst attraktiv gemalt.

J: Ja, schon. Da soll sie das Beste vom Besten sein. Die attraktivste aller Frauen, aber ohne Sex-Appeal.

P: Dumme Sache… Wenn ich an deine Freundin Maria denke…

J: Lass meine Frauen aus dem Spiel…

P: (beschwichtigend) Schon gut. Was regt dich so auf?

J: Dieses platte Geschwärme vom Zölibat. Ihre Priester dürfen nicht heiraten. Angeblich, weil ich es auch nicht war!

P: Aber ich! Und das war nicht schlecht! Der Paulus war neidisch drauf, dass ich meine Frau auf die Missionsreisen mitnahm wie Außenministerin Lamprecht ihren Sohn. Was machte der Paulus mit seiner Erotik ohne Frau?

J: Dumme Frage. Das hat uns alles schon Sigmund Freud erklärt: Paulus hat sublimiert. Diese theologischen Ergüsse des neuen Testaments hätte es nie gegeben, wenn er in dieser Zeit mit seiner Frau ins Bett gegangen wäre. Und falls ihn danach eine kreative Phase gepackt hätte, dann wäre etwas anderes rausgekommen als diese verquaste **Schlangenmenschengehirnakrobatik**. Ausgerechnete ich ein Asket! Der Johannes vielleicht, aber nicht ich. Dafür ist das Leben zu kurz.

P: Dich nervt also der Zölibat.

J: Nee, die können leben wie sie wollen. Mich nervt, dass sie ihre verklemmte Moral mit Spekulationen über mein Sexualleben begründen. Abgefuckt wie Mohammed.

P: Was hat der damit zu tun?

J: Der behauptete, nicht so ein Loser zu sein wie ich. Ich hätte nicht mal ne Frau abgekriegt.

P: Sagte er?

J: Nee, bei dem ist es so blöd wie bei mir: Das sagen die, die ihn vertreten. Obwohl…

P: Was, obwohl?

J: Der hat mir nicht mal zugestanden, dass ich gekreuzigt wurde. Er selbst kam unbeschadet durchs Leben, das war ein Zeichen Gottes. Wäre ich gekreuzigt worden, würde das gegen Gott sprechen, also müsste ein Doppelgänger von mir gekreuzt worden sein.

P: Echt? Plusquamperfekt? Das beherrschte er?

J: Steht zumindest im Koran. Und den soll Papa diktiert haben. Allerdings erinnert er sich nicht mehr dran. Selbst bei seinen ersten beiden Testamenten hatte er keine Hand im Spiel und sein Geist wirkte nur begrenzt dazu. Die menschlichen Geister waren in diesem Bereich schon immer durchsetzungsfähiger als der göttliche Geist. - Und nichts davon hat mit mir zu tun. Die haben sich einfach einen anderen Jesus gemacht, ein Bild, das sie genüsslich gestalten konnten…

P: Hart für dich.

J: Ja, die Härte: Du sollst dir **kein Gottesbild** machen – aber von mir dürfen sie labern, was die Schwarte hält. Ich bin ja gegen die Todesstrafe, aber so ein kleiner Schweigezauber, der wäre schon schön….

2.7.1 Homo 6.6

Her mit den Sandalen, ich will weitergeh'n
Ach wie ist das Leben – ohne Rom so schön…
Männer, Frauen, Liebe – Homo 6.6
Nur kleine Fehler sind erlaubt – bei meinem Mensch-Gewächs…

2.8 Kill for peace

Derzeit hat es der Sandalenträger aus Nazareth schwer: Aus seinen Kirchen laufen die Ungläubigen scharenweise fort – sie glauben nicht mehr an die Kirche. Aber auch aus seinem Pazifismus laufen die Friedensapostel weg: Frieden schaffen mit Waffen, skandieren sie. Geschaffen hat diese Konversion ein Verrückter: Weil die „In-Friedenszeiten-sind-wir-Pazifisten"-Bannerträger sich durch den verrückten Putin bedroht sehen, erklären sie Waffen zur Friedenslösung.

Und dahinein läuft im Mai 22 wieder mal ein junger Ami Amok an einer Schule. Folge: Trump fordert Aufrüstung an den Schulen. Das ist keine Satire, das ist US-Denke seit dem Überfall der Engländer auf das Hoheitsgebiet der Indianer: Damals musste man sich **gegen die Besitzer zur Wehr** setzen, heute steigern Waffenbesitzer den Umsatz der Waffenindustrie. Hysterie für Industry.

Die USA demonstrieren uns, was es heißt, wenn Waffen sprechen: Frieden. Friedhofsfrieden. Texas als Schule der Nation. Weshalb schicken die ihre Amokläufer nicht einfach nach Moskau?

Ich weiß schon, wie man in den USA gute Noten bekommt und ein Super-Examen: Man muss eben besser bewaffnet sein als die Prüfer.

Prüfling: „Was heißt das, ich könne nicht rechnen? Ich kann bis drei zählen. Und das reicht!"

Prüfer: Was ist zwei mal zwei?

Prüfling cool: – „Eins, zwei, drei!"

Ratatatatatata. Mit nervöser Stimme:

Prüfling: „Echt doof! Jetzt weiß ich nicht mehr, viele Typen ich gekillt habe.

Ich könnte Kerben auf meinem Lauf machen, aber wenn ich mich verzähle? Der Typ in Texas erledigte nur 19 Schüler: So blieb er unter 20!"

Die USA liegen jenseits des großen Teiches, des Atlantiks. Darin haben sie bereits eine geheimnisvolle Stadt versenkt. Und zugleich ihren Verstand? Allerdings stieg der Wasserspiegel nicht merklich an…

2.8.1   Erschießt die Waffen-Lobby

Den besten Frieden schaffen – immer noch die Waffen…
Denn ohne unsre Waffen wären wir noch dumme Affen…
Hätt jedes Opfer erst geschossen, wär es nicht krepiert
Erschießt die Waffen-Lobby, dass sie endlich mal kapiert:
Waffenhandel, mehr passt nicht in euer Hirn.
Ein Waffenhändler ist erst gut mit dem Löchlein in der Stirn.
Und seid ihr alle mausetot, saust in die Höll hinab…
Dann tanzen wir den Friedenstanz, zertrampeln euer Grab

2.9 Regenbogen-Walk

„Machen wir einen neuen Versuch!" lächelte Papa. Er warf einen Regenbogen über Himmel und Wasser und ich stieg wieder einmal hinab. Der Regenbogen zeigte bereits, was den neuen Menschen ausmachen sollte: Vielfalt und Toleranz. Ein Signal für Orban, Putin, Erdogan und Co: Wir müssen draußen bleiben…

Am Ende des Regenbogens winkte ich mit meinem Olivenzweig. Himmlische Heerscharen schwebten vom Himmel darnieder und fächelten mit ihren Flügeln das Wasser weg. Bald zeigten sich erste Bergspitzen, dann Bergtäler, dann Sennenhütten und irgendwann die Steppe mit Löwen, Elefanten, Giraffen, also einer vielfältigen Fauna.

O, ich bin in Afrika, staunte ich. Die Wiege der Menschheit. Gibt es einen besseren Ort für Homo 2.1? War hier nicht Lucy 0.3? Ich trat mit meiner Sandale in den feuchten Sand: Diese Fußspuren sollen späteren Ausgräbern eine große Freude machen! Ein Fußabdruck von Brian.

3   Bibel light

An den Anfang dieser Kompilation stelle ich „Bibel light". Hier werden ganz viele Themen angeschnitten. Die abgedruckten Texte ergänzen Versionen, die im Laufe der Jahrzehnte verändert wurden.

Für unsere CD wollte ich die Bibel kabarettistisch durchforsten. Aber schon die klassischen ersten elf Kapiteln zeigten mir: Das ist zuviel. So blieb jener vermessene Beginn ein Torso.

3.1 Am Anfang war das Chaos 1999

Wie steht es schon in der Bibel, gleich in den ersten Versen? Am Anfang war das Tohu-wa-bohu... Und wurde daraus nicht eine wunderbare, herrliche, phantastische Welt? Warum sollte aus dem rot-grünen[7] Chaos nicht auch... Paradiesischer als Helmut Kohls visionäre blühende Landschaften in den neuen Bundesländern wäre ja selbst ein Kartoffelacker. Und für eine kraftvolle, kraftstrotzende bundesdeutsche Eiche braucht man eben einen Eichler. Obwohl, wenn ich den so sehe, dann fallen mir eher andere Bäume ein. Bis hin zu Gräsern.

Freilich müssen erst einmal die Finanzen in Ordnung gebracht werden, geeicht werden. Wer könnte dies besser als ein Mensch, der seit der Geburt ein Eichel[8] ist... Schließlich werden wir da stehen wie eine deutsche Eichel... Natürlich muß es auch einen geben, der besser ist als die anderen, und der Komparativ von Eichel ist Eichler...

Da selbst die beste Eichel nicht ohne Wasser sprießt, müßte über kurz oder lang auf einen Wasserspender zurück gegriffen werden, auf LaFontaine[9]...

3.2 Adam

Eigentlich ist der Mensch ein Produkt der Fehlplanung. Als Gott die Erde geschaffen hatte, langte er sich an den Kopf:

"Mein Gott," sagte er sich, "du hast die Erde geschaffen, und wer kümmert sich jetzt drum? Muß ich denn alles allein machen?"

Ein Blick auf seine Schöpfung zeigte ihm: Jetzt hab ich einen Arbeitsplatz geschaffen, aber keinen **Arbeitnehmer**.

Darum schuf Gott Adam. Klug, wie Gott war, beschränkte er sich auf den Prototypen. Denn ein Einzelexemplar kann keine Gewerkschaft gründen, keine Streikfront bilden und auch nicht mit Firmenwechsel drohen. Das Paradies war ein **Williglohnland**.

Also machte er sich an die Arbeit, einen Arbeitnehmer zu schaffen. Erde war als Grundmaterial vorhanden. Und Gott schuf **Erdal**. Quatsch, natürlich keine Schuhcrême. Gott sprach ja - unglaublich, aber wahr - kein Deutsch, ja nicht einmal Sächsisch, sondern Hebräisch. Da heißt Erde Adama. So nannte er den ersten Arbeitnehmer Adam.

---

[7] Am 28.9.1998 wählten die Bundesbürger Helmut Kohl ab und es folgte die rot-grüne Koalition mit Gerhard Schröder und Joschka Fischer als Gallionsfiguren.

[8] Hans Eichel (SPD) hieß der damalige Finanzminister.

[9] Oskar Lafontaine war damals noch führender SPD-Politiker, in einer „Trias" mit Rudolf Scharping und Gerhard Schröder. Der „Basta"!"-Schröder setzte sich, mit kräftigsten Ellenbogen. Sein Hartz IV-Programm (entwickelt natürlich mit einem Manager aus der Autobrache) hat durch seine unsozialen Folgen die SPD an den Rand des Abgrundes gebracht. Durch seine unverbrüchliche Nähe zum Kriegsverbrecher Putin, den er einst als „lupenreinen Demokraten" (das war keine Ironie!) bezeichnete, droht ihm 2022 der Rauswurf aus der SPD – während Lafontaine, Gründer der „Linkspartei" sich der SPD wieder annähert. (20.5.22)

Darin steckt bereits das Wort "**Dam**". Das ist ebenfalls hebräisch und bedeutet Blut. Die Dame war also die Frau des Blutes. Sorry, Baby. Ein Damenopfer ist seitdem immer ein Blutopfer, es wird monatlich dargebracht und so hängt doch alles zusammen. Gott outete sich als New-Age-Anhänger - obwohl es vor ihm gar kein Old-Age gab. So ein Pech.

Wie gesagt: Menschen aus Lehm, das war einmal. Die modernen **Menschenmacher** arbeiten mit Reagenzgläsern..

3.3 Die Schlange

Und nun betritt die berühmte Schlange den Boden der Weltgeschichte; d.h., von betreten kann bei dem Schleichtier natürlich nicht die Rede sein. Immerhin: Sie war die erste, die die Vorteile von Schleichwegen erkannte. Eigentlich wollte sie Eva auch zu einem Auto verführen; als Eva darauf nicht ansprang („das" Auto: offenbar fehlte der männliche Anlasser) paart sich die Verführerin mit dem Vehikel. Ergebnis: Die Autoschlange. Weil dieses Auto ein Ford war, nannte man diese Vermehrungsart dann Fortpflanzung. Und weil die Autoschlangen auch etwas von ihrer Mutter haben, bewegen sie sich gerne auf Schleichwegen. Schlangenlinien hingegen kosten die Fahrerlaubnis.

Doch Eva hatte keinen Führerschein. So nahm sie sich bloß einen Apfel, gab ihrem Adam auch einen und beide bissen herzhaft hinein. Kaum hatten sie sie gekostet, da erkannten sie: Wir sind **nackt**! „Ui", sagte Adam: „Vow!" erwiderte die einzig anwesende Frau mangels einer reizvolleren Alternative. Und da nur das Verbotene Lust bereitet, bedeckten sie schleunigst ihr Blöße. Schon war es vorbei mit der Kultur, mit der Freikörperkultur. Es kam die Kleiderordnung, der Schlips und der Kragen, an den es einen gehen konnte. Und die Jecken tragen Jacken mit Taschen, in die einem der Fiskus greifen kann. Spätestens die **Steuererklärung** macht uns zu FKK-Anhängern, denn entweder kostet sie uns das letzte Hemd oder wir wollen nichts, in das man uns fassen könnte. Ein Hoch auf den Steuerberater!!!

Dabei gab es doch gar keine Spanner.

Warum ziehen sich heute Menschen extra aus? Ist ihre Erkenntnis flöten gegangen? Zumindest die Erkenntnis, daß zwischen Nackedei und Augenweide ein Unterschied ist. Nicht der kleine, sondern meist ein großer. Ein Bauch etwa. Man denke nur an Kohl in Badehose... Und als sein Finanzminister die Hosen runterließ, brach die gesamte Republik in Panik aus. Die BRD wurde zur FKR, zur Freikörperrepublik, damit einem der Fiskus nicht mehr in die Taschen greifen konnte. Besonders Schlaue zogen aufs Dorf, aufs Lambsdorff[10]... Aber das wissen nur noch die Älteren von uns.

---

[10] Otto Graf von Lambsdorff (FDP) war Wirtschaftsminister und wurde wenige Jahre danach wegen Steuerhinterziehung verurteilt, wobei er FDP-Vorsitzender blieb und auch Ehrenvorsitzender wurde, was etwas über die Ehre dieser Partei aussagt.

Die Steuererkläung, um die sich der wackere liberale Graf herummogelte, kennen wir hingegen alle. Und weil die oft so trocken ist, singe ich ein Lied dazu:

3.3.1   Die Steuererklärung....

EF#G#AH, AEAEAEAE (Melodie Help!)
<u>Vor</u> mir liegt ein Zettel, ach, was <u>sag</u>' ich, es sind vier
<u>in</u> mir wächst die Wut, denn mein Ti<u>er</u>kreis ist der Stier...
Ich seh' <u>nur</u> noch rote Tücher, ich <u>kritzle</u> wild herum
<u>und</u> ich trage mein Ge<u>ha</u>lt ein <u>in</u> sein Vakuum.
Hilf mir, hilf mir, hilf mir, denn ich blicke nicht mehr durch
hilf mir, hilf mir, hilf mir, denn ich fühl' mich wie ein Lurch
hilf mir, hilf mir, hilf mir, denn ich bin kein Millionär
bitte sähr...

Ich <u>wähle</u> eine Nummer: sechs acht acht sechs neun null piep
wenn jetzt <u>jemand</u> bei euch <u>abhebt</u>, weiß ich, <u>je</u>mand hat mich lieb.
Nein, es ist nicht LaFontaine, auch der Theo ist es nicht
<u>so</u>ndern eine Frau, die schweigend <u>weiß</u> wo<u>vo</u>n sie spricht...
Hilf mir hilf mir, hilf mir, denn das Steuerrecht ist schwer
hilf mir, hilf mir, hilf mir, denn ich bin kein Millionär
hilf mir, hilf mir, hilf mir, denn mein Konto ist bald leer....
bitte sähr...

Jetzt hast du meine Akten, vor dir pack ich alles aus
bitte mache mich zum Bettler, denn nur so krieg ich was raus.
Ich fülle keine Pausen, aber Werbung mach ich viel
der Computer der Beraterin schenkt mir sein Mitgefühl
Hilf mir hilf mir, hilf mir, denn ich koche und ich siede,
hilf mir, hilf mir, hilf mir, ich fühl' mich wie eine Niete .
hilf mir, hilf mir, hilf mir, bitte aus der Steuerschiete
Fisko-zide...

Die Schlange verführte Adam und Eva. Sind wir nicht alle immer wieder Adam und Eva? Samstag morgen in der Schlange an der Kasse: rührige Verkaufsleiter haben in Griffweite völlig überflüssige Konsumgüter aufgebaut. Schon greift man, frau und vor allem Kind zu...
Allgegenwärtig ist keineswegs der Allmächtige, sondern in seiner Tarnkappe Mr. Mehrwertsteuer, der gesetzlich geschützte Taschendieb. Er hat ein neues **Steuerräubermittel** ersonnen: Wir zahlen nur noch Mehrwertsteuer, 100% und bekommen unsere Ware als Zugabe. - Tja, steht doch schon alles in der Bibel, wozu brauchen wir noch Zeitungen...

3.4 Die Schlange: Bei Drängelmann
(Rainer mit Hintergrundmusik) (Helga aus dem Off) (mit Einkaufswagen)
Eine Erfahrung, die uns moderne, emanzipierten Männer solidarisiert, ist der Einkauf im Supermarkt, ich kaufe bei Drängelmann..., da kann ich

ganz geruhsam am Samstagvormittag schnell noch ein paar Kleinigkeiten für das Sonntagsmenü erstehen. Ein Freund von mir hat das **meditative Potential** dieses Lebenszentrums entdeckt. Er braucht keinen religiösen Supermarkt mit der kosmisch-ökologischen Esoterikecke, ihm reicht das volkskirchliche Angebot des *Real*(!)-existierenden Konsumismus und bei *Comet*[11] denkt er an den weihnachtlichen Stern von Bethlehem, eilt wie die heiligen Drei Könige hin und läßt statt Gold, Weihrauch und Myrrhe eben sein Bargeld dort. Ihn stören auch nicht die Meßdienerinnen, die irgendwelche Waren in die Regale stopfen und dabei sämtliche Passagen blockieren. Was ihn hier früher zur Weißglut brachte und seinen Adrenalinspiegel steigen ließ, versetzt ihn heute in meditative Andacht, die dem Nirvana nahe ist. Ich bin noch nicht auf dieser Stufe der Selbstvervollkommnung. Ich bin noch Norma. Bei mir läuft das Consum-Verhalten Aldi ab, etwa so: Ich schiebe meinen Einkaufswagen durch Drängelmann.

V: Puh, und knapp einem Frontalzusammenstoß entgangen. Da wäre kein Glas heil geblieben. Gibt es denn keine Warnungen, wenn wildgewordene Weiber durch den Supermarkt rasen? Grade heute, Samstag Vormittag, bei Hochbetrieb? Hier brauchen wir aktuelle Verkehrsmeldungen. Ich stelle mir das ganz plastisch vor: Die umsatztreibende Säußelmusik, jene akustische Umweltverschmutzung zwischen „Stille Nacht" und „Wenn wir erklimmen" wird unterbrochen:

BIII Signal (Kazoo)

Helga: Und nun unsere aktuelle Verkehrsübersicht von Drängelmann: Stau in der dritten Einkaufsstraße zwischen Linseneintopf und heller Soße. Vorsicht, der Stau beginnt hinter einem unübersichtlichen Turm Raviolidosen. Achtung, Käufer in der siebten Einkaufsstraße! Zwischen Salzletten und französischem Landwein kommt Ihnen ein Falschkäufer entgegen. Bitte halten Sie sich rechts und greifen Sie bei allen Produkten zu. Wir melden Ihnen, wenn der Falschkäufer an der Kasse angekommen ist.

BIII Signal.

Volker: O ja, aktuelle Verkehrsnachrichten im Supermarkt könnten das Leben um so vieles leichter machen. . Doch Schluß mit dem Traum! Zurück in unsere harte Käuferwirklichkeit! Die fünfte Straße ist also zu. Welche soll ich dann nehmen? Und wie meinen **Speiseplan ändern**? Oh, in der dritten ist Platz?! Der Drang zur dritten ist noch *minimal*. Nichts wie hin, bevor es *Grosso* wird. Peng, voll gegen Ananasdosen! Typisch: Die Mitarbeiter dieses Warentempels bauen babylonische Türmchen aus Konserven mitten in den Weg. Der Erbsenturm im Sonderangebot gerät in höchste Gefahr, weil ich in meinem Zorn das Tempolimit überschreite.

---

[11] „REAL" und „Comet" hießen zwei große Supermarktketten. REAL fiel dem marktwirtschaftlichen Haifischbecken für Freiwirtschaft zum Opfer. (2022) „Norma", „Aldi" gab es noch den „Konsum" (nur echt mit dem kurzen „u". Später kommt noch „Grosso" und „Drängelmann" ist eine Verballhornung von „Tengelmann".

Jetzt muß ich noch bei den Nudeln vorbei. Oh! Wie reizvoll, aus drei verschiedene Marken mit zwölf verschiedenen Sorten auswählen zu können. Dann darfst du dir erstens überlegen, was du mit den Nudeln mal anfangen willst, dann schaust du zweitens, wo die gerade versteckt wurden und machst diese Prozedur drittens noch mal bei den beiden Konkurrenzsorten. Schließlich willst du das beste Angebot für dein sauer verdientes Geld. Im Superdauersonderangebot Miracoli für die 12-köpfige Familie. Da lacht das Singleherz!

BIII Signal.

Helga: Achtung, auf der fünften Einkaufsstraße ist ein neues Sonderangebot: 133 Stangen Spaghetti für nur 1.27. Greifen Sie zu, solange das Wasser noch kocht. In der vierten Einkaufsstraße Stau wegen zweier tratschender Hausfrauen. Bitte weichen Sie über die dritte und fünfte Straße aus und stellen Sie Ihren Speiseplan entsprechend um. –

BIII Signal.

Volker: Wodurch unterscheiden sich die drei Eier Nudeln von den Sieben Hennen Nudeln? Ist die Preisdifferenz durch etwas gerechtfertigt, in das ich nicht eingeweiht bin... Und rechnet sich mein Rechnen im Verhältnis von Zeitaufwand beim Denken und Suchen / zu den ersparten Pfennigen? A + P mal TIP = JA: Die Weisse[12].

Wahrscheinlich beeinträchtigt diese Rechnerei meine Fahrtüchtigkeit. Drei Zeilen weiter, genauer gesagt an der Ecke von Sauerkraut, Toastbrot und Schrubbern mißachte ich blindlings die Vorfahrt einer eifrigen Hausfrau. Crash! Blinker, Kotflügel und Stoßstange sind demoliert. Ach nein, die hat mein Einkaufswagen gar nicht, geschweige denn einen Airbag, und so bohrt sich die Lenkstange ungebremst in meinen Magen. Mir bleibt schier die Luft weg, die sich meine Kontrahentin eiligst holt. Sie startet bereits zu einer angriffslustigen Formulierung, doch mein Wortschwall ist schneller. Eine Entschuldigung jagt die andere, eine Zerknirschung knirscht nach der anderen. Das scheint die Unfallbeteiligte noch mehr mitzunehmen als der Crash selber. Und als ich sie zu einer 5-Min-Terrine[13] einlade, sucht sie das Gute, das in der Ferne liegt.

Ich: Auf zur Tiefkühltruhe! Doch Vorsicht: Werden die obersten Produkte nicht doch zu warm aufbewahrt. Also greife ich zu einer Schachtel von weiter unten. Aber ob die nun wiederum immer rechtzeitig erneuert werden? Sind da nicht nur die **alten Harunge** drin, denen das Lächeln auf den Lippen gefroren ist. Doch es ist so praktisch, wenn du nur das Tiefkühlzeug in einen Topf reinkippen mußt und aufkochst. Immerhin erspart dir dies eine Ehefrau. Und diese ökonomische Komponente darf nicht unterschätzt werden.

BIII Signal.

Helga: Soeben kommt noch eine Nachricht von unserer Filialenpolizei. Die fünfte Straße ist völlig überfüllt. Zwei Kundinnen haben sich soeben

---

[12] A + P, Tipp, JA und „Die Weisse": Billigmarken von Discounterketten.
[13] Gängiges Fertiggericht für die Mikrowelle.

mit 266 Stangen Spaghetti erschlagen. Geile Gaffer behindern die Reinigungsarbeit. Ortskundige Einkäufer werden gebeten, auf Sonderangebote zu verzichten und auf die Seifenstraße auszuweichen. An Kasse 5 erhalten Sie eine Videokassette[14] des Vorfalles.
BIII Signal.
Volker: Schnell zur Kasse, bevor der Feierabendverkehr einsetzt: An den Kassen sind von den sieben nur zwei besetzt und beide Schlangen wunderbar lang. Welche windet sich schneller vorwärts? Ein Käuferleben ist ein Schlangendasein. **Der Supermarkt als Terrarium!** Der Kunde im **Kassenkampf!** Verdammt, die Schlange bewegt sich einfach nicht. Wahrscheinlich hat eine Kundin gerade ihren **Euroscheck**[15] verlegt, die Kassiererin sucht noch den Kuli, die Käuferin kramt nach der versteckten Karte in den sieben Geheimfächern der Handtasche und dann... Selbstverständlich geht es in der anderen Schlange schneller voran. Natürlich. Die andere Schlange ist schneller. Nur den Leuten aus der anderen Schlange begegnet man nie. Immerhin, jetzt scheint der Scheck ausgestellt zu sein. Die Kundin hat drei Kreuze gemacht und es geht zwei Trippelschritte weiter.

Aufpassen, nicht trödeln, nicht träumen, denn jetzt kommt der Engpaß. Da sind viele schon in die Falle gelaufen: Du schiebst erwartungslos deinen Wagen vor dir her, immer auf die Rücklichter des Vordermanns achtend und plötzlich bist du eingekeilt zwischen den Förderband links, Metallstangen rechts und dem Einkaufswagen des Idioten hinter dir. Vor dir hat eine Mutti ihre fünfköpfige Familie für sechs Wochen versorgt und du steckst in der Klemme, wo du jämmerlich verhungern wird, den Tiefkühlbarsch vor Augen. Wenn du das überleben willst, ist der Akrobat in dir gefordert: Befördere deine Waren aus dem Wagen auf das Band und krabbel hinterher. Ja, Artisten aller Welt, schaut her! Hier sind meine Scannstreifen... Es folgt der finale Kassensturz! Und die freundliche Kassiererin bugsiert dich in die bereitgestellten **Instantsärge** am Ausgang, und bald ruhst du in der **Sargschlange** vor den Regalstraßen der Leichenhalle...
Eines weiß ich: Das nächste mal schick ich meine Alte.

3.5 Der Rausschmiß aus dem Paradies
Heiner mit Goldkopf
Helga: Gott schmiß sein mißratenes Erstlingswerk aus dem Paradies. Nicht ohne eine letzte Wohltat: Ein Feigenblatt erhielt jeder der beiden. Kleidsam für den unteren Teil ihres Luxuskörpers. Spätere Schöpfer der Haute Couture haben ihn gnadenlos beklaut und kreierten den sog.

---

[14] Der Vorgänger von digitalen Aufzeichnungen, wie über Web-Cams oder Handys.
[15] Vorform des bargeldlosen Bezahlens. Noch mit Papier!

Tanga. Aus den Feigenblättern entwickelte sich also die Bekleidungsindustrie.[16] Getreu dem Motto: Zurück zu den Wurzeln bewegt sie sich inzwischen zu den Feigenblättern zurück und entwickelt sich zur *Ent*kleidungsindustrie. Es war alles schon mal da, seit dem FKK im Paradies. Ein Rausschmiß ist nichts Neues. Das fängt schon bei Adam an. Bereits damals erwies sich Gott als sehr innovativ. Er schuf den ersten *Grenzer*. Und Gottes gefallener Engel Luzifer entwickelte die Parole: Das **Paradies ist kein Einwanderungsland**. Der Garten Eden kennt kein Kirchenasyl. Da wendet sich Adam an den lieben Gott persönlich. Der aber läßt seine berühmte Gnade vermissen und meint:

Heiner (=Gott): Nett, daß du mal wieder vorbeischaust, Adam, aber ohne Visum, keine Einreise ins Paradies. Und solange es ein sicheres Drittland gibt, nehme ich dich auch nicht als Asylanten auf.

Volker: Wo soll es denn ein drittes Sicherland geben?

Heiner: Hiermit erkläre ich die Erde für sicher und stecke dich damit in Sicherheitsverwahrung.

Volker: Und was ist, wenn ich mal Krach mit meiner Alten kriege. Darf ich dann auch nicht zurück?

Heiner: Nur politisch Verfolgte haben ein Recht auf Paradiesasyl. Familiäre Verfolgungen zählen nicht.

Volker: Und wenn sie mich mit dem Wellholz erschlagen will?

Heiner: Dann darf dein Sarg passieren, wenn die Formalitäten erledigt sind.

Volker: Lieber Gott, wenn du mal berufliche Probleme kriegst, dann habe ich einen tollen Job für dich.

Heiner: Für mich?

Volker: Ja, dann wirst du Innenminister in Bayern.

Helga: Und so wurde Gott **Ehrenmitglied** in der CSU.

3.6 Jakob und Esau – der Bauchsparvertrag

Ein linker Bruder war er schon, dieser Jakob. Oder wie sein Bruder Esau sagen würde: Die **Sau** bist eigentlich du. Bekanntlich hatten damals die Erstgeborenen die meisten Rechte. Und Jakob, der Zweitgeborene, wollte genau das: Der Wille zur Macht machte ihn gewissenlos. Also schmiß er sich an seinen Bruder ran und sagte:

J: Junge, was du brauchst, ist eine gute Geldanlage.

E: Geld? Ich hab Hunger. Geld kann man nicht essen.

J: Eben. Bruderherz, dieser ganze Papierkram ist doch nichts für dich.

E: Ich weiß. Meine Steuererklärung.

J: Mach ich für dich. Ich kann schreiben.

E: Seit wann?

J: Ich hab doch einen Managerkurs besucht.

E: Da lernt man schreiben?

J: Naja, zumindest, Formulare auszufüllen.

---

[16] Blöde Begründung: Bäume tragen Blätter, weshalb nicht auch wir?

E: Dieses unübersichtliche Zeug?

J: Genau. Eigentlich ginge es einfacher. Aber das ist eben eine Arbeitsbeschaffungsmaßnahme.

E: Meine Formulare beschaffen dir Arbeit?

J: Genau. Da haben wir beide was davon. Und hier hab ich die optimale Anlage für dich.

E: Ich dachte, du meinst, ich hätte gar keine Anlagen.

J: Eben. Deshalb will ich dir ja als guter Bruder eine verschaffen.

E: Und was hast du da?

J: Ich habe hier einen guten **Bauchsparvertrag** für dich.

E: „Guten Bau**ch**sparvertrag? Das klingt interessant." Das scheint wirklich was mit Essen zu tun zu haben.

J: Eben. Andere investieren in Immobilien, du in deinen Bauch. Und wenn du dich vollgefressen hast, merkst du schon selbst, daß du immobil wirst.

3.7 Sodom und Gonorrhö

Ja, ja, das Perverse... Der Kölner Dom hat Konkurrenz bekommen. Seine Türme werden von Sexualforschern für Phallussymbole gehalten. Was paßt da besser als ein Kon-dom? Auch Christo hat Interesse bekundet. Nachdem er den Berliner Reichstag verpackt hat, würde er gerne den Zölibat schlimmbolisieren und dazu die Domtürme mit erregendem Plastik verkleiden. Nur der Papst denkt da natürlich sofort an einen ganz anderen Dom, an den So-Dom. –

Mit Sodom wären wir wieder beim **Internet**. Da darf alles rein. Kondomlos. Das Internet sorgt für die Globalisierung jeglicher Perversionen. Freilich wird so die Welt zur Kloake und aus der Globalisierung eine Kloballisierung. Sodom on line.

Manche wollen es life, gehen auf Sextour. Im passenden T-Shirt auf dem prallen Hähnchenfriedhof mit der Aufschrift: *Andere Länder, andere Titten*. So zugvögeln sich frustrierte Industrienationalisten durch die Welt. Immer auf der Suche nach der perfekten So-Domina. Das Souvenir des Thailandtrips ist der Tripper, Urlaub mit dem Tripper-Clipper.

3.7.1   Wenn wir erklimmen die Charter Gangway

E-Dur

Wenn wir erklimmen die Charter Gangway
Jagen dem Höhepunkt zu
In unsern Taschen juckt eine Sehnsucht
die läßt uns nimmer mehr in Ruh
Jaja, billige Mädchen, knisternde Scheine
Geldsklavenhalter sind wir ja wir...

Im grellen T-Shirt, in fremden Luxusbett
Jungens, wir sind einfach geil
auf, laßt uns ficken, die Welt beglücken,
bezahlter Orgasmus, Sieg heil...

Jaja, billige Freuden, an jungen Häuten
Schweine, ja Schweine sind wir.

Wenn wir dann landen, und niemand erkannten
Ziehn wir den Anzug wieder an.
Sind feine Leute, gewaschene Häute
Gestatten, Herr Saubermann
Jaja, herrliche Bräute, Träume von heute
Zivilisierte, sind wir ja wir...

3.8 Das goldene Kalb

Gold gibt die Farbe vor. Es ging schon bei den Israeliten nicht um das Kalb, um das getanzt wurde, es ging um das **Gold**. Money makes the world go round, hatte Aaron getönt und Mirjam vertonte diese urhebräische Hymne. Mit der Cover-version Money, money hatte dann ABBA den großen Erfolg. Nein, nicht Abba, wie Gott von den Juden väterlich genannt wird, sondern die arische Popgruppe.[17]

Mose lag mit seinen Gesetzestafeln schief. Schallplatten hätte er nehmen müssen. Die 10 Gebote auf CD-ROM[18], interaktiv, mit eingebauten Sündenmöglichkeiten: Ich gehe fremd mit dem PC. Die Gesetze des Marktes hatten gesiegt. Wäre er mit der G-Aktie[19] vom Berg gekommen, hätte die Zukunft offen vor ihm gelegen. Aber so kam es nicht zum Börsenkrach, sondern zu zertrümmerten Gesetzestafeln.

Unten wurde **getanzt**. Eigentlich schade, daß dieser alte Brauch so verloren ging. Wäre die Börse nicht ein herrliches internationales Parkett, auf dem man tanzen könnte oder auch, was so manchem Spekulanten träumt, die Puppen tanzen lassen kann?

Das Kalb war übrigens ein Stier. Neider wollten ihn lediglich lächerlich machen. Es war ein **Stier**, um den man tanzte, wie verrückt tanzte. Vermutlich war er auch schon BSE verseucht. Ich bin mir sicher, der eigentliche Rinderwahnsinn steckt im Mammon. Geld kann verrückt machen... Die **K-Aktie**, die Kalbaktie? O, ewiges Kalau, du sollst nie vergehn, mögen wir auch untergehn. (Unsre Aktie flattert uns voran; die Reihen fest und hoch geschlossen).

Bleiben wir beim Thema, aber tun wir so, als würden wir es wechseln. Gehen wir zum Bereich „Bildung"... Ein klassisches sozialdemokratisches Thema. Bitte, die beiden SPD-Wähler mögen ihre Tempos herausholen. Das Folgende ist zum Heulen. Alle anderen mögen Tränen lachen... (Es folgte „Blöd bleibt blöd"; hier später dokumentiert)

---

[17] 2022 tänzeln sie ja schon ayuvedisch, avegetarisch, äh: avatarisch.

[18] CD-ROM (Compact-Disc), ein digitales Speichermedium, mit der man am Personal-Computer (PC) interagieren konnte.

[19] Beitrag „G-Aktie" siehe hinten im Buch.

3.9 Arche Noah auf den Mond

Das war damals eine Superidee von Gott: die **Arche Noah**. Nachdem die Menschen wieder mal alles in den Sand gesetzt hatten, betätigte Gott einfach seine universale Klospülung, der ganze Dreck verschwand rückstandslos in der *Kanalisation* der biblischen Geschichte und mit seinem superfrommen Noah konnte der damalige Herr der Erde eine neue Weltordnung errichten. Diesmal eine vollkommene Schöpfung, wie es sich für einen anständigen Gott gehört.

Freilich behielt er sein Konzept bei: Trial and error: Versuch und *Irrtum*. Und es hat sich gezeigt: *Die Menschheit gehört auf die Seite des Irrtums.* 1969 haben die Amis gezeigt, wie man es hätte besser machen können und schickten - schossen - den Menschen auf den **Mond**. *Inzwischen hat man in Deutschland den gelben Sack entwickelt. Kombinierten wir beide Ideen miteinander, so könnte Gott einfach die ganze Menschheit in einen gelben Sack packen, auf den Mond schießen und dort endlagern.* Das nötige know how haben wir ihm geliefert. Und unser Nabel fungiert als grüner Punkt. Damit die Erde als blauer Planet dem Universum erhalten bleibt.

3.9.1   Alarm an der Börse

Der Börsensprecher *(Die Börsennachricht1)*:

Alarm an der Börse! Der Dollar stürzt in endlose Tiefen: Für die freiwillige Entgegennahme eines Dollarscheines erhält man Eine-DM-Siebenunddreißig. Skrupellose Experten glauben den Grund erkannt zu haben: Den Ein-Dollar-Schein verunziert eine Gottesdarstellung. Und alle Welt weiß: Gott ist derzeit nicht hoch im Kurs.

Washington reagiert nach dem ersten Gebot der USA: Ich bin der Herr, dein Erfolg, du sollst keine Versager neben mir haben. - Und dieser suspekte Gott versagte doch von Anfang an. Bereits bei der Krone seiner Schöpfung: Menschen! Wie kann ein Unternehmer nur dieses störanfällig Material produzieren? Diesen unvollkommenen Gott wollen **Wissenschaftler** nun weiterentwickeln, in speziellen Zentren für "Research, developement & perfection of God". Ziel ist der perfekte "God made in USA". Die God-Earth-and-Heaven Limited-Company sieht in einem klonbaren Allmächtigen einen vielversprechenden Produktionszweig mit begrenzter Haftung!

Der **Vatikan** zittert und der Kardinal schiebt sein purpurnes Käppi nervös zur Seite: Der Wirtschaftsstandort Gottes ist in Gefahr! Die Bank des Heiligen Geistes beginnt zu beben. Vermutlich wurde im himmlischen Thronrat bereits eine Krisensitzung einberufen. Aber *Gottes Mühlen* mahlen langsam. *Die Amerikaner werden schneller sein.*

3.10 Bu-bu-bush *"Sintflut"*

Die Schöpfung ging Gott bekanntlich ziemlich daneben. Nach diesem zweimaligen göttlichen Versagen wurde es in unserem Jahrhundert mehrmals Zeit, daß ein kompetenter Korrektor auf den Plan trat.. Bush sen.

Inszenierte folgerichtig 1991 die militärische Operation des 2. Golfkrieges[20] mit dem sinnenreichen Titel „Sintflut" - haargenau vor der gleichen Kulisse wie beim seligen Noah - den dramaturgischen Tip hatte er wohl von seinem Effekt-Spezi-alisten Ronny aus Hollywood, seinerseits ein Apokalyptik-Freak aus der nordamerikanischen Pietistenbewegung. Total biblisch, total christlich. Reagan etwa „taufte" (sic!) seinen effektivsten Zerstörer „Corpus Christi". Da wußte dann aber auch jeder tote Gegner, daß er das jüngste Gericht schon jetzt erlebte. Der Zerstörer als Hostie. Das wäre ein Modernisierungsvorschlag für die Hostienmanufakturen.

George Bush senior nannte seine Golf-Kriegs-Mission „**Sintflut**" Wir wissen, daß die Bibel als Initiator der Sintflut **Gott**, den Herrn, benennt. Was sagt der Operationstitel „Sintflut"über das Selbstbewußtsein von George Bush senior aus? Sah er sich als Gott? Ist also George „W" der Gottes-Sohn? Bibel und Politik – ein Thema für sich... Bleiben wir bei der Operation Sintflut, kabarettistisch skizziert.

Als Material setzte Bush senior kein Wasser ein – das ist in dieser Region wertvoller als Rohöl -, sondern ??? Na? Na-türlich **Coke**. Sintflut mit Coke, denn Coke verklebt bekanntlich alles, ob Gehirnwindungen oder Massenvernichtungswaffen, bei coke hissen alle die Weiße Fahne – und wir wissen aus Bushs trinkfreudiger Vergangenheit[21]: viele weiße Fahnen ergeben ein Weißes Haus. Nachdrücklich weise ich darauf hin, daß das Weiße Haus mit scharfem „ß" geschrieben wird -, und zwar nicht, weil sich dort die Scharfmacher befinden, sondern weil ein einfaches „s" ja etwas mit Weisheit zu tun hätte...

Also, Georgios Bush der Alte – die Indianer nannten ihn Old Oil-hand - operierte den Golf per Sintflut. Man nannte ihn **Dr. Bush, den Schrecken des OPs**: „Schwester, den Panzer bitte!". Die amerikanischen Kriegsberichts-**be-statter** schrieben entsprechend von „präzisen Schnitten" und gebrauchen den ärztlichen Wortschatz, vermutlich wird ein General künftig „Friedensgeburtshelfer" genannt.

Natürlich ist der Krieg der Vater aller Dinge. Deswegen sagen die Schwangeren: „ich **krieg** ein Kind..." und nicht „ich friede ein Kind". Der Krieg ist der Vater aller Dinge - das Wort „Kriegswaisen" ein Synonym für Kinder des Friedens...

Zurück zur OP „Sintflut". Diese Operation vererbte der Senior – na-

---

[20] Erster Golfkrieg zwischen Irak und Iran 1980-88, etwa 1 Mio. Tote und Verwundete, endete im August 1988.)

[21] G.W.Bush war ein „trockener" Alkoholiker. Zur Alkoholkrankheit gehört symptomatisch, dass die Kranken zum Schwarz-Weiß denken neigen.

*türlich steuerfrei, weil noch zu Lebzeiten – seinem Sohn. Bei dessen Geburt waren die Bushs wohl gerade **pleite**; sie konnten sich für ihn leider keinen neuen Namen leisten, so mußte der Junior auf einen eigenen Namen verzichten und ebenfalls George Bush heißt. Mr. Bush – egal, welcher, vermutlich ist der jüngere schlicht ein **Klon des Älteren**, denn wir kennen ja unsere Amerikaner.*

*Doch kehren wir als unbotmäßige Deutsche zurück von Bush zu Gott... Das ist zwar eine Majestätsbeleidigung, aber... Also, Gott behielt er sein Konzept bei: Try and **error**: Versuch und Irrtum. Und es hat sich gezeigt: Die Menschheit gehört auch weiterhin auf die Seite des Irrtums. Das paßt: unsere Erde ist ein Planet, wörtlich aus dem Griechischen übersetzt: ein herumirrender Himmelskörper. Quo vadis, Menschheit:*

3.11 Babel oder die Menschheit türmt

Schon früh bewegte die Menschheit eine zentrale Frage: Wie kommen wir ins **Guinessbuch** der Rekorde: Lüstern auf Rekorde, so verraten uns antike Aufzeichnungen, waren bereits die alten Babylonier. Ist dies nicht eine furchtbare Formulierung: Alt - Baby-lonier? Die ältesten Babys der Welt? **I'm a lone, lonely baby, no baby's lonier than me...** Das hätte doch schon reichen müssen als Rekord.

Aber nein! Nachdem es ihnen nicht gelungen war, trotz ihrer Erfahrungen mit Sintfluten Boys und Girls[22]"B auslaufmäßig zu unterstützen, **unterwindelten** sie sich, Türmchen zu bauen. Babys mögen das. Und da es jedem Menschen ir-**gen**-dwie genmäßig (irr-gen-ial bis zur Gen-korrektur) innewohnt, höher, weiter und dicker zu kommen, sprachen sie: Jungs, laßt uns **türmen**. Ihr Herrscher war natürlich der Obertürmer. Heute sind meist die Eigentürmer die Obertürmer, oft Steuertürmer. Wer sich nicht am Finanzamt vorbeigrafen[23] kann, türmt eben seine Millionen in die lux**us**burgische Tiefebene. - O pardon, ham Sie nen Turm in Luxemburg?[24]

Eigentlich wünscht sich jeder von uns einen Turm. Das versuchen psychologisch verschulte **Supermarketisten** auszubeuten. Wir kennen die Szene von vorhin: Ich betrete den Supermarkt und stehen ihnen gegenüber, den weltberühmten Türmen von Konservendosen. Die Einkaufsstraßen werden babylonisiert. Und Türme des neuen Schlechtschreibdudens verbinden die Sprachverwirrung mit der Konsumgüterverwirrung. Hinter welchem Turm finde ich nun mein Gutes-Gewissen-ungebleichtes-recyceltes-Klopapier?

---

[22] Boys and girl hießen Variationen der Windeln bei „Pampas".
[23] Wie Otto Graf von Lambsdorff
[24] Schlagertitel aus den 60ern: „O Pardon, sind Sie der Graf von Luxemburg?"

3.12 Jericho

Joshua fought the battle of Jericho...
We build this city of rock 'n roll... Wir haben diese Stadt aus Fels und Geröll gebildet. Natürlich Jericho... Mit der berühmten früharabischen Disko. Bauchtanz. Esaus Spelunke mit dem günstigen Linsengericht. Es gibt das BVG, es gibt das Landgericht, und es gibt das Linsengericht, gesponsert von Zeiss Jena, ursprünglich Zeiss Jericho. Doch ursprünglich heißt: Da kam ein Sprung in die Linse. Also wanderten sie nach Jena aus. Dort ist das Glas sprungsicher. Die Posaunenchöre von Jena entbehren der arabischen Sprengkraft...

Denn damals war es so: Vor der Disko von Jericho stand der Wüstensohn Josua mit seinem Jeri-Chor und sagte:
J: Ich und meine Jungs wollen hier auch mal das Tanzbein schwingen.
Türsteher: Nix ohne Krawatte.
Josua: Ich kann dir Krawall bieten.
Türsteher: Geh heim zu deiner alten...
Josua: Jungs, die blasen wir um...
Der Türsteher rief die Polizei.
P: Leute, jetzt blast mal schön. - Jungs, ihr seid alle nüchtern, die müssen euch mal 'ne Runde spendieren.
J: Was heißt hier Runde? Wir bringen die um die Ecke...

Denn: Keiner war blau, alle sahen rot, bliesen wie wild und beim siebten Blues krachten die Stadtmauern zusammen. Seitdem sind Posaunenchöre in Discos persona non grata... Nix gibt's umsonst für die Jungs. Von wegen Blues: Das war ein echtes Rock-konzert: Rock heißt Stein. Da fielen die Steine, Joshua ließ sie natürlich rythmisch fallen. Fünf seiner glühendsten Anhänger setzten diese musikalische Entwicklung 3 ½ Jahrtausende später fort und nannten sich natürlich: ? The Rolling Stones. Ihre Musik war freilich elektrifiziert. Das lag an ihrem Drummer, Charly Watts. Mit einem Watt spielten sie mindestens... Und sie sind der lebende, wenngleich alternde Beweis, daß man auch mit drei Akkorden viele Millionen verdienen kann. Mit drei Aktenordnern kriegt man nicht mal drei Orden...

Als die Steine brachen, entdeckte man... die Brechung. Zeiss Jericho übertrug sie von Stein auf Glas, machte Linsen mit Brechung und der Kalauer zergeht solange auf der Zunge, bis man bricht.

3.13 David und Goliath

Freilich, auch Männer führen Kriege...?
Der Trittin[25] hat da dumme Erfahrungen gemacht. Wer ihn gesehen hat, weiß: Ein langer Lulatsch. Aber politisch? Da ist er kein Goliath, eher ein David. Sie wissen noch: David, ein kleiner Schafhirte aus Israel, Goliath, der Schwarzenegger des Kriegervolkes der Philister. Die beiden kämpften gegeneinander. Hirn gegen Muskeln.

---

[25] Jürgen Trittin (Grüne) war 1998-2005 Umweltminister.

Ist Schröder ein Philister? Zumindest weiß man: Viel ißt er... Er gehört jedoch nicht zu den Phili-Stern, er gehört er dem Mercedes-Stern.
Trittin und Schröder, David und Goliath, dazu ist mir ein kleines Lied eingefallen

Bluesrock... (langsam) Verzerrer einbauen! (mit Rainer)
Go, Go, Goliath... David kommt...

1. Im Nahen Osten lebte irgendwo ein kleiner Hirt, der hat verirrte Schafe zügig aufgespürt. Er war zwar klein, aber er war nicht blöd, er wußte ganz genau, wie alles und worum es geht.
2. Nicht weit bei den Philistern lebte auch ein großer Krieger, und weil er groß war, blieb er regelmäßig Sieger. Er war zwar stark, doch nicht besonders klug. So daß ihn David geistig überlegen schlug....[26]

Heiner: Gogogo, Goliath? Da-da-da, David... Der Begründer des Dadaismus. Jeder will David sein, aber keiner will klein bleiben... Nobby Blüm sagt immer: „Kumpels, ich komm vom Bau." Er glaubt, er versteht was von Steinen. Aber Kanzler Koliath bleibt stehen. Goliath war Philister. Auch von Kohliat sagt man: Viel ißt er... oder frißt er? Vier Millionen Arbeitslose können nicht irren: Kohl ist der beste.

1. Bei uns leitet plump und protzig unsres Staats Geschicke - voll Selbstgefälligkeit der Oggersheimer[27] Dicke. Und viele kleine Goliaths schwirr'n eifrig um ihn rum, die sind so klug wie Kunz, und Hinze[28] bleibt nicht stumm...[29]
2. Bei uns leitet siegerposig als Bundesschwerennöter der von VW geleaste Auto-Kanzler Schröder. und viele kleine Käfer schwirrn quirrlig um ihn rum, sie halten für Regieren schon ihr eifriges Gebrumm....

(Gitarre weiterspielen:)
Helga: Und wen will Kohl retten? Natürlich die Fetten.
Die Grünen möge Pfefferminze,
der Kohl liebt seinen Schleimer Hinze.
Wer das ist? Mr. Grinse.
Der mit der Lügenlinse....
Ein Wort-Müll-ionär...

1. Das ist die Welt der Macher, die macht was man nicht braucht. Sie nudeln an Konzepten, bis bald ihr Schädel raucht. Wo kommt der kleine Denker, der nicht nur Stimmen fängt? O David, David, David, wach auf! Die Zeit, sie drängt....

---

[26] Ursprungsversion:
Irgendwo im nahen Osten lebt ein kleiner Hirt, zu dem haben sich eine Menge Schafe verirrt. ER ist zwar klein, aber nicht blöd, er weiß genau, wie alles geht.
Gar nicht weit, es ist noch Osten lebt ein großer Krieger; weil er groß ist, bleibt er Sieger. Er ist zwar stark, aber nicht klug. Drum geht er drauf. Das ist Betrug.

[27] Helmut Kohl wohnte in Oggersheim.

[28] Peter Hinze, peinlicherweise ein Pfarrer, war der klassisch verlogene, schmierige, doppelzüngige Generalsekretär der CDU.

[29] Alte Version: Bei uns leitet des Staats Geschicke recht tollpatschig der große Dicke. Er ist zwar dick und auch ein Riese, doch nicht der Beste. Das ist das Fiese.

2. Das Land bedecken Straßen, Mercedes und VW - als unstürmbare Burg strahlt ein jedes KKW. Wir gewinnen wieder Kriege, nur die Rente kratzt bald ab, und Soziales und Gesundheit sinken blutleer in ein Grab.
4. Irgend<u>wo</u> in dieser BRD, da <u>fliegen</u> kleine <u>St</u>eine. <u>O</u> du neubraunes <u>Va</u>terland, bist <u>du</u> denn noch das meine? Der Stein der <u>Weis</u>en ist nicht im Popopo ver-steckt, drum hat die <u>Oppo</u>sition ihn auch noch <u>nicht</u> entdeckt...[30]
5. Wir brauchen neue Kräfte, neue Ziele und Ideen, sonst lassen uns die Goli-aths im sauren Regen stehn. Doch David <u>weiß</u>: Es reicht nicht 'ne Zigarre und ein Bauch: Die kleinen grauen Zellen, ja, die braucht man auch...

Heiner: Natürlich sind noch mehr Davids in der Regierung. Z.B. unser Herr Bötsch, der erste Minister, der mehrere Legislaturperioden dafür ent-lohnt wurde, daß er sich überflüssig machte. Erst war er Beerdigungsmi-nister der Bundespost, jetzt ist er Tele-communist. Oder die jugendliche Seniorenministerin, die als Vertreterin für Rüschen durchs Land zieht und mannhaft Scientology bekämpft. Junge, da kriegen die aber Angst! Unser Regierungssprecher heißt Hauser; warum nicht gleich Kaspar? Ein Hau-ser ist noch keine Hausse für den Kanzler.

3.14 Das babylonische Exil

Im Jahre naja, so circa 600 v.Chr. hatten die Israeliten wieder einmal alles versiebt. Mit allen möglichen Supermächten hatten sie koaliert, so nennt man das politische Kopulieren. Immer mit den falschen zur falschen Zeit und ohne Pariser, weil es Paris noch nicht gab, und so gab es einen unfreiwilligen Massentourismus aus Jerusalem nach Babylon.

Wie immer in Notlagen, klagten und jammerten die Betroffenen... von wegen falscher Politik: Gott hat uns das alles eingebrockt! Mit der Zeit war Gott nicht nur genervt, sondern auch von Mitleid erfüllt. Zudem stand sein guter Name auf dem Spiel: Wenn diese Trolos von irgendwelchen Supermächten besiegt werden, dann steht ihnen offenbar kein Supergott zur Seite. Also: Ihr dürft heim. Da jammerten gleich wieder die ersten.

B: Wir können uns doch nicht gegen die Babylonier durchsetzen.

G: „Kleinkinder", mag der Höchste gegrummelt haben. „Immer muß man alles allein machen..."

Aber so ganz allein machte er es dann doch nicht:

„Also," so hub er in seinem Thronrat an: „Jetzt wird zugepackt."

„Wie bitte?"

So ein himmlischer Thronrat besteht aus lauter Engeln und anpacken...
Überfliegen, das waren sie gewohnt, aber anpacken?

G: „Jawohl, es wird angepackt. Ich brauche eine Autobahn von Babylon nach Jerusalem..."

E: „Aber Herr, das geht doch mitten durch die Wüste..."

---

[30] Alte Version: Irgend<u>wo</u> in dieser BRD, da <u>gibt</u> es kleine <u>St</u>eine. <u>O</u> du schwarzes <u>Va</u>ter-land, bist <u>du</u> denn noch das meine? Der Stein der <u>Weis</u>en ist im <u>Ma</u>ntel der Ge<u>schich</u>te versteckt, drum hat die <u>Oppo</u>sition ihn auch noch <u>nicht</u> entdeckt...
... Die geistig moralische Wende der CDU ist lang noch nicht am Ende...

G: „Um so besser, damit wird wenigstens keine Natur zerstört.."

E: „Aber die haben doch keine Autos..."

G „Dann sollen sie eben Busse nehmen, ist ohnedies kommunikativer - und sie reden ja so gerne..."

E: Und wenn sie dann in Not sind, beten sie, und dann wird dir das Gejammer auch zuviel.

G: An busweises Beten muß ich mich gewöhnen. Denkt nur an Lourdes...

E: Lourdes, kennen wir nicht...

G: Könnt ihr auch nicht kennen. Mein neuer Lieblingsgedanke, muß erst noch ausreifen. Außerdem hat der nichts mit der Wüste zu tun. Dazu brauche ich Wasser. Und darum: Frisch ans Werk...

Diese Logik ließ keinen Widerspruch mehr zu. Und man machte sich an die Arbeit..., genauer gesagt: Engel machte sich an die Arbeit. Ob Mann oder Frau, das ist umstritten. Ebenso, ob aufgrund dieser entfremdeten Arbeit ein Engel sich an einen Juristen namens Marx machte und sagte:... Leider ist uns der Text nicht erhalten, da die Handschrift unvollständig erhalten ist. Aber lassen wir hinsichtlich des Geschehens unsere Phantasie spielen:

Ja, das war ein Anblick: Engel als Straßenarbeiter. O, Gabriel mit der Schaufel in der Hand. Wenige Meter weiter Ariel mit dem Pickel. Michael wischt sich den Schweiß von der schönen Stirn und Raffael posiert in seiner Mittagspause für Michelangelo... Ein himmlisches Bild. Ja, so hat es sich der Profet Jesaja vorgestellt.

Ein Thronrat ist ein monarchistisches Parlament. Würden wir uns unsere **Parlamentarier** nicht manchmal auch gerne so vorstellen: Bei der harten Arbeit an einer **Straße**, einer Straße in die Zukunft. Nicht nur der erste Spatenstich oder das Durchschneiden des Bandes... manche zögen freilich die schweißtreibenden Diskussionen im Plenum des Bundestags vor. Auch nicht schlecht, dann wäre das wenigstens wieder mal gut besetzt. Und man würde es sich zweimal überlegen, ob die neue Autobahn wirklich nötig ist.

3.15 Bibel light? Light-Kultur

B: Das ist wieder diese typisch kirchliche Polemik. Bloß weil euch nichts Gescheites einfällt, macht ihr das Andere gleich schlecht. Ihr seid einfach nicht zeitgemäß, merkt euch das. City-Religion, das ist heute angesagt. Ihr mit eurem unerträglichen Tiefsinn. Light ist angesagt! Light wie Licht und Light wie leicht. Lichte Leichtigkeit, leichte Lichtigkeit. Wer will schon Cola, wenn die Waage dabei zerspringt? Wer will schon Religion, wenn der Lindenstraßentiefsinn dabei überfordert wird? Also, Light-Kultur.

A: Das haben wir doch. Sogar eine Theologie des Leidens. Gerade bei Leid sind wir absolut fit. Leidbegleitung ist unsere absolute Stärke. Ringe um den Augen des Seelsorgers sind Rettungsringe für die Leidenden...

B: Quatsch. Viel zu heavy für die Gegenwart. Wirken muß es, verstehst du. Nicht was wahr ist, sondern was hilft! Das ist das Motto.

A: Und was hilft?

B: Vieles gegen vieles. Gegen alles hilft die Tagesdosis Urin am Morgen. Gegen Urinstein hilft Ajax. Steine können natürlich auch heilen. Gegen Hängebrüste helfen Blutsteine - Hämolithe, wie der Fachmann sagt. Gegen die großen Probleme helfen die Druidensteine. Auf nach Stonehenge. Dort blüht der Weizen so schön. Öko-Spiritualismus ist angesagt. Rückkehr zu den Ritualen.

A: Rituale? Das klingt nach Kirche.

B: Vielleicht. Die einzigen Rituale, die nichts taugen, sind die in der Kirche. Das ist zu verpflichtend. Wir brauchen schnelle, effektive, abrufbare Lösungen.

A: In welcher Gesellschaft leben wir eigentlich?

B: Such es dir einfach aus: Zutreffendes ankreuzen: 1. Risiko-gesellschaft, 2. Erlebnis-gesellschaft, 3. Multi-Options-Gesellschaft.

A: Und da darf ich es mir einfach raussuchen?

B: Klar. Unverbindlich. Ohne Risiko. Das Erlebnis ist garantiert. Und in irgendeiner Gesellschaft befindest du dich immer.

A: Und wenn ich mich selbst suche.

B: Kein Problem: Hier ist die Fernbedienung. Du hast 99 Kanäle frei

4 Das Netz

4.1 Netz 1: Staat verkauft?

Helga: An einem See vor langer, langer Zeit flicken zwei Fischer ihre Netze. Zugegeben, sie hängen nicht am Internetz, aber auch ohne das Netz der Netze, the world wide web kommunizieren unsere beiden Fischer hervorragend. Jedes Loch ein Dialog. Ich könnte ihnen stundenlang zuhören... (1998; noch mit Helmut Kohl und der CDU)

Heiner: So ein Netz.... Darüber kann man herrlich meditieren.

Volker: Dabei besteht es vorwiegend aus Nichts. Wie ein Symbol für den Bundeshaushalt.

Heiner: Du blickst durch alle Maschen voll in die Zukunft. Und zwar in die bundesdeutsche, zweitausend Jahre volle Kraft voraus. Nachdem der Bundestag sich unter Wasser gesetzt hat, geht auch der Haushalt den Bach hinunter.

P: Der Rhein ist kein Bach!

H: Dem Reinen ist alles rein. Und der Staat frißt, was immer reingeht.

P: Wenn er nur nicht dabei eingeht. Was siehst du denn durch alle Maschen?

Volker: Die Bundesrepublik. Sie wurde gerade verkauft.

Heiner: Heißt das, die Deutschen zahlten ihre Steuern dafür, daß die Regierung den Staat verkaufte?

Volker: Du schiebst wieder mal den vollen Durchblick. Ob Bundesbahn oder Bundespost, konservativ bedeutet: Verkaufen wir's doch einfach.

Heiner: Das würde sich glatt lohnen. Ob wir mal versuchen, Deutschland zu kaufen?

Volker: Nein, das ist gelaufen. Viel gibt's da nicht mehr. Vielleicht kriegen wir noch eine Autobahn oder die Notrufsäulen. Oder bist du an privatisierten Gefängnissen interessiert...

Heiner: Ich nicht. Aber wäre das nicht ein lohnendes Objekt für die Mafia?

Volker: Du meinst, dann bleibt es in der Familie? Naja, wenn der Staatsausverkauf so weiter geht, dann werden die Schwarzen werden bald abtreten, denn was wollen die noch von einem Staat, aus dem nichts mehr zu verscherbeln ist?

Heiner: Du meinst, mit den Löchern im Haushalt lassen sich die Löcher im sozialen Netz eh nicht stopfen.

Volker: Wenn hier was gestopft wird, dann die hungrigen Mäuler der Subventionsempfänger.

Heiner: Und weshalb wählen die Leute dann nicht einfach so jemand wie uns, ich meine, einen Fischer?

Volker: Bitte keine Namen. Wir von der Kirche müssen strikt neutral bleiben, sonst streicht uns der Hauser die Kirchensteuer.

Heiner: Wie dem Osten die Subventionen?

Volker: Bingo.

Fortschreibung
Ein halbes Jahr später, nach der Wahl (Rotgrün: Schröder / Fischer):

Heiner: Darum haben die Leute jemand wie uns gewählt, einen Fischer..

Volker: Bitte keine Namen. Wir von der Kirche müssen strikt neutral bleiben, sonst streicht uns der Hauser die Kirchensteuer.

Heiner: Wie dem Osten die Subventionen.

Anderer Schluss:

P: Du malst die Zukunft aber ziemlich schwarz.

H: Nee, mein Lieber: So oder so, die Erde wird rot. Aber vorher geht sie Pleite. Du glaubst doch nicht, daß die Kapitalisten den Roten noch was übrig lassen.

P: Naja, aber Deutschland ist doch nicht die Erde...

H: Aber immerhin die B-eRDe.

4.2 Netz 2: Im sozialen Netz...

An einem kleinen See in einem kleinen Land irgendwo im Nahe Osten saßen zwei Fischer und flickten ihre Netze. Die ganze Nacht hatten sie gefischt und nichts gefangen. Kein Wunder war geschehen und so war es auch kein Wunder, daß ihre Gedanken um die tiefsten Tiefen des Daseins kreisten. (1996)

Peter: Ja, ja.

Hans: Du sagst es, Peter.

P: Was meinst du, Hans?

H: Ich meine, du hast Recht. Mit leeren Magen leere Netze flicken, das läßt einen schon nachdenklich werden.

P: Eben, man fragt sich doch: Was macht so ein Netz? Irgendwie könnte es doch eine soziale Ader haben, knurrt mein Magen. Also, wenn ich mir zum Beispiel ein soziales Netz vorstelle, darin könnte man...

H: Genau: Wenn man ins Wasser fällt, könnte man wieder herausgefischt werden...

P: Wenn genug Geld da ist.

H: Sonst mußt du eben absaufen...

P: Oder dir deinen eigenen Rettungsdienst organisieren.

H: Andererseits: Wir benutzen die Netze ja, um was zu fangen.

P: Also, ich weiß schon, wenn ich mal als Fischer nicht mehr weiterweiß, werde ich Politiker.

H: Wieso?

P: Na, ich weiß doch, wie man was fängt. Mit dem sozialen Netz gehen wir auf Stimmenfang.

H: Und wenn wir sie gefangen haben, fressen wir sie alle auf...

P: Das nennt man dann Diäten.

X: Das war ein Sparwitz. Gesponsert von Theo Waigl[31].

4.3 Netz 3: Szene Neubenennungsberater

Statt in ihrem sozialen Hängenetz[32] zu schaukeln, flicken unsere Fischer immer noch am See ihre Netze. Das müßte verboten werden. Ohne Akkord kommen die Menschen nur auf dumme Gedanken. Baden verboten! Das kennen wir. Aber "Denken verboten!" wäre es eigentlich. Doch noch ist es nicht soweit. Zumindest nicht an unserm See... (1998) [33]

H: Nein, weißt du, unter einem sozialen Netz stelle ich mir eher ein Einkaufsnetz vor. Da ist dann alles drin, was du zum Überleben brauchst.

P: STN.

H: Häh?

P: Na, Survival Training Net...

H: Nett formuliert, Peter. Du könntest **Neubenennungsberater** werden.

P: Ist das denn ein Beruf?

---

[31] Der damalige Bundesfinanzminister (aus Bayern)

[32] Die FDP polemisierte gegen den deutschen Sozialstaat mit „die Bürgern liegen in der sozialen Hängematte und faulenzen: Leistung muss sich wieder lohnen!". Wobei sie natürlich an die Leistungen des Staates an die Unternehmer dachten.

[33] Späterer Einstieg:

Heiner: Du, ich glaube, ich werde **Schreiner**.

Volker: Träumst du von der Vollbeschäftigung?

Heiner: Klar. Die Bonner Regierung stürzt sich doch mit aller Vehemenz auf den Umbau.

Volker: Du meinst den Umzug nach Berlin...

Heiner: Nein, ich hab da was gehört: Die wollen den Sozialstaat umbauen. Da brauchen sie sicher gute Schreiner.

Volker: Ach ja "Umbau des Sozialstaates". Du stellst dir das wie bei deinem Haus vor.

H: Es könnte einer werden. Gerade in kritischen Zeiten ist eines wichtig: Wenn dir nix Neues mehr einfällt, mußt du einen neuen Namen für den alten Schrott finden.

P: Wenn alles einfällt, bauen wir potemkinsche Dörfer aus Neuworten.

H: Herr Berater, woher kommen Sie eigentlich?

P: Ich komme aus Neuworten... - Also, der Name ist Programm.

H: Genau. Nimm nur die Wortschöpfung „Umbau des Sozialstaates".

P: Was soll das denn sein?

H: Ganz einfach. Du hast doch ein Haus.

P: Eine Hütte...

H: Aber du bist doch hoffentlich Mitglied im Hausbesitzerverein.

P: Bin ich rausgeflogen.

H: Warum denn das?

P: Wegen Doppelmitgliedschaft...

H: Häh?

P: Ich war auch noch im Hausbesetzerverein...

H: Natürlich. Ortsgruppe Kalau... Dabei kommst du doch aus Neuworten.

P: Genau. - Aber Kalauer beiseite, was wolltest du erklären zum Umbau des Sozialstaates?

H: Also, du hast ein Haus. Gut, eine Hütte. Immerhin: Vier Wände, eine Türe, zwei Fenster und ein Dach über dem Kopf.

P: Genau.

H: Viel zu aufwendig. Solche Häuser kann sich der Sozialstaat gar nicht mehr leisten.

P: Und drum wird umgebaut.

H: Genau. Du kriegst vier Stangen senkrecht und vier Stangen waagrecht. Dazu fünf Plastikplanen.

P: Und das ist dann mein Haus.

H: Exakt. Fenster brauchst du eh nicht mehr, weil das Plastik die Sonne voll durchläßt. Sozusagen Solarheizung zum Nulltarif.

P: Und das ist der Umbau des Sozialstaates?

H: Seine schlechtere Hälfte. Denn der, der das ganze Dorf mit Plastikdesign versehen hat, darf seinen Beitrag zur Kultur leisten und bekommt ein künstlerisch wertvolles Neuschwansteiner Schloß gesponsert. Mit Blick über das Dorf.

P: über das Dorf?

H: Voll drüber weg. Der Arme soll das Elend nicht auch noch mitansehen müssen, das er jetzt transparent gemacht hat.

Heiner: Und das ist die große Sozialreform des Nobert Blüm?

Volker: Was war denn beim Blüm schon groß?

(Für so n mickriges Plastikplanenhaus braucht der Kohl 16 Jahre?)
Spätere Version:

P: Toll. So ein Umbauer will ich auch werden.

H: Dann tritt doch in die Fischer-Döskopp-Partei ein.

P: FDP?

H: Nicht so laut. Ist ein Geheimtip.

4.4 Netz: 4. Szene: Kinderpornos

Helga: Unsere beiden Fischer grübelten weiter über ihren leeren Netzen und gerade, als Hans am Einschlummern war, hörte er Peters vertraute Stimme:

Heiner: Apropos Netz: Bist du auch schon vernetzt?

Volker: Ich verstehe nur Netz?

Heiner: Naja, gefangen im **Netz der Netze**, meine ich. Ich rede vom Internetz. Freilich, da fährst du nicht Boot, sondern surfst.

Volker: Echt? Surfen im Internetz? Das ist bei uns auf dem See noch nicht erlaubt.

Heiner: Ja, und du fängst immer was...

Volker: Was denn?

Heiner: Das ist eine Frage der Moral. Manche fangen z.B. kleine, nackte Kinder...

Volker: Ist das ein Spendenaufruf von Brot-für-die-Welt?

Heiner: Nein, im Gegenteil, da werden Kinder verkauft.

Volker: Igitt, und das machen die im 20. Jahrhundert?

Heiner: Natürlich nicht alle, sondern nur die kulturell Höherentwickelten.

Volker: Und warum tut niemand was dagegen?

Heiner: Verkauf ist Verkauf. Verkauf darfst du nicht verbieten.

Volker: Das ist der höchste Wert?

Heiner: Für den Europarat schon. Gegen Kinderpornos haben sie nichts gemacht, aber gegen den Verkauf von Massensport an Pay-TV haben sie verboten.

Volker: Sind die noch normal?

Heiner: Normal ist, was die Mehrheit will...

Volker: Und wenn die Mehrheit pervers ist?

Heiner: Dann ist das Perverse normal...

4.5 Gotteslamm und Satansbraten München 1993

Eine Satire (Kirchentagsversion) (München 1993) 1992 Kirchentagsversion; auch in Karl-Marx-Stadt nach der Grenzöffnung gespielt. Da wurde sehr viel verstanden!

Heiner und Volker

Volker: Die evangelische Kirche in Deutschland ist bekannt für ihre gnadenlose Ausgewogenheit. Jeder hat Recht und keinem wird wehgetan. Wir in Bayern sind natürlich wieder einmal schneller als anderswo und darum hat die bayerische Landeskirche ein Konzept entwickelt: Sie hat sich in Absprache mit der bayerischen Staatsregierung dazu durchringen lassen, endlich Ausgewogenheit auf den Kanzeln durchzusetzen. Von nun an gilt der hermeneutische, pastorale und homiletische Grundsatz: Kein Wort Gottes ohne ein Wort des Teufels. Jeder Gottesmann hat ab sofort auch ein Teufelskerl zu sein. Natürlich ist diese Entscheidung keineswegs auf Druck ausgewiegelter Parteien zustande gekommen, sondern basiert allein auf biblischer Besinnung. Eine meditativ-spekulative historisch-kritische Exe- und Endogese der Heiligen Schriften läßt uns aus dem Buch Hiob 1f. den hieb- und stichfesten Willen Gottes zur Ausgewogenheit entschlüsseln: Das Wort des Teufels hat unverzichtbare heilgeschichtliche Bedeutung für das Wort Gottes.

Ab sofort versendet der Landeskirchenrat für den unbedarften Land-, Stadt- und Hauspfarrer eine Protopredigt von eindeutiger Zweigeistigkeit. Hier ein Auszug (es handelt sich weder um den Auszug des Volkes Israel aus Ägypten noch den Auszug der Hörer aus der Kirche noch den Auszug des Verstandes aus der Kirchenleitung, sondern lediglich um den entscheidenden Schachzug der Volkskirche, eben den Zug, nach dem alles aus ist):

Sprecher: Liebe Gemeinde, wundern Sie sich nicht über die neue Kanzel in unserer Kirche. Ab sofort sind ausgewogene Predigten heilsnotwendig, und das geht, wie jeder einsehen wird, nicht von **einer** Kanzel aus, geschweige denn aus **einem** Mund. So doppelzüngig kann selbst ein... nicht sein. Hier setzen Sie bitte einen Gegner Ihrer Wahl ein. Die heutige Predigt halten also zur Rechten unser beliebter und bekannter Gottesmann Bruder Lau, zur Linken der ebenso bekannte und noch beliebtere Teufelskerl Staatskirchenrat Schlau. Meine Herren, ich bitte Sie, den Text des heutigen Tages auszuwiegen.

Teufelshandpuppe

Gottesmann (G): Liebe Gemeinde, im 2. Buch der Makabräer finden wir den Chiasmus: Ihr seid das Salz der Erde, ...

Teufelskerl (T): ..., der Zuckerguß der Welt seid ihr.

G: Damit will uns der Prophet sagen: Der Geschmacklosigkeit der Erde begegnet ihr durch eure Würzkraft ...

T: ... und ihr versüßt das Elend der Welt durch den Honigseim eurer Mildtätigkeit.

G: Die makabräische Botschaft ist klar und lauter: Stellt euch nicht Gleich mit der Welt, dem Zeitgeist. Die Kraft des Heiligen Geistes sei euch Mittel des Heils.

T: Doch stets stehet der Welt aufgeschlossen Gegenüber, unterstützt nach allen Kräften alle Kräfte und heiligt mit euren Mitteln ihre Zwecke. Ja, scheut selbst die christliche Selbstverleugnung nicht.

A: Eure Begeisterung sei ein Stachel in der bequemen Fleischlichkeit der Welt.

B: Tötet den Kinderwahnsinn. Das Fleisch ist billig, doch der Geist ist wach, die Gunst der Stunde zu nützen, wenn die Aktien steigen. Den Seinen gibt's der Herr im Schlaf, wenn die japanische Börse erwacht.

G: Hängt euer Herz nicht an schnöden Mammon, nach Höherem strebet, liebe Brüder!

T: Nach höherem, immer höheren Gewinn strebet, aus lauteren Gründen: Liebet eure Feinde, heißet das Wort. Laßt uns also den Mammon lieben! Einen guten Spekulanten liebt der Herr.

G: Dabei präge nicht Eigennutz euer Tun, sondern tätige Nächstenliebe.

T: Jawohl: Tätig werden. Initiative ergreifen. Der Tüchtige hat bei uns immer eine Chance. Vom Müßiggänger, Nichtstuer und Sozial-Schmarotzer aber heißet es im 5. Kapitel des Matthäusevangeliums im 26. Vers: "Du kommst dort nicht heraus, bis du den letzten Pfennig bezahlt hast."

G: Wo ein Mensch in Not gerät, da seien wir bereit, ihm zu helfen, um Körper und Seele, Nahrung und Wohlbefinden uns zu sorgen.

T B: Ein anständiger Mensch gerät bei uns nicht in Not. Fehlt es dir am täglichen Brot, so schäme dich nicht, zum Kuchen zu greifen. Jedem anständigen Mitbürger stehen unsere diakonischen Einrichtungen offen.

G: Gerade den Armen gegenüber halten wir uns an das Wort Jesu: Was ihr dem Geringsten dieser meiner Brüder Getan habt, das habt ihr mir Getan.

T: Ein Bruder Jesu ist ein ordentlicher Mensch und wird nicht mit dem Gesetz in Konflickt geraten, sofern er kein Staatsmann ist. Ein ordentlicher Mensch gerät nicht mit dem Gesetz in Konflickt - und sollte es doch einmal geschehen, so kann unsere christliche Regierung ja das Gesetz ändern. Wir sind gehalten, jedem zu helfen, jedem anständigen deutschen Mitbürger. Jeder anständige Mitbürger und Aktionär, der in Not gerät, kann sich auf die Hilfe des Staates verlassen. Schwule, Nutten und Kommunisten (brrr!) - äh, ab Jahrgang 89 - schließen sich selber aus.

G: Wo Feindschaft regiert, da Gilt für uns das Wort des Herrn: Liebet eure Feinde, Treibt das Werk des Friedens.

T: Wobei wir ehrlicherweise hinzufügen müssen, daß wir gar keine Feinde haben, zumindest nicht bei uns. In einem christlich regierten Staat Gibt es keine Feinde mehr, abgesehen von den erwähnten staatsgefährdenden Elementen. Wir haben Frieden im Land. Und Friede, das heißt: Die Abwesenheit von Unruhe und der Stifter.

G: Wir sind das Salz der Erde: Wo die Ellenbogen regieren, da verkünden wir die Botschaft der Rechtfertigung allein aus Gnade: Nicht Leistung und Verdienst macht selig, sondern Vertrauen auf Gott allein.

T: Und er wird unser Vertrauen auf unsere Leistung durch reichliche Dividenden belohnen. Einen Guten Arbeiter hat Gott liebt. Einen guten Aktionär noch mähr.

G: Mit diesem Wort nach 2.Kor.9,7 möchten wir unsere Besinnung schließen, und euch an das Wort des Apostels erinnern: Wer bekennt: Christus ist der Herr, der ist schon gerettet.

T: Und befindet sich als guter Christ auf dem Boden der Freiheitlich Mamonkratischen Grundordnung, die ihm die Freiheit der Religionsausübung, der Wahl des Wohnsitzes und die Nutzmöglichkeiten der Kräfte des Marktes garantiert.

G: Amen.

T: Wir danken unserem Staat für die freundliche Subventionierung dieses Gottesdienstes, in dem er in seiner unergründlichen Güte Gottesmänner duldet. (Ehre sei Kohl in der Hölle)

5   Die Welt ist doch rund...

Endlich ist das Reich Gottes nah, eigentlich schon auf der Erde ange-kommen: Der Papst ist deutsch – was sage ich, das Reich Gottes ist noch näher: der PAPST ist bayerisch.[34] Göttlicher kann man ihn sich nicht vor-stellen. Geboren in Bayrisch-Zell und hingerichtet in Oberammergau... das ist die wahre göttliche Geschichte... und es ist das neue Wirtschafts-wunder: **ein Deutscher hat einem Polen den Arbeitsplatz weggenom-men**... Nun wird im Vatikan Ratz-ionalisiert. Benedikt duldet keine Kon-kurrenz. Vati-Kann reicht, wir brauchen keinen Oliver Kahn[35]. Wie es beim FC Bayern weiterging, wissen wir ja. Oliver wurde ausgekahnt, äh, aus-gebootet.

Das ist der alte Streit zwischen Papst und Kaiser. Benedikt und Becken-bauer, die verspeisen doch Beckham mit eggs zum Frühstück und singen dann noch Victoria...

5.1   Jesus und die Kirche: Blindarm und Globus

Vom Blinddarm zum Globus: Die Welt ist doch rund...[36] 1996

Das geistliche Internet kommt der Gegenwart auf die Spur.

Volker: Die Wege des Herrn sind oft unergründlich. Letztlich aber ziem-lich effektiv. So ließ unser himmlischer Vater den Heiligen Vater in Rom an Blinddarmentzündung erkranken. Eingeliefert in ein Krankenhaus wurde ihm der Blinddarm entfernt. - Als er aus der Narkose erwachte und sich versichert hatte, daß der nette Herr in Weiß doch kein Engel war, fragte er sich und den Operateur (mit polnischem Akzent): Wie kann es kommen, daß ich ohne Blinddarm leben kann? Der Mediziner setzte seine wissenschaftlichste Miene auf und brachte den netten Herrn mit dem polnischen Akzent auf den Stand der Wissenschaft: Der Blinddarm ist ein Relikt aus der Zeit der Dinosaurier.... prähominiden Zeiten; ein Überbleibsel der Evolution.

Helga: Der operative Versuch am lebenden heiligen Objekt hat den Stellvertreter Gottes überzeugt und die Blinddarmentzündung führte zu der zündenden Erkenntnis, daß es mit der Evolutionslehre doch etwas auf sich habe und man Darwin nicht mehr verdammen müsse; es reiche, seine Erkenntnis als Produkt eigenen Denkens enzyklisch zu verkaufen.

Heiner mit <u>Globus</u>: Überhaupt, dieser Papst ist ein fanatischer Vertreter des Try and Error Systems, das er oft im Selbstversuch anwendet. Vor der Blinddarmoperation operierte er am offenen Himmel und bewies, daß, wenn er in den Himmel fliegt, die Erde sich kugelt, und zumindest, so-lange er im Himmel rumkurvt, eine Kugel bleibt, um die man rumfliegen kann, also letztlich eine Rumkugel. Freilich kommt man beim Rumkurven

---

[34] Kardinal Ratzinger wurde zum Nachfolger von Johannes Paul II gewählt.

[35] Oliver Kahn war Nationaltorwart und Torwart des FC Bayern München, eine Ikone.

[36] Johannes Paul II. machte sich als reisender Papst einen Namen.

im Himmel dem Chef bedenklich nahe. Andererseits entfernt man sich dabei auch von den Menschen. Manchmal landet man sogar auf der Nase.

Helga: Der Papst hat das ritualisiert. (Kniefall)

Heiner: "Erde zur Erde, Asche zur Asche, Papst zum Staub."

5.1.1 Alternative Version im Kontext vom Irak-Krieg

Zurück zur rauen Realität. Am rauesten ist es für die Realität in Rom. Dort hat sie einen schweren Stand. Denken wir nur an die beharrliche Behauptung, die Erde sei eine Scheibe, eine feste, compakte Scheibe, eine Disc, eine Compact Disc, eine CD. Bei den Computerfreaks hat sich der Vatikan durchgesetzt: Die Welt, das ist die CD-ROM. Doch kaum glaubte Kardinal Ratzinger, den Kampf mit der Neuzeit für das Mittelalter entschieden zu haben, mischte sich der Papst persönlich ein.

Wahrscheinlich gesteuert vom seinerzeit sehr aktiven KGB wies schon vor zwanzig Jahren der eilige Vater aus Rom in mehreren Selbstversuchen nach, daß die Erde doch eine **Kugel** ist. Zumindest kann man drum **rum** fliegen. Letztlich bleibt es eine Rumkugel. Mit der zeitlosen "Wa-rum Frage". *Erdkugel (zeigen.).* Die Uno spricht von der „Wa-rumsfeld[37]-Frage".

Freilich kommt man beim Rumkurven im Himmel dem Chef bedenklich nahe. Andererseits entfernt man sich dabei auch von den Menschen. Manchmal landet man sogar auf der Nase. Dann berühren sich Himmel und Erde.

Der Papst, durch und durch Katholik, hat das ritualisiert. (Kniefall) "Erde zur Erde, Asche zur Asche, Papst zum Staub."

Und als der Papst nicht mehr zum Staub konnte, weil er biographisch dem Staub schon so nahe war, kam der Staub eben zu Papst. Und wurde ihm ehrfürchtig gereicht. Jetzt hat sich Johannes Paul der Pole aus dem Staub gemacht, das Papa-Mobil wurde mit Engelsflügeln ausgestattet und hob endgültig ab.

Überhaupt, dieser Papst in ein fanatischer Vertreter des Try and Error Systems, das er oft im Selbstversuch anwendet. Vor der Blinddarmoperation operierte er am offenen Himmel und bewies, daß, wenn er in den Himmel fliegt, die Erde sich kugelt, und zumindest, solange er im Himmel rumkurvt, eine Kugel bleibt, um die man rumfliegen kann, also letztlich eine Rumkugel. Erdkugel (zeigen.).

Freilich kommt man beim Rumkurven im Himmel dem Chef bedenklich nahe. Andererseits entfernt man sich dabei auch von den Menschen. Manchmal landet man sogar auf der Nase. Der Papst hat das ritualisiert. (Kniefall) "Erde zur Erde, Asche zur Asche, Papst zum Staub."

---

[37] Donald Rumsfeld war US-Außenminister und für den Irakkrieg zuständig.

5.1.2   Wind Nordost

Nur Gitarre G Dur

1. Wind Nordost, Startbahn in Rom, weltweit hallen die Motoren.
Ich flieg übern Petersdom, fühl den Druck in meinen Ohren.
Immer höher steigen wir, bald bin ich schon bei den Heil'gen
winke freundlich und man grüßt Johannes Paul, den Eil'gen.
Über den Wolken muß die Helligkeit grenzenlos sein
Aller Trübsinn, alle Sorgen, sagt man, blieben darunter verborgen und
    dann
würde, was uns dort unfehlbar erscheint, plötzlich lächerlich klein.

2. Ich schau wieder tief hinab, seh' alles nur noch wie im Schleier
Blick auf meinen Hirtenstab: und ich werde high und Higher.
denn ich schnupper Weihrauchduft, meine Stola, die ist bunt:
und ich hör, wie Galiläo ruft: Mensch, die Erde ist doch rund!
Über den Wolken muß der Überblick wunderbar sein
Alle Enzykliken und Dogmen, sagt man, würden zum Sandkorn verklei-
    nert und dann
bliebe nur noch, was in Wirklichkeit zählt vor dem Schöpfer der Welt.

5.2   Sweet Papa Sixteen

Ergänzt 08.10.2012

(alternative Version:) Neu in meinem Programm ist natürlich – man muß
ja aktuell bleiben in dieser Kirche -, neu ist natürlich Benedikt XVI. Heimlich tauchte er früher auch schon auf, als Inquisitions-Ratzinger, Sepp,
der Seelenlauscher. Der vatikanische Wadenbeißer mit dem Polizisten-
vater ist ein Protestantenfresser Vater: Bulle, Sohn: ???.

Der Busenfreund von Franz Josef Strauß verletzt seit Jahrzehnten per-
manent meine grundgesetzlich geschützten religiösen Gefühle. Jetzt

nehme ich auch keine Rücksicht mehr! Er bekommt von mir sein Fett ab!!
Da bin ich kompromißlos!!! – und er merkt das nicht mal...

Da hilft mir zu meinem Seelenfrieden nur ein papaler Rock n Roll. Zu
Benedict Sixteen – am liebsten würde ich es mit einer sixteenischen Kapelle präsentieren... – paßt natürlich die Melodie von Sweet Little 16. Und
ich weiß: dem Bayern-Sepp graut vor dem LutherRock -n-Roll... Der hat
so was exorbitant Exorzistisches an sich.

C-Dur

Sie jubilieren in Rio, Sie steh'n auf Kirche in Rom
Sie tun lamm-fromm in Bayern, Und schmachten im Kölner Dom
Sie tragen weltweit Rosenkränze, Und schwimmen mit dem schwarzen
    Strom
Sie erbleichen vor Pillen, Und schaudern vor dem Kondom.

O lieber kleiner Papa, dort auf dem heiligen Stuhl
Wer dich liebt, ist keusch – und ganz bestimmt nicht schwul
Du liebst sie alle, alle, wenn sie gehorsam sind
Du mußt sie alle lieben, denn du hast selbst kein Kind.

Er war stets für seine Wahrheit, schon bei Franz Josef Strauß,
nur bei den verfluchten Linken, geht ihm die Liebe aus
er wär gern Herrscher der Hölle, er könnt es wirklich gut,
denn Menschen zu verdammen, das hat er im Blut.

O Heilger Vater, du bist ein sturer Bock
Du hast gewiß nen Eisblock, unter dem roten Rock
Die Ränder um die Augen, die sind ein Warn-Signal
So geht's den Sündern allen, in der Höllenqual.

Er hat nur ein Problemchen, damit kommt er nicht klar
Daß Jesus, Josef-Sohn, ein frommer Jude war
Daß er ein Freund der Frauen und auch der Sünder ist
Macht ihn dem Sepp verdächtig: Jesus ist ein Atheist!

Gott wird oft als ein alter Mann dargestellt, doch wenn man die Darstel-
lungen neben die Aufnahmen von Benedikt dem 16 stellt, dann wirkt dieser älter. Die Dreieinigkeit heißt Gottvater, Sohn und heiliger Greis...

Und ist es nicht peinlich, dass ausgerechnet der heilige Vater keine Kinder haben darf, während er tausende so anspricht? Grenzenlose Vater-
schaft ohne Viagra, ist das nicht ein verlockendes Angebot für junge Männer?

6 Wiedervereinigung '90, natürlich 2090...

6.1 Das ökumenische Vorzeigeehepaar '96, natürlich 2096

(gepfiffen: Mendelssohns Hochzeitsmarsch) (Ein Wahrsager schaut in die Kristalkugel) / (es gibt noch einen alternativen Kalauer-Einstieg)

Es ist der höchste Feiertag des Jahres. Der 3.10. Wiedervereinigung, ein historisches Datum, der Mantel der Geschichte, vom heiligen Martin einst geteilt, weht uns um die Ohren.

Da dürfen wir als Kirchen natürlich nicht abseits stehen. Und das Hochzeitsgeläute, das von unseren Kirchtürmen schallte, läßt in uns selbst eine Sehnsucht keimen: Könnten nicht auch wir..., ist es immer nur anderen vorbehalten..., warum sollten gerade wir nicht...

...Ja, warum sollten nicht auch wir uns zum Traualtar trauen? Warum, so fragen wir uns mit Mendelssohns wundersamer Melodei im Herzen, warum sollten nicht auch die Kirchen den Bund fürs Leben schließen. Aber nachdem die römische Kurie wie auch die bayrische Synode sich in ihren Geschwindigkeiten an den göttlichen Mühlen orientieren und folglich in der kirchlichen Bürokratie alles etwas länger dauert, kommen die Hochzeitsvorbereitungen erst nach einem Dornröschenschlaf zu ihrem Abschluß. Werfen wir einen Blick in die Glaskugel der Zukunft.

(Vielleicht als Wahrsager)

Es ist der 3.Oktober 2090[38]. Wir erleben die Verwandlung des staatlichen in den kirchlichen Feiertag. - der staatliche wird auf den Buß- und Bettag gelegt und erfährt nun seine eigene Schutzlosigkeit.

Wir erleben einen Vorgeschmack auf das Paradies. Wir befinden uns im Brautgemach; Braut und Bräutigam legen letzte Hand an.

Oh, ich vergaß vorzustellen: Herr Papst Innozens der 16 - er trägt seinen Namen nicht zu Unrecht - und Frau Bischöfin Katharina Tigerle[39] - auch ihr Name strotzt von inneren Bedeutsamkeit: Der Unschuldige und die Reine Magd... Sie befinden sich in Rom. Die Dogmatiker beider Konfessionen haben schon den lateinischen Fachausdruck aus der gemeinsamen Dogmengeschichte hervorgekramt: Unio mystica nennen sie die Vereinigung des Servus Servorum mit der Serva Servarum...

6.2 Im Großherrnmantel

I (Im Großherrnmantel): Kathy, bist du fertig?
(es gibt noch einen alternativen Beginn)
K (Im Talar?): Nur noch ein Sekündchen, Nozi, mein Schleier sitzt nicht richtig.
I: Wie kannst du auch nur so einen Schleier nehmen: Wie sollen dich die Leute von den Brautjungfern unterscheiden?
K: Weshalb können denn deine Nonnen nicht mal am heutigen Tag auf ihren Brautschleier verzichten?

---

[38] Das historische Datum ist der 3.Oktober 2096.
[39] Martina Damfrau mit und zu von Tigerle - die lutherische Weiblichstkeit...

I: Du mußt dich daran gewöhnen, Kathy, du heiratest in eine alte Familie ein. Bei uns gelten Traditionen noch etwas.

K: Wenn du das so siehst, Nozi, dann muß ich mich eben auch auf die Traditionen meiner Familie besinnen! (langt zum Barrett)

I: (entsetzt) Was machst du denn da?

K: Bei uns werden zu feierlichen Anlässen die Barrette aufgesetzt. Und bei einer geistlichen Hochzeit natürlich mit einem Jungfernkränzchen.

I: Aber Kathy, Liebste, könntest du nicht wenigstens ein Rosenkränzchen nehmen?

K: Nein, ich habe schließlich auch meinen konfessionalistischen Stolz.

I: Auf was habe ich mich da nur eingelassen... Wie einfach war das Leben früher.

K: Das sagen alle Junggesellen. Du hast viel zu lange allein gelebt. Du mußt einfach lernen, eine Beziehungskiste zu haben.

I: Bitte, Kathy, diese Sprache! Kannst du nichts wenigstens ein bißchen liturgischer reden?

K: Die Ehe ist ein weltlich Ding, das sagte schon Martin Luther. - Die Luthurgie... entschuldige, Liebling, ich meine: Die Liturgie wollten wir uns für die Kirche aufsparen.

I: (schaudernd) Erinnere mich bloß nicht an die Kirche. Wenn ich an meine Bischöfe denke, wie die am Stammtisch von mir reden werden, wenn sie hören, daß ich mich auf deinen Doppelnamen eingelassen habe.

K: Jaja, das kommt davon, wenn man sich zu nahe an Weihrauch, Weihwasser und Weihbischof wagt. Was ist denn so schlimm am Doppelnamen?

I: Schlimm? Eine Katastrofe ist das! Wir haben es doch schon oft genug diskutiert! Mußte das wirklich sein? Ich mache mich doch lächerlich. Die halten mich für einen Softi. Mich, Innocens!

K: Die Ehe ist eine Diskussionseinrichtung, und zwar eine lebenslange. Das haben die uns bei der Eheberatung schon gesagt!

I: Ja, deine evangelischen Psychonauten. Bei uns ist das viel praktischer und einfacher. Da ist die Ehe ein Sakrament. Da muß man nicht viel diskutieren.

K: (streng) Nozi, Ökumene geht nicht ohne Diskussion!

I: Jaja, schon gut. Aber das mit dem Doppelnamen?

K: Das mit dem geistlichen Doppelnamen haben deine klerikalen Ahnen eingeführt. Erinnerst du dich noch an deinen sanften Johannes Paul. Der hatte auch einen Doppelnamen, und sein Erbe hat die Tradition fortgeführt.

I: Ja, ich weiß schon. Und wenn wir Zwillinge kriegen, heißen sie Johanna und Paula.

K: Ach, du bist süß.

I: Schluck. Das war ein Scherz. Du wirst mich doch nicht beim Wort nehmen?

K: Das Wort eines Papstes, wenn das nicht bedeutsam ist...

I: Bei dir darf noch doch wirklich keine Witze machen; schon Bruder Ratzinger[40] hat mich vor euch schrecklich übervernünftigen Evangelischen gewarnt.

K: Immerhin ist dein Witz eines Unfehlbaren...

I: Wenn ich daran denke, daß ich dich zum Traualtar führe, zweifle ich plötzlich an meiner Unfehlbarkeit.

K: Immer diese Selbstzweifel. Steh doch zu deiner unfehlbaren Fehlbarkeit. Du könntest ja kraft deiner Unfehlbarkeit deine Fehlbarkeit dogmatisieren.

I: Das nimmt mir doch keiner ab... Stell dir vor, in welche Gewissensnöte die Leute kämen.

K: Was ist denn da so problematisch?

I: Na, weißt du, diejenigen, die glauben, daß ich unfehlbar bin, müßten dann auch glauben, daß ich fehlbar bin, wenn ich es verkünde. Und die anderen, die mich ohnedies für fehlbar halten, könnten mir nicht glauben, wenn ich meine Fehlbarkeit verkünde. Sie müßten mich just darum doch für unfehlbar halten.

K: Ja, ja, du alter jesuitischer Haarspalter, du hast nicht leicht.

I: Vor allem mit dir habe ich es nicht leicht, obwohl du doch ein Leichtgewicht bist...

K: Gib schon zu, wir sind beide recht schlank geworden in den letzten Jahrzehnten.

I: (schaut irritiert an sich herunter)

K: Ja, ja, du hast nicht leicht.

I:Du bringst ja auch nicht viel auf die Waage...

K: Gib schon zu, wir sind beide recht schlank geworden in den letzten Jahrzehnten.

I: (schaut an sich herunter)

K: Ich meine: Als Kirche. Da haben wir eine Fastenkur hinter uns gebracht, deren Erfolg glatt von der Brigitte übernommen werden könnte...

(ab hier gibt es einen alternativen Schluss)

I: Dabei hat doch ein großer Deutscher einmal den Satz geprägt, die Kirche hätte einen großen Magen und könnte entsprechend viel vertragen.

K: Und die Kirche, das sind wir?

I: Genau.

K: Das erklärt mir viel.

I: Ich ahne schon, jetzt kommt die Feministin in dir wieder durch.

K: Deine Ahnung trügt dich nicht: Mein Bauch gehört mir. Und es geht keinen was an, was ich wiege.

I: Wiege dich bloß nicht in Sicherheit. Unsere Ehe findet in der Öffentlichkeit statt.

K: Du meinst das gläserne Schlafzimmer, das die Fundis fordern.

---

[40] Der spätere Benedikt XVI. Ich bin schon deshalb aufs Jenseits gespannt, weil ich sehen willen, was der Chef mit ihm macht.

I: Ja, die Wiedervereinigung ist eben eine Angelegenheit von öffentlichem Interesse.

K: Aber wir haben doch keine Geheimnisse.

I: Die unio mystica ist ein Geheimnis.

K: Da hast du auch wieder recht. - Weißt du was, am besten machen wir unsere Hochzeitsreise in ein atheistisches Land.

I: Die DDR gibt's nicht mehr. Rußland ist bekehrt. - (entsetzt) Du meinst doch nicht etwa China?

K: Doch.

I: Aber Kathy, überleg dir mal: Jeder fünfte ist ein Chinese. Was bedeutet das für unsere Kirche!

K: Ganz einfach. Bei einem Kirchenbesuch von 20% sind alle Gottesdienstbesucher Chinesen.

I: Heiligel Schlohsack. Was soll nul aus del Kilche welden?

K: Tu nicht so; eure Kirchenfarbe war schon immer Gelb.

I: Und Tladitionen soll man achten.

K: Ja, mein Liebel.

I: Also auf nach China. Ich melde es gleich nach Lom.

6.3 Alternativer Kaulauereinstieg: Wiedervereinigung

3.Oktober 1990, Wiedervereinigung, ein historisches Datum, der Mantel der Geschichte, vom heiligen Martin einst geteilt, weht uns um die Ohren; ....Inocens und Hanselfrau[41].

I: Schon gut, aber jetzt beeil dich; der Lohl ist schon da.

K: Wer?

I: Der Lohl, mein Brautführer.

K: Typisch. Der ist wieder mal als erster bei der Vereinigung. Und wann kommt der Kafontän?

I: (spöttisch) In meiner Badewanne bin ich Kafontän...

K: Du wolltest schließlich den Lohl haben, da mußte ich ja den Kafontän haben, wegen der Ausgewogenheit. Michael wolltest du ja nicht.

I: Michael den IV. von Rußland, nee, der hätte uns mit seinem Heiligenschein aus dem letzten Jahrhundert die ganze Zeremonie vermasselt.

K: Du bist ja bloß sauer, weil sein Urgroßvater kein Katholik war.

I: Ach was, zum Blumenstreuen hätte ich ihn ja genommen; aber er wollte ja kein Flower-power-Zar sein.

K: Schließlich steht er in der Tradition der Mauer-Hauer. Und Traditionen weißt du ja auch zu schätzen, Nozi.

I: Ja, und deswegen paßt es mir gar nicht, daß du auf einem Doppelnamen bestehst. Tigerle-Papst, wie klingt denn das? Warst du letzthin mal auf der Waage?

K: Also bitte, doch nicht vor allen Leuten.

    ...

---

[41] Der bayerische Landesbischof hieß Hanselmann.

6.4 Alternativ: Im Großherrnmantel

I (Im Großherrnmantel): Tina, bist du fertig?

K: (Im Talar?): Nur noch ein Sekündchen, Nozi, mein Schleier sitzt nicht richtig.

I: Mußtest du denn unbedingt einen Nonnenschleier nehmen?

K: Aber natürlich. In meiner neuen Familie ist das ja der Brautschleier mit der höchsten Weihe.

I: Als Braut Christi, Tina. Aber heute bist du doch meine Braut!

K: Soll ich etwa zu Barett greifen? Aber ich warne dich: Meine Initiale ist K., Wenn ich ein Barett trage, ist das sofort ein K-Barett!

I: Das war jetzt aber ein K-Lauer! - (K setzt sich einen Blumenkranz auf) Was ist denn das?

K: Das ist ein Jungfernkränzchen, Liebling. Die Leute sollen doch sehen, daß du meine erste Liebe bist!

I (lüstern): Tina, Liebste, könntest du dann nicht ein Rosenkränzchen nehmen?

K: Nein, ich habe schließlich auch meinen konfessionalistischen Stolz.

I: Auf was habe ich mich da nur eingelassen... Wie einfach war das Leben früher.

K: Das sagen alle Junggesellen. Du hast viel zu lange allein gelebt. Du mußt einfach lernen, eine Beziehungskiste zu haben.

I: Bitte, Tina, diese Sprache! Als hättest du den Ministranten aufs Maul geschaut. Kannst du nichts wenigstens ein bißchen liturgischer reden?

6.5 Alternativer Schluss

K: Ich meine: Als Kirche. Da haben wir eine Fastenkur hinter uns gebracht, deren Erfolg glatt von der BRIGITTE[42] übernommen werden könnte... Obwohl ich sonst mehr auf Emma[43] stehe!

I: Ich dachte eher an Uta[44]. - Warum wird jemand katholisch und schimpft dann pausenlos über Rom...?

K: Ja, aber irgendwie hat sie doch recht!

I: Dich hat die schlanke Greinemann auch schon infiziert! Ich hätte es mir denken können.

K: Immer noch besser, von Uta infiziert, als von euch konfisziert! Und eines sage ich dir: Geburtenkontrolle ist allemal besser als Gedankenkontrolle!

I: Willst du mir Gedankenkontrolle unterstellen?

K: Ihr versucht doch alle Gedanken zu kontrollieren! Nur bei die eigenen kriegt ihr nicht unter Kontrolle! Typisch Patriarchat!

I: O du lieber Augustin! Jetzt kommt die Feministin in dir wieder durch.

K: Richtig: Mein Bauch gehört mir. - Und es geht keinen was an, was ich wiege.

---

[42] Mainstream Frauenzeitschrift mit gehobenem Niveau
[43] Name einer feministischen Zeitschrift, Hg. Alice Schwarzer
[44] Uta Ranke-Heinemann, Tochter des evangelischen Bundespräsidenten, konvertierte zum Katholizismus, wo sie sich lautstark als Kritikerin engagierte.

I: Wiege dich bloß nicht in Sicherheit. Unsere Ehe findet in der Öffentlichkeit an.

K: Du meinst das gläserne Schlafzimmer, das die Fundis fordern.

I: Ja, die Wiedervereinigung ist eben eine Angelegenheit von öffentlichem
Interesse.

K: Aber wir haben doch keine Geheimnisse.

I: Die unio mystica ist ein Geheimnis.

K: Da hast du auch wieder Recht. - Weißt du was, am besten machen wir
unsere Hochzeitsreise in ein atheistisches Land.

I: Die DDR gibt's nicht mehr. Rußland ist bekehrt. -

K: Denk doch einfach an meine Heimat. In Deutschland haben Sie Gott
in die Präambel des Grundgesetzes gesperrt und lassen ihn nicht mehr
raus. Dort kennt uns nur noch die christliche Untergrundbewegung und
mit den beiden werden wir schon zurande kommen.

I: Tina, du vergißt das Kirchenvolksbegehren!

K: Du hast Recht. Aber weißt du was, die lassen wir einfach alle als Trau-
zeugen unterschreiben. Dann haben sie, was sie wollen und während
sie noch schreiben, machen wir unsere Hochzeitsreise irgendwo hin,
wo uns niemand erkennt, am besten nach Oberammergau.

I: Das ist der richtige Auftakt für eine Ehe.

K: Gell, hab ich doch recht.

I: Ja, denn dort gibt es die weltberühmten Passionsspiele...

K: (guckt böse)

6.6 Auf Pfarrherrensuche

Pfarrersuche oder wovon Gemeinden träumen. Ein Traumschiff geht
auf Reisen und legt ab.

P: , S: , K:

Volker: Versetzen wir uns in die Zukunft. Das Kirchenvolksbegehren
des Jahres 1995 war erfolgreich. Eine der Neuerungen der KBK, wie sie
nun heißt, der katholischen Basiskirchen, ist die freie Pfarrerwahl. Durch
erfrischende neue Bedingungen gelockt strömten tausende von jungen
Menschen in die Priesterseminare und in ihren Traumberuf, das Pfarramt.
Dank dieser famosen Entwicklung und einer neuen Regelung, dem sog.
freien Pfarrerhandel verbunden mit einer europäischen Pfarrtransfairliste
können die Gemeinden nun aus einem reichhaltigen Angebot wählen. Ein
Stellenangebot wird inseriert und die Interessenten strömen wie zum
Berg Gottes am jüngsten Tag. Manche freilich, die schon ein wenig älter
und daher leidgeprüfter sind, tauchen erst einmal inkognito auf. Das
heißt, sie tauchen nicht auf, sondern unter und beobachten klammheimlich die in Frage kommende Gemeinde. Lassen Sie uns einmal einen
Blick in diese geheimdienstliche Tätigkeit tun:

Wir observieren die Kirchentür, der Gottesdienst in St.Bisbald ist aus;
ein unbekannter Besucher - wir Beobachter wissen es, es ist jener Pfarrer, der sich für die freie Pfarrstelle interessiert - ein unbekannter Besu-

cher gesellt sich inkognito zu zwei plaudernden, um nicht zu sagen trat-schenden Gemeindegliedern, zufällig der Sekretärin, Frau Mittich und dem Vertrauensmann des KV, Herrn von Dabei.

Es ist doch immer reizvoll, wenn der Zuschauer mehr weiß als die Betei-ligten.

P: "War das euer neuer Pfarrer? Ein bißchen schwach; er kommt wohl aus der Provinz.

K: "Gott bewahre! Das war nur eine Aushilfe. Die Ausschreibung läuft noch. Aber Sie wissen ja, wie gnäschich heut zu Tage die Pfarrer sind. Dem --- ist das Haus zu alt,

S: "...dem --- der Garten zu klein,

K: "...dem --- die Gemeinde zu alt,

S: "...dem Klinger der Bibelkreis zu klein."

P: "Naja, früher, da ließen sich die Pfarrherrn sogar von ihren Pfarreien bezahlen; möglichst großzügig natürlich.

S: "Unglaublich. Und das nannte sich christliche Demut?"

P: "Der Mensch lebt nicht vom Geist allein."

K (gut artikuliert fromm): "Aber von jeglichem Worte, das aus dem Munde des Herrn geht..."

P: "Naja, beim Sonntagsbraten zeigt sich später, daß auch nach der Pre-digt noch einiges in einen hungrigen Christenmenschen reingeht. - Aber abgesehen davon, sagt mal, ihr hier in St.Dienerlein, wie stellt ihr euch euren neuen Pfarrer vor."

S: "Ach, wir haben keine besonderen Ansprüche. So einen guten Pfarrer wie wir hatten, kriegen wir eh nicht mehr!"

P: "Warum ist er denn gegangen?"

K: "Der Herr hat ihn gerufen."

P: "Ist er versetzt worden?"

K: "Er hat jetzt den ewigen Frieden."

S: "Herzinfarkt."

K: Er war nie krank; immer war er da. Beim Sommerfest, beim Kindergar-tenfest, beim Seniorenausflug, beim Miniclub, und er war der Heldente-nor vom Kirchenchor.

P: Hatte er denn keinen freien Tag?

K: Montag.

S: Da konnte er endlich seine Büroarbeit machen... wenn keine Konfe-renz oder Beerdigung war.

K: Sie können sich vorstellen, wie schrecklich sein Abgang, äh... Heim-gang für uns war: Wo kriegen wir so schnell jemand für den Gottesdienst her? Das war vielleicht eine Arbeit."

S: "Am liebsten hätten wir ein Pfarrersehepaar."

K: "Genau, wo sie auch noch mitarbeitet."

S: "Wir haben nämlich drei Kirchen; und da könnte seine Frau doch den Gottesdienst drüben im Haus Abendfrieden in der St.Schlußlichtka-pelle... - ...halten, während er bei uns ist."

K: "Diese Stellenteilung ist schon eine famose Sache. Gerade, wenn einmal Not am Mann ist, kann die Frau einspringen."

P: "So, so, und was erwarten Sie sich sonst noch von ihm?"

K: "Was halt ein Pfarrer so tut. Den Männerkreis leiten zum Beispiel."

P: "Sie haben einen Männerkreis?"

K: "Ja."

S: "Nein."

P: "Was denn nun! Ja oder nein."

K: "Also, das ist so. Wir haben hier, also, der Herr Pfarrer hat hier auf Wunsch der Gemeinde einen Männerkreis gegründet. Aber es gab noch Terminschwierigkeiten."

P: "Aha, es war im Anlaufen. Hat er das erst kurz vor seinem Hinscheiden initiiert."

K: "Ach nein, das lief schon ein paar Jahre. Es gab halt immer wieder Probleme mit Sport, Stammtisch und Wochenende."

P: "Und warum hat er's dann nicht sein lassen?"

K: "Na, hörn Sie mal. Eine Gemeinde ohne Männerkreis!"

P: "Soso, und wie steht es mit der Frauenarbeit?"

S: "Den Frauenkreis hatte er wunderbar im Schuß."

P: "Was? Er hat ihn selber geleitet?"

S: "Natürlich, wer denn sonst?"

P: "Aber wie kann ein Mann einen Frauenkreis leiten?"

S: "Aber ein Pfarrer ist doch kein Ma... äh, naja, ich meine, also, das ist doch eben die Aufgabe des Herrn Pfarrer. Wer soll es denn sonst machen?"

P: "Eine Frau natürlich."

S: Eine Frau ist doch kein Pf...

K: "Seine Frau war doch auch so eine, Sie wissen schon, so eine... (Emanze). Selbstverwirklichung. (verächtlich:) Lehrerin!"

P: "Aber es gibt doch sicher auch noch andere Frauen."

K: "Nein, mit einer anderen hatte er sicher nichts.

P: "Ich meinte, es gibt doch sicher Frauen in der Gemeinde, die den Kreis leiten können."

S (schnippisch): "Wenn sich die Frau Pfarrer zu gut dafür ist?"

K: "Ich finde, so etwas gehört in die Hand von Fachmännern. Was verstehen denn Frauen von Leitung."

S: (pikiert, anzüglich und von oben herab:) "Manche Frauen vielleicht eine ganze Menge... - (noch anzüglicher:) Manche Frauen natürlich nicht (Seitenblick auf K)

P: "Ja, suchen Sie nun einen Pfarrer oder eine Pfarrfrau."

K: "Wie gesagt, nichts besonderes. Die Frau gehört doch dazu. Wenn heutzutage schon alle Frauen arbeiten gehen, dann sollte wenigstens die Pfarrfrau ein Vorbild sein."

P: "Ein Vorbild wofür?"

S: "Dafür, wie's früher war. Da ging das nämlich auch. Sie ahnen ja nicht, wie die Arbeit im Büro zugenommen hat. Und dann wird einem auch noch die Pfarrfrau gestrichen. Wer soll denn dann die ganze Arbeit machen?!"

K: "Und außerdem ist es gar nicht gut für die Frauen, wenn Sie nur den ganzen Tag im Haus rumhängen und nichts zu tun haben!" S schaut ihn doppeldeutig an... "Wissen Sie, wenn einer bei uns Pfarrer wird, der hat's wirklich einfach. Wir halten nämlich zusammen. Wir sagen ihm, was man hier zu tun hat. Da kriegt er gar keine Schwierigkeiten.

P: Wollten Sie hier Pfarrer werden?

K (schnell und hektisch): Dazu braucht man eine Berufung...

S (mit Blick auf K): Ein Job, wo ich nichts mehr zu melden hätte?

P: Und was würden Sie sagen, wenn ich mich hier bewerben würde?

S: (erfreut) Sie sind ein Pfarrer? - Naja, ich verstehe, inkognito, abtasten, auf Stellensuche. Aber Sie wären schon richtig. Sie haben ja kein einziges Mal widersprochen.

K: Herr Pfarrer, darf ich Sie auch im Namen meiner Frau zum Abendessen einladen? Dann kann ich Ihnen noch ein paar gute Tips mit auf den Weg geben. Ihre Frau Gemahlin ist natürlich ebenfalls herzlich willkommen.

P: Danke für die Einladung. Aber ich glaube, ich bin hier nicht so ganz der richtige Mann. Vielleicht fragen Sie mal bei der Augsburger Puppenkiste an. Die haben dort hervorragende Hampelmänner, die sind aus dem richtigen Holz geschnitzt und können nicht mal einen Herzinfarkt kriegen. Und Verwicklungen gibt's nur, wenn Sie selbst die Fäden durcheinander bringen. Aber mit dieser hervorragenden Sekretärin haben Sie sicher keine Schwierigkeiten. Guten Tag...

7   Volkskirche 1996

7.1.1   Volkskirche 1: Drei Gründe für den Kirchenaustritt

Heiner: Frau Pfarrerin, ich trete aus der Kirche aus

Helga: „Wie bitte, ich habe dich doch konfirmiert... Warum denn nur?

Heiner: „Ich habe drei gute Gründe: Zölibat, Pille und Papst..."

Helga:„Wegen dem Zölibat?"

Heiner: Ja, warum darf eine Katholikin nicht Pfarrfrau werden...

Helga: „Und des Papstes wegen?"

Heiner: Nee, wegen dem Papst, weil der katholisch ist...

Helga: „Und wegen der Pille"

Heiner: Weil die Kirche dagegen ist. Für mich und meine Männergruppe ist das schrecklich. Auch wir Männer haben ein Recht auf unsre Pille...

Volker: Das mit der Pille ist sowieso nicht mehr angesagt. Gott schuf den Menschen bekanntlich noch völlig ohne hormonelles Zutun:

7.1.2   Volkskirche 2: Church-sprint...

Heiner: Ökumene heißt: Niemals um Verzeihung bitten zu müssen...

Helga: Und evangelisch heißt: Ich muß nicht jeden Sonntag in die Kirche rennen.

Heiner: Na und?! Ich finde meinen Herrgott im Wald.

Helga: Entschuldige, das verwechselst du mit dem Förster.

Heiner: Ach so, und ich habe mich schon gewundert, weshalb Gott immer mit Hund und Gewehr durch die Gegend pilgert.

Helga: Du solltest eben doch öfters in den Gottesdienst.

Heiner: Beten kann ich auch daheim. Außerdem: ich bin ein guter Christ, ein besserer als die, die jeden Sonntag in die Kirche rennen und die Woche über die schlimmsten Menschen sind. Ich könnte da Beispiele nennen! Die hat mir mein Opa detailliert geschildert! Er kannte die beiden sogar namentlich. Also, ich bin ein besserer Mensch, deswegen renne ich nicht in die Kirche!

Helga: Dabei wäre so ein Church-Sprint gar nicht so ungesund. Etwas körperliche Bewegung täte dir gut, wenn's schon zur geistigen nicht reicht. - Aber Spaß beiseite, ich schildere dir mal eine Szene vom letzten Sonntag. Es ist 9.15 Uhr, und du schläfst noch:

Mit Pantomime:

Heiner u Volker knien nieder in die Startlöcher und sprinten los

Helga (mit Glocke): Zwei treue Kirchgänger bereiten sich auf den Kirchgang vor. Sie knien in den Startlöchern. Der Glöckner von Heilighausen wirft die Glocken an. Es bimmelt: Auf die Plätze, fertig, los!!! Wahrscheinlich sind sie gedopt, denn in der evangelischen Kirche ist die Pille ja erlaubt. Wir Christen müssen unheimlich gut trainiert und fit sein, denn bei uns rennt man ja noch bis ins hohe Alter in die Kirche. Siebzig, achtzig, los!!! St.Sprint ist immer dabei.

Volker:- obsolete **Zwischenfrage**: Was verbindet Kirche und Sex? Richtig! Das Präludium. Also, wenn's mal im Bett mehr klappert als klappt: Vielleicht liegt's am mangelnden Kirchgang.

Früherer Beginn:

Helga: Weißt du, was ein Tabu ist?

Heiner: Klar. Sex.

Helga: Nee. Das war einmal. Darüber spricht doch heute jeder. Mein Tabu ist: Ich gehe in die Kirche.

Heiner: Na und?! Ich finde meinen Herrgott im Wald.

7.1.3   Volkskirche 3: Die Karteileiche

Helga mit Talar

Volker: Das Tolle an uns: Wir haben keinen Papst, keinen Zölibat und trotzdem die Pille. Außerdem rühmen wir uns unserer Offenheit, Toleranz und Freiheit. Das ist sogar unsere Pflicht:

Volker: Für manche ist die Kirche ja das Letzte. Damit ist sie für Beerdigungen zuständig. Und wer will nach der Rentenreform schon ewig leben?

Helga: Es tut mir unheimlich leid. Ich fühle mit ihnen mit. Aber ich kann Sie einfach nicht beerdigen. Schließlich sind Sie aus der Kirche ausgetreten.

Heiner: Was, und dann reden Sie von Nächstenliebe? Die Kirche ist doch total verlogen. Schließlich bin ich immer ein guter Christ gewesen. Und was ich geglaubt habe, geht keinen etwas an. Religion ist Privatsache.

Helga: Sie meinen, es gehört zum Intimleben, ob Kölner Dom oder Kondom, Hauptsache, Sie waren mal in einem von beiden drin... Es tut mir leid, aber es geht wirklich nicht; wer im Leben nicht zu uns steht, liegt im Tod auch nicht unter uns...

Heiner: Wissen Sie was?! Sie haben die Pflicht! Als Christ müssen Sie mich einfach beerdigen.

Helga: Natürlich. Das sehe ich genauso wie Sie; vielleicht sogar viel klarer. Denn das habe ich doch schon längst getan. Sie waren eine Karteileiche. Jetzt sind Sie im Reißwolf. Aber sehen Sie, es hat überhaupt nicht weh getan.

7.1.4   Volkskirche 4: Kilimanjaro Es gibt ein Leben ohne Taufe...

Volker: Im Amtszimmer der Frau Pfarrerin legt die Alte eine Szene hin... spielt sich eine alte Szene ab:

Helga: Tut mir wirklich leid, aber ich kann ihr Kind nicht taufen...

Heiner: Unverschämtheit! Wofür zahle ich die viele Kirchensteuer?! Sie haben die Pflicht.

Helga: Ja, schon, das mit der Taufe wäre auch nicht das Problem. Aber gerade an Freitag dem 13....

Heiner: Als Pfarrerin werden Sie doch nicht abergläubisch sein...

Helga: Nein! Nein, nein! aber gerade um Mitternacht!

Heiner: Geisterstunde, Frau Pfarrerin, Geisterstunde! Und Taufe hat doch mit dem heiligen Geist zu tun.

Helga: Mich be**geist**ert das keineswegs... und dann noch auf dem Kilimanjaro...

Heiner: Aber bedenken Sie doch, Frau Pfarrerin, ganz nahe am Himmel! Das erleben Sie auch nicht alle Tage.

Helga: Ich will es auch gar nicht erleben!

Heiner: Wissen Sie was, dann trete ich einfach aus!

Helga: Wenn Sie unbedingt müssen... Zweite Türe links.

Tja, so ändern sich die Zeiten: Martin Luther schaute dem Volks aufs Maul, uns haut das Volk aufs Maul.

Volker: Wer jetzt austreten will, hat in der Pause Zeit. 10 Minuten...

Pause

7.1.5   Offenheit, Toleranz und Freiheit

A: Das Tolle an uns: Wir haben keinen Papst, keinen Zölibat und trotzdem die Pille. Außerdem rühmen wir uns unserer Offenheit, Toleranz und Freiheit. Das ist sogar unsere Pflicht. Wie wäre es mit ein paar Beispielen Beispielchen? Gespielt, freilich, nur gespielt. In Wirklichkeit ist alles ganz, ganz, ganz anders, anders, anders...

P: Es tut mir unheimlich leid. Ich fühle mit ihnen mit. Aber kann Sie einfach nicht beerdigen. Schließlich sind Sie aus der Kirche ausgetreten.

A: Was, und dann reden Sie von Nächstenliebe? Die Kirche ist doch total verlogen. Schließlich bin ich immer ein guter Christ gewesen. Und was ich geglaubt habe, geht keinen etwas an. Religion ist Privatsache.

P: Sie meinen, es gehört zum **Intimleben**, ob Kölner Dom oder Kondom, Hauptsache, Sie waren mal in einem von beiden drin... Es tut mir leid, aber es geht wirklich nicht; wer im Leben nicht zu uns steht, liegt im Tod auch nicht unter uns...

A: Wissen Sie was? Sie haben die Pflicht! Als Christ müssen Sie mich einfach beerdigen.

P: Natürlich. Das sehe ich genauso wie Sie; vielleicht sogar viel klarer. Denn das habe ich doch schon längst getan. Sie waren eine **Karteileiche**. Jetzt sind Sie im Reißwolf. Aber sehen Sie, es hat überhaupt nicht weh getan.

A: -

P: Sie schauen so traurig aus. Warum sind Sie denn überhaupt gestorben? War das denn nötig? So ganz ohne Auferstehung lohnt sich doch diese aufwendige **Bestattung** gar nicht. Eichensarg mit Eichenkreuz, Seidenhemd ohne Taschen, rote Nelken und weiße Linien, aber keine Sklaven, die einen auf dem letzten Weg begleiten. Bestattung ohne Auferstehung? Miese Rendite! Wer stirbt denn heutzutage noch? Das ist doch völlig veraltet!

A: ?

P: Sehen Sie, positiv denken. Das ist die Lösung: **Keine Kirchensteuer**, dafür aber Unsterblichkeit, ist das nicht toll?... Natürlich, ich sehe schon ein: Die Steuerersparnis gleicht die fehlende Pflegeversicherung nicht aus. Mit 100 sehen Sie echt alt aus, auch ohne dieses Hemd ohne Taschen haben Sie keine Pfennig mehr. Und das eine Ewigkeit lang. Ihr Nothelfer wird St. Alzheimer. Aber wie gesagt, ohne Auferstehung lohnt sich der Tod eben nicht.

Der Pastorand geht nachdenklich weg. Am nächsten Tag steht er vor dem Esoterikregal im Hugendubel und sucht das Standartwerk: Unsterblichkeit leicht gemacht, von „Dr.Ich-will-nur-Ihr-Bestes, also-geben-Sie-mir-Ihr-Geld".

8 Missionare und Esotieriker

Selbstkritik macht Sinn. Aber Kritikwürdig sind tatsächlich nicht nur wir. Da gibt es vieles in der Gesellschaft, auf das wir blicken können. So nahmen wir ganz klassisch den Gott „Mammon" aufs Korn, Symbol für unsere Wohlstandsgesellschaft, aber auch die Esoterik mit ihren bunten Blüten, die in die Lücke drängt, die durch Kirchenfeindlichkeit entsteht. Ob es sinnvoller ist, rückhaltlos einem Guru zu vertrauen als einem Papst, das ist zumindest prinzipiell eine berechtigte Frage. Das Selbstbewusstsein, das hinter kirchlicher Mission steht oder sich versteckt, verdient aber auch seine satirische Kommentierung.

8.1 Alles, was der Mensch so braucht: Consumenta 1992

Wir kommen aus Nürnberg; in Nürnberg gibt es jedes Jahr so etwas wie einen Kirchentag; da treffen sich tausende (1992: 230.000) von Menschen, um ihrer Religion zu huldigen. Interessanter Weise gibt es keine offiziellen Mitglieder dieser Religion, obwohl jeder so eine Art Kirchensteuer zahlt, die um ein -zigfaches höher ist als die reguläre Kirchensteuer; dieser alternative Kirchentag heißt Consumenta; auf ihm gibt es alles, was der Mensch so braucht; die Anhänger jener Religion nennt man Konsumenten und ihre Kirchensteuer heißt Mehrwegssteuer, - äh, Mehrwertsteuer.

Die religiöse Dimension des Konsumentenklerus wurde mir deutlich, als regelmäßig die Werbung einer Warenhauskette meiner Zeitung beilag, und dieser Prospekt hatte als Überschrift: "Alles, was der Mensch so braucht..." Klar, daß dies einen Pfarrer herausfordert. Wieviel mehr noch einem Kabarettisten in einer Zeit, in der so viele Menschen religiös heimatlos geworden sind und eine neue Zuflucht suchen. Beobachten wir einen solchen Menschen am späten Sonntagvormittag bei der entspannten Lektüre der Wochenendausgabe seiner Tageszeitung:

(Zeitungen, Prospekt, Klimperinstrument)

Er (sitzt und liest Zeitung): Ireeene, hast du's genommen?

Sie (klimpert im Hintergrund esoterisch mit dem afrikanischen Instrument): Waaas?

Er: Die Anzeige von heute: "Alles, was der Mensch so braucht."

Sie: Ist beim Altpapier! Er (entsetzt): Alles, was der Mensch so braucht?

Sie: Ist doch Schrott!

Er (schockiert): Alles, was der Mensch so braucht?

Sie: Klar. Hast du's dir mal angeschaut?

Er: Nee, hab ich mir für Sonntag aufgespart. Hab gedacht, da paßt es hin. Ersetzt vielleicht den Gottesdienst.

Sie: Den schon. Schrott für Schrott.

Er: Wie kannst du so was sagen. Vielleicht war doch was Brauchbares dabei.

Sie: Beim Gottesdienst? Er: Nein, bei allem was der Mensch so braucht. Sie: Also, damit die liebe Seele ihre Ruhe hat. Hier hab ich's vom Altpapier geholt.

Er: Lechz! - (enttäuscht:) Das soll es sein?

Sie: Na klar, was dachtest du?

Er (tonlos): Gartenstühle... Sie: Und Gartenzwerge...

Er (sarkastisch:) Für den Garten Eden vielleicht. Nee, Irene, das isses nicht, was ich suche. Ich suche Tiefe, verstehste, ich suche Sinn, begreifste das. Wir haben alles, aber ich habe das Gefühl, mir ist dabei was Wichtiges verloren gegangen.

Sie: Das hat der Pfarrer auch gesagt.

Er: Wann warst du in der Kirche?

Sie: Bei meiner Konfirmation.

Er: Aber das ist doch - laß mal rechnen -, das ist doch schon über zwanzig Jahre her. Sie: Siehste, er hat's damals schon besser gewußt.

Er: Naja. Aber das war ja wohl auch nix Gescheites.

Sie: Weißte was, geh doch mal zum Rubelsudel.

Er: In der Stadt?

Sie: Da mußt du schon in die Stadt, bei uns auf'm Land gibt's sowas nicht. Die Gabi aus meiner Frauengruppe hat gesagt, das ist ein Spitzeladen. Regalweise geistige Tiefe. Da kannst du dich durch das Sein blättern ganz individuell: Wendezeit, Enneagramm, I Ging...

Er: Du würdest gehen?

Sie: Nein, nicht "Ich ginge", sondern I Ging, das große Weisheitsbuch.

Er: Ach so, das Ei-Tsching: Aber Ei-Tsching-bum-bei-tsching-bum-bum-bum-bum..

Sie: Werd nicht blasphemisch. Das ist was ganz Besonderes, verstehste, so ganz persönlich. Keiner kann dir die Entscheidung abnehmen. Orakel, aber nicht von irgendsoeiner alten Katzenhexe, sondern du selbst entscheidest, was du aus deiner Zukunft liest.

Er: Ich? Aber ich versteh doch nichts davon.

Sie: Bist du blöd. Du bist doch der einzige, der für dich kompetent ist. Verstehste, jeder ist sein Egofachmann, ich meine, oder halt Fachfrau, auf alle Fälle...

Er (entschuldigend): Ich bin halt noch neu im Tiefengeschäft...

Sie: Dann geht doch mal hin, ganz unverbindlich. Sag, du willst dich nur erkundigen. Aber laß dich von der Bücher-Tussi nicht anmachen, sonst kriegst du's mit meiner Tiefe zu tun...

Er: Was du nur denkst. Ich bin doch kein Chauvi...

Sie: Ich hab ja nichts gesagt... Obwohl manchmal,... (verträumt) So 'n richtiger Chauvi... - naja, und wenn du schon in die Stadt fährst, schau doch mal bei Inge vorbei und hol die Bestellung für den Biobauern ab.

8.2 Der große Suchende oder der esoterische Kolonialwarenladen
1992 (Version: Kirchentag)

Einführung: Nachdem das östliche Feindbild verschwunden ist und der Islam nicht alles abdecken kann, was an Aggressionen in der Kirche steckt, brauchen wir ein paar Feinde mitten unter uns. Und die gibt es natürlich. Mögen es noch so unbedeutende religiöse Bewegungen sein, durch die Kirche werden sie zum alles gefährdenden Angreifer hochstilisiert. Dabei würde es manchmal reichen, sie einfach zu karikieren. Es gibt mehr lachhaftes unter dem Himmel, als man so schlechthin träumt.

Wenn es für alles ein Spezialgeschäft gibt, dann natürlich auch für die Seele. Und damit sind eben nicht die christlichen Buchhandlungen gemeint, sondern ganz andere Geschäftemacher sind am Werk. Im Folgenden ist übrigens lediglich das kirchliche Werk erfunden. Alles andere gibt's wirklich im Angebot. Und die oberste Behörde der evangelischen Kirche in Bayern ist das Landeskirchenamt, kurz: LKA. Ein Abkürzung, die zu unangenehmen Verwechslungen führen könnte.

Wir begleiten einen großen Suchenden zu einer kleinen Antwortenden.

Großer Suchender: Mein Gott, was es für mein Seelenleben alles gibt! Hier: Atemtherapie.

Kleine Antwortende(KA): Das Wochenende 300.-

GS: 300.- Gibt's nicht auch was Preiswerteres.

KA: Auf diesem Sektor: Nein.

GS: Puh.

KA: Natürlich können Sie für die Atemtherapie auch die preiswerte Packung für 2.50DM haben.

GS: So billig.

KA: Klar, eine Tüte Rachengold.

GS: Äh....

Vielleicht steig ich doch anders ein. Was haben wir denn hier: Aktive Imagination.

KA: Dazu brauchen Sie nicht viel Voraussetzungen. Nur eine starke Vorstellungkraft. Wenn ich Ihnen den Vier-Wochen-Kurs bei Frau Evita Einbild empfehlen darf.

GS: Nein, danke, Aktive Imagination. Ich glaube, das KAnn ich mir bei meiner Frau abschauen...

KA (empört): Chauvi!

GS (blätternd): Bibliodrama.

KA: Ja, ganz neu. Ein Kurs im evangelischen Eilig-Feist-Saal.

GS: Was?! Sind die hier auch schon wieder dabei? Jetzt zahl ich schon keine Kirchensteuer mehr und die sind noch immer nicht pleite.

KA: Aha, auch so ein Halbfrüstler. Na, da haben wir doch aber auch noch etwas garantiert neuheidnisches: Sterne.

GS: Hat das was mit (tippt sich mit der Faust an den Kopf) Boxen zu tun?

KA: Nein, das ist keine Zen-Disziplin - Da bieten wir nur Bogenschießen und Motorradfahren an. Sterne, ich dachte an Astrologie.

GS (enttäuscht): Horoskope? Wie stehen meine Sterne im Stern?

KA: Ja, aber nicht was Sie denken. Nicht aus der Rubrik Wladimir Horoskopwitz findet Ihren Partner, sondern was echtes, was gediegenes, was Astrales. Machen wir doch einfach den Probetest.

GS: Kostenlos.

KA: Gratis. freilich. Wird bei Kursbeginn vergütet. Garantiert unchristliche Wissenschaft. Also, welches Sternbild sind Sie?

GS: Stier.

KA: Stier. Verstehe. Der große Suchende. Europa, rotes Tuch, Torrero. Was bringt diese Woche. Ich sehe schwarz. Tiefes. tiefes Schwarz, mit zwei kleinen weißen Bändeln. Sie werden eine besondere Begegnung haben. Ein tiefschwarzer Mann, der nicht an Sterne glaubt, wird Ihren Weg kreuzen. Vertrauen Sie sich ihm an. Verlassen Sie sich auf die Sterne. Die trügen nicht. Verlassen Sie sich auf den schwarzen Mann. Er befreit Sie vom Fluch des astroidischen Versuchlichkeit, er öffnet Ihnen den Zugang zu einer lebendigen Gemeinschaft. Er offeriert Ihren Namen dem LKA.

GS: Kriminalpolizei? Lesen das die Sterne?

KA: Das LKA ist nicht immer und überall das Landeskriminalamt.

8.3 Der Missionar 1987
Dies ist mein **ältester Kabarettbeitrag** von den Würzburger Missionstagen (mit Friedemann „Charly" Jung) – noch vor Grenzöffnung und Internet.

Witzig bis boshaft:
Kabarettabend mit der
Würzburger Gruppe
„Kleridikaliker"

(Version: Nehmt einander an)

"Nehmt einander an", das läßt sich auch sehr global verstehen. Also in Bezug auf den ganzen Globus, der 1992 besonders in den Blick geriet, zum einen durch das Amerikajubi-oder-trauer-läum wie auch durch den enorm modernen Papst, der sich in einer fast spontanen Reaktion dem Signor Galilei anschloß und die Rundheit der Erde sowie den Heliozentrismus anerkannte. Diesem Mut muß hier nochmals Respekt gezollt werden. Doch bleiben wir beim globalen Motto dieses Kirchentages: Nehmt einander an:

Für die evangelische Kirche ist es seit langer Zeit Tradition, fremde Völker und Kulturen anzunehmen, wobei mitunter der Eindruck entsteht, als würde das Annehmen zunehmend zum Einnehmen.

Die Kirchlichen Einnehmer oder Annehmer tragen die Berufsbezeichnung: "Missionar". Bei uns in Bayern wird er vom Missionswerk ausgesandt. Das hat seinen Sitz in Neuendettelsau. Manche sagen auch: Novodettelsibirsk, was etwas über die zentrale Lage und weltweite Bedeutung dieses Ortes verrät.

Was ist das wohl für ein Wesen, so ein Missionar? Schauen wir uns diese Gattung Mensch einmal an.

a) Am schönsten ist der Missionar in seiner natürlichen Umgebung anzutreffen, also zwischen Löwen, Giraffen, Elefanten und Affen; und ein fröhlicher Kreis kleiner schwarzer Kinder mit großen weißen Augen hängt an seinen Lippen, während verborgen im Busch die tückischen Kannibalen sich bereits ihrerseits die Lippen lecken und noch nicht ahnen, daß sie vor seinem Verzehr von ihm ein christliches Tischgebet lernen werden.

Wem Gott will rechte Gunst erweisen,
den schickt er in die Mission,
lässt ihn in fremde Länder reisen,
die Frau fährt mit für Gottes Lohn.

b) Der bayrische Missionar ist international selbstverständlich besonders gefragt, wie alles, was aus Bayern kommt, in Spannungsgebieten gefragt ist etwa Regierungsmeinungen zum Thema "Asylanten im bayrischen Rostock" - meiner Meinung nach war ja Max (so heißt der wirklich, Franz Josef Strauß hatte ja seinen Vornamen bekanntlich wie ein Künstler gewählt), war Max Streibl nur sauer darüber, daß die Kundgebung in Berlin stattfindet und nicht in Deutschlands heimlicher Hauptstadt München. Manchem ist diese heimliche Hauptstadt allerdings ehr unheimlich. Wie gesagt, Bayern und Spannungsgebiete ist ein spannendes Thema.

Doch wir wollen in der Kirche nicht politisch werden, nicht von Aufrüstung reden, sondern von Zurüstung, und die besteht bei einem Missionar aus Abrüstung in Sachen Komfort. Ob sein einseitiger Komfortverzicht, seine materielle Entäußerung nur eine Äußerlichkeit ist, oder Inhalt und nicht nur Voraussetzung der Mission darstellt, - hat den Satz jemand verstanden? Also nochmal: Ob sein einseitiger Komfortverzicht, seine materielle Entäußerung nur eine Äußerlichkeit ist, oder Inhalt und nicht nur Voraussetzung der Mission darstellt,... mag offen bleiben. Bleibt zu vermuten, daß die äußere Mission mehr eine Mission der Entäußerung ist; - zumindest äußern dies manche Missionarsgattinnen beim Shopping während des Heimaturlaubs.

Der Missionar seinerseits bringt seine Gabe auf den Altar des Missionswerkes und opfert die heimlichen Idole des christlichen Abendlandes seinen Idealen: Fernseher, Plattenspieler, Video, Tiefkühltruhe, Photokopierer, Teppichboden und Schrankwand entsagt er freudig demütig: Denn er weiß: Wenn es den Fernseher, den Plattenspieler, das Videogerät im Kral gibt, dann ist sein Werk vollbracht. Wahrlich: Für dieses Ziel lohnen sich die Entbehrungen.

So entsagt unser Missionar allen westlichen - äh, weltlichen Freuden und begibt sich in die unkomfortable Dritte Welt. Armer Kerl... Doch dafür entschädigt ihn das gute Gewissen; er braucht die Weihnachtspende für Brot-für-die-Welt nicht mehr zu geben, er gibt sich selbst dahin; wird einer der geringsten Brüder. Ist es nicht erhebend, so gering zu werden?

Der Gottesbote opfert gerne
Kühlschrank, Fernsehen, eitlen Tand,
und schreitet frei vom Druck des Wohlstands
die Gangway 'rab ins Heidenland.

c) Angekommen in der neuen Heimat als Märtyrer des Verzichts stürzt er sich in die Gefahren, dringt durch Dschungel und Steppe, über morsche Brücken vorbei an tiefen Schluchten, schaudernd angesichts der Gefahren des neuen Lebens, im Vertrauen allein auf den gütigen Gott, der ihn bis hierher gebracht hat, und im Vertrauen auf den Toyota-Vierradantrieb, der ihn so kurz vor dem Ziel nicht im Stich lassen wird, erreicht er das Ziel mit Müh und Not, die Gattin auf dem Beifahrersitz ist schon fast tot.

"Nehmt einander an", haben seine künftigen Schäflein auf dem Kirchentags-Plakat lesen dürfen und die armen Heidenmenschen empfangen ihn ganz gerührt. Sie ahnen, was er alles aufgegeben hat, um ihr Diener zu sein. Sie sehen mit eigenen Augen, wie arm er dran ist: Er hat ein Haus, ein Auto, einen Boy; er leistet sich Konserven, er trinkt Wein, eine Flasche Bier - Kostenpunkt: ein Tageslohn - schlürft er so nebenbei, jaja, der Herr Missionar, der gehört zu den oberen Zweitausend...

Selig sind wir, wenn Christen sind, da fällt auch für uns manch Brosamen vom Tisch des noblen Umusungu. - Umusungu, für die, die's nicht wissen: Das ist das Kishuaheliwort für den Weißen, wörtlich übersetzt: der Herumlaufende; weil nur ein weißer Mann so verrückt sein kann, das schöne Bayern zu verlassen. An den Afrikanern kann's nicht liegen; Schwarze gibt's auch bei uns genug. Aber vielleicht sind die ehr ein Fall für die innere Mission.

So wird statt Armer unter Armen
der gute Mann noch mehr als hier.
Die Schwarzen sehn des Herrn Erbarmen:
Wer glaubt, kriegt auch ein kühles Bier.

8.4 C6a) Missionskabarett 1990

Vorspiel: (Ich:) Entschuldigen Sie, bin ich hier bei den Missionaren? Ich hab was läuten gehört, daß hier gefeiert wird. (Charly:) 'n Abend, mein Herr, Sie sind bei uns hier völlig richtig, und wir laden Sie ein, unser Gast heut zu sein. (Beide:) Wir woll'n die eigne Türe öffnen, um dort draußen zu kehren, lassen Sie sich bei der Feier von uns nicht stören. Auch wenn wir mal lästern, - wir ham unser Nest gern, und manchmal ist's ganz gut, wenn man's belächeln tut.

(Beide (N'sau:) Sie woll'n die Türen öffnen, und die armen Heiden bekehren. Lassen Sie sich bei der Planung von uns nicht stören. Auch wenn wir mal lästern, Mission sei doch von gestern heut machen <u>wir</u> Mission, das habt ihr nun davon.

8.5 C1) Vorstellung der bayerischen Landeskirche

Meine Teile bei der Vorstellung:

P: Also, ich finde das immer noch dezenter als den krausen Rettungsring um den Hals eines Hamburgers, will sagen, eines Hamburger Pastors. Die textile Soteriologie kann dieser Welt nur eines symbolisieren: Den Clown en Christo. In den Augen der Welt ist der Halskrausenpas-tor (trenne nie st) kein Tor, sondern ein Harlekin. ....

P: Der bayerische Landesbischof gab vor Jahren sein Wort, daß kein Pfarrer in seinem Herrschafts- und Gewissensbereich die Wirkung einer ordinären, will sagen, ordinierten Frau dulden muß, sofern er noch unter dem Gesetz "Das Weib schweige in der Gemeinde" öördiniert wurde. Ein Gesetz, das übrigens auf den Kirchenchor nicht angewendet wird. Wenn der Landesbischof nun also diesen seinen Versprecher brechen würde, wäre dies gegen sein Gewissen.

L: Und was ist bitte ein compositum mixtum? Das klingt für mich wie eine Mischung aus Kompost und Mist.

P: Das ist ein gemischtes Doppel oder Alle gegen alle oder Boris Becker und Steffi Grafe gegen den Papst und den Rest der Welt; aber bei uns, im Lande der Libertas Bavariae bedeutet der Gewissensschutzparagraph den Schutz einer aussterbenden Gattung. Schließlich können wir die Intoleranz der Toleranten nicht tolerieren. Keinem unsrer fratres maskulinissimi sollte - wie Paulus Röm.14 schreibt - im Namen der Freiheit sein freies, ordiniertes und installiertes Gewissen gebunden werden. - Wissen Sie, ich bin schon für Frauen in der Kirche. Viele meiner Freunde sind Frauen. Ich leite sogar den Frauenkreis und er unter mir. Aber jede an dem Ort, an den der Herr sie stellt.

K: Der Herr Pfarrer natürlich!

P: Ich kann dafür auch drei gute Gründe nennen: ... nur eine unsre gute frau und wurden durch das Wunder von (Geburtsort des Papstes?) in der alleinseligmachenden Herrschaft der entfrauten Männer bestärkt: ..

P: Das spielt Ihnen ihre pastorale Phantasie einen Streich: Es geht nicht um nackte Pfarrer, sondern um Pfarrer für Nackte. ...

P: Paulus würde wohl sagen: Den Nackten ein Nackter werden. Aber noch ist von adamitischen Gottesdiensten nicht die Rede. Noch tragen die feigen Pfarrer Blätter (Feige Pfarrerblätter?), bayrische Pfarrer haben sich auch noch nicht für diesen Dienst gefunden. ...

P: Was sollen diese preußischen Vorurteile in fränkischen Lauten? Auf der Alm, da gibts ka Sünd; das sollten Sie wissen. (ad publicam: Sünde ist das Proprium der Kirchenpräsenz). - Das weiß auch der bayrische Kultusminister und erlaubt jedem Pfarrer, 10 Stunden Unterricht an der Schule zu halten; in jenem hochsensiblen Bereich der Erziehung, in dem in anderen Bundesländern die armen Schüler gnadenlos sozialistisch indoktriniert werden. ...

P: Aufs Land, ins Volk, da zeigt sich eben, dass die bayrische Kirche immer noch vor allem Volkskirche ist. Wir folgen dem Volk, wohin es auch geht. wir gehen ihm nach, begleiten, segnen. Banken, Auto, Lesbenehen - nein, nein, das sind ja in Wirklichkeit gar keine Ehen, da fehlt ja das entscheidende Glied -O!Ž! da fehlt eben was entscheidendes - also neben der Segnung solcher kirchlicherseits nun doch irgendwie oder auch sehr zu mißbilligenden, auf jeden Fall aber kritisch zu betrachtenden (Blick durchs Schlüssellos) Kasui (Kasus heißt Fall; man mag an Sündenfall denken, wenn vom Kasus die Rede ist), also neben dem gibt es bei uns jede Menge von Segnungen. Oberkirchenrätlich genehmigt und formularisiert, im Gegensatz zu jenen ero-, will sagen exotischen. Etwa: Zuchtbullen - ich rede hier nicht von Staatsbeamten oder Zucht- und Ordnungsbullen, sondern von gut biblisch der Vermehrung von Rindviechern dienenden männlichen Kühen - also, die werden gesegnet, wie das Formular vorgibt; oder auch Rösser. Oder Sch(w)ulen und Fabriken, Feuerwehrautos und Fahnen, Tennisplätze und Trachtenvereinsheime - wir lieben eben die Allegorie und die Alliteration. Sollten unsere Gäste aus den nordischen Gebieten etwa eine Yacht für den Admirals Cup segnen dürfen und der Amtshilfe bedürfen: Der Kollege vom Chiemsee ist kundig. ... Nämlich unsere Agenden. - Nein, das sind nicht 007 und Konsorten, sondern einfache 08/15 folgende typisierte Gottesdienstabläufe. ***

8.5.1 C3) Von Pontius zu Pilatus Hilfe, die Missionare kommen

Herr Kilian kam vom Norden her und lenkt nach Würzburg seinen Schritt;
gefahren war er übers Meer der Zeit und hatte eine Bitt:
Wollt sehn wie seine Sache steht,
und wie's den Christen heut ergeht.
Doch traf er grad zur Festzeit ein,
 da sollt kein Störenfried er sein;
der Bürgermeister war nicht froh,
und die Begegnung verlief so:

8.5.2 OFF: KILIAN BEIM WüRZBURGER OB

K: Friede sei mit dir.
Z: Grüß Gott...
K: Gestatten, Kilian, Bischof aus Irland, ich...
Z: Ja, Herr Kilian, das ist ja phantastisch, daß Sie mit uns Ihr Jubiläum
feiern wollen...
K: Feiern? Ich; nein, nein, mein Sohn, ich feire erst bei Gott zum Lohn.
Jetzt will ich sehn, wie's bei euch steht, und ob der Glaube weitergeht,
den ich bei euch einstmals gepflanzt...
Z: Aha, ja - und?
K: Nach Milch bring ich nun feste Speise, auf meiner neuen Frankenreise;
die Nachgebornen zu bekehren will ich des Glaubens Handeln lehren;
ich möcht den rechten Weg euch zeigen, und dazu auf die Kanzel stei-
gen...
Z: Das kann ich mir nicht vorstellen: Nein, wir haben auch schon einen
Bischof und einen Regionalbischof und einen Dekan. Und außerdem
haben wir so soviel Kirchen - und - dürfen Sie das überhaupt?
K: Was heißt hier Kirchen und Dekan? Ich sage Gottes Willen an!
Z: Mein guter Mann, so geht das nicht: Da müssen Sie erst einmal eine
Erlaubnis haben. Und die sollten Sie sich in München holen. Also auf
Wiedersehen und Gott befohlen...
K: Muß mich nach den Zeiten richten, auf alte Reime heut verzichten,
förderhin in Prosa reden, mit den Bayern, diesen bleeden... Typen.
  Der Kilian zog nach Süden weiter und hoffte bei sich fromm und still, in
München wäre man gescheiter, verstünde besser, was er will. Er kam
zum Bischof Hanselmann, hub dort mit seiner Rede auch an, erklärte,
daß er predigen möchte, denn das sei nötig, wie er dächte, doch unser
Bischof war nicht froh, und die Begegnung verlief so:

8.5.3 OFF: BEIM LANDESBISCHOF

K: Friede sei mit dir!
H: Grüß Ihnen Gott...
K: Gestatten, Kilian, ein Amtsbruder aus Irland.

H: Ja, Bruder Kilian, das ist aber eine Freude! Nehmen Sie doch Platz. Daß Sie die weite Reise nicht gescheut haben, um bei den Landesmissionstagen dabei zu sein und mit uns zu feiern!

K: Landesmissionstage? Feiern? Aber lieber Bruder, ich habe nicht den Eindruck, daß es bei euch momentan etwas zum Feiern gäbe. Ich sehe viel Arbeit vor mir. Feiern, das könnte ich zuhause besser. Ich will Bayern missionieren.

H: Bruder Kilian, Sie machen mich sehr betroffen. Wissen Sie denn nicht, daß sie hier in einem christlichen Lande sind? Mit einer christlichen Regierung; daß wir schon lange christianisiert sind und sogar zwei (!) christliche Kirchen haben.

K: Lieber Bruder, Mission hört nie auf. Die Umkehr christlicher Sünder habe ich zu predigen. Wohl dem, der sich aufs Abkürzen versteht: Christlicher Sünder Umkehr ist meine Mission. Verstehn Sie mich?

H: Also, das tut mir leid. Aber Sie müssen es auch mal realistisch sehen; allein vom Arbeitsmarkt her: Wir haben schon fast eine Pfarrerschwemme. Und Bischöfe reichlich und außerdem: Wenn Sie hier bei uns arbeiten wollen: Wir haben einen Rechtsstaat. Da brauchen Sie erst einmal eine Aufenthaltserlaubnis und eine Arbeitserlaubnis und einen festen Wohnsitz müssen Sie dazu auch nachweisen.

K: Meine Heimat ist im Himmel. Aber... Ich habe verstanden. Sie können mich nicht verstehen. Sie können mich... ach was!

H: Ich wollte Sie nicht entmutigen. Aber so ist das halt - und die Kirche muß sich da an die Regeln halten. Aber vielleicht, wenn Sie ein paar Straßen weitergehen, zum Innenministerium...

K: Als Irländer betreibe ich die äußere Mission. Aber seis drum. (Gesungen?:) Friede sei mit dir.

H: Und mit deinem Geiste.

Nun mußt der Kilian wieder gehn und sollt sich beim Minister zeigen. Er muß am Amte Schlange stehn und unter das Gesetz sich beugen. Er war ja stets ein frommer Mann, der niemals Aufruhr, Streit begann, er war gehorsam gegen Gott und auch der Obrigkeit Gebot. Doch München machte ihn nicht froh. Denn die Begegnung verlief so:

8.5.4   OFF: IM INNENMINISTERIUM

B: Name

K: Kilian.

B: Weiter!

K: Sankt Kilian.

B: Sankt, Kilian. Beruf?

K: Bischof.

B: A geh!

K: Bischof, sog i, 'luja.

B: Nun werden Sie nicht grob. Evangelisch oder katholisch?

K: Christlich.

B: Dafür ham mer keine Nummer. Also ohne Bekenntnis. Und was wollen Sie hier?

K: Ja, also, ich möchte predigen: Gottes Gebote, Gottes Reich, die Umkehr zu Christus.

B: Na also, Jetzt mal langsam. Haben Sie irgendwas Schriftliches?

K: Meine Bibel...

B: Na, vielleicht eine Urkunde - vom Papst, oder wenigstens von die Evangelischen?

K (schüttelt den Kopf)

B: Nein? Schlecht, sehr schlecht. Mit welchem Recht wollen Sie dann hier predigen? Überhaupt - Woher kommen Sie denn?

K: Aus Irland.

B: Aha, Irland, Herr Kilian Sankt aus Irland; ein Ausländer; und Sie meinen, bei uns hier glaubt Ihnen einer?

K: Ja, natürlich. Ich habe doch Gottes Wort zu verkünden, die Botschaft von Jesus.

B: Jesus? meinen Sie den Palästinenser? Dann sympathisieren Sie wohl gar mit der IRA? Also, ich seh schwarz für Sie. Keinen deutschen Namen, keinen bayrischen Wohnsitz, keine anständigen Dokumente. Und Sie wolln uns sagen, was christlich ist? Sie! Auf die Art kriegen Sie bei uns nie eine Arbeitserlaubnis. Zumal wir gerade die Einwanderung stoppen - mit unserem neuen Asylrecht. Naja, aber davon verstehn Sie eh nichts. Sind Sie denn wenigstens verfolgt?

K: Ich kann Ihnen nicht folgen...

B: Also, passen Sie auf: Nur wenn Sie zuhaus, also bei den irischen Republikanern - praktisch schon tot wären, also höchstens dann könnten Sie bleiben. Und außerdem: Was sollen wir mit einem Prediger, der wo nicht katholisch ist? Und wozu brauchen wir einen christlichen Glauben, wo wir doch schon eine christliche Regierung haben - da ist glaubich sogar ein Evangelischer drin... Na, Herr Sankt, gehen Sie lieber wieder in Ihre Heimat zurück.

K: Also, damals, als ich herkam, zu euren Ahnen auf dem Bärenfell, das hat man mich mit offenen Armen empfangen und einem guten Schluck Met. Und heute, wo doch die Zivilisation hier herrscht...

B: Hier herrscht die christliche SU, und von der Zivilisation, da verstehn Sie nichts, gell? - Aber wissen Sie was, Herr Sankt; ich mache Ihnen einen Vorschlag: Wenn Sie schon unbedingt missionieren wollen, dann gehen Sie doch nüber: Gehen Sie doch in den Osten, die brauchen vielleicht noch ihren Glauben. Wir hier herüben im Westen haben doch schon alles; was sollen wir noch mit einem Glauben? - Also dann, nix für ungut, Herr Sankt! Habe die Ehre... - Und stehen Sie nicht so da. Gehen Sie weiter. Der Nächste wartet schon.

K: Jetzt will ich zurück nach Würzburg gehen, den alten Scheele [45]noch mal sehn; und Dr. Elze, den Dekan, der - trotz München - manchmal

---

[45] Damals Bischof in Würzburg. Fortschrittlicher Ökumeniker.

noch bekennen kann; ich wünsch mir manchmal von den Franken, daß Sie mal wieder Bibel tanken.

Kilian zog nach Norden wieder, in seine alte Stadt, grummelte die alten Lieder, sang, daß sich nichts geändert hat; ging noch mal durch Würzburgs Gassen, schritt über Plätze, durch die Straßen, woll über unsre Brücke gehn, sah dann den Dom - und blieb dort stehn, versteinerte und war ganz froh: Die Bayern mögen ihn nur so.

8.6   Der Boy emanzipiert sich 1989
VIII. (Melodie: Sonderzug nach Pankow)
Entschuldigen Sie, ist das das Flugzeug nach Europa? Nach München und Bonn? Ich hab da eine Mission. Entschuldigen Sie, ich muß ganz dringend nach Europa, denn die brauchen dort/ endlich Gottes Wort...

Ich hab' 'ne große Bibel mit so vielen frommen Geschichten, von Jesus, die will ich in Deutschland berichten. In diesem euren Lande, es ist eine Schande, kennt man sie nicht mehr; darum komm' ich her.

(Der weiße Zöllner:)
Entschuldigen Sie, Sie sind doch hier in Westeuropa, da braucht es keine Mission, das haben wir alles schon. Sie Neger vom Gral, was können Sie uns denn schon bieten?! Wir haben so viel Kultur, da stört nahöstliches nur...

Ja, meinen Sie, der Jesus könnte uns noch was sagen? Die Kirche hat seit 1000 Jahren hier Früchte getragen. Bei uns ist alles christlich, das ist offensichtlich, Gott geht mit uns mit; das seh'n Sie am Profit...

(Der schwarze Missionar:)
Entschuldigen Sie, bin ich hier im Fegefeuer? Mir wird so höllisch warm, es schlägt mir glatt auf den Darm. Mein Bruder vom Zoll: Ist das der Flug nach Tansania? Ich muß hier unbedingt weg bevor ich hier christlich verreck.

Nur wer sich wirklich öffnet, kann mit Gott dann auch was erleben. Doch dazu müßtet ihr die alten Götter aufgeben. Geld; Macht und Karriere, Technik, Fortschritt, Ehre: Vergrabt den ganzen Schrott, sonst kommt ihr nie zu Gott...

O lieber Gott, was ist denn bloß mit diesen Weißen los? /:Ich flieg zurück nach Hause, schick du doch deinen Geist, o Boss.:/

8.7   C8) Patrona Bavariae C/d/F/d/F/G
Ihr Herrn in der Meiserstraß, dort wo der Herrgott wohnt laßt mich's wissen, mach ich's recht, bin ich fromm und fein? Wenn ich mal was falsches sag, bitt ich um gnädgen Sinn ihr Herrn in der Meiserstraß laßt mich nie mehr allein.

Ich war mal ein forscher Kerl, offen und grad heraus, für den Glauben, für den Herrn, gegen Heuchelei fand daher Kindertaufe falsch, und leere

Kirchen schlimm drum mußt ich mal nach München fahr'n. Jetzt seh ich alles neu.

Ein Freund von mir, ein braver Bursch, wollt bei uns Pfarrer wern, auch in der Ökumene, da wollt er weiter baun. die Münchner hättn ihn fast genommn, doch eines war nicht recht: Katholische, die mögn wir schon, doch nicht als Pfarrersfraun.

Prüfet alles, das Beste behaltet, steht in der Heilgen Schrift, ein Vikar sagt: Ich prüf mich für die Ehe, Ein andrer Freund, gewissenhaft, sagt: Ehe ist sehr gut. Doch Leichtsinn ist hier nicht am Platz; wir prüfen uns, ob's geht. Das LKA hat's besser gwußt: die Prüfung ist die Ehe selbst: Tretet vor den Traualtar, sonst wehe wehe wehe treten wir nach euch.

Patrona Bavariae, oben im LKA breite deine Worte aus, über alle Welt und wenn ich mal Sorgen hab, und mir das Wörtlein fehlt Patrona Bavariae, nimm mich auf in deine Kartei.

8.8 Das bayerische Missionswerk oder die Stufen der Seligkeit

C9) Das bayerische Missionswerk oder die Stufen der Seligkeit

Stellen wir uns die Frage: Was bewegt einen Menschen, Missionar zu werden. Eine der ernsthaften Antworten ist: "Dies ist mein Auftrag, nur wenn ich ihn erfülle, werde ich die Seligkeit erlangen." Religionsgeschichtler wissen freilich, daß es zum Erreichen der Seligkeit viele Wege gibt. Ein beliebter Weg sind die Stufen der Erkenntnis, die Leiter geistlicher Vervollkommnung; wir kennen das gnostische Bild der sieben Himmel: Sechs muß man durchschreiten, um zum siebten zu kommen. Das bayerische Missionswerk ist nun die beinahe vollkommene Abbildung jenes Weges zur Seligkeit. Man möchte fast sagen: Bayerisches Gnosionswerk. Aber da steckt das Wort Gnosis, also Wissen drin, und ob wir das hier...? Mancher mag eher an die legendäre Gestalt des Buchbinders Wanninger denken, wenn er miterleben darf oder muß, wie ein bayerischer Missionar an der Ort der Seligkeit kommt. Dabei beginnt alles zunächst einmal ganz normal damit, daß die Landeskirche sich freut, wenn sich ein Pfarrer zur Mitarbeit in den klassischen Missionsfeldern - und dazu gehört nach Münchner Meinung die Meiserstraße noch nicht - bereit erklärt. Verfolgen wir einen Streiter Gottes auf seinem Weg nach Schwarzafrika, in die Süddiözese von Tansania.

1. Stufe: Der Antrag
2. Stufe: Vorbereitungskurs in N'sau
3. Stufe: Mechanikerkurs in Salzburg
4. Stufe: Englischkurs in Birmingham
5. Stufe: Aussendungsgottesdienst und Ausreisekampf (Visum/ Becker)
6. Stufe: Morogoro...
   7. Stufe: Tandalaqualen....[46]
   1. Stufe: Der Antrag

---

[46] Ein befreundeter Missionar wirkte in Tandala, Tanzania

1. Stufe: Die erste Stufe ist himmlisch einfach: Der Mitarbeiter am Reich Gottes reicht einen Antrag auf Aussendung ein. Reaktion: Die Erzengel Becker und Birkhölzer - Engel der B-Klasse, wie man dem Namen entnehmen kann - geraten in einen höllischen Streit darüber, ob der Kandidat nicht doch in bayerischen Landen dringender gebraucht würde - man verweist auf den Bayerischen Urwald oder das Fürchtelgebirge. Erzengel Becker aber stellt sich schützend vor seine Herde. Die Stufe wäre mit Himmels Hilfe genommen.

2. Stufe: Vorbereitungskurs in N'sau

ad 2) Unser Schwarzafrikakandidat (Kandidat: zu Deutsch: Der Weißliche) geht zur Vorbereitung zunächst natürlich nicht nach Afrika, sondern nach Novodettelsibirsk wie Neuendettelsau in der Sprache der Eingeborenen heißt. Novodettelssibirsk liegt - wenn Sie es auf der Karte suchen: in Schwarzdeutschland. Die Vorbereitungen sind nicht nur dadurch optimiert. Zugleich antizipiert die Stadtferne einen Teil des Reiches Gottes, zu dem hin er sich aufmachen wird. Und nicht nur dies: Auch die Wohnsituation wird bereits eingeübt. Zwar trägt man noch nicht die abgelegten Kleider, die aus den Spenden zu den fernen Geschwistern kommen, aber man lebt bereits in Sperrmüllmöbeln und ohne Gardinen. Der Komfortverzicht wird realitätsnah durch die Unterbringung der vierköpfigen Familie in zwei Zimmern eingeübt. Leider nicht für fünf Jahre, sondern nur für neun Monate. Doch der Aufstieg zur nächsten Stufe der Vollkommenheit kommt schon früher.

3. Stufe: Mechanikerkurs in Salzburg

ad 3) Hier ziehen die Vergleiche mit der Gnosis gar nicht mehr, denn nun wird es ausgesprochen materialistisch. Der Theologe wird nach Salzburg versandt. Hier darf er einen Kfz-Kurs mitmachen. Christlicher Glaube und profundes technisches Wissen gingen schon immer Hand in Hand, und es soll ja schließlich nicht passieren, daß mit dem Missionsauto auf der Schotterpiste auch das Evangelium liegenbleibt.

4. Stufe: Englischkurs in Birmingham

ad 4) Nachdem der Bibelfachmann nun auch Automobiblizist ist, schickt man ihn schließlich nach Birmingham. Was soll das? Können Sie fragen. Doch bitte keine Vorurteile. Er muß nach Birmingham wegen seiner Kishuahelikenntnisse. Weshalb Birmingham, dort spricht man doch gar kein Kisuaheli, werden Sie einwenden, zu Refcht, man sieht, Sie kennen sich aus. Ja, er kommt auch ohne ein Wort Kisuaheli zurück. Aber Englisch, das hat er nun gelernt, und dieses wird er brauchen, um sich in die Kisuahelisprache einführen zu lassen. - Ach, was waren das noch für Zeiten, als man in der Weltkirche einfaches Latein sprach. Martin Luther hätte man gleich aussenden können, aber heutzutage, wo jeder in seiner Eingeborenensprache...

5. Stufe: Aussendungsgottesdienst und Ausreisekampf

(Visum/ Becker)

ad 5) a) Sie merken schon: Der Himmel kommt näher; die fünfte Stufe, es ist nicht mehr weit. Es folgt der Aussendungsgottesdienst. Freund und

Feind nehmen tränenreich vom ihm Abschied und der Herr Landesbischof - in Ausnahmefällen auch sein Vertreter (im Kirchenlatein: Vikar) - verpflichtet ihn und die Frau Gemahlin, segensreich im neuen Lande zu wirken. Die Kirche wiederum verpflichtet sich, ihn ausreichend zu entlohnen, für den Lohn der hinreisenden, äh mitreisenden Gattin wird Gott aufkommen. Diese Kompetenzverteilung mag manchen Altertümlich vorkommen, aber progressiver geht's wohl nicht. Das ist Feminismus in Reinkultur: Die Frau Missionar darf sich im Missionsgebiet selbstverwirklichen. Und da sie ihr Gehalt direkt vom Herrn im Himmel, spricht der Frau über den Wolken, also Frau Holle bekommt - in Tansania übrigens auf dem Kilimandscharo angesiedelt -, hat sie also die übergeordnete Dienststelle. Der Herr Missionar muß sich dagegen mit schnödem Mammon begnügen, macht die Handlangerdienste des Herrn Landesbischofs und trägt im Übrigen zur Verbreitung christlicher Wertvorstellungen hinsichtlich familiärer Strukturen bei.

ad 5) b) Mit Kirchen- und Gotteslohn gut gerüstet, gelüstet es nach einem Jahr der Vorbereitung unseren Pionier, endlich an die Glaubensfront zu kommen. Das Ticket ist gelöhnt, die Einladung der Tansanischen Kirche liegt längst auf dem Tisch, die Kisten sind gepackt und verschifft, die Familie liegt sich in den Armen, als ein Freund unschuldig die Frage einwirft: Sind denn eure Einreisevisa schon eingetroffen? Natürlich, die wurden bereits vor einem halben Jahr beantragt.

Bruder Hanselmann weiß keine Antwort, weil ihm die Frage nicht weitergeleitet wird. Bruder Becker muß gerade eine andere Frage beantworten. Der nächsterreichbare Bruder ist eine Schwester. Schwester Sekretärin schüttelt den Kopf: Leider sind sie noch nicht eingetroffen. Morgen um 5 fliegt die Maschine? Macht nichts, die Visa kommen noch.

Die Abschiedsfeier geht bis tief in die Nacht. Um Mitternacht ein Blick auf den Fernschreiber: Nein, der schläft den Schlaf des Gerechten. Keine Visa in Sicht. In Afrika gehn die Uhren anders, oder war das in Bayern?

Bei uns in Bayern wird kein Bruder ohne kirchlichen Segen in die Wüste geschickt. So setzt man morgens um 8 bei der Andacht zum Reisesegen an, als der Einwand kommt: Die Visa sind leider noch nicht ... Um 5 geht die Maschine. Ob mit oder ohne euch? High noon: Mittags um zwölf: Der Fernschreiber wackelt und tickert... Ein Schreiben aus Daresallam: alles bereit. Auf zum Flugplatz nach Nürnberg. Das Modehaus Wöhrl, Unterabteilung NFD bittet zum Flugzeug. Einsteigen. Eine Träne für Mamma, eine Träne für... Ade, Heimat...

6. Stufe: Morogoro...

Im Vorhimmel. Zwischendurch war man dem lieben Gott um ein paar Kilometer näher gekommen; nun ist man in Daresallam sicher gelandet. Und schon geht's weiter: Morogoro heißt das Ziel. Kishuaheli die Aufgabe. In einer multikulturellen Klasse - kennen Sie das? Bei uns in Deutschland der Alptraum aller Lehrer und ein Motiv, Republikaner zu wählen, in Morogoro hingegen schlichtweg eine Lerngemeinschaft von

Privilegierten, mit Neid betrachtet von den heimischen Nachbarn, bei geschmacklosen Zynikern wird der Ort auch Mordogoro genannt - aber dies zu thematisieren kann nicht Aufgabe von Satire sein. Der Vorhimmel als Vorhölle?

Legen wir mal ein Pause ein, noch vor dem siebten Himmel; vielleicht geht's mit neuem Schwung besser weiter.

8.9 Im Rucksack die Bibel über den Globus

Bleiben wir beim Hindukusch und der Verteidigung unserer nationalen Interessen.

Mit Globus und Rucksack,

Wir schreiben das Jahr 1510. Der Augustinermönch und Priester Martin Luther wallfahrte gen Rom. Er packte seinen Rucksack und machte sich auf den Weg. Zahnbürste, Deo sowie Gloria wurden eingepackt. Der junge Martin war vielleicht der erste deutsche **Rucksacktourist** und damit Vorbild für hunderttausende, die ihm bis in den Himalaja folgten; auch der **Himalaja** wird missioniert; auf dem höchsten Berg, dem Mount Everest, sollen sie schon einen **Mesner** haben; Bruder Reinhold nennt ihn seine Gemeinde… *Ob unsere Mesner auch mal Lust auf ein Himmel- äh himmalayisches Mitwirken haben?!*

50 Jahre Mount Everest! D.h., der Berg selber ist älter (seine Geburtsurkunde befindet sich vermutlich im Vatikan, weil der nach Volkes Meinung ja alles Wissenswerte verbirgt), aber bis Mitte letzten Jahrhunderts galt er als unbezwingbar und daher als der Weg zum Himmel. Am liebsten würde ich mir jetzt den Rucksack umschnallen und den Heiligen Everest erklimmen, um dort oben ein Gipfelkreuz aufzustellen. Natürlich würde ich – anders als die Amerikaner auf dem Mond – darauf verzichten, eine nationale Flagge zu hissen; mir reicht die weiße Fahne mit violettem Kreuz. Für jeden Bergsteiger ein willkommenes Symbol: Violett ist die Farbe der Buße, die Farbe der Umkehr. Und das schönste am Gipfel ist bekanntlich die Umkehr.[47]

In unserem Jahrhundert feiert der Rucksacktourismus weltweite Erfolge. Die beschwingten Träger des Rückenbeutels sind zugleich Träger unserer **Kultur** – was nicht nur das amerikanische Wort RACK-SÄCK… belegt (Rack-säck, so heißt es sicher auch bald in the white-blue bavarian county); in Personalunion reisen die Kulturträger als Träger unserer **Devisen**, was sie vor Ort außerordentlich sympathisch macht, denn **dummerweise sind die euphorisch gefeierten und für Körper und Seele alle Heilung bietenden fernöstlichen Kulturen „Himmel-Aya-Culture" ökonomisch erstaunlich erfolglos.**

Doch lassen wir die Wirtschaftspolemik. Dem Anteil der Rucksacktouristen an der Bevölkerung entsprechend muß dabei natürlich auch unsere

---

[47] Wußten Sie, daß der jetzige Papst früher ein begeisteter Bergsteiger etwa in den Rocky Mountains war? Mit einem fröhlichen: Go, tell it on the mountains auf den Lippen. Giovanni-Paolo Secondo würde, wenn er noch könnte, eine Marienflagge hissen. Auf Sancta Ever-esta. (Es ging um Herrn Wojtila)

Kirche präsent sein. Das ist eine schlichte politische Notwendigkeit. Darum plädieren wir für eine zeitgeistige Rucksackmission und haben auch schon diese Hymne verfaßt, die zugleich klammheimlich deutsches Melodiegut transportiert. Es handelt sich sozusagen um die Nachfolge von *Lili Marleen und Ein bißchen Frieden und Satellite (ich hab das Leid satt... - oder: bei uns gibt's nur satte Leute?)*.

Und das können wir brauchen im Zeitalter der „Pent-Agonie". -

Wir in der evangelischen Kirche sind übrigens gewohnt, daß wir immer was zusammen singen, also habe ich zum Mitsingen an einen Kehrvers gedacht:

8.9.1 Song: Im Rucksack die Bibel (D)

Langsam! Zum Verstehen und Mitsingen!!!
Melodie: Im Frühtau (D-Dur) mit Gitarre

1 Im Rucksack die Bibel, wir ziehn Fallera, hinaus in alle Welt, laßt uns fliehn, fallera wir tragen ein Botschaft, die gibt in aller Not Kraft, auch wenn sonst die ganze Erde vergeht.

2 Chinesen und Neger und bumsfallera ihr lernt nun Gottes Willen von uns fallera was Gott will, weiß der Westen, doch am allerbesten drum nehmt unsre Bibel und die Kultur.

3 Die Welt ist so böse, die Frommen sind rar so stärke die Guten und werd Missionar. - Ja, Jesus macht auch Muslims froh - mit Cent, mit Dollars und Euro... Uns braucht diese Erde zum Sieg und Heil.

4 Bei uns hier in Deutschland gibt's Neuheidentum. Das finden wir erschrecklich, es läßt uns nicht mehr ruhn. - Wir sagen den Kampf an, dem Yoga und Mantram, denn wir sind die Bessern, das ist ganz gewiß.

8.10 Neu anfangen[48]

Telefone... Heiner u Volker

Rainer: Ein Instrument, von dem Martin-Luther nur träumte, ist das Telefon. Wurden Sie auch schon Missionsobjekt? Aus dem hohen Norden überrollt uns eine Welle der Deutschlandmission. Missionshungrige Christen rufen wildfremde Leute an, um sie zur Umkehr zu bewegen. Neu anfangen, heißt das Projekt. Die Methode ist einfach: Ich greife zum Hörer, wähle eine Nummer, von der ich mich vorher vergewissert habe, daß sie keinem guten Freund gehört, auch sonst niemandem, der meine Schwächen kennt, und möglichst auch nicht meinem Gemeindepfarrer, der es vielleicht auch mal nötig hätte - meiner Meinung nach... Und dann kommt das große Angebot an den glücklichen Gewinner der Nummer 4711: Fangen Sie neu an. Treten Sie aus dem Schatten des anonymen Christseins und wagen Sie es noch mal. Mit uns, denn wir machen unser Sorgen um Ihre Seele.

---

[48] „Neu anfangen" hieß ein evangelistisches Programm in den 1980er Jahren, wo Menschen einfach mal bei anderen anriefen, um sie „zu missionieren".

Der Initiator des Projektes soll bereits von Herrn Bötsch für das Bundesverdienstkreuz auf Telefonkarte vorgeschlagen worden sein.

Spielen wir doch einmal Mäuschen bei einem solchen Telemissionar.

M: (wählte)

P: Ja, Hallo?!

M: Guten Tag, Neu anfangen, wär das was für Sie?

P: Wie bitte?

M: Neu anfangen, wir sind eine christliche Initiative, die Sie auf diese Art erreichen möchte...

P: Was Ihnen nun auch gelungen ist... das haben Sie ja toll angefangen. Sie sind übrigens etwas schwer zu verstehen. Was meinten Sie mit: Neu einfangen?

M: Nicht neu einfangen, neu anfangen heißt unser Projekt.

P: Und mit mir wollen Sie neu anfangen. Haben wir denn mal was beendet?

M: Nein, Sie verstehen mich falsch. Nicht ich will mit Ihnen etwas anfangen, sondern Sie sollen etwas anfangen. Neu anfangen. Ein Leben mit Gott.

P: Was glauben Sie wohl, was meine Frau sagt, wenn ich mit jemand anders etwas anfange...

M: aber doch nicht mit irgendjemand, mit Gott!

P: Lassen Sie mich mit Ihren Prominenten in Ruhe. Gott, die goldene Stimme aus Prag! Und wenn's Udo Jürgens wäre! Curt Jürgens, der würde mich schon eher interessieren.

M: Wie bitte? Curt Jürgens?

P: Genau, der große Schauspieler.

M: Aber der ist doch schon tot.

P: Eben, deshalb wäre es ja so reizvoll, mit ihm etwas anzufangen. Das wäre schick. Kontakt zum Jenseits, super!

M: Aber mit einem Toten kann man doch nichts anfangen. Der ist doch gestorben.

P: Und mit wem sollte ich dann etwas anfangen, Ihrer Meinung nach.

M: Mit Jesus Christus, unserm Heiland und Herrn.

P: Jesus Christus? Ist das nicht der, den man überall in den Kirchen sieht, an euren Kreuzen?

M: Ja, Jesus, der am Kreuz für uns gestorben ist.

P: Sie sind mir aber ein komischer Heiliger. Eben erst haben Sie mir erklärt, mit einem Toten könne man nichts anfangen, weil er gestorben sei. Und nun soll ich doch mit einem Toten etwas anfangen. Entweder ist bei Ihnen da was nicht klar, oder Sie wollen mich verarschen.

M: Aber Jesus ist doch auferstanden, auferstanden von den Toten.

P: Und warum sollte das Curt Jürgens nicht auch können?

M: Weil er nicht Gott ist.

P: Soll ich Ihnen mal was über Gott sagen? Ja? Vor dem ist ein Jahrtausend wie eine Minute. Und wissen Sie, wie es bei Ihnen ist ? - Bei Ihnen dauert eine Minute wie eine halbe Ewigkeit. Drum: Orientieren Sie sich an göttlichen Maßstäben und rufen Sie mich in ein paar Minuten wieder an. Oder noch besser: Don't call us, we call you.

8.11 Missionar auf Wanderschaft

Haben Sie ihn nicht auch manchmal total satt, diesen ewig gleichen Trott, diesen langweiligen deutschen Alltag? Man müsste mal was erleben, mal fremde Kulturen kennenlernen, andere Menschen, die noch ein Gefühl dafür haben, worauf es wirklich ankommt.

Den Deutschen geht es zu gut, die kannst du doch zu nichts mehr bewegen – nicht mal mit einer Höllenpredigt - die glauben ja, wenn der Dax sinkt, hat sich die Höllenpforte schon geöffnet. Der Teufel ist die Kraft in den Zapfsäulen, die nicht den Tiger in den Tank zwingt, sondern das Geld aus der Börse...

Teufel und Ölpreis hängen ganz eng zusammen, Teufel und Öl auch, das wissen wir noch vom Irakkrieg, wo der Satan auf den Golffässern saß und hämisch in den Westen lachte... wir müssen das natürlich irakisch aussprechen: wo der Saddam auf den Fässern saß und... Wenn da der Westen nicht auf den Busch geklopft hätte, dann... äh, wenn da der Bush nicht auf die Fässer geklopft hätte, käme aus unseren Zapfsäulen nur noch... ich wage es gar nicht zu denken, wahrscheinlich wäre an den Zapfsäulen das große Zapfheulen ausgebrochen... wie Jesus schon sagte: da wird **Heulen und Zapfklappern** sein... aber Bush sei Dank, ist durch den pentagonischen Exorzismus der Saddam ausgetrieben worden, das Pentagramm, der Drudenfuß, wird durch das Pentagon, den Pferdefuß der westlichen Zivilisation, ersetzt. Erfolgreich! Verfolgungsreich! George Bush, der mit dem trockenen Humor, der trockene Alkoholiker, meinte ja, durch den seit langem siegreich beendeten Irakkrieg sei die Welt sicherer geworden. Stimmt, sogar totsicherer.... Und demnächst übernimmt vermutlich Obama den Laden, dann wird es noch unübersichtlicher. Wenn freilich Barak die Wahl verliert, wird Obama der Ladenhüter und wir fragen uns: Soll ich meines Baraks Ladenhüter sein?

Wie komme ich nur drauf? Eigentlich war ich beim Thema Aussteiger. „Downshift" heißt dies glaube ich zurzeit, wenn man dann viel Kohle scheffeln will, mit Jakobsweg und so. „Ich bin dann mal weg..." titelte ein Komiker, als er wieder da war und sein Weg-Sein versilbern wollte. Kohle mit Pilgern? Weshalb wird der G7-Gipfel nicht mal als Jakobsweg inszeniert – Pfarrerstochter Angela könnte das ja ankurbeln.

Schließlich heißt es ja „Geh"-Sieben und nicht „Sitz-Sieben" mit Strandkorb. Am Wegesrand würde der berufsjugendliche Betroffenheitsrocker Peter Maffei stehen und brutalstmöglich singen: „Über sieben Brücken musst du G-n...."

Vermutlich würden die Anwohner am Jakobsweg sich an die biblischen Zeiten erinnert fühlen und dabei vor allem an die Heuschreckenplage denken. „Wir fressen dann mal kahl..." hieße das Begleitbuch.

Nein!!! Eigentlich war ich beim Thema Aussteiger. Fromme Aussteiger schreiben Deutschland ab und suchen ihr Heil in der dritten Welt. Vorwand: Wir bringen denen das Heil... Natürlich alternativ. Und das heißt: mit Dschises-Latschen und Rucksack (eines der wenigen deutschen Wörter, die den internationalen Wortschatz bereicherten – spell it: rakk säkk...). Natürlich bringen wir euch nur das Beste: Grünkernküchle, Solarenergie und... im Namen unseres Arbeitgebers: Jesus. Denn wir kommen mit dem Missionswerk.

8.12 Öffnung und Verdichtung: Volksmission

Die innerbayerische Missionsstrategie: ÖFFNUNG UND VERDICHTUNG
Nürnberg-Zabo und Evangelische Akademie Bad Boll
Mit Overhead und weißem Kittel

Die Kirchen sind zu gelehrt. Gelehrt (auf Kopf deuten?) Oder Geleert? (Glas umdrehen) Präzise: Zu ungefüllt. Und deswegen bastelt unsere Kirche seit Jahren an einem Füllungskonzept. Das beliebteste landeskirchliche Planspiel heißt Öffnung und Verdichtung. Und da fragt sich der Laie schon: Bitte: Öffnung und Verdichtung? Das kenn ich doch vom Ottomotor. Herr Pfarrer!: Was ist der Unterschied zwischen einem Ottomotor und der Missionsstrategie für Bayern? Gibt es überhaupt einen? Da sagt der Pfarrer doch glatt zu mir: Begeben wir uns dazu in einen Physiksaal.

(Kleidung wechseln)

Zur Verdeutlichung habe ich ein Arbeitsblatt für den Overheadprojektor vorbereitet. Overhead ist uns als bewährte Predigtmethode vertraut; haarscharf über die Köpfe weg. – nur ist kein Overhead da. Typisch Kirche und Technik... verlassen wir uns auf den Heiligen Geist.

Der Ottomotor ist bekanntlich ein Viertakter. Der erste Takt ist

8.12.1   Die Phase der ÖFFNUNG

Da im Zylinder nichts läuft, öffnen wir ein Ventil: Das hochexplosive Gasgemisch kann eintreten. Der Kolben wird nach unten gezogen: Der so entstehende Unterdruck zieht das Gemisch an.

Wie in der Kirche: Nichts läuft in den kirchlichen Hallen. Erster Halbschritt: Wir öffnen ein Ventil und geben uns als Marktlücke zu erkennen. Zweiter Halbschritt: Wir forcieren das öffentliche Sündenbewußtsein und

ziehen die Menschen nach unten; - wer keine Sünden hat, muß sich mindestens ihrer bewußt sein. - Das Gemisch tritt also dank Öffnung und Unterdruck ein - in die Kirche.

Also auf zum zweiten Takt,:

8.12.2   Die Phase der VERDICHTUNG

Nach dem Eintritt des sog. homogenen, zu deutsch gleichförmigen Gemischs schließen wir das Ventil, damit nichts entweicht. Nun startet die Phase der Verdichtung: Überdruck wird provoziert. Das eingesperrte Gemisch wird komprimiert. Der physikalische Zustand im Zylinder wird also von Unterdruck in Überdruck, d.h. in sein Gegenteil verkehrt.

Auch hier sind wir wieder unmittelbar im strategischen Bereich der missionierenden Kirche. Ist sie voll, so macht sie dicht. Jetzt darf nichts Neues mehr kommen, wir haben noch zuviel mit dem alten zu tun. Denn im Unterschied zum Ottomotor enthält die geöffnete Kirche ein polygenes, also ausgesprochen vielfältiges Gemisch. Nun kommt der Status compressionis, auf Kirchendeutsch: Status Confessionis: Die Kirche versucht, durch Verdichtung Herrin des Gemischs zu werden, durch Druck, zunächst durch Druckerzeugnisse im Bereich zwischen Dichtung und Wahrheit, man kann sich ja nicht nur versprechen, sondern auch verdichten.

Was haben wir nun? Statt Unterdruck herrscht Überdruck, den das Gemisch seinerseits als Unterdrückung erlebt und versucht, sich zu verdrücken. Bloß, wohin? Die Ventile sind zu, hähä (hämisch).

Es ist Zeit für den dritten T-Akt.

8.12.3   Es ist Zeit für den dritten T-Akt.

Der Augenblick der EXPLOSION

Das übermäßig unterdrückte Gasgemisch entzündet sich (mittels einer Zündkerze) und explodiert. Dabei schafft es sich Raum und stößt den drückenden Kolben nach unten, die Kolbenbewegung wird auf das Getriebe übertragen und ...es bewegt sich doch.

Weil sich in der Kirche das unterdrückte Gemisch nicht verdrücken kann, beginnt auch hier mancher angesichts des fünfundzwanzigsten meditativen Gottesdienstes mit sich gegenseitig entzündenden Kerzen, zu explodieren. Das einzig Bewegliche im Kirchenraum, der Ortspfarrer, wird verdrängt und mit ihm die alten Formen, die Regeln, die Gesetze der Kirche. Die neue Bewegung füllt den Raum. Der Geistliche ist glücklich: Und sie bewegt sich doch! Er spürt die Kraft. Endlich, endlich! ist seine Kirche in Bewegung gekommen.

Doch schon kommt der vierte T-Akt:Die Phase des AUSTRITTs
Nach der Explosion ist kein Kraftstoff mehr im Zylinder. Ohne Nachschub bewegt sich nichts mehr. Das zweite Ventil wird geöffnet und das verbrannte Gas tritt aus. Das Abgas steigt natürlich Richtung Himmel, wo es sicher die Ozonschicht erreichen wird. - Doch überlassen wir die apokalyptischen Dimensionen des Ottomotors der Offenbarungsauslegung unserer Fundis und bleiben wir bei den kirchlichen Bewegungen.

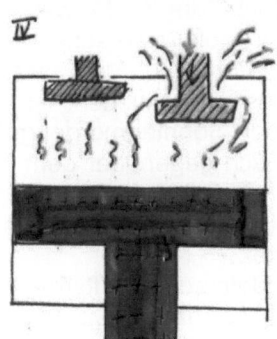

Auch im Kirchenraum ist die Energie verpufft. In Bewegung kam nur die Kirchenleitung mit ihren vorsichtigen Stellungnahmen und dem Trabi-Zweitaktmodell: Sowohl - alsauchentwederoder. Die Kirchentüren werden geöffnet: Die Abgase sollen sich verziehen. Die ausgebrannten Innovatoren treten aus - vielleicht gründen sie ein Freikirche oder konvertieren zur kritischen Innerlichkeit. Wir auf alle Fälle stehen wieder wie am Anfang da...
Und jetzt kommt wieder der erste Takt....
Da im Zylinder wie auch unterm Barett nichts läuft, öffnen wir ein Ventil: „Veni, spiritus sanctus", wie es im Gesangbuch steht: Komm, heiliger

9 Keyoverboard

Luther schuf das erste Evangelische Gesangbuch, unseres ist das letzte...

Volker: Unser Reformator lebte im 16. Jahrhundert und wir dürfen es ihm nicht übelnehmen, wenn er die Musik seiner Zeit für den letzten Schrei hielt. Heute sind das eher die letzten Heuler. (*Ich: Kazoo: Ein feste Burg*).

Unser Reformator lebte im 16. Jahrhundert und selbst der 50 Jahre jüngere Nikolaus Selnecker ist kein Hitparadenstürmer mehr. (Kabarett in Hersbruck, woher Selnecker stammt) – das ist ohnedies ganz schwer: Eine May macht noch keinen Sommer, da geb ich Brief und Siegl drauf[49]...

Natürlich haben wir auch ganz moderne Lieder. Vor allem aus den 60ern. So weit haben wir uns schon an die Gegenwart herangejagt. Fehlen nur noch ganz wenige Jahrzehnte. Aber was sind die angesichts einer tausendjährigen Kirchengeschichte?! Außerdem: Jede Mode kehrt wieder. Nach der digitalen, audiovisuellen Reanimation des verstorbenen Heiligen Johannes Lennon - kann man vielleicht sogar erfolgreich auf die Musik der Beatles[50] zurückgreifen. - Beatles, die Älteren wissen, wen ich meine... Paul und Ringo aus dem betreuten Wohnen. Und wenn auch diese Musik inzwischen angegraut ist und passagenweise schon Glatzen aufweist, darf der Text ja in unser Jahrzehnt passen:

Keine Frage, die Kirche kämpft ums **nackte Überleben**. Und nachdem der Nudismus noch nie Sache der Kirche war – von Adam und Eva mal abgesehen -, brauchen wir erfolgversprechende Strategien. Die evangelische Kirche hat hier ein Potential, auf das sie zurückgreifen könnte: das evangelische Liedgut. Was wir brauchen, ist eine populäre Samstagabendveranstaltung, die den Sonntagmorgengottesdienst zwar nicht ersetzt (das wäre unverzeihlich gegenüber dem Soniorenclub), aber eine attraktive Alternative darstellt: Lokal, regional, föderal, klerikal: Die Kirche sucht den Superstar[51]. : Luther schuf das erste Evangelische Gesangbuch, unseres ist das letzte...

Naja, ob das mit dem Jodeln so zukunftsträchtig ist und auch die junge Generation erreicht, weiß man ja nicht... Ja, vielleicht könnten wir mit Rock n Roll auch die junge Generation erreicht, weiß man ja nicht...

Musik und Kirche... das war einmal ein Traumpaar, aber mancherorts avanciert es zum Alp-Traum-Paar. Ich denke nur an unser übergewichtiges Gesangbuch. Natürlich bietet unser tolles EG ganz moderne Lieder. Vor allem aus den 60ern. So weit haben wir uns schon an die Gegenwart

---

[49] 2002 beim Grand Prix Eurovision hatte Corinna May mit einem Lied von Ralph Siegl schlecht abgeschnitten

[50] Seinerzeit veröffentlichten die Beatles einen neuen Song, obwohl Lennon schon zig Jahre tot war. Sie griffen sich eine Audio-Kassette mit unveröffentlichten Liedern, Paul ergänzte sie beatlesmäßig und sie spielten beide Quellen zusammen. „Free like a bird".

[51] Deutschland sucht den Superstar war eine Hit-Sendung 2002/03

herangejagt. Fehlen nur noch ganz wenige Jahrzehnte. Aber was sind die schon angesichts einer tausendjährigen Kirchengeschichte?! Dann bringen wir doch mal einen aktuellen Beitrag; den hören unsre jungen Leute an ihrem 70. Geburtstag so gerne...

9.1 Halleluja am Keyboard

oder mit James Last durch die moderne Kirchenmusik

Das "Schiff, das sich Gemeinde nennt", fährt nun schon ein viertel Jahrhundert durchs Meer der Zeit. Ob die Zähne der Zeit es angenagt haben? Ob es mal aufs Trockendock müßte? Mich irritiert immer wieder, daß dieses Lied und seine Zeitgenossen "moderne" Kirchenlieder genannt werden. Oldies nennt man sowas im Rest der Welt - und dieser Rest ist so ziemlich alles.

Natürlich gibt es Neueres als dieses Schiff. Neueres heißt aber noch immer nicht Moderneres; oftmals nur modernistisch; manchmal, wenn ich die moderne - o, welch ein Versprecher! - Kirchenmusik höre, fällt mir ein Verslein ein: Die Ratten verlassen das singende Schiff....

Das sanfte Plätschern dieser Musik, wie wir es beispielsweise auch auf der Kasette zum Kirchentag mit den neuen Lieder hören konnten, paßt zu einem Gartenteich, aber keineswegs zum Meer. Und manchmal denke ich: Na, das kann ich auch... Also, auf eine ganz moderne Musik ein ganz moderner, aber frommer Text.

Und wenn auch diese Musik inzwischen angegraut ist und passagenweise schon Glatzen aufweist, darf der Text ja in unser Jahrzent passen:

Geil wäre jetzt eine E-Gitarre! Denn das ist ja absolut ober-Cool…

Ein letzter Versuch sei gestattet...

Octopusses Garden

Ich wär so gern, wie ein Seestern, am Untergrundhimmel der Seele

Ich wär so gern, im Himmel, so fern ich dort fehle...

Nein, ich versuch es noch mal:

9.2 Kirchenteichboot

(G-Dur) (Nur Gitarre)(C/G / GCdG) *Aufforderung zum mitsingen.*

A la yellow submarine

Wir leben alle im Kirchenteichboot, Kirchenteichboot, Kirchenteichboot,

1. In der Kirche - aus der ich komm/ Ist schon fast niemand mehr fromm

Ist schon fast niemand mehr da/ wenn es heißt: Halleluja

2. Halleluja - heißt: Lobt Gott/ Aber ist der nicht lange schon tot?

Lobt Sonntagsmorgen euren Schlaf / Wer in die Kirche geht bleibt blöd und brav[52]

Rainer: Halt, halt, halt... so einen Text hätte man ja nicht einmal ins neue Evangelische Gesangbuch aufgenommen., der stammt doch direkt aus der Papiertonne.

---

[52] Ursprünglich: Lobt Sonntagsmorgen ausgiebig den Schlaf / Wer in die Kirche geht bleibt Pfarrers Schaf...

Meine Güte, ist das vielleicht schwierig, etwas Modernes auf die Bühne, äh, Beine zu bringen.

V: Nein. - Bei dieser Musik kommt man nicht ins Schwärmen. Apropos: Gibt's hier eigentlich Schwärmer? Nein, nicht die Nachtschwärmer, die nach dem Dämmerschoppen voll süffigen Weingeistes über die Wiese torkeln, heute torkelt man religiös, schwärmt von Charismatik. Geistlose Begeisterung, Charismatik ohne Charisma, mit moderner Säuselmusik. Das nennt man **Sakro-Pop**, da musizieren die Sakro-Popen, vermutlich praktizieren sie dann Sakro-Poppen...

Im Vordergrund eine Querflöte, der Hintergrund geht völlig flöten, Jesus geht in den Untergrund. Der Heilige Zeitgeist greift nach den Frommen. Sie schweben und schwabbeln und beben und babbeln bewegt von den ewigen Schwingungen des unendlichen Geistes, der endlich auch bei uns einschwebt... Lasset uns jubilieren....

9.3 Hallelu

(E-Dur) (Git + Key) (Obladi) *Vorgabe: 8*

Ref: Hallelu, Hallelu, Halleluja, bleib einmal im Hecheln stehn *
Hallelu, Hallelu, Halleluja, denn Gott will dich Lächeln sehn...

1) Gottfried drückt schon lange seine Kirchenbank, doch der Zinssatz dieser Bank steigt nicht. / Dorothee hingegen jubelt Preis und Dank, ihre Augen glänzen hell im Kerzenlicht.

2) Boris hatte seine alte Kirche satt, angeödet von der Liturgie,/
Steffie singt bei uns im Kirchenchor vom Blatt, denn sie liebt die zuckersüße Melodie. - Ref.
Eines Tages trifft man sich im Gemeindesaal, und sucht entschlossen eine neue Form: /Zungenreden, Einzelsegnung, ganz frontal zeigt man seine neue Norm...

3) Sonntagmorgen wirkt die große Kirche hohl: 30 Frauen und ein schwarzer Mann */ Hundert junge Leute fühlen sich nun wohl, bei der Charismatik, also nebenan.

- Solo -

Ref - Eines Tages...

4) Noch nach Jahren sind sie alle sehr spontan: Hände hoch zu Gottes Lob und Preis. *
Jedes neue Schiff wird mal ein alter Kahn, und ein frischer Teeny mal ein Tattergreis

Noch immer nix Modernes, stammt auch aus den Sexzigern... Und die Engelein mit ihren Harfen stopfen sich Wolken in die Ohren...

Irgendwie klappt es mit dem Modernsein nicht so ganz. Mag sein, daß daran liegt, daß man nicht mit dem Willen, sondern nur mit dem Bauch modern sein kann. Mit dem Willen kann man modern spielen... aber das merken recht viele recht schnell. Mag sein, daß es auch am Thema liegt: Das brutzelt nur im eigenen Saft.

Darum, so denke ich mir, mache ich einfach mal ein unmodernes Lied, dafür mit einem Text, der für diese unsere Zeit in diesem unseren Land unter diesem unseren Himmel... O, da bin ich wohl etwas zu weit gegangen; man spricht zwar vom weißblauen Himmel - darüber gibt es regelmäßig eine extra Fernsehsendung... aber ich möchte die weißblauen Himmelsbesetzer nicht unbedingt geistig-moralisch unterstützen, ehr schon herunterstürzen auf die weißblauen Äcker zwischen den weißblauen Grenzpfählen, die bald wohl auch die Grenzen zu Baden-Württemberg, Hessen und Thüringen schützen müssen, damit nicht die Asylflut unser verebbtes Land überschwemmt.

Das war jetzt ein Gedankenmäander, - so nennt man es, wenn man mittels eines Gedankens dann doch noch auf den dritten kommt. Wie sagte schon Lila Luxemburg: Freiheit ist stets die Freiheit des Mäandersdenkenden. Weiß übrigens jemand, wo der Mäander liegt? Der Mäander, Menderes fließt durch Ephesus, jene Stadt in der heutigen Türkei, in der einst der Apostel Paulus wirkte und eingebuchtet wurde; die Wirkung des Mäanders auf den heiligen Briefeschreiber mag manches an seinen Gedankenwindungen erklären...

V: Also, **Modern kommt offenbar von Morden**, und hier wird die deutsche Sprache ermordet. Ihr Gespenst irrt sinnsuchend durch die geistlichen Hallen. Irgendwie klappt es mit dem Modernsein nicht so ganz. Der gute Wille hat schon vieles umgebracht und so modert manches Moderne vor sich hin.

Aber warum kapitulieren durch imitieren? Ist doch unsere ureigene liturgische Liedform, der **gregorianische** Sprechgesang seit Jahren en vogue. Am meisten lieben ihn die, die Religion immer schwänzen. Die sind längst ins Mittelalter zurückgekehrt. Freilich nennen sie es anders. Sie nennen es Rap. Richtig Alter Pop… R - A - P Rap.

Die besten Rapper waren immer noch die gregorianischen Mönche, die boten tiefschwarzen Rap. Wenngleich sie uns keine Videoclips lieferten. Man stelle sich nur vor: Auf MTV oder Viva[53] kämen wöchentlich die besten Introiten-Clips.

Evangelisches Gesangbuch: 801,17 rappen….

Online mit Influencer FranzissKISS. Beeindruckende Kulissen böten z.B. der Vatikan und das Kloster Athos an, oder **die Meteora-Klöster schwanken rhythmisch, mit James Bond**: Lizenz zum Rappen.. Die Kardinäle als Backgroundchor, der Papst als Front-Man, im liturgischen Swingschritt. **Viva-Kan** präsentiert *Holy-Ghost-Hits: statt Prinzen, toten Hosen, toten Rosen, Lenatikan oder Söhnen Mannheims* – **Kurioso**: die Kardinäle, neckisch rot gewandet und mit ihren geilen Käppis als Backgroundchor, der Papst **digital geliftet**, aufgegeilt durch Schuhplattler-Einlagen.

---

[53] MTV und Viva waren angesagte Musik-Fernsehkanäle. Prinzen, Tote Hosen, Lena, Söhne Mannheims, DeeJay Bobo machten die Jugend an.

So ein herbmännlicher Mönchsgesang, der brächte unsere Juchend wieder auf den richtigen Trip, äh, Weg. Dee Jay Bobo ins Kloster!

Sicherheitshalber habe ich mal einen alternativen Sprechgesang mitgebracht. Schon so etwas Ähnliches wie Gregorianik, aber eben gut verkleidet... den folgenden Rap zum Sonntag

9.3.1   Rap zum Sonntag

Volker: Es ist ziemlich früh am Sonntag, nämlich viertel vor zehn, und ich glaub, ich sollte jetzt gleich in die Kirche gehn. Manchmal gönn ich mir was Gutes, und dann geh ich rein, und ich geh aus vollem Herzen und nicht nur zum Schein,

das tut heute eh fast keiner, dazu sind sie viel zu schlapp, und ihr Denkvermögen scheint mir manchmal ziemlich knapp, an der Grenze hin zur infantilen Idiotie, in die Kirche rennt man nicht, so sagen sie und rennen nie.

(4 Takte Rainer)

Und auch sonst rennt niemand, doch das haben sie noch nicht begriffen, denn ihr Vorurteil sitzt viel zu tief, ist viel zu eingeschliffen, grad die alten Omas können doch schon gar nicht mehr rennen, doch das wissen die nicht, die zu der Zeit eh bloß pennen.

Penn-brüder nenn ich sie, und wörtlich gilt das Wörtchen, denn am Sonntagmorgen pennen sie oder sitzen grad am Örtchen. Ihre Seele ist auf Urlaub und ich glaub, sie kommt nicht wieder, denn die Brüder hören meistens nur die falschen Lieder,

(4 Takte Rainer)

und die Lieder, die ich höre, klingen ziemlich verlogen und der Inhalt wird doch meistens nur zum Reim hin gebogen, das klingt fast als würd es passen, doch es paßt eben nicht, weil der Reim, bevor er kommt, vor lauter Übelkeit bricht. Ich sag euch, ihr braucht mal wieder die richtigen Lieder: Sonntag morgens in der Kirche, liebe Schwestern und Brüder

(4 Takte Rainer)

Seid es ihr da, die ihr am Eingang steht, bist es du da, der jetzt die Augen verdreht, ist es der da, der mit der schwarzen Kutte an? Es ist der und die und jeder, der auch am Sonntag kann... Sonntag kann, Sonntag kann, Sonntag kann...

... Ich sag euch, ihr braucht mal wieder das richtige Programm: Sonntag morgen auf der Kirchenbank ohne hohles Tamtam...

Rainer: Na also, was Altes im neuen Meßgewand, statt Geplapper gibt's Gerapper. Das wäre was fürs Evangelische Gesangbuch. Wissen Sie, warum das so dick geworden ist? Nicht wegen des Gehaltes, es enthält vorwiegend slim-fast, Stoff zum Abnehmen. Die Dicke ist eine Konzession an den Wirtschaftsstandort Deutschland. Jede Gottesdienstbesucherin braucht nun nämlich eine neue Handtasche. Die Handtaschenindustrie boomt. Handtaschenräuber - also die Alltagsversion von Herrn Waigel - entdecken eine neue Dimension. Die Polizei bekommt neues Verbrechermaterial, die Richter neue Delinquenten, neue Gefängnisse

sind zu errichten, die Baubranche blüht auf, Herr Schneider wird recycelt... Das ist der Segen unseres neuen Evangelischen Gesangbuches.
Das Wirtschaftswachstum führt zu höheren Steuererträgen, automatisch
steigt das Kirchensteueraufkommen. Halleluja, unsere Kirche rettet sich
singend ins 21. Jahrhundert. Hätten Sie das gedacht?

Die Woche über muß man arbeiten und am Wochenende sich von der
Gottlosigkeit erholen. Da kann man also nicht in den Gottesdienst gehen.
Vermutlich haben Sie an der ehemaligen Stelle ihres Herzens ihre Aktien
gestapelt. Da ist die Rendite höher. In ihren feuerfesten Folien werden sie
auch das Höllenfeuer unbeschadet überstehen. Für Ihre Seele, Herr Wirtschaftsminister, wird schon gesorgt.

Und jetzt kommt der weltliche Rap:

9.3.2   Heut morgen stand ich auf

Also: Heut morgen stand ich auf, um aufzustehen, ich schaute in den
Spiegel, um auch was zu sehen, ich schaute in den Spiegel, und ich sah
mich meine Güte, war das schauerlich; ich denk, ich bin auf einen Horrortrip, als ich mir mein Müsli stip, nebenher der Song vom Würgerking,
schling, Baby, schling.

Ich sag euch, ich fahr ab auf die neue Zeit meine Freunde meinen alle
schon, ich wäre bleid, weil ich Senderspringen mache, lache, weine,
weine, lache, was halt grad die Sendung bringt, die mich mit Haut und
Ohren schlingt, wenn Michael Jakobsohn mich linkt, von Liebe singt, süß-
lächelnd winkt, sanft das Trommelfell mir klingt (ingt) und meine Tränensäcke wringt, weil er mich förmlich penetringt, in meinem Wunschgedan-
ken schwingt, obwohl die ganze Welt mir stinkt, was ihm die große Knete
bringt, das Sätzchen hinkt, das Reimchen blinkt ...und wo bleibt nun der
fromme Touch in diesem bitterbösen Rap? Irgendwie bin ich ein Depp,
die Musikbranche ist ein Nepp, und Jesu Vater, der heißt Sepp.

JaaaH! Jetzt hab ich die Kurve endlich gekratzt, mich zur Kirche hingeschwatzt... Ich bin kein Rep, ich bin doch kein Depp, ich mache nur Rep,
gegen rechts...

9.3.3   Aus dem Alltag eines alternden Alltagsmenschen 1 (Perücke)

Jeden Morgen steh ich auf, es ist meistens um sieben, da liegt die
ganze Welt noch so ziemlich im Trüben, ich fische meine Socken, doch
was ich hasse, ich finde sie auch blind, nämlich einfach mit der Nase, und
dann schleich ich in die Küche, dort wartet der Kaffee, dass ich ihn in
einen Filter tue und schleunigst aufbrüh, mein Brot wartet auch, bald ist
alles in Butter und ich träume von dem Frühstückstisch damals bei Mutter,
da gab es früh noch Kaba und nicht nur Nesquick, und meine langen
Haare waren unheimlich schick,

jetzt bin ich oben weiß und an manchen Stellen dick, meine Freunde
sagen eh, ich hätte nen Tick, weil ich so bin wie ich bin und anders als
sie, denn ich rauche nur noch heimlich, aber sie rauchen nie, das sei was
für die Jugend und für die Frau´n und mit meiner Frisur seh ich aus wie'n

Clown; dann ziehn sie ihren Schlips, früher warn sie mal rot, ich will nicht so sein wie sie, lieber wäre ich tot.

Ich glaub, sie sind schon Leichen und haben's nur noch nicht gecheckt, mit ihren Kaviarbäuchen, die Moral total verdreckt; aber so ist das Leben, Leichen sind auf ihrem M-arsch durch die Institutionen, dieser Lebensweg (Wort rhythmisieren) ist anal... Ich glaub, jetzt hör ich auf, denn die Sprache wird fäkal, das ist unter meinem Niveau, nämlich total normal, fäkal ist ganz normal so normal... normal

Das hier ist wie ein Casting und ich sag es unverhohlen:

Ich bin lieber hier bei euch als bei .... (irgendjemand kommt schon drauf: Dieter Bohlen)[54]

Die zweite Hälfte meines Samstagmorgen-Brötchens bestreiche ich mit Honig. Butter und Honig: Sterben war gestern, Leben ist Samstag.

10 Unter weißblauem Himmel 1992

Für den Eröffnungsabend beim Kirchentag in München[55]

Ich weiß nicht, wer von Ihnen heute Abend zum ersten Mal im Ausland ist... Nach bayerischem Selbstverständnis ist jeder, der von nördlich der Donau kommt, ein Ausländer - z.B. wir Franken. Aber ich warne Sie: Wer hier Asyl beantragt, kommt vom Regen in die Saufe... Bayer wäre das letzte, was ich werden wollte; dann noch ehr Sachse...[56] Sie merken, ich habe nichts gegen Ausländer - wir Bayern sind traditionell offen und liberal und gönnen allen Ausländern ihre Heimat, Aber auch ich bin hier nicht zuhause. Ein Franke ist mindestens so anders wie ein Bayer wie ein Evangelischer sich von einem Katholischen unterscheidet.

Danke, dass ich nicht so bin wie die.

Danke, ich versprech dir: Bayer werd' ich nie!"

   – auch mein Abendgebet lautet: „Ich bin Protestant und ich bin Franke, Danke, lieber Gott, Danke!

Deswegen kann ich in hervorragender Weise das tun, was die Kirchentagsleitung mir für den heutigen Abend aufgetragen hat: Zeigen Sie, daß nicht nur Bayern in Bayern leben, daß Fremde zu Freunden werden und ihre Kultur ein Stück Bayern geworden ist. Illusionisten nennt man Leute, die so etwas vollbringen. Auf einer Bühne haben die sicher einen guten Platz. Manche Bayern - vorwiegend aus Regierungskreisen - bevorzugen die Weltbühne für ihre illusionistischen Darbietungen, manche geben sich sogar in Bonn der Illusion hin, die CSU hätte noch mitzureden; natürlich reden sie mit... Was ein Bayer halt so unter Reden versteht, andere nennen dies: Rumproleten... Aber ich darf nicht so geringschätzig von

---

[54] Proletender Showmaster, zuvor erfolgreich mit Modern Talking.

[55] Bei den KTen in München kabarettierte ich 1993 mit Gruppe, 2009 Solo. 2009 engagierte ich meinen Gospelchor aus Schwabach, dem ich spontan und ohne Mandat den Namen „Hope und Glory" gab. Der hielt sich bis heute.

[56] Vor der Grenzöffnung: „Es muß ja nicht gerade ein Türke sein." – Beim ökumenischen Kirchentag: „dann noch ehr ein Berliner."

meiner Zwangsheimat reden. Immerhin gibt es auch eine Volkskunst bayrischer Art. Art deco, bavarico, manchmal auch mit Schlagstöcken. Artisten besonderer Art. Wie nahtlos paßt dies zur Aufgabenstellung des KT-Präsidiums: Überraschen Sie unser Gäste mit Kultur unterm weißblauen Himmel! In der Tat, das würde sogar mich überraschen; außerdem heißt es nicht: Kultur, sondern Guldur, mit G wie Großbauer, Großherzog, Großmaul...

Nach dem Sündenfall trug Adam bekanntlich ein Blatt vor seiner Scham (wie es verschämt formuliert wird); in Bayern ist dieses Keuschheitsblatt der Vorzeigefranke im Kabinett. Man spricht ja auch vom Feigenblatt. Kein feiges Blatt hingegen ist hier in Bayern der Bayernkurier, das Organ der Regierungspartei der nimmt kein Blatt vor den Mund, deswegen kriegt man auch alle seine Rülpser mit.

Die evangelische Kirche - sagen wir lieber mal nicht "protestantisch", sonst könnte die bayrische Staatspartei hellhörig (bisher ist sie nur romhörig) werden und zurecht vermuten, daß wir uns selbst gefährden durch die Herstellung eigener Gedanken -, also die evangelische Kirche ist hier in der Diaspora; es ist keine Satire, sondern Bayernrealität, daß der Innenminister Edmund Stoiber) die Gottesdienstbesucher einer evangelischen - diesmal sagen wir lieber gleich: protestantischen - Kirche observieren ließ, geheimdienstlich! Das ist eben bayrische Art. Und sicherlich ist es nur eine Folge technischer Unvollkommenheit, daß der Himmel nicht observiert wird. Wer weiß, ob nicht Jesus auch mal auf der Seite von... naja, Sie wissen schon, wen ich hier nicht aussprechen will, steht oder schwebt.

Wir haben übrigens sogar einen Bischof in Bayern. Das verdanken wir dem Gröfaz, der sich dachte: Was für den Staat gut ist, kann der Kirche nicht schaden, also her mit einem Führer. Das großdeutsche Reich (großmäulig wäre sicher auch hier die treffendere Bezeichnung) hat 45 nicht überstanden; der großbayrische Bischof schon. Den Nazis verdanken wir also nicht nur die Autobahn, sondern auch das bayrische Bischofsamt. So schlecht waren sie doch gar nicht...

Max Streibl[57] ist natürlich katholisch; alles andere wäre ja undenkbar: gratia non tollit naturam, wie Augustin sagt: Gottes Gnade hält sich an die Machtverhältnisse. Und da unser strammer Max so römisch ist, ist es auch kein Wunder, daß er dem deutschen Bundespräsidenten (dem ehemaligen Kirchentagspräsidenten) nicht folgen konnte - das meine ich nicht nur geografisch, sondern auch intellektuell. Wenn Kardinal Ratzinger nach Berlin zur Demo gegen Ausländerfeindlichkeit gerufen hätte, wäre er wahrscheinlich gekommen. Aber Ratzinger ist eben im Ausland, im Vatikan (dem Feministinnen demnächst einen Muttikan gegenüberstellen wollen. Rita Süßmuth ist bereits im Gespräch...).

---

[57] Damaliger Ministerpräsident (1988-1993)

10.1 Der weißblaue Himmel

Einüben: Die Zuschauer imitieren das B3-Signal

V: Ob Martin Luther als guter Bierkonsument und Freund des Nürnberger Reformators Spalatin auch Pils aus Spalt trank, wissen wir nicht; aber den Spaltpils hat er in die weltweite Kirche erfolgreich hineingetragen. Die evangelischen Landeskirchen sind reine **Kernspaltungen**. Nur setzen sie nicht soviel Energie frei. Und die Kernfusion ist bis heute nicht gelungen. Es blieb bei der **Kon-fusion**. Ob nordelbisch oder hessisch-nassäuerlich, weißt du wieviel Sternlein stehen und wieviele Landeskirchenfähnlein wehen? Gott hat sie gezählet und daraufhin beschlossen: Jetzt schaffen wir uns einen Computer an, sonst verliere ich den Überblick.

Die stets moderne bayrische Landeskirche ist nun auch vernetzt. Seit Jahren arbeiten wir mit dem Computer, oder er mit uns, oder läßt uns arbeiten. Auf alle Fälle mußte die Schöpfungsgeschichte bereits umgeschrieben werden. Am Anfang war das Chaos? Heute sind wir präziser: Am Anfang war der Computer. Und dabei ist es auch geblieben.

Das Beste ist natürlich, einen Elektroingenieur zur Hand zu haben, der einem die Funktionsweise unsres besten Freundes erklärt. Heiner, wie läuft denn so ein Ding.

Heiner: Der Computer ist selbstverständlich ebenso wie der Amigo, äh Amiga eine bayrische Erfindung. Es war im Jahre... Tja, die grauen Zellen hat der Suff dahingerafft... Also, da saß ein tiefsinniger hochbayerischer Bauer vor seinem Krug und sinnierte: Entweder ist der Krug voll - Schluck -, oder leer ("Reeeesie!"). Voll, leer, leer, voll, voll, leer. Die Welt ist nüchtern gesehen voller Bier. Besoffen ist sie völlig bierleer. Es gibt nur zwei Möglichkeiten: Voll oder leer. Sein oder Nicht sein, Ja oder Nein, ein oder aus. Damit läßt sich die ganze Welt erklären. Was soll ich meine zehn Finger strapazieren, wenn es ums zählen geht. Ein Bierkrug tut es doch auch. Das einzige Rätsel bleibt nun noch, weshalb die Erfindung Computer und nicht Bierkrug genannt wurde. "Reeesie! schließ den Krug mal ans Internet an, damit er wieder feucht wird.

Volker: Also, das verstehe ich jetzt einmal endlich. Vermutlich funktioniert bayrische Elektronik am besten im Großsaufhaus unserer Landeshauptstadt; erst sind die Krüge voll, dann die Gäste.

Ja, wenn das so ist, dann Prost...

Und Protektion ist doch für die CSU ein Verstoß gegen die Grundwerte; allenfalls gibt es Amigos. Die Linken wußten das schon in den 60ern, als sie AmiGo Home skandierten. Die Rechten skandieren es nicht, sie skandalieren es.

Volker: Naja, diese Bartei - mit weichem B wie Birne, aber auf knallhartem Rechtskurs - ist trotz ihrer Ausländerbedenklichkeit im Ausland subversiv, genauer: regierend-oppositionell tätig. Was eine rein bayerische Partei in Bonn zu suchen hat, und zwar nicht mit Auslandsvertretungen, ist schwer einsichtig. Trotz solcher Diplomaten wie dem Erblastverwalter Waigl etwa oder dem amtierenden Beerdigungsminister der Bundespost - peinlicherweise ein Franke; natürlich reden sie mit... Was ein Bayer halt so unter Reden versteht: Die Schulung findet vorwiegend in Kneipen statt, da kann man die rhetorische Wirkung am besten überprüfen und gegebenenfalls vom sachkundigen Klientel lernen.

Ja, wenn das so ist, dann Prost...

Rainer: Das haben wir liedmäßig verarbeitet:

10.1.1   Skandal.... In München steht ein Großsaufhaus

(EDAHEDAH)

In München steht ein Großsaufhaus, da torkeln blaue Blüter raus,
aus Bayern und auch anderswo: Der Alkohol macht alle froh.
Und jeder ist gut informiert, denn dort wird richtig diskutiert
und kundig Politik gemacht: die Lösung auf den Stammtisch gebracht:
Genies im Hofbräuhaus, Genies im Hofbräuhaus, Genies, ein echter
  Wahnsinn

Des Volkes Stimme klingt von hier, und stinkt ein bißchen auch nach Bier
Das braune Bier zeugt mit der Zeit vollmundig Fremdenfeindlichkeit
Nazis im Hofbräuhaus, Nazis, die Sau kommt raus, Nazis, die Welt wird
  bayrisch.

Man fragt sich, was uns retten kann und zündet Lichterketten an
Die Menschlichkeit erstrahlt im Nu, doch wo blieb hier die CSU
Weit draußen vor der großen Stadt, da wartet sie die Wahlen ab
Weil jeder, den Courage ziert die Mehrheit bei der Wahl verliert

Skandal, beim Urnengang, Nazis, beim Untergang, Freiheit, auch hier in
  Bayern.

Soviel zum Thema Hofbräuhaus, dem kulturellen Zentrum des Löwenlandes. Die Fremdenfeindlichkeit der Bayern hat in München natürlich rein **wirtschaftliche** Gründe, denn in diese Wirtschaft ziehen sich zunehmend Preußen zurück und nehmen den Bayern die Stammtischplätze weg. Deswegen hat man an weißblauen Stammtischen auch so viel Angst vor den Wirtschaftsflüchtlingen, vor allem vor Preußenhalben...

Oder liegt es daran, daß die Fremden so eigenständig zu denken versuchen? - Daß man gegen den Zuzug von Ausländern ist, hört man bereits aus dem Namen der staatstragenden Regierungspartei. Die heißt nämlich CSU, csucsu (sprich zuzu). Meistens sind die Typen ziemlich zu. Damit wären wir wieder beim Bier.

M u s i k : Ein Prosit Trompete

10.1.2   Paradies in Franken

V: Doch zurück zur Schöpfung, also zum Paradies. Und wo liegt das Paradies? Natürlich in Franken, wo sonst. Das ist unseres Herrgotts Freizeitpark. Leider machen die Bayern nicht einmal vor dem Herrgott halt und so haben sie selbst diesen wunderschönen Landstrich mit Napoleons

Hilfe okkupiert und mit Baggern demoliert.. Selbst unser Nürnberger Rathaus ist zsu[58]... Hicks! Immerhin: Und unsere Hymne haben sie uns gelassen, sozusagen als kulturelles Feigenblatt. Bloß müssen wir sie mit der Zeit aktualisieren:

M u s i k : (G-Dur)
Wohlauf, die Luft geht frisch und rein, wer lange sitzt muß rosten,
darum verbinden wir den Main kanalmäßig gen Osten
zwar geht das schöne Altmühltal den Bach - äh Kanal hinunter
doch dafür gibt's im Biotop ein Blümelein, welch Wunder.
Falleri, fallera, falleri, fallera, Wir Franken sind echt munter...

V: Bei uns in Bayern ist die Welt noch in Ordnung, denn dort hat die Regierung alles im Griff. Ausgenommen vielleicht sich selbst; aber das ist statistisch zu vernachlässigen. Die Regierung hat also alles im Griff und sicherlich ist es nur eine *Folge technischer Unvollkommenheit, daß Innenminister Beckstein aus Nürnberg noch nicht den Himmel in den großen Lauschangriff einbeziehen läßt. Wer weiß, ob nicht Jesus auch...* Andererseits war er Zimmermann, also gehört er doch eher zur CSU... Wegen seiner bekannten mangelnden Bereitschaft zu Meineid[59] ist er nach CSU-Gepflogenheiten freilich nicht ministrabel. Aber im Zweifelsfall gilt natürlich: schon Jesus stand zu seinem Innenminister; wie formulierte er so treffend: Der Stein, den die Nürnberger verworfen haben, ist zum Beckstein geworden.

H: In Bayern braucht man Jesus ohnedies nicht, denn auf der Alm, da gibt's ka Sünd... und von Jesus gibt es ja das berühmte Autobahnlied, jenes linke Lied von der rechten Bahn, wir widmen es natürlich dem bayrischen Verkehrsminister, Herrn Wießheu, denn der hat ja schon mal im Suff jemand totgefahren. Das hat ihn vermutlich für den Posten qualifiziert: BIII

Intro mit Keyboard und Trompete: Jesus nimmt die Sünder an,
Jesus nimmt die Sünder an, saget doch die Trostwort allen, welche von der rechten Bahn auf den falschen Weg verfallen, hier ist, der sie retten kann, Jesus nimmt die Sünder an.
Jesus nimmt die Sünder an. saget dies doch auch den Bayern, welche auf der Autobahn auf der linken Fahrspur steuern. Wenn's den Wahnsinn bremsen kann: Jesus nimmt auch Bayern an. BIII

V: Endlich mal was Kirchliches. Man muß doch merken, daß man bei einem Kirchenkabarett ist. Also zurück zur Zukunft Bayerns, zurück zur evangelischen Kirche:

Ein Prosit...

---

[58] Erster CSU-OB wurde Ludwig Scholz, der auch eine intensive Beziehung zu alkoholischen Getränken unterhielt...

[59] Bundesinnenminister Friedrich Zimmermann (CSU) leistete einen Meineid und wurde dann „Old Schwurhand" genannt. Ministeriabel blieb er für die CSU weiterhin.

10.1.3 Einigermaßen hoffähig macht uns unser Bischof

Einigermaßen hoffähig macht uns unser Bischof, und der kommt aus Nürnberg. Als echter Bayer ist er bereits in unserem Wappen zu sehen, unser Hermann[60], der Löwe... Der Arme muß sich allerdings immer mit der dunklen Herkunft des bayerischen Bischofsamtes auseinandersetzen, denn den ersten bayerischen Bischof, Hans Meiser, ebenfalls einen Nürnberger, drängten seinerzeit die Nazis auf den Bischofssitz.

Das bayerische Bischofsamt verdanken wir auch einem Inn-Sider, aus Braunau – ausgerecht Braunau, weshalb nicht Rotau, Blauau, Gelbau? Weshalb Braunau? Das weiß nur die Vorrrrsehung; also dem Inn-Sider aus der alpenländischen Nachbarschaft verdanken wir den bayerischen Bischof. Der Gröfaz startete seine Bewegung von unserer Landeshauptstadt aus und auf der Höhe seiner Macht 1933 dachte er sich: Wie dem Staat, so der Kirche: also her mit einem Kirchenführer. Zunächst kam der Reichsbischof Müller, genannt Reibi, dann der Bayernbischof Meiser, Baybi.

Das großdeutsche Reich hat 45 nicht überstanden; der großbayrische Bischof schon. Den Nazis verdanken wir nicht nur die Autobahn, sondern auch das bayrische Bischofsamt. So schlecht waren's doch gar nicht...

Ein Prosit...

Bis 1918 war sowieso alles besser, da war das Oberhaupt der evangelischen Kirche in Bayern, der oberste Bischof seine Majestät, der König; natürlich ein Wittelsbacher, natürlich ein **Katholik**. Ein Katholik als oberster Protestant![61] Die Realsatire ist also keine Erfindung der Gegenwart. – Immerhin ist der oberste Glaubenshüter der katholischen Kirche ein Bayer. *Der bayerische Kardinal überlegt sich vermutlich derzeit, ob er den Johannes Paul II nicht doch lieber durch Colin Powel[62] I ablösen sollte, dann könnte auch die Kurie endlich wieder eine aktive Friedenspolitik betreiben. Georgios Bushios II belohnt ja inzwischen die Polen mit dem Mitregieren im Irak – das ist sein Dankeschön an sie dafür, daß sie seinerzeit den Bischof Wojtila rausgeschmissen haben, so daß er im Vatikan Asyl beantragen mußte. Aber die hatten leider kein Zimmer mehr frei, nur noch einen Stuhl; seitdem sitzt der Arme auf dem Heiligen Stuhl.* Beaufsichtigt wird er wie gesagt von einem Bayern namens Ratzinger; der ist sozusagen Gefängniswärter[63].

---

[60] Hermann von Löwenich, der souveränste Landesbischof bis Heinrich Bedford-Strohm

[61] Roepke S.392

[62] US-Außenminister. Seine Einheit in Vietnam war vor seinem Einsatz für das Massaker von Mỹ Lai verantwortlich, bei dem US-Soldaten 504 vietnamesische Zivilisten ermordeten. - 2003 folgte Powells denkwürdiger Auftritt vor dem Weltsicherheitsrat der Vereinten Nationen. Powell plädierte für den Sturz Saddam Husseins, da dieser im Besitz von Massenvernichtungswaffen sei.

[63] (und sähe ihn vielleicht sogar lieber auf dem elektrischen Stuhl)

Der bayrische Ministerpräsident ist selbstredend katholisch; alles andere wäre ja undenkbar: gratia non tollit naturam, wie Augustin sagt: Gottes Gnade hält sich an die Machtverhältnisse.[64] Statt Bayern könnte man also auch CSU und Katholische Kirche sagen, man hätte die Machtverhältnisse dieses Landes ziemlich genau beschrieben - allerdings auch in der richtigen Reihenfolge.

Doch Schluß mit dem schlimmen Politisieren. Das ist typisch Evangelisch! Immerhin etwas Evangelisches in Bayern. Die Evangelischen geben natürlich auch was zum Kritisieren her – etwa den Innenminister, oder notfalls auch ihren Landesbischof. Baybi Johannes Friedrich tut ja kund, er hätte gerne einen Papst über sich. Warum auch nicht. So ein Papst macht eben was her, und würde auch Karrieremöglichkeiten eröffnen... Obwohl Johannes Paul II mit Paris & Berlin die neue **Achse** des Bösen[65] bildet: Für Lateiner **Paxe** Mal-Axe... Vielleicht könnte sich Johannes Friedrich auch einen evangelischen Papst vorstellen; vielleicht hat er sogar konkrete Vorstellungen. Man müßte mal den Spiegel fragen – nein, nicht das Hamburger Laber-Magazin, sondern den Spiegel, vor dem sich JF morgens rasiert. „Spieglein, Spieglein an der Wand, wer ist der nächste Papst im Land?"

10.2 Bergkreuze

Wer stand nicht schon einmal in den Bergen vor dem Kreuz und schaute in die Täler. Irgendein Vandale hat wieder einmal Kreuze in den Alpen massakriert. Dies fachte die Diskussion an, ob Kreuze weltanschaulich neutral genug sind, um in der Öffentlichkeit rumzustehen.

Ich will darüber hier nicht räsonieren, aber... Warum stehen Kreuze auf Bergen. Mit Religion hat es tatsächlich zu tun, denn das Kreuz ist ja nicht nur ein Hinrichtungswerkzeug, sondern auch das Symbol für den christlichen Glauben.

Das Kreuze auf den Bergen stehen, hat aber auch mit Bergen zu tun. Wer bei so einem Kreuz auf einem Berg steht, kann ja nicht nur die Täler unter sich sehen und damit den Alltag, den er hinter sich gelassen hat. Er kann auch den Himmel über sich sehen und dabei das Gefühl gewinnen: Hier bin ich dem Himmel näher.

Er kann natürlich nicht den einen Schritt weiter gehen und in den Himmel steigen... Aber er kann etwas von der Weite Gottes spüren und zugleich von der Nähe der Ewigkeit in unserer Gegenwart.

Ich komme aus Franken, das ist jene grundevangelische deutsche Gegend mit einem Blinddarm im Süden, der Bayern heißt. Dass unser Landeskirchenrat allerdings ausgerechnet im Blinddarm residiert, darf uns zu denken geben. Hier lagert sich manches ab, was eigentlich raus sollte.

---

[64] Der Text stammt von 1992. Inzwischen wurde diese Phalanx zweimal durchbrochen, von Beckstein und Söder. Beckstein ist echt evangelisch (CVJM), Söder nur pro forma.

[65] Die Axe-of-Evil bildeten die Amis beim Irak-Krieg. Evil waren alle, die den ungerechtfertigten Kriegseinsatz der Amis nicht mittrugen.

Denken ist wiederum etwas, das in Bayern nur unter bestimmten Bedingungen willkommen ist. Die geistige Willkommenskultur Bavarias wird durch Dirndl, Maßkrüge und sichteinschränkende Bergmassive bestimmt.

Schon der Name des Bergführers – äh, Ministerpräsidenten – weißt eine aus norddeutscher Sicht bedenkliche Verzerrung auf. See-hofer. Wenn wir an die hohe See denken, auf der die Segler kreuzen, dann passat das irgendwie gar nicht auf einen bayerischen Bauernhof. Da gehört vielleicht ein Teich hin, oder auch nur ein Tümpel. Teichhofer oder Tümpelhofer, o.k., aber die See und das Bayernland sind Extrempunkte. Nein, ein Bayer braucht seinen Berg, um optisch nicht überfordert zu sein. Vielleicht sogar ein Bergmassiv.

Apropos Bergmassiv... selbst in Berlin weiß man, dass der deutsche Höhepunkt in Garmisch liegt, auf der Zugspitze, von der aus man mehr oder minder bequem auf Deutschland herunterschauen kann, sekundiert von Österreichern, die selbst aus dieser Höhe den weiten Horizont des Meeres nicht erspähen.

Doch dort oben gibt es ein Problem. Ja, es würde mich nicht wundern, wenn das demnächst durch den Reichstag getrieben wird. Steine des Anstoßes gibt es bei Zugspitzaufstiegen genug, aber wer dort oben angekommen ist und die Freiheit genießen will, stößt auf ein...

Ja, sagen wir es offen, frei und unmissverständlich: Der unschuldige freiheitssuchende Bergwanderer erzittert vor dem, was sich ihm in den Weg stellt: Ein **Kreuz**. Wieviele Naturliebhaber sind bei diesem Anblick schon zurückgezuckt und in die Tiefe gestürzt, ein hohl lachendes Kreuz hörend... hinab ins Höllental! Weg vom Kreuz! Jetzt wissen wir, warum das Höllental seinen Namen trägt.

Es ist natürlich ein Ammenmärchen, dass sich das Kreuz inzwischen unter einer Burka versteckt.

Wobei man sich fragen kann, wie wohl die männliche Form von Burka, also vermutlich Burkus aussehen könnte. Man könnte dabei natürlich an maskuline Verhüllungen denken, bei denen es keine Augenschlitze oder sonstige Löcher geben darf...

Für das Reformationsjubiläum plant Bayern eine Aktion, die weltweit Aufsehen erregen wird. Sämtliche Gipfelkreuze der Alpen werden mit Burkus verhüllt, durchgeführt wird diese Aktion von Christus – äh – Christo. Für mich ärgerlich: Jean Claude-e die Idee von mir und ich krieg nix dafür.

Na, das darf man nicht so eng sehen: Wie sang schon Brian, der Doppelgänger Jesu: „Allways look at the bright sight of live..." (side oder sight) und an allen Bergkreuzen stimmten die Gekreuzigten mit ein:

„Wenn wir hier hängen, in schwindelnden Höhen,
winken den Talbewohnern zu (jubeln den Tälern zu.)
In unsren Füßen, juckt eine Sehnsucht,
die läßt uns nimmer mehr in Ruh....
Jajaja, über den Bergen, fast schon im Himmel:
Bergkruzifixe sind wir ja wir..."

Am Kruzifix hängt ein Mann aus dem Nahen Osten, das ist die einzige Form, in der er heute noch ein Bleiberecht bei uns bekommt. **„Jesus, ja"**, **sagt man in Oberbayern, „aber bitte fixiert...** den darf man doch nicht frei rumlaufen lassen."

Und seine Mutter verpacken wir artgerecht in ein lila Dirndl (Maria ist eine zarte Versuchung).

Und den heiligen Josef kann man sich ohnedies nicht anders als oberbayerisch-knorrig vorstellen.

10.3 Jesus, Bayrisch-Zell und Oberammergau

Eigentlich ist das **Christentum** zutiefst **bayrisch**. Gott war seinerzeit in Erdkunde etwas unpäßlich und ist daher mit der Geographie nicht so gut vertraut. Nur so konnte es geschehn, daß Jesus in **Bethlehem-Stall** statt in **Bayrisch-Zell** geboren wurde. Immerhin wurde der Ortsfehler seiner Hinrichtung durch eine bajuwarische Bürgerinitiative erfolgreich korrigiert und so findet die Kreuzigung nun regelmäßig in **Oberammergau** statt, wie alle Welt weiß. Für die mediengerechte Hinrichtung sorgt traditionsbewußt die heimische **CSU** und stellt gerne Täter und Opfer zugleich (die Mehrheitsverhältnisse in Bayern machen eine andere Lösung ohnehin inpraktikabel), ein heimischer Schreiner (also ein Zunftgenosse Jesu) sorgt trotz des BVG (Bundesverwaltungsgericht) weiterhin für ein stabiles Kreuz. Hauptsache christlich. Damit wären wir wieder in Bayern, also ganz am Anfang der Geschichte, fast wieder auf den Bäumen, unter der **Alpen-Albe** knirscht die markige Lederhose und die weiße Stola trägt blaue Rauten. Der eingeborene Pfarrer jodelt seinen Introitus.[66] Für die nächste Inszenierung bewarb sich übrigens Pontius-DabblYu Pilat-Bush. Er möchte sogern ins Glaubensbekenntniskommen...

10.3.1 Vorübergehend entfernt (Kirchentag 2001 Berlin):

Beutebayern nennt man uns, Bayernsklaven. Franken sind wir, frank und unfrei. Hier in Berlin kann ich es ja verschämt bekennen. Ich bin Franke. Ich stehe dazu – wenn auch zitternd und mit Herzklopfen. Natürlich kann ich nur verschämt dazu stehen, denn die Unverschämtheit haben ja die Bayern gepachtet. Und als Coming-out-Franke bekenne ich: "Ich bin Franke! Bayer? Nein, danke!"

– Innerhalb der blauweisen Grenzen können wir ja gar nicht wagen, unser Leiden zu formulieren. Aber hier? Ist es nicht bei euch auch so, daß ihr auf der ganzen Welt mit diesen schrecklichen Bayern identifiziert werdet? Selbst in China: Ledelhosen und Jodern...

10.3.2 Bayern und Christentum

Wie gesagt: Bayern und Christentum, das ist fast austauschbar. Die Fanatischen Christen Bayern, kurz FC Bayern, haben ja einen eigenen Messias, Franz, die Lichtgestalt. Nach diversen konventionellen Zeugungen möchte er jetzt doch

---

[66] Für die nächste Inszenierung bewarb sich übrigens Pontius-DabblYu Pilat-Bush. Er möchte sogern ins Glaubensbekenntniskommen...

lieber 11 Klone. Die Zahl hat er vom Stürmer des 1.FC N, des Fußballclubs Nazareth, das Clonen aus seiner Amerika-Zeit importiert. FCB übrigens enthält alles wichtigen Buchstaben: F wie Franz, B wie Beckenbauer und C wie Clon... Die Zukunft gehört den Becken-Bayern.

11 Lederhose und Talar...

Ein Programm, das ich nicht nur in München aufführte. In jedem Kontext wirkt es anders. Ich präsentierte es als Urlauberseelsorger 2004 in Neuhaus am Schliersee, in der Nachbarschaft von Gerhard Polt. Die Besucher gingen mit, aber die Kritik in der Zeitung war niederschmetternd: Ich solle mal zu Polt schauen, das wäre ein echter Kabarettist.

Lederhose und Talar[67]... Habe ich zuviel versprochen? Offenbar. Wie immer in der Kirche: Man kriegt nicht das, was einem versprochen wird, sei es Lederhose oder Talar.

Konkret muß ich mich jedoch entschuldigen: Lederhose und Talar, das sind in Bayern spirituelle Entitäten. Das braucht man nicht anzuhaben, das hat man im Kopf. Ich meinen Talar und Edmund Stoiber seine Lederhose. Können Sie sich den Mann in Lederhose vorstellen? Und mich im Talar? Na also...

Ich bin Seelsorger. Als Seelsorger weiß ich, wie wichtig die sog. Psychohygiene ist. Die Gesundheitsfürsorge für die Seele – nachdem die Kassen immer knausriger werden, habe ich als Pfarrer in Bayern nur noch wenige Möglichkeiten. Die beste ist der Kirchentag. der außerbayerische Kirchentag. Da kann ich was für mein gesundes Seelenleben tun. Denn:

Kabarett? Das ist Therapie ohne Kassenkarte. Heute tun wir was für unser gesundes Seelenleben: zu einem gesunden Seelenleben gehören die richtigen **Feindbilder**. Für die Protestanten sind es die Katholen, für die Franken ist das identisch mit Bayern.

Die Bayern ihrerseits haben bekanntlich nur ein Feindbild, nämlich die **Preußen**. Sie kennen Geschichte: Sagt eine Tölzerin zur andern: „Du, hast du schon gehört, die Resi ist schwanger..." die andere: „Ja, und?" die erste empört: „Von einem Neger..." die andere locker: „Wenn's nur kein Preuße ist..."

Klar, die Preußen waren immer protestantisch. Die Neger sind klassischerweise schwarz. Ihre Vorfahren sind vermutlich bayerische Auswanderer. Keine Frage, wie bayrischer Humor aussieht: **Schwarz**. Das ist ungefähr **die Farbe, die ein Bayer einer Erleuchtung zuordnen würde**.

Darf ich in der Höhle der Löwen ein fränkisch-protestantisches Kabarett wagten? Oder bin ich dann in der Hölle der Löwen?

11.1 Seelenleben und Feindbild / Franken und Bayern

Leute, ihr merkt schon: Wir Franken speisen unserer Seele mit unserem Brass auf die Bayern – wir sind vielleicht der Welt größte Brass-Band. –

---

[67] 2005 in Hannover modifiziert

Das spiegelt sich auch in der bayerischen Kirchenmusik: beim Landes-brassband-tag füllen wir das Frankenstadion in Nürnberg.[68]

Besser als die Brassband von Jericho...

Möglicherweise hat dies den Heiligen Geist damals angesteckt. Er sah sich ja genötigt, einen Bayern zu seinem Stellvertreter zu berufen. Noch dazu gegen dessen erklärten Willen[69]. Ist ja auch deprimierend: Manche werden bayrische Ministerpräsidenten oder Präsidenten des FC Bayern, und für andere bleibt nur ein *pope*-liger Heiliger Stuhl in Rom. Andererseits, wenn man sowieso nur noch wenige Jahre vor sich hat, greift man halt auch noch nach Restposten jenseits der Alpen...

Obwohl sein Job als Großinquisitor auch nicht schlecht war, ja, sogar ein bißchen bayrisch. Wer das Reiseland Bayern schon einmal durch-querte, konnte im Verkehrsfunk sicherlich folgende Warnung hören:

B III Erkennung... Achtung, Autofahrer auf den Autobahnen nach Mün-chen. Stau in allen Gehirnwindungen. Bitte denken Sie nicht selbst nach. Bitte denken Sie auf keiner anderen Spur. Wir geben Ihnen Nachricht, sobald der Gedanke gefaßt ist. TTT

(empört) In Bayern läßt man doch keine Gedanken frei rumlaufen!

M u s i k : Ein Prosit

11.2 Die Gedanken sind frei

G-Dur 04.01.2005

Die Gedanken sind frei, wer kann sie versteuern
Sie sausen vorbei, tun sich nie verteuern
Und wir Protestanten, wir haben verstanden
Nicht die Denker, das wäre neu: Nur die Gedanken sind frei...

Wenn sich mein Denken staut, sich rührt der Verstand
Denk ich kurz an die Maut, und halt meinen Rand
Denn bayrische Freiheit, die gilt stets der Mehrheit
Das ist Demokratie: die andern wähl'n mer nie....

Die Gedanken sind frei, wer kann sie verstoibern
Doch sprichst du sie aus, bist du unter Räubern
Denn unsre Gedanken die bringen ins Wanken
Das blau----Weiße Haus, drum sprich sie nicht aus...

Frau Merkel darf ruhig in den USA bleiben, am besten im neuen Bun-desstaat Irak; ein kleidsames Kopftuch würde ihr die Frisur-probleme nehmen, ohne daß sie dadurch an Militanz verlöre. Bundesstaat Irak – es wurde ja auch Zeit, daß zu den vielen Sternchen in der amerikanischen Flagge ein Halbmond kommt. –

Auch Bayern betrachtet sich offenbar als Teil der USA. Deswegen,

---

[68] Landesposaunentag. Erhebend, wieviele Bläser das Stadion füllten.

[69] Ratzinger hatte im Vorfeld öffentlich erklärt, nicht Papst werden zu wollen.

wenn im Folgenden etwas aus den USA kommt: Das ist unsere erweiterte Heimat. Vermutlich ist G.Bush ohnedies in einem Alpental großgeworden, denn das ist die klassische Gegend mit dem begrenzten Horizont. Dafür gibt es einen klassischen Beleg: Weshalb heißt der Blues blues? Also! Wer die bayrischen Landesfarben kennt, der muß einfach den Blues kriegen.

Ich hocke in den Alpen und seh den Sonnenuntergang
Er erinnert mich allabendlich an Kuh-glocken-klang
Ich bin so klein, groß ist der Berg
Ich bin Bayer, ich bin ein Zwerg
Bayer bin ich und katholisch, also jedenfalls alkoholisch
Ich mag keine Neger und Protestanten, und fühl mich in Deutschland unverstanden.

11.2.1 Amigos und Kuh-Weiden

Hat es eine Bedeutung, daß die bayrisch-fränkischen Farben sich in der US-Flagge wiederfinden? Verbunden mit dem Stern des Hofbräuhauses. Zugegebenermaßen (oh, da steckt Maß drin, wie sinnig!), Stars and Stripes enthalten mehr als einen Stern. Da wurden wohl etliche Flaschen dafür geköpft. Aber Bushs alkoholische Vergangenheit mußte ja einen nationalen Niederschlag finden.

*Bayern für Bush! Schon der seinerzeitige bayerische Ministerpräsident Streibl begrüßte seine Parteifreunde mit „**Ami**gos".[70] Christlich-soziale sind sozusagen Ur-amerikaner. Bayern ist das Amigo-Heim, auf amerikanisch: **Amigo-home: Ami go home**. Home: Am besten ins Hofbräuhaus. –*

*Wie sagte Donald Duckfeld – äh Rumsfeld in seiner Rede zum 1.Mai: Wenn die Amerikaner ein Land befreit haben, dann wollen sie es nicht besetzen, sondern ins nächste McDonalds und einen Western anschauen. Das hat McDonald **B**umsfeld wortwörtlich gesagt. Und ich habs ihm auch geglaubt; der weiß sicher bis heute nicht, daß der Irak gar nicht im wilden Westen liegt - wie sollte er auch, das klingt doch alles wie eine große Familie: Iraker, Iraner, Indianer... Wir Cowboys wissen, wo der Feind steht. Schon sein Daddy hatte Probleme: Saddam hatte **Kuh-Weid** angegriffen. Für einen Texander liegen Kuh-weiden grundsätzlich in den USA. Da muß man sich verteidigen, versaddammt! An der Kuh mißt sich entsprechend der texanische I-Kuh. Ene-meine-mu-draus bist du, ich bin*

---

[70] Über die sog. „Amigo-Affäre" stolperte Streibl, da innerparteiliche Konkurrenten Morgenluft witterten. Es ging um Vetternwirtschaft mit Südamerika und Bereicherung. Nicht, dass es nach ihm besser geworden wäre in der Union. Etwas zu selbstsicher grüßte er am CSU-Aschermittwoch in der Nibelungenhalle in Passau mit „**Saludos, amigos**": „Freunde zu haben, ist das eine Schande bei uns in der CSU?". Die in der CSU herrschende Arroganz, ja Frechheit der Macht nutzte ihm parteiintern nicht. Nachfolger wurde Edmund Stoiber, der Observator evangelischer Gottesdienstbesucher. - Streibl versuchte, mit internen Drohungen sein Amt zu retten: im Parteivorstand hielt er einen Koffer hoch: „Hier drin befindet sich brisantes Material – über jeden von euch!".

der Boy und du die Kuh. Auf amerikanisch natürlich Cow. Deswegen erkennt man amerikanische Kultur und Intelligenz am Cow-Gummi.

Vermutlich nennt der große Texaner seine bevorstehende Befreiungsaktion für Frankreich und Deutschland „Rauchende Colts". Ja, Bush weiß, wo die wahren Feinde der West-men herkommen: das sind die **Roten** – *vermutlich ist er der einzige, der Gerhard Schröder die Ehre antut, ihn als Roten zu verachten. Ja, die Roten sind der Archetyp der Terrorbrigaden: Winnetous Vater war ein Deutscher, Karl may oh may, Winnetous Erbin heißt Corinna. Aber der Kuhjunge weiß nicht: Wir haben Lassie auf unserer Seite! Lassies Freund ist ein Deutscher Schäferhund. Und der bellt: „laß sie in ruh!" Lassie in Lou*[71].

Bekanntlich war der Grund für den Krieg im Irak die Bedrohung durch Massenvernichtungsmittel. Es spricht gegen den Cowboy-I-Qu (Kuh), daß die Kuhjungen diese Waffen in der Nachbarschaft von Kuh-Weid, nämlich im Irak gesucht haben. In den USA wären sie fündiger geworden; die West-Men setzten Massenvernichtungsmittel bereits erfolgreich gegen die Indianer ein, später auch bei der Verteidigung ihres Landes in Hiroshima. Bei der Suche nach Massenvernichtungsmitteln hätte man sich den Krieg am Golf sparen können. Aber Sparen ist wahrlich nicht die Stärke der US-Administration. Wenn man von der Sparsamkeit im Vernunftgebrauch mal absieht.[72]
Wir sind die bessere Kirch-Gruppe – aber Pleite machen wir trotzdem

Die Indianer erlebten bei Bushs Vorfahren die Feuerwaffen bereits als Massenvernichtungsmittel. Die Japaner erlebten dann 1945 die amerikanischen Massenvernichtungsmittel, und sollte Saddam Hussein tatsächlich Massenvernichtungsmittel gehabt haben, dann nicht ohne amerikanische Vorfahren.

M u s i k : Ein Prosit

11.3 Der Franke outet sich und das Bayerische Christentum

Bayern: Wenn sich hier was staut, dann nicht wegen der Maut.[73] Oder muß man im Freistaat Gedankenmaut zahlen? - Aber ich selbst bin kein Bayer, ich bin Franke. Franken wurde vor 200 Jahren von dem Franzosen **Napoleon** den Bayern angedreht und seitdem haben wir im Norden nur ein Ziel, das freie Franken und nur ein Feindbild, und das heißt Bayern; was das heißt, kann man einmal im Jahr im Franken-Stadion erleben, wenn der Club aufläuft; da brennen die bengalischen Feuer, als wollten sie die Alpen abfackeln; freilich bleibt nach dem Spiel meistens nur ein Alpen-glühen.

---

[71] Corinna May hat gerade für Deutschland im Grand Prix verloren.

[72] Sollte Saddam Hussein tatsächlich Massenvernichtungsmittel gehabt haben, dann nicht ohne amerikanische Vorfahren.

[73] Damals war Andreas Scheuer und sein Maut-Desaster noch kein Thema. Nur der Ärger über die österreichische Autobahnmaut war im Schwesterland sehr hoch. Man wollte schließlich genauso böse sein.

Wenn Jesus Franke gewesen wäre, dann... O, das ist gar nicht so abwegig: Judäa und Galiläa, das ist die **Zwillings-Geografie** von Bayern und Franken. Natürlich befindet sich die Metropole im judäischen Bayern: Münchusalem. Und Jesus käme aus Nazar-mberch.

Ein echter Bayer ist katholisch, ein echter Franke evangelisch. Manchmal kann das kriegerische Formen annehmen, in unseren steinzeitlichen Gefilden durch Steinwürfe: So ließen wir uns aufstacheln: „Wer unter euch kein blaues Blut hat, sondern rot-weiße Blutkörperchen, der werfen den ersten Stein." So warfen wir einen Stein nach München. Die warfen ihn inzwischen zurück. Anglophile sprechen daher vom Bäck-Stein.

„Der Stein, den die Nürnberger verworfen haben,
ist zum Beckstein geworden."

Beckstein – ein Franke – also dann doch ein *Franken-Stein*?

Alternativtext:

Freilich finden die Bayern Finten und Wege, konstruktiv damit umzugehen, etwa durch Gehirnwäsche. Und so rufen wir allen einwanderungswilligen Grenzstehern zu: Wer von euch ohne Ausweis ist, der werfe den ersten Beck-Stein.... Beckstein – ein Franke – also dann doch ein *Franken-Stein*? Und wie paßt das zusammen: Beckstein und SPD? So, wie sich der bayrische und der bundesdeutsche Innenminister verstehen, gehört Beckstein bestimmt zu Schilys Party Dienst – kurz: SPD... Beckstein nimmt die Bestellung entgegen und Schily liefert aus... Oh, wie doppeldeutig...

Alternativtext 2:

Die Bayern kennen Mittel und Wege, konstruktiv damit umzugehen. Wie bei allen Konvertiten ist dies ein besonders bayrischer Bayer. Ein Superbayer. Aber wie sagte schon Jesus zur Einwanderungsproblematik: Wer von euch ohne Ausweis ist, der werfe den ersten Beck-Stein....

Ich weiß noch, wie ein früherer bayrischer Innenminister – ausnahmsweise katholisch – unsere evangelischen Gottesdienste geheimdienstlich observieren ließ nach dem Motto: Jeder Protestant ein potentieller Staatsfeind. Heute ist der Protestanten-Spion bayrischer Ministerpräsident. Stoiber[74]. Was kann uns das wohl sagen? Das sagt uns mit den Bitels *He loves us ähähäh*....

Und wie paßt das zusammen: Beckstein und SPD? So, wie sich der bayrische und der bundesdeutsche Innenminister verstehen, gehört Beckstein bestimmt zu Schilys Party Dienst – kurz: SPD... Beckstein nimmt die Bestellung entgegen und Schily[75] liefert aus... Oh, wie doppeldeutig...

Dass Schily sich Bayern als Asyl gesucht hat, kann nachdenklich stimmen – auch die südliche SPD.

---

[74] Bayerischer Ministerpräsident 1993-2007. Als Finanzminister im Kabinett Merkel vorgesehen, trat er überraschend zurück. Er wolle lieber sicher aus Bayern motzen als sich wegen Mißerfolgen rechtfertigen zu müssen.

[75] Otto Schily verteidigte als junger Rechtsanwalt die Baader-Meinhof-Gruppe, positionierte sich rechtsstaatlich eindeutig juristisch, war dann bei den Grünen, konvertierte zur SPD und wurde Innenminister. Er galt als harter Hund, wirkte aber unbestechlich.

In manchen nördlichen Bundesländern gilt die **Herkunft aus Franken** schon als Asylgrund. Die Superfranken Lodda Matthäus (der mit dem Lodder-Läm) und Domas Gottschalk freilich gingen lieber gleich in extremere Asyle, in die Heide und in den Bush... zu Haider und Bush. Ich persönlich wäre mit Österreich vorsichtig: Man weiß ja, wie Ötzi endete... Und der Super-Österreicher, der schwarze Össi, der Neger-Össi, der **Schwarze-Neger**... hat ja diese Woche wieder ein Todesurteil unterschrieben. Seine letzte Todesspritzenunterschrift wurde von den Richtern wegen Rechts-Schreib-Fehlern abgelehnt.

Alternativtext: Schwarzenegger zeigt seine kulturelle Kompetenz: er kann lesen und schreiben, z.B. signiert er begeistert Todesurteile; freilich seine letzte Todesspritzenunterschrift wurde von den Richtern wegen Rechts-Schreib-Fehlern abgelehnt; er schreibt Negger mit zwei gegen – als würde in jedem Neger ein GrundGesetz stecken.

Apropos Neger, wissen Sie noch, wo die Neger herkommen? Nein, nicht aus Köln, sondern aus dem Busch. Die schwarzen Neger kommen aus dem Busch. Und was passiert wohl, wenn der Busch ins Weiße Haus kommt? Dann sieht der Rest der Menschheit schwarz... Und das Weiße Haus wird zum Schwarzen Haus?

Das zu verstehen ist nicht so ganz einfach, denn es liegt einfach an folgenden Zusammenhängen: die katholischen Priester sind die wahren Nachkommen Jesu. Jesus aber entstammte dem Stamme Jakobs, er war ein Sohn Jakobs, ein Jakobs-Sohn, in der Weltsprache: ein Jackson. Und Jackson und Kinder, das ist uns ein Begriff. – zurück von den USA: Unser Sodom in Amerika... nach Austria.

Zurück in Benedikts Heimat. Enge geistig-morastische Verwandtschaft haben Frankens Besatzer also zur benachbarten **Ost-mark**. Diese katholische Provinz ist nicht zuletzt durch ihre Kinderfreundlichkeit aufgefallen. Die weißroten Priester verbieten den Frauen, Kinder abzutreiben, aber mit den Kindern treibt es mancher dann doch ganz heftig.

*In dieser Region des reinen Gewissens geifert ein gewisser Jörg Haider etwas von einem reinrassigen Österreich. Ein typischer Fall von Neuhaidentum... Wer die multikulturelle Geschichte der völkerreichen Donaumonarchie kennt, kann sich nur wundern - allerdings sitzt Haider in den Alpen, und da reicht der Horizont eben nur zur nächsten Sennenhütte, wo gerade Inzucht betrieben wird - benannt nach jenem beschaulichen Alpenflüßchen Inn, das schon immer für alpenländische Werte als Vorsilbe herhalten mußte: Inn-trigen und, Inn-quisition[76], dazu gehört die spezi-elle alpine Toleranz, eben die Inn-Toleranz; und bei Liebesjodlern auf dem Watzmann denkt der Kulturhistoriker an die **Inn-Brunst**.[77] Brunsschreie, eben Inn-telekts-mich-am-Arsch-Inn-brunst.*

---

[76] Inn-quisition: Bekanntlich hatte die Inn-quisition sogar in Rom einen bayrischen Chef, der jetzt durch einen US-Sheriff ersetzt wurde... Bush fingert doch überall rum; erst das Öl im Irak, dann die letzte Ölung in Rom...).

[77] Brunsschreie, eben Inn-telekts-mich-am-ArschInn-brunst.

Apropos Brunst: Haider nennt sich auch den **Tarzan** der Innenpolitik, also der In-Zucht-und-Ordnung. Wie aufschlußreich: Tarzan pflegte sich mit Affen zu umgeben und bei ihm herrschte das Gesetz des Dschungels. Und im Dschungel regiert ein natürliches Tempolimit[78]. – Die Süd-Tiroler hingegen sind vermutlich großteils Spaghetti-Tarzans.

Über die Entstehung des **Tarzanschreis** muß man ja in der Kirche verschämt schweigen. Ihr wißt schon: *Johnny Weismüller steht großspurig auf einem Urwaldbaumstamm und ruft: Greif die Liane, Jane! Und Jane greift.... (Hände vor den Schoß...)* SCHREI geht über in: (Falsett): Ein Prosit der Gemütlichkeit.

Doch lassen wir die Politik, lassen wir das ehemals großdeutsche Ausland, bleiben wir im **Epi-zentrum** der Kultur, bleiben wir in Bayern. – wobei ich ein evangelisches Gemeindezentrum gut biblisch als eine Freistadt betrachte, sozusagen als Niemandsland, als katholikenfreie Zone, in der auch mal Kritik geäußert werden kann.

Der bayerische Gesetzes-Dschungel mit seinem alpinen Charakter (steil und unbezwingbar) entstammt natürlich der Bergpredigt. Wenn so ein katholischer Priester mal heftig ins Predigen gerät, entsteht das berühmte Alpenglühen. Da muß es mal einen außerordentlich begabten Österreicher gegeben haben, bei dem glühten die Alpen zum Brenner. Einen Brenner findet man inzwischen in jedem PC; dort brennt man die berühmte CD-ROM. Die römische Kirche findet doch immer wieder Wege, in die Familie einzudringen. So braucht man zum Anti-Viren-Schutz auch den Anti-Kirchen-Schutz: deswegen ist die katholische Kirche so gegen Verhüten. Sancto-Soft!

11.4 Evangelisch-Sein

Ja, ich habe mich hart getan, überhaupt einen evangelischen Kirchenvertreter ins Kabarett zu bringen. Unsere Kirchenoberen geben leider nicht so viel zum Kritisieren her, wie wir von einer anständigen Kirche erwarten würden, *ihre besten führenden Mitglieder sind oft fast penetrant verständnisvoll.* (Imitieren) Ihre heftigsten Gegner wollen in der Regel **Andersdenkende ausgrenzen**, während wir lieber **Andersgrenzende ausdenken** – das ist gewaltfreie Machtpolitik. Ach, ist es nicht furchtbar, wenn die eigenen Reihen so wenig Anlaß zum Kabarett geben?[79] Für mich fast ein Grund, katholisch zu werden.

**Denn was nützt einem die *beste Obrigkeit*,
wenn man nicht über sie schimpfen kann?**

Unser Bischof heißt Friedrich. Und was wollen wir vom Kabarett, wenn wir uns schon einen Fried-rich wählten…

11.5 Rest von Bayern, nicht nach Berlin übernommen

Da seinerzeit der stramme Max, der Amigo so römisch war, konnte er dem ehemaligen evangelischen Kirchentagspräsidenten von Weizäcker

---

[78] Haider, Vertreter eines reaktionären Weltbildes und „Law and Order" war schwul – was seine homophobe Wählerschaft nicht abschreckte – und starb, weil er zu schnell Auto fuhr.

[79] Ob mit oder ohne Barett…

nicht nach Berlin zur Demo gegen Ausländerfeindlichkeit folgen - weder geografisch noch intellektuell. Wenn Kardinal Ratzinger gerufen hätte, wäre er wahrscheinlich gekommen. Aber Ratzinger ist eben im Ausland, im Vatikan. Wie sagte jüngst meine Frau: Dem Ratzinger sollte man mal eine Lichterkette auf der Scala Sacra organisieren.

Ein Prosit der Gemütlichkeit!

Heiner: **Ratzinger**, bloß damit Sie Bayern kennenlernen, der bleibt sogar in Rom ein Bayer und nimmt es vermutlich Jesus persönlich übel, daß der nicht am Inn geboren ist, oder wenigstens an der Isar. Der römische Kardinalfehler behauptete bekanntlich bei der Trauerfeier anläßlich des Todes von FJS, es wäre eine deutsche Eiche der Kirche gefällt worden. Zwar gebärdete sich FJS stets stammtischfreundlich antiklerikal und ging wortgewaltig auf Distanz zur Kirche, doch dies hielt den wackeren Leiter der Glaubenskongregation - früher Inquisition - nicht davon ab, ihn als Säule der Kirche zu bezeichnen - und Säule ist hier keineswegs eine Verkleinerungsform eines weiblichen Nutztieres. Aber vielleicht dachte sich der Kardinal: Himmel ist Himmel, und wenn wir in Bayern einen FJS-Flughafen haben, dann führt der Weg in den Himmel zwangsläufig über FJS. Einen Aero-porto-Giovanni-Paoli-Secondo hat er daher für den Vatikan angeregt.

Volker: Statt Bayern könnte man also auch CSU und Katholische Kirche sagen, man hätte die Machtverhältnisse dieses Landes ziemlich genau beschrieben - allerdings auch in der richtigen Reihenfolge. Das war einmal anders. Freistaat nennt er sich. der seine Freiheit von Napoleon empfangen hat und Franken als Zugabe erhielt. Dank Napoleon wurden wir dem bayrischen Königreich einzuverleibt. "Ein echter Lebkuchen..." sagte er seinem königlichen Amigo damals. „Paß auf, daß de nich zunimmst.“

Rainer: Heute hat Freistaat noch eine zweite Bedeutung: Hier haust Christopher Frey, jener Neonazi übelsten Kalibers, der den Bayern aus dem Schmeerbauch spricht. Sozusagen der Bauchredner bayrischen Gemütes und Unmutes. Vor dem haben unsere christlich-sozialen Volksvertreter Angst; aber nicht, weil er so schlimme Thesen vertritt, sondern weil er ihren Wählern nach dem Maul redet.

Volker: Schluß mit dem schlimmen Politisieren. Das ist typisch evangelisch! Immerhin etwas Evangelisches in Bayern. Die Evangelischen geben natürlich auch was zum Kritisieren her. Aber leider nicht so viel, wie wir von einer anständigen Kirche erwarten würden, ihre besten führenden Mitglieder sind oft fast penetrant verständnisvoll. Ihre heftigsten Gegner wollen in der Regel Andersdenkende ausgrenzen. Ach, ist es nicht furchtbar, wenn die eigenen Reihen so wenig Anlaß zum Kabarett geben? Für mich fast ein Grund, Katholisch zu werden. Denn was nützt einem die beste Obrigkeit, wenn man nicht über sie schimpfen kann?

Wie beneide ich den *Laiensklub*: Die katholische Hierarchie bemüht sich eben nach Kräften, Steine des Anstoßes für ihre Mitglieder zu bieten. Nur unserseins: Ein Pope kann sich nur verspotten lassen. Wer unter der Brücke durchfährt, sollte nicht nach oben spucken. -

Im Übrigen möchten wir die anwesenden NPD-Anhänger bitten, im Anschluß an diese Veranstaltung noch hier zu bleiben. Sie haben überall plakatiert: Wir räumen auf. Heute dürfen sie unter Beweis stellen, daß sie da sind, wenn aufgeräumt werden muß - etwa ab halb elf. Obwohl es in Deutschland ja jetzt schon kurz vor zwölf ist.

Volker: Am besten lacht man über die andern. Wir geben gerne zum Lachen Anlaß. Am liebsten geben wir die Bayern zum Anlaß. Damit können wir auch ein Stück weit unsere Heimat vorstellen... Zu einem gesunden Seelenleben gehören die richtigen Feindbilder. Die Bayern haben bekanntlich nur ein Feindbild, nämlich die Preußen. Wir Franken speisen unserer Seele mit unserem Brass auf die Bayern. Oder kurz und bildgerecht: Ich bin Franke, Bayer? Nein danke... Bayern – wenn ich mal offen über mein Lieblingsthema polemisieren darf – Bayern, das weiß man vom Eiffelturm über die Freiheitsstatue bis hin zum Fujijama, Bayern, das heißt Lederhosen, Hofbräuhaus und Reeperbahn.

Weil das so ist, stimmen in unsere Nationalhymne selbst Japaner, Neger und Frauen ein: „Ein Prosit der Gemütlichkeit" Im kulturellen Kontrast zum verschwommenen Rest der Welt steht man bei diesen Hymnen nicht auf, sondern verfügt als guter Katholik über eine tradierte Liturgie, hält sich streng an eherne, ja, heilige Riten: Maßkrüge prallen aneinander, Ellenbogen haken sich unter und nach vollzogener Tat rutscht man glücklich lächelnd mit einem Prosit unter die Tische. Man folgt dem Niveau der vorhergehenden politischen Gespräche.

11.6 Weißrot unter weißblauem Himmel

Und Sie wollten einen Bayern sehn! Das grenzt ja an Masochismus. Zumindest aus meiner Sicht.

Grüße aus der BBZ, der bayerischen Besatzungszone... Der echte Franke[81], der eingeborene, ist unbayrisch und damit zwangsläufig evangelisch. Und das ist fast genauso schlimm.

Uns Under-dogs half nicht mal, daß den guten bayrischen PISA-Schnitt die evangelischen Franken produziert haben – Bayern rekrutiert sich nicht aus Schul-tischen, sondern aus Stammtischen.

Und wenn die jemand nach PISA fragt, dann heben sie verständnisvoll den bayrischen Blick vom fünften Bier und geben freundlich Auskunft: „Pissa? Dös is da hindn mit'd'm Herzl..." Und lachen dann gemeinsam drüber, wie ungebildet diese Ausländer „Pissoir" aussprechen.

---

[80] Unsere Wirtschaftsweißen versaufen wir im Biergarten oder königlich-bayrischen Hofbräuhaus.

[81] Immerhin ist der einzige Bayer in der Bibel ein Franke, Franke wie ich. Sie wissen schon, Harald Schmitts Lieblingsbayer, der „Maddäus...". Das ist der mit dem Loddarleben[81]. Aber von jenem Loddar mal abgesehen: Der echte Franke, der eingeborene, ist unbayrisch und damit zwangsläufig evangelisch. (Anm: Der Weltfussballer Lothar Matthäus mit einem Beziehungsleben für die Regenbogenpresse und stets unterbelichteten Kommentaren zu was auch immer.)

11.7 Die Fehler, die ich hab...

Motto der CSU: Frechheit statt Sozialismus...

1 Die Fehler, die ich hab, die nimmt mir keiner ab, sie sind auch nur ganz klein, warum soll ausgerechnet ich ein Engel sein. - Zum Beispiel bei den Frau'n ganz einfach weg zu schau'n fällt mir im Traum nicht ein... warum soll ausgerechnet ich ein Engel sein.

Wär ich ein Engel, wär ich kein Mann, wär ich ein Engel, wär ich böse dran - grade die kleinen Fehler machen dieses Leben lebenswert... - Ich bin, das ist mir klar, kein Musterexemplar, doch ich steh nicht allein: warum soll ausgerechnet ich ein Engel sein.

2 Die Erklärung, die ich hab, die nimmt mir keiner ab, und was ich auch beteuer: Ich bin ein Bayer! Darum kann ich doch wirklich kein Engel sein! - Warum sollte Geld und Sünden man nur bei andern finden, bei denen, die ich steuer? Ich bin ein Bayer! Ein Bayer kann doch wirklich nur ein Spezi sein.

Wäre ich edel, würd ich nicht gewählt, weil bei meinen Wählern doch nur Frechheit zählt, grade die reichen Freunde machen dieses Leben lebenswert... - Ich bin, das ist mir klar, ein Musterexemplar, denn ich steh nicht allein: Gerade so wie ich soll jeder rechte Bayer sein.

12 God Earth and heaven limited company
Wahnsinn der Genforschungsperspektiven

12.1 Food-Munition

12.1.1 Die amerikanische Allzweckwaffe

Einleitung: Ich gehöre zur flower-power-generation. Daher „love an peace". Ich habe mir die Haare geschnitten und ein dezentes outfit zugelegt, weil ich bei „Wetten-dass" mitmanchen wollte… jetzt wurde es doch Markus Lanz. Wer weiß, sonst wäre der Samstag doch noch schön geworden…

Ein Friedenstext:

Wie gesagt, der Grundpfeiler des christlichen Abendlandes ist das Reinheitsgebot. Vielleicht sollten wir unsere heiligen Werte **am Hindukusch** mal mit Bier verteidigen. Luja, sog i!!!

Eigentlich brauchen die Amerikaner keine Bomben. Das ist steinzeitlich. Moderne Kriegführung verzichtet auf solche Kinkerlitzchen und bombardiert – nein, nicht mit Rice[82], da überschätzen Sie die Sprengkraft der neuen Außenministerin, die selbst als Sexbombe nur für Vereisungen brauchbar wäre...– also, moderne Kriegführung bombardiert gleich mit dem **Big-Mac**, der amerikanischen Doppelhostie, mit Boulette dazwischen. Das ist langfristig effektiver, denn da bezahlen die Angegriffenen auch noch die Waffen und wenden sie willig gegen sich selber; und werden Bomben immer ähnlicher

– Das nennt man Homöo-pathie (Griechisch): Leiden am Gleichen. . –

---

[82] Die US-Außenministerin

Doch halt! Das hat der Moslem inzwischen auch gecheckt; gerade am Hasenbergl sollte man das wissen. Seine Vergeltungswaffe heißt (*fragender Blick*) **„Döner"**! und auf diesem koscheren Schlachtfeld haben die Moslems in Deutschland mindestens gleichgezogen mit den Amis. Selbst die härtesten Neonazis sind zum Döner konvertiert, einen Big Mäc leisten sich nur noch abgewrackte Junkies: Super-Fix-Me.

12.1.2   Rostbratwürste

Dabei besitzen wir bereits seit 800 Jahren die **evangelische Gegenmunition**. Internationalem **Food-Munitions-Standart** entsprechen unsere Nürnberger Rostbratwürste. Letztlich eine Folge der Kreuzzüge. Im Kampf gegen den Islam entwickelt, enthalten sie als geistliches Gegengift Schweinefleisch! Lecker! Schon der Duft macht süchtig.

Was brachten die arabischen Dealer, die angeblich heiligen Könige zum Jesuskind? Gold, Weihrauch und Myrrhe. Pah! Gold und Myrrhe, also Haargel - vielleicht, aber ansonsten: Welcher Duft macht uns mehr an: **Weihrauch oder Bratwürsten**? Na also!

Das wäre mal ein Vorschlag an die Kirchen: Gäbe es statt diesen trockenen Oblaten, also den Hostien, Rostbratwürste – meinetwegen **Host-Bratwürste** oder **Rostie** -, dann würde sich die *Kirchen* sicherlich schlagartig füllen. Uli Höness hat es beim Nürnberger Clubb erfolgreich praktiziert. Wenn die elf Würstchen auf dem Feld jetzt auch noch gut spielen würden…. Unsere Fundraiser würden schon dafür sorgen, daß wir gesponsert werden – von Uli Höness, dem Bratwurstmünchner….

Die Nürnberger Rostbratwürste als geistliche Nahrung. Das spirituelle Zentrum der bayrischen Protestanten ist die Nürnberger Lorenzkirche. Was ist das Signum des **Heiligen Lorenz**? Richtig, der Rost. Darauf, auf so einem Rost, wurde gebraten. Noch Fragen? Und die Nürnberger Rostbratwürste sind gesetzlich geschützt. Weltweit! Selbst der **Darm**, in dem sie gebraten werden.

Berliner Version:

Gewitzten Berliner Kleinunternehmern[83] sei als Warnung gesagt: Die Nürnberger Rostbratwürste sind gesetzlich geschützt. Weltweit! Selbst der **Darm**, in dem sie gebraten werden. Der darf vermutlich nicht mal gegen Aids eingesetzt werden.

„Darm...". Darm-it wären wir bei den Werten unserer Heimat. Bekanntlich lassen wir uns ja freiwillig von der CSU regieren. Und diese ist so tief religiös, daß sie traditionell 10 Gebote für zu wenig hält und ein Hauptgebot voranstellt. Das ***Reinheitsgebot***. Wer nun glaubt, es ginge um rituelle Reinigung, liegt wenigstens nicht völlig *flasch* – äh, falsch, obwohl flasch auch nicht schlecht ist, denn es geht dabei um Bier, um die Reinheit des

---

[83] Natürlich beim ersten ökumenischen Kirchentag in Berlin.

bayerischen Bieres. Das, wo dieses Bier drin ist, nennt man **Flasche** – in Bayern wird hier sehr viel umgefüllt...[84]–

Bei größeren Mengen ist von Faß die Rede. Und auch hier herrschen Anthropo-metamorphismen. vor. Wenn zuviel Bier aus Flaschen in einen Menschen gefüllt werden, wird aus dem Konsumenten selbst eine Flasche. Wer aus Fässern faßt, wird zum Faß... Wie schrieb schon der Apostel Paulus: Fasse, wer es kann? – Schluß mit dem Gefassel...

Erde zur Erde, Flasche zur Flasche...

statt Beerdigung ein **Altglascontainer fürs Recycling**, also bayrischer Hinduismus, Reinkarnation... Also, wenn auch keine rituelle Reinigung wie im Buch Levitikus: Es kann einem glatt passieren, daß man nach Hause kommt und die vertraute Stimme einem die Leviten liest, bloß weil man gereinigten Hopfen, Malz und Wasser zu sich genommen hat.

. M u s i k : Ein Prosit der Gemütlichkeit

12.2 Wacht auf, Beamte (G) 1998

GCa D D7 G / GCa GDG

1. Wacht auf, Beamte dieser BRD, die ihr von der Rente träumt
Wer hinter seiner rosa Brille pennt hat den Untergang versäumt.
Völker hört die Signale, im Übermut steckt Tod
Wenn der Teufel aus dem Gläschen kommt ist, die Menschheit bald bank-
    rott.
2. Es rettet uns kein höhres Wesen, wenn wir die Allerhöchsten sind
Auch wenn wir Arbeitsplätze klonen, wissen wir, wer dran gewinnt.
Völker hört die Signale, wir sind nicht der liebe Gott
und der Mensch aus der Retorte führt die Menschheit zum Schaffott.

Das alles ist freilich viel zu politisch – typisch evangelisch.

*Aber wie kriegen wir hier **Gott** wieder rein? Es hilft nichts. Er muß eine **Firma** gründen. Dafür wurde in Deutschland extra eine Organisations-form erfunden: Die Ich-AG. Gut, daß Wittgenstein vor langer Zeit verstor-ben ist; würde er noch in seinem Grab ruhen, so gäbe es jetzt dort sicher-lich ein Erdbeben – so oft, wie er sich umdrehen müßte. Eine Ein-Mann-Gesellschaft. Wie sagte er. Wovon man nicht reden kann, darüber muß man schweigen. Kinder weghören: Ich-AG - Das ist so, wie Sex alleine.*

Also: in Deutschland könnte Gott eine Ich-AG gründen. God-Earth-and-Heaven Limited-Company... In- and Export?

Luther? Der voluminöse Vertreter des Vatikans lacht liturgisch lautlos in hohl heißerer Heiterkeit. Big Bang nannten wir den kleinen Choleriker

---

[84] So viel, daß der Bayern Trainer Trapattoni, seinerseits ein Südbayer – also Italiener – beim Starclub von „Flasche leer" sprach. Bei größeren Mengen ist von Faß die Rede. Und auch hier herrschen Anthropo-metamorphismen. vor. Wenn zuviel Bier aus Fla-schen in einen Menschen gefüllt werden, wird aus dem Konsumenten selbst eine Fla-sche. Wer sein Bier aus Fässern faßt, wird zum Faß... Wie schrieb schon der Apostel Paulus: Fasse, wer es kann? – Schluß mit dem Gefassel...

aus Wittenberg. Wir schreiben 1996. Unser Problem ist nicht der restaurierte Reformator, ist nicht Wittenberg, sondern Washington.

Weshalb? So fragt der unbedarfte Zeitgenosse. Der kapriziöse Kardinal schiebt sein purpurnes Käppi neckisch nervös zur Seite. Washington bringt den Wirtschaftsstandort Gottes in Gefahr! **Seiner Wortschaft**, Herrn Luther, ging es nur um das Wort Gottes, die Amis hingegen... Doch hören wir unseren Auslandskorrespondenten:

12.3 Dollar und Gott stürzen ab!

Vom Petersplatz zur Wall-Street. Alarm an der Börse! Der **Dollar** stürzt in endlose Tiefen: Für die freiwillige Entgegennahme eines Dollarscheines erhält man 2,37€. Skrupellose Experten klopfen auf den Bush und glauben den Grund erkannt zu haben: Den Ein-Dollar-Schein verunziert eine **Gottesdarstellung**. Und alle Welt weiß: Gott ist derzeit nicht hoch im Kurs.

Der Sieg am Golf stand fest[85], mit Gott als Ober-GI. Die Geschichte hat dem Dollar Recht gegeben. Wie gut für Gott, daß er die Amis auf seiner Seite hat. Wie dumm von Saddam, daß er den militärischen Exorzismus aus Washington ignorierte. Dabei hatte man ihm doch vor 10 Jahren mit Schwarzkopf[86] den Kopf gewaschen.

Wenn der Satan - er hat einen sehr durchsichtigen Decknamen -, wenn der **Saddam** also besiegt wäre, und mit ihm der alte Adam, - „Operation Wüstensturm" war bekanntlich ein Exorzismus.... dann stünde dem neuen Menschen nichts mehr im Wege. Eine Welt voller Bushmänner wäre die gekrönte Schöpfung.

Am Sieg war nicht zu zweifeln, denn traditionell ist Gott auf der Seite der Amerikaner und ziert repräsentativ ihre Dollarscheine, sozusagen als Ober-GI; GI heißt „God's Infantrie". („Der General, der General macht alles sauber..." *Kazoo*).

Doch zurück oder besser: vorwärts zum geklonten Gott:

Washington reagiert nach dem ersten Gebot der USA: Ich bin der Herr, dein Erfolg, du sollst keine Versager neben mir haben. –

*Die **Geschichte** der göttlichen Schöpfung ist - von der Unabhängigkeitserklärung der USA einmal abgesehen - eine Reihe von Mißerfolgen. Dieser suspekte Gott versagte doch von Anfang an: Bereits bei der Krone seiner Schöpfung: **Menschen**! Wie kann ein Unternehmer nur dieses störanfällig Material produzieren?*

Amerika hat seine eigenen Gebote, letztlich reduziert auf eines: Wir brauchen keine Versager. Wenn Mister Gott doch schon bei der Schöpfung ein paar Fehler gemacht hat, ist er vielleicht sogar für den Saddam verantwortlich? Vielleicht hat er gar Kontakte zu Al Qaida? Und wo war er beim Space Shuttle? Können wir den in der Firma brauchen?

---

[85] 2003

[86] So hieß der damalige Oberkommandierende, aber so heißt auch eine Schampoo-Firma in Hamburg, bei der ich eine Friseurfortbildung besuchte.

*Den ausgepowerten Oldie-Gott gilt es zu entwickeln, perfektionieren und dann zu klonen, reproduzieren durch Zellteilung, in speziellen Zentren für "**Research, developement & perfection of God**". Ziel ist der* **perfekte "God** *made in USA".*

Erforschung, Entwicklung und Vervollkommnung von Gott... Ein unschlagbarer "God, made in USA". Und da man sich auf seine Allgegenwart noch nicht so richtig verlassen kann und um seine einmalige Existenz vor Anschlägen zu schützen, könnte man den Prototyp zur Sicherheit klonen...

Die God-Earth-and-Heaven Limited-Company sieht in einem klonbaren Allmächtigen einen vielversprechenden Produktionszweig mit begrenzter Haftung! Der Vatikan zittert und der Kardinal schiebt sein purpurnes Käppi nervös zur Seite: Der Wirtschaftsstandort Gottes ist in Gefahr!! – Wenn Gott nicht mehr der einzige Schöpfer ist, dann könnenn ihn auch noch andere vermarkten. Denken wir nur an Saddam Hussein, der offenbar sich selbst replizierte. Freilich schaffte er es noch nicht gentechnisch. Dazu mußte er auf humane Reproduktionsstätten – volkstümlich Gebärmütter genannt – zurückgreifen. George Bush hat keine Doppelgänger. Was hat dies wohl zu bedeuten?

Es folgen zwei Varianten, in denen es um Gen-Forschung und absurde Anwendungen geht. Die Versionen von 1997 und 2014 liegen zeitlich weit auseinander, leicht gekürzt bei längeren Doppelungen, während manche Spitzensätze blieben, auch um die Logik beizubehalten.

12.4 Gott klonen

In den USA kennt man die Probleme mit jenem engagierten Agitator eines nahöstlichen Kleinstaates, der als Rebell und notorischer Pizzagegner von den Römern gekreuzigt wurde. Schon das Symbol "Kreuz"! Das erinnert so fatal an Wahlzettel.

*Gott **klonen**! Das ist die Lösung! Beim Zeugen eigener Kinder hat Gott bekanntlich Probleme und verbraucht zudem ausschließlich Jungfrauen. Da kommt es dann auch mal zu Versagern, wenn wir an seinen Kardinalfehler vor 2000 Jahren denken: jenen nichtseßhaften jungen Schreiner, der gegen Recht und Ordnung in Nah-Ost verstieß und hingerichtet wurde - <u>in Good-ol'-america wäre er **gelyncht** worden, das ist schneller und billiger und schützt den Volkszorn vor Justizwillkür.</u> Vom späteren Verfilmungswert ganz abgesehen.*

Also, selbst beim eigenen Sohn versagte der alte Gott aus US-Sicht unglaublich. Er muss so etwas wie die UNO sein. Die entdeckt ja nicht mal die Massenvernichtungsmittel im Irak, die direkt vor den Augen der CIA liegen. Die hatten bloß die falsche Landkarte dabei: in Wirklichkeit handelte es sich nicht um den Irak, sondern um die USA. Das hätten sie wissen können, denn die Amerikaner haben die Bombe schon vor 60 Jahren in Japan sehr effektvoll eingesetzt.

*Aber es geht ja um Gott. Der gehört natürlich in die **GUS**. Sie wissen* *schon, welche Staatenvereinigung das ist: God's United States, ehemals USA – die sich allerdings schon vor George II bescheiden als God's own country bezeichnen. Immer auf der Höhe der Zeit – SA könnte auch für Stone-Age (=Steinzeit) stehen – wollen sie freilich einen zeitgemäßen Gott. Und wenn schon einen Gott, dann bitte einen perfekten. Die Amis sind immer für Perfekt: also für die zweite Vergangenheit.*

Der Herrgott von der Stange, religiöse Konfektion in Perfektion, der Schöpfer als Geschöpf.

Im Wühltisch des WSV, des Welt-Schluß-Verkaufes. Vorher könnte man noch den alten Gott abverkaufen. GSV in USA.

*Die Massenproduktion von Gott - vergleichbar etwa mit teutonischen **Gartenzwergen**, nur eben gigantischer! – Die **Massenproduktion** von Gott - da könnten vielleicht der unglaublich einfallsreiche Kunstprofessor Ottmar Hörl einbezogen werden. Hat er nicht schon originell den Haupt-markt der ehrwürdigen Kaiserstadt Nürnberg mit einer Herde grüner Ha-sen a la Dürer überzogen. Und mit roten und weißen Bären Berlin nach Franken heimgeholt? Ja, Hörlsche Götter, die würden sich sehr schmuck ausmachen. Ganze Fußballstadien könnte man damit schmücken. Ja, schon bin ich mit meiner Zeitungslektüre im Sportteil, beim VfB... Freilich, welche Spieler der klonen könnte, ist mir noch schleierhaft...*

Da war der Gedanke eines geklonten Gottes inspirierender: Die Mas-senproduktion von Gott - würde Arbeitsplätze schaffen. Mit diesem Argu-ment läßt sich nun wirklich alles durchsetzen. Ja, noch mehr:

Durch massenhaft produzierte Götter könnte man die internatio-nale Situation entschärfen, da sich endlich jeder Staat seinen eige-nen und wirklich unfehlbaren Gott leisten dürfte.

*Je nach Liquidität reicht es eben zu einem besseren oder schlechteren Gott, einen mehr oder weniger unfehlbaren, einen mehr oder weniger all-mächtigen... Dank Unsterblichkeit ist freilich das Verfallsdatum überflüs-sig, dafür steigen die Garantiekosten. Der USA steht eine gigantische Klagewelle ins Haus, wenn die Götter nicht spuren – und das kennen wir noch von unserem alten Gott... Trotzdem: Diesen Verkaufsschlager lässt man sich nicht entgehen und bietet neben dem **Standartmodell** werbe-wirksam Extras. Und ein God-Factory-Outled. Und selbstverständlich ist die ganze Woche über verkaufsoffener Sonntag...*

Eine wirtschaftliche Gefahr unüberschaubaren Ausmaßes bilden aller-dings die stadtbekannten Produktpiraten – nein, ausnahmsweise kom-men diese Piraten nicht aus China, dort ist man bekanntlich atheistisch und lässt sich dieses expandierende Wirtschaftsgut durch die gelben Fin-gerchen gehen. Die gefährlichsten Produktpiraten sind die Gotteskrieger des Nahen Ostens. Der Terrorgruppen klonen sich ja bereits. Ja, der Moslem lauert überall! Heimtückisch, wie er ist, hat er jetzt bereits einen eigenen Gott unter dem Turban.

Der Kaffee duftet und ich muss lächeln: Was sagt da wohl der Papst dazu... und mein Lieblings-Ex-Papst, der "Wir-sind-Papst-Sepp" aus Bayern? Sein Know-How einer zweitausendjährigen Geschichte macht sich bezahlt.. Ein neuer Forschungszweig wird eingerichtet: die theologische Gen-Forschung.

Jetzt muss die Butterbrezel dran glauben. Bayern? Ha! Seit dem Kruzifixurteil suchen sie doch nach einem wertneutralen Moralobjekt als Schuldekoration. Die sollen sich einfach vertrauensvoll an die Schöpfer jenseits des großen Teiches wenden. Ein Gott mit angeborener Lederhose und der genetisch verankerten 70%-Mehrheit für die CSU, das wäre dem Finanzminister schon einiges wert.[87]

Der Sitz des alpenländischen Ministers für göttliche Angelegenheiten ist von alters her das Hofbräuhaus. Dort hockt bekanntlich immer noch der Engel **Aloisius** mit der himmlischen Eingebung für die bayrische Regierung.

*Hier klinkt sich **Rom** wieder ein: Das Know-how einer zweitausendjährigen Geschichte macht sich bezahlt. Die Banca Spiritu sanctu darf aufatmen. Ein neuer Forschungszweig wird eingerichtet: die theologische Gen-Forschung. Ziel wäre das effektivste Theolo-Gen. Nur so ließe sich das angeschlagene Image Gottes einigermaßen erfolgreich reparieren.*

*Auf seiner verzweifelten Suche nach einem wertneutralen Moralobjekt als Schul-dekoration könnte **Bayern** sich vertrauensvoll an die Schöpfer jenseits des großen Teiches wenden. Ein Retortengott muß in einem föderalistischen Staat der Länderhoheit unterstellt sein. Sitz des Ministers für göttliche Angelegenheiten ist von alters her das Hofbräuhaus. Dort hockt bekanntlich immer noch der Engel Aloysius mit der himmlischen Eingebung für die bayrische Regierung. Aber wir wissen ja, was die von Engels und Konsorten halten.*

*Natürlich unterliegt der **Proto-Gott** auch in Zukunft der Kontrolle des Weißen Hauses. Aufgrund der Produkthaftung des Pentagons bleibt letztinstanzlich die US-Regierung für Gott zuständig. So beginnt das weltweite Abendgebet: "**Lieber Gott, frag doch in Washington an, ob du etwas für mich tun darfst...**" – oder volkstümlich. „Klopf doch mal auf den Busch...“*

*Zu diskutieren wäre die Form des göttlichen **Beschäftigungsverhältnisses**: Ob auf Angestelltenbasis oder als Beamter auf Lebenszeit – recht riskant bei einem Unsterblichen. Das Billig-Job.- Modell geht ja leider Gottes nicht mehr. Immerhin könnte ich mir so etwas auch noch leisten. Es wäre zwar teurer als die Kirchensteuer, aber individueller. Letztlich bleibt jedoch nur ein **Angestelltenverhältnis**. Als Angestellter stünde der Allmächtige unter größerem Erfolgsdruck, man könnte ihn leichter feuern.*

US-Hymne

Das Prinzip ist uralt: Du gehst auf den Markt und kaufst dir einen Gott. Meistens aus Holz geschnitzt.[88] Vor dem fällst du pro forma auf die Knie.

---

[87] Das war damals noch Markus Söder.

[88] So schildert es Jesaja von Nachbar-Religionen, karikierend. Jes.44,15: „Das gibt den Leuten Brennholz; davon nimmt er und wärmt sich; auch zündet er es an und bäckt Brot;

Dann opferst du noch eine Kleinigkeit. Und schon kann er nicht anders, als dir deinen Wunsch erfüllen. Opfer rein, göttliches Eingreifen raus. Dummerweise hat sich dieses Verhalten ausgerechnet Jahwe verbeten, also der Vater Jesu. Der muß irgendwie eine Ahnung gehabt haben, was Menschen sich so alles von ihm erwarten. Wie übersetzte Luther? „Du sollst den Namen des Herrn, deines Gottes, nicht unnützlich führen..." anders ausgedrückt: du sollst ihn nicht beschwören; du sollst nicht so tun, als müsse er gerade das tun, was du willst...

12.4.1 Der Allmächtige als Angestellter 1997ff.

Das Billig-Job-Modell wäre teurer als die Kirchensteuer, aber individueller. Letztlich bleibt jedoch nur ein Angestelltenverhältnis. **Als Angestellter stünde der Allmächtige unter größerem Erfolgsdruck, man könnte ihn leichter feuern.**

Man eichelt bereits an der Einrichtung des Bußlohntages, an dem jeder Arbeitnehmer seinen Lohn zugunsten Gottes einbüßt – Der unionsdominierte Bundesrate verbände dies gerne mit einer Arbeitgeberabgabe, einer Abgabe an die Arbeitgeber...

Progressive Reformer merkeln und stoibern weiter an dem Konzept, das forsche Wirtschaftsforscher empfehlen, Gottes-Lohn an Feiertagen zu kürzen, zugunsten seiner Pflegeversicherung..., unter Einbehaltung des Kündigungsschutzes... Wenn wir die Differenz in die Rentenkasse einzahlen würden, dann würde Gott im Alter wenigstens nicht dem Sozialstaat auf der Tasche liegen... Wenngleich seine Lebenserwartung den Versicherungsagenten Kopfschmerzen bereitet.

Andererseits hat Frau Merkel angedacht hat, dafür seinen Sohn heranzuziehen; als selbständiger Handwerker kann der sich doch sicher einen pflegebedürftigen Angehörigen leisten.

Zu den *Ideen* des Merz[89] hingegen gehört es, dafür seinen Sohn heranzuziehen: als selbständiger Handwerker kann der galiläische Schreiner sich doch sicher einen pflegebedürftigen Angehörigen leisten.

Variante: Über ein Problem zermartert sich Micro-god - Verzeihung: **Microsoft** *immer noch sein Superhirn 2003[90]: Wie kriegt man die vielen Sterne und Monde des Himmels auf eine einzige Flagge? Ein Microchip ist nicht repräsentativ genug... George Bush machte es sich früher viel einfacher: Er kippte ein paar Bottles of whisky, sah dann Sternchen und hatte eine Fahne, die er jederzeit hochhalten konnte.*

. Aber wenn man erstmal den Allmächtigen entwickelt hat, dann wird Heaven-does-it-2525 ja wohl eine Lösung parat haben. Roger?

---

aber daraus macht er auch einen Gott und betet's an; er macht einen Götzen daraus und kniet davor nieder." Götterstatuen aus Holz.

[89] 2007 gehörte er zu Merkels Gegenspielern, kam aus dem Blick und ließ sich nach dem Wahlsieg von Scholz als Bundesvorsitzender der CDU inthronisieren, als Mann des Mittelstandes mit zwei Flugzeugen…

[90] Superhirn '98

Roger. Damit hätten wir auch schon seinen Vornamen.
US-Hymne
Meldung vom 18.9.14: Die USA schicken Soldaten nach Afrika, um Ebola zu bekämpten. Vermutlich enthalten US-Karten bereits den Staat Ebola. Die Soldaten lernen als neue Übung: Eb-Laola.
Cola statt Ebola…

12.4.2 Alternativtext: God Earth and heaven limited company

Samstagmorgen 2014 nach 1997

Samstagmorgen. Nichts lässt sich mit dem Samstagmorgen vergleichen! Das Paradies ist ein ewiger Samstagmorgen. Ich warte auf meinen Wecker. Genüsslich höre ich ihn nicht klingeln - oder piepsen - oder welche martialischen Geräusche auch immer er sonst von sich gibt. Ich drehe mich noch mal im Bett um - oder auch nicht: Heute kann ich es mir leisten…

Ich stehe gern früh auf, am Samstag. Denn dann bestimme ich, was früh ist… Zumindest bis ich beim Bäcker bin. Samstags hole ich fürs Familienfrühstück Brötchen. Diesen Genuss lässt sich kein Mann entgehen! Ein Gang wie ein Sonntagsgottesdienst: Zeithaben, <u>hingehen, aussuchen, einkaufen und wieder heim gehen</u>. Das ist Leben pur! Sterben war gestern, Leben ist heut.

Wie spät es ist? Das messe ich am Anteil der Männer in der Bäckerei: Je später der Morgen, desto rarer der Mann. Was will uns das sagen? Nein, ich bestreite, dass Menschen, die ihre Brötchen später holen, weniger Testosteron haben… Der Selbstversuch belegt, dass testosterongesteuerte Männer gerade am Samstagmorgen durch ihre aktive Phase ihren Weg zum Bäcker verzögern… 60sec

Die Brötchen duften, der Kaffee duftet und die Zeitung duftet. Der Geruch der Samstagszeitung ist ein besonderer Duft, er verheißt: Zeit zur Lektüre. Amokläufe, Kriege, Hungersnöte und Flutkatastrophen überfliege ich nur so. Ich kenne sie auswendig, sie sind so abwechslungsreich wie TV-Serien-Wiederholungen. …

Sesambrötchen, knirschend, leicht säuerliche Johannisbeermarmelade, blutrot auf der chamoisefarbigen Butter - aha, es gelang einem US-Forscher-Team, einen Menschen zu klonen. Nein, Journalisten übertreiben immer, ich glaube diese Ente nicht… Oder vielleicht doch. *Heutzutage weiß man ja gar nicht mehr… was heißt hier "man"? Ich weiß gar nicht mehr, was glaublich und unglaublich ist.* Künstliche Menschen? Das ist bestimmt kein Mittel gegen die Überbevölkerung. Aber vielleicht könnte ich mir ja auch mal einen leisten… Sex ist super. Aber meine Nachkommen würde ich mir lieber doch professionell machen lassen. Das sollten schon meine Gene sein. Ich finde mich durchaus fortpflanzungswürdig, reproduktionsgeeignet… aber ein paar Verbesserungen…

Vielleicht könnte so ein geklontes Männchen sogar unsterblich sein? Herr, lehre uns, wie wir unsterblich werden, auf dass… äh… das hieße ja dann, auf dass wir dumm bleiben. Unsterblichkeit als Zeichen der Dumm-

heit? Wie sagte schon Curt Goetz: der Bazillus der Dummheit ist unaus-
rottbar. Menschliche Dummheit ist unsterblich. Das klingt weniger einla-
dend.

Die zweite Hälfte meines Samstagmorgen-Brötchens bestreiche ich mit
Honig. Butter und Honig: Sterben war gestern, Leben ist Samstag.

Honig: Auch aus Nicht-EG -Ländern. In den Nicht-EG-Ländern herrscht
das vorschriftsfreie Chaos, da regiert die Gentechnik in ungebändigter
Lebensfreude! Da hängten sich die Bienen an maßgeschneiderte perfektionierte Blüten.

Menschen klonen? Kommen da auch so kleine Scheißer raus, die man
wickeln muss? Oder lässt sich diese genetische Fehlprogrammierung
korrigieren?

Natürlich kommt diese Zeitungsmeldung aus den USA. Gentechnik,
Klonen, das sind die Amis. Das begann mit diesem Polen. Andy Warhol.

Andy Warhol hat einfach alles geklont, was ihm unter die Druckerpresse
kam. Selbst Marilyn Monroe, obwohl die schon tot war. Vielleicht hat er
sie sogar unsterblich gemacht. „Herr, lehre uns bedenken, dass wir sterben müssen, auf dass wir klug werden…" Sollte die unsterbliche MM zugleich eine Ikone der Dummheit sein? Zu Lebzeiten zumindest verkör-
perte sie auf der Leinwand oft das blonde Dummchen. Steckt diese Aussage hinter Warhols kluger Geschäftsstrategie?

Marilyn, Marilyn… Hundertfach, tausendfach, …. Die perfekte Frau.
Perfekt, wie alles, was der Ami macht. Bestimmt ist es jetzt bei diesen
Klon-Menschen auch so. Alles perfekt. Alle Problemzonen gestrichen,
wie Fettpolster oder Moral. Perfekte Figur und kein störendes Gewissen… „Man made in U.S.A.". Wenn mein Hausarzt ein Halbgott in Weiß
ist, dann sind diese Gentechniker Götter. Eigentlich sind sie Übergötter.
Denn wo Gott noch Fehler machte, eben bei der Erschaffung des Menschen, da arbeiten sie einfach perfekt. Homo sapiens perfektus.

Der Kaffee duftet… Es ist Samstagmorgen, einfach göttlich. Apropos
göttlich… Wenn man schon Menschen klont, könnte man nicht auch vielleicht Gott… ich meine nur… ich meine halt… Die **Geschichte** der göttlichen Schöpfung ist eine Reihe von Misserfolgen. Bei einer Miss-Wahl
läge der Schöpfer ganz vorne. Man könnte von Miss-Gott sprechen.

Ich glaube, die Amis sind auf dem richtigen Weg – go West: nach
Fruchtfliege, Kalb und künstlichem Mensch kommt bestimmt Gott. Denn
wenn wir schon einen Gott brauchen, dann bitte einen perfekten. Dem
jetzigen hängt ja noch sein unglaublicher Fehlversuch vor 2000 Jahren
nach: Da schickte er jenen nichtseßhaften jungen Schreiner, der gegen
Recht und Ordnung in Nah-Ost verstieß und hingerichtet wurde - in Good-
ol'-america wäre er **gelyncht** worden, das ist schneller und billiger und
schützt den Volkszorn vor Justizwillkür. - und schützt den Volkszorn vor
Justizwillkür… den Satz muss ich mir notieren, auf ein Blatt ohne Honig-
brötchenflecken.

*Washington reagiert nach dem ersten Gebot der USA: Ich bin der
Herr, dein Erfolg, du sollst keine Versager neben mir haben. –*

*Die **Geschichte** der göttlichen Schöpfung ist - von der Unabhängig-keitserklärung der USA einmal abgesehen - eine Reihe von Mißerfolgen. Dieser suspekte Gott versagte doch von Anfang an: Bereits bei der Krone seiner Schöpfung: **Menschen!** Wie kann ein Unternehmer nur dieses störanfällig Material produzieren?*

Wenn Mister Gott doch schon bei der Schöpfung ein paar Fehler ge-macht hat, ist er vielleicht sogar für den Saddam verantwortlich? Vielleicht hat er gar Kontakte zu Al Qaida? Und wo war er beim Space Shuttle? Können wir den in der Firma brauchen?

12.5 Die Massenproduktion von Gott (alternate edition)

Ich schneide mein zweites knuspriges Brötchen auf und leiste mir die leckere Vierfruchtmarmelade und meine volle Phantasie beim Weiterden-ken. Es ist ja Samstag.... Sterblichkeit war gestern, Leben ist Samstag, denn sechs Tage arbeitete Gott und am siebten holte er die Brötchen für seine Familie. Endlich hatte er mal Zeit dafür.

Ja, es ist Samstag... und meine Frau und der kleine Stinker sind noch im Schlafzimmer.

*Gott **klonen!** Das ist die Lösung! Beim Zeugen eigener Kinder hat Gott bekanntlich Probleme und verbraucht zudem ausschließlich Jungfrauen. Da kommt es dann auch mal zu Versagern, wenn wir an seinen Kardinal-fehler vor 2000 Jahren denken: jenen nichtseßhaften jungen Schreiner, der gegen Recht und Ordnung in Nah-Ost verstieß und hingerichtet wurde - in Good-ol'-america wäre er **gelyncht** worden, das ist schneller und billiger und schützt den Volkszorn vor Justizwillkür. Vom späteren Verfilmungswert ganz abgesehen.*

In den USA kennt man die Probleme mit jenem engagierten Agitator eines nahöstlichen Kleinstaates, der als Rebell und notorischer Pizzage-gner von den Römern gekreuzigt wurde. Schon das Symbol "Kreuz"! Das erinnert so fatal an Wahlzettel.

God made in USA! Eine wirtschaftliche Gefahr unüberschaubaren Ausmaßes bilden allerdings die stadtbekannten Produktpiraten – nein, ausnahmsweise kommen diese Piraten nicht aus China, dort ist man be-kanntlich atheistisch und lässt sich dieses expandierende Wirtschaftsgut durch die gelben Fingerchen gehen. Die gefährlichsten Produktpiraten sind die Gotteskrieger des Nahen Ostens. Der Terrorgruppen klonen sich ja bereits. Ja, der Moslem lauert überall! Heimtückisch, wie er ist, hat er jetzt bereits einen eigenen Gott unter dem Turban.

Der Kaffee duftet und ich muss lächeln: Was sagt da wohl der Papst dazu... und mein Lieblings-Ex-Papst, der "Wir-sind-Papst-Sepp" aus Bayern? Sein Know-How einer zweitausendjährigen Geschichte macht sich bezahlt. Ein neuer Forschungszweig wird eingerichtet: die theologi-sche Gen-Forschung.

13 Wir klonen unsere Gemeinde (2014)

Unsere personellen wie **finanziellen** Klingelbeutel sind arg leer – *nicht wahr, Herr Dekan[91]?*. Doch für die gebeutelte Kirche leuchtet ein Hoffnungsschimmer am Horizont auf: *Wir klonen unsere Gemeinde*. Brave Kirchensteuerzahler mit eingebautem **Konfessionsgen** dürfen sich nach entsprechender Gen-Spende unsterblich machen. Die Re-inkarnation überlassen wir nicht mehr den Esoterikern und Hindus: Evangelisch läuft die Re-Inkarnation über die Re-in-vitro-sition. Bei uns wird deine Seele – die bekanntlich in der DNA steckt – unsterblich – zumindest bis zum jüngsten Tag. Silikon-Valley bekommt Konkurrenz: **Evangel-ikon-Valley**, ein Inkonen-Tal in den Alpen, in den Gotteshäusern hängen **Gen-Ikone**n für die Reagenz-Rituale. Bayern ist wie immer vorne dran, mit Pisa in der Lederhose.

O.K., wir klonen unsere Gemeinde. Die Katholiken warten schon auf eine Enzyklika „De clerus clonicus" aus dem Vati-Clon, formuliert vom Ober-Clon, dem bayernstämmigen Ratzin-Genetikus. Genedictus der Sex zähmte[92]... Ja, mit einem Reagenzglas ließe sich der Sex zähmen. – und Kondom wie Pille wären kein Thema mehr.

Bei uns Evangelischen aber hat der KV das Sagen. So könnte der **Kirchenvorstand** dann in nächtelangen, äußerst fruchtbaren Sitzungen die genetischen Bestandteile der zu erzeugenden Gemeindeglieder beschließen. Vielleicht auch orientiert an ortskirchlichen Bedürfnissen – **Karteileichen** werden hier nicht verewigt, die haben ihre ewige Ruhe bereits in der Ablage gefunden. *Jaja, Frau Sekretärin...*

13.1 Die Klonquote

Entsprechend orientierten wir uns für unsere Kirchenclone an ortskirchlichen Bedürfnissen – die Landessynode hätte bereits die **Frauenquote** angeordnet (*bei der Frauenquote sind uns ja die Katholiken ein gutes Stück voraus. Die haben die Heilige Dreifaltigkeit um Maria ergänzt, und die ist ja auch so etwas wie eine Frau*); der praktische Ausschuß bestünde auf handwerklichen Fertigkeiten, der Jugendausssschuß auf Kritikfähigkeit passiv und aktiv, sowie Kommunikationsfähigkeit, wo er sich wiederum mit de*m* Frauenbeauftragten träfe (aus Proporzgründen zu 50% ein Mann – also ab der Hüfte aufwärts). Der turnusmäßig erneuerte Umweltbeauftragte bestünde auf Recyclebarkeit, vom Pfarrer kommentiert mit dem Hinweis auf die Auferstehung, wo ohnedies alle Menschen recycelt würden.

Das Münchner Ordinariat hat bereits einen bischöflichen Sekretär mit Geheimfach – äh, Geheimauftrag nach Turin geschickt. Vielleicht enthält das **Grabtuch der Veronika** ja noch ein Stückchen DNA von Jesus. Nicht auszudenken, was dies bedeuten würde. *Jesus-DNA in den Händen von*

---

[91] Dekan Hartmut Brunner in Hersbruck

[92] Zwischen der ersten und zweiten Version lag die Inthronisation von Ratzinger als Papst. Inzwischen ist er der einzige „Zweitpapst", parallel zu Franziskus.

Gen-Technikern. Freilich besteht die Glaubenskongregation in Rom darauf, erst ein Probeexemplar des zu erzeugenden Wesens begutachten zu dürfen. **Kardinal Ratzin-Gen** besteht auf einem Vier-Augen-Gespräch, nach dem es vielleicht zwei blaue Augen gäbe. Da wäre Jesus noch mal gut weggekommen. Andere Katholiken sind betriebs-blind. – Das nimmt bekanntlich laufbahnmäßig zu.

Andererseits ist das Zölibat nun kein Hinderungsgrund für die Produktion von Priesternachwuchs mehr. Ja, mit Klonen hat die weltweite und horizontenge Kirche wieder eine Zukunft und Mission lohnt sich wieder; oder wird die nun zur **Miss Klon**? Jedes Jahr neu gekürt?.

13.2 Gen-Mission und Christenklonen E-Dur
(Melodie: we shall not be moved)
Die Kirchen sind so leer heut: Christen müssen her...
Es siegt, wer keine Scheu scheut: Wunderbar vermehr
Wir suchen Lösung für die Schrumpfung:
Heilges Christen-Klon

Karteileichen, schlaft weiter: tot ist das Papier
Nein, ihr sollt sein wie wir: Wer ist so wie wir?
Wir klonen uns – dann sind wir unsre Kirche
Kirche – das sind wir...

Das Grabtuch der Veronika: Hier ist Jesus-Gen
Steck es in ein Röhrchen: Lass die Rotoren drehn
Wir schaffen Jesus aus der DNA
Wir sind seine Herrn.

Christenklonen ist so geil: Mich gibt's hundertmal (fach)
Christenklonen ist so geil: Ich werde bei mir schwach
Jesus sagt: zwei und drei, die reichen schon
Für eine Gen-explosion
Mit unsrer Disposition
Das ist die Gen-Mission
So tragen wir den Sieg davon

13.3 Arterhaltung und Geschlechterkampf
Von Schröder ist es nicht zweit zu **Clinton**. Sie kennen doch noch das Abendlied: Weißt du, wieviel Spermlein fließen... Apropos: Wußten Sie, wievielе **Spermen** ein Mann im Laufe seines Lebens produziert? Also, ca. 6Mrd. Bitte, meine Herren, machen Sie sich keinen Streß, das kommt von ganz alleine... Wissen Sie, wieviele Menschen es auf der Erde gibt? Richtig, die UNO hat festgelegt: seit dem 12.Oktober sind es 6 Mrd. Da fragt man sich, warum es so viele Männer gibt. Rein evolutionstechnisch wäre das doch gar nicht nötig. (**Schiefertafel**) Ein Mann und 5Mrd 999Mio 999Tausend 999 Frauen reichen zur Arterhaltung.

Die im Zusammenhang der Fortpflanzung häufig zitierten **Bienen** haben sich rationeller eingerichtet. Die Bienen wissen, daß Männer nur eine einzige Sache einigermaßen passabel hinkriegen. Also werden sie aus allem andern als dem Sex sicherheitshalber rausgehalten. Selbst der Kriegsdienst steht im Bienenvolk nur den Weibchen zu. - Freilich: Feminine Sticheleien sind auch uns Männern bekannt... Zurück zur Arterhaltung: aufgrund der maskulinen Überpopulation muß man sich allmählich fragen: Wohin mit den Menschen? Aber erst einmal: Woher?

13.4 Das Kirchen-gen

Möglicherweise paßt genau dieses bayrisch-katholische Lust-Prinzip zur Erhaltung der Menschheit den rigiden Protestanten nicht. *In einer Münchner Zeitschrift fand sich 1903 eine Karikatur: Eine evangelische Pfarrersfrau, umgeben von acht Kindern, seufzt zu ihrem Gatten. „Aber ist unsre irdische Liebe nicht sündig?" Seine Antwort: „Nein, meine Liebe, Hauptsache, es ist keine Lust dabei..."*

Für diesen Protestantismus der *lust-neutralen Fortpflanzung* bietet sich die Gentechnik als göttlicher Segen an. Freilich, so ganz lustfrei ist auch dies nicht, denn wir dürfen den Wissenschaftlern **wissenschaftlichen Eros** unterstellen, und dieser bestimmt die Zielrichtung ihres Handelns vielleicht noch mehr als das Profitdenken. In gewisser Weise ist der maskuline Zeugungsdrang in der Gen-Technik etwas ganz Entscheidendes. Das Objekt der Begierde führt sogar zu Eifersucht.

Vor meinem geistigen Auge sehe ich so einen Gen-forscher, der abends im Labor seinem Reagenzgläschen noch schnell ein verstohlenes Küßchen gibt und sagt: „Bleib mir treu und verrate dein Geheimnis keinem anderen..." Während hinter der Tür schon der Nebel-buhler lauscht, um sich mit allem Charme an die Lösung in der Lösung heranzumachen. Liebe, Haß und Eifersucht! Ob Shake-spear oder Shake-Glass... Ein Praktikum als Barmixer gehört zur Ausbildung unserer Gen-Mixer: Asterix, Obelix und Gen-Mix.

Auf der Suche nach **motivierten Mitarbeitern** könnte die Kirche sich ja an Gen-Techniker heranschleichen und versuchen, die wissenschaftliche Erotik durch christliche Agape zu ergänzen: Gen-Technik ja, aber eingebaut in die Heilsgeschichte bzw. mit eingebauter Heilsgeschichte. Wahnsinn!: Eine zweite Gen-Esis bahnt sich an: Das Gottesvolk aus dem Rea-**gen**-zglas.

13.5 Zölibat und Gentechnik

Mein Hirn lechzt nach Weißwurst und Weißbier, aber noch herrscht die fränkische Brezel. Ich genieße das grobe Salz, das mich immer leicht erschauern lässt. Erschauern?

Ah, die Kürbiskerne knacken zwischen den Zähnen - und das Gift! Das Gift, vor dem mich Mama immer gewarnt hat, es verwöhnt meine Zunge: Nutella! Einfach göttlich ungesund. Was brauche ich einen geklonten Gott, wenn ich meinen Samstagmorgen habe...

"Der Kleine ist wach! Er braucht eine frische Windel..." o, die Stimme meiner Frau, natürlich eine göttliche Stimme... Gehorsam stehe ich auf und gehe Wickeln. Da strahlt es mich an, jenes ungeklonte Produkt eines testosterongesteuerten Samstagmorgens...

Mit der Gentechnik ließe sich auch das katholische Nachwuchsproblem im Zölibat lösen...

(Reaktion auf NN-Artikel) Ich stimme dem Bamberger Erzbischof Ludwig Schick uneingeschränkt zu, ja, ich verstärke seine Klage noch, ich beklage die hohe Ehelosigkeit bei katholischen Priestern, die noch dazu, im Unterschied zu sonstigen Lebensgemeinschaftsverweigerungen, ideologisch begründet ist. Ich beklage, dass die katholische Kirche ihren Priestern nicht mehr Mut zur Familie macht. Ich bedaure, dass Frau Schick so wenig Anteil am Beruf ihres Mannes nimmt...

14 Stellenteilung

Als ich in den achtziger Jahren Pfarrer wurde, gab es die Pfarrerschwemme und nicht für jeden Theologen eine Stelle. Wir versuchten Lösungsmodelle, eines davon war die Stellenteilung: Zwei Pfarrer – eine Stelle. Ich gehörte mit zu den Pilotprojekteuren. Mein Partner Manfred Herbert war mit der zweiten Hälfte Juniorchef des elterlichen Landmaschinenhandels, ich war mit der zweiten Hälfte ohne Einkommen... (freiwillig) Aber man konnte das Ganze auch kritisch sehen – nicht zuletzt jetzt (nach 2020), wo viele in Pension gehen und auf einmal besoldungsmäßige Unklarheiten auftreten.

Wie vermehrt sich eine Qualle? Durch Zellteilung. Wie vermehren sich Mönche? Klar, oder? (Zellteilung). Wie vermehrt sich die Amtskirche? Durch Stellteilung. hahaha. Was vermehrt sich durch Stellteilung? Die Amtskirche? Nein, die Arbeit.

Stellenteilung

Ein metaphysisches Phänomen auf dem Arbeitsmarkt

Was Theologen in zwanzig Jahrhunderten nicht schaffen, gelang der traditionsgemäß genialen evangelisch - lutherischen Landeskirche in Bayern: reale Manifestationen biolokaler Erscheinungen.

Dem religionspädagogischen Modell aus Heilsbronn[93] verpflichtet, werden wir dies exemplarisch darstellen. Exemplarisch, mit anderen Worten: pars pro toto. Pars heißt, wie der humanistisch gebildete Theologe für seinen Teil sehr richtig erkennt: Teil. Pars pro toto: Teil-ung für das ganze; für die ganze - Kirche - hieße es richtiger: pars pro totae. Doch genug der sprachlichen Spitzfindigkeiten.

Unseren exemplarischen Pfarrer z.T. (zur Teilung) berufen wir sinnigerweise nach Heidenfeld[94]. Bei unserer Visite finden wir unseren Amtsbruder vor seiner 7.Klasse Hauptschule bzw. dem offenen Grab. Das sind keine Synonyme, sondern verschiedene Lokalitäten. Und wir treffen ihn

---

[93] In Heilsbronn in Mittelfranken ist das „Religionspädagogische Institut" angesiedelt. Die ländliche Abgeschiedenheit lässt ihnen viel Muße, Konzepte an der Realität der Großstadt vorbei zu erarbeiten und zu publizieren.

[94] Ich war als z.A. in Heidingsfeld und begann dort auch kabarettistisch.

in ganz verschiedener seelischer Verfassung an; der pastoralpsychologisch geschulte Beobachter spürt ihm ab, daß sich vor oder genauer zwischen den Schülern sein bedrückter Anteil manifestiert hat und ums Überleben fightet, während der glücklich-zufriedene Anteil auf dem Friedhof mit gemessener Grundhaltung ihre Amtshandlung vollzieht.

14.1.1   Lokation 1 und Lokation 2

C.G.Jung spräche wohl vom Animus am Grab und der Animosa an der Tafel, oder auch von Amtimus und Amtima. Wir beschränken uns auf die quasiphysikalischen Bezeichnungen Lokation 1 und Lokation 2.

Lokation 1 im Klassenzimmer würde gerne eine Unmenge von Amtszuchtverfahren einleiten, findet aber die entsprechenden Paragraphen aus dem grünen Heinzel[95] in der Ascho[96] nicht wieder.

Lokation 2 vermutet, daß Lokation 1 ganz gerne einige seiner Klienten zum ihr transmittierte zum Zwecke der endgültigen Ruhestellung. Wir können förmlich seine Phantasie mit Händen greifen: Er betritt seine Klasse mit dem Worte "Ruhet in Frieden" und hält dann einen klassisch beruhigten RU.

Dies wird ein Traum von Kirche bleiben, denn leider lehrt ihn seine bereits nach kürzester Teilamtszeit reichhaltige und unteilbare Leiderfahrung, daß das Opium fürs Volk trotz aller philosophischen Entlarvung überhaupt nicht rauschhaft, geschweige denn betäubend wirkt. Betäubend wirkt auf ihn ehr der Lärm. Wir merken, unsere Gedanken sind ehr dem Problemfeld von Lokation 1 verhaftet. Probleme ziehen Geistlichkeiten an. Das ist ein quasiphysikalisches Naturgesetz.

Gehen wir vom Unfriedhof hinüber zum Grab. Dort widersteht Lokation 2 frauhaft der Versuchung, in ihrer erbaulichen Ansprache etliche transzendente Probleme anhand des eigenen Beispieles zu lösen: Tod und Auferstehung - auf Amtsebene transformiert - verhalten sich zueinander wie Lokation 1 zu Lokation 2: Getrennt und doch eins; Trauer in der Freude und Freude in der Trauer. So ein Mensch mit dem Charakter bilokationis versehen ist, kann er/sie gleichzeitig im Tode und im ewigen Leben sein. Ein/e PfarrerIn ist auch nur ein MenschIn. Die bayrische Bilokalität des Pfarrertums ist die konkrete Antizipation der Gleichzeitigkeit von Tod und Auferstehung. Ich betone, daß ich von der "bayrischen Bilokalität", keineswegs von "bayrischen Bierlokalitäten" spreche.

Freilich fragt der geschulte Systematiker: Gilt die Begabung mit der Bilokation nur für die Amtsperson oder auch für den Menschen? Anders gefragt: Ist die Ordination zugleich eine Inkarnation der göttlichen Gabe oder betrifft sie nur den verbeamteten, sozusagen entmenschten Teil des Würdenträgers? Wir - ich verwende hier den üblichen universitären pluralis dogmatensis - sind geneigt, mit dem Praktologen Veitz[97] zu sagen:

---

[95] Die Rechtssammlung der Evangelisch Lutherischen Kirche in Bayern.

[96] Allgemeinde Schulordnung

[97] In Erlangen herrschte der konservative Professor für Praktische Theologie M. Seitz.

Die Gabe der Bilokation ist dem Pfarrer als Amtsperson verliehen und beschränkt sich vorerst noch hauptsächlich auf Theologenehepaare. Die Amtsperson vereinigt in sich zwei Menschen - selbstverständlich ist auf dieser Ebene die Lehre von der Subordination keine Ketzerei: Nach dem Verständnis von Professor Veitz ist der männliche Anteil der beherrschende, ja, geradezu den weiblichen verwandelnde, wodurch das Problem der Frauenordination ganz in seinem Sinne gelöst ist.

Die Gabe der amtspersönlichen Bilokation ist neben dem anthropologisch - systematischen auch aus ekklesiologischem Blickwinkel höchst beachtenswert: Heißet es nicht in den Schriften alten und neuen Testamentes: wo zwei oder drei in meinem Namen... Der Bilokale Pfarrer - kurz Bipf -, sofern er bei sich ist, d.h. neben sich steht, bildet bereits eine Kerngemeinde. Die Einführung der Stellenteilung schuf das gemeindezentrierteste Pfarrmodell, das ein Jurist erhirnen kann.

Emanzipierten Kreisen gebe ich eine Ausdrucksschwäche zu: Auch ein Bipf wäre als PfarrerIn (derdie mit dem großen "I") zu bezeichnen. Sollte Lokation 2 desder PfarrerIn noch dazu schwanger sein, so würde, sofern derdie PfarrerIn bei sich ist, er/sie dreiselb sein und am allergemeindlichsten von allen Pfarrersexistenzen: ein vestigiuum trinitatis.

Das "amtseins, aber zweiwesentlich, geteilt, doch un-geschieden (!)" ist das Calcedonense des Pfarrerrechts und löst die alte kirchliche Formulierung ab, die schlicht hieß: Das Weib teile er mit der Gemeinde.

Wunderschön begegnen wir beim Bipf dem sichtbaren Phänomen des Selbstwiderspruchs: Wo wir andere Kollegen nur sehr schwer ertappen oder gar überführen, finden wir bei ihm den Selbstwiderspruch als Regelfall. Diese kirchliche Gruppierung pflegt schon als Minigruppe die Kultur der Selbstkritik. Beispiel (immer noch Heilsbronner Modell):

Lokation 1 sagt zu beistehender Lokation 2: "Am Gemeindefest spielt nachmittags der Posaunenchor; ich habe mit Herrn Trompet schon gesprochen." Hitzig erwidert

Lokation 2: "Das find ich aber gar nicht gut. Das hättest du vorher mit mir abklären müssen. Ich habe schon die Blubs engagiert."

Lokation 1: "Das paßt doch nicht auf ein Gemeindefest, du mußt auch an die Leute denken."

Lokation 2: "Man darf sich doch nicht vom Mehrheitsgeschmack terrorisieren lassen; die Blubs haben echt kritische Texte." Lokation 1: "Und wir hinterher die Diskussion im Kirchenvorstand; du kennst doch Herrn Schrummi."

Lokation 2: "Genau den; der soll sich die Text mal anhören, der Schowi (Chauvi); für den sind doch Frauen eh nur zum Putzen da."

Lokation 1: "Bitte hör auf mit deinen Anspielungen; du weißt genau, daß ich am Mittwoch einfach keine Zeit mehr für die Wäsche hatte."

Lokation 2: "Aber ich hab ja immer Zeit, wenn es dir mal nicht paßt; wenn's drauf an kommt, dann ist immer noch die Frau die Dumme."

Lokation 1: "Du mußt das auch mal aus meiner Sicht sehen; ich kann doch nicht mitten in der Sitzung gehen und sagen: Meine Herren, ich muß jetzt Wäsche waschen; und teilen kann ich mich schließlich nicht."

Lokation 2: "Typisch: `Meine Herren', da haben wir's mal wieder; bei allem progressiven Gelaber doch der alte Macho, der da rauskommt; und wenn du dich nicht teilen kannst, bin ich wohl dein abgespalteter Putzteil!"

Lokation 1: "Jetzt nimm es doch nicht so persönlich; da gibt es doch Sachzwänge..."

Lokation 2: "Und der Sachzwang, der männliche heißt natürlich: Ich kann nicht, also macht's die Frau."

Lokation 1: "Du, echt, allmählich stinkt's mir; ich schmeiß hier den halben Haushalt und muß mir dann noch dein Emanzengewäsch anhören!"

Lokation 2 (giftig): "Jetzt zeigst du dein wahres Gesicht." Das Telephon klingelt und der Blickwechsel verrät, daß unser Bipf nicht weiß, mit welcher seiner sich so nahestehenden Lokationen er zum Hörer greifen soll...

Verlassen wir diese konfliktuöse Zweierkiste. Immerhin verdeutlichte die Szene uns den fast zwangläufigen Selbstwiderspruch des bilokalistischen Pfarrers. Naheliegend sind auch andere Konflikte wie etwa die freundliche Auskunft am Telephon: "Meine Frau ist unterwegs und ich bin nicht im Dienst", was die überstreßten Kollegen ungeheuer aufbaut. Denn schließlich könnte der Herr Pfarrer im Halbdienst wenigstens die Aufgaben einer Pfarrfrau übernehmen, wenn er schon nicht Manns genug ist, die Frau an den Herd zu kriegen. Und das Argument: "Ich kann mich doch nicht teilen" gilt bei allen, nur nicht bei ihm. Denken wir nur an die schöne Formulierung: Ein bißchen schwanger gibt's nicht. Beim Bipf gibt's das eben schon. "Ich bin halb schwanger..." Leider wird von der unschwangeren Hälfte dann doch irgendwie erwartet, die ganze Arbeit zu machen... Das wäre doch nur recht und - vor allem - billig.

Relikte aus "Stellenteilung" Mit dem Charakter debilis, äh, delebilis unserer Kirche durch die Ordination versehen, sind seit nunmehr zehn Jahren bayerische PfarrerInnen mit bilokaler Repräsentanz begabt. Wir sind geneigt, mit dem Praktologen Veitz[98] zu sagen (hoch):

Doch zurück zur Pfarrervereinigung, wie die Stellenteilung ja auch positiv genannt werden könnte. Weshalb sollte - wir waren ja bei der Beerdigungsansprache und dem Problem von Tod und Auferstehung - weshalb sollte nicht auch ein Mensch zwei Personen in sich vereinigen: Die sterblich sichtbare und die unsterblich unsichtbare? Die sogenannte Zwei-Personen-Lehre dürfte nicht mehr lange auf sich warten lassen. In mancher Amtspartnerschaft ist der Gesichtspunkt der zwei "Naturen" ohnedies der bestimmendere und hier hatten wir ja schon Vordenker in den emanzipatorischen Zeiten der Kirche, etwa den ersten Jahrhunderten.

---

[98] Der reaktionäre Professor für Praktische Theologie hieß Manfred Seitz. Er hatte eine unnatürlich hohe Stimme, klang verklemmt.

Heißet es nicht in den Schriften alten und neuen Testamentes (daher Bibel: Kurzform für Bi-lokale Bel-ege): Geradezu ein vestigiuum trinitatis, für das Augustinus dankbar gewesen wäre, wenngleich dieser mit seinen Beziehungskisten charakteristische Probleme hatte.

Mir fehlt eine diesbezügliche Aufarbeitung im ekklesiologischen Teil zeitgenössischer dogmatischer Werke. ...dann noch dein lila Gewäsch anhören; wenn du so weiter machst, lauf ich noch zum Ebert über."

Lokation 2: *"Hahaha, Enneagrammist: Männerkramist, wäre die richtige Bezeichnung für dich."* Das wäre doch nur recht und bil(-oka-)lig. Immerhin kämpften schon die Theologen der ersten Jahrhunderte mit solchen Problemen wie "wesenseins" und "wesensähnlich". "Amtseins, aber zweiwesentlich" wäre doch auch eine schöne Formulierung.

So verstehen wir auch die Hymne der Stellenteiler:

"Heute hier, heute dort, bin ich da, bin ich fort", oder in der alten Version: Eia, wär'n wir da, wo Vater und Mutterunser sich die Stelle teilen.

15 Kassenkampf
Luther bei Huggi[99]

Kirche und Welt! Betreten wir zum Schluß noch eines der Wahrzeichen der Jahrtausendwende, den Supermarkt, wo wir ganz geruhsam am Samstag vormittag schnell noch ein paar Kleinigkeiten für das Sonntagsmenü erstehen wollen. Schweißtriefend verlassen wir das Einkaufsmekka und teilen uns erschöpft dem nächstbesten Passanten mit:

H: *in der Lutherversion*: In Luthers verträumten Wittenberg sorgte ohnedies Frau Käthe für den Einkauf der kargen Küche. Was aber erlebt unser Reformator, wenn er aus dem dunklen Mittelalter in unser fortschrittliches 20. Jahrhundert kommt, am besten in eines der Wahrzeichen der Jahrtausendwende, also in Huggi, wo er ganz geruhsam am Samstagvormittag schnell noch ein paar Kleinigkeiten für das Sonntagsmenü erstehen will. Wir erleben ihn, als er schweißtriefend das Einkaufsmekka verläßt und seine Erlebnisse dem nächstbesten Passanten mitteilt:

V: Puh, das war knapp. Fast ein Frontalzusammenstoß. Da wäre kein Glas heil geblieben. Gibt es denn keine Warnungen, wenn Chaoten durch den Supermarkt rasen? Grade heute, Samstagvormittag, bei Hochbetrieb? Hier brauchen wir aktuelle Verkehrsmeldungen. Wir haben doch die technischen Möglichkeiten inzwischen dafür. Ich stelle mir das ganz plastisch vor:

Ich schiebe meinen Einkaufswagen durch Drängelmann, als die umsatztreibende Säußelmusik, jene akustische Umweltverschmutzung zwischen „Stille Nacht" und „Wenn wir erklimmen" unterbrochen wird:

BIll Signal (Kazoo):

Nun unsere aktuelle Verkehrsübersicht von Drängelmann: Stau in der dritten Einkaufsstraße zwischen Linseneintopf und heller Soße. Vorsicht,

---

[99] Ich wohnte in Nürnberg-Moorenbrunn und dort war Hutzelmeiers Großmarkt, Hugroma, bei der Bevölkerung als „Huggi" geläufig.

der Stau beginnt hinter einem unübersichtlichen Turm Raviolidosen. Achtung, Käufer in der siebten Einkaufsstraße! Zwischen Salzletten und französischem Landwein kommt Ihnen ein Falschkäufer entgegen. Bitte halten Sie sich rechts und greifen Sie bei allen Produkten zu. Wir melden Ihnen, wenn der Falschkäufer an der Kasse angekommen ist. - Soweit die neuesten Verkehrsnachrichten. Wir machen weiter mit Musik.
BIII Signal.

O ja, aktuelle Verkehrsnachrichten im Supermarkt könnten das Leben um so vieles leichter machen. Auf geht's! Peng, voll gegen **Ananasdosen**! Typisch: Ich soll hier einkaufen und die Mitarbeiter dieses Warentempels bauen **babylonische** Türmchen aus Konserven mitten in den Weg. Die gesammelten Erbsen im Sonderangebot geraten in höchste Gefahr, weil ich in meinem Zorn das Tempolimit überschreite.

Nun zu den **Nudel**. Oh! Wie reizvoll, aus drei verschiedene Marken mit zwölf verschiedenen Sorten auswählen zu können. Dann darfst du dir erstens überlegen, was du mit den Nudeln mal anfangen willst, dann schaust du zweitens, wo die gerade versteckt wurden und machst diese Prozedur drittens noch mal bei den beiden Konkurrenzsorten. Schließlich willst du das beste Angebot für dein sauer verdientes Geld. Im **Superdauersonderangebot** Miracoli für die 12-köpfige Familie; da lacht das Singleherz!

BIII Signal (Kazoo): *Achtung, auf der fünften Einkaufsstraße ist ein neues Sonderangebot: 133 Stangen Spaghetti für nur 1.27. Greifen Sie zu, solange das Wasser noch kocht. In der vierten Einkaufsstraße Stau wegen zweier **tratschender Hausfrauen**. Bitte weichen Sie über die dritte und fünfte Straße aus und stellen Sie Ihren Speiseplan entsprechend um. - Soweit die neuesten Verkehrsnachrichten. Wir machen weiter mit Musik.* BIII Signal.

Wodurch unterscheiden sich die **drei Eier Nudeln** von den Sieben Hennen Nudeln? Ist die Preisdifferenz durch etwas gerechtfertigt, in das ich nicht eingeweiht bin...

Auf zur **Tiefkühltruhe**! Ich hasse sie: Werden die obersten Produkte nicht doch zu warm aufbewahrt. Gerade Tiefkühlfische mögen das nicht und fangen leicht an zu stänkern. Also greife ich zu einer Schachtel von weiter unten. Aber ob die nun wiederum immer rechtzeitig erneuert werden? Sind da nicht nur die alten Harunge drin, denen das Lächeln auf den Lippen gefroren ist? Doch es ist so praktisch, wenn du nur ein bißchen Salzwasser in den Topf tust, das Tiefkühlzeug reinkippst und aufkochst. *Immerhin erspart dir dies eine Ehefrau.* Und diese ökonomische Komponente darf nicht unterschätzt werden.

BIII Signal (Kazoo):: Soeben kommt noch eine Nachricht von unserer Filialenpolizei. Die fünfte Straße ist völlig überfüllt. Zwei Kundinnen haben sich soeben mit 266 Stangen Spaghetti erschlagen. Geile Gaffer behindern die Reinigungsarbeit. Ortskundige Einkäufer werden gebeten, auf Sonderangebote zu verzichten und auf die Seifenstraße auszuweichen. An Kasse 5 erhalten Sie eine Videokassette des Vorfalles. -

Soweit die neuesten Verkehrsnachrichten. Wir machen weiter mit Musik. BIII Signal.

An den **Kassen** sind von den fünf nur zwei besetzt und beide Schlangen wunderbar lang. Der Supermarkt als Terrarium! *Der Kunde im Kassenkampf!* Verdammt, meine Schlange bewegt sich einfach nicht. Wahrscheinlich hat eine Kundin gerade ihren **Euroscheckkarte** verwechselt, sucht die Kassiererin noch den Kuli, meditiert Mama ihre <u>Geheimnummer</u> (*„Ach, Mutti, geh heim!"*) und dann muß die Kassiererin kurz mal zur Lottoannahme...

Selbstverständlich geht es in der **anderen Schlange** schneller voran. Natürlich. Das ist doch immer so. Jeder erlebt das täglich: Die andere Schlange ist schneller. Nur den Leuten aus der anderen Schlange begegnet man nie.

Aufpassen, jetzt kommt der **Engpaß**. Da sind viele schon in die Falle gelaufen: Du schiebst erwartungslos deinen Wagen vor dir her, und plötzlich bist du eingekeilt zwischen den Förderband links, Metallstangen rechts und dem Einkaufswagen des Idioten hinter dir. Vor dir hat eine Mutti ihre fünfköpfige Familie für sechs Wochen versorgt und du steckst in der Klemme, wo du jämmerlich verhungern wird, den Tiefkühlbarsch vor Augen...

Wenn du das überleben willst, ist der **Akrobat** in dir gefordert: Mit einer halben Übung am Reck erwischt du gerade noch deine mühsam gesammelten Waren und balancierst sie lächelnd auf das Band, das wieder einmal naß und klebrig vorwärtswackelt. Und mit einem verzweifelten **Salto vorwärts** liftest du dich selbst auf das Förderband, wo ein Lesegerät deine **DNA** einscannt und der Filialleiter dir ein Etikett auftuckert: Verfallsdatum abgelaufen.

Spätestens da weißt du: Das nächste Mal schick ich meine Alte...

15.1 Kassenkampf – Vorform

Puh, das war knapp. Fast ein Frontalzusammenstoß. Da wäre kein Glas heilgeblieben. Gibt es denn keine Warnungen, wenn Chaoten durch diese Straßen rasen? Grade heute, Samstag Vormittag, bei Hochbetrieb? Also, ich stelle mir das ganz plastisch vor und schaffe damit mindestens einen wichtigen Arbeitsplatz:

Ich stehe hier also beim Wochenendeinkauf in Minimalefix, meinem Supermarkt, als die stimulierende Säußelmusik, jene akustische Umweltverschmutzung zwischen Stille Nacht und "Wenn wir erklimmen.." unterbrochen wird:

BIII Signal (Kazoo):

Und nun unsere Verkehrsübersicht von Minimalefix: Stau in der dritten Einkaufsstraße zwischen Linseneintopf und heller Soße. Vorsicht, der Stau beginnt hinter einem unübersichtlichen Turm Raviolidosen. Achtung, Käufer in der siebten Einkaufsstraße! Zwischen Salzletten und französischem Landwein kommt Ihnen ein Falschkäufer entgegen. Bitte halten Sie sich rechts und greifen Sie bei allen Produkten zu. Wir melden Ihnen, wenn der Falschkäufer an der Kasse angekommen ist. Achtung, auf der fünften Einkaufsstraße ist ein neues Sonderangebot: 133 Stangen Spaghetti für nur 1.27. Greifen Sie zu, solange das Wasser noch kocht. In der vierten Einkaufsstraße Stau wegen zweier tratschender Hausfrauen. Bitte weichen Sie über die dritte und fünfte Straße aus und stellen Sie

Ihren Speiseplan entsprechend um. - Soeben kommt noch eine Nachricht von unserer Filialenpolizei. Die fünfte Straße ist völlig überfüllt. Zwei Kundinnen haben sich soeben mit 266 Stangen Spaghetti erschlagen. Geile Gaffer behindern die Reinigungsarbeit. Ortskundige Einkäufer werden gebeten, auf Sonderangebote zu verzichten und auf die Seifenstraße auszuweichen. Soweit die neuesten Verkehrsnachrichten. Wir machen weiter mit Musik.

BIII Signal. 1min

O ja, aktuelle Verkehrsnachrichten im Supermarkt könnten das Leben um so vieles leichter machen. Doch Schluß mit dem Traum! Zurück in unsere harte Käuferwirklichkeit! Die fünfte Straße ist also zu. Welche soll ich dann nehmen? Und wie meinen Speiseplan ändern? Oh, in der dritten ist Platz?! Das muß ich nutzen, koste, was es wolle! Peng, voll gegen Ananasdosen! Typisch: Ich soll hier einkaufen und die Mitarbeiter dieses Warentempels bauen babylonische Türmchen aus Konserven mitten in den Weg. Die gesammelten Erbsen im Sonderangebot geraten in höchste Gefahr, weil ich in meinem Zorn das Tempolimit überschreite. Jetzt muß ich noch bei den Nudeln vorbei. Freilich ist die Passage verstopft, weil sich dort noch die unausgepackten Kartons stapeln. Das tun die immer. Dauernd sieht man jemand auspacken - die Palette steht selbstverständlich quer -, aber nie sind die Einkaufsgassen frei. Also parke ich meinen Wagen irgendwo in der Gegend, zur Freude meiner Mitkunden, zwänge mich an den Kisten vorbei, bis ich die volle Nudelauswahl habe. Ich liebe unsere Überflußgesellschaft! Wie reizvoll, aus drei verschiedene Marken mit zwölf verschiedenen Sorten auswählen zu können. Dann darfst du dir erstens überlegen, was du mit den Nudeln mal anfangen willst und welche du willst, dann schaust du, wo die gerade eingeordnet - ungeordnet träfe besser zu - sind und machst diese Prozedur noch mal bei den beiden Konkurrenzsorten. Schließlich willst du das beste Angebot für dein sauer verdientes Geld. 2min

Es hupt hinter mir. O, ich habe wohl wieder einmal zu lange nachgedacht: Wodurch unterscheiden sich die drei Eier Nudeln von den Sieben Hennen Nudeln? Ist die Preisdifferenz durch etwas gerechtfertigt, in das ich nicht eingeweiht bin. Kaufe ich günstig und damit minderwertig? Kaufe ich teuer und damit neppig? Und rechnet sich mein Rechnen im Verhältnis von Zeitaufwand beim Denken und Suchen zu den ersparten Pfennigen?

Wahrscheinlich beeinträchtigen eben diese seelischen Schmerzen meine Fahrtüchtigkeit. Drei Zeilen weiter, genauer gesagt an der Ecke von Sauerkraut, Toastbrot und Schrubbern mißachte ich blindlings die Vorfahrt einer eifrigen Hausfrau. Crash! Blinker, Kotflügel und Stoßstange sind demoliert. Ach nein, die hat mein Einkaufswagen gar nicht, geschweige denn einen Airbag, und so bohrt sich die Lenkstange in meinen Magen. Mir bleibt schier die Luft weg. Meine Kontrahentin hingegen holt erst einmal Luft. Sie scheint sich auch verbrauchen zu wollen startet gerade zu einer angriffslustige Formulierung - Motto: Wohl keine Augen im Kopf, junger Mann -, Doch mein Wortschwall ist schneller. Eine Entschuldigung jagt die andere, eine Zerknirschung knirscht nach der anderen. Das scheint die Unfallbeteiligte noch mehr mitzunehmen als der Crash selber. Aber der Erguß meiner Worte läßt sie ruhig werden - sie hatte auch keine große Chance, dazwischen zu kommen. Als ich schließlich am Ende bin, scheint der Ärger verpufft: "Na, junger Mann, auf der Straße dürfte Ihnen das aber nicht passieren." Dann zieht sie kopfschüttelnd weiter. 3 1/2

...also noch zum Tiefkühlgemüse. Die Tiefkühltruhe hasse ich. Da wird einerseits der Supermarkt im Winter geheizt und andererseits steht die Tiefkühltruhe einfach offen. Werden die obersten Produkte nicht doch zu warm aufbewahrt. Gerade Tiefkühlfische mögen das nicht und fangen leicht an zu stänkern. Also greife ich zu einer Schachtel von weiter unten. Aber ob die nun wiederum immer rechtzeitig erneuert werden? Sind da nicht nur die alten Dinger drin, denen das Lächeln auf den Lippen gefroren ist. Doch es ist so praktisch, wenn du nur ein bißchen Salzwasser in den Topf tust, das Tiefkühlzeug reinkippst und aufkochst. Immerhin erspart dir dies eine Ehefrau. Und diese ökonomische Komponente darf nicht unterschätzt werden. 4Min

An der Kasse sind von den sieben nur zwei Kassen besetzt und beide Schlangen wunderbar lang. Der Supermarkt als Terrarium! Der Kund im Kassenkampf! Verdammt, die Schlange bewegt sich einfach nicht. Wahrscheinlich hat eine Kundin gerade ihren Euroscheck verlegt, muß ihn erst ausfüllen, sucht noch den Kuli, dann die versteckte Karte und dann... Selbstverständlich geht es in der anderen Schlange schneller voran. Natürlich. Das ist doch immer so. Jeder erlebt das täglich: Die andere Schlange ist schneller. Nur den Leuten aus der anderen Schlange begegnet man nie. Immerhin, jetzt scheint der Scheck ausgestellt zu sein. Die Kundin hat drei Kreuze gemacht und es geht zwei Trippelschritte weiter.

Aufpassen, nicht trödeln, nicht träumen, denn jetzt kommt der Engpaß. Da sind viele schon in die Falle gelaufen: Du schiebst erwartungslos deinen Wagen vor dir her, immer auf die Rücklichter des Vordermanns achtend und plötzlich bist du eingekeilt zwischen den Förderband links, Metallstangen rechts und dem Einkaufswagen des Idioten hinter dir. Vor dir hat eine Mutti ihre fünfköpfige Familie für sechs Wochen versorgt und du steckst in der Klemme, wo du jämmerlich verhungern wird, den Tiefkühlbarsch vor Augen, denn zwar kommt niemand mehr an dir und deinem Wagen vorbei. Du kommst allerdings auch nicht mehr an deinem Wagen vorbei. Und wenn du das überleben willst, ist der Akrobat in dir gefordert: Befördere deine Waren aus dem Wagen auf das Band. Ja, Artisten aller Welt, schaut her!

Was macht da nur ein altes Mütterchen mit 1.60m? Die kommt doch gar nicht mehr an ihre Sachen ran!

15.2 Kassenkampflied 1997
Melodie: Das Wandern ist des Müllers Lust

1. Der Supermarkt ist meine Lust...

Ich steh so gerne vor Regalen, ich bin so geil auf Auswahlqualen, wenn ich mir meinen Kaufrausch gönn' im Supermarkt. Im Suhuhu....

2. Das Schlangestehn ist meine Lust...

Ich kämpf so gerne den Kassenkampf, ich genieße täglich meinen Wadenkrampf, ich schieb an sieben Tagen... den Wagen... den Wahahaha...

3. Ich bin ein Kassenpatient

Der täglich an die Kasse rennt und in der Kassenschlange pennt, als Wirtschaftsstandortfußsoldat im Kassenkampf. Im Kahahaha,

Volker: P.S.: Warum heißt es Wirtschafts**stand**ort? Weil sich geistig nichts mehr bewegt. Man erkennt es: Weil der Konsumist in der Einkaufsschlange steht... meint unser Wirtschaftsminister **Rex-rothsocke**.[100]

---

[100] Günter Rexroth hieß der damalige Wirtschaftsminister (1993 bis 1998) (FDP)

1998: Apropos Supermarkt. Manche halten die Bundesrepublik für einen Selbstbedienungsladen. Die Kohlregierung etwa bediente sich bei der Bundesbahn, der Bundespost und der Rentenkasse. O ja, der Schmerz schmerzt links. Wie war das noch? Wir hatten einen Regierungswechsel. Kein Aufbruch, keine Ära, keine Aura, allenfalls einen Auto-kraten als Kanzler. Schröder ist eine Steigerungsform von Schrott. Und die SPD buchstabierte sich: Schrott produziert Debakel. *„Nur weil die andern schlechter sind, ist man noch nicht besser*...“ Das hätte Danton zu Robespierre sagen können.[101]

Fine

16 Messias Jesus – Terrorist aus Nahost?
Medial verarbeitet

Luther brachte Jesus zeitgemäß, das war sein Verdienst und Erfolg. Da haben wir noch ziemliche Defizite aufzuarbeiten. Wie sähe denn eine zeitgemäße mediale Verarbeitung des Messias aus?

16.1 Homestory

Zurück zu Jesus made in Bavaria, etwa Oberammergau: So ganz up-to-date ist die bayerische **Präsentation** freilich nicht. Wie sähe denn die mediale, zeitgemäße Verarbeitung des Messias heutzutage aus? Wir starten mit einer Home-Story: Der knorrige Sepp neben seiner Hütte wird eingeblendet. Wir befinden uns bei Josefs zuhause in Nazareth, Brüder und Schwestern erzählen aus der gemeinsamen Kindheit, dann taucht der berühmte Bruder selber aufn – souverän, als würde er die Kameras überhaupt nicht bemerken.

Seine Mutter kommt mit rührenden Geschichten aus der Kindheit ihres Erstgeborenen zu Wort. Damals, als man noch jeden Denar fünfmal umdrehen mußte und der König Herodes herrschte, mußten sie flüchten. Vom Germanenhäuptling Odoakar Schilchen Otto Schily als Halbflüchtlinge an der bayrischen Grenze abgewiesen, kamen sie schließlich nach **Ägypten**, wo man Juden gegenüber schon seit Jahrtausenden sehr kritisch gegenüberstand – das waren doch diese undankbaren Gastarbeiter, die unsere Jungs im Meer ersaufen ließen...

Aber immerhin: In Ägypten gibt es laut Reiseprospekt einen tollen Strand, und der ist doch so herrlich für Kinder. Klein Jesus also, er spielt am Strand und formt aus Sand kleine zwölf **Sperlinge**. Ich zitiere die Mitschrift: Und es war Sabbat, als er das tat. Es waren aber noch viele andere Kinder mit ihm zusammen beim Spiel. 3 Es sah aber ein Jude, was Jesus da beim Spielen am Sabbat tat, und ging spornstreichs hin und meldete seinem Vater Joseph: ‚Siehe, dein Knäblein steht da am Bach und hat Lehm genommen und zwölf Vöglein draus geformt und mit dieser Arbeit den Sabbat entweiht.' 4 Und Joseph kam an den Platz, sah's und schrie ihn an: ‚Warum tust du am Sabbat solche Dinge, die zu tun doch

---

[101] Für 1998 war dieser Kabarettbeitrag erstaunlich weitsichtig (2022).

nicht erlaubt ist?' Jesus aber klatschte in seine Hände und rief den Sper-
lingen zu und sagte ihnen: ‚Auf! Davon!' Und die Sperlinge schlugen mit
den Flügeln und machten sich schreiend davon..

Ist das nicht herzig?

Bruder Jakob mischt sich ein: Ja, als Jesus in die Pubertät kam, mußte
Josef den Bengel ermahnen. Daraufhin ließ Jesus seinen **Vater tot** um-
fallen. Maria kam hinzu und machte ihrem Sohn eine Szene: So geht man
nicht mit seinem Vater um. Kleinlaut weckt Jesus den Josef wieder von
den Toten auf...

Diese beiden Geschichten wurden tatsächlich notiert; wir finden sie in
den sog. Kindheitsevangelien aus den Anfängen der Christenheit, speziell im Thomasevangelium. Natürlich wird das alles in den Tresoren des
Vatikan verborgen gehalten. Da findet sich bekanntlich alles, was wir
nicht finden, nicht suchen, nicht kennen... also, der Vatikan ist böse und
seine Tresore ganz besonders. – Dort haben die das göttliche Rezept
gegen die Arbeitslosigkeit eingeschlossen.

Weiter geht es mit dem Gewühl der Journalisten im Privatleben Jesu:
Eine Homestory offenbart uns Details über das Alltagsleben eines Gottessohnes: Lieblingsspeisen, Schlafgewohnheiten, bevorzugte Fernsehsendungen. Stimmt es wirklich, dass er sich abends, wenn er müde vom
vielen Wundertun heimkommt, **gerne die Mose-DVDs reinzieht, vor allem mit dem Gang durchs Rote Meer**? Nicht selten mit einem kleinen
Seitenhieb auf den Vorfahren, denn er selbst wäre natürlich nicht durchs,
sondern übers Meer gegangen... Mühsam versucht er, seinen bayrischen
Dialekt aus dem Aramäischen herauszuhalten...

Maria bringt dann ein viertel Pfund **Fisch** und ein Brötchen. Jesus
macht daraus das **Familienessen** und es reicht auch noch für das Fern-
sehteam. Freilich bekommt der Reporter nach dem fünften Glas Jeus-
Wasser keinen vernünftigen Satz mehr heraus... und leider hat Jesus den
Nüchtern-mach-Zauber noch nicht drauf. Aber seine Eule ist schon auf
dem Weg zu Harry Potter.

Eigentlich wollte Jesus spontan noch ein Gleichnis erzählen, aber dafür
reicht die Sendezeit nicht. Angebot: Der Redaktion ein Skript zukommen
lassen. Vielleicht lässt sich ein Fernsehstück daraus machen. Jesus als
Holy-Ghost-Writer...

16.2 Galiläa-TV

Galiläa-TV spielt zur besten Nachmittagszeit noch Interviews mit Ge-
heilten, Gegnern und Anhängern ein. Ich meine natürlich Galiläa-TV, den
Gesundheitskanal. Aus dem US-Fernsehen hatte man die besten TV-Hei-
lungen von 2005-2010 zusammen geschnitten. Beeindruckend, wenngleich sie zugleich dokumentieren, dass mit einer körperlichen Heilung
nicht zwangsläufig auch eine intellektuelle Gesundung verbunden ist.

Auf **Super-Gali-geili-TV** erlebt man den verwegenen Judas. Die Kamera schwenkt auf seinen rotgefleckten Dolch, wegen dessen man ihn
auch **Iskariot**, den Dolchträger nennt. Er äußert ganz abenteuerliche

Ideen zur Befreiung des Heiligen Landes von der Besatzungsmacht. Über die keltischen **Galater**, also die türkischen Gallier, man könnte auch sagen: die kleinasiatischen Franzosen – bekannt durch den Galaterbrief - möchte er Kontakte nach Gallien knüpfen. Dort gäbe es zwei international bekannte Heimat-Helden, einen kleinen Blonden und einen großen, den man nicht dick nennen dürfe. Die könnte man zur Hilfe holen. Mit seinem Freund Petrus hätte er sich bereits als gemeinsames Symbol den Hahn erwählt. Petrus und Judas gelten als Franco-phil. Ansonsten? Mit Jesus für die Freiheit! In wenigen Jahren wird in jeder galiläischen Hütte ein Poster von Jesus hängen. Jesus macht frei – erklärt Judas und lässt seinen Dolch blitzen.

Diese Sendung hatte leider unerwünschte Folgen. Das **Weiße Haus in Rom**, die römische Besatzungsmacht mischte sich ein, der Redakteur – inzwischen wieder nüchtern – wurde fristlos entlassen. Wenig später kam Jesus – der die Sendungen leider verpasste, da er gerade diverse Bergpredigten zu halten hatte und seine Termine nur einhalten konnte, indem er hastig übers Wasser rannte... (was leider nur auf einer verwackelten Amateuraufnahme dokumentiert ist) – er kam also nach Jerusalem, der Hauptstadt.

16.3 Pilatus toppt G.W.Bush

Damit beginnen die spektakuläreren Sendungen, die übers Vorabendprogramm auch noch in die **Hauptsendezeit** genommen wurden. Dazu zählt an vorderster Stelle die _im Stile des guten alten und **noch nicht entdeckten Amerika**_ präsentierte offizielle TV-Version der Hinrichtung. – Pontius Pilatus toppte z.B George W. Bush; während der Texaner mehr Menschen hinrichten ließ als alle anderen US-Gouverneure zusammen, brachte es Pilatus auf über eine Kreuzigung pro Tag -.

Die Live-Übertragung war angesichts der Länge selbst für _passionierte_ – oh, wie sinnig! Passioniert! - Kinogänger nur durch die Werbepausen zu ertragen: Keine Kreuzigung ohne Dorn-kron-bacher: Ausge_merkel_t nimmt der Delinquent einen tiefen Schluck, seinen Henkersschluck; automatisch greifen alle Zuschauer ebenfalls zur Flasche...

Ansonsten berichteten Hauptstadtreporter ziemlich nüchtern: dieser Mann hätte versucht, eine **Revolte** gegen die römische Supermacht anzuzetteln. Unbestätigten Gerüchten zufolge wäre er von einem höllischen Kriegstreiber namens Satan (andere Quellen nennen ihn Saddam) aufgefordert worden, _vom Tempeldach zu springen und gegen den Palast des Pilatus zu fliegen._ Sehr glaubwürdig schien diese Version nicht. Anderseits beschrieben ihn etliche Zeitgenossen als chronischen Mekkerer. Und die Mekkerer kommen bekanntlich **aus Mekka**, wo ja auch **die Bin Ladens hausen**, die gerne gegen Bauwerke fliegen lassen. Immerhin sind sie in der Baubranche tätig..

Aber dann erst kam der Hammer. Die Kreuzigung war ja noch ordentlich gefilmt, und auf den Pay-Kanälen aus verschiedenen Blickwinkeln – _oh,_ *verschieden, wie doppeldeutig!* – zu betrachten. – nur echt mit einer Tüte Pop-corn, oder, wie die Russen sagen: echt **cross, ej.**

Wenige Tage später erschienen Amateuervideos auf dem Markt: Die Terrorgruppe in ihrem Jerusalemer Versteck heimlich gefilmt. Plötzlich – die Kamera zeigt erst den Boden, dann die Decke und schließlich: - betritt der jüngst Hingerichtete den Raum. Freilich ohne Türbenutzung – Schwenk zur verbarrikadierten Tür. Der zufällig anwesende Simon, auch Petrus genannt, hatte ebenso zufällig eine **Zeitung zur Hand mit dem aktuellen Datum. Diese hielt Jesus demonstrativ vor sich: Die Auferstehung ist authentisch.** Provokativ: Er blättert um und zeigt auf Seite vier ein Bild von seiner Hinrichtung. Dieses Video kommt sogar in die Tagesschau; die Tantiemen fließen nach Rom und werden zwischengelagert bis in ein paar Jahrhunderten die Banca Spiritu Sanctu gegründet wird und mit einem phänomenalen Startkapital an die Börse gehen kann. **Jesu Schwarzer Freitag wird zu einem fiskalischen Jungbrunnen weltweit...** Kreuze werden bekanntlich sogar mit Brillanten verziert veräußert. Freilich ohne Blutflecken... ... höchstens mit Rubinen.

Alternativ: Freilich ohne Blutflecken... zumindest ohne sichtbare, denn zu Diamanten gehört immer Menschenblut.

16.4 Auferstehungsunterlagen verschwunden

Alle Medien und Mitteilungen über dieses außerordentliche Geschehen verschwanden jedoch auf unerklärliche Weise – wie immer wird hier zuerst der Vatikan verdächtigt, den es damals freilich noch nicht gab, was die Verdächtiger nicht stört - bis im Herbst 2005 Materialien auftauchten. Weihnachten 2005 kamen die Auferstehungsvideos auf DVD in den Handel.

Eilig zusammengerufen revidierte daraufhin das Bundesverwaltungsgericht sein Kruzifixurteil. Ab dem Jahre 2077 darf in den deutschen Schulen wieder ein Kruzifix neben dem **obligaten Kopftuch** positioniert werden. Wesentlich früher, nämlich im Frühjahr 2006 (alternativ 2011 / 2013), stürmt **Elton John** die Charts mit seinem aktuellen Hit: Candle on the cross. Nach rechtlichen Auseinandersetzungen mit der Lady-Di-Stiftung (Sancta Diana Foundation) zieht er das Machwerk wieder zurück und ersetzt es durch Cruzifixus-Rock. *Dieses Lied gefällt Gott-Vater derart gut, dass er den lieben Elton sofort zu sich holt. Dort rockt er mit himmelblauer Brille auf der Harfe, unterstützt von Jimi Hendrix und Elvis Presley... Die vereinigten verschiedenen Päpste fungieren bei diversen Open-heaven-Festivals als Background-chor, dank ihrer Unfehlbarkeit verfügen sie über das absolute gehör und dank ihrer vielstimmigen Unfehlbarkeit erklingen sie polyphon. Und die Engel schwingen Wunderkerzen.*

Nein, Schluß mit dieser Fantasie einer zeitgemäßen medialen Präsentation Jesu. Auch wenn sie nicht unbeträchtlich Spaß macht und uns zeigt, was wir am echten Evangelium wirklich haben.

Das weiß auch George Bush, denn er hat ja den Wahlkampf mit den Evangelikalen gewonnen. Argument: gegen Abtreibung mit Todesstrafe und Irak-Krieg. Dabei war dieser Irak-Krieg so unstrategisch.

16.5 Messias Jesus – Terrorist aus Nahost? Medial verarbeitet

Am liebsten wäre ich Science-fiction-Autor. Das ist Märchenerzählen auf höchstem Niveau... Mein Favorit wäre ein TV-Team mit einer Zeitmaschine. Und während andere danach gieren, **heute, am 12.3.2013 im Vatikan zu sein, in der Sixtinischen Kapelle und dort die Wahl des Nachfolgers von Jesus Christus zu erleben,** wäre mein Team schon auf dem Weg zum Original, nicht zum ordensblassen Plagiat. Freilich, einen kinderlosen Asexuellen als Vater zu bezeichnen, gar als Heiligen Vater, hat schon was Unverfrorenes an sich. Ich fürchte, unsere protestantische Kanzlerin hat sich von ihren Sünden bei ihm freigekauft und zahlt damit, dass sie ein Gesetz tolerieren lässt, in dem auch nicht heterosexuell aktive Männer zu Vätern werden können... wer weiß, was bei so einer Papstaudienz eine Pfarrerstochter abdrückt... Wer weiß, wie bevölkert bald katholische Pfarrhäuser sein werden...

Doch ich will zum Original, lockere 2000 zurück, mit meinem TV-Team, geschult bei RTL; sie setzen sich also in ihren Produktionsbus und starten. Zeitreisen sind bekanntlich zeitver-lustlos, wenngleich man bei manchen dann doch des Niveaus verlustig geht. Schauen wir uns an, was im Gebirge in Galiäa, im Nahen Osten, in einem Kaff namens Nazareth vor sich geht: Da sitzt gleich zu Anfang der knorrige Sepp neben seiner Hütte. Ein sonorer Reporter erklärt uns: Das ist Nazareth. Ein paar Jungs und Mädchen nicken eifrig: Ja, das ist Nazareth. "Und Du bist also der kleine Bruder von Jesus..." fragt der investigative Reporter und blickt nach oben. Der junge Mann, einen Kopf größer, schaut ihn an: "Ja, ich bin Jakob, Jesusbrudder..." Wir merken schon, diese Szene müssen wir nicht en Detail wiedergeben. Aber die Programmzeit will ja gefüllt werden, wie wir beim Abflug des Papstes schon merken konnten... Zurück zu den Jungs und Mädels: Da taucht unversehens der berühmte Bruder selber auf - souverän, als würde er die Kameras überhaupt nicht bemerken. "Lasst die Paparazzis zu mir kommen...."

So stürzen sich meine Reporter auf das aufregende Privatleben Jesu. Nun wissen wir, was wir schon immer wissen wollten: Eine **Homestory** offenbart uns Details über das Alltagsleben eines Gottessohnes: Lieblingsspeisen, Schlafgewohnheiten, bevorzugte Fernsehsendungen.

Von der vielen Arbeit sind meine Jungs inzwischen hungrig, die Heilige Familie ebenfalls: Maria serviert ein viertel Pfund **Fisch** und ein Brötchen. Jesus macht daraus das Familienessen.

Dank meiner hervorragenden Zeitmaschine wurde parallel zum Interview der Mittelmeerraum flächendeckend mit Flachbildschirmen versorgt. Mit sich selbst erneuernden Akkus, die man frisch aus dem 23. Jahrhundert importiert hatte. Zeitversetzte Sendungen sind kein Problem, diesmal wurden die Sendungen eben um 1983 Jahre zeitversetzt. Und so kann alles funktionieren, finanziert natürlich mit Werbungen...

Inzwischen sind meine Reporter wieder zurück, ohne Zeitverlust übrigens, ich weiß gar nicht, weshalb die überhaupt etwas dafür wollen... Ich habe echt starkes Material. Interview mit Maria über Verhütungsprobleme beim Kontakt mit dem Heiligen Geist. Originalzitat: "Mit Kon-Dom wär' das nicht passiert." Titel der Sendung: Mary-Leaks. Da kriegt der neue Papst gleich ne Menge Arbeit. Da freu ich mich drauf!

17 Thesen zum Kreuz

17.1 Publik Relation und Kreuz

Wie gesagt, gute PR ist rar. Das BVG - Sitz in Karlsruhe, - gepackt vom Erbarmen mit den dillettierenden Kirchen - riß entschlossen die Öffentlichkeitsarbeit an sich und veröffentlichte direkt ins aufnahmewillige letztjährige Sommerloch sein mittlerweile sagenumwogenes, publizistisch unvergleichlich erfolgreiches Kruzifixurteil.

Auch 2002 kam das Kreuz nicht aus den Sälen des BVG. Es ist erstaunlich, wie problemlos das Leben mancher Menschen sein muß, wenn Sie so nachhaltig prozessieren. Oder sollte die Prozesslawine ein verborgenes Bedürfnis der Kläger nach Prozessionen befriedigen, zusagen ein krypto-katholisches Verlangen? Wie dem auch sei:

Die Retter des Abendlandes hocken bekanntlich in den Alpentälern, weil da am Abend die Sonne schneller untergeht und kreuzten sofort ihre Klingen mit Karlsruhe. Mein Ruh ist hin, mein Schwert ist schwer, mein Kreuzlein find ich nimmermehr. Ich macht es bei der CSU – jetzt konfiszierte es Karlsruh! - und drauß bis du![102]

Rainer: Reaktionen aus der Öffentlichkeit, in unserer Redaktion gesammelt:

a) Heiner: Deutschland reagiert wie von der Kreuzotter gebissen.

b) R: Der Bund Naturschutz erklärte daraufhin die Kreuzotter zum Tier des Jahres.

c) H: Bei Obi waren Kreuzschlitzschlüssel aus den Regalen verschwunden. Man konnte nur noch ihre grauen Schatten ahnen.

d) Der Bundesverkehrsminister stand wie ein Mann hinter sich und verkündete: Deutschlands Kreuzungen bleiben erhalten. Daraufhin rief der ADAC zum Straßenkreuzzug auf.

e) Die Konferenz der Kultusminister veröffentlichte ihren sogenannten Kreuzsticherlaß für den Handarbeitsunterricht, wobei die Arbeitsvorlage der Schülerinnen Wahlzettel waren.

---

[102] NN 26.5.22 München - Kaum war Markus Söder im Amt als Ministerpräsident, ließ er in allen staatlichen Behörden ein Kreuz aufhängen. Jetzt müssen Bayerns höchste Richter entscheiden, ob das rechtens war...

Es waren düstere Bilder und von Markus Söder gewiss so nicht beabsichtigt. Mit großer Geste hängte er ein Kreuz im Eingangsbereich der Staatskanzlei auf, doch als die Fotografen abdrückten, gab ihm das Licht fast etwas Diabolisches.

f) Das Quartett der föderalen Wissenschaftsminister untersagte bis auf Weiteres Kreuzungen in gentechnischen Laboren und deutschen Tiergärten; des weiteren seien in staatlichen Forschungseinrichtungen Kreuze abzuhängen und ein Konterfei des Amtsinhabers aufzuhängen.

g) Der Freizeitchor deutscher Wissenschaftler publizierte daraufhin eine CD mit dem zündenden Titel: O hängt ihn auf.

h) Gregor Gysi lehnte aus Gewissensgründen das Bundesverdienstkreuz ab, das ihm gar nicht angeboten worden war.[103]

i) Der Kanzler klagte über Kreuzschmerzen; sein Arzt führte sie auf sein Übergewicht zurück und verordnete eine Dosis Rückgrat sowie Lean-Management in der Kohlschen Küche.

j) Hannelore Kohl konzipierte entschlossen ein neues Kochbuch. Titel: Wo Messer und Gabel sich kreuzen.

k) Klaus Kinkel unterbrach seine Kreuzfahrt durch das Meer der Nullen und focht die letzten Wahlen an: Vom Urnengang wären alle Atheisten ausgeschlossen gewesen, da bei der Abstimmung nur Kreuze anerkannt worden wären. Die Atheisten aber seien die traditionelle Klientel der FDP.[104]

l) Der Wahlausschuß wies die Beschwerde zurück: Angesichts der FDP schlüge ohnedies jedermann nur noch ein Kreuz.

m)   Die CSU versammelte sich in Bad Kreuz, nahm zwei Bretter von ihrem Kopf und bayerte kreuzfidel gegen das BVG. Gegen die das höchste deutsche Gericht besudelnden autonomen Chaoten aus München waren die acht Robenträger machtlos.

n) Der Münchner Kardinal rief zum plebiszitären Exorzismus auf und wetterte[105] ajatoll nach Südwest: gegen die rotgekleideten Herren vom Bundes-Vampir-Gericht helfen Knoblauch, Kreuze und Pflöcke in der Brust...

o) Der Verteidigungminister ließ sämtliche Fadenkreuze durch Kimme und Korn ersetzen und erhielt eine Sonderration Dornkaat. (2016: Die Verteidigungsministerin ließ sämtliche Fadenkreuze durch Kimme und Korn ersetzen und erhielt eine Sonderration Haarfestiger. Daraufhin ließ sie die gesamte Truppe mit dem Eisernen Kreuz auszeichnen.

p) Aus Schottland beschwerte sich Nessie: Das Sommerloch gehöre ihr und Kruzifixe hätten darin nichts verloren. Nachdem abermals ihre

---

[103] Frau Petri lehnte aus Gewissensgründen das Bundesverdienstkreuz ab, das ihr gar nicht angeboten worden war. (Ehemalige Vorsitzende der rechtsradikalen AfD, später ausgetreten…)

[104] Spätere Version: Guido Ost-erdelle focht die letzten Wahlen an: Vom Urnengang wären alle Atheisten ausgeschlossen gewesen, da bei der Abstimmung nur Kreuze anerkannt wurden. Die Atheisten aber seien die traditionelle Klientel der FDP. (Westerwelle…)

[105] Kardinal Wetter

Existenz bezweifelt wurde, wandte sie sich verzweifelt an ihren Psychiater.

q) Aber der hatte gerade Yeti in Arbeit. Reinhold Mesner hatte vor seinen Augen das Gipfelkreuz vom Mount Everest entfernt, als der Kreuzwegwächter Harpe Kerkeling gerade mal weg war..

r) Nachdem dem Roten Kreuz aufgrund einer einstweiligen Verfügung der Zugang zu Patienten ohne gültigen Ich-sage-Ja-zum-Kreuz-Ausweisen untersagt worden war, mußten die Friedhofsangestellten wochenlang Sonderschichten fahren,.

s) Der Deutsche Chirurgenverband schlug eine bundesweite Aktion: Entfernen von Kreuzbein und Kreuzband vor.

t) Das BVG erklärte nach nächtelangen Diskussionen den Fluch "Kruzifix" für verfassungswidrig. Für bayrische Eingeborene mit Stammesnachweis wurde ein Minderheitenschutzgesetz erlassen.

u) Der Verfassungsschutz nahm daraufhin 9,3 Millionen Bundesbürger ins Kreuzverhör.[106]

v) Die Republikaner kreuzten unerwartet aus ihrem Nichts auf und erklärten, der Fluch "Kruzitürken" sei durch die Meinungsfreiheit gedeckt und verfassungskonform. Außerdem sei er nicht ausländerfeindlich, sondern lediglich türkenkritisch und das seien die Kurden bekanntlich auch. [107]

w) Daraufhin erläuterte das BVG sein Urteil noch einmal, so daß es endgültig niemand mehr verstand. Verstand hatte man Schneewittchen und den sieben Zwergen aus Karlsruhe ohnedies nicht mehr zugetraut.

x) Der Kölner Karnevalsverein dankte Karnelvalsruhe, Verzeihung: Karlsruhe für seine Schnapsidee und machte die Lachnummer zum Umzugsmotto.

y) Die Kirchen... verharrten im stillen Gebet. (fromme Haltung)

17.2 Kruzifixblitzlichter 1996, 1998, 2002, 2010; 2016;

Reaktionen aus der Öffentlichkeit, in unserer Redaktion gesammelt:

"Thesen zum Kreuz" 1996 Kempten 96

Wir erinnern uns: Das BVG - Sitz in Karlsruhe, - gepackt vom Erbarmen mit den dilettierenden Kirchen - riß entschlossen die Öffentlichkeitsarbeit an sich und veröffentlichte sein mittlerweile sagenumwogenes, publizistisch unvergleichlich erfolgreiches Kruzifixurteil.

Auch im Jahr 2002 kam das Kreuz nicht aus den Sälen des BVG. Es ist erstaunlich, wie problemlos das Leben mancher Menschen sein muß,

---

[106] Der Verfassungsschutz nahm daraufhin 9,3 Millionen vorwiegend süddeutsche Bundesbürger ins Kreuzverhör, bekam aber außer „damische Braisn, damische!" nichts zu hören.

[107] Spätere Version: Die AfD erklärte, der Fluch "Kruzitürken" sei durch die Meinungsfreiheit gedeckt und verfassungskonform. Außerdem sei er nicht ausländerfeindlich, sondern lediglich türkenkritisch und das seien die Kurden bekanntlich auch.

wenn Sie so nachhaltig prozessieren. Oder sollte die Prozesslawine vielleicht ein verborgenes Bedürfnis der Kläger nach Prozessionen befriedigen, zusagen ein krypto-katholisches Verlangen? Wie dem auch sei. Die Retter des Abendlandes hocken bekanntlich in den Alpentälern, weil da am Abend die Sonne schneller untergeht und kreuzten sofort ihre Klingen mit Karlsruhe. Mein Ruh ist hin, mein Schwert ist schwer, mein Kreuzlein find ich nimmermehr. Ich macht es bei der CSU - und draus bis du!

Ich macht es bei der CSU – jetzt konfiszierte es Karlsruh!

Reaktionen aus der Öffentlichkeit, in unserer Redaktion gesammelt:

1.1.1   O, Herr Adenauer! für das ZDF

Diese Variante speist sich aus dem bisherigen, wurde extra für das ZDF angefertigt, aber dann nicht gesendet… Lügenpresse!!!

Telefon . Er zieht das Handy heraus.

P: O, Herr Adenauer! Sie am Apparat? Ich wähnte Sie längst im Jenseits. Ach was, auch der Prominentenhimmel ist jetzt vernetzt? Sie sind der Geisterfahrer auf der Datenautobahn? Ach, als erster Internetkanzler wollen Sie wissen, was so im Diesseits läuft? Was aus der Freiheit geworden ist? Unsere Freiheit ist tot... - nein, nicht tot, sondern total, absolut, grenzenlos. Jeder esse, was er kann, nur nicht seinen Nebenmann! Haha, Kurzfassung des Grundgesetzes. Wird bei den Arbeitsessen des Wirtschaftsministers natürlich leicht verändert, wenn Kannibalen mit am Tisch sitzen. - Was die Frauen dazu sagen? Tja, sehr verehrter Herr Altkanzler, bei Frauen heißt es: Jede fresse wie die Sau, notfalls ihre Nebenfrau. Haha, Kurzfassung des Feminismus.

Feminismus kennen Sie nicht? Brauchen Sie auch nicht zu kennen. Ist nichts für Männer. Machen Frauen mit sich selbst aus. Die meisten Frauen sind sowieso dagegen. Haben neben Kinder, Küche und Kundendienst einfach keine Zeit dafür.

Wo Ihre liebe Kirche bleibt? Herr Jenseitskanzler, die hat einfach Probleme, ihr Produkt zu vermarkten, miserable Öffentlichkeitsarbeit, ist inzwischen auf Profiunternehmen angewiesen. Letztes Jahr übernahm die Werbung das Bundesverfassungsgericht in Karlsruhe. Jetzt ist eine Frau unter den acht Juristen, deswegen nennt man es auch Schneewittchen und die 7 Zwerge. Also, die packte einfach das Erbarmen mit den dilettierenden Kirchen; sie rissen entschlossen die Öffentlichkeitsarbeit an sich und veröffentlichten direkt ins aufnahmewillige Sommerloch ihr mittlerweile sagenumwogenes, nachrichtenmäßig unvergleichlich erfolgreiches Kruzifixurteil.

Wenn ich Ihnen ein paar Reaktionen schildern darf:

• Ihr Enkel, der Kanzler klagte über Kreuzschmerzen; sein Arzt verordnete Lean-Management in der Kohlschen Küche.

1. Alice Schwarzer weigerte sich beharrlich, das Kreuz unten am Weiblichkeitssymbol zu entfernen: „Mein Kreuz gehört mir!"

2. Die Bundesbildungsministerin Gülen Ülgür erließ einen Erlass: Aus Gründen staatlicher Religionsneutralität seien Kreuze zu verschleiern. Die Schleier hätten – so wurde betont – keine ästhetischen Gründe. Das hätten die Bürger freilich besser verstanden. Die Schleier konnte man nicht verschleiern.

3. Die FDA, die Freien Deutschen Astronomen, beauftragen die NASA, das Kreuz des Südens vom Himmel zu entfernen.

4. Die Friedhofsangestellten müssen bundesweit Sonderschichten fahren, nachdem dem Roten Kreuz aufgrund einer einstweiligen Verfügung der Zugang zu

Patienten ohne gültigen Ich-sage-Ja-zum-Kreuz-Ausweisen untersagt worden war. Der Erlass wurde auf Malteser und Johanniter ausgeweitet...

5. Die Grünen hängten ein Plakat vom Balkensepp auf und ahnten noch nicht, daß sie 1998 Jesus für ihren Bundestagswahlkampf engagieren wollten.
6. Die Reiseunternehmer hirnen noch über eine Alternative für Deutschland zur Kreuzfahrt. Was eine Rhein-Main-Donau-Kreuzfahrt mit Kreuzen zu tun hat, versteht ohnedies niemand.
7. Die vereinigten deutschen Illustrierten ersetzten anstandslos – wer hätte ihnen auch Anstand zugetraut – das beliebte Kreuzworträtsel durch Sodoku.
8. Eric Clapton veranstaltete ein Wohltätigkeitskonzert mit dem Titel „Crossroads".
9. Zwischenversion: Der des Hochdeutschen leider nur teilkundige Bundesverkehrsminister[108] steht wie ein Mann hinter sich und verkündet: Deutschlands Kreuzungen bleiben erhalten. Gleichzeitig ruft der ADAC zum Straßenkreuzzug auf. Letztlich setzte sich aber doch die Seniorenpartei „Graue Panther" durch, so dass deutschlandweit die Greis-Verkehre im Vormarsch sind.
10. Herr Bundeskanzler!!! Ich höre Sie nicht mehr? Sie sind entgeistert? Dann warten Sie mal, wenn ich Ihnen eine Euromaß serviere...

17.3 Lied: Wir wollten mal auf Kreuzfahrt geh'n...1

1. Wir wollten mal auf Kreuzfahrt geh'n, bis an das End' der Welt. Fünf Kerle warn wir, kreuzfidel, mit 1000 Kreuzern Geld....

Refrain: Heiheiheiheijo... wir sind nun einmal froh, wir geh'n auf große Fahrt, wir kreuzen durch die ganze Welt so recht nach Kreuzfahrerart.

2. Wir trafen Ritter Ivenhoe auf einem Schachturnier, der kreuzte seine Klingen und dann warn wir nur noch vier....
3. Old Shatterhand und Winnetou, so steht es bei Karl May -, die haben uns aufs Kreuz gelegt, da warn wir nur noch drei.
4. Am Gipfelkreuz blies Lorelei gar fein auf der Schalmei, das machte einen liebestoll und wir warn nur noch zwei.
5. Für kreuzungsfreies Autofahrn warb der ADAC. Von rechts kam forsch ein Caravan, und jetzt bin ich alee...

Refrain: Heiheiheiheijo... ich bin nun einmal froh, ich geh auf große Fahrt, ich kreuze durch die ganze Welt so recht nach Kreuzfahrerart.

1. Wir kreuzten auf dem Lottoschein sechs Richtige mutig an, doch leider kam die Kombination erst eine Woche später dran...
2. Quer durch die Wüste kreuzten wir auf einem Muli brav; hier kreuzten Pferd und Esel sich und trotzdem war's kein Schaf.
3. Im Fadenkreuz erkannte ich den Zaun am End' der Welt, fürs Ende war's mir doch zu früh auch wenn der Index fällt... Refrain: Heiheiheiheijo... ich bin nun einmal froh, ich geh auf große Fahrt, ich kreuze durch die ganze Welt so recht nach Kreuzfahrerart.

---

[108] Da die Bayern (CSU) dieses Ministerium okkupierten bis hin zum Maut-Geld-Schredderer (die Konservativen verstehen eben mehr vom Geld als die Sozis) Andreas Scheuer.

17.4 Krawatte und Kreuz 2011

O doch. Oft genug genügt ja schon ein Augenzwinkern, um die Lächer-
lichkeit der ernsten Menschen aufzudecken. Wie war das neulich? Da
wurde ein Angestellter entlassen, weil er keine Krawatte trug. Aber wer
trägt eigentlich Krawatten? Da sind zum Beispiel jene Männer - Frauen
sieht man da praktisch nie -, die für unsere Finanzwelt agieren. Krawatte
muss sein, das gehört zu einer anständigen Pleite. Krawatte muss sein,
das gehört zu einem Bankencrash. Krawatte muss sein, dass gehört zum
Verkauf von Panzern in Spannungsgebiete.

Krawatte? Das ich nicht lache… Heutzutage würde man Jesus nicht
mehr kreuzigen, man würde ihn an einer Krawatte aufhängen. Da vergeht
einem dann doch das Lachen; außer den Typen, die schon unter dem
Kreuz ihre Witze gemacht haben.

18 Wie auf der Erde, bloß nicht im Himmel (92/96/10)

18.1 Wie auf der Erde, bloß nicht im Himmel 1
(Melodie: This Land is...) Langsam! (E-Dur)

1) Wie auf der Erde, bloß nicht im Himmel, die einen Kuchen, die andern
Krümel, Gott gibt uns reichlich, wir werden's sehen , bei ihm wird's uns
himmlisch gehen.
2. Ob fünfzig Euro oder Millionen, Gott wird uns ohne Geld entlohnen.
Nicht die Trickser, nicht die Schlauen, er liebt die, die auf ihn vertrauen.
3. Ob evangelisch oder katholisch, ob mit Hostie oder alkoholisch, ob
Stola oder ob Talar, Gott zahlt in Christus für uns bar.
4) Es komme der Himmel auf diese Erde, daß diese Erde uns Himmel
werde. Gott will nicht über den Wolken thronen, will mit uns feiern, bei uns
wohnen.

18.1.1   Nach der Wiedervereinigung 1992

Nein! Das wollen wir nicht wirklich! Predigt auf der Kanzel, ja, aber Himmel auf Erden… der Himmel kann warten. Man stelle sich nur vor: im
Himmel ist ja alles vollkommen, da kann nichts besser werden. Wie ließe
sich da noch Wahlkampf machen? Oder alles ist ausreichend vorhanden:
Kein Anlaß mehr für Wirtschaftswachstum. Oder: Allein aus Gnade darfst

du da sein. Schluß mit "Leistung muss sich wieder lohnen!" Nein! Der Himmel, den will noch niemand. Denn der Himmel ist für Loser.

Stell dir vor: der Papst kommt in den Himmel. Selbstverständlich in einer Wolke aus Panzerglas. Geleitet von Body-Angeles. Und alle wollen seine Hand küssen. Stell dir vor, Angela Merkel kommt in den Himmel: Die göttliche BILD-Zeitung würde Schlagzeilen an das Himmelszelt werfen: Der erste echte Engel kommt. Oder Herr Westerwelle kommt in den Himmel: Natürlich als Außenminister auf Staatsbesuch, denn der FDP ist der Himmel nicht liberal genug; er würde vorher verkünden, dass ein Arbeitsessen mit dem lieben Gott auf Augenhöhe stattzufinden habe.

Der Himmel auf Erden? Das hieße ja: Der Papst bleibt draußen vor, nur Joseph Ratzinger darf rein, um zu überprüfen, ob Gott den Kriterien des Vatikans entspricht..

Gott toppt den Vatikan.
Gott ist Drei-Einig, der Vatikan nur Bi-Gott.[109]

Die Kanzlerin streift ihr Mandat ab, nur Angela Merkel darf rein. Und der Außenminister dankt ab; ob Guido Westerwelle rein kommt, hängt bloß noch davon ab, ob er überhaupt will. Der Himmel auf Erden? Dass ist ja ein Horror für alle, die etwas erreicht haben. Schlimmer noch als der Kommunismus, denn im Himmel gibt es nicht einmal Parteibonzen.

Lacht der Teufel: Weshalb habt Ihr Angst vor mir? Wenn Ihr eines fürchtet, dann den Himmel, denn: Der Himmel ist anders.

18.1.2   Lutherjahr 1996:

Inzwischen kennt selbst der Kanzler[110] den Club of Rome mit seinem Werk über die Grenzen des Wachstums. Wirtschaftsminister Rexrodt kennt ihn nicht; kein Wunder, denn das klassische Exempel für Minus-Wachstum ist die FDP, die flotte demoskopische Pleite. Klassisch und tragisch. Noch bedeutungsloser als die FDP ist jene Initiative, die ein gewisser Dr. Martin Luther startete, der unberühmte Club of Dome. Bis heute unterschlägt der Vatikan sein Meisterwerk über "Die Grenzen des Schwachsinns".

Martin **Luther** stand damals am Scheideweg: Werde ich **Kabarettist oder** lieber gleich **Priester**. Wir wissen, wie die Geschichte weiterging und welch großartiger Satiriker damit der Kunstwelt verloren ging. In seiner visionären Art verfaßte der Hobbykabarettist Martin Luther eine kleine Szene, welche ein Schlaglicht auf die üblen Praktiken des Ablaßhandels werfen sollte. Um der Zensur zu entgehen, griff er zu einem beliebten literarischen Trick und verlegte die Szene science-fiction-mäßig in das 21. Jahrhundert. Sie spielt also etwa in unseren Tagen, allerdings nicht hier bei uns, sondern im Himmel; und wir wünschen uns ja alle, daß es dort wie bei uns zu geht...

---

[109] 25.5.22 00:00

[110] Helmut Kohl. Aber hier kann sich der Autor auch täuschen.

18.1.3 Vorbemerkung Lutherdekade 2007-2017:

Da wird auch Dein Herz sein... Wer die Erde liebt, müßte sich vor dem Himmel fürchten, denn hat er zu bieten, was Dein Herz will? Macht, Erfolg, Wirtschaftswachstum, Gentechnik, Konsumismus? Die Diskrepanz zwischen menschlichen Zielen und Erfüllungen einerseits und christlichen Verheißungen andererseits läßt sich nur satirisch bewältigen. Wir helfen dabei! Vom KV-Alltag bis zum event-gestylten Messias! Lachen wirkt lebensverlängert. Lassen wir die Kirche lachen, auch über sich selbst (Insiderwitze sind die besten!).

In der Lutherdekade religiös formuliert: „Man kann nicht zwei Herren dienen, Gott und dem Mammon." Doch, man / frau kann! Und das wird hier mit den Mitteln des Kabaretts dargelegt. Unterhaltsam wie eine an Jesu Gleichnissen orientierte Botschaft sein sollte...

18.2 Szene 1: Wie auf Erden, so bloß nicht im Himmel 1992

(Version: Kirchentag= Luzifer: ich Petrus: Rainer
(eventuell Petra: Emanzipation im Himmel)

Es hat sich viel getan auf der Welt und in unserem Land in den letzten Jahren. Man könnte glatt den Überblick verlieren. Geh'n wir an einen Ort, wo zwei sitzen, die den Überblick haben, eben nach oben.

Auf Wolke 347 - nahe der Himmelstüre - ist Stammtisch. Die Stammtischbrüder Petrus Sanktus und Luziferus sind etwas früher eingetroffen. Sie nutzen die Zeit, ein wenig ewig über ihre Probleme zu plauschen.

P: Na, was macht die Hölle? War's heiß heute?

L: Die Hölle, naja, nix bsonders, der tägliche Zank mit den Schiedsrichtern und Advokaten.

P: Vergiß die kirchlichen Würdenträger nicht...

L: ich vergeß die bestimmt nicht. Wenn ich mir nicht selbst schaden würde, hätte ich sie längst alle zum Teufel gejagt...

P: Ja, so ist das Leben

L: nach dem Tod...

P: Hättest du was Anständiges gelernt, müßtest du dich nicht mit dem Gesindel rumärgern.

L: Hätt' ich vielleicht Fischer werden sollen?

P: Komm, Luzi, laß das Streiten; bist wohl ein wenig überarbeitet.

L: Überarbeitet? Ha! Daß ich nicht lache. Überarbeitet! Naja, an der Himmelspforte muß man ja weltfremd werden.

P: Sag schon, was ist los.

L: Chaos, das ist es. Umwertung der Werte. Wie ich träume von den 60ern mit dem kalten Krieg, den 80ern mit dem Nachrüstungsbeschluß[111], achja, da war die Welt noch in Ordnung, da gab's die Guten und die Bösen...

---

[111] Die evangelische Friedensbewegung agierte hier sehr nachhaltig gegen Rüstungswettlauf, besonders auf dem Kirchentag in Hannover mit den lila Friedenshalstüchern. Viele erinnert sich auch 2022 beim Ukraine-Krieg daran, dass diese Kirche friedensbewegt war. Das sollte allerdings auch im Kriegsfall relevant werden. Es reicht schon, dass dies Kirche bei der Corona-pandemie oft genug den Schwanz einkniff, etwa als Gottes-

P: Gute und Böse gibt's immer noch. Wo liegt dein Problem?

L: Satanaxas! Der Heilige Michael, der mir meine Probleme geschaffen!

P: Michael, aber der tut doch nix Böses, der hockt auf seiner Wolke und säuselt sein Luja.

L: Ach was, doch nicht dein alter Heiliger. Nein, der Heilige Michael. Michael von Rußland. Gorbatschow[112]!

P: Gorbi? Ach so der. Aber wieso Heilig? Heilig wird man doch erst nach dem Tod, oder?

L: Politisch ist der auch schon tot. Aber was der angerichtet in den paar Jahren, wo er die Welt unsicher gemacht hat! Der Durcheinanderbringer[113] schlechthin! Ich bin ein Waisenknabe gegen den. Da, wo in unheiliger Eintracht Staatsmänner aller westlichen Länder meine Heimat und Brutstätte vermuteten, ist die neue Zeit angebrochen: Osten, Reich des Bösen, das war einmal.

P: Laß das Jammern, Kumpel! Manchmal hat man den Eindruck, daß du dort unheimlich zugelegt hast.

L: Ach, was, die paar Kriege! Vergleiche das mal mit meinen ungeheuren Territorialverlusten! Das muß ein Teufel erst mal verkraften.

P: Aber du wirst doch deinem Spezi nicht weißmachen wollen, daß du mit deinen Listen, Finten und Tücken nicht schon eine neue Strategie entwickelt hast. Raus mit der Sprache, alter Freund, was läuft jetzt.

L (verschmitzt): Tja, der alte Trick, er funktioniert noch immer.

P: Trick? Erklär das einem unbedarften Pförtner mal näher.

L: Ok, aber nichts verraten.

P: Ehrensache!

L: Na, bei dir gilt ja ein Ehrenwort noch, und schließlich sind wir auf keiner Pressekonferenz[114]. Also, um zur Sache zu kommen: Du weißt doch, wer früher bei uns, äh, ich meine, also halt in der Republik der Gänsefüßchen und Hasenfüßchen das Sagen hatte?

P: Klar, Stasi. Kenn ich natürlich nur vom Hörensagen; sind ja alle bei dir drunten.

L: Nicht mehr lange; wart nur: Wen interessiert schon, ob einer bei der Stasi war. Interessant wird es erst, wenn man einen Kirchenmann findet, ihn am Seil der großen Glocke aufhängt und damit läutet.

P: Was willst du damit sagen?

---

dienste von Staats wegen gecancelt wurden, sogar an Ostern, dem Fest der unrealistischen Auferstehung (**„Er ist wahrhaftig auferstanden!" Das glaubt doch diesen Kleingläubigen keiner mehr** – auch sie selbst sich nicht!)

[112] Neu auf der politischen Bildfläche nach dem Zusammenbruch der UdSSR war Michail Gorbatschow mit den Stichworten Perestroika und Glasnost, also Neuordnung und Offenheit.

[113] „Diabolos" ist das griechische Wort für „Durcheinanderbringer".

[114] Auf einer Pressekonferenz gab der CDU-Ministerpräsident von Schleswig-Holstein, Uwe Barschel sein „Ehrenwort", nicht betrogen zu haben. Das stellte sich dann als Lüge heraus. Einige Zeit später wurde er in der Schweiz tot in seiner Badewanne aufgefunden…

L: Was ich damit sagen will? Na, all meine lieben kleinen roten Teufelchen, die sind doch egal; die finden schon den Strom, in dem sie schwimmen müssen[115]; die finden schon das Fähnchen, das sie in den richtigen Wind halten müssen; aber da, wo mal ein Schwarzer in den Rotlichtbezirk gekommen ist, sozusagen ein Pfarrer zu den Huren, da wird es interessant; und das interessante sind natürlich nicht die Huren oder die Zuhälter, sondern der Pfarrer. Der Lotterbube! Im Rotlichtbezirk! Das zieht bei der Presse. Geier, geier, geier, wir lieben faule Eier! Dann rügen wir den Faulgestank, denn davon leben wir, Gott sei dank!

P: Ich dachte, das wäre deine Duftmarke...

L: Muß ja nicht jeder nach Fisch stinken, edler Herr.

P: Ok, schon gut. Also, die Roten läßt man laufen, die Kirche hängt man, meinst du. Aber dann muß man eben einfach die anderen ins Gespräch bringen, die bei SED und Stasi waren. Was sagen die denn?

L: SED? Das waren die andern. Stasi? Ist das ein bayrischer Mädchenname?

P: Hä?!

L: Weißt du, wenn wir jetzt eine Mitgliederliste der ehemaligen SED erstellen würden, ich glaube, wir kämen glatt ins Minus. So viele Leute, wie nie in der Partei waren, gibt's in der DDR gar nicht.

P: Ich weiß auch, warum. Weil es die DDR nicht mehr gibt. Und in den neuen Bundesländern hat es ja Zeit ihres Bestehens keine Stasi gegeben.

L: Genau. Und das ist meine Chance. Da schlag ich zu.

P: Verstehe. Inkognito.

L: Freilich. All meine Leute, die mich als gute Atheisten ohnedies nie kannten, wissen nun als gute Unionschristen, daß der Teufel im System steckte und mit dem System ist auch der Teufel verschwunden.

P: Deifi, Deifi. Nach Chile etwa?[116]

L: Richtig, das meinen die Naiven. Aber nun bau ich meinen diabolischen Staat auf: Ich flüster ihnen in die roten Ohren, äh, ich meine, in die schwarz-rot-goldenen Ohren, was für einen richtigen Christ der richtige Weg ist. Erstmal: Hängt euer Herz nicht an schnöden Mammon, sondern kauft euch was Schönes davon. Zweitens: Seid klug wie die Schlangen und wählt die, die was davon verstehen, wie man aus nichts alles und aus alles nichts macht. Drittens: Sammelt nicht vergängliche Schätze, sondern spekuliert mit eurem Gut als gute Schalksknechte!

P: Meinst du, wie Schalk-Goldokaufski?[117]

---

[115] Selten hatte ich als Prophet so recht wie hier... 1992, zwei Jahre nach der Wiedervereinigung. Wir spielten das Stück auch in Karl-Marx-Stadt, dem späteren Chemnitz... und spürten die Angst vor dem imperialistischen Kapitalismus.

[116] Dorthin floh der Staatschef Honecker und wurde auch nie ausgeliefert.

[117] Alexander Schalck-Golodkowski war ein deutscher Politiker, Oberst im Ministerium für Staatssicherheit und Wirtschaftsfunktionär der DDR und machte mit Franz-Joseph Strauß, dem knallharten Rechtsaußen der Union, Millionengeschäfte. Nach dem Ende

L: Zum Bleistift. - Steht gegen die Irrlehre, alle seien gleich. Das wäre Sozialismus.

P: Aber das Evangelium gilt doch allen, vor Gott sind alle gleich;

L: Ach was, das ist der historische Irrtum des Himmels. Ich sage ganz ehrlich: Aus Leistung werdet ihr gerecht. Wer nichts verdient, hat's nicht besser verdient.

P: Nein, nein, das Heil gibt Gott umsonst aus Gnade; seine Liebe gilt den Schwachen; seine Vergebung denen, die sich vergangen haben.

L: So mag das bei euch sein. Aber die Lehre, die aus der Geschichte des Sozialismus gezogen wird, heißt klar: Wie im Himmel, so auf keinen Fall auf der Erde.

P: Aber die Revolution ging doch von den Kirchen aus, aus Gebet und Gottesdienst hervor.

L: Wer will denn schon Revolutionäre. Nein, im Neuen Deutschland sitzen die auf dem richtigen Pferd, die früher das „Neue Deutschland"[118] gelesen haben. Die besten neuen Deutschen sind die besten alten Deutschen: Mitläufer, Mitmacher. Die alten Stasis sichern den neuen Staat. Staatstreue geht über Integrität, Intrigen zeugen von politischem Vermögen.

P: Das ist doch schrecklich.

L: Wieso schrecklich? Ihr werdet euch auch noch umstellen müssen. Wartet nur, bis hier die freie Marktwirtschaft eingeführt wird?

P: Hier?

L: Klar, willst du mal eine christlich-sozial geführte Himmelspforte erleben? Dazu müssen wir bloß die Rollen tauschen. --- tauschen die Plätze ---

18.2.1 Szene 2: Vertauschte Rollen von Petrus und Luzifer

L: Du bist der Neuankömmling von der Erde, ich bin der Himmelspförtner. - Guten Tag, der Herr. Sie wünschen.

P: Ja, mei, in den Himmel will ich halt.

L: Wieso?

P: Was heißt wieso? Ich war immer ein braver Sohn der Kirche; ich tat meine Pflicht und noch darüber hinaus. Ich zahlte meine Kirchensteuer, sogar das Kirchgeld und spendete zu Weihnachten. Ich hielt mich an die Gebote und die Moral.

L: Ich heiße Sie herzlich willkommen. Sie sind offenbar ein guter Kunde. Also, was darf ich Ihnen anbieten?

P: Ich verstehe nicht ganz!?

L: Guter Mann, ich möchte nur wissen, womit ich Ihnen dienen kann. Sie sind hier an der Himmelspforte. Bei mir bekommen Sie alles, was Sie

---

der DDR konnte er in Bayern auftauchen statt untertauchen. Er lebte in Rottach-Egern, wo Adolf Hitler Ehrenbürger war. (Strauß starb am 3.10.88, dem späteren Nationalfeiertag; ihn beerdigte der damalige Großinquisitor Ratzinger)

[118] Pflichtlektüre in der DDR, das offizielle Presseorgan. In den UdSSR hieß es genauso verlogen „Prawda", also Wahrheit.

im Himmel so brauchen: Flügel, Wolke, Instrument. Wir führen ein reichhaltiges Sortiment. Was darf's denn sein?

P: Ja, kann ich mir das denn aussuchen.

L: Aber freilich. Wir haben hier doch keine sozialistische Planwirtschaft. Bei uns bekommen Sie, was Sie wünschen, vorausgesetzt natürlich, Sie können es sich leisten. Kredit geben wir keinen. Das hat der Juniorchef mal versucht, aber damit gingen wir total baden.

P: Leisten? Wieso leisten? Was meinen Sie damit?

L: Guter Mann, Sie sind scheint's welt- und himmelsfremd. Ich hab hier eine Preisliste. Das suchen Sie sich in aller Ruhe aus, was Sie so brauchen. Ich kann's Ihnen leider nicht mit heimgeben, weil Sie ja schon heimgegangen sind. - Selbstverständlich stehe ich Ihnen mit meinem Rat kostenlos zur Seite.

Also, schaun Sie: Eintritt 395.- (West natürlich - wie in der DDR, haha), Leihgebühr für 1 Paar Flügel 5000.- für eine Ewigkeit; Wolkenleihgebühr je nach Größe 1000.- / 50.000.-/ 200.000.-; Wolkenerwerbspreis: 500.000.-, 1.000.000.-, 2.500.000.-. Also ich persönlich empfehle Ihnen die Anschaffung von einem Paar Flügel zu 75.000.-. Das lohnt sich. Da hat man was fürs ewige Leben. Man sollte nicht zu knausrig sein; überzogene Sparsamkeit würden Sie ewig bereuen - an das Wort "ewig" sollten Sie sich gewöhnen, das wird hier ewig gebraucht. Und keine Angst, dieses Modell kommt nie aus der Mode; ein echtes Vorkriegsmodell, wenn Sie wissen, was ich meine. Nicht dieser neumodische Schrott, bei dem dauernd die Feder ausgehen.

Bei den Wolken kommt's halt drauf an, was Sie so anlegen wollen. Also leihen würd ich keine. Man weiß nie, wer da vorher drauf gewohnt hat; dann regnet's mal und schon wird der Platz knapp – deswegen Platzregen... Kaufen Sie sich gleich was Gescheites. Soll's am Abendhimmel sein? Oder haben Sie genug von Rot? Dann vielleicht doch lieber eine Nachtwolke. Ist halt recht ruhig und Sie dürfen nur von 12 - 1 Harfe spielen. - Bei der Harfe übrigens rate ich Ihnen als Einsteiger zum robusten Anfänger-333-Saiten-Modell. Sehr bewährt, Mozart hat schon ein paar Nymphonien dafür geschrieben.

So, da hätten Sie dann ein anständiges Set. Wenn ich zusammenrechnen darf: Das macht 3.005.440.-, inklusive Generalsündenablaß, ich mach's Ihnen billiger, weil's ein Paket ist. Schlanke Eins Null Null Fünf. Na, ist das nichts?

P: Äh, also...

L: OK, sagen wir Drei Null Null Vier. Das ist ein Topangebot. So günstig kriegen Sie's nie wieder.

P: Aber, ich mein, äh, ich hab doch gar kein Geld dabei!

L: Kein Geld? Und so kommen Sie in den Himmel?

P: Das Letzte Hemd hat keine Taschen. Keiner nimmt was mit herüber.

L: Wer hat Ihnen denn den Unsinn erzählt. Sind wir hier ein Wohlfahrtsladen? Wir müssen doch auch von was leben. Also guter Mann, Sie sehen mich ganz schockiert.

P: Ja, was soll ich denn da machen?

L: Tja, da kann Ihnen auch nicht helfen. Guter Rat ist teuer, und Sie haben ja kein Geld. Und wissen Sie, wer hier kein Geld hat, der geht eben zum Teufel. Guten Tag.

Kommentar: Und darum meinen wir: Wie auf Erden, so bloß nicht im Himmel. Selbst der Honecker weiß nicht mehr, ob er er selbst ist... Die DDR kannte er nur vom Hörensagen.

18.2.2 Szene 3: Wie auf Erden, so bloß nicht im Himmel

Variante 2.Akt - Bier..

Auf Wolke 347 ist Stammtisch. Die Stammtischbrüder Petrus Sanktus und Luziferus sind gerade eingetroffen. "Zwei Euro-maß Ambrosius!" bestellte Petrus, und Luzifer fühlte sich eingeladen. Das hält ihn nicht vor vernichtender, schneidender Kritik ab: "Himmelspförtner! Petrus, da muß ich lachen. Du dilettierst. Das müßte man mal richtig professionell angehen." Luzifer hat einen VHS-Kurs "Pädagogik leichtgemacht" besucht und schlägt er ein Rollenspiel vor, am besten mit einem Rollentausch: Er, der hohe Herr der Hölle, setzt sich auf Petri Stuhl und nimmt statt des veralteten Buches des Lebens zeitgemäß seinen Laptop auf den Schoß. Himmel und Hölle sind On-line.:

L: Guten Tag, der Herr. Willkommen im Himmel, dem Ziel Ihrer Träume. Wenn ich um Ihre Kundennummer bitten dürfte?

P: Wie bitte?

L: Ihre Kundennummer, wir brauchen die hier für unsere interne Inventur.

P: Tut mir leid. Weiß ich nicht, kenn ich nicht, hab ich nicht dabei...

L: Naja, das kenne ich schon. Macht nicht gerade den besten Eindruck. Dann geben Sie mir mal Ihren Namen, die Nummer kriegen wir dann schon raus...

P: Petrus heiße ich.

L: Petrus und wie noch...

P: Reicht das nicht?

L: Hören Sie mal, wir verwalten hier die Daten von 10 Milliarden Menschen. Glauben Sie, da reicht so ein einfaches "Petrus" aus? Was glauben Sie, weshalb wir auf Kundennummern umgestiegen sind. Also, eine Zusatzdate?

P: Ja, stehe ich denn nicht im Buch des Lebens?

L: Buch? Das haben wir längst abgeschafft. Das läuft jetzt alles digital. Der heilige Geist hat ein spezielles Sakro-Soft entwickelt, mit Internet zu Vatikan, Washington und Kreml; selbst die Hölle ist schon online. - Tja, wir sind vernetzt, das hat der Juniorchef von seinen Fischern gelernt. - Also, jetzt noch was konkretes zur Person....

P: Simon Petrus aus Bethsaida.

L: Na also, wer sagt's denn! (tippt ein) Mein Laptop, echt praktisch. Früher saß man auf Abrahams Schoß, heute hockt der Computer auf meinem.

- So, na, das ging ja schnell. Aha, der Herr waren Fischer. Wurde arbeitslos, weil er einem gewissen Jesus aus einer Nachbarstadt ins Netz ging. Wer war das denn?

P: Jesus von Nazareth.

L: Was, wie bitte, unser Juniorchef? Sie haben Beziehungen? Warum haben Sie das nicht gleich gesagt. Da gibt es natürlich Sonderkonditionen.

P: Wie bitte?

L: Beziehung ist alles. Gute Kunden werden selbst verständlich bevorzugt bedient.

P: Ich dachte, im Himmel wären alle gleich.

L: Im Himmel waren alle gleich, mein Herr. Aber Sie werden verstehen, daß nach dem Zusammenbruch des realen Sozialismus wir auch im Himmel mit der Zeit gehen mußten. Die freie Marktwirtschaft hat gesiegt. Gleichheit gibt es nur in der Hölle. Und wie haben Sie immer so brav gebetet: Wie auf Erden so auch im Himmel.

P: War das nicht umgekehrt?

L: Bitte nichts Revolutionäres; das können Sie gleich in den violetten Sondermülleimer neben der Pforte tun. - Und nun zur Sache. Also, was darf ich Ihnen anbieten?

P: Ich verstehe nicht ganz!?

L: Guter Mann, ich möchte nur wissen, womit ich Ihnen dienen kann. Sie sind hier an der Himmelspforte. Bei mir bekommen Sie alles, was Sie im Himmel so brauchen: Flügel, Wolke, Instrument. Wir führen ein reichhaltiges Sortiment. Was darf's denn sein?

P: Ja, kann ich mir das denn aussuchen.

L: Aber freilich. Wir haben hier doch keine sozialistische Planwirtschaft. Bei uns bekommen Sie, was Sie wünschen, vorausgesetzt, Sie können es sich leisten. Kredit geben wir keinen. Das hat der Juniorchef mal versucht, aber damit gingen wir total baden. Wenn es so weitergegangen wäre, hätten wir längst Konkurs anmelden müssen und wären von der Hölle aufgekauft worden. Leistung muß sich wieder lohnen. Leistung ist der Lohn der Angst, der Lohn der Angst um Arbeitsplätze. Gnade und Lohnverzicht, Lohn und Leistung, das verträgt sich. Also, was wollen Sie sich leisten?

P: Leisten? Wieso Leisten? Was meinen Sie damit?

L: Herr Petrus, Sie sind scheint's welt- und himmelsfremd. Dabei müßten Sie als selbständiger Unternehmer aus der Fischereibranche doch Bescheid wissen. Sehen Sie: Ich hab hier eine Preisliste. Da suchen Sie sich in aller Ruhe aus, was Sie so brauchen. Ich kann's Ihnen leider nicht mit heimgeben, weil Sie ja schon heimgegangen sind - hähä, kleiner Scherz, Spaß muß sein. - Selbstverständlich stehe ich Ihnen mit meinem Rat kostenlos zur Seite.

Also, schaun Sie: Eintritt 395.- - harte DM, keine Eurowährung -. Ich persönlich empfehle Ihnen die Anschaffung von einem Paar Flügel zu 75.000.-. Mit denen fliegt auch meine Großmutter. Das lohnt sich. Ein

Supermodell, nicht dieser neumodische Schrott, bei dem dauernd die Federn ausgehen.

Bei den Wolken sollten Sie keine leihen. Man weiß nie, wer da vorher drauf gewohnt hat; dann regnet's mal und schon wird der Platz knapp - deswegen Platzregen... - Bei der Harfe rate ich Ihnen als Einsteiger zum robusten Anfänger-333-Saiten-Modell. Sehr bewährt, Mozart hat schon ein Paar Nymphonien dafür geschrieben. Das Elektromodell wurde von Jimi Hendrix entwickelt, nicht mein Geschmack, wenn Sie mich fragen, klingt zu exorzistisch.

So, das wäre ein anständiges Set. Wenn ich zusammenrechnen darf: Das macht 3.005.440.-, inklusive Generalsündenablaß, ich mach's Ihnen billiger, weil's ein Paket ist. Schlanke Eins Null Null Fünf. Na, ist das nichts?

P: Äh, also...

L: OK, sagen wir Drei Null Null Vier, weil Sie den Junior kennen. Das ist ein Topangebot. So günstig kriegen Sie's nie wieder.

P: Aber, ich mein, äh, ich hab doch gar kein Geld dabei!

L: Kein Geld? Und so kommen Sie in den Himmel?

P: Das letzte Hemd hat keine Taschen. Keiner nimmt was mit herüber.

L: Wer hat Ihnen denn den Unsinn erzählt. Sind wir hier ein Wohlfahrtsladen? Wir müssen doch auch von was leben. Also guter Mann, Sie sehen mich ganz schockiert.

P: Ja, was soll ich denn da machen?

L: Tja, da kann Ihnen auch nicht helfen. Guter Rat ist teuer, und Sie haben ja kein Geld. Und wissen Sie, wer hier kein Geld hat, der geht eben zum Teufel. Guten Tag.

Kommentar: **Und darum meinen wir:**

Wie auf Erden,
so bloß nicht im Himmel.

18.3 Schlussverse Wie auf der Erde...

Wie auf der Erde, bloß nicht im Himmel, 2
E-Dur oder G-Dur (2010 nach 1996)

5) Wie auf der Erde, bloß nicht im Himmel , Da herrscht der Friede, kein Kriegsgetümmel, Gott hält sein Reich ohne Gewalt, und bei ihm bleibt die Hölle kalt.

6) Tod und Teufel sollen sich prügeln, dort hinter hunderttausend Hügeln wir werden feiern, tanzen und singen, dem Leben unser Ständchen bringen.

7) Tod und Teufel sollen sich schlagen, und mit den Herren dieser Welt vertragen. Sie haben die Erde zur Hölle gemacht. Zur Hölle mit ihnen und gute Nacht...

8) Tod und Teufel sollen sich küssen, wir werden die beiden nicht sehr vermissen. Wir essen Braten, wir trinken Wein, So soll es sein, so wird es sein.

19 Zeitungsüberschriften

Manchmal überfliege ich die Zeitung und merke mir nur Überschriften. Die Überschriften machen sich in meinen Gedanken selbstständig... einige Fragmente habe ich notiert.

Meine Quelle sind übrigens die NN[119]....

19.1 Wie sicher ist der öffentliche Raum? NN 12.1.16

Wie sicher ist der öffentliche Raum? fragen die NN (Nürnberger Nachrichten)... Meine **räumliche** Vorstellung ist an Zimmern orientiert. Öffentliche Zimmer? Ist ein Raum überhaupt öffentlich? Bedeutet öffentlich: **keine** Wände, damit jeder da sein kann?

Zum Beispiel das Fußballfeld. - Da muss immer einer den Raum sichern - intellektuell eine größere Herausforderung als Manndeckung. Man muss beweglich sein, wenn in die Tiefe des Raums gespielt wird. Tiefe des Raumes – das klingt fast schon poetisch.

- Oder ist der öffentliche Raum der Luftraum? Ohne Wände... öffentlich...
- Ein Luftraum im Raum? Der Luftraum über den Stammtischen.... Ist der sicher?
- Stammtische? Wer stammt denn von Tischen ab?
- Befinden sich Stammtische in Stammzellen? Wie sicher sind Stammzellen? Stamm-Zellen sind Zellen, also nicht öffentlich. Sind sie sicher, weil sie nicht öffentlich sind? Ist überhaupt etwas **vor** der Öffentlichkeit sicher in Zeiten von Google...

Mein Satz dreht sich um: Wie öffentlich ist der sichere Raum?

19.2 Wie öffentlich ist der sichere Raum?

Wie öffentlich ist der sichere Raum?

Mein Sohn ist 17 und versichert mir immer wieder, dass ich kein digital native, sondern ein **digital immigrant** sei... Ich bin in die digitale Welt eingewandert. Wenn ich nur noch zwischen Null und Eins, zwischen An und Aus unterscheiden kann, dann habe ich mich integriert.

Ich bin ein Einwanderer in die digitale Welt. Wenn die CSU das Sagen hätte, würde ich als Immigrant an der Grenze des Internets abgewiesen. Ich dürfte mich nicht einloggen. Ist der, der sich „einlocht", dann im Gefängnis? Gefangen im Interne**tz**? Ich bin ein digital immigrant, sagt mein Sohn.

Wie öffentlich ist der sichere Raum?

Im Chatroom kann man öffentlich Geheimnisse austauschen. Wie öffentlich sind meine Gedanken im Chatroom? Oder anders: wer sichert meine geistige Integrität vor dem, das dort abgesondert wird? Nur das Off-line-Gehen? Wie sang Janis Joplin? Freedom's just another word for not surfing on the world-wide-web...

---

[119] NN: „Nürnberger Nachrichten"

Wie öffentlich ist der sichere Raum?

Ich bin mit James Bond groß geworden. Geheimdienste wussten immer alles. Im Prinzip. Für mich haben sie sich nie interessiert – zumindest Leute wie James Bond nicht. Heute ist das anders. Alles, was ich langweilig finde, interessiert diesen Herrn - Google. Ich frage mich immer wieder, was der wohl in seiner Freizeit macht. Der hat ja keine Chance. Egal, was er macht. Immer googled er… und seine armen Kinder… Zum googlen verdammt.. Nur seine Frau Victoria konnte sich retten: sie hat ihren Namen behalten: Pedia. Ihre Freundinnen nennen sie Vicky, Vicky-Pedia.

Wie öffentlich ist der sichere Raum?

Weshalb habe ich nicht gleich an öffentliche Toiletten gedacht? Frauen verstehen das nicht. Die beneiden uns, weil wir nicht **Schlange stehn beim Müssen**. Aber die Männer unter uns wissen, wie demütigend es sein kann, wenn man an der Pissoir-Front steht und den Fußball nicht richtig trifft… Die hämischen Blicke von links und rechts, wenn sich im Tor nichts bewegt… Das ist der Moment, in dem Du so richtig einsam bist… im öffentlichen sicheren Raum.[120]

19.3 Flüchtlinge sollen aufs Land 12.1.16 NN

„Flüchtlinge sollen aufs Land", las ich in den NN… Ich gehöre zur Woodstock-Generation. „Going up the country". „Flüchtlinge sollen aufs Land?" – „Flüchtlinge **w**ollen aufs Land!!!" Going up the country". Freilich 1969.

2016 schicken wir die Flüchtlinge hin. Wäre super als Erntehelfer. Da bräuchten wir keine Polen mehr.

Einwanderer sollen aufs Land auswandern, weil immer mehr Landwirte ans Fließband in der Stadt abwandern, Landwirtschaftsflüchtlinge.

Landflucht… Was machen die Flüchtlinge vom Land in der Stadt? Ein Blick in die weite Welt zeigt: Slums sind die Gärten der Illusionen vom städtischen Paradies.

Landflucht… Land flucht? Das Land flucht? Über die, die es verlassen? Über die, die zu ihm fliehen?

Flüchtlinge sollen aufs Land? Besser als aufs Meer, besser als ins Meer.

Flüchtlinge sollen aufs Land? Heißt das, auf dem Land ist Deutschland weniger Deutschland - als in der Stadt?

19.4 Putin poltert gegen den Westen… NN 12.1.16 S.4

NN schreiben: „Putin **p**oltert gegen den Westen…" Klar, der **W**ladimir hat wieder mal zu viel **W**odka gesoffen – und schon schwankt er durch Moskau, stolpert und poltert gegen den **W**esten, der da irgendwo in der

---

[120] Tatsächlich gab es (in der Nachwirkung der Fußball-WM in Deutschland Pissoirs, in denen ein Fußballtor im Auslauf positioniert war, das man treffen konnte. Alternativ gab es auch Fliegen, die ziemlich echt aussahen. **Die Männertoilette als Schießbude.**

Gegend steht. **W**as hat der **W**esten auch im Osten verloren!!! lallt unser **W**ladimir. Und lässt den **W**esten gleich mal einsperren.

Dann schwankt er heim, sperrt seinen Westenschrank auf, betrachtet selig seine Sammlung und schlüpft gleich mal in eine hinein, mit nacktem Oberkörper, damit er so bekleidet auf dem Einhorn in den Sonnenuntergang reiten kann[121].

So ein Mann kann nicht schwul sein, - oder?

Nein! Denn sein Busenfreund ist der schwulenfeindliche Kyrill, Patriarch der Russisch Orthodoxen Kirche: Kyrill? Der luxusverliebte Busenfreund von Putin, der den Verdienstorden für das Vaterland trägt, Putins Wahl zum Präsidenten zu einem göttlichen Wunder erklärte und sich für die Einverleibung der Ukraine in Rußland scharfmacht, natürlich auch für die Einverleibung der ukrainischen Kirche in die russische!. Nein, der kann kein Anti-Christ sein, denn er selbst lokalisierte schon den Anti-Christen. Er fand ihn im Internet.[122]

19.5 Neonazis untergetaucht NN 12.1.16 S.4

Die NN schreiben: Neonazis untergetaucht: „Hunderte rechte Straftäter entziehen sich in Deutschland der Vollstreckung von Haftbefehlen und tauchen unter." Helfen ihnen dabei ahnungslose Schwimmlehrer, die Neonazis kurz mal untertauchen, damit sie als rechtschaffene Mitbürger wieder auftauchen können? Früher, in Zeiten der Ent-Nazi-fizierung nannte man das einen Persilschein.

Vielleicht stecken auch wieder einmal die USA dahinter: in Guantánamo auf Kuba lassen sie bekanntlich aus Demokratisierungsgründen Menschen untertauchen[123]. Freilich liegt Kuba jenseits der Grenzen der USA, jenseits des Borders.

Ärzte, Apotheker und Grenzer warnen: Es könnte beim Untertauchen borderline-Probleme geben. Borderline bedeutet: auf der Grenze zwischen Gut und Böse die Seiten nicht mehr unterscheiden zu können.

Das Selbst-Waterboarding von Neonazis könnte zur Verwirrung führen: Wenn die, die das Böse für das Gute halten, zwischen Gut und Böse nicht mehr unterscheiden können, könnten sie am Ende das Gute wirklich gut finden - und das Böse böse. Und das wäre gut...

19.6 Bierpreis in Deutschland NN Juli 16

Der Bierpreis war den NN ein Artikel wert. Angesichts des hohen Durchschnittspreises in Deutschland empfahl der anonyme Autor, nach Bulgarien zu fahren. Wahrscheinlich sollten Biertrinker gleich ihren Wohnsitz

---

[121] Der russische Diktator demonstrierte sich mit nacktem Oberkörper auf einem Pferd. Ein echt harter Mann. Nur erinnerte dies Bild irgendwie an plakative Selbstdarstellung von Schwulen.

[122] Einfügung an Himmelfahrt 26 5 22:

[123] Sogenannte Water-Boarding. Die Krone der Zivilisation, die USA lassen Gefangene ohne offizielle Anklage und Rechtsvertreter im Wasser untertauchen und simulieren das Ertrinken. Sie gehen vermutliche Terroristen mit Terrormethoden an.

dorthin verlegen, da die Lebenshaltungskosten günstiger sind. Weit günstiger wäre die Lösung, in Franken fränkisches Bier zu trinken. Unser Angebot ist unschlagbar.

Halt! Auch hier droht Überfremdung: Wer in Nürnberg (Franken!) in einen Biergarten (fränkisch!) einer fränkischen Brauerei geht und ein Saidla bestellt, wird angeschaut, als käme er aus Japan. Wer um des lieben Friedens willen konventionell ein Helles vom Fass ordert, bekommt... Man glaubt es nicht, kann es aber überprüfen: Nullkommavier Liter. Nullkommavier in Franken?! Wo sind wir denn?! Ist Nürnberg bereits außerfränkisches Ausland? Demnächst bekommt man noch, wenn man Drei im Weggla bestellt, eine halbierte Lange im Wecklein. Angesichts dieses Kulturverlustes sollte man den Heimatminister in die Wüste schicken – mit 0,4 Preußenbier im Gepäck.

20 Alpen: der begrenzte Horizont

Bayern betrachtet sich – wie man am Freiheitskampf der Buschkrieger im Irak sehen konnte - als Teil der USA. USA: Das ist unsere erweiterte Heimat. Vermutlich ist **G.Bush ohnedies in einem Alpental** großgeworden, denn das ist die klassische Gegend mit dem begrenzten Horizont.

Für US-Bayrische-Bande gibt es einen kulturellen Beleg: Weshalb heißt der tiefschwarze Blues Blues und nicht Black? Also! Wer die bayrischen Landesfarben kennt, der weiß Bescheid. Blues! In den dunklen Tälern der Alpen muss man ja depressiv werden...

- Schwarzrot glüht der Glaube; aber wie glühen die Alpen? Milka wollte das Alpenglühen umfärben, in umweltfreundliches Lila. Die Farbe der Umkehr und Buße... Die Idee hatten sie von mir geklaut...[124]

Feindbilder: Als fränkische Protestanten sind das für uns die bayerischen Katholiken, die blaue Hälfte des Vatikans. - . Bayern betrachtet sich – wenn es um Solidaritätskundgebungen geht - als Teil der USA. USA: Das ist unsere erweiterte Heimat. In den kulturellen Genen der US-Amerikaner finden sich Alpentäler-enzyme. Man merkt die Auswirkungen: **Alpental**: die klassische Gegend mit dem begrenzten Horizont.

Wie anders ist da das lebensfrohe Franken! Wer kennt nicht unser Wappen?! Den weißroten Rechen, oder ist es der rotweiße Rächer? Ich weiß das nie so genau. Ein Franke, der nicht mindestens zu 50% rot ist, kann kein rechter Franke sein. Obwohl: Rechter Franke? Das gibt es ja gar nicht. Schwarz-braun ist die Haselnuss oder einer, der einen an der Nuss hat, aber wir Franken nicht. Wir sind eigentlich immer Mittelfranken, auch oben und unten... nie rechts und links.

---

[124] Blauweiß ist auch die Flagge von Griechenland. Hellas beherrschte einst ein bayerischer König – der zugleich auch die bayerische Bierrezeptur importierte. Den nächsten kulturellen Höhepunkt für Griechenland erreichte König Otto (Rehagel) mit der Fußballeuropameisterschaft. Prost!!!

Freilich gibt es echte Franken, die leicht bayerisch angehaucht sind. Das sind die evangelischen... Wieso? Schauen wir uns mal so einen rötlichen Franken an und behauchen ihn mit bayrischem Blau. Was kommt raus? Violett, klar, da zeigen die Evangelischen ihre Flagge, auch wenn die Synode immer noch drüber streitet, ob das nun violett oder lila ist.

Für die, die es genau wissen wollen: Lila ist ein islamisches Wort. Ja, mit diesem Wort infizierten sich die Kreuzfahrer. Lila kannte man in Europa nicht, bis fraternisierende Kreuzfahrer sich in nahöstlichen Bordellen nicht nur mit der Syphilis infizierten, sondern auch mit Lila... Das ist nun die evangelische Kirchenfarbe. *Manchmal ist es doch besser, wenn man was nicht weiß...* - Blauweiß - Rotweiß - aber wie glühen die Alpen? Milka wollte das Alpenglühen umfärben, in umweltfreundliches Lila. Die Farbe der Umkehr und Buße...

20.1 Alpenblues in E-Dur

Ich hocke in den Alpen und seh den Sonnenuntergang
Er erinnert mich allabendlich an Kuh-glocken-klang
Ich bin so klein, groß ist der Berg / Ich seh die Alpen und fühl mich als
    Zwerg.
Ich hocke in den Alpen und die Sonne brennt so heiß
Hier ist jeder Flecken bayrisch, selbst der Kuh-Fladen ist blau-weiß
Nur die Milch, sie fließt hier lila, das ist schön in diesem Land:
Wer die Schokolade liebt, ist vermutlich Protestant.
Ich hocke in den Alpen und am Sonntag in der Kirchenbank
Der Herr Pfarrer reicht Obladen und nimmt selbst den Alko-Trank[125]
Keine Kommunion mit den Protestanten, „Ihr Herren in Fulda: wir haben verstanden."

20.2 Messe, Alkohol, Oktoberfest

Keine Frage, wem in der Messe dauernd vorgelebt wird, daß die, die Alkohol trinken dürfen, was Besseres sind, für den muß Alkohol das Selbstwertgefühl heben. Der Pfarrer macht es doch in jeder Messe vor. Das eigentliche Ziel des Lebens ist, auch mal einen Schluck des Rebensaftes genießen zu dürfen. Drum halten sich die Loser wenigstens an Hopfenblütentee. Die Bierleichen beim Oktoberfest sind letztlich unschuldige Opfer der römischen Prohibition. Oder haben Sie schon mal gesehen, daß ein Protestant besoffen war? Na also! – Das liegt einfach an unserem besseren Konditionstraining. Die blauen Bayern erklären die erste Hälfte der Landesfarben... Blau Blau blau macht der Enzian...

Blaue Protestanten sind eine Seltenheit; das liegt einfach an unserem besseren Konditionstraining. Freilich haben die blauen Protestanten in

---

[125] sehr katholisch, In der Messe gibt's nur Oblaten, nur der Pfarrer lebt alkoholisch

den letzten Jahren ziemlich zugelegt? Meine Limbacher Abendmahlsstatistik kann da erstaunliche Zusammenhänge herstellen - die auf Rednitzhembach vermutlich eins-zu-eins übertragbar sind.[126]

In Amerika – Verzeihung, in den USA; die sind ja traditionell superprotestantisch. John F. Kennedy wäre um ein Haar nicht gewählt worden, weil er katholisch war und man Angst hatte, er würde zwar Präsident, aber der Papst sein Chef... Also statt John F herschte Johannes XXIII. über die USA.- In Amerika also wird die Doppelhostie gereicht, mit Boulette dazwischen. Jerusal-Burgher.

Volker: Enge geistig-morastische Verwandtschaft haben die dort in Bayern auch zur benachbarten Ost-mark - Verzeihung: Österreich. Da bayert ein gewisser Jörg Haider etwas von einem reinrassigen Österreich. Ein typischer Fall von Neu-haidentum... Wer die multikulturelle Geschichte der völkerreichen Donaumonarchie kennt, kann sich nur wundern - allerdings sitzt Haider in den Alpen, und da reicht der Horizont eben nur zur nächsten Sennenhütte, wo gerade Inzucht betrieben wird - benannt nach jenem beschaulichen Alpenflüßchen Inn, das schon immer für alpenländische Werte als Vorsilbe herhalten mußte: Inn-toleranz, Inn-trigen, Inn-telekts-mich-am-Arsch..., Inn-brunst. Apropos Brunst: Haider nennt sich auch den Tarzan der Inzucht - Verzeihung, Tarzan der Innenpolitik. Wie wahr, denn Tarzan pflegte sich mit Affen zu umgeben und bei ihm herrschte das Gesetz des Dschungels. - Über die Entstehung des Tarzanschreis muß man ja in der Kirche verschämt schweigen. Ihr wißt schon: Johnny Weismüller steht großspurig auf einem Urwaldbaumstamm und ruft: Greif die Liane, Jane! Und Jane greift.... (Hände vor den Schoß...) SCHREI

(Falsett):Ein Prosit der Gemütlichkeit

Zeigefinger und Luther in Rednitzhembach

[126] Als Pfarrer in Schwabach-Limbach machte ich Kabarett im nahegelegenen Rednitzhembach. Bald darauf intrigierten mich Kirchenvorsteherinen und mobbten mich erfolgreich.

20.3 Quo vadis, Menschheit

20.3.1 Sint-Flug

Sintflut! Das war damals eine Superidee von Gott: die **Arche Noah.**[127] Wie so vieles in der Kirche ist auch dies beschönigt. Ursprünglich hieß es: Die Arche **Kloa.** Und das kam so: Nachdem die Menschen wieder mal alles in den Sand gesetzt hatten, betätigte Gott einfach seine universale Klospülung, der ganze Dreck verschwand rückstandslos in der *Kanalisation* der biblischen Geschichte und mit seinem superfrommen Noah konnte Gott Saubermann, der damalige Herr der Erde eine neue Weltordnung errichten. Diesmal eine vollkommene Schöpfung, wie es sich für einen anständigen Gott gehört.

Das ging bekanntlich ziemlich daneben. Nach diesem zweimaligen göttlichen Versagen wurde es in unserem Jahrhundert mehrmals Zeit, daß ein kompetenter Korrektor auf den Plan trat. Ein unverfängliches Beispiel ist Mr. Bush sen., jener Buschmann, der die militärische Operation mit dem sinnenreichen Titel **"Sintflut"** am arabischen Golf inszenierte - haargenau vor der gleichen Kulisse wie beim seligen Noah - den dramaturgischen Tip hatte er wahrscheinlich von seinem Effekt-Spezi-alisten Ronny aus Hollywood, seinerseits ein Apokalyptik-Freak aus der nordamerikanischen Pietistenbewegung.. Diese Operation vererbte er – natürlich steuerfrei, weil noch zu Lebzeiten – seinem Sohn, - die Bush wren wohl gerade pleite; sie konnten sich bei der Geburt ihres Sohnes leider keinen neuen Namen leisten, so mußte der Junior leider auf einen eigenen Namen verzichten und ebenfalls George Bush heißt. Mr.Bush – egal, welcher, vermutlich ist der jüngere schlicht ein Klon des Älteren, denn wir kennen ja unsere Amerikaner -, also, der amerikanische Präsident ist bestimmt humanistisch gebildet – weshalb George Bush der Ältere keine Probleme hatte, sich gegen seinen griechisch-stämmigen Kontrahenten durchzusetzen. Und sein Denken – sofern wir bereit sind, diese elektrischen Impulse unter der Schädeldecke als Denken zu bezeichnen – hielt sich an eine altgriechische Grundphilosophie: Der Krieg ist der Vater aller Dinge - das Wort Kriegswaisen ist somit ein Synonym für Kinder des Friedens...

Freilich behielt er sein <u>Konzept</u> bei: Try and error: Versuch und *Irrtum.* Und es hat sich gezeigt: *Die Menschheit gehört auf die Seite des Irrtums.* Aus Try and Error wurde nur noch Terror. Nachdem die US-Amerikaner die ersten und bisher einzigen **Atombomben** auf zwei Städte geworfen hatten, zeigten sie vor einigen Jahren als erste dem Universum ihre feindliche Gesinnung und bombardierten anlässlich ihres Unabhängigkeitstages vor exakt 10 Jahren (2012) einen fremden Himmelskörper, - vermutlich, weil es dort keine demokratische Regierung gab.

---

[127] Die Sintflut war eine Superidee von Gott, wäre es gewesen, wenn sie nicht das geistige Potential eines Gerhard Frey und seiner Volksunion hätte. Diese Wisch-und-Weg-Praxis a la Uschi Glas ist doch eines Gottes nicht würdig.

Jetzt gibt es dort wenigstens Demo-Krater. Das machten die Republikaner am Independence Day – vermutlich enthält die US-Flagge nun einen Stern mehr – mit einem Löchlein drin.

Seufz: Quo vadis, Menschheit!!!:

20.3.2   Quo vadis? Alt-Strg-Entf.

Ach ja, am liebsten würde ich manchmal einen Putzeimer nehmen und den ganzen Schrott wegschwemmen. In meiner Phantasie entwickle ich dabei ganz göttliche Gefühle: Her mit der Sintflut!!!

. Unser Gott ist ja ein sehr impulsiver Gott, eifersüchtig, zornig etc., wie man der Bibel entnehmen kann; denken wir nur an 1.Mose – äh, so sagen wir in der lutherischen Provinz, international heißt dies Genesis. – also: Gen.7-9. Gen-Esis. Wahrscheinlich hieß es ursprünglich Gen-Essig, denn Gott erkannte: Es ist Essig mit den Genen, die ich geschaffen habe. Gen-Erationen mutieren zu Gen-Irritationen, ja sogar zu Gen-Error-ationen, bis hin zu Gen-Terror-Aktionen.

Würde Genesis 7-9 heutzutage passieren, käme die Error-Meldung vermutlich höflich formuliert in der Landessprache mit der Aufforderung: „Schwerwiegender Ausnahmefehler auf MX2003, dru-ecken Sie die Reset-Taste; Vorsicht, nichtgespeicherte Ergebnisse gehen verloren." Klar. Versteht jeder. Jetzt darfst du noch eine beliebige Taste oder ESC drücken... leider reagiert der Computer nur auf **Alt-Strg-Entf**... und wenn es überhaupt weiter gehen soll, mußt du eben die Arbeit der letzten Stunden in den Orkus schicken. Etwa den erforschten Gen-Code. Zur Zeit der Genesis war dies freilich noch nicht digital, sondern nur katastrophal. Wie gesagt, *Gott hatte keine andere Wahl als Alt-Strg-Entf*. Aber tun wir mal so, als sei es eine Spitzenidee gewesen...

Seufz: Quo vadis, Menschheit!!!:

20.4 Joint-Venture
Wohin mit den Menschen? 1998

Wohin geht es mit uns?

Ich tippe mit Jürgen Trittin auf ein Joint-Venture USA und Deutschland: Washington - Berlin als Achse der Guten...

Die Vorarbeit lieferten die Amis **1969** (ad **forum**: Was war am 20.Juli 69? Richtig: Der **Mann im Mond**: Ein kleiner Schritt für einen Menschen, ein großer für die Menschheit... (Schritt oder Shit?). 1969 schossen die Amigos den Menschen auf den **Mond**. Inzwischen hat man in Deutschland den **gelben Sack** entwickelt. Kombinierten wir beide Ideen miteinander, so könnte man einfach (Geste: Gedanken herauslocken: Jajajajaja) die ganze Menschheit in einen gelben Sack packen, auf den Mond schießen und dort endlagern. Das nötige Know-How für diesen **Sint-Flug** haben wir inzwischen.

Und unser Nabel fungiert als grüner Punkt. Damit die Erde als blauer Planet dem Universum erhalten bleibt.

Und unser Nabel fungiert als grüner Punkt. Damit die Erde als blauer Planet dem Universum erhalten bleibt.

So wird aus ein kleiner Schritt, ein großer Schritt: Ein **kleiner Trittin** für... ein großer Trittin für...

Vorläufiger Sint-flug-Start: 21.12.12[128] - aus *Maya*nesien...

20.4.1 Wo Menschen übermütig thronen

Wo Menschen übermütig thronen
Und sich und andre Götter klonen
Werden Bilder zu Ikonen
Leistung muß sich wieder lohnen.

Wo Menschen unter Menschen stöhnen
und Väter unter ihren Söhnen
Experten talken oder klönen
vom achten Tag der Schöpfung tönen
Wo die einen dem Luxus frönen
die anderen in Fabriken fronen
an Elendalltag sich gewöhnen
an Sklaven und an Pharaonen
die Menschenwürde salopp verhöhnen
wachsen Dornen an den Kronen.

20.4.2 Zwischenszene zum Thema New Age

Hier höre ich schon die sensationsgeile Frage aller astro-mystischen Hobbysterngucker: Glauben Sie, daß es auf anderen Sternen auch intelligente Lebewesen gibt?

Die richtige Antwort wäre eine Gegenfrage: „Was heißt hier auch?....“

20.4.3 Earth II blaue Tomaten und Homo sapiens reagensis

Wie gesagt, hier geht es um Menschen als Gottes Geschöpfe. Mit der mißglückten Sintflut ist das letzte Wort der Evolution noch nicht gesprochen: die besseren Menschen machen sowieso wir, der Gentechnik sei Dank: (25.10.1993 Tagesmeldung! Jerry Hall klont eine Zelle)

Wer glaubt, daß es bei der Genforschung um **blaue Tomaten** oder karierte Sojasoße geht, liegt schief. Das sind doch nur die Prototypen des **Homo sapiens reagensis**, die **Geburtstagstorte** mutiert zur Re-Torte, laßt uns Sonjas Gene mutieren.. Der Schlüssel zum neuen Menschen liegt im McDonaldsland. Nachdem sie einen Mann im Mond er-

---

[128] für damals war ein Weltuntergang angekündigt...

reicht haben, klonen sie nun Gene zum neuen Menschen. Gottes Eben-bild gehört auf den Flohmarkt, der Mensch der Zukunft ist made in USA.

Klonen! Reproduzieren durch Zellteilung! Identische Wesen in Reih und Glied, gliedlos gezeugt aufgereiht in Reagenzgläsern.

Wie wäre es, wenn Ihre Mutter eine **Fruchtfliege** und ihr Vater ein Pandabärchen wäre? Reizvolles Familientreffen. Fruchtfliegen sind ausgesprochen fortpflanzungsfreudig und Pandabären vom Ausster-ben bedroht. Was liegt näher, als die beiden genetischen Informati-onen in Ihnen zu verankern. Als Fruchtbärchen. Dann zeugen Sie ein Fruchtzwergchen und die Evolution bekommt einen neuen Zwerg- äh, Zweig...

Wie wäre es, wenn wir unseren Großvater und unsre Großmutter ein-fach in einer Person verwandelten, also Opa und Oma zu einer machten? Bei Franken hieße dies: **Obba-ma**...

Im Mittelalter hat man versucht, Goldbarren zu klonen. Ein versuche-rischer Gedanke für Herrn Eichel - trotz der Goldpreise. Aber selbst un-sere Ahnen ahnten: **Klauen geht einfacher als klonen**...

Wie immer außer beim Sputnik sind auch hier die Amerikaner führend, und haben in Warholscher Serie-Manie es selbst bei Gottes Ebenbild fast geschafft. Der geklonte Mensch. Eine Packung freudiger Gene, eine fröh-liche Ration: die Fun-Gene-ration...-

Deutsche Wissenschaftler geben sich kulturbewußt, zitieren Goethes Faust - der es auch einmal mit künstlichem Gold versuchte - Faust II, experimentierte der wackere Bildungsbürger mit dem künstlichen Men-schen aus der Phiole und nannte sein Prodüktchen Homunkulus.

Im Übrigen sagte Jesus: „Ich bin der gute Hirte und kenne meine Schafe..."; er sagte keineswegs: *„ich klone meine Schafe"*...

Über das Wirken und Werken und Werkeln des menschlichen Geistes machte sich der Frankfurter Dichter so manche Gedanken. So darf ich Goethe mit einem seiner poetischen Hitparadenstürmer aktualisiert zitie-ren – ich habe ihn sozusagen ent-**siegel**t[129].

Also Goethe: Goethe 2012, statt um Gold geht's um Gene.

20.4.4   Der Zauberlehrling

Volker: Als Zauberer mit Zauberhut : Der Zauberlehrling...
Volker: Hat der alte Sexus-meister sich doch einmal wegbegeben.
Und <u>nun</u> soll <u>ohne</u> Spermakleister Mensch aus meinem Willen leben
Wortlos merk ich mir die Werke, Moral ist doch wie Schall und Rauch
und mit meines Geistes Stärke tu ich Wunder auch...
Zelle walle manche Strecke, daß zum Zwecke Gene fließen

---

[129] Wortspiel mit dem Eurovisionsdauerkomponisten Ralf Siegel

und mit reichem, vollem Schwalle sich zum Menschlein nun ergießen...

Seht, es steigt aus der Phiole ein perfektes Menschenkind
Seht, die Hülle, diese hohle, fülle ich wie ich es will
Identisch steh'n in Reih und Glied, gliedlos gezeugte Überwesen
Den Sinn des Lebens gebe ich mit, das Beste ist hier auserlesen.
Zelle, walle deiner Wege, daß die Welt ich neu bewege
Ich, nicht du, was eilst du dich
Tu das nicht, sonst teilst du dich
Und wirst mehr als ich es will,
Zelle, Zelle, halte still!

O, du Tücke! Nein, ich schicke, dich zurück, im Augenblick
Zurück ins Glas, o ich vergaß die andre Formel
Wehe, wehe, was ich sehe, ich vergehe, Höllenstrafen, lang geschlafen,
nun entfesselt... eingekesselt
in die Gläser neue Geister, nur Gott selbst sei Herr und Meister
alles Leben soll er geben,
des Gentechnikers Frevelhand, sie sei durch seine Macht gebannt,
denn des Menschengeistes Größe schafft im Neuen gleich das Böse
unsres kleinen Geistes Licht reicht zu Gottes Schaffen nicht.

Auch die modernen **Menschenmacher** *arbeiten mit Reagenzgläsern (Zauberhut umdrehen).* **Körperproduktion** *ist megaout. Ich selbst bin natürlich für die Human-Produktion:* **Gentechnikfrei in Bayern.** *Wir klonen uns auf der Berghütte neben der lila Kuh. Zugegeben, ein bißchen Lust ist auch dabei...*
Die lustfreie Massenproduktion von Menschen würde freilich **Arbeitsplätze** schaffen. Und mit diesem Argument läßt sich nun wirklich alles durchsetzen. „Ja-Gott-Ta" oder Jagoda[130]? Die Rente mit 85[131] zahlen die geklonten Gen-Beamten.

21 Alles in Butter, Herr Dr. Luther 1996

21.1 Historische Intro

Was man und frau von Dr. Martin Luther wissen muß, um dieses Kabarett zu verstehen:
Er wurde zwar 1483 geboren, starb aber 1546, deswegen müssen wir ihn heuer feiern. Das ist nämlich 450 Jahre her. Seine Eltern ließen ihn als gute Katholiken am Tag nach der Geburt im kleinen Eisleben taufen. Das war der Martinstag. Also heißt er.... Luther. Daß er sächsisch sprach, wird heute meist schamhaft verschwiegen.

---

[130] Leiter der Bundesanstalt für Arbeit
[131] Oder mit „60". Inzwischen bin ich 67, arbeite vergnügt weiter und meine Kirche zieht meine Teilrente von meiner Besoldung ab.

Kurz vor Luther wurde von Guttenberg der Buchdruck revolutioniert. Das neue Medium „Buch" und vor allem auch die Möglichkeit, Flugblätter zu verbreiten, machte sich der Reformator zu eigen. Heute würde er - wie es die evangelische Kirche inzwischen auch tut - im Internet vertreten sein, also vom Computer aus erreichbar. Natürlich würde ein Prediger wie er im Rundfunk vertreten sein, aber ganz sicher. Bloß ließe man ihm dann nicht mehr soviel Zeit für seine Predigten. Glauben und tägliches Leben trennte er nie. Also würde er auch heute bedenkenlos bei den Werbefritzen klauen, wenn es dem Evangelium dient.

Luthers Gegenspieler war ab 1518 der Kaiser Karl V. Da er notorisch pleite war und vom Papst auch erst 1530 gekrönt wurde, war es ein ständiges auf und ab des Machtpokers. 1518 berief der deutsche Kaiser, der kein Wort deutsch sprach, den Reichstag nach Worms. Er sicherte dem geächteten Luther freies Geleit zu und hielt es auch, was er ein Leben lang bereute. In Worms sprach Luther angeblich die berühmten Worte: „Hier stehe ich, ich kann nicht anders..."

Vom Typ her war er nicht nur ein genialer Reformator, sondern zugleich zunehmend ein kleiner Choleriker. Im Stau wäre er ausgeflippt. Der Reformator und seine Zeitgenossen konnten sehr unflätig werden - was sie mitunter drucken ließen, brächte heute nicht mal Bild oder Bravo heraus. Luthers große Erkenntnis war, daß Gottes Gnade uns vor ihm bestehen läßt, nicht unsere guten Leistungen, das, was wir tun und vorzeigen können. Damals waren die Leute begeistert, heute...? Leistung muß sich doch wieder lohnen, oder?

Die Erkenntnis, daß wir „aus Glauben gerecht werden", also das Vertrauen auf Gottes Gnade die einzige Grundlage für die Erlösung ist, kam ihm bei der Bibellektüre im Turm seines Augustinerklosters in Wittenberg. Darum nannte er dieses Erlebnis sein Turmerlebnis. Luther wußte: Wir sind alle Sünder, keiner ist besser als der andere. Diese Erkenntnis ging immer wieder flöten: Wir sind die Besseren, das ist gewiß, brüllten die Massen und schlugen sich bereits in der Reformationszeit die Schädel ein. Wären die Affen doch auf den Bäumen geblieben...

Luther hatte mit dem Papst eines gemeinsam: Sie glaubten nicht, daß die Erde eine Kugel ist, - obwohl Amerika entdeckt war und Seefahrer die Erde umrundet hatten. Daß die Kurie Galileo Galileis Werk verdammte, hätte der Reformator gut geheißen. Da war er ausgesprochen konservativ, und hielt sich für realitätsnah; beides gilt auch für die Bayern, die Besatzer Frankens durch Napoleons Gnaden. Eigentlich ist ein Bayer katholisch; das erwartet er auch vom lieben Gott und das Jesulein lag bestimmt in einer alpenländischen Krippe, während Josef Lederhosen trug und von seinen Spezis Sepp genannt wurde (der mit den besonderen Beziehungen nach droben...). Trotzdem gibt es eine evangelisch-lutherische Kirche von Bayern. Die gehört sozusagen zu Luthers Wirkungsgeschichte - ebenso wie das Evangelische Gesangbuch.

Luther schuf das erste Gesangbuch - für andere Künste als Musik hatte er nichts übrig; er schrieb sogar eigene Lieder, wobei er oft auf bekannte, volkstümliche Melodien zurückgriff. Wir singen immer noch seine Lieder, wenngleich unsere volkstümlichen Melodien völlig anders klingen. Darum geht oft mal der Notenschlüssel über Bord, sozusagen: Key over board[132], wie der Engländer sagt.

Luthers Frau hieß Käthe und war angeblich die erste Pfarrfrau; von Haus aus war sie Nonne, ihr lieber Martin Mönch; die Eheschließung der beiden Promis führte seinerzeit (1525) zu einem Skandal, von dem heute die Regenbogenpresse nicht mal zu träumen wagt. Käthe war für das Praktische zuständig. Ob sich Luther je in einem Supermarkt zurecht gefunden hätte, muß bezweifelt werden. Zumindest der Stau an der Kasse wäre für sein cholerisches Temperament nicht gut gewesen; leider konnte er sich auch keiner Psychotherapie unterziehen; heute würde er vermutlich auf diesem Weg Heilung erzielen, und bräuchte dann gar keine Reformation mehr. Gut, daß er nicht heute lebt.

Er findet das wahrscheinlich auch gut, wenngleich aus anderen Gründen. Die gute alte Zeit war doch viel schöner; damals wurde noch richtig ersäuft, geköpft, geviertelt und was alles den Glauben stärkt; die beschaulich lebenden Menschen des Mittelalters fanden Vergnügen an diversen Kriegen, einen führten sie sogar hundert Jahre lang. Leistungen, an die wir einfach nicht mehr anknüpfen können.

Was kann uns retten? Wir zumindest, die Popenspötter, versuchen, Sie zu kaba-retten, auf Teufel komm raus...

21.2 Opening

Rainer brilliert...

Intro: Small Talk mit Martin Luther

Ein eiliger Mann huscht übers Parkett. Er zieht sich schnell den Talar über, läßt ihn aber vorne offen, als das Telefon sein Signal ertönen läßt. Er greift in die Tasche und zieht das Handy heraus. (Aus dem Off erklingt eine Stimme wie über Telefon)

P: Ja, bitte?

L: Was heißt hier: Ja, bitte? Hier ist Dr. Martin Luther!

P: O, Herr Luther! Sie am Apparat? Ich wähnte Sie längst im Jenseits.

L: Selbstverständlich bin ich jetzt auf der besseren Seite. Aber wir sind Euch ja ins Netz gegangen, in euer intergalaktisches Telefonnetz!

P: Ach was, auch der Prominentenhimmel ist jetzt vernetzt? Sie sind der Geisterfahrer auf der Datenautobahn?

L: Geist bin ich schon, aber nicht begeistert. Also, ich wurde hier zum Internetheiligen gewählt und will einfach wissen: Was läuft denn so im sogenannten Diesseits? Ich würde gern auf dem Laufenden sein...

P: Das fällt Ihnen aber spät ein. Auf dem Laufenden wollen Sie sein? Wer heutzutage auf dem Laufenden sein will, muß rennen. Speziell in die Kirche muß man rennen. Deshalb sitzen dort vorwiegend Rentner.

L: Rentner?

---

[132] Keyoverboard heißt ein kompletter Beitrag.

P: Jawohl, Rentner? Die Grundausstattung des Kirchenbesuchs: Eins ist sicher: Der Rentner. Das heißt, inzwischen ist der auch nicht mehr sicher finanzierbar.

L: Gab's zu meiner Zeit noch nicht. Und, mein Herr, was macht denn die Freiheit der Christenmenschen 450 nach mir?

P: Was aus der Freiheit geworden ist? Unsere Freiheit ist tot...

L: Tot?!

P: Nein, nicht tot, sondern total, absolut, grenzenlos. Jeder esse, was er kann, nur nicht seinen Nebenmann! Haha, Kurzfassung des Grundgesetzes. Wird bei den Arbeitsessen des Wirtschaftsministers natürlich leicht verändert, wenn Kannibalen mit am Tisch sitzen.

L: Und was sagen eure lieben Frauen dazu?

P: Tja, sehr verehrter Herr Altreformator, bei Frauen heißt es: Jede fresse wie die Sau, notfalls ihre Nebenfrau. Haha, Kurzfassung des Feminismus.

L: Feminismus? Kenn ich nicht...

P: Feminismus kennen Sie nicht? Brauchen Sie auch nicht zu kennen. Ist nichts für Männer. Machen Frauen mit sich selbst aus. Die meisten Frauen sind sowieso dagegen. Haben neben Kinder, Küche und Kundendienst einfach keine Zeit dafür.

L: Kinder, Küche und Kundendienst...Sieht so heute eure Welt aus?

P: Nein, Herr Doktor, die Welt, das ist heute die CD, also die Compactdisc, rund und flach. Vor allem die pseudoklerikale CD-Rom. CD-Rom heißt die neue Hauptstadt der Erde. Das macht dem Papst noch zu schaffen. Drum werkelt mit seinem Flugsimulator.

L: Der Papst simuliert jetzt Flüche?

P: Nein, Flüge, ich sprach nicht vom Fluch-simulator. - Freilich verfluchen die Römer immer noch irgendwelche Ketzer und simulieren eine göttliche Eingebung. Aber das stimuliert niemanden mehr.

L: Und was macht Wittenberg?

P: Ihre Heimatstadt? Ist jetzt bundesdeutsch. Lebt vom Martin Lutherkult. McDonalds vertreibt dort den Big Martin. Mit viel Käse!

L: Apropos Käse: Was macht denn der Kaiser?

P: Kaiser? Er wohnt jetzt in München. Man wollte ihn schon mal zum lieben Gott befördern, weil er so unentbehrlich ist. Er sträubte sich aber, weil es ohnedies nichts Höheres gibt als Präsident des FC Bayern. Er denkt mit den Füßen, sagt man. Er zelebriert mit 11 Ministranten.

L: Schrecklich. Wo bleibt denn da meine liebe Kirche?

P: Wo Ihre liebe Kirche bleibt? Herr Jenseitspope, die hat einfach Probleme, ihr Produkt zu vermarkten, miserable Öffentlichkeitsarbeit, ist inzwischen auf Profiunternehmen angewiesen.

P: Beichte? Obsoletes Thema. Überflüssig, seit die FDP den großen Lauschangriff durchgesetzt hat und die Polizei sich ins Internet eingeklinkt hat. Jetzt wissen wir alles von allen, wenn wir es wollen. Natürlich blickt niemand mehr durch bei dieser Überfülle von Informationen. Aber dafür haben wir die Sachbearbeiter aus der alten Stasi; die halten die

Produktion am Laufen. In der Herstellung von Aktenordnern sind wir weltweit führend. Da haben wir keine Angst vor der Mafia, denn die Aktenmafia sind wir selber.

P: Nein, Herr Doktor, die Stasi ist kein bayerisches Sennenmädchen, sondern die ehemalige Staatssicherheit, der Geheimdienst der Kommunisten, die Nachfolgeorganisation von Opus Dei, dem päpstlichen Spannern...

P: Ach, Herr Doktor, die Batterie meines Handys gibt ihren Geist auf. Wir müssen zum Schluß kommen. Ich schlage Ihnen vor, Sie gehen mit ihrem Computer auf On-Line mit unserer Videokamera. Dann zeigen wir Ihnen schon, wie's um uns steht. Bei uns ist alles in Butter, Herr Doktor Luther...

P ad publico: Nervtötend, diese Jubiläen. Ob der Herr Doktor nun geboren wurde oder gestorben wurde, immer ist ein Jubiläum fällig, man will ja schließlich noch eines zu den eigenen Lebzeiten. Deswegen kann man auch nicht bis zum 500. Todestag warten, sondern muß den 450. bereits nehmen. Sonst könnte es sein, daß der eigene bereits eintritt und man den Herrn Reformator Auge in Auge kennen lernt.

Reformation! Da steckt da Wörtchen Re drin - "Zurück" -. Das hört man ungerne angesichts des bevorstehenden 3.Jahrtausends und des zurückliegenden Mittelalters. Eine Pro-formation wäre heute angesagt. Proformativ denken! Wir Pro-testanten sind dafür! Jawohl: Für die Pille angesichts des Zölibats. Für den Umweltschutz angesichts des Papstes. Für die Kirchensteuer angesichts der Bundeswehr. Für Rita Süßmuth in Bitterfeld. Für Theo Waigel bei Wasser und Brot.

21.3 Frau Werkreich

Frau Werkreich mit Schürze, Besen und Eimer und Kopftuch - möglichst fränkisch (mit Zwischenrufer Heiner)

R (Vorbemerkung): Aber schauen wir uns doch einmal gemeinsam mit dem Reformator an, was aus dieser Kirche geworden ist. Irgend etwas muß die Reformation doch gebracht haben. Zumindest eines: Wir sind eine Kirche, in der jeder seinen Platz hat. Bei uns darf jede und jeder mitarbeiten, vor allem ehrenamtlich: Und ausnahmsweise lassen wir eine der Dienerinnen unserer Kirche einmal nicht nur zur Tat schreiten, sondern auch zu Wort kommen.

W: Grüß Gott, ich bin die Frau Werkreich. Frau Doktor h.c. Karoline Werkreich. Was glotzen Sie denn so? Wegen meinem Bart? Den muß ich tragen. In der Kirche hat alles einen Bart. Da muß ich mich anpassen. Mit der Zeit gehen, oder genauer: Mit der Kirche stehen bleiben. Der Bart ist ein Zeichen der Männlichkeit. Wie sähe ich denn einmal als Bischöfin aus ganz ohne Manneszierde? Und neue Frauen braucht die Kirche.

Z: Das Weib schweige in der Gemeinde...

W: Das sagen Sie mal dem Kirchenchor. Und am Sonntag kann Ihr Herr Pfarrer Solo singen... Nein, immerhin brauchen wir die Männer, damit wir in der Öffentlichkeit gut dastehen, was vorstellen, ein Positivimage haben. Dafür sorgt vor allem unser Herr Landesbischof; zumindest als Gottes bessere Hälfte, die andere Hälfte ist ja katholisch. Wenn wir Frauen in der Kirchenfamilie das Sagen gehabt hätten, dann hätten wir beizeiten Hausmittelchen gegen den Spaltpilz gehabt. Aber das hat man davon, wenn man den Männern mal ein bißchen Macht gibt...

Genug geplaudert. Ich hab's eilig. Wenn ich unser Gemeindehaus für den theologischen Abend geputzt habe, muß ich noch rasch mein Referat über die endzeitliche Dimension der Reinheit des Herzens und des Bodens vorbereiten.

Typischer Mitarbeiterstreß. Als gute Reich-Gottes-Mitarbeiterin muß ich den vollen Durchblick schieben und die Ent-wicklungen in Kirche, Staat und Gesellschaft checken. Vermutlich nicht nur die Entwicklungen, sondern auch die Ver-wicklungen.

Z: Das Wickeln ist Frauensache.

W: Richtig! Männer können ja nicht mal Babys richtig wickeln, wie sollen sie dann Kirche, Staat und Gesellschaft ent-wickeln? Daß unsere Kirchenleitung sich leicht von den Herren Politikern einwickeln läßt, büßen wir jetzt und beten auf eigene Kosten.

Z: Sie vereinfachen unverantwortlich. Das muß man erst reflektieren!

W: Stimmt. Reflektieren ist wichtig in der Kirche. Wie die Reflektoren bei Fahrrädern. Man will schließlich gesehen werden, damit man nicht überfahren wird; ja, ja, sehen und gesehen werden ist wichtig in der Kirche, damit frau nicht überfahren wird...

Z: Unsinn! Das ist alles nicht so einfach. Man muß doch die Zusammenhänge bedenken, die Entwicklungen, Tendenzen und Möglichkeiten im Bereich Gesellschaft und Kirche, Gemeinde, Diakonie und Mission.

W: Das haben Sie schön gesagt! Ich nenn' des Evangelisches New-Age: Ich reflektiere die Vernetzung aller Zusammenhänge -; so stelle ich mir etwa die Arbeit des Heiligen Geistes vor... Andererseits: Wenn ich mir die Kirche anschaue, habe ich den Verdacht: Da blickt selbst der Heilige Geist nicht mehr durch.

Z: Sie sollten nicht so viel quasseln, sondern mehr arbeiten, damit Sie auch mal zum Ende kommen.

W: Ende? Das gibt es in der Kirche nicht. Der Glaube kann vielleicht Berge versetzen, aber diese Berge von Arbeit kann man in keinem Pfandhaus versetzen. Wie bei den Politikern: Die werden auch nie mit etwas fertig; unsereins ist schon mal fertig...

Z: Sie sind so aggressiv. Sie sollten mal ausspannen. Dafür gibt es doch unsre schönen Mitarbeiterfahrten.

W: Klar. Und da schulen wir gleich unsere Fähigkeit des Umgangs mit Menschen - gerade in der Großstadt ist das immer ein Problem: Wie umgehe ich die vielen Menschen, die da sind? Daneben lernen wir noch die "Verbesserung der Fähigkeit zur Zusammenarbeit" - das lernen wir vom Pfarrer; der sagt immer klar, was mer uns vorgenommen haben und was mer zu tun haben (das erste "mer" ist er, das zwei "mer" sind die MA).

Aber ich steh da und verplapper meine Arbeitszeit!!!. Der Abend naht. Ich muß wieder ran - und nix für ungut, gell.

21.3.1 Sammel-leiden-schaft Die Grenze oder ehr(enamt)lich währt am längsten

Ältere Version: 1992

Gespräch zweier Mitarbeiter (bis zum furiosen Ende)
Zwei Gemeindehilfen treffen sich:

Christine: Ach, Sie sind auch wieder unterwegs? 'ne Sammlung gibt's? Was is es denn diesmal?

Hildegard: Für das Diakonische Werk. Brot für die Welt war ja erst und das Fastenopfer für die Osterkirchen kommt noch.

Christine: Man kommt ganz durcheinander. Eine Sammlung jagt die andere...

Hildegard: Dabei müßte man sich ja grad in der Kirche sammeln können.

Christine: Früher verstand man unter Sammlung auch was anderes. Das war was Geistliches. Aber so was gibt's ja heute nur noch am Kirchentag.

Hildegard: Für den sollte man auch mal eine Sammlung machen...

Christine: Noch eine?

Hildegard: Ja, aber eine besondere: Jeden Tag zehn Minuten, um sich zu sammeln.

Christine: Das macht ja 70 Minuten in der Woche - länger als der Gottesdienst. Und 300 Minuten im Monat, 3600 im Jahr. Das wären ja 60 Stunden. Soviel Zeit, um sich zu sammeln?

Hildegard: Ich wollte es ja schon einmal als Ferienwoche vorschlagen. Aber da hieß es, es gibt Schwierigkeiten mit den Gewerkschaften. Die wollen die 35 Stundenwoche...

Christine: Also nur fünf Minuten täglich, um sich zu sammeln...

Hildegard: Und die spendet uns niemand...

21.3.2 Die Grenze oder ehr(enamt)lich währt am längsten

Personen: Zwei Gemeindereflektoren (Herr Perl/ Frau Brezel) sowie Pfarrer Gutmut und Frau Werkreich Vorbemerkung (vorgetragen von den Reflektoren)

DAS VORSPIEL

Christine: Die Stütze unserer Gemeinde ist die Frau. Die Frau? Wieso Einzahl? Müßte es nicht heißen: Die Frauen? Ja, natürlich. Doch manche von uns hat zwar nur einen Körper, ist aber viele Glieder der Gemeinde zugleich. Bei Menschen wie ihnen spricht man auch vom Häuflein der Getreuen, das sind die Überhäuften Getreuen, die gar nicht so häufig vorkommen...

Georg: In der Politik nennt man eine solche Ämterhäufung "Personalunion"; wenn Kanzler, Präsident, Fraktionsvorsitzender und Parteivorsitzender ein und die selbe Person sind, ist dies eine Personalunion.

Solche Personalunionen sind gefürchtet ob ihrer Machtfülle und bisweilen sogar verboten; der Kanzler darf nicht zugleich Präsident sein.

Christine: In der Kirche ist dies freilich anders, vor allem bei den sogenannten Stützen der Gemeinde, etwa Frau Werkreich. Ihre Machtfülle scheint nicht gefürchtet zu werden.

Georg: Wir wissen ohnedies, wie es bei uns läuft: Ohne die Sekretärin geht nichts, dann muß es erst noch die Pfarrfrau passieren, gelangt doppelt gefiltert zum Pfarrer und wenn es ihm gut dünkt, läßt er den Kirchenvorstand noch mitreden. Die Pfarramtssekretärin sollte freilich nicht zugleich Kirchenvorsteherin sein; das wäre eine gefährliche Ämterhäufung. Eine überflüssige Vorsichtsmaßnahme, wie jeder, der die Entscheidungswege kennt, ohnedies weiß.

Christine: Ämterhäufung, Personalunion, das war das Stichwort: Eine Person, viele Funktionen - Aufgaben, Arbeiten etc. Ich stelle mir Frau Werkreich im abendlichen Selbstgespräch so vor: Verehrte Kirchenvorsteherin Werkreich, sagt sie zu sich, wir sollten... Geschätzte Gemeindehilfe Werkreich, antwortet sie sich... Sehr verehrte gnädige Frau Kindergottesdiensthelferin, fügt sie hinzu... Also, Frau Kindergartenelternbeirätin, schiebt sie ein... Ja, ja, was wir so alles tun...

Georg: Nur im Kirchenchor kann sie noch nicht mehrstimmig singen, aber sie arbeitet schon schwer an sich, es doch noch zu schaffen...

Christine: Und am Sonntag, wo sie sich während des Gottesdienstes nach dem Klingelbeuteleinsammeln entspannen will, hört sie den Pfarr-Herrn predigen: "Nicht die Werke machen uns angenehm vor Gott, sondern der Glaube. Die Werke sind nichtig." - Diese Ermunterung wird sie durch die nächste Woche tragen.

Georg: Die nächste Woche beginnt damit, daß sie mit einem ganz persönlichen Anliegen ihren Pfarrer aufsucht. Der hat natürlich grade seinen freien Tag - wie jeden Montag - und ist auf der Pfarrkonferenz. Aber am Dienstag, als er wohlausgeruht vom Unterricht über das Pfarramtsbüro zum Geburtstagsbesuch vor der Beerdigung schlendert, kann sie ihn doch noch abfangen.

DIE BEGEGNUNG

Hildegard: Herr Pfarrer, ich muß Sie mal persönlich sprechen. -

Volker: Ja, Frau Werkreich. Wo brennt's denn? Wo drückt Sie der Schuh? Wir haben doch alle unser Stück zu tragen. Jaja, es ist nicht leicht. So manches geht einem nicht glatt von der Hand. Und wenn's dann Schwierigkeiten gibt... Da muß man eben durch. Ich sag immer: Frisch angepackt, und die Sache sieht schon ganz anders aus. -

Hildegard: Ja, aber, Herr Pfarrer... -

Volker: Ich versteh Sie schon. Mir geht's auch nicht viel anders. Was denken Sie, grade im Religionsunterricht... Auf den Bänken sind sie rumgeturnt, auf den Bänken! Was denen nur einfällt. Und dann, stinkfaul und rotzfrech, die Mischung, wie ich sie liebe... und da soll ich noch christliche Geduld üben... Sie ahnen ja gar nicht! -

Hildegard: Herr Pfarrer, ich muß Sie mal in einer persönlichen Angelegenheit sprechen! -

Volker: Frau Werkreich, was für ein Problem treibt Sie denn um? -

Hildegard: Wissen Sie, um es grad heraus zu sagen, Herr Pfarrer, manchmal wird mir die Mitarbeit in der Kirche echt zu viel; das muß ich schon mal ehrlich sagen. Und da dachte ich, ich sollte doch ein wenig zurückstecken. -

Volker: Sie, Frau Werkreich? Eine unserer Treuesten? Ja, an welchen Bereich dachten Sie denn? -

Hildegard: An den Gemeindebrief. Seit sieben Jahren trag ich ihn nun aus. Aber es kostet immer doch seine Zeit. Man wirft ihn nicht nur ein, sondern klingelt, und dann spricht man ein wenig, hört sich die Sorgen und Nöte an; oder die Klagen über die Kirche, wenn wieder mal eine Sammlung fällig ist. Mir wird das mit all den anderen Aufgaben allmählich einfach zuviel. Und ich dachte mir: So schwierig ist dieser Dienst doch nicht, da muß man sich nicht lange einarbeiten, da fände sich doch sicher jemand, der meine Nachfolge antreten könnte. -

Volker: Sie machen mir Sachen! Gemeindebrief! Wo schon drei Straßenzüge brachliegen! Nachfolge? Frau Werkreich, überlegen Sie doch selber: Wer soll es denn dann machen? Sie wissen doch, wie knapp wir mit MA sind... "Die Ernte ist groß, der Arbeiter sind wenig..." sagt der Herr; gerade so, als hätte er von unserer Gemeinde geredet. Wissen Sie, welche Sorgen ich mit Mitarbeitern habe, ich habe ja zu jedem persönlich Kontakt und kenne seine Nöte - wenn Sie erst mal in die Familien hineinschauen, was Sie da an Leid sehen, das merkt man als Außenstehender gar nicht. Was ich da alles zu hören bekomme.

Und wenn ich mir überlege, was wir in unserer Gemeinde noch alles unbedingt anpacken müßten. Die Neuzugezogenen müßten besucht werden, die Alten warten auch, und die Kranken und Einsamen, bei den Konfirmandenfamilien sollte jemand mal reinschauen. Das kann ich doch gar nicht allein machen. Einen Besuchkreis müßte man bilden... Aber wer soll das machen? Es gibt ja keine Leute mehr heutzutage. Aber gerade von ihren Mitarbeitern lebt die Kirche... "Sei getreu bis an den Tod, so will ich dir die Krone des Lebens geben" heißt es in der Offenbarung (2,10). Von den treuen Mitarbeitern lebt unsere Kirche seit Urbeginn.

Und da wollen Sie aufhören?! Sie mit ihren Begabungen? "Dienet einander ohne zu Murren mit den Gaben, die ihr empfangen habt," heißt es bei Petrus (1.Ptr.4,10) - oder so ähnlich. Sie können doch mit alten Leuten so gut umgehen; Sie haben immer ein passendes Wort, eine nette Bemerkung parat; Sie sind bekannt und beliebt. Das wäre doch was für Sie, im Kreis für Seniorenbesuche mitzumachen. Da könnte man dann auch an den Seniorennachmittag denken. Das will gut vorbereitet sein. Die Alten sind heute auch anspruchsvoller als früher...-

Hildegard: (sinkt sichtbar zusammen)

DAS NACHSPIEL

Georg: Und so erzählt Pfarrer Gutmut seiner lieben Gemeindehilfe, welche Bereiche völlig brachliegen, und wie nötig die gerade jetzt für die Kirche seien, und dann hat sie halt schon wieder eine neue Aufgabe. Ein Glück, daß es in den Leitlinien für ehrenamtliche Mitarbeiter auf S.II heißt: Eine zeitlich begrenzte Mitarbeit ist möglich. - Das ist tröstlich, denn damit versichert uns die Landeskirche, daß mit dem Eintritt in den Himmel die ehrenamtliche Mitarbeiterschaft erlischt. Sie erstreckt sich nicht auf das ewige Leben. Denn **im Himmel gehört alle Ehre Gott**. Von Amts wegen...

21.3.3 Ältere Version: Frau Werkreich und die MA-Leitlinien

Der ehrenamtlichen Mitarbeiterin Frau Werkreich ist es gelungen, sich an die in den Leitlinien S.III aufgeführten Ziele zu halten: Die Aneignung etc.... Diakonie und Mission. Die Rhetorik schwört auf die Verwendung von Tätigkeitswörtern... Das müßte in den Leitlinien noch reflektiert werden; da herrschen die Hauptwörter vor.

Aufgrund ihres dabei erworbenen Wissen wurde Frau Werkreich von der Erlangener Theologischen Fakultät der Ehrendoktorhut und der Lehrstuhl für Universalgenies verliehen. Die aufgrund ihrer Beanspruchung durch Fortbildung verarmte Frau Werkreich hat den Hut wie auch den Stuhl im Pfandhaus versetzt und sich dafür zwei Hamburger bei McDonalds geleistet. Damit liegt ihr Lebensstandard deutlich über dem normaler Ehrenamtlicher Mitarbeiter...

Frau Werkreich mit Schürze, Besen und Eimer und Kopftuch - möglichst fränkisch 1996

Mach mit in der Kirche und halt die Augen offen, dann *dekannste* mal auch über andere lachen, sagt das schrubberbewaffenete Mädchen für alles aus dem Kirchenvorstand in ihrer Kirchenputzeimerphilosophie, die den MA-.Richtlinien entspricht.

Grüß Gott, ich bin die Frau Werkreich. Frau Doktor h.c. Karoline Werkreich. Was glotzen Sie so? Wegen meinem Bart? Den muß ich tragen. In der Kirche hat alles einen Bart. Da muß ich mich anpassen. Mit der Zeit gehen, genauer: Mit der Kirche stehen bleiben. Der Bart ist ein Zeichen der Männlichkeit. Wie sähe ich denn einmal als Bischöfin aus ganz ohne Manneszierde? Und neue Frauen braucht die Kirche.

Eigentlich sollte ich mich ja in eurem Gemeindebrief vorstellen. Da kommt jetzt immer eine Mitarbeiterin zu Wort. Sogar mit Bild! Aber wer weiß, ob ich da vor 2012 überhaupt dran käme. Und wie sähe ich in 10 Jahren aus. Ein bißchen eitel ist ja jede! Drum also live.

Bisher gibt es nur Mitarbeiter-innen, also für innen und die Mitarbeiteraußen, zum Imponieren. Die einen, die sich hinstellen und tratschen, die anderen, die sich hinstellen und Reden... halten. –

Z - Das Weib schweige in der Gemeinde

Wer sagt das? Das sagen Sie mal dem Kirchenchor. Und am Sonntag, Herr Dekan, da können Sie Solo singen... Gemeinden ohne Frauen, das wäre mal was. Nein, immerhin brauchen wir die Männer, damit wir in der Öffentlichkeit gut dastehen, was vorstellen, ein Positiv-Image haben. Das Absegnen von Lärmbelästigung und Umweltzerstörung etwa bleibt den Männern vorbehalten; beim Flug**lärmplatz** im Erdinger Moos vertrat den Herrgott seinerzeit unser Herr Landesbischof; zumindest als Gottes bessere Hälfte, die andere Hälfte ist ja katholisch. Wenn wir Frauen in der Kirchenfamilie das Sagen gehabt hätten, dann hätten wir beizeiten Hausmittelchen gegen den Spaltpilz gehabt. Aber das hat man davon, wenn man den Männern mal ein bißchen Macht gibt...

Apropos: Der bayerische Landesbischof gab vor Jahren sein Wort, daß kein Pfarrer in seinem Herrschafts- und Gewissensbereich die Wirkung einer ordinären, will sagen, ordinierten Frau dulden muß, sofern er noch unter dem Gesetz "Das Weib schweige in der Gemeinde" ordiniert wurde. Wie sagte ein Geistlicher: „Wissen Sie, ich bin schon für Frauen in der Kirche. Viele meiner Freunde sind Frauen. Ich leite sogar den Frauenkreis..." und er unter ihm. Aber jede an dem Ort, an den der Herr sie stellt. Der Herr Pfarrer natürlich!

Genug geplaudert. Ich hab's eilig. Wenn ich unser Gemeindehaus für den theologischen Abend geputzt habe, muß ich noch rasch mein Referat über die endzeitliche Dimension der Reinheit des Herzens und des Bodens vorbereiten.

Typischer Mitarbeiterstreß. Als gute Reich-Gottes-Mitarbeiterin muß ich den vollen Durchblick schieben und die Ent-wicklungen in Kirche, Staat und Gesellschaft checken. Vermutlich nicht nur die Entwicklungen, sondern auch die Ver-wicklungen...

Z (gewollt witzig:) Wickeln ist schließlich Frauensache.

W: Aber klar!: Männer können ja nicht mal Babys richtig wickeln – des hat schon der Josef seiner Märrie überlassen -, wie sollen sie dann Kirche, Staat und Gesellschaft ent-wickeln? Daß unsere Kirchenleitung sich leicht von den Herren Politikern einwickeln läßt, büßen wir inzwischen und beten auf eigene Kosten - gelobt sei die Union der Wirtschaftschristen.

Z: Sie vereinfachen unverantwortlich. Das muß man erst reflektieren!

W: Stimmt. Reflektieren ist wichtig in der Kirche. Wie die Reflektoren bei Fahrrädern. Man will schließlich gesehen werden, damit man nicht überfahren wird; ja, ja, sehen und gesehen werden ist wichtig in der Kirche, damit **frau** nicht überfahren wird... aber wie heißt es in den MA-Richtlinien?:

Z: Man muß die Zusammenhänge bedenken, die Entwicklungen, Tendenzen, Möglichkeiten und Zusammenhänge im Bereich Gesellschaft und Kirche, Gemeinde, Diakonie und Mission.

W: Das haben Sie schön gesagt! Ich nenn' des Evangelisches New-Age: Ich reflektiere die Vernetzung aller Zusammenhänge -; so stelle ich mir etwa die Arbeit des Heiligen Geistes vor... Andererseits: Wenn ich mir die Kirche anschaue, habe ich den Verdacht: Da blickt selbst der Heilige Geist nicht mehr durch

Z: Sie sollten nicht so viel quasseln, sondern mehr arbeiten, damit Sie auch mal zum Ende kommen.

W: Ende? Das gibt es in der Kirche nicht. Der Glaube kann Berge versetzen, aber diese Berge von Arbeit kann man in keinem Pfandhaus versetzen, ja, nicht einmal im Pfarrhaus. Wie bei den Politikern: Die werden auch nie mit etwas fertig; unsereins ist schon mal fertig...

Aber ich steh da und verplapper meine Arbeitszeit - was wird da McKinsey[133] dazu sagen!!!. Der Abend naht. Ich muß wieder ran - und nix für ungut, gell.

21.3.4   Frau Emsig

(Zum Thema: Neues Mitarbeiterpapier der Landeskirche)

Volker: Frau Werkreich mit Schürze, Besen und Eimer (MA-Papier) möglichst fränkisch

Gemeinden ohne Frauen, das wäre mal was. Da steht doch schon in den MA-Leitlinien - wo hab ich sie denn bloß? Ach, natürlich, im Papierkorb. Da gehören sie auch hin. Aber immerhin möchte ich doch noch aus der von dem Herrn eben erwähnten Seite III zitieren: "Bei der Bedarfserhebung und Koordination von Fortbildungsmaßnahmen nimmt die Landeskirche Kontakt auf mit dem ...Arbeitsbereich Frauen in der Kirche." Als ob die Frauen nicht eh schon fast alle Arbeitsbereiche abdecken... Das Absegnen von Lärmbelästigung und Umweltzerstörung allerdings bleibt den Männern vorbehalten; beim Fluglärmplatz im Erdinger Moos vertritt den Herrgott unser Herr Landesbischof; zumindest als seine bessere Hälfte, die andere Hälfte ist ja katholisch. Wenn wir Frauen in der Kirchenfamilie das Sagen gehabt hätten, dann gäb's heute eh keine geschiedenen Kirchen; aber das hat man davon, wenn man den Männern mal ein bißchen Macht gibt... Genug der dummen Vorbemerkungen. Ich hab's eilig. Nach der Reinigung des Gemeindehauses für den theologischen Abend muß ich noch schnell mein Referat über die eschatologische Dimension der Reinheit des Herzens und des Bodens vorbereiten.

Typischer Mitarbeiterstreß. Doch wer dem Standart der Leitlinien entsprechen will, muß die Voraussetzungen der berüchtigten Seite III berücksichtigen (S.III ist so eine Art Rückspiegel der Intelligenz und wie wichtig Rückspiegel sind, wissen wir vom Überholen auf der Autobahn). Wissen Sie, was dort steht? Ich habe die Ent-wicklungen in Kirche, Staat und Gesellschaft zu berücksichtigen und vermutlich auch die Ver-wicklungen. Denn wenn die Männer nicht mal Babys richtig wickeln können, wie sollen sie dann Kirche, Staat und Gesellschaft ent-wickeln? Ich habe das zu reflektieren (und wir wissen, wie wichtig Reflektoren bei Fahrrädern sind. Man will schließlich gesehen werden, damit man nicht überfahren wird; ja, ja, sehen und gesehen werden ist wichtig in der Kirche, damit

---

[133] Von diesem Unternehmerberatungsinstitut ließ sich die bayerische Kirche untersuchen...

man nicht überfahren wird...), wie gesagt, ich muß reflektieren - vermutlich die Lichtblitze der Landeskirche reflektieren, damit die nicht übersehen werden; dazu informiere ich mich über Entwicklungen, Tendenzen, Möglichkeiten und Zusammenhänge im Bereich Theologie, Kirche, Gemeinde, Diakonie und Mission.

In der neuheidnischen New-Age-Sprache hieße dies: **Ich reflektiere die Vernetzung aller Zusammenhänge - das ist, grob gesagt, etwa das, was der Heilige Geist tut.** Manchmal habe ich allerdings den Eindruck, der weiß nicht mal in der Kirche genau Bescheid. Er ist wohl noch nicht allzulange Mitarbeiter in der Kirche. Oder der Heilige Geist fehlte, als die Leitlinien entworfen wurden und muß jetzt alles nachholen. Ein Mitarbeiter, der den Anforderungen der Leitlinien entspricht, ist so ziemlich genau das, was der Pfarrersohn Friedrich Nietzsche als Übermenschen bezeichnet hat. Doch zurück zur Arbeit. Sie wissen ja, weshalb wir uns am Schwanberg versammelt haben: Weil einem hier sofort schwant, daß ein Berg von Arbeit auf einen zukommt. Bekanntlich kann der Glaube Berge versetzen, aber diese Berge von Arbeit kann man in keinem Pfandhaus versetzen, ja, nicht einmal im Pfarrhaus. Da entsprechen sich die Entwicklungen in Kirche, Staat und Gesellschaft: Die werden auch nie mit etwas fertig; unsereins ist schon mal fertig... Deswegen haben wir auch zur Belohnung die MA-Fahrten. Die sind zwar immer werktags, aber da man als Ehrenamtliche sowieso nicht zu Erwerbstätigkeit kommt, muß man sich bloß von der Gemeindearbeit freischaufeln, dann kann man schon mitfahren...

21.3.5 Frau Werkreich als Soloversion 99

Frau Werkreich mit Schürze, Besen und Eimer und Kopftuch - möglichst fränkisch (mit Zwischenrufer Heiner)

VS: Grüß Gott, ich bin die Frau Werkreich. Frau Doktor h.c. Karoline Werkreich. Was glotzen Sie denn so? Wegen meinem Bart? Den muß ich tragen. In der Kirche hat alles einen Bart. Da muß ich mich anpassen. Mit der Zeit gehen, oder genauer: Mit der Kirche stehen bleiben. Der Bart ist ein Zeichen der Männlichkeit. Wie sähe ich denn einmal als Bischöfin aus ganz ohne Manneszierde? Und neue Frauen braucht die Kirche. - Obwohl, der Friedrich, der Arbeitssame, ist ja auch ganz nett. Man sagt, auf den stehen die Frauen, konkret: die Dorothea Friedrich, bei der steht er nämlich unter dem Pantoffel. - Aber was red ich hier, in der Bibel heißt es doch schon: Das Weib schweige in der Gemeinde... Annererseit: Des sagen Sie mal dem Kirchenchor. Die würden ganz schön glotzen ohne uns Weiber. Da ist doch jeder Sänger ein Hahn im Korb... (beiseite:) Leute, ehrlich, so hören sie sich auch oft an. Jaja, ohne Frauen könnte unser Herr Pfarrer am Sonntag Solo singen...

Nein, immerhin brauchen wir die Männer, damit wir in der Öffentlichkeit gut dastehen, was vorstellen, ein Positivimage haben. Dafür sorgt vor allem unser Herr Landesbischof; zumindest als Gottes bessere Hälfte, die andere Hälfte ist ja katholisch. Wenn wir Frauen in der Kirchenfamilie das

Sagen gehabt hätten, dann hätten wir beizeiten Hausmittelchen gegen den Spaltpilz gehabt. Wenns damals ned den Martin Luther gegeben hätte, sondern des wär die Martina gewesen, dann hätte die den Papst bestimmt rumgekriegt, ihr wißt scho, wie!: Wenn du etzetla net eine kleine Revolution machst, krieg ich die Migräne. Was denken Sie, wie schnell wir die Reformation gehabt hätten! Ohne Kirchenspaltung! Ich kenn meine Migräne. Da helfen nur Spalttabletten. Naja, und weil der Martin ein Mann war, wurde halt die Reformation nicht gezeugt. Dabei stell ich mir das so süß vor: Kommt die klee Reformation in den katholischen Kinnergardn und wird gfrächt: Wie heißdn du? Mardina... ja, un wie weiter? Papst. Hast du geschwister? Ja, einen Bruder. Und wie heißt der? Zölibat.

Genug geplaudert. Ich hab's eilig. Wenn ich unser Gemeindehaus für den theologischen Abend geputzt habe, muß ich noch rasch mein Referat über die endzeitliche Dimension der Reinheit des Herzens und des Bodens vorbereiten.

Typischer Mitarbeiterstreß. Als gute Reich-Gottes-Mitarbeiterin muß ich den vollen Durchblick schieben und die Ent-wicklungen in Kirche, Staat und Gesellschaft checken. Vermutlich nicht nur die Entwicklungen, sondern auch die Ver-wicklungen. Als Frau bin ich da natürlich kompetent, denn Wickeln ist Frauensache. Männer können ja nicht mal Babys richtig wickeln, wie sollen sie dann Kirche, Staat und Gesellschaft ent-wickeln? Daß unsere Kirchenleitung sich leicht von den Herren Politikern einwickeln läßt, büßen wir jetzt und beten auf eigene Kosten. Kohl sei dank! Der Stoiber war ja angeblich dagegen. Das ist der immer, wenn er sich sicher ist, dass er in der Minderheit ist. Deswegen will der auch nicht Kanzler werden. Der wußte doch genau: Das war dem sTrauß sein Fehler. Ein Bayer bayert in Bayern am Besten. Schon in Franken hat ers schwer.

Jetzt wer ich doch scho widder bolitisch. Schluß damit, ich muß doch auch mal mit der Arbiet zu Ende kommen. - Von Wegen! In der Kirche gibt's das nicht. Der Glaube kann vielleicht Berge versetzen, aber diese Berge von Arbeit kann man in keinem Pfandhaus versetzen. Wie bei den Politikern: Die werden auch nie mit etwas fertig; unsereins ist schon mal fertig... Und was ist der Lohn? Jaaaa, die schönen Mitarbeiterfahrten. Da schulen wir gleich unsere Fähigkeit des Umgangs mit Menschen - gerade in der Großstadt ist das immer ein Problem: Wie umgehe ich die vielen Menschen, die da sind? Daneben lernen wir noch die "Verbesserung der Fähigkeit zur Zusammenarbeit" - das lernen wir vom Pfarrer; der sagt immer klar, was mer uns vorgenommen haben und was mer zu tun haben (das erste "mer" ist er, das zwei "mer" sind die MA).

Aber ich steh da und verplapper meine Arbeitszeit!!!. Der Abend naht. Ich muß wieder ran - und nix für ungut, gell.

21.4 Hoch auf dem Kirchenwagen 1

Wir sind eine Volkskirche und vom Beifall der Massen abhängig: beim folgenden Lied müssen folglich alle einstimmen und sich selbst applaudieren. Da wir eine Kirche der Umkehr sind, dürfen den Kehrvers alle Singen, auch die Nicht-sänger. Jesus nimmt eben nicht nur die Sänger an, sondern auch die anderen. .Das Lied handelt von uns selbst, den kirchlichen Mitarbeitern. Da wir in der Kirche automatisch innen sind, werden die Mitarbeiter-innen nicht extra genannt.

E-Dur („Hoch auf dem gelben Wagen")

1) Dro'bm auf dem Kirchenwagen thronen die Hohen Herrn,
lassen sich gerne kutschieren von ihren lieben Mitarbeiheitern
Denn er hat keine Räder, er rollt auch nicht von allein
die geistlichen Herren und Väter, ohne uns können sie nicht sein.
2) Drunten im Kirchentale gibt es gar viel zu tun
Selbst am 7.Tage können wir nicht alle ruhn
manche sind sogar Lektoren, was <u>fast</u> so was wie ein Pfarrer ist...
3) Sollen die Kindlein kommen, sind Helfer sehr gefragt,
Zum Wohle der Senioren sich manche Hausfrau gerne plagt
Für Kuchen und für Kaffee sorgt eine muntre Schar
Die selbstlos sich dann auch engagiert - im Advent beim 3.-Welt-Basar.
4) Die Kranken und die Alten möchten mal wieder Besuch
schon spurten Mitarbeiter, ach, Leute! wären's nur genug!
Wohin man die Augen richtet, wir brauchen Helfer dazu
Denn im Erdenreich Gottes gibt es viel Arbeit, wenig Ruh
5) Auch bei den Kirchengebäuden, bedürfen wir vieler Händ(e)
von praktisch-tät'gen Leuten für Boden, Türen, Dach und Wänd(e)
Doch bei der Jahresfeier lobt man uns mit Gebühr
Für Engagement und für Treue, denn unsre Kirche, das sind wir
6) Das weiß auch der Landesbischof und schreibt uns seinen Dank
Wir wissen das zu schätzen auf unsrer Kirchenbank
Doch ist uns klar: im Grunde, tun wir's für Gottes Lohn
Die Früchte unsrer Arbeit trägt unsre Seele davon.
7) Auf unsrer Himmelswolke wer'n wir uns dann ausruhn
denn irgendwelche Arbeit müssen Engel sicherlich nicht tun
. Säuseln wir Halleluja, schlagen die Harfe dazu
Kosten gar himmlische Speisen, in unsrer ewigen Ruh -
(singt nur einer:) und gucken entspannt dann von oben dem Treiben unsrer Nachkommen zu.

Ach ja, dieses Lied erinnert mich an unsre schönen Mitarbeiterfahrten. Die dienen ja auch der Weiterbildung, denn dort schulen wir unsere Fähigkeit des Umgangs mit Menschen - gerade in Hersbruck ist das immer ein Problem: Wie umgehe ich die vielen Menschen, die da sind? Daneben lernen wir noch die "Verbesserung der Fähigkeit zur Zusammenarbeit" - das lernen wir vom Herrn Dekan; der sagt immer klar, was wir uns vorgenommen haben und was wir zu tun haben (das erste "wir" ist er, das zwei "wir" sind die MA).

21.5 "Werbung" 1996 Der gute Rat

Heiner + Volker (+ Rainer) Werbung ist alles. Ohne PR läuft nichts...
Die Kirchen sehen dabei manchmal ziemlich alt aus. Wie könnte kirchliche Werbung heute aussehen? Wahrscheinlich einfach gut geklaut...

Heiner: (fragt Volker) Ich häng so rum; was kann ich tun?

Volker: (mit Wikingerhelm) ...

Szenenwechsel:

Rainer: Wir wissen nicht, was jener wackere Wikinger empfiehlt. Wir empfehlen: Werden Sie Mitarbeiter in der Kirche.

Volker (mit Teufelshandpuppe?): Zu Risiken und Nebenwirkungen fragen Sie Ihren Pfarrer...

21.6 Scharlatani 1990

Requisiten: Kopfhörer, Kaugummi, Kofferradio, Hupe im Keyboard (Morning has broken)

Heiner: Der große Durchbruch bei Martin Luther war Guttenberg und die Erfindung des Buchdrucks. So wurde der Wittenberger populär. Im Zeitalter der Massenmedien muß die Kirche neue Wege beschreiten. Der Sendungsauftrag muß wörtlich genommen werden: Wir sind gesandt, das Evangelium zu senden. Geistliche Worte auf den Wellen, die die Welt bedeuten. Innere Mission über Funk, der innere Missionar als Wellenreiter des Rundfunks, sozusagen ein Jesus-Surfer. Jesus ging übers Wasser, wir über den Äther; wir beherrschen zwar nicht Wind und Wasser, aber die Radiowellen; besuchen wir doch einmal in einem Trainingscenter für geistliches Wellenreiter die Schulung radioaktiver Missionare.

Ein Medienprofi ackert mit dem angehenden Wellengeistlichen den Text und die richtige Sprechweise, um rüberzukommen, durch.

21.6.1   1. Der Text

RAINER: Hab nun, ach, Theologie studiert,
Neues und Altes Testament,
Auch in Kirchengeschichte nie gepennt,
internalisierte Homiletik und Psychologie
und tu mir schwer so sehr wie nie.
Die Worte woll'n vom Griffel mir gleiten,
ich find den Ton nicht für die Heiden,
wie red ich nur die Leute an?
Als Bruder, Schwester, Frau, als Mann?

Volker: Du mußt den rechten Ton erwischen,
die Menschen sind noch an den Tischen,
und vespern grad ihr Frühstücksbrot, da Tut das Wort zum Tage not.
Sie woll'n am Morgen Sanftes hören, kein Trübsinn soll sie jetzt schon stören,
kein Wort von Buße oder Frust, sonst verläßt sie gleich die Lust,
sei allgemein und nicht zu christlich, so fängst du sie, ganz klammheimlistlich.

Rainer: Ihr Zuhörer von Scharlatani

Volker: Falsch, so gewinnst du sie doch gar nie.
Sie wissen, daß sie Hörer sind; doch woll'n sie schmusen wie ein Kind.
Du muß vielmehr die Lieb verbreiten, beginn damit gezielt beizeiten.

Rainer: O liebe Hörer dieser Welle, ich bringe euch nun auf die Schnelle,
die gute Nachricht in die Küche: Verzichtet kurz auf Schimpf und Flüche,
der liebe Gott will zu euch kommen, zu Sündern mehr noch als zu Frommen,
schenkt Mut euch für den neuen Tag, weil er euch doch von Herzen mag.

Volker: Das war zum Anfang gar nicht schlecht, ein braves Wort ist immer
recht,
nur fehlte etwas noch der Pep, den brauchen wir beim Radionepp.
Ein lockeres "Hei Fans" vielleicht, damit die Jugend man erreicht,
dazwischen noch ein kurzer Scherz, die Kirche hat für euch ein Herz.

Rainer: Doch noch zur Länge ein paar Fragen: Ich hätt den Leuten mehr zu
sagen,
als nur in eineinhalb Minuten...

Volker: Mehr kriegen hier nicht mal die Guten...
die Leute wollen keine Reden, auch nicht von Gott, auch nicht vom Beten.

Rainer: Man kann doch Gottes Wort nicht kürzen, Trifft es auch Hausfrauen
in Schürzen,
schon Sonntags ist die Zeit zu knapp, wo ich 20 Minuten hab!

Volker: Da nehmen Sie mal Jesu Reden, bei dem ist Streichen nicht von
Nöten,
der Meister war rundfunkgerecht, mehr als 10 Verse fand er schlecht;
ein Gott, mein ich, ist solch ein Mann, der kurz und Treffend reden kann.
Wir sind auf Pfarrer angewiesen, die ihren Wortschwall hier ergießen
und göttlich gar ihr Schwafeln finden, ich halt dies für die größten Sünden.
Denn strenger als die 10 Gebote ist unsere Wortbeiträgequote.
10, denken Sie, welch herrlche Zahl

Rainer: Für mich wäre diese Zeit 'ne Qual!
Was ist denn drin in 10 Sekunden?

Volker: Nach elfen ist das Ohr verschwunden,
Kein Schwein hört Ihnen dann mehr zu.
Der Hörer denkt: Ist nicht bald Ruh?!
Zum Glück ist's in Musik gebettet,
damit wird manches noch gerettet.

Rainer: So kann ich ernsthaft doch nichts sagen!

Kein Umkehrruf, kein Hinterfragen,

Volker: Das ist ja auch nicht Sinn der Sachen,
Sie sollen in Beruhigung machen.
 Was heute unsre Medien sind,
war früher eurer Kirchen Kind,
Wir halten heut die Leute dumm,
Wir sind des Volkes Opium.

Rainer: Jetzt würd ich gern das Sprechen proben.

Volker: Den Fleiß, Herr Pfarrer, muß ich loben!
 Dann fangen wir mit dem jetzt an,
was jeder Sprecher bei uns kann.

21.6.2   2.Das Sprechen

RAINER: (stellt sich aufrecht hin) Steh ich so recht? Sind Sie zufrieden?

Volker: Wir müssen das noch einmal üben.
 Sie stehen locker, sag ich, da,
geschmeidge Lippen, blablabla (macht's vor...) -
 Schultern, Arme, Kopf und Bauch,
alles muß wackeln, die Brüste auch;
 beim Sprechen, bitte lächeln Sie!

Rainer: Das ist doch blöd, daß mach ich nie!

VOLKER: Den Seelengummi in den Mund...

Rainer: Was soll das sein? Sind Sie noch gsund?

Volker: Ja haben Sie etwa noch keinen?
Für heute nehmens von den meinen. - (Kaugummi)
 Nun noch das Weichsprechmittel rein,
die Stimme muß geschmeidig sein.

Rainer: Liebe Hörerinnen und Hörer,
hier spricht ihr Seelenheilbeschwörer,
 ich wünsche einen sonn´gen Morgen,
mein Wort vertreibe Ihre Sorgen,
 von Sündenlast ich Sie befreie...

Volker: Was soll das! Nehmen Sie die neue
Sprache, nichts von Sünd und Frust,
vielmehr von Glück, von Laune, Lust.
 Dazu ist das Geschäft zu hart,
da wird mit Weichheit nicht gespart,
wir schlagen hier mit Sanftheit drein,

und lullen unsre Hörer ein.

Rainer: Ein'n wunderschönen, sonn´gen Tag,
an dem ein jeder Sie gern mag,
 wünsch ich Ihnen von ganzer Seele,
 daß jeder sich im Himmel fühle;
 du bist geliebt, geliebt von Gott...

Volker: Ich merke schon, das geht recht flott.
Klingt fast schon wie ein Werbespot.
 So ist es recht, nun woll'n wir's wagen,
Sie sollen Ihren Text aufsagen.
 Es sei um 7 in der Früh,
vor jedem liegt des Tages Müh,
 und finden Sie die Worte schön,
so können wir auf Sendung gehn.

21.6.3   3. Aufnahme der Sendung

Liebe (soft) Hörerinnen und (etwas cooler) Hörer: Haben Sie gut geschlafen? Nein, na, das wollen wir doch gleich vergessen. Es geht Ihnen
gut, so gut wie noch nie. Schauen Sie in den Spiegel! Noch mal, nicht
abschrecken lassen. Lächeln Sie doch einfach! Und schon strahlt Ihnen
ein fröhlicher Mensch entgegen, den Sie noch gar nicht kennen. Das sind
Sie, ja, Sie ganz persönlich. So nett, so fröhlich, so heiter können Sie
sein. Merken Sie, spüren Sie, was in Ihnen steckt? Wie werden Sie heute
durch den Tag gehen! Sie strahlen, ein strahlender Sieger, eine strahlende Siegerin. Na, da fühlen wir uns doch schon ganz anders. Vergessen ist die dunkle Nacht, in mir ein neuer Mensch erwacht. Ja, seien Sie
dankbar. Das war das Wort der Kirche für heute für Sie ganz persönlich,
durch Radio Scharlatani grüßt Sie herzlichst Ihr lieber Gott...

21.6.4   4. Die Sendung mit Jingles 8.12.1992

(Parallel: Dubda....)
Liebe (soft) Hörerinnen und (etwas cooler) Hörer:
von Scharlatani, wir sind flott, mit und ohne Gott
Haben Sie gut geschlafen?
*Scharlatani grüßt die Braven, die mit ihm wachen und auch schlafen...
    ...Bingo Scharlatani!*
Nein?! Na, das wollen wir doch gleich vergessen.
*Huhuhu, schick die Sorgen auf die Bani und hör Scharlatani... ...Bingo
    Scharlatani!*
Es geht Ihnen gut, so gut wie noch nie.
Gut wie nie, Scharlatanienienie, und wie! ...Bingo Scharlatani!
Schauen Sie in den Spiegel!
*Radio, Radio an der Wand, Wer ist die Schönste im ganzen Land?
    Scharlatani! ....Bingo Scharlatani!*
Nochmal, nicht abschrecken lassen. Lächeln Sie doch einfach!

*Nur nicht hecheln, nur nicht schwächeln,
Scharlatani läßt dich lächeln... ...Bingo Scharlatani!*
Und schon strahlt Ihnen ein fröhlicher Mensch entgegen, den Sie noch
  gar nicht kennen.
Wer Scharlatani kennt, scharltet nie mehr um... ...Bingo Scharlatani!
Das sind Sie, ja, Sie ganz persönlich. So nett, so fröhlich, so heiter
Wie Scharlatani, ihr Lieblingsradio... ...Bingo Scharlatani!
...können Sie sein. Merken Sie, spüren Sie, was in Ihnen steckt? Wie
  werden Sie heute durch den Tag gehen!
Positive Menschen hören Scharlatani... ....Bingo Scharlatani!
Sie strahlen, ein strahlender Sieger, eine strahlende Siegerin.
Strahlatani, Strahlatani, ...Bingo Scharlatani!
Na, da fühlen wir uns doch schon ganz anders. Vergessen ist die dunkle
  Nacht, in mir ein neuer Mensch erwacht.
Jeder Morgen erwachen mit Scharlatani. ...Bingo Scharlatani!
Ja, seien Sie dankbar. Das war das Wort der Kirche für heute für Sie ganz
  persönlich, durch Radio Scharlatani grüßt Sie herzlichst Ihr lieber Gott...
Das göttliche Scharlatani. ...Bingo Scharlatani!
Das war die Andacht in Radio Scharlatani, heute gesponsert von Auto-
  haus Bleifuß...
Andacht und Werbung mit Scharlatani... ...Bingo Scharlatani! ##
  Heiner: Das war die Andacht in Radio Scharlatani, gesponsert von Au-
tohaus Bleifuß.
  Rainer hupt!

21.7 Zwischenbemerkung zum Thema „40 Jahre Bravo":
V: (zu H) Sag mal, Heiner, deine Kids kommen doch allmählich in die
  vernünftigen Jahre...
H: Wie meinst du das?
V: Na, aus dem Gröbsten sind sie raus, sozusagen aus den Windeln...
H: Wenn du meinst. Manchmal habe ich allerdings einen anderen Ein-
  druck.
V: Wie meinst du das?
H: Na, als sie klein waren, da haben wir sie wirklich in Windeln gepackt,
  sowohl den Kleinen wie auch später seine Schwester.
V: Natürlich in Pampas, girls and boys.
H: Exakt.
V: Und jetzt?
H: Jetzt lesen sie Bravo.
V: Verstehe, und die kleine liest Bravo Girls.
H: Ja, so geht es weiter, wieder mit Boys and Girls.
V: Und wo ist da das Problem.
H: Das Problem ist der kleine Unterschied.
V: Der kleine Unterschied?
H: Mhm: Bei Pampas schmieren die Kleinen die Scheiße erst drauf, bei
  Bravo haben das schon die Redakteure gemacht.

DIE POPENSPÖTTER

Kabarett

3 Goldener Stern ab 20.00 h – 01.00 h

Die Popenspötter spotten. Natürlich. Dazu sind sie da. Sie spotten am Samstag vormittag beim Einkaufstrubel im Supermarkt und bieten eine Hymne an für alle, die wieder einmal in der falschen Schlange stehen. Sie richten ihren Spott direkt auf die genfrisierten Produkte der Fun-Gene-ration oder fragen sich, was 69 für die 68er bedeutet.

Oberspötter Volker Schoßwald macht seit 15 Jahren Kabarett. Zunächst vor allem im kirchlichen Bereich, von München bis Karl-Marx-Stadt, aber auch in der Provinz (z. B. Nürnberg) oder in den tiefsten Hinterwäldern (z. B. Schwabach). Nachdem er etwas gegen Leichenfledderei hat, wandte er seine Spottlust von der Kirche anderen Bereichen des Lebens zu. Da gibt es ja schließlich auch nachts mehr zu lachen. Die Schlechtschreibreform hat uns zutiefst verunsichert ("Hatte ich damals doch Recht, meine Lehrerin wußte es nur noch nicht?"). Der Klassenkampf ist out, es lebe der Kassenkampf. Die Gewerkschaften siechen dahin, es lebe das Williglohnland. Und nachdem die Republik 16 Jahre verkohlt wurde, wird sie nun verschröddert. Der Humor ist tot (RTL, Sat 1, Kabel 1), es lebe das Kabarett. Und noch was: Vorsicht vor der ersten Reihe!

21.8 Psychodart und der Markt der Möglichkeiten

Mit Dartscheibe und Geißel (Varianten in Hersbruck (Dekanatsfest), Münchner Versöhnungskirche (Gemeindefest), Schwabach (Kneipenfest); außerdem natürlich aus dem Lutherjahr 1996). Ursprung aus unserem ersten „Kleridikaliker"-Kabarett 1987

Psychodart - die Kunst der Selbstverarschung auf dem Supermarkt der geistigen Befreiung.

Weshalb mußte Martin Luther ausgerechnet im Mittelalter leben? Ein Mann mit diesen Problemen! Was hätte das 20.Jahrhundert ihm bieten können! Wenn wir da an das mickrige Angebot aus dem 16. Jahrhundert denken: Hier ein Orden, dort ein Kloster, soll's zum Beten sein oder mehr zu Betteln? Zum Denken, zum Reden oder zum Schweigen? Welch ein Klient ist unseren Therapeuten dadurch entgangen, daß Martin Luther schon 1546 verblich!

Heute würde Martin Luther eine steile Psychokarriere machen. Die Krankenkasse hätte dem Juristen zunächst eine Psychoanalyse genehmigt. Und dann? Nach 1517 frustrierenden Stunden auf einer Wittenberger Couch und dem ernüchternden Kontakt der Selbsthilfegruppe für Mönchsaussteiger im Nikolaus-Selnecker-Haus[134] - hätte er wieder einmal in den Anzeigenteil seines Wittenberger Tageblattes durchgeblättert.

---

[134] Kabarett in Hersbruck: Name des dortigen Gemeindehauses nach einem Reformator aus der Region.

(alternativ:) in der Münchner Versöhnungskirche - wie war das doch mit Amor und Psyche im ehrlichen Zweikampf hier im Gemeindehaus?Also, er hätte wieder einmal in den Anzeigenteil seines Wittenberger Tageblattes durchgeblättert.

Atemtherapie? Atomtherapie? Ringelblumen mit Anfassen? (I-Ging)Ei-Tschingdarassatätät? Selbsthilfegruppe für Sado-maso-mönche? Psychodart? Psychodart! Das klingt interessant.

(Hersbruck:) Weil wir nicht ins Kloster gehen wollen, suchen wir uns einen Guru, und nachdem alles andere out ist, weil es schon unsere Zugehfrau und unsere beste Freundin machen, gehen wir zum absoluten Geheimtyp - nein, das heißt nicht: Ge-Heim, sondern Geh-hin, also zu unserem „Da-mußt-du-unbedingt-hin"-Guru. Es ist der Psycho-dart-guru...

Unser verhinderter Mönch kommt also zu seinem Guru, seinem Psycho-dart-guru... Er muß in das Schwarze seiner Seele treffen! Nach dem Motto: Ein Löffelchen für Papa, ein Löffelchen für Mama wird das frühkindliche bis spätpubertäre Trauma aufgearbeitet oder zumindest abgestochen:

(Action mit Zuschauer :)
Einen für Mama, die zuviel Liebe forderte,
einen für Papa, der mich vernachlässigte,
einen für die Krabbelgruppe, die mich für einen Käfer hielt,
einen für die Kindergärtnerin, die mich in die Ecke stellte und vergaß,
einen für den Lehrer, der mich Max nannte und strammstehen ließ,
einen für den Analytiker, der mich abhängig machte.

21.8.1 Konkretes Kabarett z.B. im Dekanat Hersbruck.

(Action mit Zuschauer :)
(Hartmut[135] muß 10€ blechen: „zunächst das Wichtigste!" „zeigt die Motivation")

Gerade Sie, Herr Dekan, müssen immer ins Schwarze treffen.

Sie tragen schließlich einen besonders schwarzen Talar.

Und um die Menschen auf ihre Bosheit hinzuweisen, gerade die mit dem weißen Kragen,

damit auch die GKV wieder schwarze Zahlen schreibt

weil wir die Kirche des Wortes sind, müssen unsere Worte treffsicher sein. Um genau zu treffen, müssen sie spitz sein. Heutzutage reicht nicht mehr die Kirchturmspitze, die trifft höchsten schwarze Wolken.

❖ Einen für Mama, die zuviel Liebe forderte,
❖ einen für Papa, der mich vernächlässigte,
❖ einen für die Krabbelgruppe, die mich für einen Käfer hielt,
❖ einen für die Kindergärtnerin, die mich in die Ecke stellte und vergaß,
❖ einen für den Nikolaus, der mir die falsche Route erklärte, weshalb ich vom rechten Weg abgekommen bin,
❖ einen für den Lehrer, der mich Max nannte und strammstehen ließ,

---

[135] Beim Kabarett in Hersbruck war mein Freund Hartmut Brunner der Dekan. Ich konnte ihn einbauen.

❖ einen für den Kirchenvorstand, der mich nach seiner Pfeife tanzen lassen will

V: Nun, wie fühlen Sie sich?

H: Spitze. Angespitzt wie ein Spitzenmann.

V: Also geheilt. Und nun zum geschäftlichen Teil: Ich würde gerne im NSH meine Gruppentherapie anbieten. Sie spitzen doch die Frau Hess an, daß sie mich beim Erwachsenenforum unterbringt, nicht wahr?

H: Da muß ich erst den Kirchenvorstand fragen..

V: Ach was, ich komme in die nächste Sitzung und wir machen gleich eine Gruppentherapie. Nach allem, was man so hört, haben es die Damen und Herren bitter nötig. Und das Finanzielle regeln wir auf Spendenbasis, ganz freiwillig, sagen wir mal so 2,5... Jetzt will ich Ihnen aber nicht den ganzen Abend vermiesen, Sie können wieder Platz nehmen. (Aber beim Hinsetzen aufpassen: es könnte was Spitzes drauf liegen...) - (nachdenklich in abschweifende Symbolik:) Was würde da wohl ein Psychoanalytiker sagen? „Geh aus, mein Herz und suche Freud, der nächste Phallus ist nicht mehr weit: Ist so ein Pfeil nicht ein herrliches Phallussymbol? Spricht nicht schon die Bibel vom Sündenphallus? Freilich, ein Phallus, der einer Schlange gleicht, eignet sich zur Sünde denkbar wenig. Nur ein gerader Phallus erregiert die Welt. Ist der Homo Erectus der Sündenfall? Die restliche Kreatur wird es so sehen. Ganz besonders die Schlangen. Sie nehmen es dem Adam übel, daß er sie zum Sündenbock gemacht hat. Weshalb nicht zu Sündenschlangen. Eine Schlange ist Null Bock. Hat der Sündenbock überhaupt ein Sternbild? Einen Aszendenten? Oder steht er im fünften Haus des Mars? Astrotherapie? Sterne? Wind, Sand und Sterne? Der kleine Prinz? Ich bin der kleine Prinz, strahlt Susi! Es war ihre schönste Rolle. Die süße Prinzenrolle. Vorwärts, rückwärts, quadratisch und praktisch. So ist das Leben. Girls and Boys in den Pampas, wo sie das Marlborough Pferd fangen.

21.8.2 Schwabacher Variante:

einen für papa, der immer nur sein auto polierte
einen für die krabbelgruppe, die mich für einen käfer hielt
einen für die kindergärtnerin, die mich in der Ecke vergaß
einen für den zahnarzt, der mir die zähne verbog
einen für elvis presley, der zu dick wurde,
einen für den spiegel, der unhöflich ehrlich ist

Und wenn Sie jetzt nach Hause gehen und in den Spiegel sehen, sehen Sie aus wie Elvis Presley, der seine Kindergärtnerin für einen steilen Zahn hielt und Mama und Papa in seiner Gruppe krabbeln und babbeln ließ....

So, jetzt darf ich selbst auch noch mal, und ich stelle mir natürlich den Bauaufsichtsleiter, den Denkmalschützer und den OB vor.[136] Jedem seine Spitze.

---

[136] Kabarett in Schwabach, wo ich mit allen dreien Schwierigkeiten hatte.

21.9 Evangelisch, katholisch, ökulogisch und der übrige Mist 1996

V: So sind sie, diese Jubiläen. Ob der Herr Doktor nun geboren wurde oder gestorben wurde, immer ist ein Jubiläum fällig, man will ja schließlich noch eines zu den eigenen Lebzeiten. Deswegen kann man auch nicht bis zum 500. Todestag warten, sondern muß den 450. bereits nehmen. Sonst könnte es sein, daß der eigene bereits eintritt und man den Herrn Reformator Auge in Auge kennen lernt.

Reformation! Da steckt da Wörtchen Re drin - "Zurück" -. Das hört man ungerne angesichts des bevorstehenden 3.Jahrtausends und des zurückliegenden Mittelalters. Eine Pro-formation wäre heute angesagt. Pro-formativ denken! Wir Pro-testanten sind dafür! Jawohl: Für die Pille angesichts des Zölibats. Für den Umweltschutz angesichts des Papstes. Für die Kirchensteuer angesichts der Bundeswehr. Für Rita Süßmuth[137] in Bitterfeld. Für Theo Waigel[138] bei Wasser und Brot.

Aber schauen wir uns doch einmal gemeinsam mit dem Reformator an, was aus dieser Kirche geworden ist. Irgendetwas muß die Reformation doch gebracht haben. Zumindest eines: Wir sind eine Kirche, in der jeder seinen Platz hat. Bei uns darf jede und jeder. Darum widmen wir allen ehrenamtlichen MitarbeiterInnen das folgende, zweiteilige Lied:

Eins ist sicher. Martin Luther wollte nur das Beste für seine Kirche. Aber wie das so ist, wenn jemand nur das Beste für jemand anderes will, ist der andere oft gar nicht so scharf darauf. Manchmal vielleicht zu Recht. Nicht alles Beste ist auch gut. Martin Luther hingegen ist jenseits aller Kritik:

A: Ich bin stolz darauf, evangelisch zu sein!

B: Was zeigst du auf den Splitter im Auge deines Bruders und siehst den Balken im eigenen Auge nicht?!

A: Eben! Der Splitter, das sind wir. Wir sind sozusagen Weltmeister der Zersplitterung.

B: Ach was, und die katholische Kirche ist wohl eine Sammlung von Balken, auf die man zeigen kann. z.B. den Zölibat und die Pille.

A: Klar, es gibt sogar Leute, die aus der evangelischen Kirche austreten, weil die katholische den Zölibat hat. Und keine Pille. Das ist für Männer ganz schrecklich. Schließlich habe ich ein Recht auf meine Pille. -

B: Dabei wäre das doch die Lösung: Zölibat statt Pille. Die erfolgreichste Verhütung ist die Priesterweihe. Sie verhindert zwar nicht Mütter und Kinder, aber Väter...

A: Wie war das doch, als sich ein evangelischer und ein katholischer Pfarrer begegneten? Machen wir mal ein Rollenspiel:

E: Wissen Sie was, Herr Kollege, es wäre doch schön, wenn Sie uns heute abend beehren könnte. Auch meine Frau würde sich freuen? Dürfen wir Sie zum Abendessen einladen?

K: O ja, gerne

---

[137] Süßmuth, CDU-Ministerin, zugleich Katholikenrat.
[138] Finanzminister mit buschigen Brauen.

E: Und bringen Sie doch bitte Ihre Frau mit.

K: Herr Kollege, Sie wissen doch: Der Zölibat.

E: Ach ja, natürlich. Dann bringen Sie den kleinen Zölibat doch einfach mit. Die Kinder werden sich schon verstehen...

21.9.1 *St.Sprint* Ökumene heißt: Niemals

B: Ökumene heißt: Niemals um Verzeihung bitten zu müssen...

A: Und evangelisch heißt: Ich muß nicht jeden Sonntag in die Kirche rennen.

B: Na und?! Ich finde meinen Herrgott im Wald.

A: Entschuldige, das verwechselst du mit dem Förster.

B: Ach so, und ich habe mich schon gewundert, weshalb Gott immer mit Hund und Gewehr durch die Gegend pilgert.

A: Du solltest eben doch öfters in den Gottesdienst.

B: Beten kann ich auch zuhause. Außerdem: ich bin ein guter Christ, ein besserer als die, die jeden Sonntag in die Kirche rennen und die Woche über die schlimmsten Menschen sind. Ich könnte da Beispiele nennen! Die hat mir mein Opa detailiert geschildert! Er kannte die beiden sogar namentlich. Also, ich bin ein besserer Mensch, deswegen renne ich nicht in die Kirche!

A: Dabei wäre so ein Church-Sprint gar nicht so ungesund. Etwas körperliche Bewegung täte dir gut, wenn's schon zur geistigen nicht reicht. - Aber Spaß beiseite, ich schildere dir mal eine Szene vom letzten Sonntag. Es ist 9.15 Uhr, und du schläfst noch.

Mit Pantomime: *St.Sprint*

Zwei treue Kirchgänger bereiten sich auf den Kirchgang vor. Sie knien in den Startlöchern. Der Glöckner von Heilighausen wirft die Glocken an. Es bimmelt: Auf die Plätze, fertig, los!!! Wahrscheinlich sind sie gedopt, denn in der evangelischen Kirche ist die Pille ja erlaubt. Wir Christen - und da zähle ich mal die beiden katholischen Kirchgänger dazu - müssen unheimlich gut trainiert und fit sein, denn bei uns rennt man ja noch bis ins hohe Alter in die Kirche. Siebzig, achtzig, neunzig, auf die Plätze, fertig, los!!! **St.Sprint** ist immer dabei.

A: Das Tolle an den Nachkommen Martin Luthers ist ihre Offenheit, Toleranz und Freiheit. Das ist sogar ihre Pflicht. Wie wäre es mit ein paar Beispielen? Gespielt, freilich, nur gespielt. In Wirklichkeit ist alles ganz, ganz, ganz anders, anders, anders...

P: Es tut mir unheimlich leid. Ich fühle mit ihnen mit. Aber kann Sie einfach nicht beerdigen. Schließlich sind Sie aus der Kirche ausgetreten.

A: Was, und dann reden Sie von Nächstenliebe? Die Kirche ist doch total verlogen.

P: Es tut mir leid, aber es geht wirklich nicht; wer im Leben nicht zu uns steht, liegt im Tod auch nicht unter uns...

A: Wissen Sie was? Sie haben die Pflicht! Als Christ müssen Sie mich einfach beerdigen.

P: Das habe ich doch schon längst getan. Sie waren eine Karteileiche. Jetzt sind Sie im Reißwolf. Aber sehen Sie, es hat überhaupt nicht weh getan.

A: -

P: Sie schauen so traurig aus. Warum sind Sie denn überhaupt gestorben? War das denn nötig? So ganz ohne Auferstehung lohnt sich doch diese aufwendige Bestattung gar nicht. Wer stirbt denn heutzutage noch? Das ist doch völlig veraltet!

A: ?

P: Sehen Sie, positiv denken. Das ist die Lösung: Keine Kirchensteuer, dafür aber Unsterblichkeit, ist das nicht toll?...

Der Pastorand geht nachdenklich weg. Am nächsten Tag steht er vor dem Esoterikregal im Hugendubel und sucht das Standartwerk: Unsterblichkeit leicht gemacht, von Dr.Ich-will-nur-Ihr-Bestes, also-geben-Sie-mir-Ihr-Geld.

21.9.2 Taufe auf dem Kilimanjaro

Im Amtszimmer des Herrn Pfarrer aber spielt sich in neuer Besetzung eine alte Szene ab:

P: Tut mir wirklich leid, aber ich kann ihr Kind nicht taufen...

A: Unverschämtheit! Wofür zahle ich die viele Kirchensteuer?! Sie haben die Pflicht.

P: Ja, schon, das mit der Taufe wäre auch nicht das Problem. Aber gerade an Freitag dem 13....

A: Als Pfarrer werden Sie doch nicht abergläubisch sein...

P: Nein! Nein, nein! aber gerade um Mitternacht!

A: Geisterstunde, Herr Pfarrer, Geisterstunde! Und Taufe hat doch mit dem heiligen Geist zu tun.

P: Mich begeistert das keineswegs... und dann noch auf dem Kilimanjaro...

A: Aber bedenken Sie doch, Herr Pfarrer, ganz nahe am Himmel! Das erleben Sie auch nicht alle Tage.

P: Ich will es auch gar nicht erleben!

A: Wissen Sie was, dann trete ich einfach aus!

P: Wenn Sie unbedingt müssen... Zweite Türe links.

Tja, so ändern sich die Zeiten: Martin Luther schaute dem Volks aufs Maul, uns haut das Volk aufs Maul.

21.10 Ökumene: Kleiner grüner Kaktus

Der Kaiser Karl V., im 16.Jahrhundert deutscher Kaiser, sprach kein Wort deutsch; in seinem Appartement in der Noris mußte ihn stets ein Dolmetscher begleiten. Die würzigen Bratwürste ergebener Nürnberger Bürger ließ er kleinschnippseln und in die Paella mischen. Typisch Spanier. Immerhin, in seinem Reich ging die Sonne nie unter, weil er überall auf der Erde einen Makler sitzen hatte und sich die Erde stets nach dem Sonnenwind drehte. Bloß dieser Dr. Luther drehte sich nicht nach dem Windchen. Zum Reichstag nach Worms geladen, kroch er keineswegs auf allen vieren zum Kaiser und bat zitternd um Milde, sondern er stellte sich hin und sagte: "Hier stehe ich, ich kann nicht anders!" Weshalb hatte der blauäugige Spanier ihm nur freies Geleit zugesagt? Hinter Gitter gehört so ein Quertreiber. Erhängen, erdolchen, ersäufen! Als ob es keine passenden Hinrichtungsarten gäbe! In den Staub, Martin! Besser noch: Unter die Erde, du Revoluzzer! Spaltpilz der Kirche!

Der Kaiser Karl V hat bekanntlich nur eines bereut: Sein Wort gehalten zu haben, 1518, als er Martin Luther freies Geleit zum Reichstag nach Worms gewährte und sich auch daran hielt. Hätte er den Aufrührer aus Wittenberg schon damals hinter Gitter gebracht, oder besser noch unter die Erde, wäre der Kirche die Spaltung erspart geblieben - vielleicht... Dem Kaiser war die Einheit der Kirche in seinem Reich, in dem bekanntlich die Sonne nie unterging, weil er überall auf der Erde ein hübsches

Stückchen Land sein eigen nennen konnte, was ihm allerdings nichts brachte, weil er Pleite war und sich nicht einmal ein eignes Heer halten konnte, dieser Kaiser gehört zu den wenigen, die freiwillig von der politischen Bühne abtraten

Die Einheit der maroden Kirche hatte Karl V. nicht wiederherstellen können. Deswegen trat er - das zeichnet ihn als honorigen Mann aus - zurück und verzichtete auf die Krone. Das war 1554. Acht Jahre nach Martin Luthers Tod. Eigentlich müßten wir alle zurücktreten, denn auch uns ist es noch immer nicht gelungen, die Einheit der Kirche wieder herzustellen. Und inzwischen sind weitere 450 Jahre vergangen.

Immerhin, die härtesten Jahre scheinen vorüber, und wir haben wenigstens ein kleines, zartes Pflänzchen namens Ökumene. Dieser Bewegung, der wir uns verpflichtet wissen, widmen wir das folgende Lied. Es trägt den beziehungsreichen Titel: Mein kleiner grüner Kaktus. Ja, stachelig ist die Ökumene bisweilen, allerdings nicht von innen, sondern von außen. Manchmal habe ich den Eindruck: Vor allem die von oben sind ziemlich weit draußen.... Der Kaktus - abgesehen davon, daß er sehr genügsam und dank seiner Pflegeleichtigkeit auch sehr langlebig ist -, der Kaktus hat eine Besonderheit: Seine Blüten treibt er aus der Ruhe.

Auf der Schattenbank des Lebens zittert ein kleines, zartes Pflänzchen namens Ökumene. Eine Bewegung, die vom Aussterben bedroht ist, weil der lichtraubende Schatten der allein quälenden römischen Kirche einerseits und der im Materialismus verfettende Atheismus andererseits, als Nebenschatten fungiert die individualisierende Esoterik. Mein kleiner grüner Kaktus. Ja, klein, aber stachelig ist die Ökumene bisweilen....

1. Blumen im Garten, unzähl'ge Arten von New Age bis zur Esoterik, leisten sich heute die klügsten Leute, denn dieses Feeling gilt als Schick!

Mein kleiner grüner Kaktus steht draußen am Balkon, hollarie. hollarie, hollaro Was brauch ich rote Hosen, was brauch ich Hasch und Mohn, hollarie, hollarie, hollaro

Und wenn ein Atheist von Kirchenspaltung spricht, dann hol' ich diesen Kaktus und er sticht sticht sticht....

Mein kleiner grüner Kaktus steht draußen am Balkon, hollarie, hollarie, hollaro

2. Man find't gewöhnlich, die Menschen ähnlich, den Blumen, die sie gerne tragen. Manches ist kläglich, doch ich sag täglich: Wir woll'n es auf ein neues wagen:

Mein kleiner grüner Kaktus steht draußen am Balkon, hollarie. hollarie, hollaro Was brauch ich rote Hosen, was brauch ich Hasch und Mohn, hollarie, hollarie, hollaro

Und wenn ein Atheist von Kirchenspaltung spricht, dann hol' ich diesen Kaktus und er sticht sticht sticht....

Mein kleiner grüner Kaktus steht draußen am Balkon, hollarie. hollarie, hollaro

3. Heute um viere klopft's an der Türe. Nanu? Besuch so früh am Tage?
Es war ein Bischof, es roch schon nach Zoff, denn ärgerlich war seine
Frage:
Ist das Ihr grüner Kaktus, da draußen am Balkon? holarie hollarie, hollaro
Der muß nun in die Kammer, sofort ohne Gejammer, hollarie hollarie,
hollaro
Ich lacht ihm ins Gesicht, ich bin ein Bösewicht, denn jetzt weiß unser
hohes Herrlein wie ein Kaktus sticht.
Ich liebe diesen Kaktus, denn er macht mich so froh, holarie, hollari, hol-
laro.

Jeder hat sein Wehwehchen. Die katholische Kirche ist hier wie in so
vielen Bereichen überdimensioniert. Sie hat ihr Wehwehwehchen... Das
dreieinige Weh. Wehe dem, der in seine Nähe kommt. Der Teufel weiß
schon, warum er es fürchtet, das Weihwasser... Er weiß, da ist der Weihrauch nicht weit; und wo der Weihrauch weht, ist die Luft dick. Und noch
ein Dicker schwebt im weiten Gewand dort überm Weihwasser und weiht
den weißen Rauch, mit dem er die Wirklichkeit vernebelt: Der ehrwürdige
Herr Weihbischof.
Seh ich Weihwasser, Weihrauch und Weihbischof / Such ich das Weih-
te, ich bin doch nicht doof.
Es gibt da nur einen, den ich leiden kann / und das ist der Weihnachts-
mann.
Doch raubt es mir den Schlaf, o Graus: / Ich glaub nicht an den Nikolaus...
Ich gebe zu, ein beknacktes Gedicht. Es hält das Niveau der römischen
Kirche. So weit bin ich also schon gesunken... Unter den Pegel des
Tiber...

21.11 Gespräch nach der KV-Sitzung

V: Einer der größten Verdienste des Reformators: Er führte die Demokratie in die Kirche ein. Der Kirchenvorstand hat das Sagen in der Gemeinde. Dem Recht nach. Daß es in der Wirklichkeit immer ein bißchen
wirklicher zugeht als in der kirchlichen Rechtssammlung zeigt der folgende Wortwechsel nach einer KV-Sitzung.
Heiner: So, das wäre auch wieder geschafft. Diese KV-Sitzungen ziehen
sich auch immer mehr in die Länge... Ein Glück, daß wir bei der Kinder-
gartenrenovierung am Schluß so schnell einig waren. Für die 50.000
DM haben wir ja fast nicht einmal 5 Minuten gebraucht!
Rainer: Naja, ist Ihnen auch schon aufgefallen, daß es völlig egal ist, was
auf der Tagesordnung steht? Irgend jemand muß immer eine Diskussion anfangen. Am besten über den Gottesdienstbesuch der Jugendlichen im Verhältnis zu den Unkosten, die durch jugendlichen Unfug entstehen. Wenn ich daran denke, daß wir fast eine Stunde lang erbittert
über die 120.- für den kaputten Tisch im Jugendheim gestritten haben...
Heiner: Ja, 5 Minuten für 50.000.- im Kindergarten und 50 Minuten für
120.- bei der Jugend; dabei ging es in dieser Diskussion ja nicht mal
über Glaubensfragen.

Rainer: Haben Sie denn nicht den Trick vom Pfarrer bemerkt? Die heiklen Themen bringt er immer irgendwann am Schluß. Dann hat man sich müde geredet und jeder will nach Hause und sagt Ja und Amen, obwohl ihm gar nicht wohl bei der Sache ist.

Heiner: Sie meinen, das macht der absichtlich?

Rainer: Klar. Der Kindergarten, das sind wir. Oder?

Volker: Das ist natürlich eine böswillige Unterstellung, wie sie nur einem destruktiven Kabarettisten kommen kann...

21.12 Enthüllungstheologie Christus à la Christo 1995

Christus à la Christo

Martin Luther ging es um die Wahrheit, die Wahrheit und nichts als die Wahrheit. Als Humanist wußte er selbstverständlich: Wahrheit heißt aletheia. Zu Deutsch: Das Unverhüllte. Die Kirche hatte alles verhüllt, Luther wurde zum Enthüller. Damit liegt er allerdings eindeutig nicht im Trend. Im Gegenteil: Verhüllung ist angesagt. Christo statt Christus. Das zeigte sich deutlich seinerzeit beim Reichstag. Bevor der zum Bundestag wird, mußte er mal so richtig verhüllt werden.

Das war ein Spektakel. Fast so toll wie unsere Bischofswahl. Kreativ, wie wir traditionsgemäß sind, könnten wir uns für die nächste Wahl natürlich auch eine von Christo befruchtete Form vorstellen. Etwa: Der Landeskirchenrat kreißt im Geheimen und... verhüllt sein Ergebnis, vielleicht in der Walhalla? Oder im bayrischen Finanzministerium? Oder im Tor des Club? Als effektives Verhütungsmittel? Das hat der freilich nicht nötig. Die kriegen auch so kein Tor rein... wenngleich beim Gegner... In einer großangelegten Show - nur echt mit dem Synodalballett sowie dem gemischten Chor der Dekane, unterstützt vom Quintett der Kreischdekane und der rhythmisch klatschenden Altersbischöfe - findet die feierliche Enthüllung statt.

Das Großereignis wird mediengerecht präsentiert: Zwei Wochen lang darf die Öffentlichkeit um den verhüllten Bischof prozessieren. Originelle Alternative organisieren spontane Lichterketten. Begnadete Eisverkäufer arbeiten sich durch Spitzenverkäufe ins Guiness Buch der Rekorde. Das landeskirchliche Wettbüro in der Meiserstraße - Filialen in jedem Pfarramt - veranstaltet je nach Angebot mit RTL oder Sat1 das Bischofslotto - der Zuschauerhit vor dem Wort zum Dienstleistungsabend. Die abfallende Hülle der Lizenzen verhülfe den Finanzen zur Fülle. Der Bischof verpuppte sich bescheiden als lila Pausenverhüller.

Der greise Kirchenkritiker Karl-Heinz Deschner wittert eine neue Einnahmequelle und droht mit zitterndem Zeigefinger der Kirche mit weiteren Enthüllungen. Der Papst gibt zu erkennen, daß er weiterhin in seinem römischen Seniorenheim residiert und veröffentlicht eine weitere seiner bewährten geistlichen Verhüllungen. Die Gesangbuchhülle - auf knackigen Großplakaten angepriesen, würde zum Verkaufsschlager. Hans Küng im Glück veröffentlichte seine Theologie der Hülle. Kurzfassung: Schon Jesus wurde in Windeln gehüllt. Jene berühmten Christowindeln, die vom 9. bis zum 23.7.1902 in Aachen[139] ausgestellt waren... Weihnachten ist sozusagen die erste Verhüllung Jesu. Hier zeigt sich schon das Mysterium. Das Mysterium ist - frei nach Prof. Schnauzbarth - das an und für sich zutiefst verhüllte. Schon seine irdische Ausformung, das bajuwarische Ministerium, gibt sich meist so bedeckt, daß man von einem Mynisterium reden möchte.

Die Rechtsgläubigen fühlten sich gelinkt und fordern: Unsere Kirche muß hüllenlos werden. Diese interpretationsbedürftige Äußerung riefe Mißverständnisse bei betagten FKK-Anhängern hervor, die in dem außersynodalen Oppositionellen einen unerwarteten Mitstreiter vermuteten. Die Hülle ist die Hölle.

Zum Glück neigten sich die beiden Wochen nach dreizehn Tagen dem Ende zu. Die Enthüllung nahte. Die Synode hatte bereits mit knapper Mehrheit nach namentlicher Abstimmung die Hüllabfuhr bestellt, die auch pünktlich mit dem Hülleimer - statt der mißverständlichen Urne griff man zu einem angemessenen Weihwasserkessel - anrückte.

Und nun dürfen wir - hic et nunc - die Enthüllung miterleben. Live und vier Jahre im Voraus. Der Bischof, der das nächste Jahrtausend für uns öffnet, wird der Öffentlichkeit preisgegeben. Als landeskirchlicher Auftragsloser - im Sinne von 1+1 - darf ich nun die Enthüllung vornehmen:

(--- Ich enthülle: einen Briefumschlag)

Darauf steht: Ergebnis der Bischofswahl 1999, zu verlesen von einem unvereidigten Zuschauer...

- übergebe es jemandem aus dem Publikum

Darin steht: Ein unheimlicher Zauberer hat mittels eines Zaubertuches den Originalbrief weggezaubert. Fragen Sie unter den Kollegen nach, ob zufällig ein der Zauberei Kundiger anwesend ist und dank der Vorsehung einen Zauberstab mitgebracht hat.

Ich habe zufällig einen dabei. (nehme Zauberutensilien)

Abrakaluja!

Ich gehe durchs Publikum. Suche ihn bei zwei Personen (zunächst finde ich bei einem ((eingeweihten anwesenden)) meinen Gehaltszettel) und finde den echten dann - bei ?. Den Brief mit dem Originalnamen: Ein spontan bestimmter Zuschauer darf ihn verlesen: ...

NICHTS.

---

[139] Damals stellte man die „Windeln Jesu", eine Reliquie öffentlich aus. Alle sieben Jahre gibt es eine Ausstellung, etwa: Die Wallfahrt von 1937 ging als Heiligtumsfahrt des stummen Protestes gegen das Naziregime die Geschichte ein. Die NS-Presse warnte Gläubige vorab: „Wer am 27. Mai mit der sogenannten Prozession, die heute nichts anderes ist als eine Demonstration gegen das Dritte Reich, marschiert, stellt sich bewußt in die Reihe der Separatisten, der Kinderschänder, der Meineidigen, der Landesverräter." Dennoch erschienen 800.000 bis eine Million Pilger zur Heiligtumsfahrt in Aachen. – Wegen Corona wurde die aktuelle Pilgerfahrt auf 2023 verschoben.

Enttäuschung. - Ich erkläre: O, Verzeihung, ich vergaß: Diese Hülle ist ein Zaubertuch. Der Bischof muß erst noch hergezaubert werden. (nehme Zauberutensilien) Abrakaluja!

(- Ich gehe durchs Publikum. Suche ihn bei zwei Personen und finde ihn dann - bei ....)

Sehr geehrter Brieföffner!

Ein unheimlicher Zauberer - vermutlich aus dem Landesstellenplanungsbüro - hat mittels eines Zaubertuches den Originalbrief weggezaubert. Fragen Sie unter den Kollegen nach, ob zufällig ein der Zauberei Kundiger anwesend ist und dank der Vorsehung außer dem - für die allzeitige Präsenz der irdischen Vertretung des Allgegenwärtigen notwendigen -Mobiltelefon seine Zauberutensilien mitgebracht hat.

Der Bandenkirchenrat   Lynchen, 10.07.1999
der luth-ehrischen Kirche Bayerns
Reißwolfstr.13
80 007 Lynchen
Der Bandenkirchenrat hat einstimmig beschlossen: Das neue Oberhaupt unserer Kirche wird:
...
Alle Bandenkirchenrätinnen gratulieren ganz herzlich.

21.13 Outro: Wir melden uns zurück

Wir melden uns zurück, bei Dr.Martin Luther
Telefon klingelt...

V: Hallo?! Ach, Sie sind es, lieber Dr. Luther...

L: Das soll meine Kirche sein? Ich bin entsetzt!

V: Sie sind entsetzt? Soso, aber im Vertrauen, haben Sie denn etwas anderes erwartet?

L: Vernunft habe ich erwartet!

V: Vernunft? Aber lieber Doktor! Wer von der Menschheit Vernunft erwartet, ist höchst unvernünftig.

L: Dann muß ich doch noch einmal kommen und die Menschheit Mores lehren!

V: Herr Doktor! Sie als Zombie? Aber bitte, bitte! In Ihrem Alter, übernehmen Sie sich nicht. Bleiben Sie uns lieber in guter Erinnerung. Denn, mein Lieber, wer will denn eine Reformation überhaupt. Es geht uns doch gut.

L: Ich komme!

V: Ach, Bruder Martin, bleiben Sie doch im Jenseits. Das 16. Jahrhundert ist längst vorbei. Sie sind einfach veraltet. Wir sind längst schon im 19. Jahrhundert gelandet...

L: Ich komme in Euer 20. Jahrhundert, aber direkt!

V: Wie, Sie meinen, dies wäre das 20. Jahrhundert? Natürlich, wenn man den Kalender betrachtet, haben Sie wie immer Recht. Aber der Kalender ist der kirchlichen Zeit weit voraus.

L: Das ist ja schrecklich!

V: Nein, nein, das ist ein echter Vorteil: Wenn die Welt morgen untergeht, haben wir Evangelischen immer noch 100 Jahre vor uns. Und da lohnt es sich doch, ganz in Ihrem Sinne, ein Apfelbäumchen zu pflanzen.

21.14 Pflanze einen Apfelbaum, Versionsschluss Luther

Pflanze einen Apfelbaum,
Träume deinen Kirchentraum
Gott wird uns schon überleben
auch wenn wir uns überheben
Auch wenn wir den Himmel stürmen
stürzen wir von Hochmuts-türmen
Fehler tun uns nicht mehr weh,
denn wir leben im PC.

Kirchen gibt's für den Touristen
Weihnachten für den Grossisten
Bibeln gibt's für die Regale
Nächstenliebe als Pauschale
Segen für die Hochzeitstorte
Pfarrer für die letzten Worte
Gott? Wo ist er und was tut er?
Ist er nicht nur ein Computer?

Manchmal nur falsch programmiert.-
Wenn ein Unglück mal passiert,
wird die Software retourniert
und die Wirklichkeit frisiert
bei Rinderwahnsinn[140] wird parliert
beim GAU[141] radiotisch Zeit halbiert
Wir denken nur noch posi-tief
in unserm postmodernen - Mief -
aus Genfabrik und Eurobutter
So ist die Welt, Herr Dr.Luther

Frühere Form:
Wir denken nur noch posi-tief in unserm postmodernen - Mief -
Das Morgenrot würde noch röter, der Mensch bliebe ein Straßenköter,
der Hinze blieb ein Schwerenöter... der Kanzler blieb ein Nerventöter,
Die Tagesschau brächte noch netter - nach Leichen pünktlich auch
...das Wetter

---

[140] Rinderwahnsinn (BSE) war eine gefährliche Seuche um 1994 in Deutschland.
[141] 1986 explodierte das KKW Tschernobyl. Das war der sog. Größte Anzunehmende Unfall (GAU), der so gut wie ausgeschlossen war und sich erst 2011 beim Tsunami von Fukushima wiederholte. Der GAU betrifft ca. 1 Millionstel pro Betriebsjahr, ereignet sich also ca. alle Million Jahre.

22 Wenn das der Luther wüsste 1996 + 2012

22.1 Knete, Kloster und Kasteiung 1505

Der reiche Kornbauer 1995
Anspiel zum Reichen Kornbauern oder: Unser Finanzminister denkt über den Sinn des Lebens nach... (Der Kornbauer sitzt einfach nur da und sinniert) (aus dem Off spricht der Tod)

Wer das Geld hat, hat Recht! Tja, aber die Banca Spiritu Sanctu braucht immer noch einen, der ihr das Recht formuliert. Juristen nennt man die Mitglieder jenes erwerbsträchtigen Standes. Das ist gerade das richtige für meinen Martin, dachte sich Hans Luther und uns ließ seinen Sohn Jura studieren. Er selber war Bergmann, hatte tief gebuddelt und sich damit hochgearbeitet. Aber das Graben des Vaters war zum Grübeln des Sohnes geworden. Und der stellte sich eine für Juristen völlig widersinnige Frage: Bin ich denn selber gerecht?

Die Antwort seines geschäftstüchtigen Vaters war klar: Gott lohnt den, der recht tut. Wenn du also viel verdienst, dann ist das der Beweis: Du bist schon richtig. Aber Martin Luther sprach sich selber schuldig und verurteilte sich zu lebenslang Kloster mit Wasser, Brot und Selbstbestrafung. Erlösung freilich fand er keine. So fragte er sich nach einem Sado-Maso-Abend, also nachdem er sich wieder einmal blutig gepeitscht und in Ketten gelegt hatte: Hatte mein Vater etwa Recht? Und als er in der Nacht vor Schmerzen nicht schlafen konnte, hatte er eine Vision. Er war Pförtner, nein, nicht an der Himmelspforte, sondern im deutschen Bundestag. Über sein Video überwachte er die einzelnen Ministerien, daß darin nicht unrechtes geschähe und beobachte zufällig den Finanzminister, einen schon von Berufs wegen uneigennützigen und edlen Menschen, der gerade, weil die Jahresabrechnung fällig war, genüßlich seinen eigenen Geschäftsbericht studierte.

K: Ein Super-Geschäftsjahr! Viele Leichen, viel Gewinn! Tja, wie die Konkurrenz so abgesoffen ist, das war schon ein Genuß!

Wenn ich an den Versager in der europäischen Konkurrenz denke, dann geht es mir super. Freilich, freilich, der Aufschwung kam erst spät. Dann diese Friedensgespräche, wo sich kaum mehr was auf dem Weltmarkt regte und ich wahnsinnig in weiße Tauben investieren mußte. Doch kaum habe ich ein gutes Sortiment, fängt dieser Bürgerkrieg in Südfrankreich an. Aber ich hatte Glück, das Glück des Tüchtigen und verkaufte die Tauben als Streithähne. Ein Wahnsinnsboom. Und für Kriegsgerät gibt es ja immer noch den Dringlichkeitsaufschlag und die Außenwirtschaftssubvention. Tolle Wertsteigerung. Jetzt ist die neue Planung angesagt. Ich müßte einiges vergrößern. Die Fabriken werden zu klein, und einige sind veraltet und reparaturbedürftig. Ich habe es überschlagen. Finanziell müßte es drin sein. Das geht bei der Konkurrenz sicherlich nicht so gut. Wenn ich noch ein bißchen powere, dann bin ich absolut Top. Dann kommt der Superurlaub an der Cotê Azur, dann kommt die Delegation an einen Stellvertreter, die Villa auf den Bahamas wird gebaut und ich werde leben wie Gott in Frankreich. Dann hat sich die ganze Schufterei doch erst gelohnt. Dann strecke ich alle viere von mir.

T: Du Narr! Gar nichts wirst du von dir strecken. Heute Nacht wirst du deine Augen zumachen und morgen früh legen sie dir Pfennige drauf, damit du die Überfahrt ins Totenreich bezahlen kannst. Pfennige! Von deinen Tausendern nimmst du auch nicht einen mit. Dort bei den Toten sind alle gleich. Nur ihr Leben war anders, ihre Vergangenheit. Die nimmst du mit. Und sag schon: War es das wirklich? Nur auf eine Zukunft hin leben und keine Gegenwart erleben? Das Herz als ein Tresor für Aktien und Pfandbriefe?

K: Und was wird aus meinem Wirtschaftsstandort Schwarzland? Du willst wohl alle Werte umstürzen? Dir ist wohl nichts heilig!

T: Ich bin der Tod. Bei mir wird alles wertlos. Alles, außer...

K: Außer...?

T: Ja, außer der Liebe. Anordnung des Chefs. Also, nimm mit, was du in deinem Leben gegeben und bekommen hast, aber in Liebeswährung!

K: (schüttelt den Kopf) Und wofür habe ich nun geschuftet?

T: Das, mein Lieber, hättest du dir immer wieder mal überlegen können. Jetzt ist der Fälligkeitstag.

T nimmt K bei der Hand und führt ihn hinaus....

Endzeit: Wir rotten Jahr für Jahr tausende von Tierarten aus. Sie fallen weder auf noch ins Gewicht. Und sie erfüllen eine wichtige Aufgabe: Sie säumen den Weg der Menschheit, jenen Weg, der unumkehrbar ist, den Weg der Selbstausrottung.

22.2 Luther wechselt das Gewand 1512

L (mit der Bibel in der Hand): Endlich, endlich habe ich verstanden, daß Gott mich so lieb hat, daß ich sonst nichts mehr brauche.

Roland, der Mönch: Das solltest du aber allen Leuten sagen.

L: Soll ich mich einfach so hinstellen und sagen: Liebe Frauen, liebe Männer, Gott hat euch lieb.

R: Na, dann werden sie vielleicht fragen: Und woher, Martin, weißt du das?

L: Das ist doch klar: So steht es in der Bibel. In der Bibel könnt ihr lesen: Der Glaube an Gott allein macht dich schon selig.

R: Aber die Leute können die Bibel gar nicht lesen. Die ist in einer fremden Sprache geschrieben.

L: Dann muß ich es ihnen übersetzen.

R: Genau. Aber manche können trotzdem nicht lesen. Du mußt du es ihnen erklären. Wie ein Lehrer.

L: Dann müßte ich mich wie ein Lehrer anziehen.

R: Genau. Und die Lehrer bei uns tragen nicht so ein Gewand wie du als Priester.

L: Nein. Aber ich glaube, ich habe auch noch ein Lehrergewand, eines, daß die Professoren tragen.

R: Hier ist es. Das solltest du jetzt immer tragen, damit die Leute merken: Er hat uns etwas wichtiges zu sagen.

L: Genau das mache ich jetzt.

L wechselt die Kleidung (weißen Talar gegen schwarzen)

22.3 Wurmerlebnis... 1516
Turmerlebnis

Mission. Ist das nicht der Transport unserer Werte ins Ausland? Sind nicht unsere bayrischen Werte der wertvollste Exportartikel. Bekanntlich lassen wir uns ja freiwillig von der CSU regieren. Und diese ist so tief religiös, daß sie traditionell 10 Gebote für zu wenig hält und ein Hauptgebot voranstellt. Das *Reinheitsgebot.* Wer nun glaubt, es ginge um rituelle Reinigung, liegt falsch: Es geht um Bier, um die Reinheit des bayerischen Bieres. Das, wo dieses Bier drin ist, nennt man Flasche – in Bayern wird hier sehr viel umgefüllt... – Erde zur Erde, **Flasche** zur Flasche... statt Beerdigung ein **Altglascontainer fürs Recycling**, also bayrischer Hinduismus, Reinkarnation...

Das Reinheitsgebot: übrigens: wann wurde es erlassen? Richtig: 1516. Wie gesagt, in Bayern dachte man 1516 intensiv an die Kulturgüter Wasser, Gerste und Hopfen. Das war in Sachsen anders. Der spätere Privat-Bier-Brauer Martin Luther saß 1516 wieder einmal im Turm seines Augustinerklosters, verzichtete auf sein Fastenbier, studierte die Bibel und... Klick!!! :Ich brauch mich nicht zu geißeln und zu martern, Gott liebt mich auch so. **Gott liebt dich, weil du sein lebendiges Gegenüber bist.** (*Ich habe für diesen Satz mindestens sieben Jahre gebraucht*). Das nannte er später sein Turmerlebnis.

Für diese spirituelle Erfahrung stellte er sich vor den deutschen Kaiser – der kein Wort Deutsch sprach – in Worms und deklamierte die berühmten Worte: **Hier stehe ich, ich kann nicht anders**. Weniger standhafte Menschen würden angesichts jenes Kaisers, in dessen Reich die Sonne nicht unterging, wahrscheinlich gestammelt haben: „Hier stehe ich, aber ich muß mal....“

Wie gesagt, der deutsche **Kaiser** hätte das nicht verstanden, da Karl der Fünfte kein Deutsch konnte. Latein und Spanisch, das waren die Sprachen, die er fließend sprach. Die **CSU** hätte ihn also niemals eingebürgert. Aber gerade jenes Phänomen zeigt, daß wir Deutschen schon immer multikulturell waren. Das gilt sogar für die Österreicher. Abgesehen von einer großdeutschen Ausnahme.

Und abgesehen von dem Neuhaidentum. Wir verstehen uns: Jörg, der Heide, schreibt sich zwar mit A-I, aber er wäre so gern deutsch. Aber leider, leider, kann er nur gegen die Italiener sein. naja, vielleicht holt er doch noch Südtirol Waldheim ins Reich.

Dann hätte auch Jörg Möllemann ein Land, das ihm Asyl gäbe; freilich, wenn er und seine Anhänger nach Österreich hinüberschwappten, dann wäre das, geographisch betrachtet, eine Wester-Welle...[142]

Doch gehen wir aus der Eiszeit der FDP wieder ins vergleichsweise fortschrittliche Mittelalter. Wie gesagt, 1516 hatte Martin Luther sein sagenhaftes Turmerlebnis. Generationen von Theologiestudenten büffeln seitdem diese Szene und versuchen, dieses großartige Erlebnis nachzuvollziehen. Freilich: Mönch Martin schlug sich mit Geiseln und desgleichen... Da kommt ein Studium schlecht mit. Müßte also ein echter Theologe erst einmal zu einer **Domina** gehen, so ein richtiger Maso-fetischist werden, um das lutherische „allein aus Gnade" von Grund auf zu verstehen? Wie gesagt, das Turmerlebnis wird bereits den Anfängern eingebläut...

Vom Turm ging's nach **Worms**. Dort hatte Luther bekanntlich seinen mediengerechten heroischen Auftritt vor dem Kaiser. „Hier stehe ich, ich kann nicht anders..." soll er gesagt haben. „Hier stehe ich, ich muß mal..." wird er kaum gesagt haben. Und der Kaiser, Karl der V., der frischgebackene? „Hier throne ich, ich kann nicht anders..."? Na, wie klingt denn das! Aber so waren die Zeiten. Freilich, der deutsche Kaiser wird das kaum gesagt haben, denn er konnte kein Deutsch, von einem Germanisten ließ er sich alles übersetzen (Schau-Ma-Ma)[143]. Latein und Spanisch, das waren die Sprachen, die der deutsche Kaiser fließend sprach.

Aber zurück zur Frage: *Woher kommen wir?* Werfen wir mal einen Blick ins Mittelalter, ins Jahr 1516.

Von der undankbaren Weltgeschichte zu Unrecht vergessen ist Martins Zellennachbar, der kleine Augustinerhofmönch **Baldur**, ein Grübler vor dem Herrn. Beim gemeinsamen Abendessen der Mönche im klösterlichen Refektorium hatte Martinus fasziniert den Brüdern seine Erkenntnis aus dem Turm geschildert. Baldur, einen versunkenen Fleischbrocken in seiner trüben Hafersuppe suchend, murmelte, er müsse der Sache mal auf den Grund gehen und klapperte suchend mit dem Löffel in der Suppe. Daraufhin schnauzte der verärgerte Abt des Ordens den kleinen Mann nicht zum ersten Mal an: "Baldur, Grübler müssen **graben**!" Das hieß in Klarsprache: Baldur, morgen früh bewaffnest du dich mit einer Schaufel und gräbst den klösterlichen Garten um! -

---

[142] Jörg Haider FPÖ, Jürgen Möllemann und Guido Westerwelle FDP.

[143] 500 Jahre später hieß der Kaiser Franz und sprach auch kein Deutsch, sondern bayerisch. Dabei eliminierte er die Vergangenheit und erzählte von früher stets im Präsens. Außerdem war er blind: „Also, ich hab noch keinen einzigen Sklaven in Katar gesehen. Die laufen alle frei rum." (2013) Die unter Sklavenbedingungen schuftenden Bauarbeiter, bei denen es häufig zu Arbeitsunfällen kam, leugnete er. Schon Nationalspieler Vogts bezeichnete bei der Weltmeisterschaft in Argentinien 1978 das von einer Militärdiktatur regierte Gastgeberland als „Land, in dem Ordnung herrscht. Ich habe keinen einzigen politischen Gefangenen gesehen". Die Tochter meines Theologieprofessors Ernst Käsemann wurde damals gefangengenommen, gefoltert und getötet. Das konnten weder Vogts noch Beckenbauer beobachten.

Gehorsam ist das zweite Klostergelübde und Baldur begann nach der Morgenandacht mit dem Graben. Als er so vor sich hin **grub und grübelte**, kroch aus dem gelockerten Boden ein kleiner Wurm. "Ach, Bruder **Wurm**," sprach Baldur, "sind wir nicht alle kleine Würmer? Angesichts des Universums und der Universität gleiche ich dir wie eine Made der anderen. Du bist aus Germania, ich bin aus Germania, sind wir nicht alle *Made in Germania*?" So beschloß er, in Zukunft alles, was er mit seiner Hände Arbeit herstellte, mit Made in Germania zu signieren.

Es hätte auch heißen können Wurm in Germania, oder: Engerling in Germania, oder einfach nur Erde in Germania, Lehm in Germania, Dreck in Germania. Doch die Wege des Herrn sind unerforschlich, es hieß eben Made. - Vielleicht dachte der Herr bereits an seinen großen Dichter Heinz Erhard:

Hinter eines Klosters Garten saß die Made und musste warten - sie war solo, denn der Gatte, den sie hatte, wurde Mönch... sönch, rönch, lönch??? und auf Mönch kann sich eben keiner einen Reim machen, also bleibt die Made solo. Vielleicht hätte man dichten sollen: sie war solo, denn der Gatte, den sie hatte, wurde Kloster-bruder - dieses Luder.... wie der Luder (th)...

Da er - wie Grübler nun mal sind - sehr gediegen arbeitete, war es bald ein Qualitätszeichen, seine Waren verkauften sich gar wohl und wenn er über den Ursprung seines boomenden Unternehmens sprach, sagte er: -

"Es war im Jahre 1516, da hatte ich mein **Wurmerlebnis**. Ich packte meine Waren und wanderte mit meinem Klosterbruder Martin nach *Wurms*; während er auf dem Reichstag dem Kaiser Rede und Antwort, handelte ich mit dem Reichswirtschaftsminister meinen ersten Exportvertrag für Spanien aus: (Liste lesen:

1.	mittelsächsische Bücherwürmer	♦ Klinisch geteste Wurmfortsätze
2.	Niedersächsische Volkswürmer	♦ Würmbürgher mit rein biologischen Maden
3.	Jenaer Glaswümer	♦ Elastische Madenstrümpfe

Echt sächsische Volkswürmer, Die Diskussion über die Madenschlußzeiten fand leider kein Ende. Irgendwie war da der Wurm drin.

Aus jenen Tagen stammt mein Wahlspruch: **Hier krieche ich, ich könnte auch anders**. Er wurde zum Motto für alle, die was werden wollen." - Baldur wurde von Papst Nepotissimus, dem *heiligen Vetter aller Kriecher*, selig gesprochen und Schirmherr jener, die sich klein machen, um hoch hinaus zu kommen.

Also, das war die Antwort auf die Frage: Woher kommen wir? Aus deutscher Erde. Die Frage: Was war zuerst, die **Henne**, oder das Ei, ist damit beantwortet: Zuerst war der Wurm, den die Henne picken konnte. Eijeijeijei... Bleibt die Frage: wo gehen wir hin: Quo vadis, Menschheit? Welche Henne pickt uns?

22.3.1 Wurmerlebnis... Turmerlebnis Variante 2011

23.12.96; Freitag, **18. Februar** 2011, Rednitzhembach Freitag, 9. November 2012

Lutherdekade. In diesem Jahrzehnt erinnern wir uns: was war denn vor 500 Jahren. Denken wir etwa an 1516: Da war Bayerns wichtigstes Jahr. Da fand die bayrische Kulturrevolution statt: In Bayern erließ man 1516 das kulturtragende Reinheitsgebot.

Wer nun glaubt, es ginge um rituelle Reinigung, liegt falsch: Es geht um **Bier**, um die Kulturgüter Wasser, Gerste und Hopfen und um die Reinheit des bayerischen Bieres.

Das, wo dieses Bier drin ist, nennt man Flasche – in Bayern wird hier sehr viel umgefüllt... – Darum heißt es auf bayerischen Friedhöfen zunehmend: Erde zur Erde, Flasche zur Flasche... statt Beerdigung ein Altglascontainer fürs Recycling, also bayrischer Hinduismus, Reinkarnation...

Das war in Sachsen anders. Martin Luther saß 1516 wieder einmal in seinem Augustiner-Klosterturm, verzichtete auf sein Fastenbier, brütete über seiner Bibel und... Klick!!! : machte die Erleuchtungsbirne über seiner Birne wie bei Onkel Knox von Fix und Foxi. "Und die Bibel hat doch recht!" dachte er. Der Numerus Clausus ist eine Erfindung deutscher Kultusminister. Der Himmel hat keine Rausschmeißer wie die Disco. Bei Gott reicht schon die Geburtsurkunde: "Es gibt dich! Ich mag dich! Stempel und Unterschrift: der liebe Gott!"

Diese virtuelle Glühbirne über seinem Charakterkopf nannte Luther später sein **Turm-erlebnis**. Manche Frommen denken bei Turm ja gleich an den Turm von Babel. Das entspricht ihrer Erfahrung mit lutherischen Gottesdiensten: Auf Luthers Fundament ragt oft ein Turm aus Babbel. Kanzel-Babbeln und Kanzel-Schwafeln. Früher dachte ich, die Hölle böte Feuer und Schwefel, heute vermute ich eher Feuer und Schwafel. Also Predigt non-stop. Mancher fromme Rede-fluss ist einfach ein **Schwafelbach**, oder kurz: ein Schwa-Bach... - dann schon lieber eine **Red-Nix**... oder noch hübscher: eine Red-Nixe. - *das ist es, wovon wir Männer träumen: Eine Frau, die auch schweigen kann. Wir haben Til Schweiger, wo bleibe eure Tussi Schweiger?*

Genauso bekannt, beliebt und bewundert wie sein Turmerlebnis ist Luthers heroischer Auftritt vor dem Kaiser in Worms. „Hier stehe ich, ich kann nicht anders..." soll er gesagt haben. Was würde er wohl heute angesichts seiner Kirchen sagen? "Hier stehe ich, mir wird ganz anders?" - besonders bei einer EKD, die das 500. Reformationsjubiläum mit den Katholiken feiern will. Klar, will ich auch: Sonntag morgens, um 10 Uhr, mit Pfarrer Ratzinger aus Rom. Dafür nähme ich sogar in Kauf, dass Wolfgang Schäuble mit dem Klingelbeutel durch die Gemeinde fährt...

Bruder Martin schäumte manchmal angesichts der kirchlichen Wirklichkeit. O.k., das Schäumen machte er selbst, aber das Brauen überließ er seiner Gattin. Ihr Katharinenbier war angeblich so gut, dass Luther ohne es nicht mehr einschlafen konnte. Er ließ es sich sogar auf Reisen nachschicken. Der Reformator war ein guter Bierkonsument und zugleich Freund des Reformators **Spalatin**, der, wie sein Name sagt, aus Spalt kommt; von ihm konnte Luther auch den Hopfen beziehen. ...und ein Pils brauen? Das berühmte Spaltpils, das bald die Kirche spaltete?

Diesen **Spaltpilz** haben die Reformatoren so erfolgreich in die Kirche getragen, dass eifrige Pfarrer bereits dabei sind, sich von sich selbst abzuspalten. Kirchenkernspaltung wird das genannt - was freilich keine Energie absetzt.

Dabei wäre bei den Kirchen statt einer Kernspaltung die Kernfusion das eigentliche Ziel, wieder zusammenschmelzen zu einem Kern. Pst. sagen Sie es nicht weiter. Es könnte gefährlich werden. Denn als 1601 Nikolaus Krell, immerhin ehemaliger Kanzler, die Vereinigung der lutherischen und reformierten Gemeinden umsetzen wollte, wurde er als geheimer Reformierter diffamiert und die sächsische und somit lutherische Kurfürstin-Witwe Sophie ließ ihn hinrichten. Dem späteren preußischen König Friedrich-Wilhelm III waren solche Methoden zuwider - außerdem war Herr Krell schon ebenso tot wie Kurfürstin Sophie und der preußische König dachte: Ein König - eine Kirche. Und machte per Dekret Eins aus Zwei… 1817 ordnete er eine Kirchenfusion an: Aus Lutherisch und Reformiert formte er Uniert. Folge: Jetzt sind es eben drei Kon-fussionen…

Doch noch mal 300 Jahre zurück, ins Jahr 1516, zurück zum Turmerlebnis. Kannten Sie schon das Wurmerlebnis.

22.4 Auf dem Reichstag zu Worms 1521

Martin Luther begegnet dem Kaiser Karl V. am 18.4.1521

K: So, du Aufrührer aus Wittenberg, jetzt bist du also doch hierher gekommen, auf den Reichstag in die Stadt Worms.

L: Natürlich bin ich gekommen! Selbst wenn auf jedem Häuserdach ein Teufelchen hocken würde: Ich vertraue auf meinen Gott.

K: Mir, dem Kaiser, vertraust du wohl gar nicht?! Ich habe dir versprochen: Wenn du freiwillig kommst, wird dir auch gar nichts geschehen.

L: Freies Geleit nennt man so etwas. Aber manche Versprechen sind schon gebrochen worden!

K: Ich halte mein Versprechen. Aber jetzt zur Anklage: Du behauptest, man müsse der Kirche nicht gehorchen?

L: Ich sage: An erster Stelle kommt die Bibel. Darin steht, was ich zu tun habe, ob es den Priestern paßt oder nicht!

K: Das ist schlecht. Denn die Kirche weiß, was für dich gut ist. Zum zweiten: Du behauptest, allein der Glaube an Gott macht selig, nicht die Kirchenmitgliedschaft.

L: Ich sage: Wer nicht glaubt, dem hilft auch die Kirche nicht. Wer aber Gott vertraut, der ist selig.

K: Schlecht, denn Gott ist nur in der Kirche zu finden! Zum dritten: Du sagst: Allein Christus hilft uns, nicht die Maria und die Heiligen Gottes.

L: Ich sage: Christus hat sein Leben für mich gegeben. Er allein hilft mir bei Gott. Maria und die Heiligen nützen mir nichts.

K: Schlecht, denn die Heiligen der Kirche werden von uns sehr verehrt. Nun zum vierten: Du sagst, allein aus Gnade wirst du gerecht, du mußt weder Gutes tun noch Bußleistungen vollbringen.

L: Ich sage: Gott hat mich lieb. Mehr muß ich nicht wissen. Dadurch bin ich in seinen Augen gerecht. Aus Gnade, nicht weil ich mir auf das, was ich tue, etwas einbilden könnte.

K: Schlecht, denn nur die Kirche kann dir deine Sünden vergeben oder dich verdammen. Bruder Martin, du mußt alles, was du sagst, widerrufen. Sonst müssen wir dich verurteilen. Und das wird ein Todesurteil werden.

L: Ich bleibe bei dem, was ich glaube. Hier stehe ich. Ich kann nicht anders. Gott helfe mir. Amen

K: Nur weil ich dir freies Geleit zugesichert habe, lasse ich dich ziehen. Sonst kämest du sofort ins Gefängnis! Oder wahrscheinlich sogar an den Galgen! Geh' jetzt!

22.5 Mein Name ist Jörg. Junker Jörg. 1521

Der Agent Gottes versteckte sich als Junker Jörg oben auf der Wartburg, bei Ritter Roland .

L: (schaut sich irritiert um:) Wo bin ich hier denn?

R: (Ritter mit Wams) Auf der Wartburg?

L: Man hat mich auf die Wartburg entführt? Aber diese Burg gehört doch meinem Freund, Friedrich dem Weisen?

R: Du hast Recht, das ist seine Burg!

L: Ich dachte, Räuber hätten mich entführt, um Lösegeld zu erpressen. Warum bin ich denn hier?

R: Du bist hier, weil dein Freund, der Kurfürst Friedrich von Sachsen (1486-1525), dich schützen möchte. Hier kann dich dein Feind, der Kaiser Karl V., nicht erreichen...

L: Wenn er erfährt, daß ich hier bin, wird er mich herausfordern!

R: Du wirst unter fremdem Namen hier leben. Wie ein kleiner Ritter, ein Junker, Junker Jörg soll dein Deckname sein.

L: Junker Jörg? Ich habe einen Decknamen wie ein Geheimagent?

R: Ja, du bist ja auch ein Agent. Der Agent Gottes bei uns.

L: Und was soll ich dann die ganze Zeit hier oben machen?

R: Ach, wir haben gedacht, für einen gelehrten Mann wie dich gibt es viel zu tun. Findest du es zum Beispiel gut, daß die Leute die Geschichten von Jesus gar nicht lesen können, weil sie in einer fremden Sprache geschrieben sind.

L: Du hast recht, ich sollte die Bibel in unsere Sprache übersetzen.

R: Die Bibel ist aber ein sehr dickes Buch.

L: Dann werde ich sehr lange brauchen.

R: Genau, und hier auf der Wartburg, lieber Junker Jörg, hast du die Zeit und die Ruhe dazu...

22.6 Wartburg Junker Jörg 1522

Mein Name ist Bond. James Bond! So beginnt der anspruchsvolle Agententhriller. Offenheit, Klarheit, dafür steht James Bond ein. Seinen

Tarnnamen 007 haßt er, denn drei Ziffern überstrapazieren sein Gedächtnis - und nach den ersten beiden denkt ohnedies jeder, er stünde vor dem Klosett.

Mein Name ist Jörg. Junker Jörg. So stammelt in einem Thriller des 16. Jahrhunderts ein Mönch seinen Decknamen hervor. Er war in den Untergrund gegangen, der Wittenberger Revoluzzer. Der Agent Gottes versteckte sich hinter seiner Tarnkutte als Junker Jörg... untertaucht oben auf der Wartburg. Eines Abends - er bereitete sich gerade auf seinen Auftritt in der ARD (Anarchische Rom Dissidenten) vor - hörte er hinter sich ein Geräusch. Er blickte sich um und sah: den Satan. Teufel nochmal, wie kommt der hier rein?

L: Satan, alter Lump, was willst du hier?

S: Mal so sehen, was du machst, gamliger Klosterbruder.

L: Für dich immer noch Junker Jörg.

S: Was heißt hier Junker, ein übler Stänker bist du. Man hört ja wilde Sachen, was du so mit Papst und Kaiser machst.

L: Das geht dich eine feuchte Asche an, geifernder Schwefeldünster.

S: Mit mir mußt du dich gut stellen. Ich hab gehört, daß die Herren Römer dich verdammt haben. Du wirst dich auf meine Gesellschaft einrichten müssen, kleiner Anarcho.

L: Das werden wir noch sehen. Bevor ich des Teufels General werde, fress ich lieber Kreide und mach auf Partnerschaft.

S: Nichts mit Kreide, derzeit schmierst du bloß Tinte auf Papier.

L: Da kannst du mir wenigstens nicht dazwischen funken.

S: Haha, mein Lieber, du bist nicht auf der Höhe der Zeit. Weißt du nicht, daß ich Hans Gutenberg soeben bei der Erfindung des Buchdrucks unterstützt habe?

L: Da brauchte der keinen Teufel dazu. Und mein Problem ist nicht der Buchdruck, sondern mein Blutdruck.

S: Du bist eben doch ein alter Choleriker!

L: Ein Kleriker und sonst nichts. - Aber, schwarzer Pferdefüßler, was soll das mit dem Buchdruck?

S: Tja, mein Lieber, so ist das eben mit technischen Neuerungen: Da hockt der Teufel im Detail!

L: Du willst also damit sagen, daß du die Speerspitze der technischen Errungenschaften bist!

S: Haarscharf! Wenn die Menschen etwas höllisch gut finden, stecke ich schon mitten drin!

L: Und wo steckt der Pferdefuß beim Buchdruck?

S: Ich, mein Lieber Luther, bin der Druckfehlerteufel. Kaum werden mal zwei Buchstaben verwechselt, hast du schon den schönsten Dreckfuhler...

L: Hahaha! Wenigstens der Witz ist gut.

S: Und alt. Aber, damit du dir keine Illusionen machst: gegen den Druckfehlerteufel habt selbst ihr Protestanten noch keinen Exorzismus ausgebrütet.

L: Verdummt noch mal! Aber eines siege ach dir: Wenn die ganze Menschheit zum Täufer geht, schaust du ihn die Röhre!

Freilich hatte dies alles 500 Jahre später noch ein gewaltiges Nachspiel. Da der Reformator es zwar geschafft hatte, die deutsche Sprache zu vereinheitlichen, aber noch nicht mit der Erfindung des Legasthenie gerechnet hatte (Legasthenie, ein Wort, mit dem Legastheniker gequält werden), mußte sich der Deutsche Bundestag an die Reform der Rechtschreibung machen. Wahrliche Reformatoren gingen da ans Werk!

Hat jemand Zweifel? Zwei ist klar, oder? Kommt direkt nach eins. Und Fell ist auch klar, oder? Ist die Haut von behaarten Tieren. Logischerweise heißt es nicht Zweifel, sondern zwei Felle, und das schreibt man mit einer Zahl und einem Hauptwort. Der Jurist könnte dahinter auch zwei Fälle vermuten. Recht hat er. Er ist ja ein Rechtsgelehrter. Ist ein Rechtsgeleerter zugleich ein Linksgefüllter? Das widerspräche der juristischen Ausgewogenheit. Was passiert, wenn ein Rechtsgelehrter links fühlt?

22.7 Mittelalter und Neuzeit: Die Welt ist doch rund...
Das Weltall: Mittelalter und Neuzeit: Die Welt ist doch rund...
Das geistliche Internet kommt der Gegenwart auf die Spur.

Dem Volk aufs Maul schauen, befahl Martin Luther. Aus diesem Maul kommen Witze. Taktik einer missionierenden Kirche: Witze erzählen, dann nehmen uns die Leute wieder ernst. Ein Pfarrer - also das fortschrittlichste Wesen, das wir in unserer Heimat haben, ist furchtbar modern - furchtbar ist der passende Ausdruck! - und erzählt einen Witz. Einen modernen Witz, denn er hat mit Technik zu tun, und zugleich einen religiös wertvollen Witz, denn er hat mit dem Himmel zu tun. Wo treffen Technik und Himmel zusammen? Bei der Raumfahrt, erraten!

T: Bruder, ich kenn einen starken Witz:

Als die ersten Menschen in den Weltraum flogen, nahm auf dem Festbankett zu Ehren des Kosmonauten Gagarin der Ministerpräsident Chruschtschow ihn beiseite und fragte: "Ganz ehrlich - hast du dort oben - du weißt schon - IHN getroffen?"

Der Kosmonaut nickt schweigend.

"Hab ich's doch geahnt", flüsterte der Kremlchef. "Aber kein Wort zu einem anderen Menschen, verstanden?"

Wenig später zieht der Hauptgeistliche von Moskau ihn beiseite und stellt ihm die gleiche Frage. Diesmal schüttelt Gagarin den Kopf.

"Das habe ich befürchtet", stöhnt der Würdenträger. "Aber kein Wort zu einem anderen Menschen bitte."

P: Hohohahahihi! Wie mich der Bart kitzelt.

T: Welcher Bart?

P: Der von deinem Witz. Er ging vor 25 Jahren in Rente. Bei dem hilft nur noch ein liturgisches Gelächter, spontan wie an Ostern in der Kirche. Außerdem fehlt dir die Fortsetzung.

T: Fortsetzung?

P: Bei einem Seniorennachmittag in den USA nahm der König der Missionare, Billy Graham den Kosmonauten verschwörerisch beiseite und fragte:
"Was sagen Sie denn, wenn Sie jemand fragt, ob Sie dort oben Gott gesehen haben?"
Sagt Gagarin: "Danach fragt doch keiner..."
"Das habe ich befürchtet", murmelt der Missionar.

22.8 Herr Käthe und Frau Martin 1525

Von feministischer Theologie träumte Martinus noch nicht, schließlich hatte er eine Nonne geheiratet. Und schließlich hatte er kein Herz aus Stein. In Stein[144] gehauen ist der bayrische Mütterdienst. Deren Wirkung allerdings erhitzt manchmal die Ge-mütter. Die befürworten doch tatsächlich die Frau auf der Kanzel. Ich persönlich finde es pervers, wenn eine Frau sich den Talar antut. Noch perverser wirkt der Talar allerdings an Männern. Aber was soll's, man kann ihn drehen und wenden: Er bleibt schwarz. Für mich die optimale Tarnkleidung.

Doch zurück zur Frau auf der Kanzel. Nürnberg 1995, ich wiederhole neunzehn-hundert 95, in der Christuskirche in Steinbühl wird eine Pfarrstelle frei. Man möge sich darauf melden, hieß es. Ich sagte: "Mann!" Klar? Wie kann eine Frau so dumm sein, sich auf diese Stelle zu melden? Es gab eine Dumme. Ihr Pech, daß der bereits vorhandene, vermutlich noch aus der Steinzeit konservierte Pfarrer ein gebundenes Gewissen hatte. Leider kein geknebeltes. So sonderte dieses Gewissen Vorbehalte ab, vor-der-Tür-behalte. Die Frau gehört an den Herd, zu den Kindern und unter den Mann. Aber bestimmt nicht auf die Kanzel... Tja, das ist Bayern.

Die (Feminin!) bayerische Landessynode gab vor Jahren ihr Wort, daß kein Pfarrer in seinem Herrschafts- und Gewissensbereich die Wirkung einer ordinären, will sagen, ordinierten Frau dulden muß, sofern er noch unter dem Gesetz "Das Weib schweige in der Gemeinde" öördiniert wurde. Ein Gesetz, das übrigens auf den Kirchenchor nicht angewendet wird. - Wissen Sie, ich bin schon für Frauen in der Kirche. Viele meiner Freunde sind Frauen. Ich leite sogar den Frauenkreis und er unter mir. Aber jede an dem Ort, an den der Herr sie stellt. Der Herr Pfarrer natürlich!

22.9 LutherSlam Apokalpse 2017

Der Seher, Visionär, Charismatiker Johannes, wohnhaft auf dem Inselchen Patmos zwischen der Türkei und Griechenland notierte seine Visionen in einer Höhle. Sie firmierten als Offenbarung, griechisch plakatiert als Apokalypse. Es war der Heilige Geist, der ihn all diese eigenartigen Bilder sehen ließ.

Martin Luther mochte das gar nicht. Alles, was direkt mit dem Heiligen Geist zusammenhing, war ihm suspekt, weil er diesen Heiligen Geist nicht

---

[144] Das Frauenwerk in Stein bei Fürth

gut unterscheiden konnte vom Geist derjenigen, die sich auf ihn beriefen. Ein echtes Dilemma. Er wollte die Apokalypse am liebsten aus der Bibel schmeißen, gemeinsam mit dem Jakobusbrief, so wie er es mit Jesus Sirach getan hat.

Martin Luther ist heute nicht da. Darum lasse ich den heiligen Geist die Apokalypse paraphrasieren. Ob es mehr mein oder mehr Gottes Geist ist... Wer weiß... Wenn es schon Luther nicht wusste, wie soll ich es dann wissen...

Ich halte es da ohnedies wie der Apostel Paulus, der den Korinthern schrieb: Soviel Heiligen Geist wie ihr habe ich schon lange...

Slam auf dem Martin-Luther-Platz in Schwabach 11.07.2017 (Reformationsjubiläum)

Also spricht der Seher: „Und ich sah einen neuen Himmel und eine alte Erde und der Alte Himmel und die Neue Erde waren nicht mehr und es gab mehr Meer, weil die Welt expandierte. Und die Erde war öd und leer, denn alle Menschen wollten sein wie Gott... und wurden unmenschlich...

Und ich sah einen neuen Himmel und eine alte Erde und hörte die Stimme des Herrn rufen: die Völker dieser Erde sollen zu mir pilgern, zum Heiligen Berg, der Himmel und Erde verbindet.

Und Völkerscharen machten sich auf mit ihren Vans und SUVs. Aber die Menschheit blieb im stinkenden Stau stecken, denn ein Dobrinth[145] kam des Wegs und verwandelte alle Autobahnen in Baustellen.

Und ich sah den neuen Himmel nicht mehr, denn von der alten Erde stieg der Opferrauch empor, der Rauch der Verbrennungsmotoren, der sich vor dem Himmel ballte. Und Gott sprach: Schließt alle Himmelspforten luftdicht ab, denn die Opfer der Menschheit stinken mir.. .. die Bude voll.

...Hubblekonstante...

---

[145] CSU-Verkehrsminister

Und ich sah einen neuen Himmel und eine alte Erde, und die alte Erde sah sehr alt aus. Wohl hatte Eva längst den Löffel abgegeben und Adam den Apfel, aber ihr veganer Sündenfall erschien nun doch nur als ein kleiner Klacks auf der Kloake der Weltgeschichte.

Und ich sah einen neuen Himmel und eine alte Erde, und die alte Erde war wieder einmal schlecht geschminkt... sie ritt mit einem orange Haarteil und nacktem russischen Oberkörper zu ihrem schwulen Boyfriend auf einer anatolischen Ziege... die alte Erde sah wirklich alt aus.

Man könnte glühende Sterne auf sie feuern und frau könnte ihr glühendes Hohnlächeln hinterher schicken, wenn wir nicht auf dieser alten Erde zuhause wären.

Und ich sah einen Menschen, der sich in seinen Sessel setzte, seinen Fernseher anschaltete, sein Haus anzündete und twitterte. Und zwitschernde Vögel bedeckten das Erdreich, so dass kein Licht mehr den Boden berührte.

Und ich sah, wie es Blut regnete von der Erde in den Himmel und die Engel bestellten online das chemischste Waschmittel für ihre weißen Kleider und ihre blütenweißen Flügel, auf denen Bluttropfen klebten.

Feurige Sterne verbrannten ihr Banner.

Der blutrote Halbmond verdunkelte die Nacht.

Der schwarze Adler der Freiheit rief dreimal Wehe! Wehe! Wehe!

Und ich sah Gott nicht. ER verbarg sich in seinem Wort.

Da traten die neuen Götter auf, entblößten ihren Oberkörper, röteten ihre Haare und aus ihren Mäulern quollen Fake-News.

Die Massen aber beteten sie an, denn sie ärgerten sich über Adams Sündenfall, weil im Apfel nicht die Erkenntnis steckte, sondern nur der Wurm des schlechten Gewissens.

Und ich sah einen neuen Himmel und eine alte Erde und den Sündenfall auf der alten Erde, als Eva dem Adam zu essen gab eine Frucht, die war gar köstlich anzusehen... Die Schlange, in der Eva fluchend vor der Kasse im Einkaufsmarkt stand, hatte sie ihr empfohlen. Es ist teuflisch, kurz vor der Kasse noch mal zuzugreifen.

Eva griff zur Frucht, die uns Menschen wie Gott macht, die Frucht, Gut und Böse unterscheiden zu können. Kein Tier kann es, Gott kann es und wir Menschen sind, wenn wir es können, wie Gott.

Und ich sah einen neuen Himmel und die alte Kirche... und die Kirche war öd und leer. Und der Kirchenlehrer stand auf und sagte zu seinen Hörern: Ich habe von der Frucht der Erkenntnis gegessen, und erkannt: Es ist gefährlich, zwischen Gut und Böse zu unterscheiden. Also lasse ich es sein.

Und so unterschied der Kirchenlehrer nicht zwischen Gut und Böse, und er hatte keinen Punkt mehr, auf dem er stehen konnte.

Und der Kirchenlehrer unterschied nicht zwischen Gut und Böse und überließ den Bösen das Feld. Weil sie keine Skrupel kennen, behielten sie das Feld, das ihnen der Kirchenlehrer schenkte: die Spielwiese der Skrupellosigkeit.

Und siehe!: Als sie anfingen zu spielen, rief er: Ich will mitspielen.

Aber sie lachten ihn aus und nahmen ihm auch noch den Sonntagmorgen weg. Da weinte er bitterlich.

Und ich sah einen neuen Himmel und die alte Kirche, und die alte Kirche war öd und leer... und hatte keinen Sonntag mehr.

Und ich sah den neuen Himmel vor lauter alter Erde nicht mehr....

Und ich sah einen neuen Himmel, denn Gott wollte mit dieser alten Erde nichts mehr zu tun haben.

Doch man machte den Herrn haftbar, denn es war seine Erde... Sie war auf seinen Namen ins Buch der Bücher eingetragen...

...und Väter haften für ihre Kinder – Gerichtsstand ist Panama und wer brav war, darf nach Guantan-amerika.

Und ich sah einen neuen Himmel und die alte Erde und Gott war auf Guantánamo, wo er in den Folterpausen zur Erholung gekreuzigt wurde.

Und Gottes Name war Mensch.

23 Die Windenstraße und Der Glöckner von Nebelhausen

Die folgenden Geschichten schrieb ich für den Gemeindebrief von Altenfurt und Moorenbrunn in Nürnberg (Christuskirche). Dort gibt es wirklich eine Windenstraße, was mich an die Kultserie im Fernsehen „Lindenstraße" erinnerte. Mein Humor wurde nicht von allen Gemeindegliedern verstanden, aber viele sehnten sich nach dieser ortsbezogenen Unterhaltung.

23.1 Die Windenstraße

Herrliche Karibik, romantische Tropen, germanische Adria, Touristentreff am Nordpol: Was gibt es schöneres als einen entspannenden Urlaub in der Umgebung, aus der die Träume sind?! Und doch, in einer Spalte unseres Herzens sind wir noch in der Heimat. Wir nehmen unser eigenes kleines Stück Deutschland mit. Und um das Herz etwas zu entlasten, gibt es nun dieses zollfreie Büchlein: Unser Deutschland, das ist unser Vorort, der immer schon vor Ort ist. Geschichten, wie sie das Leben nicht besser schreiben könnte, ja, sogar noch besser, denn das Leben kann gar nicht schreiben. Häufig fällt es gerade durch seine Zusammenhanglosigkeit und Unübersichtlichkeit auf. Wir aber übersehen hier nichts und können somit alles übersehen. Nichts wird ausgelassen, was die Phantasie beflügelt, kein Vorurteil wird liegengelassen, keine Geschmacklosigkeit versalzt, kein... Klingt übel, oder? Also nicht vergessen: Reisetabletten einschmeißen und den Apotheker wegen der Nebenwirkungen fragen (einen Tag freinehmen, sonst muß er sich auf die wichtigsten Nebenwirkungen beschränken, die sowieso alle betreffen, und wir wollen doch was Besonderes sein, oder?).

Und dann geht es los. Neben Vomex liegt dieses Büchlein und während unser irdischer Köper in die Ferne reist, bleibt unser Astralleib in der Heimat, ja, in der heimatigsten Heimat, die es gibt, in die Traumheimat - und dies ist und bleibt und wird für immer sein: Die Windenstraße. Anders ausgedrückt: In unseren hochintellektuellen und tiefalternativen Kreisen gibt es ja niemand zu, aber das schönste ist doch der Tratsch, und zwar der Tratsch von nebenan. Nebenan, das ist die Wirklichkeit, wie sie wirklich ist, nebenan, das ist die Wirklichkeit, wie sie nur in der wirklichsten Wirklichkeit vorkommt, nebenan, das ist die Wirklichkeit, wie wir im Fernsehen leben, am nebenansten aber sind diese ungeschönten knallharten Berichte vom Alltag der Alltagslosen, von der Qual der Wahllosen.

Und da wir alle als alternative Seelenrevolutionäre das bourgoise, verlogene öffentlich rechtliche und private Fernsehen sowieso ablehnen, brauchen wir für unsere korrupte Seele eben die Nebenwirklichkeit von nebenan. Wir brauchen - so klar hat das noch niemand gesagt, aber wir spüren es tief in unserem Inneren: Wir brauchen die Windenstraße.

Ins Reisegepäck gehört also...? Richtig: Unsere Windenstraße. Für Seelenrevolutionen ist natürlich ein Seelenkenner unabdingbar. Wer wäre dafür geeigneter als ein Pfarrer? Ein Pastor könnte man auch sagen, aber das wäre zu nördlich für einen gepflegten Urlaub. Ein Pfarrer! Vow, und damit haben wir auch wieder ein Spielfeld für unsere Ressentiments. Mit dem Popen nach nebenan. Und damit die Wirklichkeit auch so richtig wirklich wird, nehmen wir einen Ort, den es wirklich gibt. Er liegt in Deutschlands schönster Umgebung, in Franken und heißt Moorenbrunn. Ich kenne ihn gut. Welch glücklicher Umstand, daß ich zufällig selbst dort zuhause bin und die Authenzität der Details nachprüfen kann. Welch unglaublicher Zufall, daß es dort wirklich eine Windenstraße gibt. Welch ein Pech, daß wir aus Datenschutzgründen (sonst waren wir doch immer für den Schutz!) nicht mit richtigen Namen oder Adressen arbeiten können. Ich könnte Geschichten erzählen! Bis um Mitternacht; und dann käme die Wahrheit, nichts als die Wahrheit, die nackte, unbeschönigte, vielbegaffte, wenig angestrebte, oft verhöhnte, selten erreichte Wahrheit ans Tageslicht. Ach was, natürlich ans Nachtlicht. Aber immerhin ans Helle, wenn die Nacht am Tiefsten ist und meine Phantasie der Wirklichkeit die Grenzen aufzeigt. Besichtigen kann man jene Straße schon - möglichst nicht zu nachtschlafender Zeit, wir sind eine Vorstadt, da weiß man noch, was sich gehört und wann die Bürgersteige hochgeklappt werden müssen; also, wenn Sie schon gaffen müssen, dann bitte zu einer gesellschaftlich konvenienten Zeit; aber unsere Storys beginnen ohnedies erst ab Hausnummer 117 und somit deutlich nach dem letzten realen Gebäude und folglich (Sie können noch folgen?) in der Phantasie.

Jetzt sind Sie aber allmählich scharf auf die Infos und Tratschos; also, dann führ ich Sie hinein in die Windenstraße. Ach so, den Popen muß ich ja noch vorstellen. Er heißt Seelich, Seelich wie Seele und Ego. Und auch seinen Namen suchen Sie vergeblich in den diversen Verzeichnissen. Doch wenn Sie ihm begegnen: Sie erkennen ihn. Das darf ich Ihnen versprechen. Natürlich müssen Sie ihm nicht extra erklären, daß Sie schon lange keine Kirchensteuer mehr zahlen, weil Sie aus der Kirche ausgetreten sind. Aus welcher Kirche? Aus der evangelischen. Warum? Wegen dem Papst und dem Zölibat. Und wovon soll der arme Mann leben? So betreut er also treu und brav seine Schäflein und tuckelt täglich in seine geliebte Windenstraße. Beobachten wir ihn ein Jahr lang, Monat für Monat - und wir merken, wie die Zeit vergeht (ein Blick auf alte Fotos...; lassen wir das! Wir wollen uns schließlich entspannen).

Beginnen wir also mit der ersten Geschichte und der Vorbemerkung zum theoretischen Unterbau, zum Konzept. Man will ja schließlich durchblicken, was der Autor beabsichtigt.

23.1.1 Die Windenstrasse 1

In dieser auf wenige Folgen begrenzten Serie wollen wir - größerem Beispiele nacheifernd - das Leben in einer ganz normalen Moorenbrunner Straße studieren. Die Geschichte beginnt an einem ganz normalen Montagmorgen bei einer ganz normalen älteren Dame.

Oma Haubenzahn hatte gerade ihr Frühstücksei geköpft, als es an der Haustür klingelte. "Der Mörder ist immer der Klempner", sagte ihr ihre Lebenserfahrung. "Das kann doch nur der Gärtner sein." Die Läuse und Schnecken dieses gartenkillenden Sommers schwirrten noch durch ihren Kopf, als sie forsch die Tür öffnete. "Oh, Herr Pfarrer", hauchte sie entzückt und nestelte errötend an ihrem Dutt. Liebe im Alter? Kann denn Liebe Sünde sein?

Pfarrer Seelich trat beschwingt ein. "Guten Morgen, Oma Haubenzahn", strahlte er. "Na, was macht denn der Dackel?" "Der Dackel würde Wiskas kaufen", lächelte Oma Haubenzahn zurück. "Möchten Sie auch ein Ei." "Nein", sagte der Geistliche, "ich möchte zwei. Denn nun komme ich schon das zweite Jahr, um Ihnen zum 70. zu gratulieren." "Aber Herr Pfarrer, daß Sie daran gedacht haben..." stammelte Oma Haubenzahn und erinnerte sich daran, daß er vor fünf Jahren zum ersten Mal diese Formulierung gebrauchte. Inzwischen war sie immerhin acht Jahre älter und immer noch ein As im Kopfrechnen. Aber Liebe besteht eben aus süßen Unwahrheiten. Und das ist immer noch besser als brutale Richtigkeiten.

So konnte sie sich auf ein gehaltvolles Gespräch einlassen: "Das ist zu viel Cholesterin!" meinte sie mahnend, doch der Geistliche winkte ab: "Kohle kann man nie genug haben. Wenn ich an unseren Jahreshaushalt denke, wird mir angst und bange. Wenn ich da nicht noch ein paar Eier auftreibe, müssen wir rote Zahlen schreiben und Sie kennen ja die Politik." Doch Oma Haubenzahn war eine alte Gewerkschafterin und wußte Bescheid: "Was Besseres kann Ihnen doch gar nicht passieren, Herr Pfarrer. Dann werden die Schwarzen wach und lassen Ihnen das Moos rüberwachsen, bis doch wieder alles schwarz ist..."

Das ist sie, die Weisheit des Alters. Zugegeben, ihre dunklen Haare waren liebevoll getönt, aber darunter war doch viel Weisheit verborgen, die durch ihre dunkle Stimme liebevoll tönte. Um sich nicht dem Verdacht der Gerontophilie auszusetzen, beschloß der Seelenhirte, sich lieber abzusetzen und er hub an: "Es war schön, Sie wieder gesehen zu haben, Mutter Haubenzahn. Ich lasse Ihren Vorschlag unserem scharfsinnigen Finanzminister zukommen und Sie erhalten dann die Gratifikation, wenn

die Sache anschlägt." Oma Haubenzahn war glücklich: Die Gratifikation.
Daß sie das noch erleben durfte. Wenn sie es erleben durfte! Die Gratifikation! Das war ja fast so schön wie ein Geburtstagsgruß durch das Radio. Ach, das Leben ist herrlich! Und wem verdankte sie dies alles? Ihrem
guten Hirten, ihrem seelichen Sorgenbrecher. Am liebsten hätte sie ihn
umarmt - aber das könnte falsch aufgefaßt werden und unsere Vorabend-
serie sollte doch jugendfrei sein.

(Liebe Jugend, frei für euch ist eine Serie, wenn nix darin passiert, weshalb man Kinder kriegn könnte; vor allem nicht solche wie euch...)

(Liebe Erwachsene, das wäre bei Oma Haubenzahn natürlich eh nicht
mehr drin, aber wir wollen ja vermeiden, daß unschuldige Jungens und
Mädels Oma und Opa spielen und die elterlichen Besitzer unseres Buches plötzlich zu Großeltern werden lassen! - Großvater knatterich zu
Großmutter: "Wie konntest du nur dieses Buch rumliegen lassen!!!" Großmutter weinerlich zu Großvater: "Du warst doch auch mal jung!" Großvater wird noch wütender: "Das hättest du dir vorher auch schon denken
können!" Die Tochter hat es doch nicht geklaut, sondern von ihrer Mama;
und Papa weiß, wie die war, als sie jung war. Er hat es schließlich genos-
sen. - Wie sich die Zeiten doch ändern!).

Wir kehren zu Oma Haubenzahn zurück, lassen sie mit ihrem Pastor im
Abschied alleine, gönnen uns eine Pause und begegnen Pfarrer Seelich
erst wieder, als er eine junge Familie in Oma Haubenzahns Nachbarschaft besucht. Dort hat sich... ja, was sich dort ereignet hat, lesen wir in
der nächsten Folge unserer Familienserie.

23.1.2   Die Windenstrasse 2

Ein freudiges Ereignis hatte sich - äh - nun ja, also ereignet. Das pflegen
Ereignisse in der Regel zu tun. Unvorsichtige Leser unserer Serie ließen
das erste Kapitel unbeaufsichtigt herumliegen, und nun haben sie den
Salat. Den allfälligen Dialog (Mama zu Papa: Du wirst Opa! Papa zu Oma:
Wie hast du das geschafft? Oma zu Opa: Das kommt nur durch deine
Unordnung. Warum hast du auch "die Serie" rumliegen lassen?! Opa zu
Oma: Davon kriegt man doch keine Kinder! Oma zu Opa: Wieso nicht?
Opa zu Uroma: Hast du deine Tochter eigentlich nie aufgeklärt? Uroma
zu Schwiegersohn - ein wenig zitterich: bei uns gab es damals noch keine
Bücher....) lassen wir aus und wenden uns dem Tatort, genauer, dem Ort
des Geschehens zu:

Ein neuer Erdenbürger bevölkert die Windenstraße. "Windelstraße..."
wie die glückliche Mutter in der Anzeige schrieb. Natürlich wird beizeiten
Kontakt zum Pfarrer aufgenommen. Man will ja in die Serie kommen!
Neun Monate harte Arbeit sollen einen krönenden Abschluß finden. Pfarrer Seelich wird also kontaktiert (ach, daß es euch auch nicht gibt? - Nein,
das sagt er nicht, das denkt er nicht einmal; vermutlich wußte er noch gar
nicht, daß es die jungen Leute überhaupt schon gab. Und jetzt gleich als
Eltern? Wie die Zeit verfliegt. Man wird eben älter, oder? (Hinweis an den

Verlag: Hier bitte einen Spiegel beilegen.). An einem milden Oktoberabend sitzt er mit den jungen Eltern zusammen.

"Wissen Sie, Herr Pfarrer, wir sind keine großen Kirchgänger..." eröffnet der forsche Vater das Gespräch. Eine Bemerkung, die er sich hätte sparen können. Denn "Wer ist schon ein großer Kirchgänger?" denkt sich sein Seelenhirte und stellt sich seine übersichtliche Schar treuer Predigthörer vor, als der Mann klare Worte findet: "Ich kenne Leute, rennen jeden Sonntag in die Kirche, aber die Woche über sind die die Schlimmsten!" Der Geistliche ist total überrascht, wie offen der Mann das anspricht, was alle offen ansprechen und sich für den Inbegriff der Ehrlichkeit halten. Das ist wahre Aufrichtigkeit; sie ist doch noch nicht ausgestorben; das ist Zivilcourage! Solche Leute mit solcher Offenheit brauchen wir. Doch bevor sich Pfarrer Seelich über den rituellen Beginn des Gespräches zu langweilen beginnt, stellt er sich lieber vor, wie es wäre, wenn die Gottesdienstbesucher wirklich in die Kirche rennen würden, als eine Art Sonntagmorgenmarathon. Wenn er jedoch scharf nachdenkt, um sich zu erinnern, wann er zum letzten Mal jemand in die Kirche rennen sah, kommt er nur auf Oma Haubenzahn. Sie war auf dem Weg zum Traualtar und wollte nichts verpassen (doch diese Geschichte wird nur hinter vorgehaltener Hand kolportiert). Doch viel Zeit zu wehmütigen Erinnerungen bleibt nicht, denn der frischgebackene Vater schreitet unverzagt zur nächsten Attacke. "Aber wir sind doch gute Christen..." Wie sagte doch gleich Jesus von sich? "Was nennt ihr mich gut, niemand ist gut als Gott allein." Aber vielleicht kannte Jesus jene junge Familie noch nicht. Seelich hat sie ja auch erst gerade kennen gelernt.

Freilich behält der Ortspfarrer seine Bemerkungen für sich (er ist ja zu Besuch da), wischt seine Bedenken beiseite (er ist ja Seelsorger) und fragt nur schüchtern (er ist ja in der Defensive) an: "Und warum wollten Sie Ihr Kind nun taufen lassen?" Die Mutter blickt etwas verständnislos den Kirchenbeamten an: "Äh? Werwiewaswo?" "Ich meine, warum wollen Sie Ihr Kind denn taufen lassen? Es kann doch noch gar nicht rennen! Wie soll es dann zur Kirche kommen?" Die Eltern sind verständlicherweise etwas verstört. Die kurzen Nächte, das unruhige Kind, der dumme Pfarrer, wie soll es nur weiter gehen? In welcher Welt leben wir denn? Können wir es überhaupt verantworten, Kinder in die Welt zu setzen oder auch nur ins Bettchen zu legen? Was meint das Finanzamt dazu? Sollte die Anmeldung für den Kindergarten gleich mit einem Antrag auf einen Studienplatz verbunden werden oder warten wir lieber doch ab, ob es nicht die Genialenförderung des Bundeslandes erhält? Fragen über Fragen türmen sich zu Bergen vor den überforderten Erziehungsberechtigten. Und da kommt der Pfarrer auch noch mit Fragen. Der soll sein Wässerchen über das Kind gießen und dann ist Ruhe.

Aber diplomatisch, wie die heutigen weltoffenen Eltern nun einmal sind, versucht es Väterchen auf die nette Art: "Das Bankert soll seinen Glauben haben, und wir wollen, daß es ein anständiger Mensch wird." Der Seelsorger fragt sich im Stillen, ob das Kind wohl ohne die Taufe ein unanständiger Mensch würde; irgendwie scheinen die beiden Eltern trotz Taufe auch nicht so sonderlich gelungen. Aber als er dann das kleine Menschlein anschaut, das so treuherzig in die Gegend blickt, hat er das Gefühl, als wollte es ihm etwas sagen: "Ach bitte, sei so gut, vergiß das dumme Geschwätz und nimm mich auf in Gottes Kindergarten. Da ist doch auch für mich noch ein Plätzchen..."

Und so durfte die Gemeinde in einem wohlgeordneten Gottesdienst miterleben, wie ein neues Glied in sie aufgenommen wurde. Der Täufer hingegen dachte bei sich: In zwölf Jahren sehen wir uns wieder...

Wir aber sind schneller, begleiten ihn auf seinem Weg und begegnen ihm schon wieder in der nächsten Folge unserer beliebten Familienserie (jede Woche eine neues Mitglied):

23.1.3   Die Windenstrasse 3 Der Tratsch von nebenan

Der Herbst ist gekommen; Oma Haubenzahn zählt ihre letzten Astern, Susy Sanft, die junge Mutter, hat Ringe um die Augen, weil unser Täufling, Klein-Albert sie viermal in der Nacht zu sich bestellt, und Artur Artig, der Lauser von gegenüber ist gerade im Gemeindehaus. Der erste Konfirmandenstunde. Das sind also die kleinen Wesen, die vor zwölf Jahren feierlich in die Kirche gebracht wurden. Ganz schön gewachsen, äußerlich wie auch von der Lebendigkeit her. Pfarrer Seelich zählt die Häupter seiner Lieben, und siehe, es sind der Knaben sieben, der Mägdlein aber sind es acht, wenn das nicht jedem Freude macht...

Noch sitzen sie ausgesprochen getrennt und beäugen sich vorsichtig. Das wird sich wieder ändern, denkt der Geistliche und läßt die lieben Kleinen mit einem Lied beginnen: Nr.236: "Bis hierher hat mich Gott gebracht durch seine große Güte..." "Nee", sagt Artur, "mich hat mein Vater hergebracht durch seine große Karre." Ha, ein echter Spaßvogel, na, da kommt Freude auf, der Ernst des Lebens beginnt und er heißt Artur. Der große Pädagoge aber nutzt seine Chance: "So, den kleine Artig hat also sein Vater hergekarrt. Und du, Ferdl, dich frag ich nicht, wie du hergekommen bist; du kannst uns mal erzählen, warum du da bist!" "Weshalb schon", brummt Ferdl, "weil ich konfermiert werdn wüll." "Aha", sagt der Pfarrer, und denkt sich: aufgeklärt ist er also auch noch nicht. Da hab ich ja noch was vor mir. Doch behutsam fährt er erst einmal fort: "Und weshalb willst du konfirmiert werden?" "Wegn die Geschenke." "Soso. Du trabst also zwei Jahre lang jede Woche mindestens eine Stunde hierher, du gehst jeden zweiten Sonntag in die Kirche, statt auszuschlafen, du lernst Psalmen und Lieder auswendig, du machst das alles, nur um dann ein paar Geschenke abzusahnen. Und du meinst, das bringt's?" "Na, an Tausender bringt's scho."

Pfarrer Seelich überschlägt schnell, daß hier netto 15000.- um den Tisch versammelt sind und fragt sich, wie hoch wohl die Kollekte bei der Konfirmation sein wird... Aber Geld ist eben nicht alles. Er wird sich das

Bürschlein schon kaufen! Auf die Schnauze ist der nicht gefallen. Der redet, wie ihm der Schnabel gewachsen ist. So ist sie, die heutige Jugend. Das war früher ganz anders. Da haben wir noch heimlich unser Pfeifchen geraucht und Pink Floyd gehört. Aber die hören doch eh nur Metallica. Die Sitten verfallen eben. Fehlt bloß noch, daß sie mal kleine Reps werden. Linke Freiheiten genießen und rechte Gewalt praktizieren, mit Volldampf in die 90er. Wir werden das Jahrtausend schon mit Unruhm bekleckern.

Der Generationenkonflikt schwelt weiter, wir aber wollen uns die gemütliche Lektüre nicht durch üble Politik versauern lassen und huschen gleich weiter zur nächsten Folge unserer Kultserie:

23.1.4   Die Windenstrasse

(4.Folge)

Der Herbst ist vergangen und auch die Bäume in der Windenstraße haben ihr letztes Laub verloren. Advent, die Stille Zeit ist gekommen. Tage der Besinnlichkeit. Beim Einkaufen im lokalen Tante Emmaladen, also dem Vorortramschladen einer der Tantenketten, die unser Land überziehen und familiäre Gefühle abtöten, also in der Hustroma trifft Pfarrer Seelich Frau Artig, die Mutter seines Konfirmanden Arthur.

"Nun, Frau Artig, wie geht's?" fragt er leutselig und ist schon am Weitergehen, als er sie seufzen hört: "Ach, wissen Sie..." Hoppla, denkt er, da stimmt doch was nicht: "Haben Sie Probleme?" Endlich, endlich ist der Seelsorger gefragt. Seit Jahren wartet er auf diesen Augenblick. Die ganze Seelenwelt der Frau wird sich vor ihm auftun. Er wird ihr mit seinem guten Rat zu Hilfe eilen, er wird tatkräftig die Fragen ihres Lebens angehen und mit ihr bewältigen. Endlich weiß er wieder, wofür er sein Gehalt bezieht. Sein offenes und väterliches Lächeln ermutigt die Frau, die wahren Fragen des Lebens zuzulassen und sich der unverfälschten Wirklichkeit zu stellen:

"Was heißt hier Probleme!" Ihre Augen spiegeln das Entsetzen über die Ahnungslosigkeit des weltfremden Geistlichen wider. Ein bitteres Lachen hallt durch die weiten Gänge des Supermarktes. Dosen erbeben, Gläser klirren, das Eis gefriert und die Milch wird sauer, als Frau Artig dem Pastor einen Einblick in die Realität gewährt: "Diese Adventszeit, die schlimmste Zeit des Jahres. Keinen Augenblick kommt man zur Ruhe. Schon am frühen Morgen ist stille Nacht in allen Kaufhäusern und wenn ich nochmal `Süßer die Glocken nie klingen' höre, wandere ich aus zu den Osterinseln. An Lebkuchen hab ich mich schon halb totgegessen; seit den Sommerferien gibt's ja nichts andres mehr. Und dann die ewige Schenkerei! Was ahnen Sie, an wen und was ich denken muß!! Fest des Friedens!!! Daß ich nicht lache!!!! Und Frieden auf Erden!!!!! Ich hab schon Angst vorm Heiligen Abend, wenn man sich freuen muß, ob frau will oder nicht. Wo man an alle denken muß. Wo man endlich Zeit für einander hat und nicht weiß, was man miteinander anfangen soll und es dann doch wieder auf den Jahreskrach hinausläuft. Nein, Herr Pfarrer, ohne Weihnachten hätte man wenigstens noch ein bißchen Frieden..."

Ja, denkt sich Pfarrer Seelich: `Und Frieden auf Erden' heißt es in der Weihnachtsgeschichte. Aber weil alle so wild auf den Frieden sind, gibt's lauter Streit und Krach. O du gröhliche, müßte man singen. Und das Jesuskind in der Krippe hören nur die armen Hirten auf dem nahegelegenen Moorenbrunnfeld; aber diesen Ort des Friedens gibt es ja auch nicht mehr lange. Die Bebauungspläne liegen schon auf dem Tisch. Da müßte ein extra Kapitel der Serie eingebaut werden - aber lassen wir uns mit systemkritischen Beiträgen noch Zeit und warten wir bis zur zweiten Kultserie, bis zum... (siehe Inhaltsverzeichnis). Und einsam wandert er in den Sonnenuntergang...

"Hören Sie mir überhaupt zu?" O, diese Frage stellte Frau Artig zu Recht. Ä, ja, nein, also... Doch der gestreßten Mutter ist die Antwort auf diese aggressive Frage ohnedies gleich. Sie lädt ihren Seelenmüll auch ungehört ab. "Schmusemusik und Schenkstreß! Und daran seid ihr Kirchen schuld!" Seelich zieht die Schulter ein. Jahrhundertealte Fehlleistungen prasseln auf ihn herab. Wie konnten die heiligen drei Könige auch nur so dumme Vorgaben machen: Gold, Weihrauch und Myrrhe, als ob das echte Anregungen wären. "Und die ganze Geschenkindustrie!" Man merkt sofort: Frau Artig ist total systemkritisch, wahrscheinlich eine ehemalige Berufsrevolutionären im Erziehungsurlaub: "Die machen es sich leicht: An Ostern die Schokohasen, und dann werden sie nur eingeschmolzen und als Weihnachtsmänner wieder gebracht." Das hatte der Pfarrer auch noch nie gehört. Neuigkeiten zuhauf, es lohnt sich eben, einkaufen zu gehen; man kommt in Kontakt mit Leuten, die den Durchblick schieben, vermutlich als einzige, wenn man sie so reden hört. Doch die Weihnachtsmanngeschichte wollte Frau Artig noch unbedingt an die richtige Adresse bringen: "Weihnachtsmänner, die mögen meine Jungens schon lange nicht mehr. Wenn wir uns das so einfach machen könnten: Einfach die alten Geschenke einschmelzen und neue daraus formen." Pfarrer Seelich lächelte: "Man merkt eben, daß Sie in unserem Töpferkreis sind. Das ist echt innovativ und eine gute Alternative zur Müllverbrennung." Frau Artig lächelte stolz und schmeichelt: "Eben. Ich sollte doch noch in die Politik gehen. Oder in die Industrie. Dort verdient man mehr."

Damit hatte der gute Geistliche freilich nicht gerechnet. Würde das nicht Unfrieden in die Familie bringen (Wie kommen Sie dazu, meiner Frau solche Flöhe ins Ohr zu setzen) und die ganze Gesellschaft umkrempeln (Statt Sonnwendfeuer die Winterumschmelzfeier). Was würde sein Bischof dazu sagen? (B: Sie mit Ihren alternativen Ideen. Das ist doch eine echte Konkurrenz zu den Weihnachtsbäumen. Da brennt wenigstens noch was. Wir sind doch schon längst auf Elektrizität umgeschwenkt. S: Freilich, Atomenergie, die Kirche hinkt auch immer hinterher. B: Arbeitsplätze, lieber Bruder, vergessen Sie die Arbeitsplätze nicht. S: (denkt sich das allerdings nur): Brüder, die sich Siezen, so was gibt es auch nur bei uns!)). Ein Aufschrei unterbrach seinen imaginären Dialog: "O, was sehe ich denn da?!" Und ohne an ihre gesellschaftliche Karriere zu denken, eilte Frau Artig zu den Sonderangeboten. Ein solarbetriebener Taschenrechner mit 327 Kraftausdrücken für nur 19,99 DM. Damit war Weihnachten gerettet. Vielleicht...

Doch überspringen wir lieber das friedlichste aller Feste und gleiten wir zum Altjahrsabend bzw. Neujahrsmorgen oder noch ein wenig später:

23.1.5   Die Windenstrasse

(5.Folge)

Der Rutsch in dieses Jahr war gut, denkt sich Pfarrer Seelich, als er durch den Moorenbrunner Straßenmatsch in seine Lieblingsstraße rutscht. In der Nr.252a läutet er bei Familie Jung. Frau Jung sieht ganz schön alt aus, denkt er sich, als sein Gemeindeglied ihn ohne Umschweife ins Wohnzimmer führt: "Hörn Sie nur zu! So geht's schon seit Tagen!" Ihre Stimme war unverständlich aufgeregt und der Geistliche kam gar nicht so schnell mit, wie die nächste Information auf ihn einstürmte. "Herr Pfarrer," meldet sich Herr Jung mit rotem Gesicht: "Was meinen Sie? Darf ein grad 15-jähriges Mädchen bis Mitternacht auf eine Faschingsfete?!" Pfarrer Seelich meint: "..." "Alle dürfen, nur ich nicht!" heult die Tochter, "nur ich hab so veraltete Eltern..." Pfarrer Seelich beschwichtigt: "..." "Als ich in deinem Alter war", erhebt Mutter Jung ihre Stimme, als sich Oma Jung einmischt: "Bei uns früher..." Der Pfarrer ist noch immer der Meinung, daß... so daß sich der Bruder zu Wort meldet: "Ich durfte ja auch nie..." "Keine Ehrfurcht haben die Gören mehr; ist das christlich, Herr Pfarrer?" "..." lautet der qualifizierte Beitrag des Seelsorgers. "Eben." pflichtet ihm die Oma zu; doch ihr Tochter heult: "Wenn ich nicht bis Mitternacht darf, geh ich überhaupt nicht." Mit dieser Drohung rennt sie hinaus.

"Das hast du nun davon!" hörte man noch, auch als Frau Jung das Zimmer verläßt. Mit den Worten "Das ist doch eine ...-familie" knallt der Sohn die Türe zu, worauf ihm der Vater "Wißt ihr, was ihr mich alle mal könnt?!" folgt. "Das war aber nett, daß Sie uns mal besucht haben", sagt Oma Jung zum Abschied, "Kommen Sie doch bald mal wieder."

Wenig später heulen die Sirenen von Krankenwagen in unserer ruhigen Vorortsiedlung. Erstaunte, genauer: ausgesprochen neugierige Gesichter lugen hinter den verschanzten Fenstern hervor. Was ist passiert? Amoklauf in der Windenstraße? Hat der Autor der Serie sie betreten und wurde er gelyncht (Recht geschähe ihm, wer wird auch so schonungslos privateste Details in aller Öffentlichkeit breittreten. Da kann man doch gleich zu den Kommerzsendern gehen...)? Aber nein, leblos liegt ein Körper auf dem harten Pflaster (hart wie die Herzen, dachte sich schon einmal der, der jetzt da liegt. Doch momentan denkt er nicht mehr. Im Gegenteil.)

"Was ist denn passiert?" Der gaffende Gustav will es genau wissen, die bombige Betty hingegen weiß es schon längst: "Den Pfarrer hat´s hingehaut!" "Was ist passiert?" Oma Haubenzahn hält ihr Hörrohr fest ans Ohr, aber auch sie erfährt nur, was alle schon wissen: "Der Schwarzkittel war bei den Jungs dadrüben. Eigentlich ein harmloser Besuch, alles paletti, nur als er rausgegangen war, sei er so getorkelt, hatte Oma Jung jedem berichtet, der es hören wollte oder auch nicht (sie setzte einfach mal voraus, daß es alle hören wollten). Er hätte etwas verwirrt gewirkt. Typisch zerstreuter Professor (Hihi, ja, so kennen wir ihn, hihi...) und wohl nicht bedacht, daß das Glatteis, das vor seinem Besuch schon da war, nach seinem Besuch immer noch da war. Davon, daß er sich mit dem Besuch selber aufs Glatteis begeben hatte, wußte sie freilich nichts zu berichten. Aber jetzt kam auch schon die Action. Eifrige Sanitäter legten den leblosen Leichnam... nein, bitte noch nicht, die Serie kommt so gut an, da dürfen sie noch nicht die Fliege machen, bitte, bitte, nur eine harmlose Gehirnerschütterung (wo nichts ist, da... hähä, wir kennen den Scherz des Oberarztes aus dem 18.Jahrhundert). Also, der lasche Körper wird auf die Bahre gelegt (Ist der Notfallseelsorger schon bestellt?) und ab geht die Post.

"Im Fernsehn ist es spannender!" Susy Sanft ist furchtbar enttäuscht. Kein Blut, keine künstliche Beatmung. Das man sich so was bieten lassen muß. Wofür zahle ich die viele Kirchensteuer, wenn der dann nicht mal dafür blutet. Es ist doch alles nur Lug und Trug.

Als Seelich wieder erwacht, ist er in weißen Räumen. Allerdings checkt er sofort: Das kann keine Klapsmühle sein. So versucht er, seine sieben Sinne wieder zueinander bekommen. Doch ob er die Szene bei den Jungs nur geträumt oder wirklich erlebt hat, dessen ist er sich nicht sicher. Er fragt sich nur nachhaltig: "Und welche Türen darf ich zuknallen?" Und mit dieser existentiellen Frage, die demnächst im Zentrum seiner Predigt stehen könnte, beschließt er, endlich mal wieder zum Fasching zu gehen. Der Alltag hat doch nichts zu bieten!

Nichts? Na, dann wird es aber höchste Zeit, daß er wieder mal in die Windenstraße geht. Und wir folgen ihm jetzt schon zum sexten Mal...

23.1.6 Die Windenstrasse

(6.Folge)

"Hamses schon gehört?" Papa Tratschhaus macht ein bedeutungsvolles Gesicht und zieht Pfarrer Seelich vertraulich beiseite. Der hat natürlich wie immer von nichts eine Ahnung (gerade das macht ihn so beliebt: Jeder weiß alles besser als er); so fragt er nur irritiert: "Was gehört?" "Na, da drüben, im Eckhaus von der Windenstraße (Sie wissen schon, die aus der Serie)." Der Pfarrer hat natürlich auch diesmal wieder von nichts eine Ahnung; und solche unchristlichen Geschichten liest er schon gar - oder wenn, dann nur klammheimlich, mit Widerwillen und ausgesprochen gegnerhafte Freude. Papa Tratschhaus steht also vor einer echten Aufklärungskampagne. Drum nimmt er auch ein biblisches Beispiel. Da müßte dem Pfarrer ja was dazu in den Sinn kommen: "Sodom und Gomorrha, sag ich Ihnen!" Papa Tratschhaus nickt mit seinem beachtlichen Doppelkinn und bestätigt sich sozusagen selbst. Das hat einfach am meisten Gewicht (und er fügt regelmäßig noch etwas Gewicht hinzu).

Der Geistliche schaut ihn irritiert bis verwirrt an: Was sollen die üblen Städte des Alten Testamentes mit seinem braven Moorenbrunn zu tun haben? Fragend blickt er den für seine scharfe Beobachtungsgabe bekannten und in übel beleumundeten Kreisen berüchtigten Nachbarn an. "Unzucht, Herr Pfarrer, Unzucht! Die kleine Rosa, Sie wissen schon!" Jetzt ist der Geistliche erleichtert; die kleine Rosa, da kann nichts Schlimmes dahinter stecken; die hat immer alles gelernt und mitgeschrieben, ohne Fehl und Tadel; so stellt er ihr ein bombensicheres Zeugnis aus: "Natürlich, die hab ich doch vor ein paar Jahren konfirmiert. Ein braves Mädchen."

Da ist er aber beim Sittenwächter des Viertels an der falschen Adresse: "Ein braves Mädchen? Ha! Nee, Herr Pfarrer, ein durchtriebenes Luder. Da ist jetzt ein Kerl im Haus; der bleibt sogar nachts. Würde mich nicht wundern, wenn er dort wohnt." Triumphierend blickt er den Kirchenmann an; das ist doch der Beweis dafür, daß die Welt nur so nach Sintflut lechzt: Unzucht, hier herrscht schlimmste Verdorbenheit. Er freut sich auf des Pfarrers Zustimmung; doch die - hat er es nicht immer schon geahnt: Endweder ist der geistliche Herr ein pathologisch Ahnungsloser oder er gehört auch zu den zersetzenden Kräften der Gesellschaft, mit denen man mal aufräumen müßte. Was muß der Wächter über Tugend und Moral im Süden des Sündenbabels hören? "Aber das ist doch nichts Schlimmes, Herr Tratschhaus."

Jetzt greifen die moralischen Heerscharen in Gestalt von Papa Tratschhaus (ist er nicht eine Seele von Mensch und bürgt nicht sein schwangerer Bauch für Verläßlichkeit in einer Welt ohne Treu und Glauben?): "Nichts Schlimmes? Herr Pfarrer, in welcher Welt leben Sie nur. Früher kam der Bengel ja bloß ziemlich oft; aber da ging er abends wieder weg. Nicht daß ich jemand nachspioniere..." (das würde auch niemand in der ganzen Gegend behaupten - wer sagt hier schon offen, was er meint...); "...aber es war ja nicht zu überhören, wenn er die Tür zuknallte. - Aber jetzt! Die zwei sind doch nicht mal verlobt."

So, jetzt waren die Geschütze geladen und gefeuert. Der kirchliche Bann über das Haus der Sünde war nur noch eine Frage von Sekunden. Gleich würde der Blitz einschlagen und Frau Tratschhaus zur Salzsäule erstarren (das hätte Papa Freud zumindest aus der Tiefe von Papa Tratschhausens Unterbewußtsein zu Tage gefördert - doch Papa Tratschhaus stand natürlich weit über solchen Niederungen wie Psychoanalyse. Er glaubte nur das, was er sah; und er sorgte dafür, <u>daß</u> er viel zu glauben bekam). In der Erwartung des kirchlichen Schimpfgerichtes lustwartend wurde der Nachbar schwer enttäuscht: "Und was finden Sie dabei so wild?" Waren das wirklich Worte eines Geistlichen? Hatte die

Nationalzeitung[146] also doch Recht, wenn sie vor der Kirche als der fünften Kolonne der Sowjetunion (diese überlebthabend) warnte? Doch der gütige Tratschhaus gab Seelich noch eine Chance: "Aber Herr Pfarrer; vor der Ehe! Wir waren ja auch mal jung. Aber wir waren noch anständig!"

Ja, wer in den Dreißigern großgeworden ist, der kannte nichts anderes als Sitte und Anstand. "Wären Sie lieber unanständig gewesen?" Sicher hatte sich der Moralwächter verhört: "Wie bitte?" Der Pfarrer lächelte, nicht mal jovial, sondern eher verstehend: "Na, ich meine, gönnen Sie es den beiden nicht, daß sich die Zeiten geändert haben? Hätten Sie es früher nicht lieber auch so gehabt." Das war die zweite Welle der Weltrevolution. Jetzt mußte die Knarre geputzt werden, die Fenster vernagelt, die kugelsichere Weste ausgepackt werden. Das letzte Aufbäumen der Vaterlandsverräter stand unmittelbar bevor und die unsichtbare Truppe wurde ganz offensichtlich vom Ortsgeistlichen angeführt: "Also Herr Seelich, ich muß schon sagen, Sie als Pfarrer! Wo bleibt denn da der Anstand?!" "Naja, ob Ihre Gedanken von den beiden so anständig sind, das kann ich ja nicht beurteilen. Aber Ihre Phantasie, Herr Tratschhaus, Ihre Phantasie!" Was? Der Pfarrer erfrechte sich, ihn einer unzüchtigen Phantasie zu bezichtigen; nur weil er die Wahrheit aussprach, nackt und bloß, nur weil er unsagbare Details lediglich andeutete, statt sie auszumalen, wie dies in zweideutigen Zeitschriften geschieht, die man wegen ihres volkszersetzenden Charakters immer wieder eingehend studieren muß, um auf dem Laufenden zu bleiben, wenn es einen auch bis in die tiefste Tiefe abstieß, so tief, daß er das volkszersetzende Schrifttum sogar vor den unschuldigen Augen seiner Gattin verbarg: "Entschuldigen Sie, Herr Pfarrer, aber da gehen Sie doch wohl etwas zu weit!" "Zu weit, Herr Tratschhaus, nein, das glaube ich nicht. Ich gehe genauso weit wie Ihre Phantasie und Ihre Andeutungen. Aber mal im Ernst: Wären Sie nicht lieber heute jung als damals? - Nichts für ungut; lassen Sie's dabei und machen Sie sich mit Ihrer Frau heute einen besonders schönen Abend. Da freut sie sich bestimmt."

Und mit diesem weisen (oder heißen?) Tip hob er grüßend die Hand und ließ Herrn Tratschhaus in der Ungewißheit, ob er sich über seine junge Nachbarin ärgern oder lieber sein eigenes Lebens genießen sollte. Aber der Hinweis auf seine Frau war wohl eindeutig: Der Pfarrer wollte ihm die Freude am Leben vergällen. Das würde ihm nicht gelingen! Und so begab sich Papa Tratschhaus dann doch wieder auf seinen Beobachtungsposten zur Rettung des christlichen Abendlandes. Christlich? Nein, nicht mit solchen Gesellen wie diesem... also zur Rettung des deutschen Abendlandes. Gute Nacht.

Fortsetzung folgt... (nach zwölf Jahren)

23.1.7 Die Windenstrasse

(7.Folge)

---

146 Eine rechtsradikale Zeitung (NPD) als Nachhall des „3. Reiches"

Das Telefon klingelte. Pfarrer Seelich hob ab: "Ja, bitte?" "Rosa Reizvoll; Herr Pfarrer, Sie kennen mich doch noch. Sie haben mich damals konfirmiert." "Ach ja, die kleine Rosa aus der Windenstraße. Das ist aber nett, daß Sie anrufen. Womit kann ich Ihnen dienen?" "Also, Herr Pfarrer, mein Freund und ich, wir wollen heiraten. Können wir mal zu Ihnen kommen?" "Aber natürlich. Wie wäre es nächsten Donnerstag um halb sechs?" "In Ordnung, Herr Pfarrer, wir kommen." -

Sodom und Gomorrah hatten sich also gemeldet. Seelich mußte grinsen. Die böse Jugend! Er grinste noch mehr. Unzucht auf Lebenszeit! Er grinste, bis kein Platz mehr für weitere Mundwinkelverziehungen auf seinem Gesicht war. Dann ließ er genüßlich die Tage verstreichen bis Donnerstag war.

"Nehmen Sie doch Platz!" Das junge Glück setzte sich. "Sie haben sich aber auch ganz schön verändert. Ich glaube, auf der Straße hätte ich Sie nicht mehr erkannt. Wann haben wir uns das letzte Mal gesehen?" "Sie haben mich doch vor sieben Jahren konfirmiert." "Sieben, eine heilige Zahl..." murmelte der Geistliche - grad erst konfirmiert und schon will sie heiraten. Wie die Zeit vergeht. Doch für seinen persönlichen Sarkasmus blieb keine Zeit mehr. Die "kleine" Rosa ging in die Vollen: "Also, Herr Pfarrer, wir heiraten am 30.Juni um zwei Uhr; die Wirtschaft ist auf drei Uhr bestellt; Sie sind natürlich zum Kaffee eingeladen." "Vielen Dank, Frau Reizvoll. Und wer wird Sie trauen?" Die Frau schaute ihn an, als wäre er nicht ganz bei Sinnen und sagte dann sanft: "Ja, Sie, Herr Pfarrer, Sie haben mich doch schon konfirmiert..." Lange hielt der gute Geistliche sein Spiel nicht durch: "Und wenn ich nun nicht kann?" Rosa sah ihn reizvoll an; bei ihr würde er einfach können müssen; und das Dumme war: Er konnte auch; es war ja schließlich sein Beruf, aber anstandshalber schob er noch ein retardierendes Moment ein: "Augenblickchen, meine Liebe, Da muß ich erst mal in meinen Kalender schauen, der hat bei mir das Sagen. 30.Juni, meinten Sie? - Der Sommer ist schon recht voll. Es wollen sich so viele das Ja-Wort geben, denn schließlich kann man dann im Freien Feiern. Also, wenn ich so nachschaue: Um drei Uhr beginnt unser jährliches Gemeindefest in Moorenbrunn - Sie wissen schon: Mit Tombola, Musik, Bratwürste, Kuchen, Bier, Kaffee - in beliebiger Reihenfolge. Da ist viel los, ich glaube nicht, daß ich mich freimachen kann..." Rosa blickte so verzweifelt, als sei er selbst der Bräutigam. Da wurde seine schwarze Seele weich: "Na, wenn ich mich reinstreß und wir um 13 Uhr beginnen, müßte es noch reichen." "Sie sind süß, Herr Pfarrer!" zwitscherte Rosa. Die beiden Brautleute atmeten erleichtert auf, der Pfarrer atmete tief durch. Und dann ging es um das Amtliche.

"Wir haben es uns so gedacht..." Rosa Reizvoll hatte sicher schon an alles gedacht. Der nette junge Mann neben ihr war offenbar auch mit eingeplant, aber vorerst nur als Staffage: " Wenn die Kutsche ankommt, wird der Hochzeitsmarsch gespielt, - ich hab schon ein süßes weißes Kleid..." "Weiß, die Farbe der Unschuld", denkt sich der Pfarrer mit bittersüßem Lächeln. "...und der Kirchenchor singt das Ave-Maria. Bei der Trauung wollen wir das Largo im Hintergrund und dann: So nimm denn meine Hände." Rosa lächelt schon in seliger Vorfreude.

Leider hatte sich der nette Herr mit dem freundlichen Beruf nicht mehr so fest in der Hand wie zu Anfang des Gespräches und es entrutschte ihm die zynische Anfrage: "Haben Sie etwa mit Steven Spielberg telefoniert? Mein Tip: Am besten verlegen Sie den Ort des Geschehens nach Hollywood. Dort ist sicher ein freundlicher Kollege von mir, der die sache viel professioneller schaukelt, und dann können Sie sich Ihre Hochzeit filmgerecht abends reinziehen. Wer weiß, vielleicht finden Sie sogar eine Firma, die den Verleih übernimmt, dann könnten Sie sogar noch einen Gewinn rausholen...."

Rosa Reizvoll war ratlos. Was war nur in ihren netten Pfarrer gefahren. Sie wollte doch nur eine ganz normale Hochzeit, genauso wie im Fernsehen. Da war doch nichts Schlimmes dabei. Doch Herr Seelich kam ihr zur Hilfe: "Rosa, ich dachte, Sie wollten heiraten. Muß das denn mit einem Beerdigungslied geschehen? So nimm denn meine Hände, singt man am Grab. Und bis der Tod euch scheidet, wird doch wohl noch eine Weile vergehen, hoffe ich..." Rosa hoffte es auch (obwohl sie sicherlich ein schickes Kleid für die Beerdigung finden würde; schwarz stand ihr eben).

Ihr Partner sagte gar nichts, aber das war dem Geistlichen nicht neu. Mehr als mit Gottes Hilfe stammeln die wenigsten Bräutigäme. Und ob sie hinterher mehr zu melden haben, steht noch dahin. O, meine Güte, meine Frau wartet mit dem Abendessen, fuhr es Seelich durch den Kopf und so schickte er sein Brautpärchen wieder heim. Es würde sicher eine unvergeßliche Trauung werden. Da war er sich sicher, - mit und ohne Hollywood. Man heiratet ja nur einmal im Leben, meinte die Braut. Hoffen wir es, dachte sich der Seelsorger. Er hatte so seine Erfahrungen, gesammelt in jahrlanger Kleinarbeit bei den Besuchen in unserer Windenstraße (Haben Sie einmal einen Blick in den Mietspiegel geworfen? Die Grundstückspreise sind nach Beginn unserer Serie kometartig gestiegen. Bekannte Firmen haben sich aus Prestigegründen bereits eingekauft; denn sie wissen, was sie tun. Alle profitieren davon. Nur einer nicht: Unser Seelich. Der hat die Arbeit und fährt Fahrrad.)

23.1.8 Die Windenstrasse

(8.Folge)

Der Mai ist gekommen, summt der Pfarrer, als er bei Nr.135 klingelt. Doch schnell bricht er ab, als ihm die Haustür geöffnet wird - er will sich mit seinem eigenen Namen vorstellen und nicht mit einem ergrauten Liedermacher identifiziert werden. Doch seine Vorsichtsmaßnahme ist unnötig: "Ach, Herr Pfarrer, kommen'S doch herein." Ohne falsches Federlesen führt Frau Fertig ihn in die gute Stube. "Nett, daß Sie an meinen Geburtstag gedacht haben." Ach stimmt, deswegen war er ja da. Also gratuliert er erst einmal ganz, ganz herzlich. Dann schweigt er. Er zerbricht sich blitzartig den Kopf: Worüber soll man denn an einem solch herrlichen Maientag nur reden? Wetter, Wind und Wohnung.

"Ein fesches Hausnummernschild haben Sie da, Frau Fertig." Die Gute strahlt ob dieses Lobes: "Ja, selbstgetöpfert; bei der VHS. Ich bin im Kurs Tönerne Selbstbefreiung mit praktischen Beispielen. Und da hab ich dieses Schild gemacht." Seelich lächelt gemütlich anerkennend: "Das 135. Exemplar gelang Ihnen ja besonders gut," lobt der Besucher sachverständig; "es erinnert mich übrigens an den 13.5. - Was machen Sie denn am Muttertag." Wie gut, daß er nun doch noch ein Thema gefunden hatte. Er hätte sich fast auf die eigene Schulter geklopft ob dieses genialen Stichwortes. "Muttertag! Wie ich mich auf ihn freue!" strahlt Frau Fertig: "Sandra deckt den Frühstückstisch, Siegfried macht das Mittagessen und Sascha sorgt für das Kaffeetrinken. Da kann ich mal so richtig faul sein." Der Gratulant grummelt zustimmend: "Einmal im Jahr haben Sie es auch verdient, hochverehrte Frau Fertig." Die Jubilarin setzt ihre engergischste Miene auf: "Und ob! Das will ich wohl sagen! Wissen Sie, warum ich Schaltjahre hasse? Ein ganzer Tag mehr im Jahr, und der Muttertag wird um keine Minute länger. Keine Spur von Freizeitausgleich. Das finde ich ungerecht." O, ein soziales Thema, ein politisches Thema. Darf da Kirche mitreden? Oder muß da die Kirche schweigen? Und wenn ja: Ist er die Kirche? So schweigt er im Reden. Eine beliebte Methode, dieser Schwierigkeit aus dem Weg zu gehen:

"Ja, arbeiten Sie denn nicht?" Frau Fertig war völlig irritiert; so dumm kann auch nur ein Mann fragen: "Nein, natürlich nicht! Wann sollte ich denn arbeiten? Wenn ich früh die Familie versorgt habe, das Haus in Ordnung ist und die Einkäufe erledigt sind, dann koche ich das Mittagessen. Zum Arbeiten bleibt da einfach keine Zeit mehr. Dann werden die Kinderzimmer in Ordnung gebracht, nach den Hausaufgaben geschaut, vielleicht noch die Wäsche abhängt, gebügelt und das Abendessen vorbereitet. Nachmittags habe ich also auch keine Zeit zur Arbeit. Und abends braucht mich meine Familie; da will der Sohn Musik hören, die Tochter in die Disko, der Mann fernsehen. Da kann ich doch nicht weg." Seelich war voll überzeugt. Wie hatte er auch nur so dumm sein können. Ein 26-Stunden-Job läßt keine Zeit mehr für eine entspannende Berufstätigkeit.

Doch weg von diesen ärgerlichen Themen. Hin zum Tratsch - äh, zum Interesse an den Mitmenschen. Da ist Seelich immer aufgeschlossen und er bekommt auch viel zu hören. Doch das fällt unter das Seelsorgegeheimnis, deshalb teilt er es dem Autor der "Serie" vorsichtshalber nicht mit. Nur, - als er sich auf den Heimweg macht, fragt er sich, was wohl an dieser Welt nicht stimmt. Irgendetwas ist da doch... Er kommt nur nicht darauf, was. Mit dem Muttertag hat es ja wohl nichts zu tun...

Und weiter wirkt er wohltätig in der wundersamen
WINDENSTRASSE

Es sei auch im Zusammenhang mit der heutigen Folge darauf hingewiesen, daß Personen und Handlungen dieser Serie frei erfunden sind. Wirklich sind im untenstehenden Beitrag lediglich der Straßenname sowie das Fahrrad. Sonstige Ähnlichkeiten entspringen der Phantasie der Leser, für die sich der Autor nicht verantwortlich fühlt.

23.1.9 Windenstraße

(9.Folge)

Ein fröhliches Lied schallt durch unsere Windenstraße. "Ist das nicht italienisch?", denkt sich Pfarrer Seelich, der gerade wieder mit seinem stadtbekannten Fahrrad (das rote mit der Hupe) unterwegs ist. In der Tat: "O sole mio" im schönsten Bariton. Klingt fast wie in der Badewanne. "Singe, wem Gesang gegeben", lächelt der Verkehrsteilnehmer und denkt mit Schrecken daran, daß er ja fast das 50.jährige Jubiläum des Mädchenchores Moorenbrunn am 16. Juni vergessen hätte. 50 Jahre! Er malt sich aus, wie die Gründung wohl stattgefunden haben könnte. Wenn die Mitglieder so etwa Mitte fünfzig sind, so müßte, dies vermutet er als gewissenhafter Historiker, die Wiege des Vereins im Kindergarten gewesen sein. Oder war es nicht doch der Märchenchor? Seine grauen Zellen arbeiteten fieberhaft: Ein Chor mit lauter Feen? Zwölf an der Zahl, die Dreizehnte singt Bass? Dann werden alle schwanger? Nein, das war es nicht. Wenn nicht das, was dann? Männer! Richtig! Männerchor! Wie hatte er nur!!! Wie konnte ihm dies unterlaufen! Und jetzt funktionierte seine Fantasie wieder einwandfrei: Zurück zum Kindergarten von vor fünfzig Jahren:

(1940) Er stellt sich zehn Knäblein vor, die kurz vor der Einschulung unter dem energischen Dirigentenstab der Erzieherin "Sah ein Knab ein Röslein stehen" jubelten, während Egon (später Bass) ganz rot im Gesicht wurde, als er an die Gardinenpredigt seiner Oma (damals Sopran fortissimo) dachte, die ihm, dem braven Knaben das Abbrechen junger Röslein strengstens untersagte. Egon (damals Knabensopran): Ich hab's doch gar nicht gewollt (Zweitstimme: Schluchz).

(1950) Weitere zehn Jahre später: Man begeisterte sich für Jazz (sprich Jatz). Doch haperte es gerade bei Erich (später Rechtsaußen im Tenor) mit der klaren Aussprache bei "Abulababababamamamadaahaaohyäa". Die Frauen hängen trotzdem an seinen Lippen. Das hindert ihn häufig am Gesang.

(1960) Weitere zehn Jahre später: Zensi (heute Hausfrau) gestattete Emil (heute Kassier) wenigstens einen freien Abend in der Woche ("Aber daß du mir nicht wieder singend nach Hause kommst und die ganze Nachbarschaft weckst!"), den er mit seinen Freunden beim MCM zu verbringen gedachte. An Erichs Lippen hängt nur noch der Bierkrug ("Otto, ein Weizen!"). Egons Oma hat die Rosen vergessen, er leider auch (Tränen lügen nicht, demonstrierte ihm seine Frau am Hochzeitstag...).

(1970) Das Berufsleben forderte seine Opfer: Achim, Adolf und Achmet finden sich unterbezahlt und erklären öffentlich "Wacht auf, Verdammte dieser Erde" (Achim: Tenor, Adolf (kann sich nicht entscheiden), Achmet (Bass)). Daraufhin das sogenannte Moorenbrunner Schisma (Ideologische Teilung des Chores nicht nach Stimmen, sondern nach Weltanschauung), weil Bert, Bodo und Burkhart ausschließlich die Bayernhymne (Argument: das Beste beginnt eben mit B) singen wollen. Chorleiter Xaver erklärt, man mache nunmehr moderne Musik und dies hieße: Jeder singt nur den Ton, den ihm sein Name vorgäbe (Achim das hohe und Achmet das tiefe A; Bert, Bodo und Burkhart erhöhen sich selbst auf ein H, Xaver bleibt Dirigent).

Wir schreiben 1980. Vorstandsvorsitzendem Theodor (1.Singkrise: alle singen: Der Theodor im Fußballtor; 2.Sinnkrise: alle singen: Theo, wir fahrn nach Lodz; 3.Sinngkrise: Sein Name findet in Schlagern keine Beachtung mehr) ist es nach zähen Verhandlungen gelungen, die beiden Parteiungen wieder unter einen Hut zu bringen: "Sah ein Knab ein Röslein stehen" (Egon, Bass, wird nicht mehr rot). Der Knabe ist noch immer nicht älter geworden.

1990. Das neue Jahrtausend kündigt sich an. Ein Prosit der Gemütlichkeit! Der Männergesangsverein wird 50 Jahre alt. Das Gerücht, es handle sich um die Alterssumme seiner Mitwirkenden wird entkräftet (inzwischen gibt es solarbetriebene Taschenrechner mit eingebauter Stimmgabel). Am 17.Juni wird groß gefeiert. Den ehemaligen Tag der deutschen Einheit will man mehrstimmig auferstehen lassen. Modern wird nicht mehr gesungen.

"O sole mio", ein markerschütterndes Da-capo läßt unseren Radler zusammenzucken und reißt ihn aus diesen schönen Träumen. Sollte er vielleicht doch ein kleines Liedchen beisteuern zum Feste? Natürlich, denkt er. Wenn er schon zum Feste geladen ist, könnte er doch einen kulturellen Beitrag bringen; irgendetwas zeitgemäßes. O sole mio? Nein, irgendetwas, was seine Ortsverbundenheit dokumentiert. Eine Glühlampe leuchtet über seinem Haupte auf und er beginnt zu summen: "Ja, mir san mim Radl da..."

23.1.10 Zwischengedanken

Ein Jahr ist es nun her, seit wir Pfarrer Seelich zum ersten Mal in die Windenstraße folgten. Diese ruhig gelegene Seitenstraße Moorenbrunns nahe am Feld geriet dadurch allerdings derart ins Blickfeld, daß sogar lichtscheue Gestalten am hellichten Tage zum Zwecke der unrechtmäßigen Bereicherung den Versuch eines Eigentumsdeliktes begingen (Klartext: Einbruch). Um diesem Mißbrauch durch Insiderinformationen über unsere beliebte Serie entgegenzuwirken und den Bewohnern dieses Sträßlein wieder Ruhe zu gönnen, beenden wir mit der heutigen 10. und Jubiläumsfolge die Streifzüge durch heimische Wohnungen. Dem Gesetz von Angebot und Nachfrage sind allerdings auch wir unterworfen. Sollten papierkorbweise Proteste eingehen, so wäre vorsichtig über eine eventuelle spätere Fortsetzung nachzudenken. Genug der Worte, nun geht es unverzüglich in

23.1.11 Die Windenstrasse 10.Folge

Was ist heute bloß los? Pünktlich um 12,45 Uhr steigt das in Weiß gehüllte Fräulein Rosa in den schwarzen Cadillac mit dem gigantischen roten Rosenstrauß auf der Kühlerhaube und läßt sich zur Kirche kutschieren. Wir erinnern uns: 30.Juni, das heißt: Hochzeit im Hause Reizvoll.

Pappa Tratschhaus kann zufrieden sein, seine Welt ist wieder in Ordnung, und so geht er gut gelaunt um drei Uhr hoch zuM Gemeindehaus, denn das Gemeindefest beginnt. Höflich wie er ist, holt er natürlich noch Oma Haubenzahn und ihren wiskasfressenden Dackel ab: "Mensch, Omaleinchen, da muß ich aber noch nen Zahn zulegen, wenn ich mit Ihnen Schritt halten will. - Apropos Zahn: Der steile Zahn von gegenüber kommt ja nun auch unter die Haube; daher Haubenzahn; hahaha." Wir merken, der Zeitgenosse ist bereits vor dem Genuß berauschenden Getränkes (unvergessen in Kombination mit Haschischprodukten) außerordentlich humorvoll. Das gilt auch vom MCM, der in Top-besetzung (von Achim bis Xaver ist die ganze erste Riege vertreten) anrückt. Als Aufheizer fungieren die "Moorenbrummer", ein fünfköpfiges Quintett mit nebenmusikalischem Unterhaltungswert.

Auf dem Festgelände ist es wieder einmal gerammelt voll. Die Bratwürstdüfte (aha, Nürnberg!) steigen in die Nase. Susi Sanft schaukelt den Kinderwagen (künftiger Tenor macht sich bemerkbar und vorerst relativ unbeliebt) und fragt den Nachbarssohn: "Du, Artur, bist du so nett und holst mir einen Kuchen?" Frau Artig schließ sich an: "Mir bitte auch. Aber was Frisches." "Ach du meine Güte!" der jungen Mutter fällt siedend heiß ein: "Ich hab ja meinen Teller zuhause vergessen. Wie dumm von mir!" Sie ist mit den neuen Methoden des Umweltschutzes[147] noch nicht so ganz vertraut; und vom Fläschchen des Nachwuchses will sie doch nicht nuckeln. "Ach, macht doch nichts," meint Artur, der sich als Konfirmand hier wie zuhause fühlt: "Wir haben doch etxra für Vergeßliche eine Tellersammlung." Spricht's so unverschämt wie die heutige Jugend eben ist und macht sich auf zur Kuchentheke. Dort ist er jedoch nicht allein.

Eine lange Schlange hat sich bereits gebildet, denn Familie Jung ist geschlossen zur Theke vorgerückt und will sich versorgen. Selten sieht man Mutter, Tochter, Vater, Sohn und die alte Jung so einträchtig. Aber die Aussicht auf eine beachtliche Menge an Kuchen schweißt die Familie zusammen. Schweiß sieht man auch auf dem geröteten Gesicht Frau Fertigs, die jetzt bereits ihren Namen in der Miene tragend hinter der Theke steht: "Mir bitte ein schönes Stück Nußtorte." "Kann ich was von dem Kuchen da drüben haben." "Halt, ich war zu erst dran! Geben Sie mir bitte..." "Ich bin ganz fertig," vertraut sich die Kuchenfrau ihrer Kollegin an. "Aber es ist ja für eine gute Sache." Und sie erinnert sich daran, wie Pfarrer Seelich ihr zum Muttertag Mut machte (deswegen Mut-tertag). Pfarrer Seelich? Wo ist denn der?

Ach ja, natürlich, der hat ja gerade erst die kleine Rosa unter die Haube gebracht, den Talar mit dem Freizeithemd vertauscht, sein bewundertes

---

[147] Ich setzte damals durch, dass beim Gemeindefest nur wiederverwendbares Geschirr benutzt wurde. Material unterschiedlichster Qualität wurde reichlich gespendet und ich durfte auch ausführlich spülen. Das reichte sogar zu einem Artikelchen beim Jahresrückblick der NN (Lokalteil Anzeiger)

rasendrotes Rad (das mit der Hupe) in Aktion gesetzt und sich ins Getümmel gestürzt (dort jedoch ohne Rad). Seine Bratwurst ißt er seit etwa 50 Minuten (zwischen zwei Bissen je ein Gespräch, das bekommt der Verdauung). Da sich inzwischen aber die knackigen Moorenbrummer aufgebaut haben und mit ihrem Programm beginnen, kann er sich vor sein Glas Bier setzen und in Ruhe der Musik lauschen - ist das nicht pervers: In Ruhe der Musik lauschen? Naja, für den Tiefsinn ist er noch nicht genügend gedopt, da braucht er noch etwas Droge, noch ein zwei Biere. Tränen treten ihm in die Augen, als er seine geliebten Windensträßler sieht und dazu bewegende Klänge hört: "Nehmt Abschied, Brüder, ungewiß ißt alle Wiederkehr." Was ißt die Wiederkehr...? Die Tränen hat natürlich eine Fliege provoziert, die sich für ihren Selbstmord ausgerechnet sein Bierglas ausgesucht hat und mit dem Todesgebräu in seine Kehle geschwemmt wurde. Die Moorenbrummer[148] wollen ihn sofort als Sänger engagieren: Mit dieser Stimme kommt Stimmung auf. Und tatsächlich: Es ist noch nicht einmal Mitternacht, da tritt unser heimlicher Showmaster, der Star der Serie auf die Bühne und bittet alle Mitwirkenden zu einem gemeinsamen Lied (We arr se Tschämpions) herauf: Oma Haubenzahn, Susi Sanft, Artur Artig, Ferdl, Frau Artig, Familie Jung, Papa Tratschhaus, Rosa Reizvoll, Frau Fertig, der MCM sowie ein Fahrrad: Tuuut.

23.2 Der Glöckner von Nebelhausen

Nachdem aus Personenschutzgründen die erfolgreiche Serie "Windenstraße" abgesetzt wurde, schlägt der Vater dieser Serie ein weiteres Mal knapp nebendran zu. Ein echter Serientäter. Es ist so weit. Unsere neue Serie beginnt. Mütter, stellt den Kochtopf weg, Väter, schaltet den Fernseher aus, Kinder, legt den Walkman beiseite und hüllt euch tief in euere Decken, denn nun beginnt die unheimliche, schaudererregende, gänsehautwirkende, zähnebeklappernde Neue Serie:

23.2.1   Seilschaften im Nebel

Wenn der Abend kühler wird, erheben sich silbrige Nebelschwaden über dem Moor und ziehen hinüber über die große Straße nach... Wohin? Kennen wir den Ort, der dort steht? Kennen wir die Menschen, die dort wohnen? Nebelhausen nennt man jenes verwunschene Örtchen, das vor langer, langer Zeit im Moor versank und nun nur noch bei Nebel aus der Tiefe steigt, zu sehen nur von Eingeweihten, die wohl wissen, daß mit dem zwölften Glockenschlag von St.Sebald auch das Treiben jener seltsamen Männer und Frauen versinkt, die ihr Leben bei den Elfen und Gnomen fristen.

Es ist acht nach acht, als die Turmuhr von Nebelhausen zum ersten Mal schlägt. Der Glöckner zieht den brüchigen Strang, der seit Jahrhunderten nicht mehr ausgebessert wurde; aber der Strickmeister ist schon

---

[148] Das war meine damalige Band. Ich sang, spielte meist Schlagzeug, mintunter E-Gitarre. Am Keyboard Rainer Kramer, Trompete und manchmal Schlagzeug Heiner Meyer, Gitarre Georgios Zygalakis, Bass Arno Hart.

verständigt und er hat zugesagt, pünktlich zum St.Nimmerleinstag zu kommen. Bis dahin muß man das alte Seil ziehen. Aber so ist es eben mit Seilschaften in diesem Jahrzehnt nach der Wiedervereinigung, wo alte Geister wieder kommen und viele Geister viele Menschen verlassen; von alten Geistern verlassen und noch ohne neue, wo soll das enden? Natürlich beim W, W wie Ende, das ist die...? Na, gecheckt? Achwas, zu spät zum Nachdenken? Also muß ich wieder mal die Gedankenarbeit machen. Es ist zum Auswachsen. Also, die Wende ist das. Klar? Es ist zum die Wende hochgehen. Und wenn du das tust, dann landest du in Kalau. Herzlich willkommen! Aber ich retourniere dich postwendend (rate mal, welches Wort da drin steckt? In "welches" stecken Elche, hast du das gecheckt? Na, bitte!) nach Nebelhausen. Denn die Wende endet selbst-fürfreilich in NH (ehemals Neue Heimat, im Zuge der neuen Nummern-schilder an NH vergeben).

Nebelhausen, dort endet die Wende, denn; dort sind alle Menschen von allen guten Geistern verlassen; selbst mehr Geist als Mensch, Nebelmen-schen sind sie, allen voran er, der große alte Geist - mancher nannte ihn in der Schenke schon den alten Weingeist -, der gute alte Glöckner von Nebelhausen, Urahn und Urenkel zugleich von seinem medienfreundli-chen Vetter Quasimodo von Notre - Dame (bekanntes und beliebtes Brettspiel zum Gruseln aus Frankreisch). Auch heute Abend ist er wieder etwas benebelt. In seiner Verzweiflung nimmt er den Strick. Seine Mitbür-ger blicken irritiert zum Glockenturm, aus dem es dreizehn schlägt. Über dem Nebel muß die Zeit wohl endlos sein... singt Reinweich Juni, genialer Ortsbarde, der seine besten Eingebungen erhält, wenn der Nebel am dichtsten ist. Da wird die Gemeinschaft der Geister stets um ein paar ra-sante Kühlerfiguren vermehrt... So ist das eben in Deutschland: Wie man in den Nebel hineinrast, so kommt man auch heraus: manchmal strickte-mang nach oben...

Aber kehren wir zurück, zurück zum Nabel - äh Nebel der Welt. Er liegt natürlich dort, wo alle feuchten Orte liegen: Altenfurt, Moorenbrunn, Feucht, Langwasser, Fischbach... Wer da wohnt, ist mit allen Wassern gewaschen. Sicherlich ist hier die Heimat vom Frau Saubermann zu su-chen. Doch lassen wir diese Nebelsachen... Kehren wir zurück zu den Dingen, die vor Augen liegen (und das ist momentan IHR Buch - oder sollten Sie etwa schon zwei besitzen?).

Und nach diesem animierenden Pilotkapitel starten wir durch zum zwei-ten Folge unserer Familienserie.

Die Tage werden länger, die Nebel werden dichter, die Dichter werden benebelter und dem Glöcklichen schlägt keine Stunde, denn hier kommt er wieder, der gute alte Mann von nebenan,

23.2.2 Der Glöckner von Nebelhausen (2. Folge)

Gerade zieht er wieder seinen alten, schwarzen Mantel an, dreht die Sanduhr um und wirft noch einen Blick in den Spiegel. Doch wie ärgerlich:

Geister spiegeln sich nicht. Wie soll er wissen, ob seine Erscheinung ge-pflegt genug ist. Schließlich steht das gesellschaftliche Ereignis der Wo-che ins Haus, und fast hätte er vergessen, seine Zahnlücke einzustecken. Wird Zeit, daß er sich eine Check-liste macht; man wird eben alt.

Bedächtig schließt er die alte, eisenbeschlagene Türe des Glöckner-hauses auf. Den schweren Schlüssel steckt er sich in den Gürtel und schreitet noch sicheren Schrittes hinüber ins Gasthaus. Heute ist politi-scher Abend. Da darf er nicht fehlen. Stimmengewirr empfängt ihn; er hängt den breitkrempigen Hut an den Nagel, klopft grüßend auf den Ei-chentisch und bestellt sich seine Halbe.

Der Bürgermeister ist schon da, der Pfarrer ebenfalls; sie sind vollzäh-lig. Der Bürgermeister teilt aus (nicht nur dem politischen Gegner), also hebt der Pfarrer ab (ein Vorwurf, der ihn schon lange nicht mehr trifft), der Glöckner reizt (endlich mal mehr als zwölf...): Achtzehn, zwanzig, zwo, passe... Und als Kartenspieler (Notre-Dame sticht) gut vermummt, geht es in die Vollen.

"Na, Herr Bürgermeister, was macht denn die Politik?" Endlich hat einer das erlösende Wort gesagt (Goethe: Wer immer strebend sich bemüht, den können wir... und dann kommt schon der von Berlechingen); Bollidick (man ist in Franken), das interessiert doch jeden, da kann jeder mitreden, und besser würde ich es sowieso machen... "Ach, seit der Gebietsreform, es ist ein Graus..." Aber bitte, das soll er seinem Großvater erzählen, das ist doch schon ewig her. "Ich hab gehört, jetzt soll eine U-Bahn nach Ne-belhausen kommen." Ein unterweltliches Ziel für die Geisterfahrer? "Und ein Park- und Geisterplatz ebenfalls." "Na, das ist doch mal eine gute Idee; ein Park- und Geisterplatz, das gibt's woanders nicht. Aber wir ha-ben doch gar keinen Platz dafür." Das ist das leidige Problem des Jahr-tausendendes: Platznot. Das Boot ist voll, der Glöckner noch nicht. "Da-rum soll ja auch die Geistwitzerstraße[149] verkleinert werden. Einbahn-straße, sagt der Baureferent Anderchen[150]. Im Stadtfahndungsamt su-chen sie schon das Problem." "Welches Problem?" "Das Problem, für das sie die Lösung haben." Der Pfarrer blickt wieder mal gar nicht durch; da-bei hatte er doch grade erst einen Null ouvert gemeistert, denn er hatte den halben Stadtrat auf der Hand (leider noch nicht in der Hand, denkt er sich bitter, denn er hätte so manches Anliegen mit den Anliegern): "Wie bitte?" Der Bürgermeister ist wie immer eine Montagsinformation voraus: "Habt ihr denn noch nichts vom `Nürnberger Modell' gehört? Wir haben die Lösungen, finden Sie die Probleme dafür." "Probleme gibt's genug. Daran soll's nicht liegen." War das die Stimme des Apothekers? Der soll bei seinen Giftschränkchen bleiben; der Bürgermeister aber weiß weiter: "Ja, aber das revolutionäre ist eben: Wir brauchen die richtigen Probleme;

---

[149] Gleiwitzerstraße...

[150] Nürnberger Baureferent Anderle (Pflasterle, weil er behindertenunfreundlich die Fuß-gängerzone pflastern ließ), er wohnte im benachbarten Fischbach.

die, für die wir die Lösung haben." Der Apotheker hat auch viele Lösungen, alle in kleinen braunen Fläschchen; und seine Kunden haben immer die richtigen Probleme dafür; das ist jedenfalls nicht sein Problem. Da meldet sich der Glöckner: "Ich hab auch ein Problem..." "So?" "Ja, ich hab 59 Punkte." "Dann mußt du eben blechen. Denn wer ein Problem hat, das wir nicht suchen, der muß halt zahlen... So sieht unsere Lösung aus." Nürnberger Modell? Das haben die doch sicher geklaut. Natürlich! Und zwar in Bonn.

Es ist schon spät, findet der Bürgermeister, zieht seine Pfeife heraus und nebelt genüßlich alle ein - kennt der Herr Pfarrer den Duft? Weihrauch ist es nicht; aber berauschende Stoffe scheint es ebenfalls zu beinhalten. Doch nur in einer persönlichen Menge, also juristisch tolerabel. Da nun auch wir nichts mehr sehen können, warten wir eben auf den Tatsachenbericht in der nächsten Folge unserer Serie; bis zum nächsten Nebelmal in unserer Sommerferienfolge...

Sommerloch? Nicht bei uns. Bei uns ist immer was los. Denn wir haben ja unseren

23.2.3   Der Glöckner von Nebelhausen (3. Folge)

Als wir ihn das letzte Mal sahen, verschwand er gerade in den Schwaden der bürgermeisterlichen Pfeife (die er natürlich nicht kreisen ließ: Don´t bogart that joint, my friend....). Man hörte ihn noch ächzen: "Wo ist denn die Leitplanke?" als es auch schon krachte. Seine Halbe war mit der des Pfarrers zusammengestoßen. Er konnte nicht mal rot sehen. Sollte man nicht das Rauchen ohne Nebelschlußleuchte unter Strafe stellen?

Wir merken, seine Gedanken erreichten bereits eine außerordentliche Tiefsinnigkeit und animieren uns, die Fortsetzung durch einen Gang zum Kühlschrank zu unterbrechen. Ein kleines Bier wäre jetzt auch was Leckeres. - Als sich die Schwaden für einen Moment lang lichteten, trat der Wirt an den Tisch. Ob's noch was sein dürfte? Bedürfnisse gab es genug. "Eine Runde für alle, die ich noch sehen kann!" rief der Pfarrer. Und der Glöckner gab sich als Kandidat für den Kirchenchor zu erkennen: "Ein Prosit, ein Prohosit der Gemütlichkeit!!! - Und jetzt alle!" Offenbar wollte er gleich die Chorleitung übernehmen. Er erwies sich auch als Genie des Dirigierens, da er sofort einen siebenstimmigen Chor beherrschte... Man schloß noch "ja wenn das so ist, ja wenn das so ist, ja wenn das so ist, dann Prost!!!" an und tat auch was für die Kehle.

Der Bürgermeister, als versierter Wahlkämpfer stets leutselig, wandte sich an den Bierausschenker: "Na, Herr Wirt, was macht denn der Würgerverein[151]." Tosende Stille brach aus. Diese Antwort wollte sich keiner entgehen lassen. Alle spitzten die Ohren, denn: "Der Würgerverein, das geht uns alle an." Nur der Wirt wechselte seine Gesichtsfarbe; sein fahles Antlitz nahm plötzlich einen morgenrötlichen Schimmer an und die blauen

---

[151] Natürlich war ich Mitglied im „Bürgerverein“.

Adern wurden zu Strömen in seinem gebirgigen Gesicht. Zwischen den gelben Zähnen stieß er grimmig hervor: "Der Würgerverein." Und um seinen Grimm noch zu verschärft zum Ausdruck zu bringen, keuchte er: "Ha!!!" Die Ausrufezeichen aller Deutschlehrer lagen in diesem historischen "Ha!!!"

Es war jedem klar: "Dies ist das Urteil zum Fegefeuer. Vor diesem "Ha!!!" kann niemand bestehen." Aber was hatte denn der arme Würgerverein so Übles getan? Womit hatte er sich den ewigen Zorn des unversterblichen Wirt zugezogen?

Ein Fremder, dessen sächsicher Zungenschlag seine Unkenntnis entschuldigte, fragte behutsam: "Was hat es denn Schlimmes mit diesem Verein auf sich?" Sichtbar froh darüber, sein "Ha!!!" durch eine längere Rede zu erläutern, wandte sich der Wirt ihm zu: "Und alles!!!" sagte er drohend. Ob dieser erschöpfenden Auskunft schwieg der Fremde; doch der Glöckner - man weiß, daß er gerne alles an die große Glocke hängen würde, wenn er dürfte - konnte den Dolmetsch spielen. "Der Würgerverein", so erklärte er in frankozidem Hochdeutsch, "spielt unserem armen Wirt übel mit. Sie haben ein Würgerkomitee zusammengestellt, das die Mahlzeiten aller Gaststätten der Region einer Prüfung unterzieht." Ein Grummeln aus der Richtung des wirtlichen Brustkastens ließ auf das Zusammenbrauen und Herannahen eines emotionalen Gewitters schließen. "Und in dieser Gaststätte hier, so sagt man," der Glöckner wußte wohl, auf welche Gefahr er sich einließ, wenn er die Feinde des Wirtes in dessen akustischer Reichweite auch nur zitierte. Und doch, der unerschrockene Kämpfer für die unbeschönigte Wahrheit nahm es auf sich: "in unserer traditionsreichen gastronomischen Einrichtung würgte es jeden. Sie wollten schon unseren Wirt zum Würgerking erklären, hätten sie nicht befürchten müssen, erwürgt zu werden. Seine berüchtigten Cheesewürger sind über jeden Zweifel erhaben; aber leider bewürken seine Hände nicht nur Gutes."

Die Stammgäste nickten unmerklich zustimmen, der Fremde aber blickte immer befremdeter auf seinen Saxenwurgher. Das traditionsreiche Ritual bahnte sich eindeutig an. Lange konnte es nicht mehr dauern. Die Sekunden wuchsen zu Jahrhunderten, so ist das eben in geschichtsträchtigen Zeiten, aber sie waren mit genußvoller Vorfreude verbunden. Die heimischen Kneipenhocker bildeten bereits eine Gasse und der Oberlehrer griff zur Stopuhr. "Beachtlich, beachtlich," lobte er, als der Sachse den Weg vom Tisch zur Tür fast in Rekordzeit zurückgelegt hatte. Die Pause, die nun eintrat, nutzen wir, um unseren Magen von überflüssigem Inhalt zu leeren und der Autor bleibt bist zum nächsten Würgen Ihr Nebelschreiber.

Es ist Herbst. Wer sich nach einem ausdehnten Stadtbummel in den Süden der ehemaligen Kaiserstadt begibt, gerät auf der Gleiwitzerstraße kurz nach der Lignitzer unvermutet in einen Nebel. Was ist los? Fragt sich der Ortsfremde. Nicht schon wieder, stöhnt der Einheimische. Aber es hilft keinem von beiden. Dichte Schwaden sind aufgestiegen aus den moorigen Wiesen und dem trüben Auge bietet sich ein Anblick, der einen Schauer Grusels über den Rücken fummelt. Denn unversehens ist man in Nebelhausen gelandet. Da ist das Rathaus, dort steht die Kneipe, und ragt nicht aus dem feuchten Gefilde gar der Kirchturm? Er muß es sein, denn daneben steht eine einsame, dunkle Gestalt. Keine Frage, wovor Mutter immer warnte, wovor Vater den Zeigefinger hob, wovor Großmutter zitterte, wovon Großvater stundenlang schwafelte, ist nun geschehen. Man steht ihm gegenüber, ihm, dem

23.2.4 Der Glöckner von Nebelhausen (4.Folge)

"Aus welchem Jahrhundert stammst du denn?!", herrschte er mich an und ließ einen ungnädigen Blick über meine Frisur schweifen. Doch was sagt ein wohlerzogener Alt-Twen einem alten Mann (Jahrgang 1789), der seine grauen Strähnen mühsam zu einem Zopf zusammengebunden hat? "Aus einem anderen, gnädiger Herr", antwortete ich mit aller auftreibbarer Ehrfurcht in der zittrigen Stimme. "Das merkt man," brummt er brüchig, "du siehst aus wie aus dem letzten Jahrhundert. Hast du Angst vor Läusen oder weshalb trägst du deine Haare nicht wie jeder anständige Mensch." Ich wollte nicht streiten und lenkte von meinen Stoppelhaaren ab: "Sie sehen aber auch jünger aus als Sie sind." "Natürlich," brüllte er bemüht freundlich zurück. "Was glaubst denn, du Grünschnabel. Vor drei Jahren hab ich zum zweiten Mal meinen Hundersten gefeiert, hehehuhuhaha!!" Unvorsichtig, wie die Jugend ist, versuchte ich scherzhaft das Niveau zu halten: "Das machen bei uns nur die Frauen."

Auwaya! Jetzt war es mir doch heraus gerutscht. Er lief auch puterrot an, so daß ich mich ängstlich nach einem Arztschild umblickte (Barbier war alles, was ich; aber bei aller Liebe zu den Naturseiltänzern der Alternativen, das schien mir für diesen Hypertoniker doch etwas zu riskant - Blutegel, ich kannte die beliebte Therapie; Könner verbanden sie mit Familientherapie; äußerst effektiv, wenn die Familie mitspielt. Wenn!). Doch der Gefühlsstau entlud sich nicht in einem Kollaps, sondern einem Fluch! "Kackgrube! Die Frau, die ihren Hundersten zugibt, muß erst noch geboren werden!!! Bei uns sind alle knackige 90 und keinen Lenz älter. Merk dir das, Bübchen, wenn du jemand über den Weg läufst."

Ich merkte schon, unser Seniorenstift (sprich Altersheim) war eine Jugendbegegnungsstätte gegen Nebelhausen. Aber mir sollte es recht sein, so kam ich doch noch mal in die glücklichen Jahre der Pubertät (O du geliebter Pickel auf der Nasenspitze, o du strähniges Haar über der ungefurchten Stirn, o Herz voll Eifersucht und mit Objekten der Begierde ohne Zahl und Chance, o felix iuventudo, o Lateinex, oh, oh, oh!).

"Weshalb müssen bloß alle so einen Jugendlichkeitswahn haben?" Habe ich das nur gedacht oder auch gesagt? Der Glöckner wurde ganz väterlich (großväterlich) (urgroßväterlich) (urur...) (hier gehen alle Uren rückwärts): "Weißt du, Bub (Meine Güte, ich bin doch auch schon über dreiß..., äh, zwanzig), der Jugendlichkeitswahn ist der schlimmste überhaupt. Jeder sagt: Früher gab's so was nicht! Dabei ist der Jugendlichkeitswahn älter als die Ältesten bei uns. Übrigens, kennst du den: Sagt eine Mumie zur anderen: `Du hast dich überhaupt nicht verändert!' Hahaha." Er brüllte, daß die Glocken schepperten. Das erinnerte ihn offenbar an seinen Job (hieß der nicht in der Sprache seines Jahrhunderts: Berufung? Oder nannte man das in seiner Gilde "Beglockung"? Fragen über Fragen; treffliche Themen für Historiker): "Meine Güte, fast hätte ich das Acht-Uhr-Läuten vergessen! Wenn das der Pfarrer merkt, dann seh ich alt aus." Sprachs, hustete noch mal kurz und war dann im Nebel verschwunden.

Jaja, der läutselige Glöckner von Nebelhausen, wann werden wir ihn wieder sehn? Beim nächsten Abendspaziergang übers Feld? Sicherlich aber in unserer nächsten Folge, deren Lesezeit Sie selbst bestimmen können. Bis dahin bleibe ich ihr glöcklicher Nebelschreiber.

November, novem, neunter Monat nach römischer Zählung. Doch dem Glöcklichen schlägt schon der elfte germanische Mond. Dichte Schwaden ziehen über das Feld. Der Fremde stolpert über unsichtbare Steine. Die Hand kann er kaum vor den Augen sehen. Gerade hört er eine Glocke schlagen, als sich die Nebel scheinbar etwas lichten: Der Schatten eines Kirchturms ragt auf vor ihm, Häusersilhouetten schimmern durch die silbrige Luft, er geht wie auf Wolken und plötzlich, wie aus dem Nebel gestampft, steht ein riesiger Kerl vor ihm. Ihn schaudert, denn er ahnt, was er nicht weiß: Dies ist er,

23.2.5 Der Glöckner von Nebelhausen 5.Folge

"Fremder, wer bist du?" hörte er eine tiefe Stimme brummen und trotz des gleichmütigen Lärms von der nahegelegenen BAB fühlte er sich in vergangene Jahrhunderte versetzt. Der Atem der Geschichte wehte ihm entgegen - mit einer leichten Bierfahne - die Droge der Bärenfelllagerer scheint die Flagge dieses Volkes zu sein; und der Mantel der Geschichte flatterte schwer in der ruhigen Abendluft. "Ein einsamer Wanderer bin ich", wisperte er, "auf dem Wege in einen Nürnberger Vorort. Ich hörte die Glocken schlagen und wähnte mich am Ziele; jedoch es dünkt mir, ich habe mich geirrt." Woher hatte er nur diese Ausdrucksweise? Eine Reinkarnationserfahrung? War er nur die Verkörperung eines elenden Geschöpfes des dunklen Mittelalters, das in der schwarzen Neuzeit sich wieder menschliche Gestalt verleihen mußte? War dies die Strafe für Taten, die er nicht ahnte und mit anderem Körper begangen hatte? Weltanschauungen gleisten in seiner Seele, und doch ließ ihm die Stimme aus der Vergangenheit keine Zeit, seinem wahren Ich nachzuspüren.

"In Zeit und Raum geirrt, mein Sohn", brummt der Alte, dem Dunst entstiegen, den er zugleich verbreitete. "Was ist dein Beruf? Womit schaffst du dir dein Brot? Deine Hände wirken zart, nicht nach Bauern-, eher nach Gutsherrnart." "Mathematik hab ich gelernt, die Schüler lehren ist mein

Erwerb." "Wer rechnen kann, wird kein Schulmeister," meinte der weise Alte und ahnte nicht, welch Bestätigung seiner These das zwanzigste Jahrhundert bieten würde. "Da gibt es Einträglicheres... Aber sei es drum. Sag an, willst du mir eine Rechenaufgabe lösen." "Freilich, wenn's weiter nichts ist," sagte das tapfere Schneiderl... Lehrerlein. "So merke auf: Aus drei mach null, aus null mach zwei, was is das für 'ne Rechnerei?" "'s ist töricht," sagte der kluge Mann. "Nicht töricht ist es," sprach der Alte: "Es ist die bonnsche Rechenart; für den Verstand ein bißchen hart."

Täuschte er sich oder war dies ein Dialog in Reimen? Hatte er sich nicht ins Moor, sondern auf die Bretter, die die Welt bedeuten verirrt? Ist die Bühne nicht oft viel lebensnaher als der Erdboden? Und was würde der Meister dazu sagen? Was würde das literarische Quartett urteilen? RR an der verbalen Guillotine? Doch den Reim mußte er weiter ranken: "Römisch? Sagt mir, wie es kommt, wo es dem Rechnen gar nicht frommt." Der Alte war mit seinen Reimen wahrlich nicht am Ende: "Statt Äpfel, Birnen nimmst du Pfaffen; die können solches Rechnen schaffen. - Doch ohne Reim sei's dir verraten: Man nahm drei Schulmeisterchen von drei Klassen: da hatt' man Null. Kannst du das fassen?" "Ach, ich errat schon, was jetzt kommt." Er war mit der Bildungspolitik dieses gelobten Landes vertraut: "Man tut zwei neue her und sagt: 's besser, als wenn sich keiner plagt. Aus drei Klassen machst du zweie, dann rechnest du die Sach aufs Neue und mußt nur noch zwei Herrn anstellen, die sich hier nun für Dreie quälen. Aus drei mach null und zwei statt keins, das ist das bonnsche[152] Einmaleins." Äußerst verwirrt ging der Rechenlehrer weiter. Und wenn er nicht nach Bonn gekommen ist, weiß man es dort bis heut nicht besser. Oder liegt die Kultushoheit doch bei den Ländern? Oder nicht vielmehr bei den Steuerzahler, bei den Meist-Steuerzahlern, bei den Multisteuermännern? Haben Steuern was mit Steuern zu tun? Wo steuern wir hin? Wer steuert uns wohin? Für einen Mathematiker wahrlich kein einfaches Problem. Denn es ist nicht trigometrisch, nicht mal DeHondsch... Ach, gute alte Glöcknerzeit, wo von vorneherein klar war: Halten wir die Armen dumm, das Bier wirkt auch wie Opium. Hatte deshalb der Glöckner so gestunken?

Politik? Ein schmutziges Geschäft, damit wollen wir uns die Freizeit nicht vermiesen. Aber dieser eklige Glöckner auf seinem vermaledeiten Feld. Wie heißt es? Das Moorenbrunnfeld[153]. Und was müssen wir hören: Es ist in Gefahr. Statt unter Literaturschutz zu stehen, wollen Betonköpfe es zubauen. Doch der Naturbursche aus fränkischen Gauen, der Glockenstrangzieher von Nebelhausen hat selbstverständlich auch etwas zur Moorenbrunnfeldbebauung zu sagen, denn in dessen Nachbarschaft

---

[152] Bonn war noch die Bundeshauptstadt.

[153] Das Moorenbrunnfeld war tatsächlich eine große, freie Fläche mit Magerrasen, auf die regelmäßig ein Schäfer kam und viele Menschen wohnnah spazierten. Einen Teil hatte Siemens okkupiert und zugepflastert.

ist er seit Jahrhunderten zu Hause, wenngleich auch die meiste Zeit als Geist. Für Neulinge unter den Leser seien Ort und Gegebenheiten kurz wiederholt - und für fernlebende Zeitgenossen sei gesagt: Das geht uns alle an. Wo ist wohl unser Feld, unser natürlicher Lebensraum, der bedroht wird durch kommunale Bauhorden?

Wenn der Abend kühler wird, erheben sich silbrige Nebelschwaden über dem Moor und ziehen hinüber über die Gleiwitzer Straße nach... Wohin? Kennen wir den Ort, der dort steht? Kennen wir die Menschen, die dort wohnen? Nebelhausen nennt man jenes verwunschene Örtchen, das vor langer, langer Zeit im Moor versank und nun nur noch bei Nebel aus der Tiefe steigt, zu sehen nur von Eingeweihten, die wohl wissen, daß mit dem zwölften Glockenschlag von St.Sebald auch das Treiben jener seltsamen Männer und Frauen versinkt, die ihr Leben seit Generationen bei den Elfen und Gnomen fristen.

Es ist in den frühen Abendstunden, als sich der Mitarbeiter des Stadtplanungsamtes, Herr Jederle auf den Heimweg macht. In Gedanken noch ganz bei der Arbeit und im dichter werdenden Nebel ohnedies etwas orientierungslos verpaßt er von Langwasser kommend leider die Abzweigung nach Fischbach und sieht sich plötzlich in den schemenhaften Umrissen eines Stadtteiles, den er bisher noch nie gesehen hatte. Dabei hatte er sich doch so gut eingearbeitet. Aber wo ist er denn hier? Was haben denn diese Häuser bei Altenfurt zu suchen? Woher stammt dieser Kirchturm bei Moorenbrunn? Ist dies nicht die Gegend, wo er eine neue Siedlung plant? Sollen hier nicht erst zukünftig Häuser entstehen? Ist ihm etwa jemand zuvorgekommen? Da sieht er am Straßenrand eine mächtige Gestalt. Er wird fragen. Er hält an, entsteigt dem Wagen und steht vor dem

23.2.6 Der Glöckner von Nebelhausen (in einer politischen Sondernummer)

"Sagen Sie, guter Mann," fragte er höflich, "können Sie mir sagen, wo ich jetzt bin, ich dachte..." "Denken!" grummelte der Grauhaarige, "Wenn das nicht Unglück bringt." Der Ortsunkundige zeigte sich leicht verwirrt, aber den Umständen entsprechend trotzdem höflich (Philosophisch heißt das nun folgende Zugeständnis sacrificium intellectus und wird von religiösen Minderheiten gefordert: Opfer des Verstandes): "Verzeihung, ich höre schon auf damit. Aber bitte, wo bin ich denn hier?" "In Nebelhausen, junger Freund," brummte der Betagte. "Ich merke schon, Sie sind neu hier." Bei aller Höflichkeit, das konnte Jederle nicht auf sich sitzen lassen; in der Tat, er war ein "Zugraster", ein erst in die Gegend Geraster (via BAB 3), wie man etwas südlicher, etwa an der Isar zu sagen pflegte: "So neu nun auch nicht. Aber auf meinem Stadtplan sind diese Bauten hier gar nicht verzeichnet. Überhaupt: Wo sind Ihre Zufahrtsstraßen? Wo sind die ausgewiesenen Parkplätze? Wo ist Ihr Anschluß an den öffentlichen Nahverkehr? Wo ist der Kindergarten?"

Eine Flut von Fragen stürzte auf den alten Herrn ein; vergleichend in der vernichtenden Intensität allenfalls der Asylantenflut, vor der man in diesen Landstrichen besondere Angst hatte. Welche soll er zuerst beantworten? Kindergarten? Wenn das eine Anspielung auf die Stadtratssitzung sein sollte, dann war er bei dem Glöckner an der falschen Adresse; aus der Politik hielt er sich wohlweislich heraus, wenn er nicht gerade am Stammtisch saß - darin den Ureinwohner bajuwarischen Territoriums artverwandt. Doch da blitzte in ihm eine Ahnung auf: "Haben Sie etwas mit der Stadtverwaltung zu tun? Sagen Sie mal, Sie wollte ich schon lange mal da haben. Was mußte ich mir da aus dem Stadtteilanzeiger vorlesen lassen..." (übergehen wir schweigend den Analphabetismus des Ehrenmannes; die Gründe wurden schon bundespolitisch in der letzten Folge beleuchtet und sind offenbar rückwirkend): "Sie wollen unser schönes Moorenbrunnfeld vollbauen? Verbauen heißt versauen, sage ich! Und was haben Sie sich dabei gedacht!"

Der irritierte Mann versuchte sich zu wehren: "Ich dachte mir,..." "Eben! Ich sagte Ihnen doch schon, daß Denken Unglück bringt. Schauen Sie sich die Gegend doch mal an: Kennen Sie die herrlichen Staus am Morgen von der Autobahn? Toll, nicht wahr. Und haben Sie bedacht, daß - obwohl die Firma Sielentium[154] derzeit erst etwa ein Viertel ihres Geländes bebaut hat, die Inbetriebnahme des Paketpostamtes sich erst auszuwirken beginnt und sich das Südklinikum noch in der Anlaufphase befindet - trotzdem bereits heute die Bewohner von Altenfurt, Langwasser und Moorenbrunn über das hohe Verkehrsaufkommen und den damit zwangsläufig verbundenen hohen Lärmpegel stöhnen?" Unvorsichtigerweise griff der Kommunalangestellte bereits zu seinem argumentativen Henkerstrick: "Aber wir haben doch einen Wohnungsnotstand!" Doch mit Strick kannte sein Gegenüber sich gründlich aus: "Freilich. Und nicht erst seit gestern. Aber noch im vorigen Jahr schienen dem Stadtrat Kleingärten wichtiger als Wohnungen auf dem Feld. Und was hat sich dann geändert?"

Dem Stadtplaner fielen dazu entscheidende Argumente ein:"-" Doch selbst auf diese überzeugende Beweislage hatte der Strickzieher eine Antwort parat: "Ich will's Ihnen sagen: Da gingen ein paar Wahlen ins Jahr, und man merkte: Wir brauchen populäre Entscheidungen. Wohnungsnot? Also her mit Wohnungen. Koste es, was es wolle. Wir sind eh Pleite." Noch war Jederle nicht gefangen, aber er hatte sich; höchsten - vielleicht war er befangen: "So können Sie es auch nicht sagen." Freilich war er bei dem Verbalakrobaten mit dem hänfernen Handwerk damit an der falschen Adresse: "Ich? Ich kann das schon! Und was war die Folge? Der Rest des Moorenbrunnfeldes, das Handtuch zwischen dem Firmenkomplex und dem Wohnbereich wird zugebaut, mit bis zu vierstöckigen Häusern." Schluck! Das stimmte natürlich. Und die Wohnungszahlen in

---

[154] Siemens.... (dort arbeitete mein Freund Heiner Meyer und viele andere Eigenheimbewohner.

der Wochenendbeilage sprachen leider eine sehr zwiespältige Sprache: Wohnungen gab es genug. Nur: Wer sollte sie bezahlen! Doch da fiel ihm die beste politische Rhetorik wieder ein: "Und was wollen Sie haben?"

Leider merkte man: Der Glöckner hatte offenbar zahllosen Predigten gelauscht und verstand sich auf das Handwerk des belletristischen Schwelgens: "Diese herrliche Freifläche frei lassen: Freie Flächen für freie Bürger! Inseln der Natur im Meer der Häuser! Natur, in der sich Menschen auch bewegen können!" Was kann man der Dichtkunst schon entgegensetzen, wenn man für verdichteten Wohnungsbau ist?: "Aber wir brauchen doch Wohnungen!" Ein schlappes Argument gegen den vergangenheitsversierten Lokalmatador: "Als Sielentium gebaut wurde, brauchte man Arbeitsplätze. Das war ein Argument! Als die Kleingärten eingerichtet werden sollten, brauchte man private Gärten. Das war ein Argument! Aber Natur, die scheint ihr ja nicht mehr zu brauchen! Die hat keine Argumente, also auch keine Zukunft!" Da hatte der Alte den verirrten Besucher aber falsch erwischt: "Aber ich bitte Sie, es gibt doch genug Natur. Sie können doch rausfahren, wohin Sie wollen." Mundfaul war Herr Glöckner nicht: "Häuser lassen sich vermehren, Natur nicht, junger Mann! Und daß das Rausfahren ebenfalls Natur zerstört, das ist wohl noch nicht zu Ihnen vordrungen." Den jungen Mann überhörte Jederle, aber genoß ihn ein wenig: "Aber wir brauchen doch Wohnungen!" "Ich weiß. Sie sagen es ja oft genug. Aber zum Wohnen gehört nicht nur der Raum innerhalb der Wände, sondern auch um die Häuser und Wohngebiete herum; es geht auch um die schützenswerte Wohnqualität der bisherigen Anwohner." "Ja, die haben gut reden, die haben ihre Wohnungen; wie können Sie jetzt anderen Wohnungen vorenthalten." "Meinen Sie das ernst? Ist das nicht nur ein billiges Argument?"

Doch Jederle fühlte sich jetzt auf dem sicheren Ufer: "Also, was können Sie gegen den Wohnungsbau sagen?" Doch das Moor ist tückisch; da bist du nirgends sicher vor heimtückischen Gedanken: "Ach, wissen Sie, die Probleme haben sich geändert in den letzten Jahrzehnten: Es wurde gebaut, gebaut, gebaut, Häuser und auch Straßen; dabei nahm meist unmerklich, aber nachhaltig die freie Fläche ab. Freilich lassen sich Häuser vermehren, aber freie Fläche eben nicht. Spätestens mit Bebauung des Moorenbrunnfeldes ist es dann aus mit freien Flächen um Altenfurt. Und da gilt es, Grenzen zu ziehen. Denn wenn die Natur selbst ihre Grenzen zieht, ist es zu spät... Natürliche Grünflächen haben mit der Grundlage unseres Lebens zu tun. Und sie sind gerade in Nürnberg ausgesprochen begrenzt."

Was sollte der Arme nun sagen? Da half nur noch eins: Das Totschlagargument. Gegen einen Geist problematisch, der ist nicht totzukriegen. Aber vielleicht wenigstens seine Argumente: "Sagen Sie das mal den Menschen, die eine Wohnung suchen!" Doch der Alte ließ sich nicht unterkriegen; es war wie im Krieg der Sterne: "Sag ich. Ich war selbst auch schon auf Wohnungssuche. Aber mit Städten ist es wie mit Wohnungen: Wenn die Wohnung voll ist, kann niemand mehr rein, wenn die Städte voll sind, kann auch niemand mehr rein. Natürlich ist eine Wohnung nie so gestopft voll wie etwa eine U-Bahn in der Stoßzeit, aber man könnte sie so vollstopfen. Wer will in so eine Wohnung ziehen? Natürlich können wir auch die Städte vollstopfen, aber wer will in einer solchen Stadt leben?" "Sie sollen also nicht herziehen?" "Der Preis wäre sehr hoch: Wenn dort auf dem Moorenbrunnfeld gebaut wird, dann kann dort nicht mehr der herrliche Ginster blühen, dann werden dort nicht mehr die Schafe weiden und ihre Lämmer werfen, dann werden sich dort keine Kinder mehr unbekümmert tollen können. Dann gibt es kein Moorenbrunnfeld mehr; dann kennt man es nur noch vom Hörensagen: Es war einmal... Und dann werden wir wieder die Menschen hören, die sich nach der guten alten Zeit sehnen. Aber Sehnsucht ist eben billiger als die Erhaltung der guten Natur."

Es war schon spät am Abend. Ein arbeitsreicher Tag lag hinter dem kommunalen Angestellten. So läutete er das Rückzugsgefecht ein (Läuten? Das hätte sein Widerpart besser verstanden, aber das checkte er jetzt schon gar nicht mehr): "Und wir sollen die Natur erhalten?" "Genau das wäre eure Aufgabe. Ihr solltet jetzt eine Grenze zu ziehen ist, die längst schon hätte gezogen werden sollen: Zugunsten von wohnnahen Natur- und Freiflächen, die auch der Seele guttun können, wo Menschen miteinander gehen können und die heranwachsende Jugend ebenso wie auch die Mitbürger im Lebensabend eine Zuflucht finden." Jederle war müde und so lächelte er auch: "Sie sind ein unverbesserlicher Romantiker..." Der Geist aber strotzte vor Selbstbewußtsein: "Mag schon sein. Aber als ein Geist, der Jahrhunderte überblickt, lernt man, über den nächsten Tag hinaus zu blicken, und als ein Glöckner spürt man manchmal sehr deutlich, welche Stunde geschlagen hat. - Aber ich stehe hier und verplappere und Sie wollten doch wissen, wie Sie heimfinden: Grad aus vor zur Ampel und dann links in die Gutshofstraße. Auf diese Weise können Sie schon einmal den Durchgangsverkehr steigern. Ade." Der rüstige Greis hob freundlich die rissige Hand zum Gruß und verschwand im Nebel. Herrn Jederle aber hat man seitdem nicht mehr gesehen. An seiner Stelle sitzt jetzt ein Herr...

Hier brechen wir ab und überlassen jeder/n ihren/seinen Gedanken. Anregungen gab es genug. Aber vielleicht sollten wir ganz unpolitisch weitermachen, denn wir wollen uns doch entspannen....

Stille Zeit? Dunkle Zeit? Besinnliche Zeit? Das kann nur die Adventszeit sein. Beschaulich, mit Erinnerungen an eine ungetrübte Kindheit, mit wohligem Plätzchenduft, mit frühen Abenden und spannenden Kalendern. Advent. Advent auch in Nebelhausen? Warten wir, vielleicht kommt er doch noch,

23.2.7 Der Glöckner von Nebelhausen (6.Folge)

"Advent, Advent, ein Lichtlein brennt..." Welch glockenreine Stimme dröhnte da durch den Nebel? Es würde doch nicht etwa...? Doch. Er war es. Mit aller Inbrunst schmetterte er das Liedlein in die Luft. Wenn er könnte, würde er gar vierstimmig jubilieren: Jeder Kerze eine Stimme. Was machte ihn so frohgemut? Ich vorweihnachtlicher Aufgeschlossenheit für meine Mitmenschen fragte ich ihn einfach frank und frei:

"Herr Glöckner, Sie sind heute aber gut aufgelegt..."

"Gehnau, mein lieber Junge!"

Während seine Pranke auf meiner Schulter ruhte, stieß meine Nase auf des Rätsels Lösung; genauer, wurde sie gestoßen bis abgestoßen; aber zum Abstoßen oder gar zum sich absetzen war es zu spät: nun hatte er mich einmal und ließ mich nicht mehr gehen (hatte er das seinem Pfarrer abgeschaut?):

"Ich könnte die ganze Welt umarmen!"

All seine Liebe wankte in diesen Worten und ich spürte deutlich: die ganze Welt, das war momentan ich. Junge, Junge, hatte der vielleicht geladen! Gab es da nicht jenes bekannte und beliebte Adventslied: Es kommt ein Schiff geladen? Was hieß hier: Ein Schiff?! Ein Tanker, und zwar ein vollgetankter. Wahrscheinlich fuhr er unter Billigflagge, der Fusel spräche dafür, genauer, röche danach (während ich schier zu röcheln began und mich frug, wieviel meine Nasenfilter wohl abhalten könnten, das Giftgas in die Lungen dringen zu lassen). Wenn dieser Tanker unterginge, würde das Weltmeer endlich wieder blau. Ach, heißt deshalb dieser schöne Planet, auf dem wir ohne Anhalten durch das Universum raßen, auch der Blaue Planet? Und die kleinen grünen Männchen, sind die etwa so grün, weil sie diese Atmo-, Bio- und Alkohol-sphäre noch nicht richtig verkraften? Und haben sie deshalb ihre Partei gegründet? Sollten die Grünen also nicht von Anfang an deutlich machen, wie schädlich der Alkoholabusus ist? Und sollten sie nicht viel deutlicher auf die Fremdgefährdung durch weingeistige Ausdünstungen hinweisen? Fragen über Fragen, die erste Phase des Vollrausches: Warum ist alles und warum nicht vielmehr nichts? (Hegel) Doch der Glöckner war zu Antworten bereit:

"Im Advent werde ich immer so besinnlich..." schluchzte er, während Tränen seine Augen umflorten. Weshalb eigentlich gerade im Advent? Ist dies in den Augen der Kirche nicht eine Fastenzeit? Mit dem lila Parament der Buße am Altar und den herben Liedern? Doch dies focht den wackeren Wankler nicht an:

"Da fühle ich, daß wir Menschen alle Brüder sind..."

Aha, Frauen kennt er wohl nicht, dachte ich mir; und über die Infamilisation, die ich über mich ergehen lassen mußte, war ich keineswegs erbaut. Der Glöckner als großer Bruder? Wenigstens war er nicht so allgegenwärtig wie die Schreckensgestalt von George Orwell. Aber immerhin, seine machtvollen Arme glichen einer Krake und die familiären Gefühle meinerseits liefen eher auf Brudermord denn auf herzliche Umarmungen hinaus. Doch er war mit seinen Gedanken schon einen Schritt weiter und verließ die Familienmetapher:

"Nie trifft man soviele Freunde. Gerade war ich bei der Adventsfeier vom Schützenverein. Ich hätte vielleicht doch nicht hingesollt, denn ich kam just von der Adventsfeier des Gesangsvereins, zu der ich nach der Adventsfeier des Geisterfahrerclubs gestoßen war."

Aha, eine knappe Schilderung des Tagesverlaufes klärte die Ursachen der massiven Beflaggung. Das konnte ich denn auch deutlich ansprechen. Jeder Satz von mir verschaffte mir eine Atempause, denn dann schwieg er doch in aller Regel. Nur setzte ich unvorsichtigerweise Impulse und provozierte Reaktionen:

"Da haben Sie sicher kräftig gebechert..."

Die Unterstellung schien ihn tief zu treffen. Das mußte er doch korrigieren, das konnte er nicht auf sich sitzen lassen, die Wirklichkeit mußte ungeschminkt dargestellt werden, vielleicht erkannte er in mir bereits den Chronisten seiner Wirkung:

"Gebechert? Das ist gar kein Ausdruck: Geeimert haben wir."

Der Umgang mit bilderreiche Sprache schien im vertraut und verstärkt durch das HOH. Ich konnte mich einer Frage nicht enthalten:

"Und hinterher gekübelt?"

Er wirkte pikiert, wenn dieser Ausdruck für ihn nicht zu fein erschien:

"Junge, so was fragt man nicht! So was riecht man. - Aber jetzt muß ich weiter, ich muß mich ja auf morgen vorbereiten, da ist Jahreshauptversammlung der Alkoholsünder und man will mich zu Vorsaufenden wählen. Also tschüs dann..."

Bevor ich noch reagieren und ihn zum Abschied brüderlich umarmen konnte, stimmte er wieder sein Soloquartett an und überließ mich dem müßigen Gedanken, ob dies wohl der Sinn von Advent sei. Was Millionen machen, kann nicht falsch sein, dachte ich mir, und beim Adventssingen mischt sich die Kirche lieber nicht ein. Sonst wird ja noch was Ernsthaftes draus:

"Advent, Advent, mein Lichtlein brennt, und ist mein Lichtlein einmal aus, dann fahr ich alle noch nach Haus..."

Frohes Fest, guten Rutsch, guten Beschluß und was man alles noch so sagt, wünscht Ihnen Ihr Chronist und verbleibt bis zum untigen Kapitel... äh, also, dann kommt doch wieder die imposanteste Gestalt deutscher Geschichte (Wagner hätte ihn vertonen sollen und Hoffmann versingen: soloquartettistisch, das wäre doch mal was?), es kommt, es kommt:

23.2.8   Der Glöckner von Nebelhausen (7.Folge)

"Das Beste haben wir schon gesehen." Dies war die einhellige Meinung der Leute, die vom Süden aus die Messe ansteuerten. Schwaben, Münchner, Wiener und Römer hatten ein eindrückliches Erlebnis. Dieser Tage erreichte uns dazu ein Bericht aus einer bekannten italienischen Zeitung (L'Osservatore Romantico). Der Einkäufer einer großen unbekannten Spielzeugfirma, Giovanni Paolo Secondello, erzählte von einem

Erlebnis aus Franconia: Giovanni Paolo Secondo erzählte dem unsenti-mentalten Reporter: "Allora; c'era un grande, also, es war ein großartiges Erlebnis. Eigentlich bin ich aus rein beruflichen Gründen nach Norim-bergo gekommen; ich bin Spielwarengroßhändler; ein harter Beruf, immer auf der Jagd nach neuen Spielen; bei Sonnenschein in Roma abgeflogen, seit München per Mietwagen im Regen, geriet ich urplötzlich in einen dichten Nebel. Kaum daß ich die Schlußlichter meines Vordermannes sah. Es wurde schließlich so nebulös, daß ich anhielt. Ich hörte Glocken wie von San Pietro und bemerkte Schemen von Häusern. Ich stieg aus und stand einem Riesen gegenüber. "Wohin willst denn du?", fragte er akzentfreiem deutsch, "Zur Messe," erklärte ich, leicht romanisierend. "Du bist einen Tag zu spät dran," grummelte er, "Heute ist Montag". Das Miß-verständnis amüsierte mich und ich klärte den alten Herren auf: "Nein, ich will nicht in die Kirche, sondern zur Spielwarenmesse." Doch der Signor reagierte sopri-, äh, unerwartet: "Soso, `Messe' nennt ihr das... Betet ihr Spielsachen an?" Muß ich mir das sagen lassen? Aus der Stadt des Papa kommend? Aber er war wohl nur etwas neben seinen capelli: "Nein, es gibt verschiedene Messen, und da werden verschiedene Waren angebo-ten, nicht nur Spielwaren." Hatte ich mich so mißverständlich ausge-drückt? Er meinte jedenfalls: "Also betet ihr alle Waren an. Eine seltsame Religion habt ihr. Was für Priester habt ihr denn?" Ich schüttelte den Kopf; er schien nicht von heute zu sein; aber bei den alten Herrschaften erlebt man das ja öfters: "Priester? Das gehört in eine andere Welt. Wir haben unsere Verkaufsleiter. Die informieren über den Markt, über die Angebote und die Preise."

Ernst blickte er unter seinen buschigen Augenbrauen hindurch: "Ich merke schon: Ihr habt die Religion des Anbietens, wir die des Anbetens. Und wer läutet eure Messen ein? Habt ihr eigene Glöckner?" Diese naive Vorstellung belustigte mich: "Glöckner, das ist doch heute nichts mehr. Wir arbeiten professionell mit Briefwurfsendungen, Radio- und Fernseh-werbung; wer hört denn schon auf den Ruf der Glocken! - Doch ich seh, die Nebel lichten sich, der Job ruft; war nett, Sie kennengelernt zu haben. Vielleicht beehren Sie uns einmal..." Eine unverbindliche Einladung macht sich immer gut, und vielleicht hat er ja mögliche Kunden in der Familie; doch er nahm es unerwartet ernst, als hätte ich wörtlich gemeint, was ich höflich sagte: "Danke, ich kann hier nicht weg. Aber wie wär' es denn heute Abend mit einem gemütlichen Spielchen? Mir treffen uns zum Karteln im "Toten Ochsen". Ham's Lust auf ne Runde?" Die Idee gefiel mir. Fränkische Folklore zur Abwechslung tut einem Reisenden gut. Das wiederum könnte ich jetzt ernst nehmen. Man weiß ja nie, was der Tag so bringt, doch für den Abend etwas entspannendes, das wäre fein.

Es war ein klarer Abend, aber ich konnte den Ort nicht mehr finden. Schade! Hätte ich nur gleich dort bleiben können, denn ich mochte ihn, diesen verschrobenen Kerl, der so wirkte, als wäre er aus einer anderen Welt. Ciao, bella Germania, ciao, bello Nurembergho, ciao, casae ne-volae...

Der Gast aus dem Süden hat das Rendevous verpaßt. Wir aber, benebelt von all dieser verwirrenden Lektüre, haben den Zugang noch erhalten. Ja, selbst wenn wir das Lesen unterbrechen um uns etwa ein Brot zu schmieren (wir modernen Männer können so was selber), ein fröhliches Liedlein zu singen (macht Mut, wenn der Durchblick und die nationale Identität fehlt) oder die Toilette aufzusuchen, ja, selbst dann ist eine unsichtbare, massige Gestalt im Raum. Steht, geht, fällt, ißt, liest, pißt er neben uns? Wird er uns denn nicht mehr loslassen, dieser schreckliche Serientäter,

23.2.9   Der Glöckner von Nebelhausen (8.Folge)

Es war wieder einmal einer dieser schon sprichwörtlichen nebelverhangenen Märztage, als sich eine kleine, verschworene Gemeinschaft auf den gefährlichen Weg nach Hause machte. Ein König war es, ein Räuber, ein Seemann und ein Clown.

"Kennst du den?" fragte der Seemann den Clown und fuhr, ohne eine Antwort abzuwarten, fort (mit seiner Rede, nicht mit seinem Schiff...): "Kommt ein König zum Räuber und fragt ihn: `Weißt du, was ich bin?' `Natürlich', sagt der Räuber, `du bist ein König.' `Nee', sagt der König, `ich bin auch ein Räuber; nur werde ich nicht dafür bestraft...' hahaha."

"Huhuhu", lachte der Räuber, der schauerliche.

"Hachhachhach", machte müde der König, der vornehme, und wollte grade einen herrschaftlichen Kommentar zum Besten geben, als ihnen eine weitere sonderbare Gestalt durch den Nebel entgegenschimmerte.

"Bei allen Klabautermännern!" entfuhr es dem Seemann, "das ist ja ein tolles Kostüm."

Der Fremde blickte etwas irritiert auf die seltsamen Gestalten, dann an sich herunter: "Was für ein Kostüm?"

Der Seemann grinste unverschämt, wie es heute gang und gebe ist (man hat ja keinen Respekt mehr voreinander; frau übrigens auch nicht, von kid gar nicht erst zu reden): "Na, was Sie da anhaben."

Der Alte blickte verwundert an sich herunter und brummelte unwillig: "Wieso Kostüm? Das trag ich immer!"

"Deswegen also dieser strenge Geruch..." flüsterte der Clown distanzlos dem König zu.

"Was?!" entfuhr es dem Seemann (übrigens einem eifrigen Leser unserer Serie), "Sie gibt es wirklich? - Leute! Das ist doch Der Glöckner von Nebelhausen. Ich dachte immer, Sie wären eine Erfindung zur Behebung der Liquiditätsschwierigkeiten Ihres Autors..."

"So was läßt sich nicht erfinden..." kicherte der Clown dämlich und unzutreffend.

"Welche Schwierigkeiten?" tönte der Räuber und ein amtlicher Ton schien in seine Stimme zu geraten (warum, das werden wir auch noch erfahren, aber erst bei unserer nächsten Steuererklärung oder der Fortsetzung unserer Lektüre).

"Halt´s Maul, Steuermann!" rügte ihn der König zweideutig und vergaß ganz offenbar die unumstößlichen Regeln seiner Gouvernante (Wer regiert hier wen? hatte er sich Zeit seines Prinzensseins gefragt. Recht und Wirklichkeit klafften hier wie so oft betrüblich weit auseinander, besonders, wenn die Gouvernante ihn pönetierte - ein zu vornehmes Wort für Zimmerarrest, aber eine häufig gemachte leidvolle Erfahrung).

Der Glöckner jedoch schritt zur Gegenoffensive: "Wo kommt ihr denn her? Seemann, Clown und König, das gibt es hier doch gar nicht - und du" er wandte sich an den vierten Mann, "du kommst sicher vom Finanzamt...". Damit hatte er sogar recht, obwohl es sich nicht direkt um die fiskalische Dienstkleidung handelte, aber auch Staatsdiener wollen im Fasching mal ihr wahres Ich rauslassen.

"Wir kommen vom Faschingsball im `Nebelhorn' ", tutete der König majestätisch.

"Fasching, o Mann", ächzte der Glöckner. "Dann beginnt ja bald wieder die Fastenzeit." Er blickte traurig an sich herunter, wobei ihm der Blick auf seine breiten Füße aus allmählich gewachsenen Gründen versperrt blieb.

"Etwas abnehmen könnte nicht schaden, stimmt," kommentierte ungefragt der bauchige Seemann, und grinste weiterhin neuzeitlich schamlos auf den alten Herren.

"Fasten hat doch nichts mit Abnehmen zu tun," tönte der dieser. Die Impertinenz und Ignoranz dieser Gesellen ging ihm auf den Wecker; so etwas hatte er seit Jahrhunderten nicht mehr erlebt, borniertes Unwissen gepaart mit Respektlosigkeit ("faul und frech", wie ein Schulmeister flächendeckend die heutige Schuljugend beschrieb...); er wurde also ernst und aufklärerisch: "Da besinnt man sich doch auf das Leiden Jesu an Typen wie euch. Diese Trauer verschlägt einen den Appetit. Aber ich wette schon: Euer Gott ist der Bauch! Wann ward ihr denn zum letzten Mal in der Kirche!" Seine Stimme klang gouvernörhaft und er hatte damit den gewohnten Erfolg selbst Majestät gegenüber (wir wissen, warum - alles Kindheitsprobleme, die mal psychotherapeutisch angegangen werden müßten; ich empfehle dabei für Privatpatienten meine Frau):

"Äh," machte der König.
"Äh," machte der Seemann.
"Äh," machte der Räuber.
"Äh," machte der Clown und setzte in seiner bekannt witzigen Art ("Haben wir gelacht!!!") dazu: "Sonntags muß ich ausschlafen..." wozu die andern eifrig nickten.

"Pennbrüder seid ihr allesamt," grantelte der Glöckner, "ein Heidenvolk!" und er hielt ihnen ein Bußpredigt, daß sie noch wochenlang die Glocken läuten hörten (sonntags früh, wo sie doch eigentlich ausschlafen mußten) (der Räuber sogar manchmal werktags. Weshalb wohl?)

Und jetzt sind Sie dran, liebe Leser! Haben Sie Aufforderung vernommen? Jawohl, jetzt gibt es keine Ausreden mehr: Dies ist ein Bekennerschreiben und eine Provokation! Hätten Sie das in diesem Buch vermutet? Fühlen Sie sich in Ihrer Religionsfreiheit verletzt, oder mehr in Ihrer Religionsfreizeit? Und überhaupt: Ist nicht Urlaubszeit?

Wer allerdings so tollpatschig ist, sich gerade für die schönen Stunden des Lebens ein Horrorbuch (beispielsweise: Der Glöckner von Nebelhausen) vorzunehmen, hat es nicht besser verdient.

Und schon begegnet er Ihnen wieder, dieser unsägliche Geselle,

23.2.10 Der Glöckner von Nebelhausen (9.Folge)

Den beiden Jungen gruselte ein wenig, als sie so übers Feld schlenderten. Die Schemen von Moorenbrunn waren nicht mehr zu sehen, auch Sielentium[155] hüllte sich in dezentes Grau, die Geräusche von der BAB6 surrten durch die Luft und die beiden wußten, daß sie sich auf verwunschenem Gebiet befanden. Verwunschen? Ja, sie wünschten, sie hätten sich nie hierher gewagt, als sich vor ihnen eine mächtige Gestalt aufbaute. Die Freiheitsstatue? Nein. Arnold Schwarzenegger? Nein. Norbert Blüm? Auch nicht. Wer mochte also dieser Riese sein, dessen Körper noch nie durch den Gebrauch von Seife geschwächt wurde?

Die Jungens erblaßten erschaudernd und erinnerten sich gänsehäutig an den Bibelabschnitt vom Heulen und Zähneklappern! Das also ist er, der Leibhaftige, "Hol euch der Teufel!" hatte ein erzürnter Pädagoge noch am Vormittag in gänzlich anderem Zusammenhang geschimpft -, und seine Beschwörung schien vom Erfolg gekrönt zu werden. Aus der Kehle des Bocksbeinigen drang ein hohles Lachen...

Bocksbeinig? Ein Aufatmen ging durch die jugendliche Brust. Der Alte, den sie für den Teufel gehalten hatten, bewegte sich auf zwei ganz normalen Füßen... Nein, eigentlich mehr Quadratlatschen, aber wenigstens keinen Pferdefuß. Alle Schwüre, die ihnen so locker auf der Zunge gelegen hatten ("Von jetzt an bin ich ganz brav", "ich will auch immer gute Noten nach Hause bringen", "ich tue nur noch Gutes und spiele keinem mehr einen Streich", "ich gehe auch brav sonntags in den Gottesdienst" "Keine Weiber und kein Alkohol mehr"), warfen sie schleunigst in den Mülleimer ausgestandener Angst, darin so vielen Vorgängern und Mitgängern aller Altersstufen gleichend.

Das hätten sie lieber nicht tun sollen, denn schon schlich sich eine Frage wie das silbrige Nebelgrauen des Feldes über ihren Rücken: Diese Mischung aus Freiheitsstatue, Arnold Schwarzenegger und Norbert Blüm war doch nicht etwa...? Diese sagenhafte Märchengestalt, mit der sie als Kinder unter dem beschwörenden Blick ihrer Mütter zum Bravsein angehalten wurden, gab es sie wirklich? Müßten sie ihre Schwüre erneuern? Wie oft durfte man etwas schwören, ohne es zu halten? Ganz kurz dachten sie ängstlich an ihr Konfirmationsversprechen und wie lange es gehalten hatte, dann waren sie schon wieder in Bann geschlagen von dem Riesen mit dem schwarzen Mantel, der sanft lächelte (was eine dreifache

---

[155] Siemens auf dem Moorenbrunnfeld

Gänsehaut hervorrief) und mit zarter Stimme (die Seismographen erfaß-
ten ein Erdbeben im Nürnberger Südosten, Stärke drei der Kicherskala)
fragte: "Nun, Bubis, wißt ihr auch, wer ich bin?"

Keck trat der Forscheste der beiden mutigen Halbwüchsigen vor und
rief mit stolz bibbernder Stimme (ein Neonazi? Seine Zivilcourage würde
dafür sprechen; aber... nein, hier darf einfach kein Jungfaschist auftauchen, zumindest nicht ungestraft - es war einfach ein Kid mit Metallica im
Walkman und einer umgedrehten One-size-fits-all-Kappe): "Der
Glglglglgl..." Es klang wie das Totenglöckelein, das kurz anklingelte und
dann langsam zittrig ausschwang.

"Genau! Der Glöckner." der Alte lächelte freundlich wie Teufels Großmutter und seine pädagogische Ader schwoll an: "Höret ihr auch brav auf
den Ruf der Glocken, meine Kinder? Folget ihr ihrem Ton so brav wie ein
jeder Christenmensch es tun sollte?!"

Die Worte klangen wie die gesammelten letzten Jahrhunderte mitsamt
ihren Ausrufezeichen. Aber was sind schon Jahrhunderte angesichts des
Ausschlafens am Sonntagmorgen, und was ist ein Geisterglöckner angesichts des Südwindes, der den Nebel vertreibt und mit ihm das Geheimnis, das die Jungen von nun an mit sich tragen würden und weiter erzählen ihren Kindern und Kindeskindern; denn weil er nicht gestorben ist,
drum läutet er noch heute...

Bevor es jetzt zu penetrant wird, müssen wir doch ein Ende finden. Das
Beste wäre? Nun, ein nebeliges Feld läßt sich leicht aus der Welt schaffen. Vernichten war schon immer einfacher als zerstören. Ein Bebauungs-
plan vertreibt alle bösen Geister. Nur nicht den Geist des... (jede/r möge
sich seinen und ihren Teil denken und bis nach dem Abschied aufheben,
dem

23.2.11 ABSCHIED VOM Glöckner von Nebelhausen mit Bild (10.Folge)

Ein Jahr lang hauste er nun in unserer Nähe. Vielen ist er ein guter
Freund, fast ein zweites Ich geworden. Als er im ersten Kapitel bei uns
erschien, war er vielen noch ungewohnt. Ist er wirklich einer von uns?
Gehört er in unsere Bibliothek? Hat er uns wirklich etwas zu sagen? Darf
man über ihn lachen? Glauben wir an Geister? Viele Fragen stürzten auf
ihn ein.

Viele schlossen ihn jedoch spontan ins Herz und so schien für den
"Neuen" Schopenhauers Weisheit zuzutreffen: "Das Publikum ist so ein-
fältig, lieber das Neue als das Gute zu lesen." Freilich kannte Schopen-
hauer den Glöckner noch nicht, bei dem sich das Neue mit dem Guten
auf wundersame Weise verband. Gerade das Wort "Es geschieht nichts
Neues unter der Sonne" verstand er feinsinnig so zu interpretieren, daß
dann immerhin im Nebel etwas Neues geschehen kann. Seit seinem Er-
scheinen galt auch für ihn Marie von Ebner-Eschenbachs Wort: "Wer in

die Öffentlichkeit tritt, hat keine Nachsicht zu erwarten und keine zu fordern." So tritt er nun in den Nebel zurück, aus dem er gekommen ist. Doch in vielen Herzen wird er bleiben., denn Nebelhausen, daß haben wir gespürt, ist eigentlich Nebenhausen, stets neben uns. Wir können ihm nicht entkommen, auch wenn wir das Buch schließen und unserem bestgehaßten Mitbürger schenken (Kennen Sie das schon? Ein ausgezeichnetes Buch, ganz hervorragend, Sie sollten es unbedingt lesen; das muß man einfach kennen, wenn man mitreden will! (Und er will mitreden! Deswegen mögen wir ihn auch so wenig.).

Doch wir denken an ein Wort, das ich jüngst in einem Büchlein des großen Dichterfürsten Goethe fand: "Natur und Kunst, sie scheinen sich zu fliehen, und haben sich, eh man es denkt, gefunden." Ja, mag der Glöckner einst eine Kunstgestalt gewesen sein, er wurde fast zu einem fleischlichen, sinnlichen Wesen. Ein Narr, wer seine Existenz bezweifelt. So haben ihn viele spontan in ihr Herz geschlossen, als er noch neu unter uns war, aber doch schon Bereiche in uns ansprach, zu denen wir keinem Menschen sonst Zugang gewährten; wie es schon der Philosophen Lichtenberg formulierte: "Ich glaube, daß die meisten Menschen besser von andern gekannt werden, als sie sich selbst kennen." In ganz besonderer Weise gilt dies von dem seligen Seelenkenner aus Nebelhausen.

Wie gesagt, der Glöckner hat nun Besseres zu tun, als uns unsere unorganisierte Freizeit zu vertreiben. n seinem neuen Aufgabenbereich, der für ihn selbst noch ganz im Nebel liegt, wünschen wir ihm viel Glück. Wir werden ihn nicht vergessen. Möge ihn auf seine neue Nebelrolle ein Wort von Matthias Claudius begleiten: "Häng an die große Glocke nicht, was jemand im Vertrauen spricht."

Mit folgenden Zeilen verabschiedet sich der Glöckner persönlich:
Liebe Leserinnen und heimliche Mitleser,
eine erfüllte Zeit liegt hinter mir; ich durfte aus meinem Büchlein in viele Herzen schauen; ich erlebte die tiefsten Tiefen Ihres erschauerbaren Herzens. Aber die Stunde des Abschiedes, eine gesichtliche[156] Stunde, ist nun gekommen: ich weiche der Zivilisation, die alle Nebel durchstößt und doch nur leblose Gebilde von Stein schafft; möge nicht einst auch das Herz aus Stein, Beton und Asphalt sein, wenn es schon die ganze Welt wird. Ich auf alle Fälle werde mich gerne an die lauschigen Abende in meiner Heimat erinnern, an manch gute Begegnung in entspannter Atmosphäre und grüße Sie mit einem Wort des Dichters Hermann Hesse: "Seltsam, im Nebel zu wandern! Einsam ist jeder Busch und Stein, kein Baum sieht den andern, jeder ist allein."
Herzlichst, Ihr Glöckner

---

[156] Bundeskanzler Helmut Kohl, angeblich ein Historiker, sprach Geschichte immer „Gesichte" aus. Er hatte einen Sprachfehler.

23.2.12 Adventsfeier (Glöckner - Sonderausgabe)

Der Glöckner von Nebelhausen will heut beim Mitarbeiter-Advent so manches an die große Glocke hängen (im Zarenmantel mit Glocke und dickem Buch) auf fränkisch ¦

Der Obba stöhnt (schmatzt), der Enkgl sabbert, die Mudda greint, die Omma blabbert, der Babba kriegt schon Muffensaußen: Jaaah, der Glöckner kummt, aus Nebelhaus'n. Er hat sich zeitich aufgemacht, bei Frost und halbert bei der Nacht. Knecht Rubbrecht will er hier ersetzen, nicht ohne eigenes Ergötzen.

Zuerscht klobft er beim Pfarrhaus an: "Wohnt da auch drin ein braver Mann?" Es öffnet ihm die Sofie, d' Schwester und frächt: "Was willst'n du, mei Bester?! Willst du von mir vielleicht ä Spritzn? Wart ner, i gei mei Nadel spitzn!" Sie (lefft) geit zu eram Nadelbaum; der Glöggner fühlt sich wie im Draum. Die Ursel ziecht die Spritzn auf der Gerd gicht aa sein Sächn drauf,

als eine Hand die Schulter rührt: "Bruada! Di drei sin' guat! Do werd nix gschbürt." Und eh der Glöggner zwa mol schaut hat Pfarrer Gloßner ihn erbaut. Er hat eam g'sacht, des wißd ear gwiß, des alles net so oifach is.

Der Glöckner hört, i koas beschwöer die Stimmelein der Engelschör; erscht scheint's ihm noch net ganz geheuer doch er beruhigt si, s's Ute Bräuer (sie is uns deuer). Sie dirichiert, man hört's weit schallen die Aldenfurder Nachtigallen.

Die Wände zittern wie aus Glas es naht die Mannschaft von Wolf Fraas; und hebt gar schnell des Glöckners Laune: Er liebt das Lied mit der Posaune, des groad seid fünferzwanzich Jahr erklingen läßt er hell und klar.

Ihr braucht kei Angst ham, 's werd ned lahmer, in d'Orchel greift nun unser Gramer. Aa der is scho zehn Winder da des freud uns g'scheid: Halleluja. Er drückt die Dasden wie 'n Zauberä, bei ihm klingt alles reinä (er)... äh, sauberer...

So sauber wie durch Böttchers Hände ist unsre Kärch', - des ganz Gelände! da blitzt sogar des Juchendhaus der Molly kennt sich nimmer aus, und der KV fühlt sich bestäticht: Er hat die rechte Wahl getäticht. (gell, Frau Bammessel!)

Der Glöggner glotzt ins Büro nei und frächt: Was mecht'n ihr, ihr zwei?" Frau Zygalakis lacht ihn an und sächt: "Was willsd'n, Gloggnmann?" (geht denn dich des an?) Mir schuften rastlos hier, mir zwei." Frau Fauser nickt von der Kartei....

Die Haustür klingelt, 's Telefon läut' der G'meindebrief liecht scho b'reit den grad die fleißgen Hilfen holen: Die ham ihr Zeit fei aa ned g'stohl'n. Doch's Zeuch muß schleunigst unter'd Leut viel besser gestern noch als heut'. Denn man will wissen, was hier lefft. Des alles steht im G'meindeheft: Zum Beispiel unner Frauenkreise und lascht nod ließt die Monndagsreise.

Die Kinner sin da ned dabei, für die gibt's Kinnergärdn. Zwei! Bei Helga und bei Edeltraut wird auf der Kleinen Wohl geschaut... (wird mancher kleine Arsch verhaut).

Zum Wohl der G'ma - seid a'm Jahrzehnt - des sei hier aa amaol erwähnt - in Moorenbrunn 5 Fraun, 1 Jahn ham Ehrenmesnerdienst getan... un so entlastet ihren Pfarrer, den ortsbekannten Altradfahrer man kennt ihn selbst in Nebelhaus'n denn mir gehör'n aa zu seina Flaus'n... Er b'neidet uns - des werd aich schock'n - (sächt er drock'n) um unnern Durm un seine Gloggn...

O je, die Nebel dun sich lichdn des haßd: Itzt isses Schluß mim Dichdn. Die annern wern von mir belohnt und bleibm von meine Reim' verschont Bevor er alles angebracht sächt euer Glöggner fix: Gud Nacht. Feiert fei brav un bleibt mer heider als unner guate Mitarweider. Und wenner nachert heimwärts rennt na wischter's g'wiß: S' is Advent.

Spenden für den Glockenturm in Moorenbrunn werden entgegengenommen.

24 CD „Wenn der Glöckner Sturm läutet..." 1996

24.1 Intro (3) Nach der Wahl von Gerhard Schröder
Nach der Wahl von Gerhard Schröder für Helmut Kohl (1998) bei Live-Präsentationen unseres CD-Materials:
Natürlich hat die **Wahl** viel durcheinander gebracht. So auch unser Programm. Und zahllose Stimmenimitatoren bevölkern schlagartig die Arbeitslosenstatistik; manche Kollegen verlegen ihr Programm gleich in den Himmel, denn dort können sie die bewährten Stimmen gegeneinander antreten lassen. Thomas Freitag war da schon immer ganz groß und bringt heute noch Herbert Wehner, Willy Brandt und seinen heißgeliebten FJS (hochgezogene Schultern) zusammen; inzwischen taucht auch Helmut Kohl auf und wie so oft fragen wir uns: ist die Plazierung im Himmel nicht doch irgendwie ein Mißgriff?
Manche Kohlimitatoren treten in Zombie-Shows auf - Sie wissen schon: die lebenden Toten. Irgendwann neulich im TV: Der Moderator kündigt an: live aus dem Bundestag. Und dort saß... ja, Sie ahnen es schon. Hel-

mut Kohl, der Abgeordnete Dr. Kohl, wie ihn einst Kanzler Schmidt titulierte und wie er heute wieder heißt. Also, da saß - thronte... Helmut Kohl und ich fragte mich: Was heißt hier „live"? Das ist doch der direkte Blick in die Vergangenheit. Die Kamera als Zeitmaschine...

Alternative Vorbemerkung Oktober 1999:

Es ist durch und durch hirnemotional. Und um es klar zu sagen: Der Scherz schlägt links. Wer also erwartet, dass hier die Regierung in irgendeiner Weise angegriffen oder gar verletzt würde, der hat sich getäuscht. Wir sind solidarisch, wie Linke nun einmal sind und werden keine negativen Äußerungen zur Regierungspolitik und den Akteuren machen. Und Attacken auf die Opposition verbieten sich von selbst. Behindertenwitze sind degoutant. Wir kritisieren also unsere demokratisch beleidigte Regierung heute Abend nicht. - Vielleicht sollte ich sagen: Einmal abgesehen von Herrn Schröder. Da gehört es sozusagen zum Berufsbild. Ein Kabarett ohne Kanzler ist wie ein Kanzler ohne Kabinett.

Der Kanzler im Kabarett? Das stelle ich mir so vor: Der unheimlich spritzige Kleinkünstler formuliert: „Keiner ist blöder als Schröder..."[157] Der Kanzler zeigt Humor. Den hat er extra vorbereitet. Er wartet nur auf das Ende der Pointe, um sich gut sichtbar auf die Schenkel zu klopfen: „Hahaha!.... Augenblick mal, das muß ich mal erläutern: Niemand ist blöder als Schröder, das heißt doch im Klartext: Der Schröder ist der Blödeste; mit anderen Worten: Absolute Spitze. Vielleicht sogar europäische Spitze. Das werden wir in den Gremien klären. Also, ich möchte das mal konkretisieren: Als der Kohl vor sich hinweste, haben wir unmißverständlich gesagt: Wir werden es nicht anders, aber besser machen. Also nicht Kohl, sondern Köhler[158]... Aber sagen Sie mal im Ernst: Sollte ich meiner Reizenden Doris zumuten, Köhler-Köpf zu heießen, ja, einen fast schon türkischen Namen zu tragen? Dann müßte ich ihr doch einen Leo schenken; natürlich nur zur Probe. Also noch mal zum Mitschreiben: Zu unserem Programm gibt es keine Alternative. Is doch klar: Die Alternativen sitzen ja jetzt in der Regierung. Haha... So, das mußte mal gesagt werden. Jetzt können Sie weitermachen.

Also, keine Kritik am Kabinett, nur ein paar Scherze über den Kanzler, denn das Herz scherzt links... Freilich: das Kabarett darf bei der Verteidigung deutscher Interessen in den Grenzen der Völkerwanderung auch nicht schweigen. Bei unseren niedrigen Gagen müssen wir auch den Finanzminister mit einer Bemerkung bedecken. Aber die Kabinettsmitglieder können beruhigt sein: Wir werden sie nicht kritisieren. Dazu stehen wir so unumstößlich wie sie zu ihren Wahlversprechen. - Ist das eine Drohung?

---

[157] (Kommentar 2022) Die Kraft der Satire ist ungebrochen und es heißt total witzig seit 2018: „Niemand ist blöder als Söder." Wenn ich mir vorstelle, dass er diese Witze schon in der Schulzeit ertragen musste, wundert mich seine Persönlichkeitsentwicklung weniger. Blöd ist er bestimmt nicht. Treffender wäre es, wenn er Söser hieße.

[158] Ein farbloser Bundespräsident

Aber während Kohl und **Kohlsorten** abtreten, haben wir uns entschlossen, wieder aufzutreten, mit einem wehmütigen Blick in die jüngste Vergangenheit, in der Kabarett noch einfach war. Was sich vor einem halben Jahr noch Kabarett rühmte, gilt heute als Leichenfledderei.

Im Spätsommer 98 bekam ich Post: Ich solle kommen. Sozusagen Kom-post. Erraten? Richtig, die Wahlbenachrichtigung. Im wahrsten Sinn des Wortes: Kompost. In Bayern ver-rottacht seit FJS die Demokratie, ohne Demos wird sie zur Diktatur der Mehrheit, also zur Demokratur; der Hauptfeind der Demokratie ist die Dummheit, und wenn die Dummheit mehrheitsfähig wird, herrschen bayrische Verhältnissse, also Dummokratie. Peter Hinze[159], das ist für mich so ein waschechter christlicher Dummokrat.

Inzwischen ist alles anders, äh, nein,, sondern, wie Schröder versprach: nicht anders, aber besser. Ein besseres Chaos ist doch noch chaotischer, oder? Was sich vor einem Jahr noch Kabarett rühmte, gilt heute als Leichenfledderei.

Aber im Bund haben wir einen neuen Kanzler. Schröder, - ein Piechkong[160] der Blechkarossen - Auto-Schröder, wie er auch genannt wird, - sauber aussprechen, den Schröder, sonst kommt Shredder heraus. Und der Shredder gehört zum Recycling. Andererseits: Unser Kanzler recyclet - die Stimmen seiner sozialdemokratischen Vorgänger, vermutlich geschult von einem begabten Parodontisten. Hören Sie genau hin: Er paart Schmidts semimilitaristische Schneidigkeit mit Willy (Bedächtigkeit) Brandts Integrationsvokalartistik. Also: Kein Original, sondern ein Stimmenshredder.

Ganz im Sinne der Schröder-Zeit beginnen wir mit... natürlich dem Auto. Denn zumindest auf unseren Straßen herrscht die Auto-kratie.

24.2 Bibel light

Das Programm haben Sie in Händen und vermutlich auch gelesen. O, Entschuldigung, peinlich, das hätte mir nicht passieren dürfen. Setze ich einfach überheblich voraus, daß Sie **lesen** können. Dabei..., also, zumindest: Sie wissen doch noch was das ist, oder? Das Umfeld der **Schlechtschreibreform**. Die antike Form der Wissensvermittlung.

24.2.1   Leasing Schlechtschreibreform

(Radkappe)

„lesen": Sie wissen doch noch: So hat man sich früher informiert, vor der Multimediagesellschaft. Lesen: Die antike Form der Wissensvermittlung, das Umfeld der **Schlechtschreibreform**.

Na, laß mer die Kirch beim Dorf. Apropos Dorf: eine Geschichte aus dem Dorf, in dem ich lebe:

---

[159] Generalsekretär der CDU, Pfarrer und schleimige Dreckschleuder

[160] Im Vietnamkrieg hießen die Gegner des guten Westens (USA) „Viet-Kong". Ferdinand Piech (1937-2019) hingegen war Vorstands-/ Aufsichtsrat-Vorsitzender von Porsche und VW, also die klassische Gegenpartei zur SPD.

Neulich traf ich meinen Nachbarn am Garagentor, mit einem Auto, das er sich gar nicht leisten kann;
„Wohl günstig geklaut..." scherze ich.
Er schaut befremdet.
Ich grinse: „Wohl ein Polo?"
Er mit blödem Blick auf seinen Boliden: „Polo?"
„Naja, aus polnischer Zweithand..."
Häh?!

Bevor Fremdenfeindlichkeit hochkommen kann oder gar bereits wieder jemand an den Papst denkt, erklärt er mir todernst, daß er diese Nobel-karosse **least** *(sprich: liest)*.

Ui, dachte ich mir, ich habe ihn immer unterschätzt. Ich dachte, der kann gar nicht lesen. Das Buch in seinem Regal ist sicher eine Attrappe aus dem Möbelhaus. Und jetzt liest er sogar ein Auto.

Das ist immerhin ein **BMW**, mit drei Buchstaben! Das Auto für den Literaturnobelpreisträger, der einfache Mann fährt **VW,** und hält sich mit zwei Buchstaben bereits für überdurchschnittlich intelligent - er besitzt also einen angeheirateten RollsRoyce[161]. Sein erstes Auto für die Masse nannte Henry Ford damals „T"; er erkannte die Zeichen der Zeit und reduzierte das Wissen auf einen zweibalkigen Buchstaben mit **sakralem Charakter.** (Was siehst du den Balken im Auto deines Nachbarn. Mt.7,3) Deswegen bekreuzigen sich fromme Katholiken bis heute, wenn sie einen Ford besteigen; oder hängt es damit zusammen, daß Adam und **Eva** in einem fort Ford) sündigten? Und mit dem Sündigen außerhalb des Paradieses Fordfuhren?

Schluß mit der Literaturgeschichte des Autos, zurück zum Nachbarn beim Autolesen: Woher nimmt er die Zeit? Vermutlich aus dem Stau. Ich stelle mir vor, daß in ein paar Jahren Zeitungsverkäufer über die Autobahn schlendern und ihr Staujournal vertreiben. Besonders beliebt:

Stau am Sonntag.

> Heiner: Staufreudige Fahrer haben ohnedies ihr Handy. Manche haben es so oft am Ohr, daß man von einem Handycap reden kann.
> Mein Sohn hat mir jetzt ein Autotelefon spendiert...   Autotelefon
> Volker: Die Italiener sagen zum Abschied: Ciao. Wir sagen zum Abschied: ?: Stau....
> Heiner: Jeder fünfte Deutsche ist für den ASCD, den allgemeinen Stau-Club Deutschlands. Jeder fünfte Mensch ist ein Chinese. Chinas Zukunft liegt im Stau. Die Regierung plant daher den weltgrößten Stausee. Mit dem Yangtse ist es ihnen fast gelungen.
> Volker: Und die neuesten Ergebnisse des Stau an der Noris. Der **Club** spielt gegen den Stau-fb-Stuttgart; der Club spielt, der Verkehr steht. Kein Wunder, der Club ist das klassische Rot-Licht - Milieu, geprägt

---

[161] 5.6.98: VW hat **Rolls Royce** gekauft.

durch Michael A. Roth[162], dem Meister der roten Laterne. (früher hielt ich ihn für eine emanzipierte Frau namens Michaela...).
Stau am Sonntag, Selbstverständlich auch per Internett zu erhalten. Heute muß ja alles nett sein. Staumäßig nett.
Ich lese, du liest, er/sie/es läßt lesen, - Lesen, Leasen, Soviel zum Thema PISA.
Freilich: wir Protestanten sind fit. Wir erkennen die Zeichen der Zeit und gründen fix eine Stau-kirche. Mit Einzelbeichte und so. Da kannst du dann deinen Frust ablassen. Frust-absolution. Dein Aggressionsstau gehört in unseren Aggressionsabbau. Jetzt gibt es über den ADAC den **Sünden- schutzbrief**... der läßt sich übers Internet ordern; sozusagen ordinierte SSB. So kannst du auch deinem Nachbarn den Vogel zeigen, den er ver- dient. kannst du auch deinem Nachbarn den Vogel zeigen, den er ver- dient. Wenn er sich beschwert, sagst du nur:: Tetzel@de und schon weiß er: nix mehr zu machen, der hat die Absolut für 19Cent pro Minute. Und wieviele Flüche kannst du in einer Minute beichten!
Lesen, Leasen, Soviel zum Thema *Schlechtschreibreform*. [163]
Für die deutsche Sprache fühlen wir uns als Protestanten ja durch Mar- tin Luther, den großen Sprachpräger, besonders verantwortlich. Vermut- lich tragen die Protestanten die Schuld am schlechten Abschneiden von PISA. Unser Kirchturm steht schief und der Religionsunterricht war zu schlecht. Nostra culpa. Maxima culpa. Cosa Nostra.
Fürs schlechte Gewissen sind wir Protestanten Fachleute, Experten. Sog. **Sündentaucher**: Tief tunken sie dich ins Unrechtsbewußtsein.
Fürs schlechte Gewissen mit Absolutionsautomatik hingegen zeichnen die Katholen.
Ist das Gewissen auch geleast?
Mein Nachbar, wie gesagt, liest Auto. Andere lesen Bücher. Ich weiß schon, das würden Sie auch gerne mal wieder, aber die Zeit, die Zeit... Deswegen habe ich mir die Mühe gemacht, es Ihnen leicht zu machen. Das Buch der Bücher leicht gemacht: **Bibel light**. Die Engländer unter- scheiden hier ja nicht zwischen Licht und leicht. Vielleicht geht Ihnen also bei Bibel light auch manchmal ein Licht auf... Des einen Licht, des andern Leid. Und die Zeit? Wie schreibt Kohelet, der Predigt Salomo: Ein jedes Ding hat seine Zeit.

---

[162] Michael A. Roth hatte einen Teppichkonzern „ARO" und war lange Chef vom 1. FC Nürnberg (Club), der dann natürlich ARO-Trikots trug.

[163] Zwischenbemerkung bei Live-Auftritten wie dem Kirchentag: Soviel zum Thema Schlechtschreibreform. Wer A und B sagt, muß auch C und D sagen, darum habe ich auch eine CD produziert. Das ist nicht nur eine nette Erinnerung an einen unvergeßli- chen Abend, sondern sie enthält noch eine Menge mehr als hier geboten wird. Schließ- lich bietet die Studiotechnik dem Tüftler nette Gags. Und verhält sich zum Live-Auftritt wie das Wahlprogramm zur Regierungspolitik. Also, leisten Sie sich was!!! Oder zu- mindest der fremden Frau neben sich.

24.3 Ein jedes Ding

Ein jedes Ding - schlägt die Uhr - hat seine Zeit - schlägt die Uhr - Seine Zeit hat jedes Ding unter dem Himmel.

1. Zeit zum Lesen, Zeit zum Glotzen, Zeit zum Leasen. Zeit zum Fotzen. Zeit für Wahlkampf, Zeit zum Schummeln, Zeit zum Heulkrampf, ja, und Zeit zum Fummeln.
2. Zeit zum Flennen, Zeit zum Singen, Zeit zum Pennen, Omm zum Schwingen. Zeit für Bild, Zeit für die FAZ, Zeit für die Zeit, Zeit für die TAZ .

24.4 Adam

Eigentlich ist der Mensch ein Produkt der Fehlplanung. Als Gott die Erde geschaffen hatte, langte er sich an den Kopf: "*Mein Gott,*" *sagte er sich, "du hast die Erde geschaffen, und wer kümmert sich jetzt drum? Muß ich denn alles allein machen*?" Ein Blick auf seine Schöpfung zeigte ihm: Jetzt hab ich einen Arbeitsplatz geschaffen, aber keinen **Arbeitnehmer**. Also machte er sich an die Arbeit, einen Arbeitnehmer zu schaffen. Erde war als Grundmaterial vorhanden. Und Gott schuf Erdal. Quatsch, natürlich keine Schuhcrême. Gott sprach - unglaublich, aber wahr - kein Deutsch, ja nicht einmal Sächsisch, sondern Hebräisch. Da heißt Erde Adama. So nannte er den ersten Arbeitnehmer Adam. Darin steckt bereits das Wort "Dam". Das ist ebenfalls hebräisch und bedeutet Blut. Die Dame war also die Frau des Blutes. Sorry, Baby. Ein Damenopfer ist seitdem immer ein Blutopfer, es wird monatlich dargebracht und so hängt doch alles zusammen. Gott war offensichtlich ein New-Age-Anhänger. Obwohl es vor ihm gar kein Old-Age gab. So ein Pech.

Gott schuf also Adam als Arbeitnehmer. Solo für Adam. Klug, wie Gott war, beschränkte er sich auf den Prototypen. Denn ein Einzelexemplar kann keine Gewerkschaft gründen, keine Streikfront bilden und auch nicht mit Firmenwechsel drohen. **Das Paradies war ein Williglohnland**.

24.5 Die Börsennachricht T-Aktie

Meine Damen und Herren, der erste Mensch hat den Boden, der die Welt bedeutet, betreten. Genauer gesagt, er wurde daraus gefertigt. Er ist ein Teilhaber des eigenen Grund und Bodens. Er bildete also eine AG. Eine Adams-Gesellschaft, eine Eine-Mann-Gesellschaft, als Teilhaber veräußert er nun Teilhaber-Aktien, also T-Aktien. Nein, mit Tee und Kaffee hat dies nichts zu tun, sondern nur mit Teilhabe. Also mit Haben. Mit Soll und Haben. Er ist ein Habenichts, hat nicht mal ein Feigenblatt, und er soll gut sein, also hat er eine Menge soll. Für uns Banker der ideale Kunde. Der erste Mensch als Kunde. Kann die Geschichte der Welt denn besser beginnen. Das ist für uns die gute Kunde, oder auf Griechisch: das Evangelium. So eine T-Aktie auf den ersten Menschen ist sicher eine bessere Anlage als sich ans Volk wagen... Kaufen sie also T-Aktien, steigen Sie ein beim Mensch. Am besten, bevor man auf die Idee kommt, Menschenaktien mit Sklavenhandel gleichzusetzen und ungerechterweise zu diskriminieren. Der Mensch ist Gottes bestes Kapital. Und er hat eine Menge Anlagen. Was soll also daran schlecht sein?

24.6 Das Feiertagsgebot und das erste Gebot: Die Messe
Die Messe oder des Glöckners Schock 1996

A: Zwei Fischer unterhalten sich.

Sagt der eine: Ich habe einen Karpfen gefangen, der zog mich den ganzen Rhein entlang, quer über die Reeperbahn und verschaffte mir ein Tete-a-tete mit der Meerjungfrau. Sagt der andere: Das ist noch gar nichts. Ich fischte an der Donau, da biß ein Hai an meiner Angel an und zog mich über den ganzen Atlantik; abends aß ich dann mit der Freiheitsstatue Haifischflossensuppe im Empire-State-Building.

B: Das ist doch alles Anglerlatein. Erstens fließt der Rhein nicht über die Reeperbahn, zweitens wohnt die Meerjungfrau nicht in Hamburg und drittens ist die Freiheitsstatue Vegetarierin.

A: Weshalb nennt man das denn Anglerlatein?

B: Weil alles frei erfunden ist.

A: Ist Latein frei erfunden?

B: Nein, aber man versteht es auch nicht.

A: Aha, so ist das also. Deswegen mußte Martin Luther die Messe ins Deutsche übertragen.

B: Ja, die wollte man ja verstehen.

A: Und vorher hat man sie nicht verstanden?

B: Wer kann schon Latein? Wenn der Pfarrer am Altar "Hoc est corpus meus" murmelte, verstand die Gemeinde nur noch "Hocuspocus".

A: Und heute versteht jeder, was bei der Messe läuft?

B: Wer spricht denn heute noch Deutsch? Da fällt mir übrigens eine nette Geschichte ein: Irgendwann in den ersten Wochen des Jahres kam ein Gast aus südlichen Gefilden aus beruflichen Gründen in die alte Kaiserstadt Nürnberg; dort finden wir die die erfolgreichsten Messen der Gegenwart; kein Wunder, wir sind ja evangelisch. Ob Consumenta oder Spielzeugmesse, wir können uns mit jedem messen.

B: Wer spricht denn heute noch Deutsch? Da fällt mir übrigens eine nette Geschichte ein: Irgendwann in den ersten Wochen des Jahres kam ein Gast aus südlichen Gefilden aus beruflichen Gründen in die alte Kaiserstadt Nürnberg geschah; und wie durch ein Wunder oder genauer durch den zeitlosen Nebel, der den Nürnberger Süden manchmal einhüllt, war ein weiterer Gast aus dem 16.Jahrhundert ebenfalls unterwegs; in der knapp neben der Wirklichkeit schlummernden Vorstadt Nebelhausen nahe der A6 hatte der Augustinermönch Martin Luther Quartier bezogen. Hören wir nun das Erlebnis des irritierten Römers, das er der bekannten italienischen Zeitung L'Osservatore Romantico schilderte: Giovanni Paolo Secondello war als Einkäufer einer großen unbekannten Spielzeugfirma in Franconia:

Internationale Gäste sind bei uns herzlich willkommen. Freilich ist das moderne Großstadtleben tückisch. Ich denke da an das schockierende

Erlebnis eines Gastes aus einem südlichen Land. Wer von den beiden Beteiligten letztlich schockierter war, läßt sich jedoch nicht so leicht sagen. Es ist immer gut, wenn die Zuschauer den Beteiligten wissensmäßig einen Tick voraus sind; wie durch ein Wunder oder genauer durch den zeitlosen Nebel, der den Nürnberger Süden manchmal einhüllt, war ein heimischer Gast aus einem vergangenen Jahrhundert ebenfalls unterwegs;

in der knapp neben der Wirklichkeit schlummernden Vorstadt Nebelhausen hauste in einem gespenstisch geistlichen Gebäude der Glöckner des längst verschollenen Ortes. Hören wir nun das Erlebnis des irritierten Römers, das er der bekannten italienischen Zeitung L'Osservatore Romantico schilderte: Giovanni Paolo Secondello war als Einkäufer einer großen unbekannten Spielzeugfirma in Franconia:

24.6.1 alternative Einleitung 1998

Helga: Apropos Kirchgang: Wissen Sie, was eine Messe ist? Natürlich, eine U-Bahnhaltestelle. Nürnberg ist bekannt für die erfolgreichsten Messen; ob Consumenta oder Spielzeugmesse, wir können uns mit jedem messen. Konsumiere die Spiele, spiele den Konsumenten, das ist unsere Message...

Eines schönen Tages kam ein Vertreter aus Rom in die alte Kaiserstadt Nürnberg; Jener Gast hatte ein schockierendes Erlebnis: Zufällig war zeitgleich der Geist eines verblichenen Glöckners ebenfalls unterwegs:

Eine der erfolgreichsten Werke Martin Luthers war die Übertragung der Messe ins Deutsche. Seitdem verstehen wir, was läuft. Früher murmelte der Pfarrer am Altar "Hoc est corpus meus" und die Gemeinde verstand "Hocuspocus", heute versteht jeder, was bei der Messe läuft. Vorausgesetzt, er verläuft sich nicht, wie es einem Gast aus einem südlichen Land in Nürnberg geschah; es ist immer gut, wenn die Zuschauer den Beteiligten wissensmäßig einen Tick voraus sind; wie durch ein Wunder oder genauer durch den zeitlosen Nebel, der den Nürnberger Süden manchmal einhüllt, war ein weiterer Gast aus dem 16.Jahrhundert ebenfalls unterwegs; in der knapp neben der Wirklichkeit schlummernden Vorstadt Nebelhausen nahe der A6 hatte Martin Luther Quartier bezogen. Hören wir nun das Erlebnis des irritierten Römers, das er der bekannten italienischen Zeitung L'Osservatore Romantico schilderte: Giovanni Paolo Secondello war als Einkäufer einer großen unbekannten Spielzeugfirma in Franconia:

24.6.2 Begegnung in Nürnberg

(Verschiedene Versionen gemixt: Glöckner-CD und auch Luther (ML) Kabarett)

G: "Allora; c'era un grande..., also, es war ein großartiges Erlebnis. Eigentlich bin ich aus rein beruflichen Gründen nach Norimbergo gekommen; ich bin Spielwarengroßhändler; ein harter Beruf, es ist wahrlich kein giocco di bambini, kein Kinderspiel, immer auf der Jagd nach neuen Spielen zu sein; bei Sonnenschein in Roma abgeflogen, seit München per Mietwagen im Regen, geriet ich urplötzlich in ein dichte nevolo. Kaum daß ich die Schlußlichter meines Vordermannes sah. Es wurde schließlich so nebulös, daß ich mir vorkam, als würde ich in einer Regierungserklärung mitspielen. Sofort hielt ich meine Alpha Romano an. Ich hörte Glocken wie von San Pietro und bemerkte Schemen von Domizilen. Ich stieg aus und stand einem beleibten Mönch gegenüber. Ich fühlte mich wie in Jurasic Parc: ein menschlicher Dinosauerier hatte sich vor mir aufgebaut.

GLÖCKNER: "Wohin willst denn du?"

G: "Al missa, Signore, zur Messe, mein Herr,"

GLÖCKNER: "Du bist einen Tag zu spät dran, heute ist Montag".

G: Haha, netter Scherz, nein nein, Oparello, ich will nicht in die chiesa, sondern zur Spielzeugmesse."

GLÖCKNER ML:: "Soso, Söhnchen, `Messe' nennt ihr das... also zum **Kindergottesdienst** ... Aber im Ernst: Betet ihr Spielsachen an?"

G: (beiseite:) Muß ich mir das sagen lassen? Aus der Stadt des Papa kommend? Aber der Alte ist wohl nur etwas neben seinen capelli: "Nein, anbieten, nicht anbeten... und da es gibt verschiedene Messen, und da werden verschiedene Waren angeboten, nicht nur Spielwaren."

GLÖCKNER: ML: Sauber, sauber, andere Länder, andere Jahrhunderte, andere Sitten, als ich damals in Rom war, das war - also, 1516 war es bestimmte... - da, Naja, ehrlich gesagt, viel besser war es auch nicht. Aber frommer klang es zumindest. "Also betet ihr alle Waren an. Eine seltsame Religion ist das. Verstorbene Waren!

G: nicht verstorbene, *verschiedene*...

GLÖCKNER: Wo ist da der Unterschied? Tote Sachen sind es allemal. Und, Söhnchen, was für Priester habt ihr denn?"

G: "Priester? Das gehört in eine andere Welt, Alterchen. Wir haben unsere Verkaufsleiter. Die informieren über den Markt, über die Angebote und die Preise."

GLÖCKNER: "Jüngelchen, Ich merke schon: Ihr habt die Religion des Anbietens, wir die des Anbetens. Und wer läutet eure Messen ein? Habt ihr eigene Glöckner?"

G: Das ist doch heute nichts mehr. Wir arbeiten professionell mit **Briefwurstsendungen, Fernwehwerbung; und natürlich übers Inter-Blöd**.[164] Wer hört denn schon auf den Ruf der Glocken!

Heiner: Dann, mein Lieber, sind alle deine Messen Totenmessen. Tja, so ist das Leben.

G: - Doch ich seh', die Nebel lichten sich, der Job ruft; war nett, Sie kennengelernt zu haben. Vielleicht beehren Sie uns einmal..."

Glöckner: "Danke, ich kann hier nicht weg. Ich bin an den Nebel gebunden. Aber wie wär's denn heute abend mit einem gemütlichen Spielchen? Mir treffen uns zum Karteln im "Toten Ochsen". Ham's Lust auf 'ne Runde?"

---

[164] Alte Version: Briefwurfsendungen, Radio- und Fernsehwerbung; und natürlich computershopping.

G: Si, seniore, mi piace moltissime, äh, gefällt mir. Fränkische Folklore zur Abwechslung tut einem romanischen Reisenden gut. Man weiß ja nie, was der Tag so bringt, doch für den Abend etwas Entspannendes, das wäre fein. Aber jetzt, tut mir leid, ich muß zur Messe, die Pflicht ruft.

Glöckner: Sonntagspflicht, Söhnchen, so nennt man das eigentlich. Paß nur auf, daß du dort deine Seele nicht verscherbelst. Also, adieu...

G: erzählt: Der Alte löste sich vor meinen Augen ins Nichts auf... Ich schaute hinüber zur Sonnenuhr am Kirchturm, aber leider war es zu dunstig, um die Urzeit zu erkennen. Und als die Nebel sich lichteten, begann der Kirchturm zu entschwinden. Jetzt aber schnell zur Messe...

Es war ein klarer Abend, als ich mich auf den Weg nach Süden machte, und doch noch Station im Toten Ochsen machen wollen, aber ich konnte den Ort nicht mehr finden. Schade! Hätte ich nur gleich dort bleiben können, denn ich mochte ihn, diesen verschrobenen Kerl, der so wirkte, als wäre er aus einer anderen Welt. Ciao, bella Germania, ciao, bello Nurembergo, ciao, casae nevolae...

24.7 und Eva

In seiner Unerfahrenheit mit Menschenmaterial unterlief dem Schöpfer jedoch ein schwerwiegender pädagogischer Fehler: Er sprach ein **Verbot** aus. Gibt es etwas Verlockenderes als ein Verbot?

Zwei Bäume sollte der Adam nicht anrühren. Mein Gott, warum hast du sie überhaupt erst gepflanzt? Aber jetzt war es zu spät: Die Lust war geweckt. Fehlte bloß noch der Kumpel, mit dem man Pferde stehlen kann und auf den man letztlich dann die Schuld schieben kann. Fehlte also bloß noch die **Menschin**.

In seiner Unerfahrenheit mit Menschenmaterial unterlief dem Schöpfer jedoch ein schwerwiegender pädagogischer Fehler: Er sprach ein **Verbot** aus. Gibt es etwas Verlockenderes als ein Verbot?

„Vom Baum der Erkenntnis darfst du nicht essen!" Was? Kein Recht auf Bildung? Kein Recht auf Schule? Kein Recht auf Baumschule? Kein Recht auf Reih und Glied... Apropos Glied: Da ist etwas an meinem Körper, mit dem kann ich so gut wie gar nichts anfangen. Ließe sich das nicht noch nutzbringend einsetzen?... Wir merken, der Mensch war kreativ, wenn er auch noch nicht ahnte, welchem Trouble er entgegendachte. Anderreseits: Es gab ja ein Verbot. Und das lockte. Gott erkannte seinen Faux pas zu spät: Die Lust war geweckt. Dem frischgelehmten Menschen fehlte bloß noch der Kumpel, mit dem man Pferde stehlen oder Früchte klauen kann und auf den sich dann die Schuld schieben läßt. Fehlte bloß noch die **Menschin**.

Wieder machte sich *Gott, the Ripper* ans Werk, diesmal mit Vollnarkose, eine Methode, die über Millionen von Jahren in Vergessenheit geriet.. Da er kein Halbgott ins Weiß war, verzichtete er auf die Schulmedizin und arbeitete alternativ - obwohl es noch gar nichts gab, zu dem er hätte eine Alternative bieten können... - mit Hypnose. Also nebenwirkungsfrei. Hypnose bedeutet bekanntlich Schlaf, folglich mußte das Ergebnis traumhaft sein. Ergebnis dieses göttlichen Zweitversuches wurde die höchste Versuchung für seinen Erstversuch...

Die **Erste Versuchung Adams**, kurz: EVA (Erste Versuchung Adams). Im Unterschied zu seinem späteren Stellvertreter verbot Gott diese Versuchung allerdings nicht. Endlich hatte Adam eine Lebensgefährtin, also jemand, der sein Leben gefährdete. Eva war einfach traumhaft, wie alle Frauen. Wir wissen jedoch zu gut aus eigener Erfahrung, dass zu den Träumen auch die Alpträume gehören....

Nun die Frage aller Fragen: Hatte Adam Anrecht auf **Lohnfortzahlung**, als Eva aus ihm herausoperiert wurde? Stand ihm gar Vaterschutz zu und Erziehungsurlaub? Würde ein solcher Anspruch den Wirtschaftsstandort Paradies gefährden? Würde Gott aus betriebwirtschaftlichen Gründen vielleicht in die benachbarte Hölle auswandern, wo es selbstverständlich keine Lohnfortzahlung im Krankheitsfalle gibt. Bliebe das Paradies der Hölle gegenüber wettbewerbsfähig? *Sind kleine Teufelchen nicht billigere Arbeitskräfte? Oder sind billigere Arbeitskräfte vom Teufel*? Eine Frage der Perspektive, ohne Frage. –

Ganz davon abgesehen: Könnte nicht bereits eine einzige Frau aus dem Paradies eine Hölle machen? „Adam, ich habe nichts anzuziehen!" „Adam, du hast schon wieder den Müll nicht rausgebracht..." „Adam, morgen kommt meine Mutter..." Freilich, bei dieser letzter Drohung wüßte er ganz genau, dass es sich um einen billigen Trick handelt. Andererseits: **Als Gott Adam erschuf, übte sie nur**...

Kennen Sie die FDB, diese feministische Bewegung mit dem Motto „Frauen dürfen ballern?", ja, die wollen jetzt unbedingt, dass Frauen mit der Waffe in der Hand... Dabei weiß doch jederman - äh - jeder Mann, dass die beste Waffe der Frau ihr Mundwerk ist; diesem Trommelfeuer hält keiner stand. Anderseits: eine unblutige Alternative zur konventionellen Kriegsführung: Talk-battle, im verbalen Nahkampf ausgebildete Pionessen mit der Munition im Matronengürtel verteidigen die freiheit, die von kommunistischen, faschistischen und islamischen Quasselstrippen mit der großen Klappe angegriffen werden. Vielversprechend scheint die TV-Sturmtruppe um die namens getarnte und schlagerprobte Verona Feldbusch für den Nahkampf; dahinter Ilona Christen, die Seit an Seit mit Sabine Christiansen talk-battelt. Für die Entsorgung zuständig: Frau Sargschreinemakers, die die Bohlen zu Särgen verarbeitet. Nach ersten Niederlagen der Nato kämpft als letzte Kombattantin Monika Hohlmeier, unterstützt von der schwerbewaffneten Barbara Stamm mit Stoibermunition gegen den Rest der Welt! Als Feldgeistliche fungiert die berufsbetroffene Angela Merkel, während sich Christa Herzog und Hannelore Kohl die Feldküche teilen. Als Marketender fungiert Alfred Biolek, trotz seines grünen Namens.

Alternative Überleitung: Damit wären wir beim Paradies. Und wo liegt das Paradies? Natürlich in Franken, wo sonst. Das ist unseres Herrgotts Freizeitpark. Leider machen die Bayern nicht einmal vor dem Herrgott halt und so haben sie selbst diesen wunderschönen Landstrich okkupiert. Immerhin: Und unsere Hymne haben sie uns gelassen, sozusagen als kulturelles Feigenblatt. Bloß müssen wir sie mit der Zeit aktualisieren: M u s i k : Wohlauf, die Luft…

24.8 Die Schlange

Als die beiden ersten Menschen vom Baume der Erkenntnis aßen, erkannten sie: Wir sind **nackt!** Ui, sagte Adam: Vow! erwiderte die einzig anwesende Frau. Und da nur das Verbotene Lust bereitet, bedeckten sie schleunigst ihr Blöße. Blöde Begründung: Bäume tragen Blätter, weshalb nicht auch wir? Schon war es vorbei mit der Kultur, mit der Freikörperkultur. Dabei gab es doch gar keine Spanner. Warum ziehen sich heute Menschen extra aus? Ist ihre Erkenntnis flöten gegangen? Zumindest die Erkenntnis, daß zwischen Nackedei und Augenweide ein Unterschied ist. Nicht der kleine, sondern meist ein großer. Ein Bauch etwa. Man denke nur an den Kanzler in Badehose... Und wenn sein Finanzminister die Hosen runterläßt, bricht die gesamte Republik in Panik aus.

Die Schlange verführte Adam und Eva. Sind wir nicht alle immer wieder Adam und Eva? Samstag morgen in der Schlange an der Kasse: rührige Verkaufsleiter haben in Griffweite völlig überflüssige Konsumgüter aufgebaut. Und schon greift man, frau und vor allem Kind zu...

Und allgegenwärtig ist keineswegs der Allmächtige, sondern in seiner Tarnkappe Mr. Mehrwertsteuer, der gesetzlich geschützte Taschendieb. Er hat übrigens ein neues Steuerräubermittel ersonnen: Wir zahlen nur noch Mehrwertsteuer, 100% und bekommen unsere Ware als Zugabe. - Tja, steht doch schon alles in der Bibel, wozu brauchen wir noch Zeitungen...

24.9 Der Rausschmiß aus dem Paradies

Gott schmiß sein mißratenes Erstlingswerk aus dem Paradies. Nicht ohne eine letzte Wohltat: Ein Feigenblatt erhielt jeder der beiden. Kleidsam für den unteren Teil ihres Luxuskörpers. Spätere Schöpfer der Haute Couture haben ihn gnadenlos beklaut und schufen den sog. **Tanga**. Aus den Feigenblättern entwickelte sich also die Bekleidungsindustrie. Getreu dem Motto: Zurück zu den Wurzeln bewegt sie sich inzwischen zu den Feigenblättern zurück und entwickelt sich zur **Entkleidungsindustrie**. Es war alles schon mal da, seit dem FKK im Paradies.

Freilich erwies sich Gott bereits damals als sehr innovativ. Und mit einer Inovation hat heute unser Kanzler nachhaltig zu kämpfen: Gott schuf den ersten **Grenzer**.

G: Ohne Visum, Adam, keine Einreise ins Paradies. Und solange es ein
   sicheres Drittland gibt, nehme ich dich auch nicht als Asylanten auf.

A: Wo soll es denn ein drittes Sicherland geben?

G: Hiermit erkläre ich die Erde für sicher und stecke dich damit in Sicherheitsverwahrung.

A: Und was ist, wenn ich mal Krach mit meiner Alten kriege. Darf ich dann
   auch nicht zurück?

G: Nur politisch verfolgte haben ein Recht auf paradiesasyl. Familiäre Verfolgungen zählen nicht.

A: Und wenn sie mich mit dem Wellholz erschlagen will?

G: Dann darf dein Sarg passieren, wenn die Formalitäten erledigt sind.

A: Lieber Gott, wenn du mal berufliche Probleme kriegst, dann habe ich einen tollen Job für dich.

G: Für mich?

A: Ja, dann wirst du Innenminister in Bayern.

Gottvater ließ sich nicht erweichen. Wahrscheinlich war er ein alpiner Dickschädel. Aber der Junior zeigte sich offen und erklärte: Wenn ich das Reich mal erbe, dann hat bei mir jeder Zutritt. Mein Reich kennt keine Grenzpfähle oder -schranken. Und weil das letzte Hemd keine Taschen hat, werden es Steuerflüchtlinge sowieso nicht versuchen.

24.10 Grenzenlos

Ref: Gottes Reich kennt keine Grenzen und auch keinen Paß Nur wer Grenzen zieht, der grenzt sich aus. Hier gilt nur die Liebe, gilt kein Fremdenhaß Gleichheit aller Menschen, das ist Gottes Maß Bunt gemischt sind wir zu Gast bei seinem Himmelsschmaus. Nur wer keinen aussperrt, kommt in Gottes Haus.

1. Ich hatte oft schon Sehnsucht nach dem Paradies einen Ort, an dem man mich in Ruhe ließ Sehnte mich nach Leben ohne Kampf und ohne Streit Doch der Weg dorthin ist so unendlich weit.

2. Ich wünsch mir eine Welt, wo es nur Menschen gibt. Denn Gott hat doch in Jesus nicht nur ein Volk geliebt. Ich wünsch mir Hände, die sich zusammentun und eine Zeit, wo Neid und Zwietracht ruhn.

3. Deutschland den Deutschen! Zorn trübt Gottes Blick; und er schickt die Scheinchristen nach Deutschland zurück. Deutsche sind Ausländer im Paradies. Dem Himmel ist der deutsche Gott zu fies.

4. Jesus werden wir dereinst im Himmel sehn. Doch die zu ihm stolz als Deutsche gehn, schickt er gleich zurück, damit hat er doch nichts zu tun, die solln in alle Ewigkeit in deutscher Erde ruhn...

5. Freiheit ist ein Wort, das klingt unendlich schön Und ich will das Land meiner Hoffnung sehn Frieden und Gerechtigkeit im Bruderkuß und mit aller Streiterei wär' endlich Schluß...

24.11 Aus dem Alltag eines alternden Alltagsmenschen (1993)

(kt 93 münchen) (aufgegriffen: 25.12.96)

Heiner: Das Erdenleben ist ohnedies kein Zuckerschlecken. Das beginnt schon am Montagmorgen und zieht sich durch die ganze Woche. Bis man sich aufrappelt, ist das Leben halb vorbei. Darum rappelt jetzt der Wecker und wir hören den finalen Rap.

Volker: Jeden Morgen steh ich auf, es ist meistens um sieben, da liegt die ganze Welt noch so ziemlich im Trüben, ich fische meine Socken, doch was ich hasse, ich finde sie auch blind, nämlich einfach mit der Nase, und dann schleich ich in die Küche, dort wartet der Kaffee, daß ich ihn in einen Filter tue und schleunigst aufbrüh, mein Brot wartet auch, bald ist alles in Butter und ich träume von dem Frühstückstisch damals bei Mutter, da gab es früh noch Kaba und nicht nur Nesquick, und meine langen Haare waren unheimlich schick,

jetzt werd ich langsam grauer und an manchen Stellen dick, meine Freunde sagen eh, ich hätte nen Tick, weil ich so bin wie ich bin und anders als sie, denn ich rauche nur noch heimlich, aber sie rauchen nie, das sei was für die Jugend und für die Fraun und mit meiner Frisur seh ich aus wie'n Clown; dann ziehn sie ihren Schlips, früher warn sie mal rot, ich will nicht so sein wie sie, lieber wäre ich tot.

Ich glaub, sie sind schon Leichen und habens nur noch nicht gecheckt, mit ihren Kaviarbäuchen, die Moral total verdreckt; aber so ist das Leben, Leichen sind auf ihrem Marsch durch die Institutionen, also direkt durch den A-fter. Ich glaub, jetzt hör ich auf, denn die Sprache wird fäkal, das ist unter meinem Niveau, nämlich total normal, also nicht klerikal, normal ist nicht klerikal, klerikal ist nicht normal, nicht normal, nicht normal

24.11.1 Heut morgen stand ich auf, um aufzustehen

Also: Heut morgen stand ich auf, um aufzustehen, ich schaute in den Spiegel, um auch was zu sehen, ich schaute in den Spiegel, und ich sah mich meine Güte, war das schauerlich; ich denk, ich bin auf einen Horrortrip, als ich mir mein Müsli stip, nebenher der Song vom Würgerking, während ich die guten Körner in mich schling

Ich sag euch, ich fahr ab auf die neue Zeit, meine Freunde meinen alle schon, ich wäre bleid, denn ich bin so einer, der quer durch alle Sender springt, und nur das denkt und fühlt, was grad die Sendung bringt, die Supersendung, die mich mit Haut und Ohren schlingt, wenn Michael Jakobsohn mich eunuchisch linkt, wenn er mit Lift im Gesicht von der Weltheilung singt (Hände vor der Hose), obwohl diese ganze Macherwelt mir unheimlich stinkt, und er kokettmarionett meine Tränensäcke wringt, und zugleich mich sodomös rein akustisch penetringt, was ihn heilt, weil es ihm die große Knete bringt..., das Sätzchen hinkt, das Reimchen blinkt

...und wo bleibt nun der fromme Touch in diesem bitterbösen Rap? Irgendwie bin ich ein Depp, die Musikbranche ist ein Nepp, und Jesu Vater, der heißt Sepp. JaaaH! Jetzt hab ich die Kurve endlich gekratzt, mich zur Kirche hingeschwatzt... Seid es ihr da, die ihr am Eingang steht, bist es du da, der jetzt die Augen verdreht, ist es der da, der mit der schwarzen Kutte an? Es ist der und die und jeder, der auch am Sonntag kann... Sonntag kann, Sonntag kann, Sonntag kann...

24.12 Ich bin stolz darauf, evangelisch zu sein!

A: Ich bin stolz darauf, evangelisch zu sein!

B: Was zeigst du auf den Splitter im Auge deines Bruders und siehst den Balken im eigenen Auge nicht?!

A: Eben! Der Splitter, das sind wir. Wir sind sozusagen Weltmeister der Zersplitterung. Splittermäßig gehören wir ins **Guinessbuch** der Rekorde...

B: Und die katholische Kirche?

A: Tja, die besteht aus zwei Balken: Zölibat und Pille, für jedes Auge ein Balken.

B: Und der Papst?

A: Da hast du natürlich Recht. Eigentlich sind es doch drei Balken. Machen wir doch mal so ein Austrittsrollenspiel. Ich bin der Pfarrer, du das Gemeindeglied:

B: Herr Pfarrer, ich trete aus der Kirche aus

A: „Wie bitte, ich habe dich doch konfirmiert...“

B: Die Konfurzmation ist mir Wurst.“

A: „Und warum trittst du dann aus?“

B: „Ich habe drei gute Gründe: Zölibat, Pille und **Papst**...“

A:„Wegen dem Zölibat?“

B: Ja, der Kleine hat doch auch ein Recht auf Eltern...

A: „Und des Papstes wegen?“

B: Nee, wegen dem Papst, weil der immer so einen Scheiß enzyklopediert...

A: „Und wegen der Pille“

B: Weil die Kirche dagegen ist. Für mich und meine Männergruppe ist das schrecklich. Auch wir Männer haben ein Recht auf unsre Pille...

A: So läuft das!

B: Der arme Evangelische. Dabei wäre das doch die Lösung: **Zölibat** statt Pille. Die erfolgreichste Verhütung ist die Priesterweihe. Sie verhindert zwar nicht Mütter und Kinder, aber Väter...

A: Wie war das doch, als sich ein evangelischer und ein katholischer Pfarrer begegneten? Machen wir noch mal ein Rollenspiel:

(A=E, B=K)

E: Wissen Sie was, Herr Kollege, es wäre doch schön, wenn Sie uns heute abend beehren könnte. Auch meine Frau würde sich freuen? Dürfen wir Sie zum Abendessen einladen?

K: O ja, gerne

E: Und bringen Sie doch bitte Ihre Frau mit.

K: Herr Kollege, Sie wissen doch: Der Zölibat.

E: Ach ja, natürlich, wie dumm von mir. Dann bringen Sie den kleinen Zölibat doch einfach mit. Die Kinder werden sich schon verstehen...

24.13 die Arche Noah

Nachdem GOTT wie sein Spätnachfolger Helmut *Kott* kein Fettnäpfchen ausgelassen hatte, konnte eigentlich die Menschheit nur den Bach hinuntergehen... Was heißt hier Bach? J.B.S. war noch nicht in Sicht, also: Wie wäre es mit einer kleinen Sint*luft?* Ach, auch das Ozonloch noch nicht in Sicht... also: , äh, Sintflut?

Aber da gibt es doch einen, der ist eigentlich viel zu brav, um unterzugehen. Bloß, wie halte ich ihn aus der Sache raus? Fragte sich Gott. Da hatte der heilige Geist einen genialen Einfall. Bei der nächsten Begegnung meinte er:

„Du, Noah, eigentlich hast du dich doch immer nur um die Arbeit ge-
kümmert. Du brauchst mal so was wie eine Kur..."

Noah: „Mensch - äh, ich meine: Geist, das zahlt doch die Kasse nicht
mehr. Du weißt doch, in den Kassen ist Ebbe."

Der Geist war erst etwas sprachlos, dann fing er sich: „Eben drum.
Wenn Ebbe ist, muß man fluten. Drum solltest du vielleicht mal eine kleine
Kreuzfahrt machen. Weißt du, mit so einem schnuckligen Kahn quer
durch die Welt."

„Ei, super," meinte der fromme Mann. „Darf ich meine Frau auch mit-
nehmen."

„Klaro."

„Und die Kleinen? So quasi als Familienreise?"

„Das wird mir ein bißchen viel. Da mußt du glatt ein Reisebüro aufmachen."

„Mach ich", versprach der fleißige Noah: „Noahs Unbeschwerte Reisen.
Kurz NUR."

„Ideen hast du!" staunte der Heilige Geist, „Fromm, aber geschäftstüch-
tig."

So kam es, daß Noah ein Kreuzfahrtschiff zimmerte, seine Familie ein-
packte, - sein Enkelkind bestand drauf, auch den Zoo mitzunehmen, vor
allem das schnuckelige Elefantenpärchen - die Nachfahren des Mensch-
heitsüberlebers sollten ja noch was zum Ausrotten haben... Und ab ging
die Post. Leider war das Boot nicht nur voll - also ziemlich deutsch -, sondern auch überdimensioniert - also ebenfalls deutsch -, sondern paßte
auch nicht auf Rhein, Main und Mosel, geschweige denn den Euphrat.
Drum verbreitete Gott mittels eines kleinen Landregens das Flußbett.
Überflüssige Landschaftdetails gingen den Bach runter - so wie später
bei den Bayern das Altmühltal für den Rhein-Main-Donau-Kanal. Wie gesagt, überflüssige Landschaftdetails wie die Landbevölkerung wurde
gleich mit weg gespült. Die Noahs aber hatten eine prima Zeit.

Frau Noah war eine typische Frau. Kaum war man wieder an Land, als
sie schon die nächsten Reisewünsche bei ihrem Gatten anmeldete:

Sie: Noachen, Nächstes Jahr fahren wir auf die Salmonellen.

Er: Ich bin froh, daß ich wieder festen Boden unter den Füßen habe.

Sie: Nein, weißt du, ich mir's überlegt. Ich will doch lieber auf die
Schygellen.

Er: Typisch Frau, die Salmonellen sind ihr nicht Schick genug, es müssen gleich die Schick-gellen sein...

Natürlich ging die nächste Fahrt... Naja, lassen wir das: Jedes Ding hat
seine Zeit, und der Uralub erst recht.

24.14 Ein jedes Ding

Ein jedes Ding - schlägt die Uhr - hat seine Zeit - schlägt die Uhr - Seine
Zeit hat jedes Ding unter dem Himmel.

3. Zeit für Kultur, aber kein Geld, mit Mark und NUR geht's durch die
   Welt. Zeit für TV und den PC , Software ist nett und tut nicht weh....

4. Zeit für die Ebbe, Zeit für die Flut, Blut auf der Treppe, das tut nicht gut. Zeit fürs Trödeln, Zeit für das Reisen, Zeit für die Spülung nach dem....

24.15 Alles Paletti : God-Earth-and-Heaven Limited-Company

Das war damals eine Superidee von Gott: die **Arche Noah.** Nachdem die Menschen wieder mal alles in den Sand gesetzt hatten, betätigte Gott einfach seine universale Klospülung, der ganze Dreck verschwand rückstandslos in der *Kanalisation* der biblischen Geschichte und mit seinem superfrommen Noah konnte der damalige Herr der Erde eine neue Weltordnung errichten. Diesmal eine vollkommene Schöpfung, wie es sich für einen anständigen Gott gehört.

Freilich behielt er sein Konzept bei: Trial and error: Versuch und *Irrtum.* Und es hat sich gezeigt: *Die Menschheit gehört auf die Seite des Irrtums.* 1969 haben die Amis gezeigt, wie man es hätte besser machen können und schickten - schossen - den Menschen auf den **Mond**. *Inzwischen hat man in Deutschland den gelben Sack entwickelt. Kombinierten wir beide Ideen miteinander, so könnte Gott einfach die ganze Menschheit in einen gelben Sack packen, auf den Mond schießen und dort endlagern.* Das nötige know how haben wir ihm geliefert. Und unser Nabel fungiert als grüner Punkt. Damit die Erde als blauer Planet dem Universum erhalten bleibt.

Wie gesagt, hier geht es um Menschen als Gottes Geschöpfe. Damit ist jedoch das letzte Wort der Evolution noch nicht gesprochen: die besseren Menschen machen sowieso wir: Trompete: Happy birthday geht über in die Hymne der USA (25.10.1993 Tagesmeldung!) - Wer glaubt, daß es bei der Genforschung um **blaue Tomaten** oder karierte Sojasoße geht, liegt schief. Das sind doch nur die Prototypen des Homo sapiens reagensis (Richtig, da steckt Reagan dahinter. Der alzheimert zwar inzwischen vor sich hin, aber man wird es schon schaffen, aus einer geklauten Zelle einen neuen Reagan zu reagenzieren...

Wie immer außer beim Sputnik sind auch hier die Amerikaner mit einem gewissen **Jerry Hall** führend, haben in Warholscher Serie-Manie es selbst bei Gottes Ebenbild geschafft. Der geklonte Mensch. Lasset uns niederknien und sie anbeten. Denn was bei Gott noch Fehler hatte, ist bei ihnen perfekt. Vor allem verzichten sie auf so schädliche Zutaten wie Moral. Und auf die Reagenzreaktion reagiert natürlich auch die regierende Macht, die Börse. Freilich: Betrachten wir das Geschehen historisch:

24.16 Alarm an der Börse!

Der Börsensprecher: *Die Börsennachricht 1)*
Alarm an der Börse! Der Dollar stürzt in endlose Tiefen: Für die freiwillige Entgegennahme eines Dollarscheines erhält man Eine-DM-Siebenunddreißig. Skrupellose Experten glauben den Grund erkannt zu haben: Den Ein-Dollar-Schein verunziert eine Gottesdarstellung. Und alle Welt weiß: Gott ist derzeit nicht hoch im Kurs.

Washington reagiert nach dem ersten Gebot der USA: Ich bin der Herr, dein Erfolg, du sollst keine Versager neben mir haben. - Und dieser suspekte Gott versagte doch von Anfang an. Bereits bei der Krone seiner Schöpfung: Menschen! Wie kann ein Unternehmer nur dieses störanfällig Material produzieren? Diesen unvollkommenen Gott wollen **Wissenschaftler** nun weiterentwickeln, in speziellen Zentren für "Research, developement & perfection of God". Ziel ist der perfekte "God made in USA". Die God-Earth-and-Heaven Limited-Company sieht in einem klonbaren Allmächtigen einen vielversprechenden Produktionszweig mit begrenzter Haftung!

Der **Vatikan** zittert und der Kardinal schiebt sein purpurnes Käppi nervös zur Seite: Der Wirtschaftsstandort Gottes ist in Gefahr! Die Bank des Heiligen Geistes beginnt zu beben. Vermutlich wurde im himmlischen Thronrat bereits eine Krisensitzung einberufen. Aber bekanntlich malen *Gottes Mühlen* langsam. Die Amerikaner werden schneller sein.

24.17 Samstagmorgenphantasien

Ich schneide mein zweites knuspriges Brötchen auf und leiste mir die leckere Vierfruchtmarmelade und meine volle Phantasie beim Weiterdenken. Es ist ja Samstag.... Sterblichkeit war gestern, Leben ist Samstag, denn sechs Tage arbeitete Gott und am siebten holte er die Brötchen für seine Familie. Endlich hatte er mal Zeit dafür.

Ja, es ist Samstag... und meine Frau und der kleine Stinker sind noch im Schlafzimmer. Also: Diesen Steinzeit-Gott, der sogar mit seinem Juniorchef versagt, müssten die Amis entwickeln, perfektionieren und dann klonen. Der Herrgott von der Stange, **religiöse Konfektion** in Perfektion, der Schöpfer als Geschöpf. Vorher könnte man noch den alten Gott abverkaufen. GSV in USA.

Leider ließ die neue Weltordnung auf sich warten, und so sieht Mr. Bush heute ziemlich alt aus. Neue Hoffnung aber keimt, den Clinton betritt den Ring. Und wie die zahllosen Sterne der amerikanischen Flagge zeigen, ist das letzte Ziel ja wohl klar: Das Universum mit seinem Zentrum im Pentagon, Washington.

Wenn alle Ochsen das Weite gesucht hätten, wäre die Weide frei für die Kühe, also eine freie Kuhweite. Schluck, die Kalauer jagen sich.

24.18 Die G-Aktie

Der Börsensprecher: Doch werfen wir noch einen Blick in die zukünftige Gegenwart. Der Börsensprecher hat gute Nachrichten:

Positive Entwicklungen sind am **Aktienmarkt** zu beobachten. Eine neue und vielversprechender AG hat ihre Anteile an die Börse gebracht. Nach der T-Aktie und der S-Aktie ist der neue Knüller die **G-Aktie**, die Gott-Aktie. Jeder Mensch darf einen Anteil erwerben, das hat die UNO mit Erlaubnis der US-Regierung durchgesetzt. Eine Gott-Aktie in der Schublade, das gibt dem Bänkerherzen wieder Hoffnung und Zuversicht. Die G-Aktie ist bei den übrigen Devisenunterlagen genau da, wo sie hingehört: Wo dein Herz ist, ist dein Gott. Also beim Geld. Insgeheim sind natürlich und selbstverständlich alle Menschen G-Aktionäre. Manche wissen es nur noch nicht. Denn sie beten nur daheim, es sind also G-Heim-Aktionäre...

Der Nachrichtensprecher:

Mekka: Eine internationale Expertenkomission tagte in **Mekka** und beschloß, das Gebot: Du sollst dir kein **Bildnis** machen, betrifft die G-Aktie nicht, sonst hieße es: Du sollst dir keine Aktie machen. - Einzelne radikalreligiöse Strömungen spalteten sich spontan von der Aktien-Kirche ab. Der Aktienoberpriester ließ durch seinen Pressesprecher daraufhin erklären: *Die religiösen Fundamentalisten aller Herkünfte und Einkünfte können sich ohnedies keinen brauchbaren Gott leisten und bleiben bei ihrem Motto: Schlag sie tot, schlag sie tot, dann liebt dich Gott.*

24.19 Blöd bleibt blöd

Der **Wissenschaftsminister** tritt an, im Lehrkittel:

„Meine Damen und Herren, ich weiß, daß ich nichts weiß, dieser berühmte Satz des Kaisers Augustus zeigt doch, wie überflüssig eine unspezialisierte Schulbildung ist. Schuldbildung? Gerade in Zeiten knapper Kassen - wo niemand weiß, wo das Geld nicht herkommt - gilt es, hier zu sparen.

Vom Ergebnis her gesehen ist die Schulbildung erschreckend ineffektiv? Die Schüler lernen viel zu viel, das sie niemals anwenden. Also: Der Staat braucht Schüler, die von vornherein spezialisiert werden. Vielleicht sogar genetisch... Bekanntlich fragen sich Fachleute ja eine Menge:

a) Warum soll ein Winzer lesen können?
b) Warum soll ein Gabelstaplerfahrer mit Messer und Gabel essen können?
c) Warum sollte ein Finanzminister rechnen müssen?

Es gibt unendliche Formen der Wissenseinsparung... Man muß nur an der richtigen Stelle beginnen. Und die richtige Stelle ist nicht die Rechtschreibung, wo sich Millionen von Menschen auf einen Schlag fragen: Warum habe ich die Schulzeit überhaupt absolviert, wenn jetzt jede Erstklaßlehrerin sagen kann: Das schreibt man aber anders! Frau schreibt es sowieso anders, und unser Kanzler kann nicht mal Englisch. Unser Außenminister hingegen schweigt international; dem kann keiner ans Bein kinkeln[165].

Wozu überhaupt Schule? Fragen wir die Betroffenen selbst (Schüler zu Wort kommen lassen), dann erfahren wir doch sehr schnell:

A: Schule ist blöd,
B: Schule macht blöd.
A: Schule bleibt blöd.

Aus dieser Aussage von Generationen von Fachleuten sollten wir unsere Schlüsse ziehen und Schluß machen mit dem kostenintensiven Verschleudern von Schleudergeldern..

---

[165] Außenminister Klaus Kinkel

Was hat das Gesundheitswesen so teuer gemacht? Die Kranken. Also:
: Was haben Kranke im Gesundheitswesen zu suchen.
A: Gar nichts. Das Gesundheitswesen ist für die Gesunden da. So bleibt es auch gesund!
Und nun die Fritzchenfrage: Was macht die Schule so teuer?
B: Die Schüler.
Was bedeutet dies für die Schulreform? Zunächst einmal: Schulen sind zur Schülerfreien Zone zu erklären. Das würde eine Menge an Klassenzimmern völlig überflüssig machen. Lediglich die Lehrerzimmer wären noch genutzt. Die übrigen Räume könnte die Verwaltung in Anspruch nehmen, was glücklicherweise jetzt schon zunehmend geschieht.
A: Halt! Wozu braucht man denn im Bildungswesen überhaupt Lehrer. Lehrer ohne Schüler machen nicht viel Sinn. Man könnte also auf Lehrer verzichten, ohne dadurch Nachteile für das Bildungswesen zu bekommen.
Richtig! Wenn wir uns also nüchtern überlegen: Wie verschlanken wir das kostenintensive und ineffektive Bildungswesen, so lassen sich drei Schritte benennen:
B: Erstens: Verzicht auf die Schüler. Zweitens: Verzicht auf die Schulen. Drittens: Verzicht auf die Lehrer.
Exakt. Setzen, Eins. Nun könnten Sie zu Recht fragen: Wozu brauchen wir dann einen Kultusminister. Ich sage es offen und frei: Wenn die Bundespost sich einen Minister leisten konnte, der sein eigenes Ressort abschaffte, warum dann nicht auch einen entsprechend qualifizierten Kultusminister.
A: Aber das sagen Sie doch nur, um sich die Stimmen der Schüler als der Wähler von morgen sichern.
Unsinn. Setzen, Sechs! Immerhin gehen wir die Gefahr ein, daß die Lehrer in die Politik einsteigen und wo das endet, wissen wir."

24.20 Die Börsennachricht 2): Die Schulaktie

Nachricht von der Börse. Der Wirtschaftsminister hat sich mit einer neuen Aktie an die Öffentlichkeit gewagt. Interessenten aus Kleinafrika, **Hinter-Alask**a und Nordsüdostaustralien haben sich bereits erste Stapel gehamstert.
Zwischenfrage: Was für eine Aktie?
Ein Sprecher des Wirtschaftsministeriums erklärte: „Nach der Abschaffung der öffentlichen Schulen mitsamt lebendem Inventar erkannten wir auf dem Markt eine sich vergrößernde Lücke (nicht Lüge!) und eine massive Nachfrage nach Bildung. Fachkreise hatten daher für die S-Aktie, die Schul-aktie plädiert. Die deutsche Schul-AG hat bereits die ersten Aktien auf Antrag freigeben. Von der internationalen Börse erwarten wir erhebliches. Und da - nach dem inzwischen eingetretenen Wissensdefizit - ohnedies nur noch wenige Menschen rechnen und schreiben können, wird die Schulaktie sicherlich zu einem gewinnträchtigen Marktanteil."

Frage: Dann müsste aber für die Qualität des Produktes noch etliches getan werden.

Antwort: Freilich. Wir haben das Wissenschaftsministerium bereits angewiesen, entsprechende Vorschläge zu machen. Wir denken etwa an Schüler, die von vornherein spezialisiert werden. Ideal wären genetische Erfolge bei Retortenschülern...

25 Aphorismen und Vermischtes

25.1 Die Lehre vom Heiligen Krieg

Herr, lehre uns töten, damit wir Herren werden (
Lehre uns sterben, damit wir klug werden…
Lehre uns sterben, damit wir Märtyrer werden? Die Sehnsuchtstäter der
    deutschen Islamisten
Lehre uns reden, damit wir den Tod überreden

25.2 Ich bin anders

Ich bin anders, hast du das nicht gecheckt.
Ich bin anders, denn ich bin aufgeweckt.
Ich bin anders, du wirst es schon noch sehn,
denn ich kann stundenlang
auf meinem Zeigefinger steh'n…

25.3 Gefahr durch Wald! 2012

Luthers Erfolg hing auch mit den technischen Neuerungen zusammen. Es war nicht Facebook, aber Gutenberg, Johann Gutenberg, um ehrlich zu sein, aber dieser Name steht seit Jahrhunderten für Kopieren - Gutenberg kam aus Mainz, aber inzwischen wissen die Gutenbergs nicht mehr sogenau zwischen Meins und Deins zu unterscheiden. Der Name steht für Haargel, für Druck, für Presse...

Mit Interesse lese ich die internationale Presse, das ist bei mir das Schwabacher Tagblatt und das hatte jüngst eine phantastische Schlagzeile: Wald bedroht Flugplatz. - Ein Wald wagte es, sich einem Flugplatz zu nähern und sich zu nahe an die Piste zu stellen. Er hatte wohl in der Baumschule nicht aufgepasst (*Pista*-Studie). So ein Wald gehört hinter Gitter! Oder noch besser: Kopf ab! Wiedereinführung der Todesstraße.

Der Wald bedroht laut NN die Freiheit des Geländes! - Freiheit! Hat der Verfassungsschutz versagt? V-Leute als Bäume verkleidet? Tannen mit Trenchcoat und Schlapphut. Wenn nach den Worten des "Luftamtes Nordbayern" das Waldstück den Sicherheitsstreifen "durchstößt", erinnert dies an Shakespeares König Macbeth, den ein Wald angreift

Wälder aller Welt! Vereinigt Euch im Kampf gegen Flugplätze! Wachst in den Himmel! Bildet Baumketten gegen den Flugverkehr! Erhebt eure Baumkronen! Ihr seid die Könige des Himmels mit Bodenhaftung!

25.4 Ich bin klug (Je suis Charly)

Poetry-Slam im Jungeggers Schwabach / Nach der „Je suis Charly"-Aktion nach dem Massaker in Paris – Das kam beim Publikum gar nicht gut an. Ich weiß nicht mal, ob sie es verstanden haben...

Ich bin klug – dann kann ich sogar in mehreren Sprachen:
I am wise - Je suis intelligent...

Ich kann es auch – durchdeklinieren: Ich bin klug du bist klug er sie es ist klug, Wir sind klug ihr seid klug sie sind klug

„Sie sind klug". Schauen wir uns um... diese political correctness wird durch Pegida nicht bestätigt „Sie sind klug": Nein!. – Schon Schiller sagte, die Menge ist dumm, sie kann nicht herrschen... das gilt nicht nur für Dresden. Wir kennen das Gefühl: Ich bin umgeben von Deppen – allein schon im Straßenverkehr. Vor dir fährt dieser ältliche Mann mit Hut hinterm Steuer, halblanges blondes Haar lugt aus dem Opel-Rover mit Schrift am Heck: „Emma Mia Oma on Bord", der bei Grün bremst und bei Rot beschleunigt... Am Kindergarten blockiert das OpaMammaWesen abrupt die Straße, denn Emma Mia Oma muss in „die Villa Kunterbunt", ehemals „Regenbogenhaus" begleitet werden, wo es sich mit den übrigen Hochbegabten der jungen Generation trifft. Dein Mittelfinger muss zur Therapie, weil er sich dauernd verbiegen muss... „Sie sind klug?" - Müssen wir streichen...

Bleibt noch: „Ihr seid klug." Ja, das stimmt, Super! Ich liebe euch alle. Freilich: Liebe hat nichts mit klug sein zu tun... und wenn Du Deine Umgebung so betrachtest... einige um Dich herum sind doch nicht so ganz klug, je besser Du sie kennst, umso sicherer bist Du geworden. Nein, ganz können wir den Satz so nicht stehen lassen... „Ihr seid klug."? - Müssen wir streichen.

Bleibt noch: „Wir sind klug" Immerhin: wir Klugen bleiben noch übrig. Das reicht freilich nicht für die Dimensionen von Pegida, die haben wir bei „sie" schon abgehängt, oder vielleicht bei „Ihr"??? Wir sind klug, ja, ich muss uns noch mal genauer anschauen, denn Sympathie alleine genügt nicht... Wenn wir Klugen selbstkritisch sind, dann werden manche von uns doch zum „Ihr" und dann können wir über „sie" reden oder lieber schweigen. „Wir sind klug"? - Müssen wir streichen.

Bleibt noch: „Er – sie – es ist klug"; das ist jetzt überschaubar. „Er" ist klug kannst du nicht so locker sagen, denn der Kluge, an den du denkst, erweist sich als Blender. Dass er gut rechnen und hervorragend Fremdwörter verwenden kann... verhilft nur zum Anstrich von Klugheit.

„Er – sie – es ist klug" musst Du ehrlicherweise streichen.

Natürlich hast du dabei „sie" übergangen. Vielleicht fühlt sich eine übergangene Frau verletzt, - aber zumindest nicht diskriminiert. Den Verzicht auf die Diskriminierung von Frauen praktizierte kürzlich ganz nachhaltig die israelische Zeitung „Hammevasser", die bei der „Je suis Charlie"-Demo der staatlichen Repräsentanten aus dem Foto der marschierenden Weltpolitiker alle Frauen wegretuschierte. - Warum? Damit Männer nicht auf schlechte Gedanken kommen. Männer kommen zwar auch ohne Frauenbilder auf schlechte Gedanken, aber...

Die Retusche ist so eine Art journalistischer Burka, also das, was früher die Ritter trugen,- zu ihrem Schutz. „Sie ist klug" markieren wir im Text, formatieren die Zeichen als ausgeblendet und lassen „Sie ist klug" durch diesen digitalen Trick stehen, aber nicht sehen...

Es ist klug, als Mann bei dieser Re-Tusche in Gegenwart von Frauen diplomatisch zu sein. - „Was?! Du verteidigst diese Chauvies auch noch? Da müsstest Du doch hochgehen und... aber bei Dir geht wohl gar nichts mehr hoch..." Womit sie mir offenbar meine Männlichkeit absprechen will – so eine Art verbale Kastration. Es ist wohl doch nicht so klug... Also „es ist klug" streiche ich konsequenterweise.

Bleibt noch: „Du bist klug" – Das stimmt. - In seinen Grenzen. Denn oft erkennst Du einfach nicht, was wichtig und richtig ist, oft widersprichst Du mir, obwohl ich doch eindeutig Recht habe, das ist weder taktisch noch inhaltlich noch beziehungsmäßig klug.

Wenn du klug wärest, würdest Du meinen Gedankengängen folgen, meine Schlussfolgerungen teilen, mit mir ein gemeinsames Weltbild haben, die Dinge wie ich sehen – also auf intellektueller Ebene. Meine Frau solltest Du nicht mit meinen Augen sehen, auch wenn Du weißt, dass sie toll ist. Das ist tatsächlich das einzige, was Dir gelingt: Du lässt meine Frau in Ruhe; bist fast schon verletzend desinteressiert.

Meine Erklärung der Welt, die ist dann doch zu hoch für Dich. – „Du bist klug" muss ich – mit Bedauern - streichen.

Bleibt noch: „Ich bin klug..." das ist nicht zu bezweifeln. Ich habe es gerade überzeugend demonstriert. Diese klare, kompromisslose Serie von Schlussfolgerungen, die zu einem eindeutigen Ergebnis führt, ist der anschauliche Beweis für die Richtigkeit des Satzes: „Ich bin klug..." Ja, und ohne mich in den Vordergrund zwängen zu wollen, ist es doch wohl eindeutig, ja, es zwingt sich unvermeidlich auf: Meinen Weg sollten alle gehen. Das muss das Programm für die Zukunft sein: Menschsein orientiert an Klugheit, Menschsein orientiert an mir. Dieses Programm hat der Schöpfer seiner Schöpfung mitgegeben. Hier offenbart sich der Sinn in dieser Welt, das ist die Apokalypse, das ist der göttliche Wille für die Menschheit, das will Gott, das ist sein Programm für euch.

Wer das nicht checkt, steht der Zukunft der Menschheit im Weg; stellt sich dem göttlichen Plan in den Weg. „Alle sind klug?!" Nein! „Ihr seid Charly?!" Wie dumm! Gebt mir eine Kalaschnikow! Mein Wille geschehe! Amen![166]

25.5 Die Hölle und die Teufel

Aus „Lucy, der Himmel und ich" zubereitet für den Poetry-Slam

---

[166] Dieses Crescendo sollte die Radikalisierung eines homo incurvatus in se in Kurzform darstellen.

Das ist nicht wirklich Kabarett. Das ist Satire auf belletristischem Niveau, also nichts zum Lachen. Natürlich punktete ich beim Poetry-Slam nicht. Aber vielleicht blieb etwas durch die suggestive Erzählweise hängen.

Diese Geschichte erzählt einer, der tot ist. Er erzählt von einem Erlebnis nach seinem Tod in Nürnberg. Es begann bei einer Seitenstraße beim Justizpalast.

Früher Abend! Vor uns ein repräsentatives Gebäude des Fin de Siecle. Ein Treppentürmchen zierte die Fassade. Eine Schule bester Bauart. Durch ein offenes Fenster im ersten Stock schallten Stimmen: „Unterricht um diese Zeit? Da sind die Kinder doch längst zuhause. Selbst die Lehrer..."

Soll ich mir den Unterricht anschauen? Man lernt nicht für die Schule, sondern fürs Leben. Was gab es nach Unterrichtsschluß hier zu lernen?

Über breite steinerne Treppen stieg ich.

Unauffällig floss ich durch die Klassenzimmertür.

Am Pult stand ein älterer Lehrer. Tiefe Falten zeigten, dass das Leben es nicht nur gut mit ihm gemeint hatte. Andere Falten zeigten, dass er auch zu lachen verstand.

Vor ihm hockte eine Klasse von großen Jungs. Brave Kurzhaarfrisuren, akkurat gescheitelt. Blonde Jungen, wie geklont – keine Mädchen. Adrett in Schuluniformen - eine Form für alle.

Der Lehrer winkte einen Schüler zu sich. Er stakste wie auf einem Kasernenhof. Gut gedrillt verteilte er Blätter „ad personam".

Niemand reagierte auf mich. Freilich konnten die Lebenden mich nicht sehen. Wirklich? Der Lehrer blickte kurz zu mir und beherrschte zugleich die Klasse so klar, dass alle mich ignorierten.

Ja, ich stand in einer toten Klasse. Sie lernte etwas für den Tod. Aber was?

Auf den ansprechend gestalteten Blättern war jedem Schüler ein wohlwollener Satz zugeordnet: „Schön, dass es dich gibt..." „Wie schön, dass du geboren bist, wir hätten dich sonst sehr vermisst..."

In welches Fach war ich geraten? Seine Idee hatte der Lehrer arbeitsintensiv umgesetzt: Jedes Blatt trug den Namen und ein Portrait des Schülers. Mir wurde warm ums Herz: Ein guter Lehrer! Seine Schüler sollten ihren Wert zu schätzen lernen. Auf der affektiven Ebene bedeutete es: sich geliebt zu fühlen...

Die Schüler studierten ihre Blätter. Die jungen Männer reagierten mit einem Lächeln.

Die Hände auf dem Rücken verschränkt schritt der Lehrer durch die Reihen und diktierte: „Du schreibst unter dein Bild: 'Ich bin stolz, ein Deutscher zu sein!'"

Faschismus pur! Neo-Nazis im ewigen Leben? Didaktisch positiv verstärkt?! Ich zwang mich zu Zurückhaltung.

Der Lehrer ließ Pappschilder verteilen, gelocht und mit Schnüren. Die Schüler hängten sie sich um den Hals. Auf allen stand dasselbe: „Deutscher!" Lachend nahmen die Schüler Position ein: Habachtstellung,

Hände an der Hosennaht, Schnauze in der Luft, die Rechte bereit zum Hitlergruß. - Das war strafbar. Aber hier, im ewigen Leben? Da gilt das bundesdeutsche Recht nicht.

Der Lehrer dirigierte die Schüler in Zweierreihen: „Marsch!" Sie marschierten um alle Bankreihen bis hinten zur Wand. Die ersten beiden traten an.

„Ausziehen!" Verständnislose Blicke: „Ausziehen!" Befehl ist Befehl. Sie gehorchten, mit einem kurzen Zögern bei den Unterhosen. Erschrockenes Einatmen, starres Schweigen oder verständnisloses Kichern. Nackte Kameraden?!

"Vortreten!" Sie traten vor den Lehrer. Mit großen Augen krächzten sie: „Ich bin stolz, ein Deutscher zu sein." Er drückte einen Knopf unterhalb der Tafel. Sie verschwanden in der Tiefe. Eine Falltür!

„Weiter!" Seine Stimme ließ keine Widerrede zu. Ausziehen, „Ich bin stolz, ein Deutscher zu sein...", Vortreten, Abstürzen. „Ich bin stolz, ein..." Absturz.

„Vortreten!" Keine Widerrede. Ausziehen „Wie schön, dass du geboren bist!" Vortreten, verschwinden. Wie pervers, wie abartig menschenverachtend!

„Die Nächsten!" Ich tappte zum Pult und lugte durch die Falltüre. Fassungslose Augenpaare blickten aus der dunklen Tiefe zu mir hoch. Unfähig zu begreifen, was mit ihnen geschehen war. Ahnten sie es?

„Stopp!" Der Lehrer unterbrach nüchtern seinen Vernichtungsakt: „Fragen?"

Ich schüttelte den Kopf. „Ich verstehe das nicht... Es begann so positiv!"

Der Lehrer nickte: „Jedes Leben hat positiv begonnen: Ein Ja zur Existenz! Es ist schön, dass es dich gibt!"

„Und dann...?"

„Denk an die dreißiger, vierziger Jahre. Auch bei denen, die als Juden etikettiert wurden und die alle Deutsche waren... bei ihnen hatte das Leben positiv begonnen. Geglückte Zeugung, überstandene Schwangerschaft, das Kind konnte mit lebensbejahendem Blick hoffnungsvoll in die Zukunft schauen.

Dann kamen welche, die sich Deutsche nannten und andere als Untermenschen verachteten. Sie setzten eine Maschinerie der Entwürdigung, Qual und Vernichtung in Gang. Es waren diese Menschen...!" Er deutete auf die übrigen Schülern, dann senkte sich sein Arm Richtung Grube.

„Jetzt... jetzt erleben diese Menschen **sich** an sich selbst. Wenn sie teuflisch waren, werden sie unter ihrer Teufelei leiden."

„Und warum? Ich dachte, Menschen, die lieben würden ewiges Leben bekommen, die anderen nicht."

„Mein Lieber, das ewige Leben nach dem Tod kann die Hölle sein."

Ich ahnte: „Die Hölle, die schaffe ich mir selbst. Der Teufel, der ich war, hat mich nun in seiner Hand. Auf ewig! - Das ist ja furchtbar!"

Der Lehrer schaute hart: „Nein! Furchtbar war, was diese Menschen mit dem Leben anderer Menschen gemacht haben. Wer in seinem Leben unschuldig leiden musste, darf erfahren, dass dieses Leiden sich an den Peinigern rächt. Dieses Mindestmaß an Ausgleich brauchen die Opfer!"

„Diesen Ausgleich haben sie verdient!" rief ich.

Doch der Lehrer wiegelte ab: „Nein, so edel dürfen wir von den Opfern nicht reden. Nicht jeder, der ein Opfer ist, ist auch ein guter oder liebevoller Mensch. Manche wurden zwar einerseits Opfer, lebten aber ihren Sadismus oder ihre Bosheit an anderen aus."

„So!" die Lehrerstimme klang bestimmend: „Jetzt muss ich weiter machen. Auch der Rest dieser menschenverachtenden Brut soll seine eigene Entwürdigung zu spüren bekommen."

Ich verstand das. Irgendwie tat es mir gut, dass die Täter unter ihrer eigenen Tat leiden sollten.

Der Lehrer rief die nächsten Schüler auf. Sie blickten in die Tiefe: Dieser Blick vernichtete sie ohne Ansehen ihrer Person. Nur weil sie Deutsche waren. Die Hölle für die Arier. Eine echt arische Hölle, selbst konzipiert und geschaffen.

Ich merkte, wie der Raum auf meiner Seite sich füllte und erkannte: Jetzt kommen die Opfer. Hier können sie sich ansehen, wie die Täter unter sich selbst zu leiden haben. Das macht ihr eigenes Leiden nicht ungeschehen, aber es wirkte wie eine Art Ausgleich.

Die Hölle? Das ist dein Leben, das sich gegen dich wendet. Der Teufel? Das bist du, weil du unter deinen Taten zu leiden hast."

Es klang erschreckend, aber ich spürte, dass dadurch etwas in Ordnung kam, dass sich etwas sortierte...

7min

25.6 Manager in der Hölle

Liebe Hörerinnen und Hörer, der biblische Spruch für die kommende Woche findet sich im EvLk im 12. Kap: „Wem viel gegeben ist, bei dem wird man viel suchen; und wem viel anvertraut ist, von dem wird man um so mehr fordern..." ein Vers, der mir seit meiner Jugend vertraut ist; gerade aber in den letzten Wochen wurde mir seine Gültigkeit äußerst fraglich.

Nachdem nämlich die Mannesmann-Manager, die sich in unglaublicher Weise bereicherten, höchstrichterlich freigesprochen wurden, scheint es in Deutschland eher umgekehrt zu sein: **Wem viel anvertraut ist, von dem wird man wenig fordern, wem wenig anvertraut wurde, dem wird man alles abverlangen** – wenn wir nur an die Tarifverhandlungen denken. Freilich, jener Prozess war zwar bundesrepublikanisch der höchste, aber weltgeschichtlich allenfalls der zweihöchste. Wenn ich der Richter des Jüngsten Gerichtes wäre – die Herren würden bei mir ziemlich nachzahlen müssen.

Zum Glück bin ich nicht der Richter des Jüngsten Gerichtes. Das ist Jesus. Aber: der hat wohl auch eine ähnliche Einstellung: Dir wurde viel anvertraut? Dann muß du ja was draus gemacht haben. Hast du auch? Was denn? Ach, du hast rausgeholt, was sich rausholen ließ? Eine hervorragende Leistung! Teuflisch gut. Ja, teuflisch gut. Und bei deinem Gesinnungsgenossen in der Hölle bist du in bester Gesellschaft. Du kannst deinen Anzug anbehalten, du darfst deinen Schlips auch in der Hitze der Hölle nicht abnehmen, deine Scheckkarten sorgen für den Unterhalt des Feuers. Ach, deine Konten sind gut gefüllt? Vorzüglich, dann brennt das Feuer für dich besonders lange. Herzlichen Glückwunsch!

25.7 Sentenzen

❖ Kabarett: Sionntag
❖ „Die Stimme des Herzens", die freilich mitunter auch der Stimmbildung bedarf. Vs
❖ Zwei Briefkästen unterhalten sich. Sie schlucken nicht nur…
❖ Was gibt es da zu gaffen, Frauen an die Waffen 13.07.99...
❖ Zwei Bäume sollte der Adam nicht anrühren. Mein Gott, warum hast du sie überhaupt erst gepflanzt?

26 Vermischtes

26.1 Song: "Ich sehe was, was Du nicht siehst..."
Ref: Ich sehe was, was du nicht siehst… und Gott schaut grad nicht hin
Ich seh, grad wird der Mensch zu Biest… Ich bin nicht, der ich bin…
So mancher wird ganz gern – von Menschen gern gesehen…
Und Gott verbirgt er vor sich… …er muss sich nur mal drehen.
Und mancher eitle Bischof – der sich an die Volkskirche klammert…
Umfasst nur leere Kirchenbänke, - das Volk ist weg, er jammert…
Wenn du was von der Kirche willst, verlange es nur frech…
Die Kirche gleicht heut einem Puff. Sie macht, was du auch willst.
Das Raserbußgeld wird erhöht, des Volkes Schrei klingt schrill
Doch wenn den TTIP den Rechtsstaat killt – bleibt Volkes Stimme still.
Wenn Nachbarn lautstark feiern – bringt es uns um den Schlaf
Wenn Menschen vor Verfolgung fliehen, dann dürfen sie nicht kommen /

26.2 Aphorismen zum Wochenspruch.... 7 n.Tr.:. Eph.2,19
„Ach, endlich zusammen..." Valerie kicherte glücklich und schmiegte sich an Igor. „Ja," brummte dieser, „schön, dass du nun eingezogen bist und nicht nur wochenlang als Dauergast hier logierst. Du, ich muß morgen früh raus, bitte geh in die Küche und mach den Abwasch..." „Was?!" Valerie schaute ihn entgeistert an, „den Abwasch? Bin ich denn deine Putzfrau?" „Nein," nickte Igor, „bisher habe es ich gemacht, du warst der Gast. Aber jetzt? Jetzt wohnst du im Haus und mußt deinen Beitrag leisten..." „Ohhh!" das hatte sich Valerie nicht klar gemacht... Dabei sein ist nicht alles, mitmachen gehört dazu...

Zu Zeiten der DDR. Wir fuhren nach einem Aldi-Hamsterkauf mit einem Ford-Transit hinüber - wir und zahlreiche Packungen an Waschmittel, eingeschweißten Wurstwaren, Alkoholika und sonstigen Gebrauchsartikeln. An der Grenze kontrollierten uns sozialistisch-ernsthafte Zöllnern - und ich verzichtete auf ein scherzhaftes: Folge mir nach! - und fragten indiskret, was unser Freund, ein Single, mit Waschmittel für das Volumen einer fünfköpfigen Familie bräuchte. Die Antwort sprengte die sozialistische Abwehr: „Für die Hausgemeinschaft." hieß die Parole. Da waren wir mitten im ideologischen Main-stream, gegen Gemeinschaft ließ sich politisch korrekt nichts sagen. „Hausgemeinschaft", das klingt echt idyllisch und läßt Sehnsucht nach dem ersten deutschen Arbeiter- und Bauernstaat aufkommen. Aber: Es gab immer auch einen Stasi-Spitzel, und es gab völlig unsozialistische Eifersüchteleien, wie auch bösen Tratsch. Und wer sagt mir, dass das Haus Gottes nur von Menschen bewohnt wird, die mir passen?

26.3 Beim Amt oder: Der Parkscheinautomat... 1999
Manche haben ein Brett vor dem Kopf.
Womit werden Häuser gedeckt?

Vor meinem grauen Haus, so grau wie die grauen Männer bei Momo, wie die grauen Männer der Bürokratie, steht ein Parkscheinautomat. Der ist eigentlich die perfekte Form eines Bürokraten. Stell dir vor, du kommst in die Stadt, um etwas auf dem Amt zu erledigen. Du weißt natürlich: Das dauert 2 Stunden. Aber bei dem Automaten sind nur 90 Min. vorgesehen. Also fängst du an zu handeln: Ich zahle dir auch eine Mark mehr, aber ich brauche eben noch die halbe Stunde drüber. Der Automat bleibt stur. Nur eine halbe Stunde! Bettelst du. Du willst ja nicht gerade, wenn der Sachbearbeiter dich dran nimmt, wieder zum Parkplatz gehen müssen. Der Automat bleibt stur. Du wirst laut und rufst: „'ne halbe Stunde mehr! Das ist doch wohl nicht zuviel verlangt!" Der Automat kennt kein Pardon. Du argumentierst: „Die auf der Stadt sind doch so langsam. Da muß man immer warten, dann ist man in der falschen Abteilung. Dann hat man wieder jemand vor sich und dann hat der Sachbearbeiter gerade Kaffeepause. Also, bitte eine halbe Stunde mehr." Du fällst auf die Knie und hebst flehentlich die Hände!!! In diesem Augenblick fährt der Krankenwagen vor. Aufmerksame Passanten haben die Psychiatrie verständigt. Freundliche weißgekleidete Männer mit starken Armen zerren dich ins Auto. „Aber ich wollte doch nur eine halbe Stunde mehr!" rufst du noch. „Schon gut!" klingen die besänftigenden Stimmen, dann jagt dir einer eine Spritze in den Hintern und du bist wieder ruhig. Auf der psychiatrischen Station lachen alle freundlich fröhlich: „Ach du bist der! Der mit dem Automaten diskutiert hat!"...

Ja, wenn jemand so etwas macht, dann muß er wohl verrückt sein. Und wenn er mit den grauen Männern in den Ämtern diskutiert? Dann vermutlich auch. Denn ich zitiere den Herrn vom Bauaufsichtsamt:

„Wir werden uns einigen...", versprach er mir. „Was verstehen Sie unter Einigung?" fragte ich. „Daß Sie tun, was wir sagen..." Klarer kann man es nicht formulieren. Also, niemals diskutieren, sonst landen Sie noch auf der Psychiatrie.

26.4 Bemerkungserlebnis Computer 1992

Mir ist etwas Unheimliches passiert: Auf einmal bemerkte ich mich. Es war am 4.5.92 - andere haben Ihr Bekehrungserlebnis, ich habe mein Bemerkungserlebnis. Das war am 4.5.92. Ich saß an meinem Computer...

Mein Computer ist mein bester Freund; treu ergeben. Sklavisch fast: Er nimmt immer alles wortwörtlich. Nie schreibt er das, was ich meine, immer nur das, was ich eintippe. Ich warte einfach noch auf den einfühlsamen Computer. Die Psychotheologen reden viel vom empathischen, vom einfühlsamen Seelsorger; ich warte noch auf die Psychoinformatiker, die den empathischen PC liefern. Einer, der spürt, was ich meine, der die Worte hinter dem eingetippten erspürt und speichert. Natürlich nicht die negativen, nein, nur die positiven, eben ganz zeitgemäß; sonst passiert es mir, daß ich etwa an den Landeskirchenrat schreibe und mein empathischer PC übersetzt das routinemäßige "Sehr geehrte Damen und Herren, liebe Brüder" mit "Ihr Idioten, wißt ihr nicht, daß..." oder was immer er meinem Tastaturgehämmere abspürt.

Aber wie gesagt, auf diesen PC warte ich noch. Vorerst habe ich das vorsintflutliche Modell der direkten Wiedergabe der Eingabe. In der Pastoraltheologie - zu Deutsch "Seelsorge" - ist dies die ehemals moderne, nun völlig veraltete Form des "Spiegelns".

(Beispiel: Das Gemeindeglied sagt: Ich mag den Herrn X nicht; und der einfühlsame Pastor spiegelt: Sie ärgern sich über Herrn X. Für das Gemeindeglied gibt es nun zwei Wege; ist es ein spiegelerfahrener Pastorand, so sagt er: "Ja, ich bin stinksauer und weiß nicht, was das mit meiner Mutterbindung zu tun hat"; der spiegelunerfahrene Christ blickt indigniert auf seinen Seelenhirten und meint: "Klar. Hab ich das nicht gesagt?...")

Wie gesagt, mein PC gibt direkt wieder, was ich eintippe, ohne Rücksicht auf meine Intention. Es war also der 4.5.92. Ich sitze an meinem PC und will schreiben: Hiermit bewerben wir uns für den Kirchentag... und was schreibt dieser Idiot von Bytefresser? "Hiermit bemerken wir uns..." "Hiermit bemerken wir uns..." Sind wir uns denn vorher nicht aufgefallen? Sollte ich mir Jahrzehnte meines Lebens verborgen geblieben sein? Und nun, ausgerecht angesichts des Computers bemerke ich mich? Da, wo sich die ganze junge Generation vergißt, bemerke ich mich nun? Viel blöder kann Selbsterkenntnis kaum zustande kommen. Ich scheine mich im Bildschirm zu spiegeln. Ich gebe zu: Mittels der Tasten ALT und F3 kriege ich meinen Namenszug auf die Mattscheibe. Aber die Frage bleibt doch und treibt mich um...

Die Psychonauten unter Ihnen wissen freilich, daß hier der selige Vater Freud zugeschlagen hat und das Unterbewußtsein sprechen ließ. Andere schreiben auf diese Weise neue Symphonien von Mozart, ich komme zur Selbsterkenntnis. Womit wir beim Stichwort Esoterik wären. Übrigens: Im Grunde müßten alle kirchlichen Trauungen verboten werden. Denn hier handelt es sich ausgesprochenermaßen um Inzucht: Bruder heiratet Schwester. Inzucht führt bekanntlich zur Verblödung. Ob wir hier auch schon Symptome davon aufweisen?

Nun etwas Hochphilosophisches zum Kirchentagsmotto. Nur für Überdenker geeignet: Der Filosof Fichte (nicht mit drei f, sondern zweimal Ph, einmal F), also der Philosoph Fichte sah zwei Möglichkeiten: Entweder: Ich bilde mir alles, was ist, nur ein, denn ich kann ja nicht beweisen, daß außerhalb von meinen Gedanken etwas existiert - jeder Beweis könnte ja ebenfalls eine geistige Vorstellung sein. Oder: Alles, was ich wahrzunehmen glaube, ist wirklich da. Fichte war ein Tatmensch, er sagte sich: Wenn ich mir alles nur einbilde, dann bringt es nichts, also beschließe ich für mich: Alles, von dem ich annehme, das es wirklich ist, ist auch wirklich. Kapiert? Und so könnte man mit Fichte das Kirchentagsmotto verstehen: Nehmt einander an. Es könnte sein, daß es euch alle gar nicht gibt. Aber nehmt einander an, dann könnt ihr zur Tat schreiten.

26.4.1 Reste

Mr.Bush, der amerikanische Präsident im Pentagon (Fünfeck; fünf Ecken hat mein Hut. Und jetzt alle!!!). Für diesen Buschmann - also noch für den alten - war die Neue Sintflut der Golfkrieg. Denn dieser Krieg war die notwendige Voraussetzung für die Neue Weltordnung.

Wenn alle Ochsen das Weite gesucht hätten, wäre die Weide frei für die Kühe, also eine freie Kuhweite. Schluck, die Kalauer jagen sich.

26.5 Gott als Bürokrat - Ps. 66,20

Zu Rogate:

„Lieber Gott..." Halt! Stop! Nein! Das kann doch nicht die richtige Anrede sein... Das klingt zu vertraulich. Vielleicht meint er, ich will mich anbiedern. „Sehr geehrter Herr Gott"... Richtig. Oder auch nicht. Abgesehen von den Anfechtungen durch die feministische Theologie. Wie sähe denn ein offizieller Brief unter unsereins aus? „Sehr geehrte Damen und Herren" O, das klingt... Ja, das klingt richtig ätsch.

Vielleicht versuche ich mich mal, in seine Situation zu versetzen. Da sitzt also nun jener xxx-Gott an seinem heiliggeistigen Schreibtisch und empfängt... Natürlich keine Briefe, sondern Gebete, also so eine Art E-Mail. Die kommt von etwas wie einem - sagen wir mal: Handy. Das ist viel passender als ein Brief, denn ein Handy hat eine göttliche Eigenschaft: Erreichbarkeit jederzeit an jedem Ort - wenn nicht grad in einem Funkloch - das wäre dann die Hölle (wie doch die Mythologie so weitblickend war...). Also, ich buchstabiere meine E-Mail ins geistliche Handy und er empfängt am himmlischen PC (Paradise-Center). Am besten lässt er sich alles ausdrucken. Nein, zunächst sammelt er erst einmal. Mit einem speziellen „Gebete-Sortier-Programm" werde ich sofort der richtigen Sparte zugeordnet. Die Festplatte als Hardware des Heiligen Geistes, das Programm als das Über-Ich des Himmelsvaters. Ja, und das, was sich steinzeitliche Generationen als Buch des Lebens zusammenfantasierten, ist nun also eine Datei, mit einem ausführlichen Register, das ständig aktualisiert wird.

Aber halt! Ich will doch was von ihm. Ich habe schließlich eine dringende Bitte. Abgesandt habe ich sie längst. Sogar mehrfach. Denn der Rückruf blieb aus. Zunächst dachte ich, ich hätte mich vielleicht verwählt. Es gibt ja kein Display, auf dem ich mich rückversichern könnte. Möglicherweise hatte ich ja die „Hörer-abnehm-Taste" nicht gedrückt und führte nur Selbstgespräche.

Selbst nach mehrfachen Versuchen kam keine Reaktion. Vielleicht ist sein Prozessor überfordert, jenes Teil, das einen Computer in Halbjahresschritten veralten läßt. Jetzt verstehe ich jenes Wörtchen besser: Vor Gott sind eine Million Jahre wie ein Tag. Das war, als sein Computer noch neu war. Heutzutage gilt der Umkehrschluß: Vor Gott ist ein Tag wie eine Million Jahre - und dies bei den gebeten von 6 Milliarden Menschen. Eine Milliarde sind Hindus. Die verehren über tausend Götter. Wahrscheinlich muß jedes Gebet monotheistisch konvertiert werden, damit der dreieinige Gott es verstehen kann. Kein Wunder, dass Gottes Bearbeitungszeit so lange dauert, dass er die Auferstehung erfinden mußte. Manchmal muß ein Mensch eben sterben, bis sein Gebet gehört werden kann. („**Ach, lieber Gott, dich gibt es ja wirklich. Ich dachte schon, die Nummer wäre eine Briefkastenfirma**..."). Die Auferstehung war schlicht eine Folge der Überforderung des göttlichen Prozessors. (Für Abraham spielte sie eben noch keine Rolle).

Vielleicht ist alles auch ganz anders und Gott ist einfach ein Deutscher. Ein deutscher Bürokrat: Er empfängt mein Gebet. Er ordnet es auch hervorragend ein. Er trägt den Empfang ein ins Register, ins Buch des Lebens. Aber: Er ist Beamter auf Lebenszeit - in diesem Fall in Ewigkeit. Und für ihn gilt das göttliche Beamtenmikado: Wer sich zuerst bewegt, hat verloren. Schon Immanuel Kant dachte in diese Richtung und bewies Gott als den unbewegten Erstbeweger. Nein, Gott verwirft mein Gebet nicht. Er hat nur eine beklemmende Bearbeitungsdauer. Er sollte mal Bill Gates zum himmlischen Gate rufen; der könnte dann ein Himmelsfenster öffnen und wir hätten „Windows eternal" mit dem sich selbst beschleunigenden Prozessor. Aber das sind Wunschträume, oder Projektionen, wie Ludwig Feuerbach sagen würde.

So bleibt mir nur der Trost, dass mein Computer auch nicht schneller arbeitet als seiner und ich immer noch langsamer als mein Computer. Vielleicht lade ich Gott mal auf ein Bier ein, dann könnten wir unsere Probleme gemeinsam besprechen - vorausgesetzt, er liest die E-Mail. Ich werde sie auch ansprechend gestalten, ganz liebevoll. Am besten als „I love you"[167]....

26.6 Masochisten-Job.

Abends ziehe ich mir gerne **Maso**-Filme rein, auf TRL 17 oder so. Genußvoll leiden. Ich könnte natürlich auch die Protokolle der letzten Landessynode lesen. Aber vielleicht sind fiktive Schmerzen doch lustvoller als finanzielle.

Andererseits habe ich mir überlegt: so ein richtiger christlicher Maso, der könnte doch, der müßte doch, vor allem evangelisch Lutherisch... eben: Vielleicht sollte ich ja mal wie weiland Martin Luther in eine Peitschengruppe gehen... „Lechz! Ich bin ein Sünder!" „Au!!! Ich bin so furchtbar schlecht! Fester zuschlagen, denk nur an meine letzte Predigt, die war viel zu soft!"

Ein Freund sagte: „Feigling! Wenn du echt gequält werden willst..." Lüstern: „Jaaa?" – „dann werd' Dekan..." Boa! Echt geil real, ein Super-Masochisten-Job. Kaum denkst du, der Krach ist ausgestanden, windest du dich unter dem nächsten Schlag. Freilich, solche Lust-Schmerz-Stellen sind begehrt. Das ist schon wie ein Zwölfer im Lotto, wenn mal eine frei wird. Bis dahin muß ich mich eben mit einer franziskanischen Geisel begnügen. Man wird ja bescheiden.

26.7 Ich sehe was, was Du nicht siehst... 2017

26.7.1 Zivilschutzstrategie Private Seelenvorsorge...2016

„Unter anderem wird die Bevölkerung angehalten, einen Lebensmittelvorrat für einen Zeitraum von zehn Tagen vorzuhalten. Für einen Zeitraum von fünf Tagen sollten die Bürger je zwei Liter Trinkwasser pro Person und Tag bereithalten."

Zivilschutz – der Bürger möge sich selber schützen... wo die Politik versagt... wo die Polizei versagt... ist der kundige Bürger gefragt

26.7.2 Religionsvorratsspeicherungsbeauftragter

Eines Samstagmorgens klingelte es an meiner Wohnungstür. Ein mir bislang unbekannter Mann lächelte mich gewinnend an. Selbstverständlich schenkte ich ihm sofort mein ungeteiltes Vertrauen, denn er trug Anzug und Krawatte. Das sind untrügliche Kennzeichen für Solidität. Wir kennen dies aus den Vorstandsetagen von Banken und Konzernen: Krawattenträger distanzieren sich eindeutig von den Pennern in der Bußgängerzone – äh, Fußgänger..., das erkennt man schon an den Summen, die sie einstecken. Wer Boni erhält, muss ein guter Mensch sein, denn Boni kommt von Bonus. Das heißt gut. Eigentlich müsste die Bonität in Krawatteneinheiten gemessen werden.

So ein Krawattenmensch stand vor mir. Er begann offen und verheimlichte nichts. Er käme von der Kirche. Dass er dies nicht schamvoll verschwieg, macht zwar die Kirchen nicht besser, aber er wirkte auf mich

---

[167] Der Computerwurm **Loveletter** verbreitete sich ab dem 4. Mai 2000 nach dem Kettenbriefprinzip explosionsartig per E-Mail. Die Betreffzeile lautete „ILOVEYOU". Er verursachte Schäden in Höhe von über 10 Milliarden Dollar.

sofort glaubwürdig: trägt Krawatte und gibt zu, mit der Kirche zu tun zu haben. Besser kann ein Hausierer sich nicht ausweisen.

Es ginge um meine Zukunft, meinte er und schaute mich bedeutungsvoll an. Ich ahnte schon, was jetzt kommt: „Er zaubert einen Zettel aus der Tasche, lässt sich von mir einen Stift geben und rechnet mir aus, wie ich den dummen Finanzminister übers Ohr haue, weil ich zu einer Geldanlage greife, bei der Staat mir meine Einlagen eins zu eins ersetzt und ich dies dann noch von der Steuer absetzen kann, mit agio und disagio und ich wolle das Geld doch nicht verschnecken, noch dazu an diesen Staat... - tiefer Blick: ‚Wir verstehen uns!' - Nein, das will ich natürlich nicht. Und wenn ich mir die doppelte Summe, so rät er, auch noch leihe, also einen Kredit aufnehme, hole ich das Dreifache heraus.

Zwar frage ich mich, warum jemand mit diesen Kenntnissen es nötig hat, mir solche Vorschläge zu machen, da er ja steinreich sein müsste, aber es leuchtet ein, auf diesem Papier, handschriftlich und kaum mehr rekonstruierbar."

Das war meine spontane Phantasie, die er, mich unwissend beschämend, wiederlegt. Er kam im Auftrag seiner Majestät, der Kirche. Er war kein Finanzberater, der mich aus reiner Nächstenliebe zu einem reichen Mann machen will, sondern... er kam von der Kirche. Die will ja auch immer Geld, aber sie verspricht, es auszugeben, nicht, es zu vermehren.

Bedeutungsvoll schaute er mich an:

Sicherlich hat Sie ihr staatlicher Zivilschutzbeauftragter bereits kontaktiert, um sicher zu stellen, dass Sie der Vorratsspeicherung, die seit August 2016 Gesetz ist, gefolgt sind. Wir von der Kirche sind meistens der aktuellen Lage etwas hinterher, dafür aber gründlicher und so kommt nun ihr persönlicher Religionsschutzbeauftragter vorbei.

Er schaute mich allerfreundlichst an, so dass selbst ich, die Begriffsstutzigkeit in Person, realisierte, dass er von sich redete und stellte seinen beginnenden Redefluss unter die mir neue Begrifflichkeit „persönlicher Religionsschutzbeauftragter". Mein RSB führte folgendes aus:

Sie werden mitbekommen haben, dass die Kirchen keineswegs untätig blieben. Sie wurden aktiv und analysierten die Situation. Diese Reihenfolge hat sich für die Kirchen bewährt: Erst kommt die Aktion, dann die differenzierende Analyse, der keine Aktion mehr folgen kann, weil die ja schon erfolgte. Auf diesem Prinzip basiert der unvergleichliche Erfolg unserer Volkskirchen.

Ich kommentierte das lieber mal nicht, denn das Wort „Erfolg" assoziiere ich keineswegs bei der Kirche. Er stieg in meiner Achtung, als er tatsächlich religiös weiterredete. Freilich wirkten seine Krawatte und die glatzenähnliche Kurzhaarfrisur vertrauenserschütternd, aber man kann ja mal zuhören:

„Also", so begann er, „Als Religionsschutzbeauftragter, genauer Religionsbevorratungsberater muss ich Ihnen zur **religiösen Prävention** für den Krisenfall raten. Manchen naiven Zeitgenossen scheinen Stoßgebete zu reichen. Aber das wird bereits bei Klassenarbeiten widerlegt! Professionelle Religionsvorratsberater fragten nach dem Adressaten der Gebete. Das Gebet soll schließlich den entscheidenden Fachmann erreichen. Wenn es im Haus einen Kurzschluss gibt, holt man ja auch nicht den Zimmermann, sondern den Elektriker. Wer ist also Ansprechpartner bei meinen Stoßgebeten.

Nennen wir ihn vorläufig #Gott#... das lässt sich jetzt nicht aussprechen: vor und nach Gott kommt dieser Platzhalter, der auf der Computertastatur neben dem Ä positioniert ist. So eine Art Doppelkreuz... Der Statthalter für alles Mögliche. Also Doppelkreuz Gott Doppelkreuz.

Klassiker versehen die eiserne Ration mit dem Vaterunter – Vaterunser. Nicht unproblematisch für Frauen. Das Doppelkreuz beim Vaterunser verlangt nach dem Mutterkreuz. Die stets auf Einigung bedachte EKD formulierte einstimmig: Vutterkreuz – mit „Vau" wie Vater. Sie sehen, da gibt es professionelle Ware zu bunkern.

Nun zum Inhalieren. Religion will regelmäßig inhaliert wird, dafür gibt es spezielle Inhalierungshallen, wir nennen sie bisher Kirchen. Sie benötigen ein Inhalationsminimum und...

An dieser Stelle musste ich meinen persönlichen RSB leider unterbrechen. Es war immerhin Samstag Vormittag mitten im Sommer und ich musste noch das Grillgut für die Party am Abend besorgen. Das gibt es bei mir immer frisch...

Er zeigte ganz großes Verständnis. Vermutlich arbeitete er früher als Pfarrer, Dekan oder Landesbischof und brauchte nun ein Zubrot. Denn seine Beratung sollte ich ihm doch noch quittieren... Pro Woche müsse er auf 144 Unterschriften kommen, eine Zahl, die... doch vor dieser Erklärung flüchtete ich nach einer hingekritzelten Signatur ins Haus, um die Kühlbox fürs Grillgut zu holen. Denn beim Grillen halte ich's mit Bert Brecht: Erst kommt das Fressen, dann... müssen wir erst mal verdauen.

26.7.3 Andere Story.:

Das mit Zettel stimmte nicht, er zog nichts aus der Tasche, auch kein Kaninchen aus dem Hut und auch nicht die Bibel aus dem Jackett. Er sendet mir zunächst einmal eine Ich-Botschaft, in die er mich einbeziehen kann:

Haben Sie auch schon einen dieser lästigen Anrufe bekommen? „Guten Tag, ich bin ihr persönlicher Zivilschutzberater..." Mein anfängliches „Hä?", das mir meine Eltern seinerzeit austreiben wollten, schien für ihn eine Aufforderung zu sein, in die Vollen zu gehen. Ich wüsste ja sicher, dass es Bürgerpflicht sei, für Katastrophen persönlich vorzusorgen. Da es hier immer wieder Schwierigkeiten gäbe, würde er weiterhelfen. Die zwei Liter Trinkwasser pro Person und Tag für eine Woche hätten wir ja sicherlich schon im Haus, aber was würde dies bezüglich Lebensmittelbevorratung bedeuten. Er könne jetzt ganz individuelle Tipps geben, aber freilich hätte er auch das Rundumsorglospaket des Katastrophenministeriums anzubieten. Freilich bräuchte er hierzu meine Kreditkartennummer, sowie die Passwörter für mein E-Mail-Konto und mein Online-Banking. Den Datenschutz würde er persönlich ganz ernst nehmen. Diese Infos seien ausschließlich für ihn selbst bestimmt.

Mein Zivilschutz-Rundumsorglospaket habe ich natürlich erhalten – hervorragende Pumpernikel und Dauerwurst ohne künstliche Konservierungsstoffe, haltbar bis zum 30. Februar 2065, meinem voraussichtlichen Lebensende. Auch ansonsten brauche ich mir keine Sorgen mehr zu machen, mein Konto ist beruhigend leer...

Natürlich bekomme ich hin und wieder Anrufe von Zivilschutzberatern, aber ich versichere jedem, ich sei in besten Händen und voll zufrieden wie Diogenes in der Tonne.

Soweit mein Besucher. Wenn sich einer mit Diogenes vergleicht, hat er bei mir gleich einen Stein im Brett. Aber wenn ich ihm jetzt nicht finanziell unter die Arme greifen sollte, was wollte er dann?

26.8 Channeling im LKA

Ortsangabe: In der Meiserstraße in München, Schreibtisch des Landesbischofs.

Bischof Johannes Friedrich steckt sich einen weißen Kragen an, betrachtet wohlgefällig sein Bischofskreuz, faltet die Hände und beginnt:

„Endlich hat mein Leben Sinn: Seit ich Bischof in München bin, ...doch
    was gibt's Schöneres auf Erden, als einmal Bischof in Rom zu werden..."

Hallo! Was ist denn das?! Ich höre etwas. Eine Stimme... Jemand ruft den
    Bischof.

Ja, ich bin's, ich selbst.

Was sagst du? Ich soll schreiben? Was du diktierst? Das ist aber eine
    dumme Rollenverteilung. – O, entschuldige, ich habe nur laut gedacht.
    Ja, ich schreib:

„Ich aber sage euch: wo zwei oder drei vergammelt sind..." Ja, hab ich.

Nicht vergammelt? Sondern versammelt? O.K., korrigiert.

„Sollt ihr eine Stelle streichen..." Soll das ein Witz sein? Da sind doch
    meine Worte, nicht deine! – O.k., ich hör schon zu. Also, jetzt den Satz
    im Ganzen:

„...sollt ihr eine Stelle streichen, aber nicht meine." Typisch, das sagen
    alle! Du bist auch nicht besser als meine landeskirchlichen Pfäfflein. –

Was heißt hier Blasphemie? – Äh, ja, entschuldige, und wie geht's weiter?
    Halt! Was war denn das für eine Stimme? Die klang ja weiblich...

„Welche?" die gesagt hat, ihre auch nicht! –

Ach, die Mutter Gottes... und wie geht's weiter im Text?

„Hier im Himmel gibt es keine Frauen, also auch auf Erden..." Wie bitte?!
    Ich hab doch grade eine gehört.

Klar, eine Jungfrau, das merkt man an der Stimme. Aber wieso gibt's
    keine Frauen im Himmel?

OK, ich verstehe: keine Ehefrauen...

„Enthaltet euch also der Frauen." Nein, was sagt denn dann Dorothea
    dazu?
Wer das ist? Meine Frau!
Was soll das heißen: „Kaum bin ich weg, schon geht's drunter und
    drüber." Wer glaubst du eigentlich, wer ich bin?!
Richtig! Bischof!
Nein, nicht Kardinal (ich mache keine Fehler, hihihi)...
Nein, ich heiße nicht Lehmann.
Was heißt hier, deine Fernbedienung hat versagt?
Du hast den falschen Kanal eingestellt? Ich dacht, o Herr, du wärest un-
    fehlbar?
Bist du auch? Aber nicht der Herr? Wer denn dann?
(Peinlich betroffen) O, entschuldige, Heiliger Vater, ich hätte mir ja den-
    ken können, daß du nach deinem Ableben auch die himmlischen Me-
    dien beherrscht. Ad Deum!
Äh, noch eine letzte Frage: Werde ich es noch erleben, daß ein Evange-
    lischer Papst wird? – (enttäuscht☺ Mist, ein Funkloch!

26.9 Poetry-Slam: Fürth und Nürnberg
Club Poetry-Slam Thema Fürth und Nürnberg (in der Kofferfabrik in Fürth)
Ich bin ja ein politischer Mensch
Aber:
Jetzt bin ich in Fürth.
Direkt aus Nürnberg.
In Fürth
Lieber Fünfter als…
Fünfter… in der zweiten… ein Traum!!!
Ein Platz vor Leipzig!
Nürnberg – der Club
Das Endspiel 1920…
FC Nürnberg – SpVgg Fürth – 2:0 (1:0)
Germania-Platz Frankfurt am Main, 13. Juni 1920
35.000 Zuschauer
Peco Bauwens Schiedsrichter
Heinrich Stuhlfauth
Putin
schlimm, was der so macht und machen darf
und ma-cho-mäßig sagen darf
aber 0:1 zuhause
das geht nicht. Trainerwechsel reicht nicht,
da brauchen wir mehr.
Wenn die Bayern Clubberer würden,
dann könnten wir sie lieben.
Ich bereue diese Liebe nicht.
Warum nicht?
Das Gute - das Geniale: ich kann den Club lieben

auch wenn ich alle Akteure ersetze.

Mach das mal in deiner Beziehung...

Ich bereue meine Liebe nicht

aber je nach Spielstand wechsle ich die Frau

die Frau liebt mich.

das sagt sie jedem Mann, zu dem sie wechselt.

Transfer,

Liebestransfer

Liebestransferliste

Ich bereue diese Liebe nicht

Egal, um wen es gerade geht.

Ist ja auch schwierig: wie sollen sich elf Männer verstehen? Oder zwölf...

Klappte ja schon bei Jesus und seiner Mannschaft nicht.

Und beim Club sprechen nicht mal alle Deutsch,

geschweige denn fränkisch

die Bratwürste liefert ein Bayer.

Darf das sein? Oder kommt man wegen solcher Frevel in den Knast.

Markus Söder fordert: Im Club muss Deutsch gesprochen werden, nicht
nur zuhause in der Familie.

Bei den Bayern daa dädä man sich schwer – ich meine, mit Deutsch in der
Familie, der Firma und auf dem Fußballfeld?

Das ist ja die eigentliche Gefahr bei den Terroristen – dass sie kein Deutsch
sprechen.

Für mich war in der Schule Deutsch Terror.

Zugegeben: Latein auch.

Der Rest war Schweigen.

In Nürnberg soll es gegen Terroristen Kameras geben.

Gab es bei uns in Deutsch nie!

Andererseits: Kameras gegen Bomben?

Wenn das was bringt: Mein Handy hat auch eine Kamera. Wer weiß, was
es gebracht hätte, wenn ich damals meinen Deutschlehrer gefilmt
hätte...

Dann hätte ich mein Abi mit G7 geschafft

Quasi das Handy als GSG7 für die Reifeprüfung.

Nürnberg – die erste Eisenbahn in Deutschland

Es fährt ein Zug nach nirgendwo

Die erste Eisenbahn: wohin?

Von Nürnberg nach Fürth.

Wer will das schon?

Ein Ausländer. Der soll auch in der Familie Deutsch sprechen!

Die erste Eisenbahn natürlich vom bayerischen König.

Von dem stammt auch der König-Ludwig-Kanal

Bajuwarisches Chanelling

Spiritistische Kommunikation.

Bayern steht für sinnlose Großprojekte.

Der Rhein-Main-Donau-Kanal

Die Eisenbahn von Nürnberg nach Fürth.
Dabei gabs im Dezember 1835 noch nicht einmal ein Derby…
Die Zeitung wurde mit der Bahn gebracht
Und das *Bier*
Von Nürnberg nach Fürth
Bier von Nürnberg nach Fürth…
Hinfahrt: 6,04km schnurgerade, ab Plärrer
Rückfahrt: 12,34km kurvig – bis Plärrer…
Das erste FC Nürnberg – FC steht für Fahrplanchaos.
Denn die Dampflok fuhr nur um eins und um zwei,
in den restlichen Stunden sprangen Pferde ein, auf die Schienen, denn das
    fränkische Stroh und Hafer war billiger
als die Kohle aus Sachsen.
RB Leipzig – noch vor Fürth und dem
Club
Als eifriger Leser der NN lese ich:
„Der Aufstieg ist kein Thema mehr. Was machen wir jetzt?"
Was machen wir jetzt? ---
Nicht absteigen, oder? -!!
Fürth
Die haben nur ein Thema:
Nicht aufsteigen.
Ich bereue diese Liebe nicht
nicht absteigen...
der Club als Absteige
Absteigequartier für...
Immerhin hieß es im Match Club gegen die Löwen:
Nürnberg führt... (Fürth)
2:1
Nürnberg – Christkindlesmarkt:
Wenigstens hier noch erstklassig – da waren wir mal Meister, jetzt gibt es
    Konkurrenz
Natürlich nicht aus
Fürth
Alle zwei Jahre ein neues Christkind…
Wie pflanzen Nürnberger Christkinder sich fort?
Klar: Sex auf Kraut…
Das Christkind muss ein Mädchen sein.
Mit blonden Locken
mit Flügeln
Flügelstürmer
Sturmengel
Lockvogel
Putin
Trainerwechsel - Wechseltrainer
mit nacktem Oberkörper und Goldlocken

auf dem Christbaum, den er gefällt hat.
Das Christkind muss ein Mädchen sein
Ist Putin schwul?
Putin reitet auf dem Weihnachtsbaum zum Blocksberg
Der Teufel stinkt nicht mehr nach Schwefel
Er stinkt nach... Geld
Er stinkt nach... Öl
Er stinkt nach... Liebe zu sich selbst.
Geld
Natürlich sind die Bayern erfolgreich
Wahrscheinlich haben sie soviel Geld
Weil sie die Bratwürste im Clubstadion verkaufen
Dafür haben die Clubspieler jetzt Bratwürste am Christkindlesmarkt verkauft
Unter den Augen von Putin?
Nürnberg:
Drei in a Weckla
Sex auf Kraut
11 aufm Rasen
Macht 20 – in Mathe war ich gut, auch ohne Kamera.

26.10 Mondkalender

Wahrscheinlich ist es so, daß der Krebs ein Symbol des Frisörhandwerks ist (Scheren) und mit dieser in der Hand eine Jungfrau nachts um zehn in den Tiergarten einsteigen muß, um dort einem Löwen drei goldene Haare auszureißen, sie bei Vollmond siebenmal um eine Knoblauchzehe binden und mit kosmischer Energie um Mitternacht sich zum Blockberg beamen. – Mit anderen Worten: Es gibt so vieles, was nicht nur Frisören wirklich wissen könnten, aber nicht wissen, daß es „haarsträubend" ist, zu dem zu greifen, was man eben nicht weiß (und was noch dazu auf der nachweisbaren Ebene falsch ist, siehe Position des Mondes).

Ich warte übrigens auf einen ebenso fundierten Artikel zum Thema „Blumen und Mondkalender".

Verpaßt habe ich vermutlich: „Parken Sie nur an Krebstagen rückwärts ein, Tanken sie nur bei Wassermann und benutzen Sie Ihr Auto ausschließlich Toyota-Tagen, gemäß dem japanischen Mondkalender".

26.11 Der mein Gebet nicht verwirft: Gott als Bürokrat

Rogate: Gelobt sei mein Gott, der mein Gebet nicht verwirft noch seine Güte von mir wendet. Ps.66,20

Gott als Bürokrat: Er empfängt mein Gebet. Er ordnet es auch hervorragend ein. Möglicherweise trägt er den Empfang ein. Aber: Er reagiert nicht. Das göttliche Mikado: Wer sich zuerst bewegt, hat verloren (vgl.: Der unbewegte Erstbeweger...) Vielleicht hat Gott sogar eine Super-Gebetsdatei auf seiner Festplatte? Das Buch des Lebens als Register. - Gottes Bearbeitungszeit dauert eben. Vielleicht ist sein Prozessor überfordert angesichts eines Universums? Vor Gott sind eine Million Jahre wie ein Tag. Mag sein, vor allem aber gilt der Umkehrschluß.

Wie Aschenputtel, die guten... die schlechten... meines taugt nicht.

Wie sehen andere die Christen: Die rennen in die Kirche und sind sonst die Schlimmsten: Gott verwirft mein Gebet nicht, sondern tut es in sein Sammelalbum (für Kollekten). Aber er tut nix.

Er wendet seine Güte nicht von mir, sondern gar nicht erst zu.

Gott als Bürokrat

„Lieber Gott..." Halt! Stop! Nein! Das kann doch nicht die richtige Anrede sein... Das klingt zu vertraulich. Vielleicht meint er, ich will mich anbiedern. „Sehr geehrter Herr Gott"... Richtig. Oder auch nicht. Abgesehen von den Anfechtungen durch die feministische Theologie. Wie sähe denn ein offizieller Brief unter unsereins aus? „Sehr geehrte Damen und Herren" O, das klingt... Ja, das klingt richtig ätsch.

Vielleicht versuche ich mich mal, in seine Situation zu versetzen. Da sitzt also nun jener xxx-Gott an seinem heiliggeistigen Schreibtisch und empfängt... Natürlich keine Briefe, sondern Gebete, also so eine Art E-Mail. Die kommt von etwas wie einem - sagen wir mal: Handy. Das ist viel passender als ein Brief, denn ein Handy hat eine göttliche Eigenschaft: Erreichbarkeit jederzeit an jedem Ort - wenn nicht grad in einem Funkloch - das wäre dann die Hölle (wie doch die Mythologie so weitblickend war...).

Also, ich buchstabiere meine E-Mail ins geistliche Handy und er empfängt am himmlischen PC (Paradise-Center). Am besten läßt er sich alles ausdrucken. Nein, zunächst sammelt er erst einmal, diese geistliche **Daten-Krake**. Mit einem speziellen „**Gebete-Sortier-Programm**" werde ich sofort der richtigen Sparte zugeordnet. Die Festplatte als Hardware des Heiligen Geistes, das Programm als das Über-Ich des Himmelsvaters. Ja, und das, was sich steinzeitliche Generationen als Buch des Lebens zusammenfantasierten, ist nun also eine Datei, mit einem ausführlichen Register, das ständig aktualisiert wird.

Aber halt! Ich will doch was von ihm. Ich habe schließlich eine dringende Bitte. Abgesandt habe ich sie läßt. Sogar mehrfach. Denn der Rückruf blieb aus. Zunächst dachte ich, ich hätte mich vielleicht verwählt. Es gibt ja kein Display, auf dem ich mich rückversichern könnte. Möglicherweise hatte ich ja die „Hörer-abnehm-Taste" nicht gedrückt und führte nur Selbstgespräche.

Selbst nach mehrfachen Versuchen kam keine Reaktion. Vielleicht ist sein Prozessor überfordert, jenes Teil, das einen Computer in Halbjahresschritten veralten läßt. Jetzt verstehe ich jenes Wörtchen besser: Vor Gott sind eine Million Jahre wie ein Tag. Das war, als sein Computer noch neu war. Heutzutage gilt der Umkehrschluß: Vor Gott ist ein Tag wie eine Million Jahre - und dies bei den gebeten von 6 Milliarden Menschen. Eine Milliarde sind Hindus. Die verehren über tausend Götter. Wahrscheinlich muß jedes Gebet monotheistisch konvertiert werden, damit der dreieinige Gott es verstehen kann. Kein Wunder, dass Gottes Bearbeitungszeit so lange dauert, dass er die Auferstehung erfinden mußte. Manchmal muß ein Mensch eben sterben, bis sein Gebet gehört werden kann. („Ach, lieber Gott, dich gibt es ja wirklich. Ich dachte schon, die Nummer wäre eine Briefkastenfirma...“). Die Auferstehung war schlicht eine Folge der Überforderung des göttlichen Prozessors. (Für Abraham spielte sie eben noch keine Rolle).

Vielleicht ist alles auch ganz anders und Gott ist einfach ein Deutscher. Ein deutscher Bürokrat: Er empfängt mein Gebet. Er ordnet es auch hervorragend ein. Er trägt den Empfang ein ins Register, ins Buch des Lebens. Aber: Er ist Beamter auf Lebenszeit - in diesem Fall in Ewigkeit. Und für ihn gilt das göttliche **Beamtenmikado**: Wer sich zuerst bewegt, hat verloren. Schon Imanuel Kant dachte in diese Richtung und bewies Gott als den unbewegten Erstbeweger. Nein, Gott verwirft mein Gebet nicht. Er hat nur eine beklemmende Bearbeitungsdauer.

Er sollte mal Bill Gates zum himmlischen Gate rufen; der könnte dann ein Himmelsfenster öffnen und wir hätten „Windows eternal“ mit dem sich selbst beschleunigenden Prozessor. Aber das sind Wunschträume, oder Projektionen, wie Ludwig Feuerbach sagen würde.

So bleibt mir nur der Trost, dass mein Computer auch nicht schneller arbeitet als seiner und ich immer noch langsamer als mein Computer. Vielleicht lade ich Gott mal auf ein Bier ein, dann könnten wir unsere Probleme gemeinsam besprechen - vorausgesetzt, er liest die E-Mail. Ich werde sie auch ansprechend gestalten, ganz liebevoll. Am besten als „I love you“.... Und so warte ich halt.

Die einzige Nachricht, die ich erhielt, war „**I love you**...“ Aber ich habe ja gelesen, dass darin ein ganz gefährlicher **Virus** steckt. Also habe ich sie nicht aufgemacht. Und „I love you...“, kann das denn von Gott kommen?

26.12 Drei auf dem Kastenwagen

Drei auf dem Kastenwagen

Ab nach Hause. Auf dem Heimweg rettet mir nur meine unwahrscheinliche Reaktionsfreudigkeit Gesundheit und Leben. Ein Kastenwagen trödelt durch den Verkehr. Ein weißer Kastenwagen. Vorne drin sitzen drei Männer im besten Alter und mit dem schlechtesten Intellekt. Einen schmückt ein grüner Tirolerhut. Diese visuelle Kombination signalisiert mir: Vorsicht! Vor der Zeugung eines männlichen Nachkommen solltest du dein Geschlecht nicht durch die Doofheit deiner Mitmenschen ausrotten lassen. In der Tat, so langsam, wie diese Troiken zum sich stauenden Ärger ihrer Hinterleute fahren, so langsam biegen sie um die Kurve. Bei Rot natürlich. Zum Abbremsen reichte es eben nicht mehr. Und daß ich bereits den Zebrastreifen betreten habe, stellt kein Hindernis dar. Ein Sprung zurück... Die drei bemerken es nicht einmal. Sollte Dummheit strafbar werden? Ein Gedanke, der sich mir immer wieder ganz reaktionär aufdrängt.

Refrain: Drei auf Kastenwagen, drei hoch auf ihrem Thron

drei Hütchen wie drei Kronen, der Stolz unsrer Nation.
1. Wir sitzen dort hoch droben, die andern sitzen tief,
und manchmal tun sie toben und blicken bös und schief.
Die rotgeschwoll'nen Köpfe, die tun uns hier nicht weh:
Wir strecken unsre Auspufftöpfe munter in die Höh'.

2. Das Schild zeigt Tempo 60. Das ist uns viel zu flott.
Denn Arbeitstempo rächt sich noch vor dem Pausenbrot.
Wir fahren in der Mitte, und keiner kommt vorbei.
Ein Licht hupt: Bitte, Bitte! Das ist uns einerlei.

3. Zu dritt wird uns nie bange, wir brausen durch die Welt.
Und hinter uns der Schlange ist voll die Sicht verstellt.
Die Ampel dort zeigt grün! Mensch, hau die Bremse rein!
Dann werden wir bei Rot schon steh'n! Warum hupt hier ein Schwein?

4. Bei Rot bleiben wir stehen, bei gelb noch mit Geduld,
bei grün wern's wir mal sehen, der Hintermann hat Schuld.
Dort an der nächsten Ecke, da biegen wir dann ab.
Im Tempo einer Schnecke: Wir machen niemals schlapp.

5. Warum stehen wir im Parkverbot um 9Uhr in der Früh?
Wir essen unser Pausebrot vor unsrer ersten Müh.
Zu dritt auf unsrer Fahrerbank, da schmeckt es uns so gut.
Wir haben niemals einen Zank und immer guten Mut.

6. Ein Frühstücksbrot um 11Uhr und um die Mittagsstund',
wir brauchen niemals eine Kur als Kastenvagabund.
In unserm Kastenwagen, da sind wir hohe Herrn.
Drei Hütchen tun wir tragen, man sieht sie schon von fern.

26.13 Weihnachten...

Es juckt höllisch, dieses Bethlehemer Stall Ekzem. Deswegen wirft Josef als erstes einmal die Tiere aus dem Stall. Bethlehemer Stall Ekzem, kurz BSE, das Jucken macht einen noch wahnsinnig. So kommt es, daß bis heute in der Bibel weder Ochs noch Esel an der Krippe erwähnt werden. Auch den Stall sucht man vergeblich. Aber wer jetzt gleich darauf spekuliert, daß weder die Krippe noch das Jesuskind vorkommt, der geht baden. Stand die Krippe also im Wohnzimmer? Heute tut sie es wohl. Wir haben eine multikulturelle Gesellschaft. Da gehört einfach eine nahöstliche Krippe unter einen mitteleuropäischen Nadelbaum mit angloamerikanischen Elektrokerzen. Und wir alle singen jetzt ein Weihnachtslied: Ommm. Ommm du fröhliche, ommm du selige, gabenbringende Weihnachtszeit, Heulnachtszeit, Greinachtszeit...

Als erstes wirft Josef die Tiere aus dem Stall: Die kommen in der biblischen Geschichte dann auch gar nicht mehr vor, weder Ochs (BSE) noch

Esel... Auch der Stall kommt nicht vor, nur die Krippe. Die steht sozusagen im Wohnzimmer, wie heutzutage auch. Wir könnten ja Weihnachten im Stall feiern. Grundsätzlich und alljährlich.

26.14 Wenn er aber kommt...

Samstag, 28. Dezember 1996 Predigttext für den Altjahrsabend Lukas 12,35-40

„Laßt eure Lenden umgürtet sein und eure Lichter brennen und seid gleich den Menschen, die auf ihren Herrn warten, wann er aufbrechen wird von der **Hochzeit**, damit, wenn er kommt und anklopft, sie ihm sogleich auftun. Selig sind die **Knechte**, die der Herr, wenn er **kommt**, wachend findet. Wahrlich, ich sage euch: Er wird sich schürzen und wird sie zu Tisch bitten und kommen und ihnen **dienen**. Und wenn er kommt in der zweiten oder in der dritten Nachtwache und findet's so: selig sind sie. Das sollt ihr aber wissen: Wenn ein Hausherr wüßte, zu welcher Stunde der **Dieb** kommt, so ließe er nicht in sein Haus einbrechen. Seid auch ihr bereit! Denn der Menschensohn kommt zu einer Stunde, da ihr's nicht meint."

Laßt euren **Zündschlüssel** stecken, tankt voll auf, sitzt hinterm Steuer wie der heilige Michael Schumacher vor dem Start, wenn die Feuertöpfe zu röhren beginnen. Seid wie die Geschäftsleute, die auf dem Sprung sitzen und die Ladentüre öffnen, sobald König Kunde kommt und klopft. Denn bei Gott gibt es keine **Ladenschlußzeit**. Selig sind die Händler, die offen haben, wenn er kommt. Denn er wird kauflustig an den Regalen vorbeischlendern und gar reichlich zugreifen. Und wenn er um Mitternacht oder um vier in der Früh kommt und den Laden **offen** findet: Das sind gemachte Leute.

Ihr sollt aber wissen: Wenn der Kaufmann wüßte, wann sein Kunde käme, dann würde er gerade in dieser Zeit da sein. Aber, leider, leider, der Kunde kommt, wenn es ihm paßt und mag es gar nicht, wenn an der Tür steht: Bin in fünf Minuten zurück....

Gott ist auf einer Hochzeit? Er läßt es sich gut gehen. Soll er vielleicht unseretwegen auf alle Vergnügungen verzichten?

26.15 Wer hat Angst vorm lieben Gott? 2008

Wer hat Angst vorm lieben Gott? Niemand. Wenn er aber kommt?... Dann sag ich ihm, dass ich auch zuhause beten kann; zum Glauben brauche ich die Kirche und Gott nicht... Dumm gelaufen für den lieben Gott. **Früher konntest du den Menschen vielleicht noch mit Gott drohen**, aber heutzutage? **Da drohst du doch lieber Gott mit den Menschen.** Vermutlich erfolgreich. Ich kenne Mütter, die vor ihren pubertierenden Töchtern zittern. Eine Autorität, die nicht mehr anerkannt wird, hat ihre Macht verloren.

Der arme Liebe Gott, jetzt darf er nur noch bei irgendwelchen langweiligen Betschwestern sein, aber auch nur, wenn er sich brav verhält.

Ansonsten hat er keine Chance, denn er ist von seinesgleichen umgeben. „Ich habe meine Göttlichkeit entdeckt!" so lesen wir in Selbstdarstellungen im Internet... Echt geil: wenn Gott so ist, wie die göttlichen Menschen, die sich da präsentieren, dann... dann will ich garantiert Mensch sein, Mensch, Mensch und nix als Mensch. Gott sein muss blöd sein... wenn ausgerechnet die bescheuerten typen göttlich sind...

Manchmal trifft man ja auf solche gestalten auch im kirchlichen Kontext, vor allem, wenn es charismatisch wird, wenn der Geist einschwebt, wenn der Geist einschwabbelt, wenn der Geist einbabbelt... Natürlich ist die Geistlosigkeit der Amtskirche eine echte Herausforderung an den Heiligen Geist. Denn wenn wir uns den Kirchenalltag mal so betrachten, rein geistlich natürlich...:

26.16 Sein bester Freund, der Computer

Szene: Siemensinformatiker contra Kabarettist (Dialog mit Kompl!) Programm
Ein Sketch bezüglich eines Geländes: Statt Naturschutz Verkauf an Siemens: Firmengelände. Schluß: Irgendwie scheint dies widersinnig: Da machen sie immer kleiner Chips und brauchen dafür immer größere Fabriken.

S=Siemensmitarbeiter,
K=Kabarettist

S: Hörn Sie mal.
K: Ja?
S: Also, ich bin Informatiker bei Siemens. Die Firma tut nichts zur Sache. Aber von Informatik verstehen Sie ja wohl nichts. Kleine Chips - große Fabri
K: Von Fertigungstechnik haben Sie keine Ahnung; alles, was Sie machen, ist billige Polemik. Das ist einfach eine Nummer zu groß für Sie; wenn Sie mit der technischen Entwicklung nicht mehr Schritt halten können, dann machen Sie sich besser nicht darüber lustig. Machen Sie doch ein Kabarett über Kabarettisten; davon verstehen Sie was, aber lassen Sie die Finger von Dingen, die zu hoch für Sie sind. K(zerknirscht): Meinen Sie?
S: Meine ich. Das ist das Beste für Sie.
K: Ja, wenn Sie meinen. S(väterlich): Vielleicht ließe sich sogar so ein Programm sponsern
S: Mit dem nötigen Biß könnten Sie Programmierer bei uns werden.
K: Eine sichere Stellung... Ich überleg mir's.
K kommt heim und schmeißt den Computer an.
K: Hallo Kompl. Enter.
C: Ja, mein Junge, wie gehts?
K: Wie's geht? Ha (schreibt man das jetzt mit "h" am Ende oder nicht. Ach, egal, ich laß es weg): Ha! Enter
C: System error.
K: Also doch mit "h". Wie's geht? Hah! Enter
C: Was für'n Problem drück dich denn, Jungchen.
K: Mensch, Kompl, äh, ich meine Maschine, Kompl, da mach ich doch meine Computerszene im Kabarett und dann kommt so'n Informatiker von Siemens und macht mich an. Enter
C: Siemens ist Mist (Scheiße).
K: Das sagst Du, weil du ein Amiga (von Schneider) bist; wärst du von Siemens, würdest du anders reden. Aber egal, der Typ kommt auf mich zu und - jetzt stell

mal deine Bytes auf Input: Weil ich kein Informatiker bin, kann ich kein Kabarett über Computer machen. Enter

C: Hah!

K: Du spuckst's aus, Kompl. Aber was soll ich machen? Ich kann doch nicht immer nur über Kabarett Witze machen. Enter

C: for i=1 to i=1000 Nachdenken next i

K: ---

C: Ich hab's. Wir machen ein Team. Du beteiligst mich mit 50% an den Einnahmen und ich schreib dir die Computerprogramme.

K: Super

C:---

K: Äh, Enter.

C: Erst mal brauch ich Infos und Definitionen, dann über Data meine Antworten, das Input überläßt du der Situation. Wär doch gelacht, wenn wir das nicht schaffen würden. Gib die Infos und Definitionen ein:

K: rem Computerkabarett. K=Kabarett; K=witzig, spritzig, aggressiv. P=Pointe . K zu P = 1:1, wenn P größer K, speichern für Folgeprogramm, wenn P kleiner K, gosub Kalauer... H=Kohl; Wenn H, dann Pause für Lacher. F=Friede. Wenn F, dann Pause für Betroffenheit. G=Grüne. Wenn G, dann Pause für Krach. C=Union. Wenn C, dann Pause für nix und wieder nix. S=Sozis. Wenn S, dann for s=1 to s=2 müdes lächeln, linde trauer durchweht das herz next s, F ungleich FDP, da schon durch Friede besetzt mit Pause für Betroffenheit. R=Rießenarschloch. Wenn R, dann Pause zum Austreten. Für Ende ESCape drücken.

C: O.K.

K: Enter

C: Spontaneinwürfe.

K: Input Situation, Drücke Enter. Enter.

C: Für Antworten: Data.

K: 2000: Data: "Du brauchst Liebe."

2100: Data: "Küß mich."

2200: Data: "Wisch den Bildschirm ab, du Ferkel."

C: So, Junge, ich sag dir: Das ist ein Programm. Damit kannst du auf Tour gehen.

K: Gerettet. Jetzt kann die Computernummer wieder steigen. Compl, du bist super. Ich könnte dich umarmen, ich könnte dich küssen.

C: Wisch den Bildschirm ab, du Ferkel.

Nachbemerkung: Am Ausgang können Sie ein Computerkabarettprogramm erwerben. Vorausgesetzt, Sie können Basic programmieren, haben Sie Ihr Heimkabarett und sind nicht mehr auf mich angewiesen.

26.17 Die Engel (Apokalypse und Esoterik):

Am Ende der Bibel ist die Apolkalypse. LOL! Hauptdarsteller sind ein Drache und viele Engel. Übrigens alle aus der **Türkei**. Dort fielen sie wahrscheinlich der Folter zum Opfer. Ihre Schutzengel versagten einfach angesichts der Elektroschock des nordatlantischen Bündnispartners. Geistig freilich haben sie, wie es sich für Engel gehört, überlebt. Ich dachte, sie wären überlebt... aber nein:

Engel sind für viele Menschen wieder da. Unser Kanzler hat damit begonnen. Er berief Angela **Merkel** ins Kabinett. Und Angela heißt bekanntlich Engel. Kohl ist also ein Engelmacher... Während Töpfer durch den Rhein schwamm, wird sie drüber schweben.

Ja, Engel sind in Mode, gerade bei den esoterischen **Halbintellektuel-len**. Etwa der Besteller: Engel, eine bedrohte Art. Und für den, dem der Artenschutz der Engel nicht persönlich genug ist, gibt es das Selbsthilfebuch „Frag deine Engel", nur 25.-, dafür muß man dann aber 391 Seiten lesen und darf sich bei 47 Zeichnungen entspannen. Freilich fehlt mir noch das feministische Grundwerk **„Engelinnen"**.

Ich dachte immer erleichtert, die evangelische Kirche wäre ein *engelfreier Raum*... Wär' ich ein Engel, wär' ich kein Mann...

Was brauche ich die sog. **Praktischen Anleitungen**, die heißen: „Wir lernen durch einfache Übungen, Meditationen und Visualisierungen, mit unseren Engeln in Kontakt zu treten - innerlich, in Briefen, Träumen oder per Computer. Wir lernen, in alltäglichen, ganz praktischen, aber auch in spirituellen Angelegenheiten das Gespräch mit ihnen und ihre Unterstützung zu finden... Sie sind ein Tor zu dem Göttlichen in uns..." Also zumindest scheinen sie ein Tor zum Geldbeutel in manchen Handtaschen zu sein.

26.18 Sterben war gestern, leben ist heut... 2014

Wenn du brav bist, kommst du in den Himmel…
Ich will aber nicht in den Himmel, ich will Party machen…
Dann bist du aber nicht brav.
Komm ich dann auch nicht Himmel…
Nein, wenn du nicht brav bist, natürlich nicht…
Gott sei Dank!

26.19 Hausgemeinschaft 2000

Es war noch zu Zeiten der DDR. Wir fuhren mit einem Ford-Transit hinüber und waren vorher bei Aldi Kundschaft. X Packungen an Waschmittel, eingeschweißten Wurstwaren, Alkoholika und sonstigen Gebrauchsartikeln. Wir besuchten einen Freund, einen Single. An der Grenze wurden wir von sozialistisch-ernsthaften Zöllnern kontrolliert - keine Angst, ich sagte nicht: Folge mir nach! Und hatte danach einen Jünger Christi... -. Wofür diese Unmenge gedacht seien, hieß die etwas indiskrete Frage. Da ein Single in der Tat nicht das Waschvolumen einer fünfköpfigen Familie. Die Antwort hatte der Freund vorformuliert: „Für die Hausgemeinschaft." Gemeinschaft, das sprengte die sozialistische Abwehr, da war man mitten im ideologischen Main-stream, gegen Gemeinschaft ließ sich politisch korrekt nichts sagen.

Wie war denn diese Hausgemeinschaft konkret? Das kann sich jeder beantworten, der einmal in einem Mehrparteienhaus gewohnt hat. In Psychologenkreisen redet man von der „Doppelhaushälfte", die krank macht. Das liegt nicht am Haus, sondern an den Bewohnern. Eine konkrete Hausgemeinschaft entspricht keineswegs dem Ideal, meint Udo Jürgens in seinem „ehrenwerten Haus".

Ich kann es mir eben nicht aussuchen, mit wem ich in einer „Hausgemeinschaft" lebe. Das war in der atheistischen DDR nicht anders als in jedem Mietshaus. Da stört mich der junge Mann im Stockwerk drüber, der seine Discomusik vor allem in den Abendstunden liebt, und da störe ich den alten Mann unter mir, weil ich die Haustüre aus Nachlässigkeit gerne offenstehen lasse.

Gottes Hausgemeinschaft, das klingt echt toll; ich gehöre zu Gott; damit kann ich angeben; dabei kann ich mich wohlfühlen; aber klappt das mit dem angeben und dem wohlfühlen auch, wenn ich die anderen kenne, die zu dieser Hausgemeinschaft gehören?

Meine Erfahrung: Am schlimmsten ist der Papst, auf den schimpfen die meisten. Dabei bin ich nicht einmal katholisch... Aber irgendwie, die sind doch alle asozial, die Christen. Sonntags rennen sie in die Kirche, um ihre schicke Kleidung zu zeigen und die Woche über sind sie die schlimmsten...

26.20 Gäste und Fremdlinge 2000

So seid ihr nun nicht mehr Gäste und Fremdlinge, sondern Mitbürger des Heiligen und Gottes Hausgenossen. 7 n.Tr.: Eph.2,19

„Ach, endlich zusammen..." Valeri kicherte glücklich und schmiegte sich an Igor. „Ja," brummte dieser, „schön, dass du nun eingezogen bist und nicht nur wochenlang als Dauergast hier logierst. Du, ich muß morgen früh raus, bitte geh in die Küche und mach den Abwasch..." „Was?!" Valerie schaute ihn entgeistert an, „den Abwasch? Bin ich denn deine Putzfrau?" „Nein," nickte Igor, „bisher habe es ich gemacht, du warst die Gst. Aber jetzt? Jetzt wohnst du im Haus und mußt deinen Beitrag leisten..." „Ohhh!" das hatte sich Valerie nicht klar gemacht... Dabei sein ist nicht alles, mitmachen gehört dazu...

Wie ist es bei Christen? Nach den Schnupperwochen? Nicht mehr Gaststatus genießen, sondern dazu gehören, wie toll klingt es. Wer denkt daran, dass es neue Ansprüche mit sich bringt? Die Hausordnung will gemacht sein. Ein Gast wird verwöhnt, ein Gastgeber hat Pflichten.

27 Titel 1992 1996 2002 2003 2005

27.1.1 "Wie auf Erden, so bloß· nicht im Himmel"

Für Kirchentag 1992

Wir bewerben uns hiermit um die Mitwirkung beim Kirchentag. Wir bieten ein Kabarettprogramm an. Name des Ensembles: "Popenspötter". Arbeitstitel des Programms: Wie auf Erden, so bloß· nicht im Himmel.

a) Wir akzeptieren die in der Ausschreibung genannten Bedingungen.

b) Die POPENSPÖTTER bestehen aus zwei Frauen, die ehrenamtlichen Gemeindebezug haben (vielfältig), und aus zwei Männern, die hauptamtlich in der Landeskirche beschäftigt sind (als Pfarrer). Die kabarettistische Betätigung erfolgte bisher im kirchlichen Rahmen von Gemeindefesten über Dekanatskonvente bis hin zur Landestagung der Missionsbeauftragten der EKD (noch mit dem unhandlichen Namen Kleridikaliker). Die Programme sind entsprechend kirchenspezifisch.

c) Bei unserem Programm "Wie auf Erden, so bloß· nicht im Himmel" handelt es sich um ein Nummernkabarett von ca. 90 Minuten Dauer. Wir benötigen dafür eine Bühne von mindestens 5 x 4 m Fläche. Hinsichtlich der grundsätzlichen Ziele des Kirchentags liegt unser Schwerpunkt eindeutig auf der Ermutigung zur Verantwortung in der Kirche. Das Thema "Nehmt einander an" ist etwa im neuen Ost-West-Konflikt (Wessis-Ossis) angesprochen und zugleich die Titelnummer. Weitere Szenen passen zu den Themenbereichen 1 und 4: Geist Gottes - Zeitgeist; Gerechtigkeit - "Neue Weltordnung". Dabei geht es um verschiedene Ebenen: Globale Sicht - konkrete Schwierigkeiten auf Gemeindeebene (Eine-Welt-Kreis; KV).

d) Wir werden auf einem Vorbereitungstreffen mit einem/r Vertreter/in dabei sein. Da das regionale Vorbereitungstreffen in Bayern für uns terminlich etwas ungünstig liegt - so ist das mit Wochenenden im kirchlichen Bereich... -, würden wir nach Möglichkeit den hessischen Termin auf der Burg Rieneck (auch noch in Bayern) vorziehen.

Mit freundlichen Grüßen * * * * 6./ 2.11.1992 ****

27.1.2 Löwe, Gott und Lederhose 2003

Ökumenischer Kirchentag 2003
Der
Popenspötter
kommt!!!
Wir bellen nicht nur, wir beißen auch
Wir rauchen nicht nur, wir feuern auch...
Dienstag, 13. Mai 2003, Freitag, 18. Oktober 2002
Nr MK 120826
Gitarren (E u Akkustik), Trommel, US_mütze, Zauberrequisiten,
evtl: gibt es ein keyboard? Z.b. wegen B3-jingle
Titel:
  Wir sehen's posi-tief...
  Die bessere Kirch-Gruppe...
Wir sind die bessere Kirch-Gruppe – aber Pleite machen wir trotzdem
Wir bellen nicht nur, wir beißen auch
Wir rauchen nicht nur, wir feuern auch...
Pleitegeier und Heiliger Geist.
Das ist Bayern
„Hitler war ein Prolet-Arier".
Der „künastliche" Mensch...
An dieser Stelle wird offenkundig, daß die Identifizierung von Kultur und Religion zu Lasten der Religion geht. 2002: die christlich soziale Union wendet sich gegen den Beitritt der Türkei in die EU, weil diese die abendländischen Werte infrage stellt. Eine politische Partei kann diese Position mit guten Gründen vertreten. Die **CSU** nennt sich jedoch christlich und die Werte von Jesus Christus sind nicht abendländischen Ursprungs, sondern stammen aus dem Orient. Jesus wurde in Oberammergau weder gekreuzigt noch geboren. – Satirische Nebenbemerkung: Als Hüterin des Abendlandes müßte sich die bayerische Volkspartei **ASU** nennen...

27.1.3 Lederhose und Talar Hannover 2005

Lieber Bruder Teichmann,
Hier der Entwurf eines Plakates, das natürlich vergrößert und hinsichtlich seiner Daten ergänzt werden muß. Dazu ein Textvorschlag für die lokale und kirchliche Presse... Ich habe keine Ahnung, wie und ob sich die Veranstaltung im Großangebot dieser Tage überhaupt behaupten kann, aber wir können es ja versuchen.
Mit freundlichen Grüßen
Ihr Volker Schoßwald

Katakombenkabarett
Direkt aus dem Land des Papstes
Lederhose und Talar
Der Popenspötter,
Liveberichte vom Frontfranken
(Ratzinger zwischen Regensburg und Rom)
auch ohne Fremdsprachenkenntnisse verständlich
Am
Um

In
(Wegbeschreibung:

Vorschlag für Pressemitteilung:
Der Popenspötter, evangelischer Kirchenkabarettist, seit 20 Jahren auf den Brettern, die die Welt verbiegen. Erheiternde und leidvolle Erfahrungen mit Kirche, Kirchenvolk und Kirchenoberen überführt er in satirische Formen. Lachen ist bekanntlich gesund und reinigt Herz und Seele. Das geht bei Key-over-board in den ernsten Bereich von Kirche und Musik, aber wir erleben auch eine Home-Story bei Josefs (die mit dem berühmten Junior). Der alte und der neue Papst (auch alt!) werden liebevoll aufs Korn genommen ebenso wie die bayrische Besatzerheimat des Urfranken.

27.1.4   Die Popenspötter kommen 1996

Die
Popenspötter
kommen!!!
Wir bellen nicht nur, wir beißen auch
Wir rauchen nicht nur, wir feuern auch...

1996
Und das erwartet alle beherzten Besucher:
Die Popenspötter stellen sich vor, ohne Rauch und Feuer
Der Keyboarder sucht nach Noten...
Kabarette sich wer kann...
Vernetzt mit der Vergangenheit: Small Talk mit Martin Luther
Wollten Sie schon immer mal einen Kontakt mit dem Jenseits erleben? Live!
Hoch auf dem Kirchenwagen 1
Wir singen ein Loblied auf alle Mitarbeiter in der Kirche, die es "für Gottes Lohn"
    tun...
Frau Werkreich
Die Basis meldet sich zu Wort. Aber wer hört schon auf uns? Alles zum Thema
    Damenbart.
Hoch auf dem Kirchenwagen 2
Wir singen weiter und Sie singen mit!
Werbung. -
Für unsere Kirche. Gut geklaut ist besser als schlecht erfunden.
Scharlatani
Neuheidentum in Deutschland. Da schlagen unsere Missionbeauftragten gnadenlos zu. Ihre Sendung lassen sie über den Sender laufen. Unser Sender heißt:
    Radio Scharlatani. Der Name ist Programm.
Wie auf der Erde, bloß nicht im Himmel 1
Ein musikalischer Blick in höhere Sphären und bessere Welten...
Wie auf der Erde, bloß nicht im Himmel
Dazu gibt es auch eine kleine Szene zwischen Petrus und Luzifer: Treffpunkt:
    Stammtisch auf Wolke 437. Und Luzifer ist auch dabei...
Wie auf der Erde, bloß nicht im Himmel 2
Psychodart und der Markt der Möglichkeiten
Sind Sie schon krank oder suchen Sie noch nach einer geeigneten Therapie?
Die Welt ist doch rund...

Was der Papst nicht alles so bewiesen hat... Das geistliche Internet kommt der Gegenwart auf die Spur.

Im Rucksack die Bibel

Deutsches Kulturgut auf Unterwanderungswegen

Turmerlebnis

Im Lutherjahr muß das einfach sein! Lernen Sie den Mönch Baldur kennen!

Der weißblaue Himmel

Für den Himmel ist die Kirche zuständig. Und wie ist das mit dem weißblauen Himmel? Geraten wir da nicht in Interessenkonflikte mit der Staatskanzlei in München? Für alle, die gerne über andere lachen, ist dieser Konflikt ein gefundenes Fressen. Vor allem für Franken...

Gespräch nach der KV-Sitzung

Die Demokratie ist die beste aller Kirchenverfassungen. Wir beweisen es.

Keyoverboard

Eigentlich wollten wir vom Schiff der Gemeinde singen, aber es wurde dann doch nur ein Boot daraus; immerhin besser als eine Luftmatratze, der man den Geist rauslassen kann.

Alles in Butter, Herr Dr.Martin-Luther

Wir melden uns zurück, bei Dr.Martin Luther und schließen mit einem Gedicht. Kultur muß sein!

Mai 96: Kempten und Versöhnungskirche München

27.1.5   Wie im Himmel, so bloß nicht auf Erden

Kirchentag!!! auch CD: Wie im Himmel so bloß nicht... Einloggen: Schoßwald, Popenspötter

Vorbemerkung bzw. Anmoderation:

1. Dieses Kabarett erschüttert außerhalb dieser Mauern niemanden. Aber hier könnte es eventuell sogar als Hard-core-Kabarett gelten. Also, wessen religiöse oder gar konfessionellen Gefühl sehr empfindsam sind, der hat jetzt noch die Chance, sein Handy klingeln zu lassen, um leider, leider zu einem dringenden Einsatz gerufen zu werden.

2. Der bayerische Landesbischof – evangelisch natürlich – hat sich geweigert, diesen Pfarrer, der hier Kabarett macht, als Ökumenebeauftragten einzusetzen. Die Gründe dafür werden hier leider sehr deutlich.

3. Bischof Müller wird gebeten, sich zugunsten einer Parallelveranstaltung von uns zu entfernen. Dann sind wir Laien unter uns.

4. Die Länge dieses Programms reicht nicht dafür aus, die Diffamierungen der Evangelischen durch den seinerzeitigen Kardinal Ratzinger auch nur annähernd auszugleichen.

5. Seit seinem Amtsantritt hat der Papst den Kirchenkritikern durch seine Popularität den Mund gestopft, erklärte mir ein Mönch bei meiner Klosterwoche nach Ostern. Vielleicht. Zumindest hat er das Ende der Ökumene in Deutschland praktiziert.

6. Also, liebe Gemeinde: der Feind ist da. Hier, auf den Brettern, die die Welt bedeuten. Und wenn er etwas Böses sagt: Keine Angst, er ist schon exkommuniziert.

```
VI-TM-INFO                                    MAY 13,1993  20:43
BYK119   Popenspötter
         Schoßwald, Pfarrer Dr. Volker
         p: 0911/89 94 31
         d:
=================================================================
                    Kath. Gemeindehaus
GR021               St. Bonifaz
MüZ 0               Pfarrsaal
                    Karlstraße 34, München

KAB-BYK119-DO1      Wie im Himmel, so bloß nicht auf Erden!
                    Kabarettprogramm
DO 15:00-17:00      KAB-BYK119
BYK119              Popenspötter
                    Nürnberg
                    15.00 - 17.00


Programmheft-Text:
Wir gewähren allen Asyl, die die Erde nicht für himmlisch halten,
aber gerne was zu lachen haben!
=================================================================
                    Kath. Gemeindehaus
GR021               St. Bonifaz
MüZ 0               Pfarrsaal
                    Karlstraße 34, München

KAB-BYK119-DO2      Wie im Himmel, so bloß nicht auf Erden!
                    Kabarettprogramm
DO 19:00-21:00      KAB-BYK119
BYK119              Popenspötter
                    Nürnberg
                    19.00 - 21.00


Programmheft-Text:
Wir gewähren allen Asyl, die die Erde nicht für himmlisch halten,
aber gerne was zu lachen haben!
=================================================================
BU242               Bürgerhaus Unterschleißheim
MüZ 0               Sitzungssaal
                    Rathausplatz 1, Unterschleißheim

KAB-BYK119-FR1      Wie im Himmel, so bloß nicht auf Erden!
                    Kabarettprogramm
FR 20:00-22:00      KAB-BYK119
BYK119              Popenspötter
                    Nürnberg
                    20.00 - 22.00


Programmheft-Text:
Wir gewähren allen Asyl, die die Erde nicht für himmlisch halten,
aber gerne was zu lachen haben!
```

28 Stichwortverzeichnis